Sophie
Audouin-Mamikonian

Tara Duncan
La Guerre des planètes

Roman

XO
JEUNESSE

ÎLE
DU ROYAUME
DE PATROK
Kikrok
Arrutchir
Denez
Kro
Krot
ROYAUME
D'AQUARIA
PAYS
DES TRITONS
TATRAN
Cityville
Osor
Oo'salé
Hon
OCÉAN DES BRUMES
DÉSERT
DE SALTERENS
VIRIDIS
Ceclat
Sala
Tiran
MEUS
Kekidi
Demoi
Tesour
Poivret
BASCRIT
Lasbon
Fier
SPANIVIA
Respyr
Cava
fleuve Tange
CARTE
D'AUTREMONDE
face Ouest

cartographie : Sylvie Pistono-Denis

PÔLE NORD
Calotte glaciaire
Continent du
TATUMALENCHIVAR
ÎLE DE
RENVERS'AN
PÔLE SUD
Calotte glaciaire
Échelle : 1:52 500 000
0
1 417.5 km
CARTE
D'AUTREMONDE
face Est

DYNASTIE DUNCAN AU LANCOVIT
ÉTABLI LE 25 FAICHO 5015 (DATE D'AUTREMONDE)

Manitou Duncan (4850 DA –) & Magenti Val argenmont Rethila (4849 DA – 4928 DA)

Menelas Tri Vranril (4805 DA – 4994 DA) & Isabella Duncan (4910 DA –)

Reventa1 Duncan (4901 DA – 4998 DA) & Teiler Ab Zan (4876 DA –)

Selena Duncan-Vranril Ab Santa Ab Maru (4977 DA –) & Danviou T'al Barmi (4973 DA – 5002 DA)

Various Duncan (dit le Renégat) (4952 DA –)

Tara'tylanhnem T'al Barmi Ab Santa Ab Maru T'al Duncan (1991 DT/5000 DA –)

Jar'tylanhnem T'al Barmi Ab Santa Ab Maru T'al Duncan (5003 DA –)

Mara'tylanhnem T'al Barmi Ab Santa Ab Maru T'al Duncan (5003 DA –)

DYNASTIE T'AL BARMI AB SANTA AB MARU, EMPIRE D'OMOIS
ÉTABLI LE 25 FAICHO 5015 (DATE D'AUTREMONDE)

Demiderus « Poing de feu », fondateur de l'empire d'Omois (- 2984 DT –)

Descendants cinq mille ans plus tard

Impératrice d'Omois
Lisbeth'tylanhnem T'al Barmi Ab Santa Ab Maru (4970 DA –) & Daril Kratus (4950 DA – 5005 DA)

Ex-Imperator d'Omois
Danviou T'al Barmi Ab Santa Ab Maru (4973 DA – 5002 DA) & Selena Duncan (4977 DA –)

Demi-frère de l'Impératrice d'Omois actuel Imperator d'Omois en remplacement de son demi-frère Danviou
Sandor T'al Barmi Ab March Ab Brevis (4958 DA –)

Tara'tylanhnem T'al Barmi Ab Santa Ab Maru T'al Duncan (1991 DT/5000 DA –)

Jar'tylanhnem T'al Barmi Ab Santa Ab Maru T'al Duncan (5003 DA –)

Mara'tylanhnem T'al Barmi Ab Santa Ab Maru T'al Duncan (5003 DA –)

DA = Datation d'AutreMonde
DT = Datation de la Terre

À la lumière de ma vie, mon mari Philippe, même dans les moments les plus sombres, tu sais m'éclairer et me guider, je t'aime. À mes deux filles, Diane et Marine, qui m'insufflent toute l'énergie et l'ardeur de leur jeunesse… et n'hésitent pas à me botter les fesses si je paresse, vous êtes merveilleuses. À toi, maman et à Cécile, mon clan.

Dans les épisodes précédents

C'est un peu comme à la télévision… « *Previously in* Tara Duncan », j'adore. Bref, je reçois souvent des mails ou des MP sur mon Facebook perso :

http://www.facebook.com/profile.php?id=100003455967364&sk=wall

Sur la FB fan page :

http://www.facebook.com/pages/Sophie-Audouin-Mamikonian-Tara-Duncan/358299670847320

sur la page FB Tara Duncan :

http://www.facebook.com/pages/Tara-Duncan/300295254531

sur mon blog :

http://www.taraduncan.com/blog/

ou par mon adresse mail : **tara@taraduncan.com**

(oui, je sais, je suis accro à internet, mais je me soigne lol)

qui me disent : Bon, vu que t'es super longue pour écrire un livre (un an entre chaque tome qui sort fidèlement vers le 20 septembre chaque année, franchement, vous exagérez un peu quand même), faut que tu nous rappelles ce qui s'est passé avant...

Donc, je vous rappelle, c'est parti :

Les Sortceliers

Dans le tome 1, Tara pense que, parce qu'elle est capable de soulever les objets par la pensée, elle est une sorte de professeur Xavier X-men, avec plus de cheveux et moins de roues. Sauf que pas du tout, elle est une sortcelière, Celle qui sait lier les sorts, ce que, entre nous, elle trouve quelque peu ringard. Elle découvre que sa mère est prisonnière sur une planète improbable où vivent des dragons et des licornes, ce qu'elle trouve encore plus difficile à croire, et que son chien est en réalité son arrière-grand-père.

Dit comme ça, j'admets que ça fait un peu bizarre.

Cela empire lorsqu'un type masqué super louche, un certain Magister, qui a dû mal digérer ses cours de latin à l'école, essaye de la kidnapper. Tara part sur AutreMonde, où elle se fait des amis étonnants, comme Robin le très beauuuu demi-elfe, Caliban le Voleur Patenté, Gloria, la Bête du Lancovit, Maître Chem, l'énorme dragon bleu et argent, Fafnir la naine rousse guerrière, ainsi que quelques ennemis farouches comme Maître Dragosh le vampire, Angelica Brandaud la sortcelière ambitieuse ou Salatar, la Chimère à tête de lion et Premier ministre du Lancovit.

Infectée par un démon, soignée par les Omoisiens, capturée par Magister, Tara parvient à délivrer sa mère et à déjouer les plans maléfiques du Maître des Sangraves. Sauf que, en même temps, elle apprend qu'elle est l'Héritière d'un immense empire et la clef pour permettre l'invasion des démons des Limbes, grâce aux objets démoniaques qu'elle est la seule, avec Lisbeth, l'Impératrice d'Omois, à pouvoir approcher...

Le Livre Interdit

Cal est accusé d'un meurtre qu'il n'a pas commis. Bien à contrecœur, Tara repart sur AutreMonde afin de découvrir qui accuse son ami et pourquoi. Les gnomes bleus délivrent Cal (qui ne leur a rien demandé, hein !), en faisant ainsi un fugitif aux yeux d'Omois (ce qui est une très mauvaise idée) afin qu'il les aide contre un monstrueux sortcelier qui les tient en esclavage.

Tara et ses amis n'ont d'autre solution que d'affronter ce sortcelier, car les gnomes bleus ont infecté Cal avec un t'sil, un ver mortel du désert. Ils n'ont que quelques jours pour le sauver. Une fois le sortcelier vaincu, grâce à Fafnir, ils partent pour les Limbes grâce au Livre Interdit, afin d'innocenter Cal.

Ce faisant, ils invoquent involontairement le fantôme du père de Tara, mais celui-ci ne peut rester avec sa fille, sous peine de déclencher la guerre avec les puissants démons. Une fois rentrés sur AutreMonde, Tara et ses amis doivent affronter une terrifiante menace.

En essayant de se débarrasser de la « maudite magie » (les nains ont la magie en horreur), Fafnir devient toute rouge. Non, non, pas de colère, mais parce que sa peau devient pourpre car elle a involontairement délivré le Ravageur d'Âme qui conquiert toute la planète en quelques jours, en infectant les sortceliers et autres peuples.

Tara se transforme en dragon et en s'alliant avec Magister parvient à vaincre le Ravageur d'Âme. Une fois le Ravageur vaincu, elle abat Magister qui disparaît dans les Limbes démoniaques. Elle pense (en fait, elle espère très fort !) qu'il est mort. Mais entre-temps, l'Impératrice d'Omois, qui ne peut avoir d'enfants, a découvert que Tara était son Héritière et exige qu'elle vienne définitivement vivre sur AutreMonde. Si Tara refuse, elle détruira la Terre.

Le Sceptre Maudit

Tara est amnésique. Après avoir affronté les armées d'Omois afin de garder son libre arbitre, elle s'est rendu compte qu'elle ne pourrait pas tuer d'innocents soldats juste pour rester sur Terre et accepte de vivre sur AutreMonde. Mais elle fait une overdose de magie, tant son pouvoir devient de plus en plus puissant et incontrôlable. Une fois sortie de son amnésie, elle retrouve son rôle d'Héritière d'Omois, et est la victime des farces dangereuses de deux jeunes enfants, Jar et Mara. Mais sa mère est victime d'un attentat et un zombie est assassiné (ce qui n'est pas facile, hein, essayez donc de tuer un type mort depuis des années !).

Tara est chargée de l'enquête tandis que Magister attaque le Palais avec ses démons pour tenter d'enlever Tara encore une fois (complètement monomaniaque ce type !). Heureusement, ils sont prévenus à temps par le Snuffy Rôdeur, qui s'est échappé des geôles de Magister.

Folle de rage, l'Impératrice décide d'attaquer Magister dans son repaire et laisse l'Empire entre les mains de son Premier ministre et de Tara. Hélas, elle est capturée par Magister et Tara se retrouve, bien contre son gré, Impératrice par intérim (ce que, à quatorze ans, elle trouve très, mais alors très moyen comme situation).

Magister envoie son terrible Chasseur, ennemie de Tara, et ancienne fiancée de Maître Dragosh, Selenba, la vampyr, espionner Tara. Celle-ci prend l'apparence d'un proche de Tara et blesse gravement l'homme qui fait la cour à la mère de Tara, Bradford Medelus. Puis la magie disparaît et ils se rendent compte que Magister a, grâce à l'Impératrice, eu accès aux treize objets démoniaques, dont le Sceptre Maudit qui empêche les sortceliers d'utiliser leurs pouvoirs magiques.

Coup de chance, les adolescents sont épargnés. Grâce aux Salterens, ils trouvent le collier de Sopor, objet qui permet de détruire le Sceptre. Involontairement capturés par Magister en combattant le Chasseur, ils délivrent l'Impératrice et détruisent le Sceptre. Magister attaque l'Empire d'Omois avec des millions de démons, mais Moineau découvre à temps pourquoi le zombie a été assassiné et Magister est vaincu.

Son armée est détruite. Robin va chercher Tara pour célébrer la victoire, mais à sa grande horreur la chambre de la jeune fille est vide.

L'Héritière a disparu.

Le Dragon Renégat

Tara s'est lancée à la recherche d'un document qui lui permettra de faire revenir son fantôme de père. Elle a laissé un mot, mais la démone chargée de le donner à l'Impératrice a oublié. Ses amis partent à sa recherche tandis qu'un mystérieux dragon assassine un savant dans l'un des laboratoires du Palais Impérial d'Omois. Puis lance un sort sur Tara. Elle devra se rendre à Stonehenge, où, depuis cinq mille ans, il a placé un terrible piège qui va détruire la Terre et tous ses habitants. Tara va-t-elle résister à sa propre magie, dont la trop grande puissance risque de la consumer ?

Grâce à l'air d'Igor (petit, contrefait, a un cheveu sur la langue) et à sa géante de femme (grande, solide, peut assommer un bœuf d'un seul coup de poing), et au fidèle Taragang, Tara parviendra à élucider l'énigme de la disparition de son grand-père, mais surtout à déjouer les plans du mystérieux dragon. Et lorsque Robin l'embrassera, enfin, et que l'Impératrice le bannira pour l'empêcher d'approcher son Héritière, Tara prendra une décision qui coûtera cher à l'une de ses meilleures amies…

Le Continent Interdit

Betty, l'amie terrienne de Tara, a été enlevée par Magister. Et Tara n'a toujours pas retrouvé sa magie. Or le Continent Interdit, où a été amenée Betty, est gardé par les dragons qui refusent que Tara y mette le bout de l'orteil.

Pour sauver son amie, elle n'aura pas le choix. Elle devra retrouver son puissant pouvoir, défier les dragons et dévoiler le terrifiant secret que cachent les gros reptiles volants.

De plus, afin de compléter la liste des ingrédients destinés à réincarner son fantôme de père, Tara découvre que le seul endroit où pousse l'une des plantes, la Fleur de Kalir, est justement le Continent Interdit.

Avec l'aide toujours aussi précieuse de Robin, le beau demi-elfe dont elle est de plus en plus éprise, de la dangereuse elfe violette V'ala, de Fabrice le Terrien, de Moineau, la Bête du

Lancovit, de Cal, le Voleur Patenté, et de Fafnir, la redoutable naine guerrière, Tara va devoir faire face à l'ennemi le plus dangereux qu'elle ait jamais rencontré… la Reine Rouge et ses plans déments de conquête d'AutreMonde.

Dans le piège de Magister

Magister est dingue… amoureux de la mère de Tara. Au point qu'il tente de l'enlever. Folle de rage, Tara décide de se transformer en Chasseur. Plus question de subir les attaques de son pire ennemi, désormais, c'est elle qui va le traquer. Elle part à la recherche d'objets de pouvoir démoniaques, les fameux « prototypes » ayant servi à fabriquer les originaux conservés par les Gardiens. En soignant Selenba, la redoutable vampyr, Tara apprend à se transformer elle-même en véritable vampyr et vole l'Anneau de Kraetovir. Mais les dragons préparent quelque chose et Tara et ses amis devront partir pour le Dranvouglispenchir et affronter celui qui se tapit dans l'ombre, Magister et ses plans démoniaques. Sauf qu'ils ne pouvaient pas imaginer que les dragons eux aussi avaient l'intention de réduire la Terre et AutreMonde en esclavage. Tara devra affronter l'un de ses plus dangereux adversaires, tapi dans l'ombre, être maléfique pétri de cruauté à côté de qui Magister est un aimable plaisantin !

L'Invasion Fantôme

En tentant de faire revenir son père d'OutreMonde, Tara libère une horde de fantômes qui possèdent tous les gouvernements d'AutreMonde. Sous ses yeux, son petit ami Robin meurt et elle n'est sauvée que par Xandiar. Après avoir voulu mourir par culpabilité et remords, Cal la sort de sa dépression et elle part à la recherche de la machine qui va permettre de détruire les fantômes. Mais Magister a appris qu'elle recherchait la machine et lance Fabrice, son nouveau disciple, et Selenba, son terrifiant Chasseur, à ses trousses.

Tara devra donc affronter son ex-meilleur ami avec l'aide d'un étrange garçon à la peau lumineuse et dont la beauté lui tourne la tête. Et de la plus improbable des alliées, Angelica, qui se découvrira un nouveau pouvoir et sauvera, bien involontairement, la planète entière. Jusqu'au dénouement final où Magister découvrira que sa famille est plus étendue qu'il ne le croyait...

L'Impératrice Maléfique

Tara est exilée sur Terre.

Depuis près d'un an, elle est confinée chez Isabella, sa redoutable grand-mère, réduite à éloigner les vampyrs qui sévissent de plus en plus nombreux dans les rues terriennes et, pour tout dire, elle commence à trouver le temps long. Et presque à regretter ses ennuis coutumiers.

Soudain, sur AutreMonde, ses proches sont attaqués les uns après les autres. La jeune sortcelière voudrait revenir, agir, les sauver. Mais lorsqu'on est bloqué sur Terre, difficile d'être efficace ! Sauf peut-être en tentant l'impossible. L'inconcevable. Or c'est là que les choses se compliquent...

Tara est à son tour attaquée chez elle. Sous ses yeux, elle voit mourir Selena, sa mère, après que celle-ci a été mordue par T'eal, le président des loups-garous. Fou de douleur, Magister enlève le corps de Selena, jurant de la ressusciter. Mais un péril bien plus menaçant gronde. L'Impératrice a un comportement parfaitement anormal et empêche Tara de revenir sur AutreMonde, en dépit de tout ce qui s'est passé. Afin de revenir, Tara se résout à passer par les Limbes démoniaques afin d'accéder à AutreMonde sans passer par les portes de transfert. Sauf que les Limbes ont bien changé. À présent, les démons ont terraformé toutes leurs planètes ainsi que leurs habitants. Et le somptueux prince Archange ne laisse pas Tara indifférente.

Une fois de retour, grâce à une étrange entité, la Reine Noire, qui semble être le double maléfique de Tara, la jeune fille et ses amis vont devoir affronter les habitants d'AutreMonde possédés par un puissant sortilège, s'allier avec leur pire ennemi pour résoudre une situation de crise diplomatique et affronter la plus noire des magies. Parviendront-ils à y rétablir l'équilibre ?

Défi d'autant plus difficile à relever qu'à seize ans, les cœurs s'affolent et s'emballent, et conduisent à faire de bien mauvais choix...

Dragons contre démons

Deux fiancés, un démon et un dragon, une planète casino piégée, des négociations houleuses et deux garçons qui se disputent son cœur, tandis que le sort de l'univers repose entre les mains/pattes/tentacules de tas de gens mal intentionnés...

Tara va devoir composer avec les intérêts économiques, politiques ou amoureux des uns et des autres, au point, parfois, d'oublier qu'elle n'a que dix-huit ans et que, de temps en temps, pour ne pas s'abîmer à force de se vouer aux autres, il faut se poser la question : Qui suis-je et qu'est-ce que je veux vraiment ?

Loin de Cal, de Robin et de ses plus fidèles alliés, saura-t-elle discerner ses amis de ses ennemis, surtout lorsqu'ils revêtent le masque bien trop séduisant d'Archange, le démon des Limbes ?...

Note de l'auteur à ses lecteurs

Les pégases, glurps, vrrirs, traducs, spatchounes, taormis, t'sils et autres bestioles bizarres sont décrits dans le lexique d'AutreMonde à la fin de ce livre.
Avertissement : l'auteur n'a consommé aucune substance illicite et ne fait que décrire ce qu'il – enfin, elle – voit...
Retrouvez Tara sur : www.taraduncan.com
Écrivez-lui à : tara@taraduncan.com

Chapitre 1

Magister

Ou comment essayer de gérer l'arrivée de six planètes dans son espace de jeu personnel…

Le verre de cristal coloré, soigneusement sculpté au point de ressembler à un immense diamant rouge et creux, rata la table d'au moins une dizaine de centimètres. Il tomba sans se briser, rebondissant sur le confortable tapis noir qui se détachait sur la moquette épaisse et uniformément grise. Le vin rouge se répandit.

L'effrit volant, responsable du service, grommela. Il aurait bien voulu savoir pourquoi son maître, Magister, avait lâché son verre juste avant de toucher la table. Il était devenu myope ou quoi ?

Bien évidemment, il se garda bien d'énoncer ce postulat à haute voix, il n'avait pas envie de perdre la tête. Littéralement. Magister n'était pas connu pour sa mansuétude à l'égard de ceux qui lui déplaisaient.

Puis l'effrit vit ce que regardait Magister et fit bien pire.

Il lâcha la carafe. Ainsi que le service complet de verres qu'il était en train de ranger. Et qui, eux, se brisèrent dans un joyeux tintement tandis que le vin imprégnait la moquette et le tapis en glougloutant.

Côte à côte, stupéfaits, l'homme masqué et le démon à la peau rouge venu d'un autre univers regardèrent ce qui venait de s'afficher sur l'immense écran de cristal devant eux.

Six magnifiques planètes qui roulaient dans l'espace comme six énormes bonbons.

— *Swith trand calul glock, ar tavil vruc*[1] *!* s'exclama l'effrit dans une langue inconnue, que le Traductus ne put traduire.

---

1. La traduction approximative serait, vu que le Traductus n'a pas fait son boulot : « Par les… hum, organes de reproduction… de mes ancêtres, mais qu'est-ce que c'est que ce truc ? »

L'homme assis dans le grand fauteuil de cuir, bois et fourrure noirs ne broncha pas, encore trop stupéfait.

— *Brolk de slurk*, reprit l'effrit en omoisien, tandis que ses lèvres minces se retroussaient en un rictus effrayé sur ses crocs noirs, ils ont fait venir notre planète ! Ici ! Ils sont dingues ! Faut que j'y aille.

Et il disparut.

Magister, ennemi public numéro 1 sur de nombreuses planètes, Maître des Sangraves et puissant Haut Mage, aurait dû être furieux. Ses effrits, démons venus de l'univers des démons, depuis qu'ils s'étaient alliés aux humains contre leurs conquérants, les Boulimi-Lema, qui venaient justement de transférer leurs planètes étranges dans l'univers des humains, dragons, etc., étaient liés à lui par contrat. Un contrat plutôt strict et bien détaillé. Ils étaient payés en safran, épice qui n'existait pas sur leurs mondes et qui valait très cher. Le fait que l'effrit soit parti était l'équivalent d'une rupture de contrat, qui allait sans doute lui coûter une fortune en dommages et intérêts.

Mais Magister s'en fichait. Pour la première fois depuis très longtemps, le Maître des Sangraves éprouvait un sentiment aussi inconfortable qu'inattendu.

La peur.

Jusqu'à présent, sa seule volonté avait été de se venger des tortures que les dragons lui avaient fait subir en les massacrant. Et accessoirement de conquérir la galaxie, puis l'univers.

Devenir un tyran immortel était une saine occupation. Et puis il allait s'occuper des gens tellement mieux que lorsque ceux-ci s'occupaient d'eux-mêmes !

Il trouvait donc parfaitement désagréable que d'autres que lui semblent avoir la même ambition.

Avec des moyens nettement supérieurs, d'après ce qu'il voyait sur l'écran de cristal géant.

Il se redressa et se mit à arpenter son large bureau aux boiseries finement sculptées aussi sombres que sa robe de sortcelier. Le cercle rouge sur sa poitrine semblait pulser au rythme de son inquiétude. D'habitude, il avait avec qui parler, notamment Selenba, son Chasseur, qui connaissait presque tous ses secrets. Mais cette idiote venait apparemment de succomber à un désir atavique de reproduction et devait s'employer à devenir enceinte le plus souvent possible.

Il eut un rictus amusé tandis que le masque qui recouvrait son visage se teintait de bleu. Il souhaitait bien du courage à Maître Dragosh, l'heureux élu (ou plutôt le seul vampire qui aimait Selenba au point d'oublier à quel point elle était folle et cruelle) choisi par Selenba.

Magister, lors de la défection de celle-ci, avait envoyé quelques assassins, histoire de lui faire peur et de la conforter dans le fait qu'il était furieux contre elle, mais, en réalité, il savait qu'elle allait s'en débarrasser facilement et lui revenir.

Elle revenait toujours.

Pendant un moment, elle s'assagissait, jurant qu'elle voulait redevenir normale, ne plus avoir peur, ne plus blesser de gens. Et puis, invariablement, sa nature cruelle reprenait le dessus. Elle l'accusait de l'avoir corrompue. Mais en fait, elle était profondément insatisfaite lorsqu'il l'avait rencontrée. Sinon jamais elle ne l'aurait suivi, alors qu'il la poussait à obéir à sa nature profonde et à sa soif de sang.

Ils étaient tous les deux blessés, d'une certaine façon. Chacun était à la fois le miroir et la béquille de l'autre. Ils avaient besoin l'un de l'autre, surtout maintenant qu'il avait perdu son seul véritable amour (Amava avait été plutôt une amourette exotique de jeunesse, qui lui avait coûté horriblement cher), la belle Selena, mère de Tara Duncan, qui avait préféré mourir plutôt que de lui appartenir.

Ce qu'il trouvait quand même fichtrement vexant.

Soudain, il se produisit quelque chose d'étrange. La chemise démoniaque, qu'il portait jour et nuit, sembla se raidir contre lui.

Immédiatement, la peur revint chatouiller son estomac. Même si les esprits haineux et vindicatifs qui avaient été incorporés dans la chemise de fer souple étaient plus ou moins conscients à force de l'avoir fréquenté, ils n'avaient jamais réagi comme cela.

Il avait l'impression qu'ils murmuraient quelque chose.

Cela lui prit du temps, d'autant que de tendre l'oreille vers quelque chose d'inaudible n'était pas facile, mais il finit par les entendre, d'une certaine façon.

— Le Sparidam, murmuraient-ils, effrayés, le Sparidam ! Ils nous appellent ! Ils nous attirent !

Magister se figea, comprenant ce qui se passait.

Non content de lui voler sa vengeance, à présent, les démons essayaient de lui voler sa magie...

Chapitre 2

Gabriel

Ou comment envisager une vengeance peut-être un peu au-dessus de ses capacités.

L'humain hurla.

Les deux démons présents dans le laboratoire l'ignorèrent.

Ce n'était pas son premier cri.

Ce ne serait pas le dernier.

L'un des deux démons, aux étranges cheveux blanc et violet, marchait souplement de long en large. Bon, cela dit, étant un démon dont le corps avait été modifié afin de ressembler à un être humain parfait, il ne pouvait pas faire autrement que de marcher souplement. C'était du moins ce que pensait le second démon qui le regardait arpenter le laboratoire de leur immense résidence trentenière[1].

Ledit second démon se disait aussi qu'il n'aimait pas les corps humains de ses rejetons.

Trop anguleux.

Pas assez de tentacules.

Il ne soupira pas. Tout d'abord parce qu'il avait plein de bouches et que lorsqu'il ne faisait pas attention, cela produisait un bruit regrettablement proche de celui d'une série de pets, ensuite parce qu'il savait que cela ne manquerait pas d'agacer son rejeton.

L'ex-roi des démons se contenta donc de tirer une très longue langue violette parsemée de taches noires et l'utilisa

1. La famille royale ayant des centaines de résidences réparties un peu partout sur les six planètes, écrire juste « résidence secondaire » ne fonctionnait pas. Celle-ci était donc leur résidence trentenière, la trentième quoi, et, oui, effectivement, ce mot n'existe pas, mais je ne sais pas comment le traduire différemment à partir de leur langage pour le moins compliqué…

pour humidifier ceux des yeux parsemant son corps velu et rond qui ne possédaient pas de paupières. Il en avait des centaines, ce qui le rendait extrêmement difficile à surprendre. Ses tentacules grattèrent sa fourrure brune puis la lissèrent, afin de la débarrasser de toute poussière ou saleté.

Gabriel était furieux, l'ex-roi le voyait bien. L'énergie qui émanait de ce corps mince mais musclé était absolument impressionnante.

Il faut dire que le jeune démon avait compté sur des tas de facteurs aléatoires afin de ravir la place de roi des démons à son frère, Archange. Mais que cela avait échoué d'une façon aussi spectaculaire que destructrice. Tandis que le plan d'invasion de l'univers humain d'Archange, lui, avait réussi. Il avait placé ses vaisseaux stratégiquement, alors que Gabriel n'essayait que de détruire les humains, puis il avait activé les portes artificielles qui lui avaient permis de transporter les planètes des démons jusque dans cet univers si riche, si incroyablement peuplé.

En y repensant, l'ex-roi des démons sentit ses nombreuses bouches esquisser un rictus satisfait. Cela avait été un incroyable exploit.

Et pourtant. Il n'arrivait pas à se fier à ces... humains hybrides de démons. Ils étaient bien trop... compliqués. Les Boulimi-Lema étaient des gens simples à la base. Des conquérants, des sortes de sauterelles qui s'abattaient sur les civilisations plus sages, plus paisibles, moins guerrières, les pillaient, puis partaient vers d'autres contrées plus vertes... enfin, plus noires en ce qui les concernait, vu qu'à l'époque, les soleils noirs coloraient tout de sombre.

Mais toutes ces stratégies, tous ces complots, ces complications, ça, c'était bien plus humain. Bien sûr, les démons s'étaient modifiés de nombreuses fois, mais en améliorant ou en transformant leur propre ADN. Jusqu'à une centaine d'années auparavant, ils n'avaient pas pensé à introduire un gène humain dans leur ADN.

Puis un démon un peu plus tordu que les autres avait eu cette idée, après avoir vu un film importé de Terre, sur la beauté. Et avoir constaté à quel point, au contraire des Boulimi-Lema, les humains tentaient d'être le plus beaux possible, pas le plus effrayants. Il avait donc soumis son idée et le roi l'avait acceptée.

Les résultats avaient d'ailleurs été affreux au début. Puis ils avaient réussi, mais dans le mauvais sens : 99 % d'humain et seulement 1 % de démon, essentiellement afin de les rendre plus forts et résistants que les humains, mais également pour leur permettre d'utiliser la magie démoniaque sans devenir fous.

Mais toutes ces modifications, même s'il en était à l'origine, le gênaient profondément. Comme si, quelque part, les humains avaient gagné. La première couvée comportait un million de démons humanifiés. Dont cinquante mille issus de ses propres gènes, ses cinquante mille enfants en quelque sorte.

Il avait passé ce léger détail sous silence. Ni Archange ni Gabriel ne savaient qu'ils avaient autant de frères et sœurs, qui eux-mêmes ne savaient pas de qui ils descendaient, à part qu'ils avaient automatiquement une place importante dans les postes les plus haut placés des six planètes.

Grâce à cela, l'ex-roi des démons avait un excellent contrôle de toutes les planètes. Car dans l'ADN des jeunes démons humanisés se cachait une petite bombe. Un mot secret. Un seul mot qui permettait instantanément au roi des démons de prendre leur contrôle.

Ou même de les tuer s'il le désirait.

Il voulait bien modifier sa propre race afin de la rendre plus proche de ces humains qu'il détestait, mais il voulait tout de même conserver un minimum de sécurité. Déjà, Archange avait une forte tendance à agir d'une façon que l'ex-roi des démons ne comprenait pas toujours. Il avait dû être extrêmement ferme avec son fils lors de leur dernier entretien.

Vouloir essayer de faire la paix avec les humains avait été une chose (même si l'ex-roi des démons trouvait le concept stupide).

Mais là, ce que les humains avaient fait, c'était une déclaration de guerre en bonne et due forme. Même si cela lui apparaissait clairement comme une opération secrète, parce que personne, nulle part, n'en parlait, d'après ce qu'ils avaient pu capter ou espionner des différents mondes.

L'ex-roi des démons ne savait pas qui était derrière cette attaque contre leur univers des soleils noirs. Ils devaient donc se comporter comme s'ils n'avaient aucun soupçon et partir du principe que le reste des autres planètes n'était pas au courant.

Tout ceci devait rester secret. Mais ils allaient se venger, oh, oui. Des milliers de démons étaient morts lorsqu'ils avaient été attaqués et obligés de fuir leur univers. Les voir arriver dans leur univers si fertile avait dû être un choc pour les humains et les dragons.

Devant ce qui s'était passé, Archange avait été obligé de s'incliner, à contrecœur. Il avait admis que son père avait raison, même s'il détestait cela. L'ex-roi soupçonnait que son fils avait des « sentiments » pour la fameuse Tara Duncan. Qui était une vraie bombe, et pas uniquement dans le sens physique du terme, mais également dans le sens explosif du mot.

Du coup, et parce qu'il se méfiait d'Archange, l'ex-roi avait décidé de mettre deux plans en place. L'un avec Archange et l'autre avec Gabriel.

Juste au cas où.

Ce que les deux jeunes ne comprenaient pas, c'était que cela avait été extrêmement amusant d'attaquer les humains, des milliers d'années auparavant. Et de découvrir en plus, après la chute impromptue d'un démon dans l'eau salée, que leurs océans cachaient un élixir incroyablement délicieux, avait été une bonne surprise.

Rien que pour cela, le vieux démon se réjouissait de retourner sur Terre et de boire de nouveau l'eau merveilleuse des océans. Et puis manger des humains encore vivants, c'était tout de même beaucoup plus drôle.

En revanche, cela avait été nettement moins amusant lorsqu'ils s'étaient fait botter les fesses et renvoyer chez eux. La leçon infligée par la coalition des dragons et des sortceliers avait été pour le moins sanglante.

Mais quoi qu'il en soit, ils s'étaient bien éclatés.

En revanche, ce qui se passait à présent était nettement moins plaisant.

Et le vieil ex-roi regrettait les rayons vivifiants et violents des soleils noirs de son univers... Il avait dû modifier son organisme afin de pouvoir survivre sans être obligé de manger d'humains, mais ce n'était pas aussi satisfaisant, loin de là.

Les supplications et les gargouillis étranglés de larmes derrière eux montèrent soudain en un cri sauvage, puis tout s'arrêta.

L'instant d'après, l'un des savants les rejoignit. Il faisait partie de la vieille garde, celle à tentacules. Et leur agitation montrait qu'il était satisfait.

— L'humain est mort. Comme les deux sortceliers.

— Et ?

— Nous avons réussi, dit-il simplement. Cela ne fonctionne pas avec les sortceliers. Leurs âmes sont parties immédiatement en OutreMonde, nous n'arrivons pas à les capturer. En revanche, avec les humains sans pouvoir, cela fonctionne parfaitement. Leur âme met un peu plus de temps à partir, ils sont plus désorientés par la mort que les sortceliers. Voici, mes Seigneurs.

L'un de ses tentacules tendait une plaque de métal noir, fer empoisonné dans lequel se débattait un visage humain, hystérique et hurlant sa terreur muette, emprisonné.

— Pouvons-nous l'utiliser pour faire de la magie, comme avec les autres âmes démoniaques ? demanda Gabriel avec curiosité, tout en se gardant bien de toucher la plaque noire.

— Oui, mon Seigneur. Ces âmes sont moins puissantes que les âmes originelles que nous avions emprisonnées dans le métal, parce que les rayons des soleils de cet univers ne sont pas aussi puissants que ceux de nos soleils noirs. Disons que quatre-vingt-six âmes nouvellement traitées valent une ancienne. C'est à peu près l'unité de valeur. Si nous voulons nous défendre contre la menace qui pèse sur notre race, il va falloir que nous trouvions un vivier de centaines de millions d'âmes, que nous lancions un sort de mort général et que nos vaisseaux capturent les âmes en restant en orbite simultanément. Comme nous l'avons fait pour la fabrication des premiers objets démoniaques. Même si le processus est plus lent et légèrement différent.

Il n'y avait pas à réfléchir bien longtemps. Ils savaient où trouver, non pas des millions, mais des milliards d'âmes humaines.

— Parfait ! s'exclama Gabriel. Donc, finalement, notre cible ne sera pas AutreMonde, mais la Terre !

L'ex-roi des démons approuva son fils, tout en sachant que vaincre les Terriens ne serait pas si simple. Ils étaient loin des primitifs aux couteaux de fer brut et aux flèches peu dangereuses qu'ils avaient massacrés cinq mille ans plus tôt. De ce qu'il avait pu voir au cours des milliers d'années, la science des humains avait progressé bien plus vite que celle des Boulimi-Lema, même si ce qu'ils avaient volé aux autres peuples plus avancés leur permettait des exploits encore hors de portée des rêves les plus fous des Terriens.

Le savant se retira avec la plaquette de métal noir, laissant Gabriel reprendre son va-et-vient sauvage, tandis qu'ils réfléchissaient aux plans d'attaque de la Terre. Enfin une fois que leurs autres plans auraient été mis en place.

Et l'ex-roi des démons pourrait enfin se plonger dans la délicieuse eau salée de la Terre et s'y baigner jusqu'au cou – même s'il n'avait pas de cou – jusqu'à la fin de ses jours...

Soudain, Gabriel s'arrêta, tirant l'ex-roi des démons de ses douces rêveries.

— La vache ! grogna-t-il.

Plusieurs des sourcils de l'ex-roi des démons se haussèrent. Il se prénommait Vash, pourquoi donc son fils avait-il mis un prénom variable – « la » – devant son nom ?

Gabriel vit le regard... enfin, les regards surpris de son père et soupira.

— Je voulais dire... (il éructa un horrible juron puis reprit en démonique), mais dans notre langage, ton nom, père, ressemble fâcheusement à celui des paisibles ruminants que nous avons importés sur nos planètes.

Son père éclata de rire.

— Oui, je sais, les vaches et Vash, j'avais déjà remarqué. Veux-tu que je change de nom ?

Gabriel se figea, étonné par cette proposition. Puis il prit une position d'excuse, mi-incliné, mi-accroupi.

— Non, père, bien sûr que non. Vous avez un très beau nom, guerrier conquérant des îles Tumultueuses. Il serait inconvenant de ma part d'oser imaginer une telle audace !

Vash fit claquer sa langue avec agacement. Gabriel se foutait de lui, ouvertement... enfin non, pas ouvertement, mais il voyait bien qu'il ne s'excusait pas vraiment.

Depuis des années, il avait été interdit aux démons de tuer leurs parents. Les vieux commandants étaient trop importants, trop vitaux dans le plan d'invasion pour laisser des jeunes démons ambitieux leur couper le cou... ou les cous.

En voyant le regard violet de son rejeton se poser pensivement sur lui, le vieux démon se sentit soudain absurdement reconnaissant envers cette loi, qu'il s'était empressé de voter.

Il avait vraiment, vraiment bien fait.

Gabriel eut un sourire soudain. Comme s'il lisait les pensées de son géniteur.

Vash s'empêcha de montrer la moindre réaction.

— Je vais me venger, fit Gabriel d'une voix froide. Cette garce va payer.

Ouf, l'attention de son fils s'était détournée.

— Quelle garce ? demanda Vash, sincèrement intéressé. On t'a manqué de respect, mon fils ? Quelle démone a osé ?

— Pas une démone ! Elles ne se le permettraient pas. Non, cette humaine, de cet Empire minable.

Ooohhhh, Vash commençait à comprendre.

— Tara Duncan ? pronostiqua-t-il, ce qui n'était pas bien compliqué.

Pourtant, Gabriel le cloua de son regard méprisant.

— Tara Duncan ? Bien sûr que non ! Elle est condamnée de toute façon, pourquoi me préoccuperais-je d'elle !

D'accord. Là, Vash était surpris. De qui son fils parlait-il donc ? Ses tentacules s'agitèrent, pour montrer sa surprise.

— Mara Duncan ! éructa Gabriel, furieux, répondant à la question muette. Elle va payer pour m'avoir fait échouer !

— Tu vas la tuer ? demanda l'ex-roi des démons d'un ton avide. J'aime bien quand on tue des humains. Et puis, vu ce que nous leur réservons pour nous sauver, après ce qu'ils nous ont fait, mourir de cette façon sera plutôt de la miséricorde que de la cruauté.

— Non, l'interrompit Gabriel, farouche, je vais faire bien pire que de la tuer.

— Ah bon ?

— Oh, oui, crois-moi, elle va regretter d'avoir vu le jour !

— D'accord. Et... ?

— Elle a fait tout cela pour l'amour de ce petit humain, Caliban.

Oui, Vash savait que les plans de son fils avaient échoué parce qu'une petite humaine avait volé la sphère de NA par amour. Ce que Gabriel, quasiment l'écume à la bouche, n'avait pas l'air de pouvoir oublier.

— Quelle pathétique fragilité, cette recherche de l'amour, gronda le jeune démon. C'est ce qui la perdra. Je vais la faire tomber amoureuse de moi. Et ensuite, lorsque sa planète sera détruite, je la garderai comme esclave à mes côtés, me haïssant à jamais, mais incapable de mourir, parce qu'espérant jusqu'au bout exercer sa vengeance. De temps en temps, je lui laisserai croire qu'elle pourrait réussir à me tuer, mais chaque fois je lui ôterai un peu plus d'espoir. Jusqu'à la briser totalement. Et alors, je lui ferai subir le même sort qu'aux autres.

Sauf que Vash avait prévu quelque chose de très différent... Il changea de sujet, tandis que, derrière Gabriel, les gardes se mettaient en position. Vash avait choisi de vieux démons qui sauraient maîtriser son fils sans lui faire de mal... enfin, sans lui faire trop de mal.

— En attendant, pour notre protection, nous devons récupérer le maximum des âmes perdues, volées par le Haut Mage Demiderus. Invoquons un Sparidam sur chacune des planètes où nous nous rendrons et nous verrons si des âmes perdues répondront. Nos espions sont en place ?

— Oui. Nous avons engagé des mercenaires humains. (Son ton devint ouvertement méprisant.) Ces humains se vendent contre de l'or, sans se rendre compte à quel point ils trahissent leur race. Nous en avons plusieurs, dans chaque pays d'AutreMonde et sur Madix, mais également sur Terre. (Sa voix prit un accent satisfait.) Et en dehors des mercenaires, nous avons d'autres alliés potentiels. Que nous avons contactés comme tu le sais.

Vash était curieux. Il avait découvert ces nouveaux alliés grâce aux effrits et ne savait pas encore s'ils allaient les aider.

— Et ?

— Notre chance, c'est qu'*ils* ont été maltraités. De fait, leur offrir une totale impunité et un transfert sur l'une de nos planètes semble leur convenir. Mais je ne suis pas inquiet. *Ils* ont peur et parce qu'*ils* ont peur, *ils* obéiront. Nous allons leur fournir les bombes, à charge pour eux de les placer dans les principaux endroits que nous avons sélectionnés sur AutreMonde. D'ailleurs, peux-tu *le* convoquer afin que nous lui demandions les emplacements, s'il te plaît ?

Vash activa la chevalière qu'il portait à l'un de ses plus petits tentacules.

Immédiatement, un immense effrit rouge aux yeux jaunes obliques et aux dents comme aux griffes noires se matérialisa devant eux.

Meludenrifachiralivendir.

Ils l'avaient tiré de sa prison des Limbes où il croupissait pour avoir tenté de prendre le pouvoir. L'ex-roi des effrit portait de nouveau sa flamboyante couronne de feu sur la tête. Et était très empressé auprès de ses maîtres. Une fois qu'il eut massacré ceux des effrits qui l'avaient emprisonné, les Boulimi-Lema s'étaient assurés, par son intermédiaire, d'avoir la pleine et entière coopération des anciens traîtres. Mel brûlait autant qu'eux de se venger.

Et particulièrement de Tara Duncan.

— Nous travaillons le plus vite que nous pouvons afin de réaliser l'armement des vaisseaux pour l'invasion, fit-il fièrement, croyant que c'était la raison pour laquelle il avait été convoqué. Mon peuple ne faillira pas cette fois-ci, je m'en porte garant.

— Très bien, brave Meludenrifachiralivendir, sourit l'ex-roi des démons. Je t'avais demandé les emplacements où des bombes provoqueraient le maximum de dégâts pour le gouvernement sans trop abîmer la population dont nous pourrions avoir besoin. As-tu fait la liste ?

L'effrit sourit, ce qui n'était guère agréable, puis fit apparaître un long parchemin (il était très traditionaliste, lui. Les plaquettes de cristal, ce n'était pas trop son truc, trop moderne), sur lequel les différents palais et parlements étaient clairement décrits et ciblés.

— Je ne vis que pour vous servir, s'inclina l'effrit.

— Parfait, le remercia Vash en prenant le document. Tu peux retourner à tes occupations et merci encore.

L'effrit s'inclina encore, puis disparut.

L'ex-roi des démons était satisfait. Il avait réuni autant des ennemis des humains qu'il avait pu trouver.

Gabriel serra les poings et grogna :

— Nous n'avons pas pu, en revanche, infiltrer la planète des dragons, trop dangereux, et la planète Sentivore non plus. Les maudits Diseurs de Vérité nous ont sentis tout de suite. Il va falloir nous contenter des trois premières. Pour l'instant.

— Alors, fit Vash, je vais dire à Archange d'ordonner à nos envoyés de localiser les âmes perdues le plus vite possible grâce au Sparidam. Et en ce qui concerne la récupération sur AutreMonde de la machine dont nous avons besoin, nous allons faire un cadeau aux humains.

Ah, il avait réussi à surprendre son fils, qui s'arrêta net et le regarda.

— Ah oui ? Un cadeau ?

— Gardes, dit simplement Vash, maintenant.

Avant d'avoir eu le temps de réagir, Gabriel était écartelé par des tentacules tandis que des pattes griffues le plaquaient au sol, dos à terre, impuissant.

— Mais qu'est-ce qui...

Vash l'interrompit, pointa un tentacule velu sur lui.

— Un présent, impressionnant, oui, qui devrait beaucoup plaire aux humains.

— Quel cadeau ? cria Gabriel en se contorsionnant. Père, qu'est-ce que vous faites ?

— Ah, oui, je ne t'ai pas dit ce qu'était ce cadeau ? fit Vash en faisant durer le plaisir.

— Non ! hurla Gabriel qui n'était pas idiot et avait vite fait d'additionner son immobilisation et ce que disait Vash. Père !

— Oh, mais si, roucoula l'ex-roi des démons. Ce cadeau, c'est toi !

Les démons, sur son ordre, emmenèrent Gabriel qui hurlait de toute la force de ses poumons. Le roi se passa sa langue principale sur le corps.

Oui, c'était un cadeau qui allait plaire aux humains. Et il était aussi curieux de savoir ce qu'allaient en penser les dragons.

Chapitre 3

Sylver, le demi-dragon

Ou, parfois, hériter n'est pas forcément synonyme de bonne nouvelle.

La petite fille prit la pose devant eux, les mains derrière le dos en se dandinant un peu, comme si elle hésitait entre envie de se montrer et timidité. Elle ne devait pas avoir plus d'une huitaine d'années. Elle était vêtue d'une ravissante robe à smocks rose dont la ceinture était parsemée de petites fleurs. Un bandeau assorti retenait ses longs cheveux blonds et ses yeux bleus dévisageaient Sylver avec un grand intérêt.

C'était assez curieux, parce qu'ils se trouvaient sur le Dranvouglispenchir, la planète des dragons, où l'atmosphère ne convenait guère aux humains. Mais peut-être, comme Sylver, était-elle un hybride d'humain et de dragon et que cela ne la gênait pas.

Elle se tenait, pieds nus, dans la vaste pièce argentée, antichambre du Palais où venait de rentrer le jeune homme. Comme il n'y avait pas de meubles, juste une épaisse moquette recouverte de tapis noirs aux formes géométriques, probablement importés de Krasalvie, et des miroirs un peu partout, la petite fille concentrait donc obligatoirement toute l'attention du visiteur.

Elle sourit de sa jolie bouche rose et dodue et s'avança vers lui, comme si elle voulait qu'il la soulève et la prenne dans ses bras. Instinctivement, Sylver se pencha, prêt à l'attraper, tout en se demandant fugitivement si ses enfants à lui seraient aussi adorables.

C'est alors que la petite fille sortit les mains de son dos.

Et lui planta un couteau droit dans le cœur.

Le corps de Sylver réagit bien plus vite que lui. Il était encore en train d'essayer de comprendre ce qui se passait que, déjà, ses écailles invisibles s'étaient dressées, ruinant son coûteux ensemble de cuir noir... mais lui sauvant la vie. Le couteau fut arrêté net. Il retomba avec un bruit sourd sur l'épais tapis noir.

La gamine articula un affreux juron, puis s'écria en reculant, dépitée :

— Par le sang et par les tripes, mais qu'est-ce que tu es, bâtard ?

Une voix sèche, derrière et surplombant Sylver, répondit :

— Pardon de vous détromper, mais l'Union de notre princesse dragonne, Amavachirouchiva, avec l'humain Magister a été parfaitement enregistrée. Nous avons retrouvé les documents chez les parents de Sylverchirouchivu, Étoile d'Argent. Ils ne savaient pas ce que c'était, car la majorité des nains ne parle pas le dragonish. Mais ils sont légaux. Nous avons également retrouvé les enregistrements qui ont été faits, secrètement, je dois le souligner, auprès de nos prélats. L'union a donc été consommée tant au civil qu'au religieux. Le mot « bâtard » ne peut donc en aucun cas être prononcé à propos de mon client, sans que nous exigions de très impressionnants dommages et intérêts...

Voluchironchivu, le dragon avocat bleu qu'avait engagé Sylver sur les conseils de la mère de sa fiancée, Bellir Forgeafeux, en échange d'un confortable pourcentage sur son héritage, sortit de l'ombre. La petite fille cracha, l'ignorant pour ne s'adresser qu'à Sylver.

— Ce couteau aurait dû te percer le cœur et nous éviter un procès long et coûteux. Je répète donc ma question : qu'es-tu, hybride ?

Sylver, qui n'avait aucune idée de qui était son interlocutrice, à part le fait qu'elle n'avait certainement pas huit ans, répondit calmement ce que son avocat lui avait conseillé de dire, amusé de voir que son petit agresseur avait changé d'adjectif :

— Je suis dragon, je suis humain, seigneur Sylverchirouchivu, fils d'Amavachivouchiva, sœur du roi des dragons, princesse dragonne, je suis héritier de son sang et de son or, chantonna-t-il.

Puis il ajouta, plus sombre, plus... métallique :

— Et grâce à son sang, sous ma forme humaine, je conserve des écailles qui me protègent des... couteaux. Et même des attentions inopportunes.

Soudain, la petite fille devant lui fut prise de tremblements. Sylver crut qu'elle allait se mettre à pleurer lorsqu'elle grossit et se transforma en une énorme dragonne verte. Qui n'attendit pas que Sylver réagisse pour lui souffler dessus une véritable tornade de feu.

L'avocat bleu derrière lui glapit et bondit pour éviter de terminer sous forme de dommage collatéral, petit, noir et fumant.

Les écailles de Sylver étaient résistantes, mais pas ignifugées – enfin si, mais pas suffisamment. Il n'avait pas envie d'être blessé. Il était déjà en l'air alors que la dragonne commençait tout juste à souffler. Son arme quitta son fourreau avant qu'il n'ait même vraiment conscience de son geste tant il était automatique. Stupéfaite, la dragonne verte leva les yeux, prête à le carboniser en vol, sauf qu'il ne rebondit pas dans l'un des angles de la pièce

Il retomba sur le dos de la dragonne avec une précision impeccable.

Qui sentit une langue froide de fer se poser sur son cou tandis qu'une voix murmurait à son oreille :

— Ceci est une épée d'Impitoyable, dame-dragonne-inconnue-qui-a-essayé-de-me-tuer. Savez-vous ce que sont les Épées des Impitoyables, dame-dragonne-inconnue-qui-a-essayé-de-me-tuer ?

Stupéfaite d'être passée d'attaquante à attaquée en quelques fractions de seconde, la dragonne n'osa pas répondre. Avec cette lame posée sur sa gorge, même déglutir lui semblait soudain déconseillé. De plus, elle était à bout de souffle, son feu s'éteignit. Le dragon bleu, les yeux écarquillés, contempla l'étrange spectacle d'une dragonne chevauchée par un humain, avec une lame en train de lui chatouiller les écailles. Une lame qui avait l'air désagréablement tranchante et dont, justement, Sylver était en train de parler :

— Ce sont des lames forgées par les nains. Spécialement pour nous, les Impitoyables. Parce qu'elles tranchent absolument n'importe quoi. Y compris les écailles les plus résistantes des dragons. En fait, en dehors de la justice que nous apportons parmi les nôtres, ces armes sont surtout forgées pour lutter contre vous, les dragons. Rappelez-vous de cela la prochaine fois que vous m'agresserez, dame-dragonne-inconnue-qui-a-essayé-de-me-tuer. Parce qu'il n'y aura pas de merci de ma part, la troisième fois.

La dragonne ne bougea pas d'un cil lorsque Sylver sauta agilement avant de se réceptionner devant son avocat. Il s'inclina devant elle et reprit, impérial en dépit de ses vêtements en loques :

— Nous sommes venus voir ma grand-tante Gravachiroulenchiva. Pourriez-vous avoir l'obligeance de l'en informer, je vous prie ?

Le dragon derrière lui soupira. L'affaire allait être nettement plus compliquée que ce qu'il espérait.

— Je crains, hélas, seigneur Sylverchirouchivu, précisa-t-il d'une voix lasse, que vous ne veniez justement d'agresser votre grand-tante.

Sylver resta impassible, tandis que la dragonne et lui se dévisageaient. La dragonne voyait un bel humain, à la longue chevelure nourrie de dizaines de couleurs, du platine à l'ocre en passant par le caramel et le blond des blés, une peau étincelante (elle aurait dû se douter que c'étaient des écailles qui miroitaient imperceptiblement ainsi), aux yeux tout aussi dorés et aux vêtements déchirés. Il avait rengainé son arme, montrant ainsi qu'il ne la craignait pas.

Un instant, la vieille dragonne faillit le lui faire regretter, mais elle se souvint de l'avertissement glacial qu'il venait de lui susurrer.

Eh oui, elle connaissait les Impitoyables. Et elle ne s'était clairement pas assez bien renseignée sur ce qu'était, ou n'était pas, ce fichu neveu surgi de nulle part.

En fait, s'il n'avait pas réclamé sa part d'héritage, dame Gravachivoulenchiva l'aurait purement et simplement ignoré. Sauf que voilà. S'il était reconnu comme héritier légitime, il aurait effectivement le droit de récupérer l'or de sa mère. Et comme tous les dragons, à part cette imbécile de Charmamnichirachiva, qui toute reine des dragons qu'elle était n'avait pas à se mêler des droits des héritages et pourtant l'avait fait en lui imposant ce rendez-vous, Grava avait un amour intense et très déraisonnable pour l'or.

Lorsque son frère fou, le roi des dragons, Chandouvarivoulachivu, avait tué sa sœur, la belle Amava, pour avoir aimé un humain et surtout pour lui avoir ouvert l'une des plus précieuses salles du trésor et montré la chemise démoniaque qui y était entreposée, entre deux examens et prélèvements, l'héritage d'Amava avait été réparti entre les différents dragons de sa famille. Soit ses trois tantes et son frère.

Lorsque Chandou avait été tué à son tour, son héritage avait été transmis à sa fille, Charmamnichirachiva, élue récemment nouvelle reine des dragons.

Nouvelle reine qui venait d'annoncer à la cour dragonienne qu'elle reconnaissait bien volontiers les droits de Sylverchirouchivu, Étoile d'Argent, et lui restituait sa part de l'héritage de sa tante.

Argh.

Rien que d'y penser, la vieille dragonne en avait les écailles qui fumaient.

Évidemment, cela créait un précédent. Alors, lorsque le minus hybride avait requis une audience avec elle, Grava avait pensé qu'en le croquant/carbonisant/annihilant, elle réglerait le problème en même temps.

Elle se souvint du contact du fer froid sur sa gorge. Bon sang, ce qu'il était rapide, le fils d'Amava ! S'il n'avait pas été là pour lui piquer son or, la vieille dragonne verte l'aurait sans doute admiré pour ses performances guerrières. Bon, elle-même n'était pas aussi rapide que quelques millénaires plus tôt, mais quand même, elle s'était fait totalement prendre par surprise.

Donc, il était rapide, presque invulnérable et fort.

Le poison ? Hum, oui, ça, c'était une bonne idée. Indétectable, les humains avaient la réputation d'être fragiles physiquement, elle n'aurait sans doute aucun mal à...

Soudain, le mur en face d'eux s'anima, prenant du relief tandis que six planètes apparaissaient pour défiler majestueusement devant eux.

Charm, la magnifique dragonne rouge, apparut à côté des planètes. Son regard d'or était sévère et sa voix emplie d'inquiétude, mais son ton resta ferme lorsqu'elle annonça l'inéluctable :

— Notre univers vient d'être envahi, les démons ont importé leurs planètes. Dans notre univers. À l'instant.

Le dragon bleu et la dragonne verte hoquetèrent de surprise et Sylver faillit avaler de travers.

La reine marqua une petite pause, tandis que les planètes roulaient dans l'espace. Elles avaient toutes, curieusement, des couleurs différentes, surtout celles qui, contrairement à AutreMonde ou à la Terre, ne possédaient pas d'immenses océans.

Charm plissa son museau rouge et augmenta le volume de sa voix :

— Je déclare la loi martiale. Tous les biens des dragons sont gelés et reversés au Trésor national afin de soutenir notre effort. Dragons ! Nous sommes en guerre !

La vieille dragonne verte fixa l'écran, horrifiée, et hoqueta :

— Noooonnnn ! Mon or !

Puis s'évanouit proprement.

Sylver la regarda froidement. Il n'avait pas du tout l'intention de tenter un bouche-à-bouche. Il releva les yeux vers l'image tridimensionnelle de Charm et des planètes et, soudain, faisant sursauter son avocat, il éclata de rire.

— Eh bien, fit-il joyeusement, au moins, cela règle le problème de mon héritage !

Chapitre 4

Charm

Ou être reine des dragons ne signifie pas toujours que les gens vous obéissent à la griffe et à l'œil…

Lisbeth était profondément endormie dans les bras de Various. Au début, cela avait été un peu difficile.

Various ronflait.

Lisbeth n'avait pas l'habitude de dormir avec quelqu'un, du moins pas d'une façon régulière, et si, au début, elle avait été fascinée par la diversité impressionnante des sons que Various était capable de produire, au bout d'un moment, elle avait eu la terrible tentation de l'étrangler pendant son sommeil.

Tout, pour qu'il cesse de faire autant de bruit.

D'autant qu'il ne voulait pas entendre parler de dormir dans une autre chambre. Il voulait la tenir dans ses bras pour s'endormir, point et pas de discussion.

Lisbeth comprenait, d'autant plus qu'elle partageait cette soif d'être près de lui le plus possible.

Fort heureusement, elle n'avait pas été obligée d'en arriver à de telles extrémités… létales et, après avoir discuté avec les chamans du Palais, ils avaient mis au point un petit sort inoffensif qui, posé le soir sur la gorge de Various, formait une bulle de silence dès qu'il s'endormait et se dissipait quand il reprenait conscience. C'était absolument parfait.

Pourtant, bizarrement, la première chose qu'elle pensa lorsqu'elle entendit le bruit insolite dans sa chambre fut : « Slurk, le sort de silence a sauté, il ronfle. »

Malheureusement, ce n'était pas Various, qui dormait comme un ange, mais sa console de communication qui venait de s'allumer avec un discret vrombissement.

Elle se redressa vivement, le cœur soudain à deux cents pulsations-minute. Il était extrêmement rare que son secrétaire, Intimais, la réveille au milieu de la nuit. Il ne le faisait que s'il n'arrivait vraiment pas à régler le problème tout seul.

Elle incanta pour que sa chevelure emmêlée par le sommeil se lisse et se coiffe, tandis qu'une robe de soie crème enveloppait son corps nu, laissant ses épaules dégagées, et qu'une tiare de diamants et d'or blanc venait couronner son chignon en cours de construction. En quelques secondes, elle était prête. Elle ordonna en un murmure aux lumières de s'allumer, en veilleuse, histoire de ne pas se prendre les pieds dans quelque chose, même si les meubles s'écartaient sur son chemin.

Elle allait atteindre la console lorsque celle-ci émit un discret « gling » qui cette fois-ci réveilla Various. Il se redressa, ses cheveux noirs ébouriffés, l'inquiétude se lisait dans ses yeux sombres. Il vit que Lisbeth était habillée de pied en cap et son inquiétude redoubla.

— ... ? fit-il.

Le sort de silence ne s'était pas encore dissipé et il roula les yeux au ciel, agacé. Et recommença dès que la bulle disparut.

— Que se passe-t-il ? grogna-t-il d'une voix encore éraillée de sommeil.

— Je ne sais pas, fit Lisbeth, je viens juste de me rendre compte qu'Intimais voulait me joindre. J'ai essayé de ne pas te déranger, j'allais dire à Intimais de me passer l'appel dans mon bureau, mais puisque tu es réveillé, habille-toi, faisons face à ce qui est probablement la déclaration de guerre des démons.

C'était la menace qui planait sur leurs têtes depuis que les démons étaient arrivés avec leurs planètes près des soleils d'AutreMonde. Various obéit, en ronchonnant qu'elle aurait dû le réveiller quand même, toute sa vigilance de guerrier soudain en éveil. Une incantation et, l'instant d'après, il était vêtu de sa tenue préférée, du cuir noir de spalendital, frappé aux couleurs de son blason, une tête de loup.

— Tu sais, ma douce, remarqua-t-il, déclarer la guerre est une invention très humaine, je ne vois pas très bien pourquoi les démons respecteraient nos conventions. Moi, à leur place, j'attaquerais sans me poser de questions, surtout si j'étais en supériorité numérique.

Lisbeth fit la grimace, puis s'assit dans un fauteuil, prête à affronter son destin la tête haute, Various en alerte derrière elle, et lâcha :

— Ordi. Connexion.

La console obéit et l'ordinateur intelligent, mi-électronique, mi-magique, déploya en trois D l'image des deux têtes d'Intimais.

Le jeune tatris, qui avait lui aussi clairement les figures chiffonnées de quelqu'un venant de se réveiller, devait se douter des conclusions auxquelles l'Impératrice était arrivée et mit tout de suite les choses au point :

— Ce ne sont pas les démons, dit Pacr, l'une des deux têtes.

Lisbeth sentit un intense soulagement l'envahir alors que son esprit interprétait ce qu'elle venait d'entendre. Que cet appel nocturne n'était pas une attaque des démons.

— Pardon de vous avoir réveillée, Votre Majesté Impériale, s'excusa Tacr, plus diplomate, mais nous avons une communication de la part de Son Altesse Royale, la reine des dragons Charmamnichirachiva.

— Charm ? fit Lisbeth surprise.

— Oui, répondit Pacr. Elle a invoqué le code gris.

C'était le code d'urgence absolu. Seul le code noir était au-dessus. Ce devait être grave. Lisbeth, l'estomac de nouveau noué, fit signe à Intimais de la mettre en communication.

La masse imposante de Charm se matérialisa devant eux. La projection était si fidèle qu'on avait l'impression que la reine des dragons aux écailles rouges et aux épines noires était dans la pièce. On la voyait même respirer, ses flancs écailleux se tendant et se distendant, renvoyant la lumière des lampes de son bureau. Lisbeth savait qu'il en était de même pour sa propre projection au Dranvouglispenchir, là où se trouvait Charm. Enfin, sans les écailles.

— Bonjour, Lisbeth, attaqua Charm, faisant fi du protocole. Nous avons un gros problème.

Various ne put s'empêcher de ricaner.

— Oh ? Vous voulez parler des six planètes qui ont débarqué sur notre paillasson il y a quelques jours ?

Charm ne le regarda même pas, ses yeux dorés de serpent fixés sur Lisbeth.

— La faction guerrière s'oppose à moi. Ils veulent attaquer les planètes des démons tout de suite !

Lisbeth se leva d'un bond.

— Quoi ? Mais ils sont fous ! Les démons ne nous ont pas agressés. Les dragons ne peuvent engager les hostilités sans notre accord !

Charm fit une magnifique grimace pleine de crocs.

— Oui, c'est aussi ce que j'ai dit lors de la dernière assemblée, cette nuit. Mais ils gagnent du terrain, Lisbeth. J'ai de moins en moins de soutien de mon côté, au fur et à mesure que la peur monte. Si les démons ne veulent pas nous attaquer, ne pas communiquer avec nous est le meilleur moyen de nous provoquer.

Lisbeth se mit à marcher de long en large sous l'effet de l'agitation, suivie par les yeux de l'ordinateur.

— C'est de la folie ! éructa-t-elle. De la folie furieuse. Pour l'instant, les démons se tiennent tranquilles, alors qu'ils auraient pu nous attaquer et nous prendre par surprise au moment de leur arrivée. Nous n'étions pas préparés, nous aurions sans doute succombé assez rapidement. D'autant plus qu'ils savaient où se trouvaient nos flottes, ils auraient pu nous anéantir. Ils ne l'ont pas fait. Ils nous ont laissé du temps pour nous préparer. Ce ne sont pas là des intentions belliqueuses.

Charm grogna.

— C'est aussi ce que j'ai dit. Mais le chef de la faction guerrière, Gravouterichivu, un ancien allié de Chenivourichivu, qui comme lui voulait démultiplier encore plus notre arsenal militaire, a réussi à attiser les craintes des dragons. Il n'a pas encore proposé de me destituer de mes fonctions de reine si je refusais que les armées dragons attaquent les planètes, mais je sais qu'il ne va pas tarder à le faire.

Lisbeth s'arrêta net.

— Ils peuvent vous destituer ?

— Oui, bien sûr. Nous sommes élus, chez les dragons, ce n'est pas un titre héréditaire. En fait, on propose ça à celui qui est assez idiot pour accepter…

Lisbeth grimaça. Charm avait une façon très particulière de voir l'exercice du pouvoir.

— D'autant, soupira la reine aux écailles rouges, qu'en temps de guerre, on a tendance à élire des gens comme mon père. De vieux gros dragons bien sanguinaires. Une petite reine des dragons comme moi, surtout pacifiste, ne fera pas de vieilles écailles. Gravouterichivu fait partie de la vieille garde. Il a plus de cinq cent mille ans, je ne fais pas le poids à côté. D'ici quelques jours, il aura toutes les autorisations dont il a besoin… d'autant plus que les démons ont tenté de vous tuer sur Tadix. Il l'a tellement répété que, à la fin de ses discours, j'avais la nausée rien qu'en entendant le nom de cette lune.

Lisbeth hocha la tête avec commisération. Oui, elle pouvait imaginer ce qu'avait dit Gravou. Si elle avait été à sa place, elle aurait sans doute utilisé les mêmes arguments.

— Mais Archange a bien montré que c'était une lutte de pouvoir entre lui, la faction pacifiste et celle de Gabriel ! s'exclama-t-elle, furieuse. Et c'est tout de même lui le roi ! Je suis sûre qu'ils ne nous ont pas attaqués parce qu'il l'a interdit.

C'était difficile à dire sur un museau de dragon, mais Lisbeth aurait juré que Charm faisait la moue.

— Nous n'avons que sa parole, argua la dragonne. Tout ce qui s'est passé sur Tadix était extrêmement confus. Chem m'a dit qu'il avait eu beaucoup de mal à démêler qui étaient les ennemis et qui étaient les supposés amis. Même si moi, je veux bien laisser le bénéfice du doute à Archange, les autres dragons ne le feront pas, clairement.

— Très bien, gronda Lisbeth, vous ne m'avez pas… (Elle jeta un œil en coin à Various et rectifia :) … ne nous avez pas réveillés au milieu de la nuit si vous n'aviez pas un plan en tête, je vous connais, Charm. Vous vous faites passer pour une petite chose fragile et naïve, mais vous êtes une redoutable politicienne. Alors ?

Charm, surprise, cligna des yeux, puis éclata de rire.

— J'oublie toujours que vous, les humains à courte vie, vous avez besoin d'aller si vite vers les points essentiels. Les dragons aiment un peu trop palabrer, vous avez raison.

Elle marqua une pause, tandis que Lisbeth, tendue, essayait d'empêcher ses ongles de creuser des cratères dans les paumes de ses mains.

— Les dragons n'aiment pas beaucoup les Terriens, commença Charm avec précaution. Ils aiment encore moins la prodigieuse technologie que les humains ont développée depuis que la magie a été éradiquée de leur planète pour être remplacée par la science. En fait, je crois qu'ils en ont peur. Cette puissance nucléaire. Dans des mains imprudentes, oui, ils n'aiment pas du tout. Et ils ne savent pas plus ce que les humains vont faire face à la menace démone. Ils vous connaissent, ils savent comment vous manipuler. Mais les Terriens ? Là, ils sont dans le flou, dans le noir, cela les déstabilise.

Lisbeth écarquilla ses yeux bleu marine. Ça, c'était un scoop, comme aurait dit sa nièce Tara.

— Et ? demanda-t-elle prudemment, passant sur le fait qu'elle appréciait peu de savoir qu'elle était facile à manipuler.

— Je pense, fit Charm d'un ton tout aussi prudent, que si votre gouvernement décidait, devant la menace représentée par les démons, de s'allier aux peuples de la Terre, les dragons décaleraient leur attaque, plutôt que de risquer d'avoir les deux planètes les plus puissantes de notre univers contre eux. Mais ce n'est qu'un espoir. Pas une certitude. Ils peuvent très bien attaquer quand même et, si nous sommes défaits, laisser les milliards de Terriens payer la facture de leur erreur. Nous allons tout de même affronter six planètes, ce n'est pas rien.

Les deux gouvernantes se turent. La perspective ne leur plaisait pas plus à l'une qu'à l'autre.

Lisbeth se décida. Elle savait que Charm était une alliée. Et on partageait ses informations avec ses alliées. Même si on avait juré de ne pas le faire.

— Cinq planètes, reprit-elle sombrement.

— Pardon ? fit Charm, surprise, en se redressant de toute sa taille, ce qui obligea l'ordinateur à la réduire légèrement pour que sa tête virtuelle n'aille pas se perdre dans le plafond.

— J'ai parlé avec des démons, expliqua l'Impératrice.

Charm n'en croyait pas ses minuscules oreilles. Elle fronça les naseaux, incertaine de ce qu'elle venait d'entendre.

— Vous avez parlé avec Archange ? Mais...

— Non, l'interrompit Lisbeth, je n'ai pas dit Archange, j'ai dit des démons. Les dieux démons des démons, en fait. Gélisor, Bendruc le Hideux et toute la clique.

Charm se pencha et de petites fleurs de feu jaillirent de ses naseaux.

— Quoi ! tonna-t-elle, les dieux démons, ceux qui ont fait le plus de mal à mon peuple, vous ont contactée et vous ne nous avez pas prévenus ?

— Non, répondit Lisbeth avec dignité, parce que ces démons m'ont demandé de conserver secrète leur entrevue avec mon émissaire. Ils ne voulaient surtout pas que les dragons, et encore moins les démons, soient au courant. J'ai respecté leur souhait.

C'était tellement stupéfiant que Charm s'assit sur son imposant derrière rouge.

— Par tous les dieux, mais qu'est-ce que vous avez fait ?

— J'ai juste répondu à une proposition de paix de l'un des puissants alliés des démons. Paix motivée par le fait que ces démons-là sont peu nombreux, même si chacun d'eux vaut quasiment une armée à lui tout seul, et n'ont absolument aucun goût pour la guerre. Mon émissaire, Caliban Dal Salan, a été chargé de négocier pour nous. J'ajoute que les dieux démons l'ont spécifiquement demandé.

D'ailleurs, lorsqu'elle avait convoqué Caliban afin de lui demander d'accepter cette mission, ils s'étaient vraiment posé la question de savoir pourquoi.

— Il est parti sur un vaisseau il y a quelques heures, il devrait rapidement être de retour. Mais si tout se passe bien, nous ne devrions avoir à affronter « que » cinq planètes. Ce qui, de mon point de vue, fait toujours cinq de trop. J'aimerais nettement plus commercer avec eux que leur trancher la gorge. Et vice versa.

— Oui, moi aussi, répondit Charm, sa colère calmée par le pragmatisme de l'Impératrice. Mais quand même, Lisbeth, Impératrice d'Omois, vous auriez dû nous prévenir. Si j'avais eu ces très précieuses informations avant, j'aurais pu avoir des arguments ! Contrer les manigances de Gravou !

Lisbeth ne broncha pas, solide, et Charm soupira.

— Bon, on dit que quand le feu est craché, il est trop tard pour le ravaler. Tenez-moi au courant dès que le Voleur Patenté du Lancovit sera rentré.

La dragonne rouge se pencha vers Lisbeth et murmura presque :

— Reste le problème de la Terre. Qui ignore tout de ce qui se passe. Ce qui présente un gros risque. Alors ? Que voulez-vous faire ?

Lisbeth se pencha et murmura elle aussi ;

— Je pense que mon Héritière et moi allons faire un petit tour sur Terre, dès que Caliban sera rentré. Débrouillez-vous pour nous obtenir quelques jours de répit, le temps de tout mettre en place.

Charm se redressa, satisfaite, un mince sourire plein de crocs sur sa gueule rouge.

— Je vous les obtiendrai. Mais en échange, plus de cachotteries je vous prie. Le sort de cet univers dépend de notre entente, Lisbeth. Restons en contact.

Elle s'inclina légèrement tandis que Lisbeth faisait de même et coupa la communication.

Intimais réapparut, prêt à écouter les instructions de Lisbeth, mais celle-ci voulait réfléchir et lui ordonna d'aller se recoucher.

L'écran s'éteignit.

Lisbeth se tourna vers Various. Le mercenaire de Vilains avait un pli inquiet entre les yeux.

— Lisbeth, gronda-t-il, tu ne m'avais pas dit que tu avais envoyé Caliban Dal Salan sur la planète des dragons !

Lisbeth tourna vers lui un visage rayonnant d'innocence.

— Ah non ? Cela a dû me sortir de l'esprit. J'ai tellement de choses à faire, mon amour, je suis vraiment débordée.

Various serra les dents. Lisbeth avait l'habitude de diriger un Empire de deux cents millions de sujets toute seule, même si elle s'appuyait sur l'Imperator pour les questions armées, depuis longtemps. Effectivement, comme avait pu le constater Charm, l'Impératrice d'Omois n'avait pas l'habitude de partager. Et encore moins ses informations, qu'elle considérait comme le nerf de toute guerre.

Ce en quoi, malheureusement, elle avait raison. Various se détendit. Il avait appris avec le temps qu'il était inutile qu'il lui rappelle qu'il était à ses côtés. Elle le savait très bien et, petit à petit, s'ouvrait à lui. Mais cela allait prendre du temps et, en période de pré-guerre comme l'appelaient les cristalistes du pays, elle s'était encore plus renfermée. Parfois, Various se demandait comment sa future femme faisait pour ne pas devenir complètement folle sous la pression.

Lorsqu'il s'était posé la question à haute voix, quelques jours plus tôt, après une séance un peu houleuse avec le Parlement, il n'avait pas prêté attention à Fafnir, la naine rousse, qui se trouvait par hasard à ses côtés, avec Tara. La naine avait ricané.

— Sans doute parce qu'elle est déjà complètement folle. Vouloir diriger les gens, vraiment, je ne comprends pas du tout l'intérêt de tout cela.

— Various ? dit doucement Lisbeth, qui devant le silence de son compagnon crut qu'il était blessé.

Various lui adressa un franc sourire.

— Pardon, fit-il, je pensais à Fafnir.

Lisbeth fut totalement déstabilisée.

— Pardon ?

— Non, rien, juste une réflexion très juste qu'elle a eue sur le pouvoir. Alors, qu'est-ce que tu vas faire ?

— Attendre Caliban, assurer nos arrières déjà avec ces démons-là, en espérant qu'ils veulent vraiment la paix, puis aller sur Terre annoncer que, finalement, il y a nettement plus de monde dans leur univers que ce qu'ils pensaient.

Elle le regarda sombrement et conclut :

— Et que, hélas, les monstres existent et qu'ils ont de longs crocs.

Chapitre 5

Cal

Ou comment regretter d'avoir dit oui à une mission sans évaluer à l'avance les dommages physiques probables dus à ladite mission.

Cal se tenait devant... en fait, c'était assez indescriptible. Il n'arrivait pas très bien à savoir où commençaient les uns et où se terminaient les autres.

Il était chez les démons.

Plus précisément, chez les dieux démons, le peuple de Zavor.

Gélisor, Bendruk le Hideux et tous les autres.

Pour l'instant, le Voleur Patenté vêtu de noir s'efforçait de garder son estomac à sa place. Ces démons-là nourrissaient les cauchemars des humains depuis des éternités, même si leur implication dans les combats n'avait été que minime, vu qu'ils s'étaient rapidement rendu compte que mourir pour les Boulimi-Lema, ça allait bien cinq minutes.

Les humains ne comprenaient pas à quel point les peuples conquis par les Boulimi-Lema étaient tous différents. Et ne présentaient pas, loin de là, un front uni.

Contrairement à Archange, qui avait imposé un blocus absolu à ses planètes, les dieux démons, eux, avaient fait passer un message à Lisbeth, que Bendruc le Hideux avait eu le plaisir de rencontrer lors d'une invocation quelque peu ratée.

Lisbeth avait été très surprise (oui, ça, c'était même un euphémisme) et ce, d'autant que les dieux démons avaient spécifiquement demandé à ce que l'ambassadeur soit Caliban Dal Salan.

Qui, lorsque Lisbeth l'avait convoqué, avait écarquillé ses grands yeux gris et gémi :

— Mais pourquoi moi ?

Lisbeth n'avait pas pu répondre. Elle avait interdit à Cal de dire à Tara où il allait. Tara était bien assez occupée à tout préparer en vue de l'invasion pour ne pas avoir en plus à se préoccuper de la survie de son petit ami. Cal avait grimacé mais obéi. Il n'aimait pas beaucoup Lisbeth, mais respectait son savoir politique. Un petit vaisseau était venu le chercher et venait d'atterrir sur la planète des dieux démons.

Ce fut ce jour-là que Cal comprit vraiment la signification du mot « petit ». Les dragons étaient grands, certes. Les géants aussi d'ailleurs. Mais face aux dieux démons, ils auraient semblé... ben, petits.

Ce qui l'avait étonné, en dehors de leur taille et du fait qu'ils ne ressemblaient absolument à rien, à part à des amas de tentacules, de bouches et de trucs gigotant et grouillant, c'était qu'ils étaient très peu nombreux. Sans doute à peine plus d'un millier sur toute la planète.

Et ils avaient un problème. Un très sérieux problème.

— Les Boulimi-Lema ont posé une sorte de traceur sur notre planète, tonna Bendruc le Hideux qui semblait être une sorte de chef des dieux démons. Avant d'avoir eu le temps de nous en rendre compte, pouf, nous étions ici. Ils nous ont transportés comme un vulgaire sac de vratouk[1] !

— Oui, grogna Gelisor aux crocs cariés, juste au moment où j'avais un full aux as !

Bendruc lui jeta un... plusieurs regards foudroyants de ses trente-quatre yeux.

— Ils ne nous ont pas prévenus, ces foutus slavorkdr[2]. Ils ont dématérialisé notre planète et l'ont rematérialisée ici, avant que nos organismes n'aient été transformés pour survivre. Cela faisait des milliers d'années qu'ils nous fichaient la paix et pouf, il y a vingt ans, ils ont commencé

1. L'équivalent de pommes de terre, mais rouges et avec une forte odeur d'ail ; les démons en raffolent, même si ça n'arrange pas leur haleine.
P.-S. : ce dont ils se fichent éperdument.

2. Une insulte. Intraduisible parce que la sexualité des Zavor n'a rien à voir avec la nôtre. Le plus proche pourrait être « trou du cul » mais, de nouveau, c'est vraiment très très approximatif...

à transformer nos soleils. Toujours sans nous demander notre avis. Ils devaient continuer avec nos organismes, mais il a dû se passer quelque chose de grave, parce que nous avons eu l'impression qu'ils déménageaient un peu rapidement. Bref ! Nous ne pouvons plus nous nourrir de nos soleils, et pas plus des vôtres. Et nous avons presque épuisé les vivres modifiés qu'ils nous avaient fournis. Ce qui signifie qu'il va falloir que nous revenions à l'ancienne méthode.

Cal grimaça. Ça, c'était une très mauvaise nouvelle. Les démons avaient découvert, lors de leur première invasion, qu'ils ne pouvaient pas survivre sans une dose quotidienne des rayons des soleils noirs. Ils avaient compensé en se nourrissant de chair vivante. De la chair humaine la plupart du temps. Ce que Bendruc appelait « l'ancienne méthode ».

Cal revint à ce qui le préoccupait essentiellement :

— Je vois le problème, mais ce que je ne comprends pas, c'est en quoi, moi, spécifiquement, je peux le résoudre ?

Bendruc le dévisagea et Cal réprima un frisson. Le petit Voleur savait très bien ce qu'était la peur. Le tout était de l'utiliser afin d'en tirer l'adrénaline et le surplus de rapidité qu'elle pouvait fournir, sans se laisser submerger. Mais là, même si son corps lui disait que ce serait bien de filer et tout de suite, son cerveau, lui, savait qu'il n'avait nulle part où aller. Il se maîtrisa donc et affronta les démons, du haut de son tout nouveau mètre quatre-vingts, chèrement acquis lors de sa dernière confrontation avec la Reine Noire. Et qui, là, lui semblait tout, tout petit.

— Tu es allié avec Tara Duncan, répondit majestueusement Bendruc. Même sur notre planète, nous avons entendu parler d'elle. Elle est l'Héritière de l'Empire d'Omois et l'Empire d'Omois est le plus gros exportateur d'AutreMonde vers le Dranvouglispenchir.

Cal fronça les sourcils.

— Le plus gros exportateur de quoi ?

Bendruc le Hideux se passa quelques langues sur ses innombrables bouches qui se mirent à baver d'une façon parfaitement répugnante.

— Mais de vaches, bien sûr !

Au bout de quelques minutes, Cal finit par comprendre le problème des gros démons (il avait cessé de les voir comme des sortes de dieux depuis que Gelisor avait sorti un paquet de cartes parce qu'il s'ennuyait). Les Boulimi-Lema exigeaient que les Zavoriens s'allient à eux en cas de guerre avec les humains/dragons, etc. Bien entendu, les Zavoriens avaient répondu par la négative. Les Boulimi-Lema avaient alors négligemment précisé qu'ils ne modifieraient pas les organismes des Zavoriens pour les adapter aux soleils d'Autre-Monde, tant que les Zavoriens ne signaient pas un engagement formel.

S'il y avait un truc que les Zavoriens détestaient, c'était bien qu'on les oblige à faire quelque chose. Peuple simple, porté vers des plaisirs simples (manger, jouer aux cartes, se pousser dans les lacs qui leur servaient de piscines et faire tout un tas de blagues potaches), les Zavoriens n'avaient pas de technologie, et ils utilisaient plus la magie démoniaque des Boulimi-Lema, même s'ils y avaient accès, comme lorsque Bendruc l'avait invoquée pour retourner chez lui, lors de l'invocation ratée de Lisbeth sur Tadix.

Ils n'aimaient pas la magie démoniaque. Elle leur donnait des boutons.

Enfin, des sortes de grosses pustules noires et gluantes qui faisaient un mal de trouk[1].

Ils étaient donc plutôt, toute proportion gardée, faciles à tuer.

Cal avait du mal à croire que les Zavoriens soient en train de lui révéler leurs points faibles de cette façon. De plus, il était quasiment impossible de déchiffrer le langage corporel

1. Trouk : bien qu'il n'y ait que très peu d'autres animaux sur la planète Zavor, du fait de la sélection naturelle qui a fait des Zavoriens quasiment la seule race survivante à part les animaux domestiques, il existe une race de... de petits monstres qui chassent en meute et pourraient, de très très loin et en étant très très myope, passer pour des chiens. De près, on dirait plutôt des rats pelés géants et ultra-agressifs. Sur Zavor, avoir un mal de trouk signifie qu'on a l'impression de se faire dévorer vivant par une troupe de trouks.

des gros démons. Mais au bout d'un moment, il finit par comprendre que les Zavoriens étaient très sérieux.

En échange de l'aide d'AutreMonde, ils étaient prêts à rester neutres.

Contrairement aux effrits, ils ne voulaient pas combattre, ni aux côtés des uns ni aux côtés des autres. Cal se fit la réflexion qu'il avait rarement rencontré un peuple aussi paresseux, mais, d'un autre côté, ça avait un petit côté sympathique.

Donc, puisqu'ils avaient besoin de manger de la chair vivante pour survivre, ils demandaient à l'Empire de leur livrer mille vaches vivantes par jour. Quelques milliers de poulets pour les animaux carnivores qu'ils élevaient. Des légumes en pots afin de nourrir les animaux domestiques qui avaient besoin de manger des plantes vivantes pour survivre eux aussi.

Et des escargots. Ils avaient découvert qu'ils adoraient les escargots.

Leur planète n'était pas désertique, loin de là, mais il ne restait pas beaucoup d'animaux sauvages, tout simplement parce que les Zavoriens les avaient tous domestiqués, ce qui allait faciliter la tâche de tout le monde. Et ils feraient des largages de plantes vivantes pour les quelques animaux sauvages qui restaient.

Il n'y avait pas d'insectes sur leur planète, donc le problème était réglé de ce côté-là. À côté de la fabuleuse diversité des planètes humaines, celle des Zavoriens ressemblait un peu à celle des dragons. À croire que la puissance de la race dominante entraînait automatiquement l'extinction des autres. La pollinisation se faisait exclusivement avec le vent. Qui balayait la planète en de puissants courants, favorisant la dispersion des graines.

Franchement, en échange de leur neutralité, ce n'était pas cher payé. Et ce n'était qu'en attendant que les savants d'AutreMonde trouvent le moyen de transformer leurs organismes. Ainsi que ceux des animaux et des plantes de leur planète Zavor.

Alors, les Zavoriens estimeraient que le marché était rempli et se retrancheraient dans une bienveillante digestion…

Prudent, Cal précisa qu'il allait devoir prévenir Lisbeth de cette proposition, mais il ajouta qu'il ne voyait pas d'objection majeure. Il demanda aux démons de lui fournir des tas d'échantillons et ne grimaça même pas lorsqu'ils se tranchèrent quelques tentacules afin de les lui fournir.

Il emballa le tout dans des tas de boîtes étanches et fila aussi vite que possible.

Mourmur allait avoir du travail.

Chapitre 6

Mourmur

Ou comment ne pas du tout maîtriser les trucs qu'on invente, mais qu'un dieu des miracles veille sur vous pour transformer vos catastrophes en réussites…

Le « truc machin chose » explosa.

Pour une fois, ce n'était pas prévu.

Et encore moins la puissance de l'explosion.

Pourtant, les assistants de Mourmur Duncan, instruits par une longue et douloureuse expérience, avaient pris leurs précautions.

Le vieux savant était très doué pour créer, nettement moins pour nommer. Donc, il disait « truc », « machin » ou « chose » en fonction de son humeur. Il y avait dans son immense laboratoire des tas d'étiquettes, avec marqué « truc n° 2657 », « truc n° 345 », « machin numéro 45890 », « bidule n° 80321 », etc.

Cependant, les assistants avaient fini par repérer que lorsque le vieux savant mettait plusieurs indicatifs en même temps, c'était que l'objet créé avait un bon potentiel destructif. Donc, « truc », ça allait. « Machin truc », c'était déjà plus délicat. « Truc machin chose » indiquait, sans aucun doute, un énorme boum.

Pour l'instant, on n'avait pas encore expérimenté le « truc machin bidule chose n° 1 » qui attendait comme une menace silencieuse dans l'un des coins de l'immense laboratoire, mais les assistants en frémissaient d'avance.

Donc, forts de ce constat, ils avaient renforcé leurs combinaisons protectrices bleues et, en dépit des protestations de Mourmur, érigé plusieurs protections entre eux et le « truc machin bidule chose ».

Ils avaient bien fait.

— ..., fit l'un des assistants à Mourmur.

— Comment ? cria Mourmur, assourdi par l'explosion et essayant de reprendre ses esprits.

— ..., répéta l'assistant.

— Comment ?

L'assistant roula des yeux d'un air excédé, incanta un Reparus sur les oreilles de Mourmur, puis hurla :

— JE DISAIS : « C'EST PAS PASSÉ LOIN CETTE FOIS ! »

— Ehhhh, sursauta Mourmur, ça ne va pas de crier comme ça, je ne suis pas sourd !

L'assistant leva les yeux au ciel, soupira, puis alla s'assurer que les autres étaient à peu près intacts.

Fasciné, Mourmur se tourna vers la femme imposante, aux courts cheveux blancs, qui se tenait à ses côtés et qui, plus prudente que lui, avait protégé ses oreilles avec un casque, en plus de la cagoule protectrice de la combinaison bleue qui la moulait. Elle le retira précautionneusement, tout en surveillant les bouts calcinés de plafond et de mur qui tombaient encore autour d'eux.

— Chère Heagle 5, tu vas bien ?

— Je vais bien, même si je pense que c'est une énorme chance d'être encore à peu près intacte, grimaça l'ex-commandante des Amazones sur Terre en posant le casque. Non mais, qu'est-ce qui ne va pas chez toi ? Ça vient d'où, cette manie de faire exploser tout ce qui tient à peu près debout autour de toi ?

Mourmur, qui avait la ferme intention d'épouser la commandante, avait, elle ne savait pas très bien pourquoi, décidé de lui faire la cour en l'invitant chaque fois qu'il était à peu près sûr de détruire la moitié d'un bâtiment.

Peut-être pensait-il que l'Amazone aimait bien les explosions. Ce en quoi il avait parfaitement tort ; Heagle 5 comprenait que les explosions étaient indispensables dans un certain nombre de cas, mais cela ne lui plaisait pas pour autant.

Un bout de toit s'écrasa avec un grincement de fin du monde. Les puissants aspirateurs dissipèrent rapidement la poussière et les assistants commencèrent à tout reconstruire à grands jets de magie, tout en gardant un œil inquiet sur les

« trucs machins bidules choses » qui risquaient encore de sauter en une gigantesque réaction en chaîne.

— Bon, soupira Heagle 5 une fois qu'elle fut sûre que rien d'autre n'allait lui tomber sur la tête, et si tu me disais ce que tu as encore inventé ?

— Ce n'était pas censé exploser ! répondit Mourmur, dépité, en fourrageant dans son épaisse tignasse blanche qui ressemblait fortement à un nid d'oiseau. En dehors de mon travail sur les objets démoniaques, pour aider les âmes prisonnières à sortir du fer empoisonné sans être détruites et sans retomber sous l'esclavage des démons, je suis également en train de travailler à un processus qui permettrait de transformer l'organisme des dieux démons sans les détruire, eux non plus.

Il cligna de ses grands yeux bleus.

— Sauf que le petit bout de tentacule que j'ai mis à l'intérieur, gracieusement prêté à Caliban Dal Salan par Gelisor aux crocs, ne s'est pas transformé. Il a fait boum.

— Oui, ça, je confirme, grimaça Heagle 5 en retirant des bouts de mur de la combinaison du savant.

— Merci, ma chère, fit ce dernier, reconnaissant.

Derrière elle, ses trois familiers, un tigre et deux guépards, avaient les oreilles couchées et leurs yeux montraient un peu trop de blanc. Même s'ils avaient été protégés par un solide bouclier, incanté quelques minutes plus tôt par Heagle 5, prudente, en dépit des protestations de Mourmur – « mais ça ne risque rien, je t'assure » – qu'elle n'avait heureusement pas écoutées. Encore moins que leur maîtresse ils appréciaient les explosions de ce bipède dingue. Les images indignées qu'ils transmirent à Heagle 5 la firent rire.

— Mes Familiers disent qu'un jour tu finiras par tous nous tuer. Ce en quoi je pense qu'ils n'ont pas tort. (Elle hésita et reprit courageusement :) Et il faut que je te dise quelque chose, Mourmur.

Le savant, déjà plongé dans de fascinants calculs afin de comprendre où il s'était trompé, se retourna vers la commandante qui le dominait bien de deux têtes.

— Oui, ma tendre et douce colombe ?

Heagle 5 réprima une grimace douloureuse. Oui, ça aussi, c'était quelque chose que Mourmur allait devoir abandonner, ces petits surnoms ridicules.

Elle inspira profondément, ce qui faillit lui provoquer une belle quinte de toux vu que la poussière n'était pas encore entièrement dissipée, et se lança :

— En fait, je déteste que tu fasses exploser des choses. Des gens. Des bâtiments. Des villes...

Mourmur la regarda, choqué.

— Ah bon ? Mais moi, je croyais que tu aimais cela ?

Puis il se rendit compte ce qu'elle disait et protesta :

— Ehhhh, mais je n'ai pas fait exploser de villes ! (Il ajouta, honnête :) Du moins, pas encore ! ou juste des petits bouts de rien du tout.

— En fait, je n'ai rien dit jusqu'à présent parce que tes explosions et tes inventions improbables nous ont très souvent sauvé la vie... même si je ne comprends pas toujours très bien pourquoi ou comment... mais le fait est là. Cependant, m'inviter chaque fois que tu détruis ce laboratoire, je t'assure que c'est certes une technique de séduction fascinante, mais qui ne fonctionnera pas avec moi.

— Mais tu es un soldat ! s'exclama Mourmur, stupéfait.

— Ouiiiii, répondit Heagle 5 qui ne voyait pas bien le rapport.

— Et les soldats aiment les explosions !

— Pas du tout.

— Ah bon ?

Le savant avait l'air totalement perdu et Heagle 5 eut pitié.

— J'aime les bons dîners, les fleurs, les promenades romantiques et les plages au clair de lune. Les soldats n'aiment pas la guerre. Leur seul but est d'éviter de se faire tuer ou de faire tuer des gens sous leurs ordres. Alors crois-moi, nous évitons les expériences extrêmes le plus possible. Paix, calme et tranquillité, c'est ça qui nous motive.

Vu la tête que faisait Mourmur, une bombe qui lui serait tombée sur la tête aurait eu le même effet que les paroles de Heagle 5.

— Ah bon ?

— Oui, fit fermement l'ex-commandante. Donc, m'inviter à assister à tes expériences, je t'assure, ce n'est pas une bonne idée. Donc, dîner ? Ce soir ? Aux chandelles ? J'aime bien la lumière des brillantes, mais les chandelles, c'est plus romantique... enfin, si tu me promets de ne pas faire d'expérience avec, et de ne pas mettre le feu.

Mourmur laissa un énorme sourire faire le tour de son visage. Il adorait Heagle 5 avec une force qui le surprenait lui-même. Il se hissa sur la pointe des pieds, lui attrapa la nuque tout en songeant qu'il allait devoir inventer des chaussures capables de le hisser à sa hauteur, lui planta un langoureux baiser sur les lèvres, puis la laissa partir.

Bon, il s'était trompé.

Le tout était de comprendre où. Et vite, s'il ne voulait pas que l'Empire d'Omois se ruine en vaches...

Ou ne perde de très précieux alliés.

Et la guerre en même temps.

Cela faisait plusieurs heures qu'ils avaient tout réparé et Mourmur était dans son bureau en train d'étudier les résultats, lorsqu'un de ses assistants, le visage blanc comme un linge, arriva en courant. Sur le coup, le vieux savant crut que le jeune elfe était encore effrayé par l'explosion inattendue. Mais la plaquette de cristal qu'il tenait dans la main le fit très vite changer d'avis.

Cela concernait les examens que Mourmur avait fait effectuer, avec le plus grand luxe de précautions, sur la sphère NA.

Les résultats venaient de tomber. Et Mourmur comprenait pourquoi l'elfe paraissait au bord de la nausée.

Pour les sortceliers, mourir était, certes, désagréable et ils l'évitaient autant que faire se pouvait, même si, au bout du compte, à moins de mesures extrêmes comme l'avait fait Demiderus, l'âge finissait par les rattraper.

Mais en fait, ce n'était pas si grave, parce qu'ils savaient qu'ils iraient en OutreMonde. Sans bien savoir ce qui s'y passait. Mais grâce à certains témoignages de fantômes revenus faire un tour parmi les vivants, tout le monde avait conscience que la vie après la mort pouvait être assez chouette.

Sauf que là, il n'y avait plus de vie après la mort. Tout ce qui se trouverait dans le périmètre d'action de la NA serait annihilé instantanément, y compris les âmes, les fantômes, tout. Cette… chose… était l'ennemi absolu de toute forme de vie, d'énergie de quoi que ce fût. C'était terrifiant.

Mourmur adorait les inventions, vraiment. Chaque fois que l'un de ses collègues trouvait quelque chose de nouveau, il l'étudiait sous toutes les coutures afin de le comprendre.

Pourtant, pour la première fois de sa vie de chercheur, la seule chose dont il avait envie, là, tout de suite, c'était de mettre l'horrible petite sphère dans un vaisseau spatial en route pour nulle part et de la laisser exploser le plus loin possible de toute vie, en espérant que les calculs de son imbécile d'inventeur irresponsable étaient bons et que, effectivement, l'action de la sphère s'arrêterait à un diamètre de quinze années-lumière.

Sinon, que les dieux aient pitié d'eux.

Chapitre 7

Tara

Ou comment expliquer à des gens qu'ils vont mourir,
parce que les monstres existent,
sans passer pour une folle furieuse.

Cela faisait maintenant plusieurs jours que les démons avaient « importé » leurs planètes étrangères en orbite autour des soleils d'AutreMonde et, bien sûr, c'était le sujet principal des préoccupations de tous les peuples.

La guerre.

Bien moche, bien sanglante, inévitable.

Pourtant, il ne se passait rien de spécial. Les planètes se contentaient de tourner autour des soleils et aucune communication n'avait lieu, ni déclaration de guerre ni déclaration de paix, rien.

Tara était comme les autres. Elle se rongeait les sangs en se demandant ce qui allait se produire.

Et là, elle se rongeait les sangs dans l'antichambre de la salle de réception des diplomates, à la Maison Blanche, à Washington, sur Terre.

À ses côtés, sanglée dans un impeccable tailleur gris sombre, porté non pas à même la peau selon son habitude, mais sur un magnifique chemisier rubis, sa tante, l'Impératrice d'Omois, tapotait impatiemment les accoudoirs de son fauteuil. Elle avait obtenu sans problème un rendez-vous avec le président – évidemment, avec la magie, cela n'avait rien de bien difficile –, mais du coup, comme c'était « officiel », puisqu'ils s'étaient fait passer pour les représentants d'une autre puissance terrienne, on les faisait attendre. Si sa tante savait très bien faire atermoyer les autres, lorsque c'était son tour, elle avait nettement moins de patience. Ses magnifiques cheveux blonds, tranchés, comme ceux de sa nièce, par une mèche blanche, avaient été réunis en une longue tresse qui reposait sur son épaule gauche. Tresse qu'elle rejetait de temps en temps pour la remettre aussitôt en place.

Lisbeth était nerveuse. Bon, cela dit, elle avait quelques raisons de l'être. Depuis des millénaires, les sortceliers avaient caché leur existence aux humains.

Et maintenant, elle était là pour leur révéler toute la vérité. Un instant, elle regretta de ne pas avoir fait venir de dragons. Ils étaient d'excellents négociateurs, spécialement parce que, face à des crocs plus longs qu'un avant-bras, on avait une forte tendance à limiter ses réponses à : « Oui, bien sûr, avec plaisir. Et vous voulez un petit café avec les gâteaux ? »

Sauf que, bien sûr, comme elle faisait tout cela dans le dos des dragons et notamment du fameux Gravoumachin dont elle n'avait pas retenu le nom, il n'était pas question de les impliquer dans son plan.

Elle jeta un coup d'œil à sa nièce. Elle sentait une certaine tension chez Tara, depuis que celle-ci avait contenu la destruction de Tadix en sauvant les vaisseaux. Comme si l'effrayante démonstration de pouvoir qu'elle leur avait donnée avait un peu déteint sur la jeune fille. Par moments, Lisbeth avait l'impression que Tara... étincelait. Un peu comme lorsqu'elle avait fait une overdose de magie. Sauf que là, c'était contenu. Lisbeth soupira intérieurement. Elle voyait Tara comme une arme mortelle, capable de détruire aussi bien amis qu'ennemis.

Et ça l'ennuyait d'avoir peur de sa nièce. Lisbeth avait plutôt l'habitude que les gens aient peur d'elle que le contraire.

Inconsciente des pensées un peu aigres de sa tante, Tara, elle, avait opté pour un tailleur-pantalon fuselé bleu foncé.

Enfin, la changeline, entité magique accrochée à sa nuque, garde du corps et habilleuse/maquilleuse/armurerie, avait opté pour cet ensemble. Partant du principe que dans quatre-vingt-quinze pour cent des cas où elle avait été sur Terre, cela s'était terminé dans le sang, les cris et les poursuites, elle voulait que Tara soit prête à tout.

Et si le tissu bleu brillait légèrement, c'était parce qu'il était renforcé par de minuscules mailles d'acier. Au cas où.

Tara portait également sur elle les objets démoniaques « apprivoisés », bracelets, ceinture, bijoux de métal pensant, gorgés de magie maléfique. À présent persuadés qu'elle serait leur sauveur (rôle que bien trop de gens s'obstinaient à lui attribuer, à son grand désespoir), les objets refusaient ca-té-go-ri-que-ment d'être séparés d'elle. Ce qui, parfois, donnait à Tara un petit air égaré, parce qu'ils lui parlaient tout le temps mentalement.

Ils étaient quelque peu en concurrence avec la Pierre Vivante, qui n'aimait pas que d'autres entités squattent le cerveau de Tara. Pas plus que ne l'aimait Galant, son pégase et frère d'âme. Et du coup, Tara se sentait parfois un peu... encombrée.

Cela dit, entre sa puissance magique, celle des objets et de la Pierre Vivante, elle frôlait quasiment la puissance d'une nova.

D'où sa nervosité à elle (équivalant, sans qu'elle le sache, à celle de sa tante), qui lui faisait craindre de perdre le contrôle de cette surpuissance.

D'ailleurs, avant de partir, sa tante lui avait fermement rappelé que transformer tout le monde sur Terre en crapaud n'était pas une option.

Pas parce que cela l'aurait ennuyée, mais parce que les crapauds auraient du mal à tenir des armes dans leurs petites pattes vertes.

Ils étaient entourés de six gardes : trois Hauts Mages de combat et trois thugs. Bien qu'en robes de sortceliers et en uniformes, extérieurement, tous avaient l'apparence de « costumes-cravates » empressés autour de Tara et de sa tante. Les deux jeunes femmes étaient, comme eux, sous un sort d'Illusius. Tara soutenait discrètement le sort de sa tante, car même si, grâce à elle, la magie sur Terre s'était considérablement renforcée, il n'en demeurait pas moins qu'elle était instable. Tara ne voulait pas imaginer la réaction des gardes du corps du président s'ils découvraient les quatre bras des soldats thugs et leurs armures, kevlar et acier froid, uniforme d'Omois pourpre frappé du paon aux cent yeux d'or.

De l'extérieur, ils avaient tous le teint brun et les cheveux noirs. Et un nombre de bras parfaitement normal pour la planète.

Depuis les événements qui s'étaient déroulés avec l'actuel président, qui s'était retrouvé possédé par le fantôme de Sylver, plusieurs études AutreMondiennes ultra-secrètes et très sérieuses, ordonnées par l'Impératrice, toujours prévoyante, avaient été menées afin de savoir comment dévoiler la vérité aux Terriens.

Parce qu'il s'était déjà frotté à la magie, même s'il ne s'en souvenait pas, Lisbeth avait décidé de commencer par le président américain, histoire de voir comment il allait réagir.

Puis la vérité serait divulguée à tous les autres présidents.

Tara se disait qu'à sa place, elle piquerait sans doute une crise de nerfs, mais, vu le nombre de problèmes graves qu'il devait gérer sans doute tous les jours, elle espérait sincèrement que ce ne serait pas sa réaction.

Lisbeth lui avait raconté ce qui s'était passé avec Charm. La jeune fille était convenue qu'impliquer les Terriens n'était ni une bonne ni une mauvaise idée. C'était juste une idée indispensable, parce qu'ils n'avaient pas beaucoup le choix s'ils voulaient empêcher les dragons d'attaquer les démons. Parfois… enfin non, pas parfois, mais bien trop souvent… Tara pensait que la moitié des gens autour d'elle ne vivaient que pour le plaisir de la terroriser à mort.

Tous se levèrent lorsque l'un des assistants du président ouvrit la porte de la salle et les pria d'entrer, ce qui tira Tara de ses pensées. Elle suivit docilement sa tante.

Tara ne connaissait pas cette salle, l'une des trois pièces ovales de la Maison Blanche. Les murs étaient recouverts d'un magnifique papier Zuber représentant des scènes de l'Amérique du XIXe siècle et des chaises de bois sombre, assorties aux armoires et à la grande pendule, sous le lustre imposant, les attendaient. Par terre, un immense tapis azur et or faisait ressortir le jaune clair des tapisseries des sièges.

L'homme aux cheveux grisonnants leur sourit aimablement alors qu'il s'avançait pour les accueillir.

La porte se referma. Immédiatement, Lisbeth effaça son sort d'Illusius tout en neutralisant le traducteur du président avec un sort de sommeil et en assurant leur tranquillité avec un Opaqus. Aucun son ne filtrerait en dehors de la pièce. Les dignes représentants qu'ils étaient censés représenter disparurent pour reprendre leur forme normale, sous le regard médusé du président.

Qui se mit à hurler.

Lorsqu'un animal a peur, il reste muet, lorsqu'un humain a peur, il a aussi tendance à rester muet. Alors, dans les situations comme celle-ci, on apprenait aux gens à hurler de toutes leurs forces afin de déstabiliser leurs agresseurs et surtout de faire suffisamment de bruit pour alerter les voisins.

Ou, ici, les multiples gardes du corps de la Maison Blanche.

Sans se préoccuper des hurlements du président, Tara lança un Traductus. Les gardes de l'Empire se déployèrent, broyettes fonctionnant sur les deux planètes dans leurs mains supérieures et épées doubles dans les mains inférieures, tandis que Tara et Lisbeth s'asseyaient gracieusement devant le président, qui, homme d'action, non seulement hurlait, mais encore s'était précipité vers la porte qu'il tentait désespérément d'ouvrir.

Voyant que la porte ne bougeait pas d'un millimètre, le président plongea vivement la main dans sa poche. Il cessa de hurler, comprenant sans doute que cela ne servait pas à grand-chose, puisque la porte n'avait pas encore été défoncée par les secours.

— Monsieur le président terrien des États-Unis d'Amérique, commença Lisbeth d'une voix mélodieuse, il est inutile d'appuyer sur votre bouton d'alerte, il a été neutralisé, et, à la seconde où nous sommes entrés, tous les gens au-dehors ont ressenti une violente envie d'aller voir ailleurs. Quant aux gardes, ils *savent* que tout va bien, ils en sont intimement convaincus. Personne ne viendra.

Le président cacha sa déception. Tara songea qu'elle aimait bien sa cravate. En règle générale, elle n'aimait pas les cravates, mais celle-ci, d'un beau rouge profond, était parsemée de minuscules soucoupes volantes – sans doute choisie par ses filles.

Elle trouva ça chou.

Le président respira profondément, puis commença à se déplacer d'un air dégagé vers la grosse pendule. Lisbeth soupira :

— Il est également inutile d'essayer de vous emparer des revolvers dissimulés à plusieurs endroits de cette pièce, monsieur le président, je sais que vous avez horreur des armes à feu d'une part et, d'autre part, vous ne pourrez pas ouvrir les tiroirs où elles sont dissimulées, essayez, je vous en prie.

Le président fit une grimace furieuse. Comment ces deux terroristes connaissaient-ils l'un des secrets les mieux gardés de la Maison Blanche ? Parce qu'il avait tout de suite compris qu'il avait affaire à des terroristes, même si, en général, ceux-ci ne s'habillaient pas en haute couture française.

Il ne comprenait pas du tout ce qui se passait, pourtant, bizarrement, les deux jeunes femmes en face de lui lui paraissaient étonnamment... familières.

— Vous... ils ont quatre bras ! s'exclama-t-il en comprenant soudain ce que ses yeux avaient enregistré sur les thugs, mais que son cerveau n'avait pas encore réussi à accepter.

Là, c'en fut un peu trop pour lui, il s'affala dans l'un des sofas, incapable de croire ce qu'il voyait.

Comme par hasard, près d'un énorme vase empli de fleurs jaunes, assorties aux couleurs de la pièce. Il avait été bien entraîné, ce président terrien. Il se mettait à portée de tout ce qui pouvait lui servir d'arme.

— Ce sont des thugs, l'une des nombreuses races de notre planète. Nous sommes des sortceliers, expliqua Tara avant qu'il ne lui lance le vase à la figure. Des sorciers en fait, vos langues ont raccourci notre nom commun. Nous habitons sur une planète qui se nomme AutreMonde, où, si on simplifie les choses, on pourrait dire que la magie est un fluide qui a remplacé le pétrole. Vous avez été kidnappé par l'un des nôtres, même si vous ne vous en souvenez plus, lors de l'opération au large du Costa Rica, dans le triangle des Bermudes. Nous vous avons renvoyé en retirant vos souvenirs, mais à présent nous allons vous les rendre, parce que, sinon, j'ai bien peur que ce ne soit un peu difficile à croire pour vous.

Lisbeth lança le Rememorus à ce moment. Le président blêmit et se tordit en deux de douleur, les mains sur la tête.

— Ah, oui, ricana Lisbeth, j'ai oublié de vous dire que c'était douloureux, nonsos.

Tara soupira. Lisbeth n'aimait pas les nonsortceliers. Elle avait une légère tendance à les traiter comme du bétail. Ils étaient là pour faire ce qu'elle voulait.

C'était donc un peu compliqué pour Tara d'arriver à faire passer le message. Que les Terriens étaient puissants et ne lui obéiraient pas juste parce qu'elle l'ordonnait.

Le président avala douloureusement sa salive et les dévisagea, les yeux exorbités.

— Qu'est-ce que... qu'est-ce que vous m'avez fait ? Je... je ne comprends pas...

Tara lui expliqua tout ce qui s'était passé ces dernières années. Enfin pas tout, parce qu'elle en aurait eu pour des heures, mais un bon résumé.

Le président frotta son front douloureux. Ce matin, il pensait avoir juste à gérer la crise iranienne, les débordements nord-coréens, les problèmes entre la Chine et le Japon, quelques dingues qui pensaient pouvoir tirer sur des gens comme sur du gibier, une ou deux tempêtes et ce foutu budget qui lui empoisonnait la vie.

Pas à recevoir des magiciens dans sa maison, qui plus était des magiciens en train de lui expliquer que sa planète avait déjà été l'objet d'une invasion majeure cinq mille ans plus tôt et qu'elle était sur le point d'en subir une autre.

Par des monstres monstrueux qui s'étaient humanisés afin de devenir magnifiques.

Ça faisait un peu beaucoup. Même si sa mémoire, quoique encore un peu dans le flou, lui envoyait des messages du genre : « Si si, on a bien été possédé par un fantôme et on a failli mourir et la Terre aussi. Ah ! et il y a une caverne gigantesque avec des Amazones et des lutins sous l'Atlantique. »

Il inspira et s'exclama :

— Et vous voulez que j'explique ça à mes concitoyens ? Et à tous les Terriens ? Mais vous allez déclencher une panique folle !

— Pourquoi ? répliqua sèchement Lisbeth, je ne vois pas bien ce que les gens feraient. Fuir ? Pour aller où ? Vous n'avez aucun endroit où vous réfugier, après tout.

Le président en resta bouche bée.

Il n'avait jamais eu affaire au froid pragmatisme des AutreMondiens. Et il était en train de se dire qu'il s'en serait bien passé.

Soudain, il se leva et se rendit près du petit guéridon où se trouvait un téléphone intérieur.

— Je dois faire venir Martin Demsey, c'est mon chef des armées. J'aimerais vérifier quelque chose.

La question était implicite dans sa voix : avait-il le droit d'utiliser le téléphone ?

Magnanime, Lisbeth inclina la tête.

— Et lorsque vous ouvrirez la porte, monsieur le président, fit-elle d'un ton badin, vous pouvez crier si vous le désirez, les gens ne vous entendront pas d'une part et, d'autre part, je prendrai cela comme un signe très clair d'hostilité de votre part.

Le président hocha la tête. Évidemment, il y avait pensé. Tout aussi évidemment, Lisbeth aussi. Zut.

Il se trouvait que Martin Demsey était à la Maison Blanche ce jour-là, même s'il n'avait pas rendez-vous avec le président. Il fut donc surpris qu'on lui demande de le rejoindre dans la salle des diplomates.

Et encore plus lorsque ce fut le président lui-même qui vint lui ouvrir. Et que la porte se referma brutalement derrière lui dès qu'il entra dans la pièce, sans aucune intervention visible.

Mais ce ne fut rien en comparaison de sa surprise lorsque le président le prit par les épaules, le visage grave, et lui dit :

— Ne crie pas, Martin. Dis-moi simplement ce que tu vois derrière moi.

Ce que Martin, les yeux soudain arrondis, voyait derrière son président, c'étaient deux ravissantes jeunes femmes blondes, sagement assises, entourées par des types en robes longues pourpre et doré et des espèces de guerriers semblant surgis d'un livre de science-fiction et qui...

— Nom de Dieu, jura-t-il, ils ont quatre bras !

Il se tourna vers le président, ses yeux bleu acier étincelants de curiosité.

— Ce sont des implants ? des bras artificiels ? Bon sang, mais qui a développé cette technologie ? C'est extraordinaire ! Ça peut porter jusqu'à combien de kilos ? Pourquoi personne ne m'a informé ? C'est un développement secret ? Quel service s'en est occupé ?

Le président s'affaissa un peu.

— Je sais que ça va te sembler bizarre, Martin, mais en fait, j'espérais être fou. Que tu ne les verrais pas. Que c'était une illusion, due à une tumeur au cerveau ou un truc comme ça.

Martin fronça les sourcils.

— Mais qu'est-ce que tu racon…

— Parce que, hélas, ce ne sont pas des implants, l'interrompit le président. Ni des bras artificiels. Je te présente les thugs. Une race extraterrestre.

Martin Demsey était un homme solide. Cheveux blancs, yeux d'un bleu perçant, visage buriné, il n'était pas un homme de bureau, mais bien un homme d'action.

Pourtant, là, il vacilla.

— Des… des ET ? Dans ton bureau ?

Son regard se posa sur le traducteur endormi. Il plissa les yeux, soudain méfiant.

— Ils ont neutralisé ton traducteur ? Pourquoi les gardes ne sont-ils pas entrés dans la pièce comme d'habitude, tout à l'heure ? Ils ont eu une attitude bizarre…

Son cerveau enfiévré cherchait quel pouvait être le moyen de pression que les ET étaient apparemment en train d'exercer sur le président. Celui-ci soupira.

— En fait, j'ai dit des extraterrestres, mais c'est un peu plus compliqué que ça, parce qu'ils sont en majorité d'origine terrienne… enfin, à part les thugs, les vampyrs, les trolls, les fées ou les tatris.

— Pardon ?

— Assieds-toi, Martin, cette jeune femme va tout te raconter.

Docilement, Tara répéta son histoire une seconde fois. À voir les regards que s'échangeaient les deux hommes, on sentait qu'ils se retenaient quand même pour ne pas se pincer.

— Et donc, grogna le président, ils ont effacé mes souvenirs.

— Oui, renchérit Tara, un peu comme avec le neurolaser des *Men in Black*.

Les deux hommes la regardèrent sans réagir. OK, apparemment, ils n'avaient pas les mêmes goûts cinématographiques. Elle se mordit la lèvre et n'insista pas.

— Devant la menace qui pèse sur toute la galaxie… sur tout l'univers même, conclut le président, ils viennent de me rendre mes souvenirs, ce dont je me serais bien passé entre nous, afin que nous mettions les forces armées de la planète en ordre de marche pour affronter l'invasion des démons.

Martin était blanc. C'était un gros morceau à avaler, avant même le déjeuner.

— D'accord. Je ne connais foutrement rien à la magie. Je vais avoir besoin de renseignements. Vous avez dit que ces salopards de démons avaient des vaisseaux spatiaux ? Bordel, comment veux-tu que nous luttions contre des vaisseaux spatiaux ! Il leur suffira de larguer leurs bombes sur nous en orbite haute que nos avions ne peuvent pas atteindre et nous ne pourrons rien faire !

Il était soudain devenu grossier, furieux d'être le type chargé de l'armée juste au plus mauvais moment de toute l'histoire de toutes les armées de la Terre. Parce que, si les dragons et les humains avaient vaincu les démons de justesse, des millénaires plus tôt, maintenant que les démons étaient arrivés en force dans leur univers, il ne voyait pas très bien à quoi il allait servir devant des forces bien plus puissantes que les siennes.

— Et le bouclier des étoiles ? demanda Tara.

Martin lutta visiblement pour ne pas être plus grossier encore.

— C'est une jolie fiction, qu'on a utilisée pour obliger l'Union soviétique à se ruiner en recherches. Ça pourrait peut-être fonctionner avec quelques bombes, mais soyons clairs, pas contre toutes, d'autant que ce ne sont pas des armes terriennes. Comment savoir si nous serons même capables de les détecter ? Et puis nous savons calculer une trajectoire balistique Terre-Terre, mais une trajectoire espace-Terre, le temps que les ordinateurs prennent tous les facteurs en ligne de compte, les bombes ont au moins six fois le temps d'exploser !

— Curieusement, pour l'instant, les démons n'ont jamais utilisé ce type d'armes contre nous, précisa Lisbeth avec un petit sourire aigre. Ils préfèrent... préféraient nous combattre face à face... sans doute parce qu'ils nous dévoraient ensuite. (Les deux humains frémirent.) Mais ils ne sont pas invincibles. Nous les avons combattus sur Tadix. Ils mouraient tout aussi facilement que nous sous le feu de notre magie, de nos épées ou de nos armes.

— Sauf que nous, nous n'avons pas de magie ! répliqua vivement Martin en commençant à marcher de long en large sous l'effet de l'agitation. Nous pourrons nous défendre contre des épées, pas de souci, mais contre des guerriers bien plus forts physiquement que nous et qui en plus utilisent de la magie ? Ça complique singulièrement la donne.

Il pointa un doigt menaçant vers Lisbeth et lui dit :

— Et ne m'annoncez pas que mes armées seront sous les ordres de vos sorciers. Si vous envisagez de nous utiliser comme de la chair à canon pour forcer les démons à se dévoiler et ensuite les écraser – mais après que nous aurons été massacrés –, oubliez tout de suite.

Lisbeth lui opposa un front lisse, même si elle trouvait que ce balourd de militaire terrien était nettement plus malin que ce qu'elle avait imaginé. Parce que c'était exactement ce qu'elle avait eu l'intention de faire, même si elle n'en laissa rien paraître.

— Bien sûr que non, dit-elle doucement. Nous serons partenaires, amiral. Mais nous allons avoir besoin de toutes les ressources de la Terre, nous ne pouvons plus vous laisser dans la bienheureuse ignorance qui était la vôtre jusqu'à présent. Pas avec les démons qui viennent de débarquer.

Le président, dont le visage montrait nettement le « pourquoi moi » qui le secouait, hocha la tête. Après tout, il était le commandant en chef des armées.

— Très bien, fit-il en se redressant. Nous allons organiser une conférence de presse.

Martin le regarda, les yeux écarquillés.

— Bon sang, Rick, tu es sûr ?

Le président fit une grimace.

— Par correction, nous allons prévenir nos alliés ainsi que les autres pays. Leur dire que le temps de nos petites querelles de voisinage n'est plus d'actualité.

Soudain, il eut un sourire féroce.

— Je suis assez curieux de savoir comment les présidents pakistanais et iranien vont réagir en apprenant que leur Dieu a créé nettement plus de choses que ce qu'ils pouvaient imaginer. Ça va leur faire un choc d'être obligés de travailler avec nous contre un envahisseur extraterrestre !

Lisbeth ne connaissait pas la politique terrienne, mais elle savait lorsque quelqu'un se réjouissait du sale tour qu'il allait jouer à d'autres politiques.

Elle sourit elle aussi.

Ils venaient de se trouver un excellent allié.

Restait à voir si cela allait empêcher les dragons de déclencher une guerre sanglante.

Par une sorte de petit miracle, il se trouva que oui. Les dragons hurlèrent très officiellement que les AutreMondiens auraient dû les prévenir avant, mais se retrouvèrent les pattes liées par l'arrivée de ce nouvel allié qui ne les aimait pas beaucoup d'une part, et qui d'autre part représentait une chance plus importante de vaincre les démons.

Ce furent ces arguments que choisit Charm pour convaincre les pacifistes de convaincre les bellicistes de ne pas attaquer.

Elle gagna. D'une très courte écaille. Elle savait que Gravou était un ennemi, elle n'eut aucun doute lorsqu'il la dévisagea après la séance où sa motion avait été adoptée. S'il avait pu l'égorger, là, devant tout le monde, il l'aurait fait sans hésiter.

Le père de Charm était devenu fou après la mort de sa mère et son unique motivation contre les démons avait été la vengeance. Mais en ce qui concernait Gravou, Charm savait qu'il n'avait pas perdu de membres de sa famille dans la guerre contre les démons – c'était l'un des rares, d'ailleurs. Alors, pourquoi brûlait-il tellement de se battre ?

Elle décida de mener une enquête. Elle avait besoin de connaître les motivations de son ennemi. Sauf que, hélas, ses recherches ne donnèrent pas grand-chose. Gravou n'avait pas spécialement de contentieux avec les démons. Il semblait tout simplement qu'il était ambitieux et utilisait la guerre pour acquérir plus de pouvoir. Charm en prit bonne note. Les ambitieux, les dingues de pouvoir, elle savait comment les manipuler. Cela aurait été plus difficile si la pure vengeance avait été le moteur de Gravou. Une fois cela déterminé, Charm se concentra sur les préparations avec les Terriens.

La suite des opérations terriennes prit quelques jours. Lisbeth était retournée sur AutreMonde et avait laissé Tara se charger des dragons et des humains.

Tara avait la ferme impression de s'être fait refiler un cadeau empoisonné.

Les Américains, les Chinois, en fait à peu près tout le monde, à part les Zoulous qui s'en fichaient comme de leur première côtelette de gazelle, n'aimèrent pas du tout apprendre qu'il y avait des portes de transfert un peu partout sur leur territoire et que, pire, elles permettaient aux sortceliers d'entrer chez eux sans aucun contrôle. Ils n'aimèrent pas plus découvrir les vampires, les dragons ou les loups-garous.

Curieusement, alors que les vampires étaient sans doute les plus dangereux, ce furent les aragnes qui provoquèrent le plus grand nombre de réactions horrifiées. Encore plus que les dragons. La vieille peur des araignées.

La presse du monde entier savait qu'il se tramait quelque chose. Les ambassades étaient en ébullition. Et Tara dut utiliser sa magie à de nombreuses reprises afin de convaincre les autres présidents incrédules que oui, tout cela était vrai.

Elle fut aidée dans sa tâche par Maître Chem, qui avait débarqué sur Terre afin de lui prêter patte-forte. Lorsque le petit vieux en robe plus ou moins propre se transformait en énorme dragon bleu, les réactions étaient toujours les mêmes. Panique (on avait dû fermer à clef les salles de réunion avant, histoire de ne pas perdre la totalité des invités), incrédulité, fébrilité, puis fascination devant le monstre mythique. Soudain, toutes les rumeurs, toutes les légendes, tous les contes trouvaient leur signification. Ils avaient existé.

Ils existaient.

Fabrice était également présent. En tant que Terrien pure souche, loup-garou et sortcelier en même temps, il était d'une certaine façon assez unique. Il représentait le gouvernement de l'ex-continent interdit, le Tatumalenchivar, dirigé autrefois par la sanguinaire Reine Rouge et à présent aux mains... pattes... des loups-garous.

Il fut prévu que la conférence serait internationale, transmise en simultané dans le monde entier. Composer avec tous les fuseaux horaires fut un cauchemar. Sans parler du contenu du texte qui n'allait pas forcément à chacun. Il fallut des trésors de diplomatie afin de mettre tout le monde d'accord et seule la terrible menace qui pesait sur eux parvint à faire pointer les gouvernements plus ou moins dans la même direction.

Les rumeurs allaient bon train. On parlait d'une crise internationale sans savoir bien pourquoi, et les journalistes devenaient fous à force d'essayer d'obtenir des informations. Tara, prudente, avait jeté un sort sur tous les humains qui avaient participé aux conférences privées. Ainsi, personne ne pourrait en parler avant le jour J.

Curieusement, ce fut cela, plus que toute autre démonstration, qui convainquit les présidents que toute cette histoire était réelle. Le fait que Tara soit capable d'empêcher la moindre fuite. Cela n'était jamais arrivé.

Préparer tout un monde à la découverte d'autres espèces intelligentes dans l'univers n'était pas une mince affaire. Les Terriens savaient déjà à quel point cela allait paniquer les gens. Il fallait donc faire les choses en douceur, même si, bien évidemment, il allait falloir expliquer pourquoi ces révélations tombaient juste maintenant, alors que les sortceliers existaient depuis des millénaires. Le fait que les démons venaient d'envahir l'univers et allaient probablement attaquer.

Sauf que voilà. Il y avait un léger hic.

Les démons n'attaquaient rien du tout.

Pour l'instant, leurs planètes se contentaient d'orbiter autour des soleils d'AutreMonde sans faire d'histoire. Les dragons et les humains avaient envoyé des vaisseaux spatiaux autour des planètes, mais non seulement les démons refusaient toute communication, mais en plus ils avaient entouré leurs planètes d'une sorte de voile infranchissable.

L'une d'entre elles semblait, vue de l'espace, d'une curieuse couleur. Comme si quelque chose avait... stérilisé un bon quart de la planète. Ce n'était pas facile à déterminer, parce que le voile qui protégeait les planètes de toute intrusion était plutôt opaque, mais la différence de couleur avec le reste de la planète était assez important pour susciter beaucoup de questions chez les AutreMondiens.

Qui se demandaient avec inquiétude ce qui avait bien pu provoquer une pareille chose.

Le plus surprenant, c'était que pour l'instant, personne n'avait été tué. Les vaisseaux étaient immobilisés et, en dépit de toute la puissance de la magie des dragons et des sortceliers, ne parvenaient pas à franchir le voile (bon, cela dit, Tara n'avait pas encore ajouté sa puissance à la leur, partant du principe très sain qu'elle préférait un statu quo où il ne se passait rien à un échange animé où des gens risquaient de s'entretuer).

Les démons ne répondaient pas non plus aux innombrables sollicitations des humains.

Parce qu'il n'y avait pas uniquement des vaisseaux militaires en orbite autour des planètes. Les ligues commerçantes s'étaient frotté les mains en voyant arriver des tas et des tas de clients potentiels. Et ils s'étaient agglutinés tout autour comme autant de vautours prêts à piquer sur leur proie. Cela avait prodigieusement agacé les militaires, mais ils ne pouvaient pas y faire grand-chose. Ils espéraient juste que, lorsque les démons feraient exploser quelques vaisseaux, les autres iraient voir ailleurs s'ils y étaient.

Enfin, le grand jour arriva. Dans toutes les capitales, les chefs d'État se placèrent face aux caméras. Auprès du président américain, Tara et Chem se tenaient prêts à faire leur show. Aux côtés des autres chefs d'État, un sortcelier et un dragon sous forme humaine étaient également en poste, en retrait, hors du champ des caméras.

Les écrans s'illuminèrent. Des milliards d'êtres humains, prévenus par les médias qu'un événement exceptionnel allait être retransmis, attendaient, inquiets et tendus, devant leurs écrans.

Et un silence stupéfait salua l'apparition qui leur faisait face.

Un labrador.

Noir.

Qui, curieusement, semblait sourire.

— Bonjour, fit le labrador qui avait été enregistré et traduit dans toutes langues de la Terre, j'espère que vous allez bien.

Je m'appelle Manitou Duncan. Eh oui, je suis un labrador, mais pas uniquement. Je suis également l'arrière-grand-père de Tara Duncan, Héritière de l'Empire d'Omois, sur Autre-Monde. Ceci n'est pas mon corps d'origine, disons que j'ai été victime d'un sort mal préparé. Je suis très maladroit, il faut bien le dire.

À la stupeur succédèrent un certain nombre de gloussements et une question : « Tout ceci est une sorte de blague ? » Mais en même temps, beaucoup de maîtres jetèrent un regard hésitant sur le fidèle compagnon à leur côté.

— Je voulais juste vous saluer, poursuivit l'incroyable animal, afin de vous confirmer que vos présidents, rois ou quel que soit le titre de votre dirigeant, ne sont pas subitement devenus fous. Non, je ne suis pas un trucage et oui, je suis réel. Je laisse à présent vos dirigeants vous expliquer ce qui se passe.

L'image disparut et fut remplacée par celle des dirigeants de tous les pays.

— Mes chers concitoyens, commencèrent les présidents/présidentes/rois/reines/émirs/sultans/etc., l'heure est grave. Ce que je vais vous révéler va faire vaciller toutes les croyances. Il ne faudra pas avoir peur, après tout, nous nous doutions que ce moment pouvait arriver un jour ou l'autre.

Les orateurs et oratrices firent une pause, le visage marqué par la gravité, fixant les milliards de téléspectateurs droit dans les yeux.

— Ceci est un moment historique. Ainsi que M. Duncan vient de le révéler, nous ne sommes pas seuls dans l'univers !

Ce fut comme un souffle unique, mondial. Toutes les bouches laissèrent échapper un hoquet de stupéfaction. Les gorges se nouèrent. Les muscles se crispèrent. Cependant, l'image du labrador était tellement inoffensive, avec son gros ventre et son air débonnaire, que la panique n'enfla pas.

— Plusieurs races extraterrestres existent et collaborent avec les humains depuis longtemps.

Aux États-Unis, où se trouvait Tara, à ce stade, tous les gens qui croyaient fermement en la Zone 51 émirent un grognement de satisfaction du genre : « Ah, ah ! nous le savions, on nous ment depuis le début ! La vérité est ailleurs ! »

Ils furent déçus.

— Nous n'étions pas au courant, précisèrent fermement les présidents/etc. Afin de ne pas entraver le progrès technologique de notre planète, tous les humains qui possédaient des « dons » sont partis sur d'autres planètes, dont notamment la planète AutreMonde.

Une autre pause, afin de laisser aux gens le temps de digérer ce qu'ils venaient d'apprendre.

— Par « dons », nous entendons « magie ». Je sais qu'à l'heure de la science, parler de magie peut sembler totalement grotesque et il nous a été difficile, chers concitoyens, d'accepter cet étrange postulat. Mais la magie existe. Et en voici, en dehors de M. Manitou Duncan, la preuve.

À cet instant, tous les dragons sous forme humaine entrèrent dans le champ des caméras et se transformèrent, provoquant de nouveau un hoquet de stupéfaction mondial et, soyons francs, pas mal d'évanouissements et de malaises. Puis les sortceliers, dont Tara, invoquèrent leur magie et décollèrent devant les caméras, illuminés par le flux brillant.

Et à cet instant précis, le monde changea.

Jusqu'à ce jour, les Terriens étaient orphelins. Ils ne savaient que peu de chose de l'univers, ils se croyaient seuls. Apprendre aussi brutalement qu'il n'existait pas une mais plusieurs races extraterrestres et que, de plus, la magie existait transforma profondément les mentalités. D'un seul coup, tout devenait possible.

La suite dégrisa les gens. Brutalement.

— Mais la raison de cette annonce d'une vie intelligente dans l'univers a malheureusement une raison. Jusqu'à présent, afin de nous préserver, les sortceliers nous ont maintenus dans l'ignorance. Une race extrêmement agressive, les Boulimi-Lema, surnommés les « démons », a décimé les Terriens et les dragons il y a cinq mille ans. Et la raison de ce que nous vous révélons aujourd'hui est celle-ci.

Derrière les présidents/etc., qui furent réduits à des vignettes dans le bas à droite des écrans, l'image de deux soleils apparut. Soudain, des planètes se matérialisèrent dans l'espace, comme de gigantesques vaisseaux colorés.

Les orateurs conclurent :

— Ces planètes viennent d'entrer en orbite autour des deux soleils d'AutreMonde, la planète sur laquelle habitent désormais les sortceliers. Les démons sont revenus. Et s'ils refont ce qu'ils ont fait il y a des millénaires, en nous attaquant, cela signifie que nous déclarons l'état martial. Notre planète va entrer en guerre !

Twitter, Facebook, Tencent, Naver, Orkut, tous les réseaux sociaux entrèrent en ébullition. La stupeur avait suspendu l'activité mondiale pendant un moment, mais ce ne fut qu'un court répit. Des millions de questions furent posées, auxquelles personne ne pouvait vraiment répondre, ce qui n'arrangeait pas les choses. « Bon sang, c'était un labrador et il parlait ! », « C'est comme les go'aulds ? des parasites qui prennent le contrôle du corps des gens ? », « C'est qui cette Tara Duncan ? », « Héritière de quoi ? », « La planète AutreMonde ? », « L'Empire d'Omois ? » mais surtout « Des démons ? », « Ils vont tous nous tuer ? », « J'ai peur », cette dernière affirmation, dans toutes les langues. Un sentiment mondial.

À Tagon, une femme brune un peu ronde, d'une cinquantaine d'années, poussa un cri de surprise, faisant sursauter les gens qui, comme elle, s'étaient rassemblés au café du village pour regarder la diffusion, comme si le fait d'être ensemble devait les protéger de ce qu'ils allaient apprendre.

Mais son second cri fut un cri de fureur.

Elle sortit à grands pas et se précipita vers le château de Besois-Giron. Dix minutes plus tard, furieuse, essoufflée et en nage, elle arrivait devant la grande porte, l'ouvrait avec fracas puis hurlait :

— AUGUSTE !

Le comte de Besois-Giron était dans le petit salon vert de son imposante forteresse en train de regarder, lui aussi, bien évidemment, la diffusion de l'émission la plus vue au monde – à en faire baver les producteurs de télé-réalité. Il se vantait souvent de l'épaisseur de ses murs et de leur parfaite insonorisation.

Mais le cri de rage de la femme parvint parfaitement à ses oreilles.

Il fit un bond, très pâle tout à coup.

Et descendit à toute vitesse dans l'entrée.

La femme brune aux cheveux mi-longs et lisses, aux yeux noirs, avait les poings sur ses hanches et on sentait qu'elle n'avait qu'une seule envie : les envoyer dans la figure très gênée du comte.

— Camille, ma douce, fit-il en bégayant un peu, tout va bien ?

— Tu m'as menti ! cria Camille. Pendant toutes ces années, tu m'as menti ! Je le savais ! Je savais bien qu'il y avait quelque chose qui clochait chez toi. Tous ces trucs bizarres, le fait qu'on doive se voir toujours en dehors du château, la bave verte sur tes vêtements de temps en temps, ou les brûlures et les blessures inexpliquées. Je le savais ! Tu es un sortcelier !

Le comte frotta sa tête parfaitement chauve et fronça ses épais sourcils encore étonnamment noirs.

— Pas du tout, répliqua-t-il.

— Ne me mens pas, gronda Camille. Je viens de voir l'annonce et...

— Je travaille bien avec les sortceliers, soupira Auguste, ennuyé, mais je n'en suis pas un. Je suis juste le gardien de l'une de leurs portes. Et tu n'es pas censée le savoir.

Il la prit par la main et ferma la porte derrière lui. Il avait donné congé à tous les gens qui travaillaient pour lui et il la fit monter dans le petit salon dont les ravissantes boiseries crème illuminaient les canapés de velours émeraude.

— Je suis désolé. Je n'ai pas voulu te blesser, dit-il une fois qu'elle fut installée. Au début, lorsque je suis tombé amoureux de toi, je n'ai pas voulu que Fabrice soit peiné parce que j'étais en train d'oublier sa mère. Ce n'était pas le cas, elle reste dans mon cœur comme un souvenir très cher, mais elle est morte alors que nous n'étions ensemble que depuis trois ans, cela ne m'avait pas laissé vraiment le temps de construire des choses avec elle, comme je l'ai fait, petit à petit, avec toi. Puis j'ai réalisé que tout ceci pouvait être dangereux pour toi, surtout les quelques fois où j'ai été blessé par des ennemis. J'ai donc décidé de t'écarter autant que faire se pouvait. Pour ta propre protection.

Il la regarda, tendrement, de ses yeux aussi noirs que ceux de son fils.

— T'ai-je perdu, Camille, en te cachant la vérité ? J'étais lié par mes obligations. Et tu semblais satisfaite de notre arrangement.

Elle renifla avec mépris.

— Satisfaite ? Je ne comprenais pas, Auguste. Nous nous entendions bien, ton fils n'était jamais là et était assez grand pour accepter mon arrivée dans la famille. Alors non, je n'étais pas satisfaite, mais je voyais que tu me cachais quelque chose. J'attendais juste que tu me dises quoi.

Auguste soupira

— Maintenant que le secret est levé, je ne suis pas relevé de mes obligations pour autant. Nous n'allons pas révéler où se trouvent les portes aux Terriens, par sécurité. Tu ne dois parler de tout cela à personne, Camille, tu m'entends ?

Camille le regarda gravement, puis demanda :

— Est-ce que tu m'aimes ?

Auguste rougit comme un gamin et elle trouva cela adorable.

— De tout mon cœur.

Elle se releva et lui adressa un sourire plein de fossettes.

— Alors, tu me pardonneras certainement si je te soumets à un petit chantage ?

Il la regarda, soudain inquiet.

— Euh, oui ?

— J'accepte de garder le secret. Mais en échange, je veux que nous habitions ensemble. Ici, dans cette affreuse bâtisse pleine de courants d'air si tu veux, ou chez moi, je m'en fiche. Mais je ne vais pas laisser des aliens visqueux se mettre entre toi et moi plus longtemps !

Auguste éclata de rire. Puis l'embrassa tendrement. Et ils oublièrent complètement le reste du monde.

Le reste du monde, lui, avait moins de raisons de se réjouir. Pourtant, Tara poussa un soupir de soulagement lorsque les résultats des réactions commencèrent petit à petit à remonter. Les gens avaient tellement été abreuvés par les films hollywoodiens, puis par la science qui leur disait et répétait qu'il était mathématiquement impossible que les Terriens soient la seule race intelligente de l'univers, que, finalement, ils encaissèrent plutôt bien.

Et puis montrer d'abord Manitou avait été un coup de génie : les gens adoraient les labradors, ils étaient incapables de les assimiler à un danger quelconque.

En revanche, le mot « guerre », là, passait moins bien. Les militaires réagirent tout de suite en demandant qui, quoi, où et surtout : « On les flingue comment, ces aliens ? » L'humain lambda se mit à trembler dans ses chaussettes à l'idée de devoir se battre, tandis que le monde entier hurlait : « La guerre ? C'est une plaisanterie ? »

Et les firmes d'armements allumèrent des cierges, tombèrent à genoux et remercièrent le ciel, parce qu'elles savaient très bien que dans les quelques jours qui suivraient, les gens allaient s'armer jusqu'aux dents...

Mais il n'y avait pas de signes d'émeutes. Pas de fuite éperdue vers nulle part. Pas d'exode massif. Bon, d'un autre côté, c'était un peu tôt.

Soudain, alors que Tara se disait que, l'un dans l'autre, les choses se passaient à peu près bien pour une fois, tous les écrans vacillèrent, y compris celui qui, sur le côté, leur servait de retour image.

Et à la place des présidents, un masque noir brasillant de fureur fit face au monde, surmontant un torse puissant, moulé dans une robe gris foncé de sortcelier, un cercle rouge sang sur le devant, indiquant son rang supérieur.

Tara hoqueta, Manitou aboya, ce qui manquait singulièrement de dignité, mais il avait une bonne raison :

C'était Magister !

Chapitre 8

Magister

Ou comment se promouvoir commandant en chef des armées… sans avoir d'armée.

Qu'est-ce que le chef des sinistres Sangraves faisait sur Terre d'une part et, d'autre part, comment avait-il pris le contrôle des médias ? Partout, alors qu'il faisait face, silencieux, aux milliards d'êtres humains, la même question se posait. Les ingénieurs tentaient de maîtriser de nouveau le signal, mais cela ne fonctionnait pas.

— N'essayez pas de reprendre le contrôle de vos machines, c'est inutile, finit par dire la voix de velours sortant du masque miroitant, plus noir que la nuit, secoué d'éclairs de rage, en une bizarre imitation de *Twilight*[1], vous ne pouvez pas me chasser, ma magie est plus puissante que votre minable science.

OK, ça, c'était fait. Il venait d'insulter les potentiels alliés d'AutreMonde, formidable.

— Je suis Magister, le Maître des Sangraves. Comme viennent de vous l'annoncer les sortceliers et ces misérables dragons, nous maîtrisons le pouvoir. Mais nous ne sommes pas les seuls. Lorsque les planètes sont arrivées, mon effrit a disparu et les démons ont tenté de reprendre les âmes enchaînées aux objets démoniaques qu'ils ont créés il y a cinq mille ans afin de nous anéantir.

Oh, oh ! Tara comprenait pourquoi Magister semblait tellement en colère. On avait essayé de lui piquer sa chemise[2] !

1. Nan, pas *Twilight* avec les vampires végétariens qui brillent, mais *Twilight, la quatrième dimension* où le commentateur commençait avec : « N'essayez pas de reprendre le contrôle de votre télévision, vous allez entrer dans la quatrième dimension… »

2. Non, cela n'a rien à voir avec l'expression « lui piquer sa chemise », même si, je l'admets, ça pourrait.

— Bien sûr, ils n'ont pas réussi, car la chemise démoniaque est trop accordée avec moi pour qu'ils puissent la contrôler sans mon accord. Cependant, cette tentative m'a profondément déplu. J'ai donc décidé de m'allier avec vous afin de détruire les envahisseurs.

Tara avait un peu de mal à estimer si c'était une bonne… ou une très très mauvaise nouvelle.

— Et j'accepte donc le commandement des armées terriennes.

Dans toutes les capitales, ce fut un tollé devant les télévisions. Les présidents/etc. et les humains avaient peur, mais pas au point d'accepter de se faire diriger par des sorciers… ou quel que soit le nom de ces gens qui venaient de débarquer chez eux. Et c'était quoi, un effrit ?

Magister leva une main impérieuse, comme s'il avait entendu les clameurs.

— En fait, je n'accepte pas, j'exige. Vous n'avez pas le choix. Sans moi, lutter contre les démons se soldera par une défaite parce que vous ne les connaissez pas aussi bien que moi. Comme les dragons et les AutreMondiens le savent à leur grand regret, cela fait des années que je vis en symbiose avec les âmes démoniaques de la chemise. Je sais quels sont leurs points faibles et leurs points forts.

Son masque s'éclaircit un peu.

— Vous avez vingt-six heures pour me faire part de votre décision. Alliés ou ennemis. Il n'y a pas d'autre choix.

Il se pencha et son masque remplit les écrans.

— Et demandez donc à Tara Duncan. M'avoir comme ennemi, ça peut devenir un véritable enfer.

Il éclata de rire tandis que son masque se marbrait du bleu de la bonne humeur. Tara trouva que son rire faisait un peu trop psychopathe de carnaval. Mais indéniablement, il stupéfia les gens.

Et l'image disparut.

Le président reprit immédiatement la parole. Tara trouva impressionnant la façon dont l'habile politique réagit.

— Mes chers compatriotes, nous allons vous tenir au courant, heure par heure, de tout ce qui se passe. Je voudrais que vous gardiez votre calme. Ainsi que l'a très justement faire remarquer l'Impératrice d'Omois récemment, inutile de vous cacher, de vous perdre dans les bois ou de fuir les villes, si les démons sont vainqueurs, il n'y aura aucun endroit où aller. Il faut donc que nous nous préparions, dans le calme et la sérénité, à protéger notre planète. Nos petites querelles de voisins, de nations, de religions, d'intérêts mesquins doivent cesser, ici et maintenant. L'instant est grave, mais j'ai confiance en notre race. Nous sommes courageux. Nous allons nous en sortir. Que Dieu bénisse l'Amérique.

Ouais, ça, c'était sûr, si Dieu pouvait donner un petit coup de pouce pour les aider, Tara aurait trouvé ça super bien. Hélas, elle savait d'expérience qu'Il préférait laisser ses enfants se débrouiller tout seuls.

Dommage.

L'image se coupa. L'émission était terminée, les chaînes de télévision reprirent leurs programmes, même si la majorité d'entre elles étaient en mode « info en continu » avec les journalistes/présentateurs surexcités qui commencèrent immédiatement à commenter tout ce qui s'était dit.

Dans la salle de conférences blanc et bleu de la Maison Blanche, tandis que les journalistes posaient des questions hystériques au président, Maître Chem se pencha vers Tara, le museau froncé par l'inquiétude. Le dragon bleu faisait partie de ceux envoyés par Charm afin d'aider Tara et Lisbeth. Pour sa part, même s'il se serait bien passé d'une invasion de démons, cela faisait longtemps qu'il estimait injuste pour AutreMonde et les autres peuples de tenir les humains éloignés de la vie galactique. Bien sûr, il avait activement participé au petit complot mené par Lisbeth et Charm afin d'empêcher les dragons d'attaquer les démons. Et là, il était en train de se dire qu'il aurait aussi bien aimé qu'il n'y ait pas plus de complications que celles qu'il avait prévues. Parce que l'intervention de Magister, ça, il ne l'avait pas vue venir.

— Il ne manquait plus que ça, chuchota-t-il. Tu crois que le stupide Magister comprend qu'il vient juste de se mettre tout le monde à dos ? Jamais les Terriens n'accepteront de travailler avec lui après ce qu'il vient de faire !

Tara était en train de réfléchir furieusement. On pouvait dire des tas de choses à propos de Magister, et les mots « arrogance » et « mépris » étaient les premiers à venir à l'esprit, mais ce n'était pas un idiot. Alors, pour quelle étrange raison avait-il fait cette déclaration ? Et pourquoi voulait-il diriger les armées terrestres ?

Elle grimaça. Elle allait devoir retourner tout de suite sur AutreMonde en discuter avec sa tante, qui devait être en train de s'étrangler en apprenant la nouvelle, vu que les sortceliers avaient établi une retransmission en direct vers le Palais d'Omois.

Sauf que se rendre sur la planète magique signifiait qu'elle allait devoir affronter Robin. Chose qu'elle avait réussi à éviter en courant de planète en planète depuis que les envahisseurs étaient arrivés.

Robin qui se remettait de son enlèvement. Robin qui avait découvert que Tara sortait avec Cal. Robin qui était un demi-elfe au sang bouillant et pouvait se laisser emporter par la partie la plus sauvage de son être.

Robin qui avait laissé un unique message.

— Nous devons parler. Je t'attends.

Glurps.

Le président américain se tourna vers elle, délaissant son pupitre, et lui dit, désignant les journalistes, les yeux froncés par l'inquiétude :

— Princesse, comme mes compatriotes et nos amis journalistes ici présent, j'aimerais quelques explications. Et j'avoue que nous sommes quelques milliards à n'avoir absolument aucune idée de ce que c'est que cette histoire de chemise, de... d'effrit et de Magister. Est-ce une blague de mauvais goût ? Parce que si c'est le cas, croyez-moi, ce n'est pas drôle.

Tara réprima un soupir. Puis, tournant le dos aux journalistes, à voix basse, elle expliqua ce qu'étaient les objets démoniaques, en passant sous silence qu'elle en avait une bonne partie sur elle.

Le président pâlit lorsqu'il comprit.

— Mais... mais..., balbutia-t-il tandis que ses assistants écrivaient ou enregistraient tout ce que disait Tara, les entourant afin de leur procurer une certaine intimité, c'est monstrueux. Ils asservissent les âmes ? Vous n'en avez pas parlé, vous avez juste dit qu'ils avaient tenté de nous envahir.

— Vous résumer des milliers d'années de lutte était un peu compliqué, répliqua Maître Chem qui culminait à deux mètres au-dessus de leur tête, si bien que le président sursauta lorsque sa grosse voix tomba du ciel. Nous avons préféré faire court. De toute façon, c'est leur magie contre la nôtre. Savoir d'où elle vient ne changera pas grand-chose.

Le président déglutit.

— Et ce n'est pas une mauvaise blague, précisa Tara. Magister sera effectivement un atout, il est très puissant. C'est également un guerrier retors et un bon commandant. Cela va sans doute vous paraître bizarre, mais lui confier les armées terriennes, à lui et à ses Sangraves, pourrait effectivement être une bonne idée.

Maître Chem faillit s'étouffer. Il dut lever la tête vers le plafond pour évacuer la langue de feu qui jaillit de sa gueule. Bouche bée, les journalistes, gardes du corps et ministres, président, etc., le regardèrent, encore stupéfaits de voir un dragon cracher du feu. Les caméras se braquèrent sur eux. Le dragon éructa :

— Tara, mais tu es complètement folle ! C'est notre pire ennemi !

— Non. Notre pire ennemi, c'est Archange, le roi des démons, qui a fait venir six planètes remplies de... de je ne sais pas très bien quoi d'ailleurs, dans notre univers. À côté, Magister, c'est de la rigolade. Et vous devriez aimer cette expression terrienne, Maître Chem, on dit qu'il faut savoir faire feu de tout bois. Magister est un bout de bois que nous devons utiliser. Et c'est ce que nous allons faire.

Soudain, elle s'immobilisa. Faire feu de tout bois ! Mais bien sûr ! Elle savait ce qu'il fallait faire pour contrer la menace des démons. Il fallait qu'elle reparte sur AutreMonde, tout de suite ! Et tant pis pour Robin !

— Princesse ! hurla un journaliste, êtes-vous en rapport avec ce Magister ?

— Princesse ! cria un autre, pourquoi nous donne-t-il vingt-six heures ? Cela a-t-il un rapport avec la rotation d'AutreMonde ? Vingt-six heures et non pas vingt-quatre ?

— Princesse ? Il a parlé d'une chemise, d'esprits démoniaques ? Vous devez nous expliquer !

Oui, évidemment, Tara avait parlé à voix basse pour expliquer tout cela au président, les journalistes n'avaient donc pas entendu ce qu'elle avait dit.

C'était en train de virer à l'hystérie. Les journalistes voulaient des réponses et Tara n'avait vraiment pas le temps.

Elle fit son plus joli sourire et annonça à la salle et aux caméras :

— Maître Chemnashaovirodaintrachivu, mari de la reine des dragons, va répondre à toutes vos questions, notamment sur ces fameuses âmes démoniaques, l'une des armes les plus redoutables, mais pas invincibles, des démons, et sur Magister qui vient de s'inviter dans la très longue liste de nos ennuis. Moi, je dois vous quitter.

Elle connaissait les politiques. Si elle commençait à discuter avec eux, ils n'allaient pas la lâcher.

Tara ne leur laissa donc pas le choix. Elle activa sa magie et un Transmitus et disparut d'un seul coup sous les yeux effarés des journalistes et du président.

Elle eut tout juste le temps d'entendre Maître Chem jurer « Brolk de slurk, Tara ! » et éclata de rire pendant son transfert. Le grand dragon bleu n'avait pas l'air d'être content. Tant pis pour lui. Il n'avait qu'à assumer.

En fait, Chem émit un très grand nombre de jurons supplémentaires pendant que la fine silhouette disparaissait. Il se pencha vers les journalistes, du haut de ses quatre mètres de haut, six lorsqu'il se dressait sur ses jambes arrière, et leva une patte bleue et griffue. Le silence se fit instantanément.

— Très bien, commençons par Magister. Vous avez bien des fous dangereux et mégalomanes sur Terre, n'est-ce pas ? demanda-t-il calmement.

— Oui, lui répondirent plusieurs voix mi-amusées, mi-inquiètes.

— Eh bien, nous, c'est pareil...

À peine Tara rematérialisée à la porte de transfert la plus proche, elle demanda aux sortceliers responsables de la transférer sur AutreMonde. C'était l'effervescence entre la Terre, AutreMonde, le Dranvouglispenchir, les mages, les dragons – toutes les races arrivaient et repartaient et Tara dut attendre son tour, ce qui permit, bien sûr, au gardien de la porte américaine, en haut du Chrysler Building, de prévenir le palais de Tingapour qu'elle était en partance.

Prudents, les sortceliers n'avaient pas indiqué les emplacements des portes aux Terriens, juste qu'elles existaient. Mais Tara se doutait bien que les différents gouvernements voudraient, à un moment ou à un autre, savoir par où de dangereux envahisseurs pouvaient pénétrer sur leurs sols.

Elle nota dans un coin de sa tête qu'il allait falloir en dissimuler un certain nombre et n'en dévoiler que quelques-unes, histoire de n'avoir pas des soldats humains pour compliquer les choses.

Elle se rematérialisa à Tingapour, la célèbre et tumultueuse capitale du continent Omoisien. Une trompette célébra le retour de l'Héritière et les douze gardes en grand uniforme pourpre et or saluèrent avec un « klong » retentissant quand leurs poings heurtèrent leurs plastrons dorés. Il y avait des dizaines de salles de transfert, mais celle-ci était réservée aux grandes arrivées diplomatiques et autres, aussi était-elle parfaitement impressionnante. Entièrement couverte d'or et de rubis, les deux couleurs majeures de l'Empire, la salle faisait bien trente mètres de hauteur et il fallait des lunettes de soleil lorsque le toit était ouvert et que les deux soleils d'Autre-Monde faisaient étinceler les énormes joyaux. Tout autour de la salle, les tapisseries et le Sceptre de transfert encerclaient la porte proprement dite. Tara s'écarta très rapidement, tandis que les sirènes prévenaient les gardes des autres arrivées. Une partie des gardes la suivit afin de former son escorte privée.

Cela faisait plusieurs jours qu'elle n'était pas revenue et son pégase familier, Galant, commençait à trouver le temps long. Il fut donc le premier à lui foncer dessus lorsqu'elle arriva, prévenu par le lien mystérieux qui les unissait.

Dame Kali, la thug à six bras, joliment corsetée de soie bordeaux, à la jupe matelassée, brodée, fendue et dorée, qui s'occupait notamment de l'accueil des VIP, sourit en voyant la jeune princesse s'asseoir sur l'épaisse herbe bleue qui poussait dans le salon privé attenant à la salle, afin de mieux câliner son pégase miniaturisé. S'il y avait quelqu'un de moins protocolaire que Tara, elle ne voyait pas qui. La jeune

Héritière frottait son nez contre le chanfrein si doux de Galant en lui murmurant mille mots doux.

Hélas, cette scène idyllique fut interrompue par une Impératrice dont on avait l'impression que de la fumée lui sortait des oreilles, qui débarqua comme une furie dans l'immense salon. Les gardes d'Omois se mirent au garde-à-vous pour la seconde fois, mais cette fois-ci y restèrent, raides comme des piquets.

Dame Kali se fit la réflexion que ce n'était pas la première fois qu'elle constatait que les gardes s'adaptaient à l'attitude de Tara et étaient moins rigidement protocolaires avec elle ou Mara qu'avec leur tante. La thug décida qu'elle allait en toucher deux mots à Xandiar, le chef des gardes du Palais, histoire qu'il rectifie le tir. Que Tara soit décontractée, d'accord, ce n'était pas une raison pour que les gardes le soient aussi. Même si Kali se doutait que Tara elle-même avait sans doute imposé aux gardes de ne pas être aussi rigides en sa présence...

— Tara ! s'écria Lisbeth, ses cheveux violet clair coulant sur une longue robe violette parsemée de fleurs blanches assorties à son diadème de saphirs violets et de diamants. Mais qu'est-ce que *ton* Magister a encore fait !

Tara leva la tête vers sa tante, bouche bée. Comment ça, « son » Magister ?

Galant se percha sur son épaule et elle se releva avec précaution afin de ne pas le déloger de son support. L'espace d'un instant, immergée dans la chaleur de leurs retrouvailles, elle en avait oublié le reste de l'univers. Hélas, le reste de l'univers ne l'avait pas oubliée, elle.

— Comment ça, « mon » Magister ? parvint-elle à articuler, indignée, tandis que la changeline, sensible à l'ambiance grandiose du Palais, modifiait son sage ensemble pantalon gris tranché de fines rayures bleues en une superbe robe longue bleu marine et turquoise brodée, tandis que ses cheveux se relevaient en un chignon sophistiqué, entouré d'une tiare un poil plus modeste que celle de sa tante.

Même si la changeline aurait pu, haut la ma... haut ce qui lui servait de main, vêtir et parer Tara de bijoux d'une façon bien plus impressionnante que l'Impératrice, elles étaient convenues toutes les deux, prudentes, d'être toujours un brin en dessous. La susceptibilité de l'Impératrice était légendaire.

Sa tante écarta l'objection d'une main frémissante.

— C'est une façon de parler, évidemment, mais là n'est pas la question. Bon sang, Tara, il est en train de compromettre nos relations avec les Terriens !

Tara inspira profondément. Elle allait devoir comprendre pourquoi sa tante était en train, indirectement, de l'accuser d'être responsable du comportement de Magister. Elle regarda les gardes qui s'efforçaient de devenir invisibles, Dame Kali qui n'en perdait pas une miette, sans compter l'escorte de l'Impératrice, et décida qu'elle allait mettre les points sur les *i* et les barres sur les *t*... mais en privé.

— Bonjour, ma tante, fit-elle très protocolairement, j'ai beaucoup de choses à partager avec vous...

C'était la phrase codée qu'elles utilisaient afin de prévenir l'autre que des informations devaient être échangées en privé. Lisbeth fronça ses fins sourcils violets (elle avait assorti sa chevelure avec la couleur de sa robe, en un peu plus clair) et d'un signe du menton lui ordonna de la suivre, ce que Tara fit docilement. Sur le chemin qui menait au bureau privé de l'Impératrice, elles croisèrent les courtisans et les cohortes de personnes qui travaillaient au Palais. Comme toujours, Tara était frappée par la diversité de la foule qui se pressait au Palais d'Omois. Une foule colorée, bruyante, mais respectueuse. Dragons, licornes, centaures, lutins, aragnes, thugs, trolls, humains, diseurs, tatris, des dizaines de races, des plumes, des fourrures, des tatouages, des bijoux, des odeurs, dont certaines étaient pour le moins... insistantes, des marchands, des guerriers, des artistes, cela formait une énorme entité presque homogène en dépit de sa diversité.

Et tout ce beau monde s'écartait ou s'inclinait sur le chemin de l'Impératrice et de son Héritière. Au début, Tara avait trouvé cela gênant. Son éducation démocratique lui soufflait constamment que personne n'était au-dessus des autres. Puis elle avait vite découvert que tout le monde voulait lui parler, à elle ou à sa tante, et que, si elle commettait l'erreur de s'arrêter ou de laisser passer des gens, elle était perdue. Depuis, elle avait appris à traverser la foule sans hésitation, charmante, souriante, mais inaccessible. Sinon, elle n'aurait jamais pu travailler en paix.

Elle profita cependant de la balade pour rapporter tout ce qu'elle avait ressenti, lors de la conférence sur Terre, à Lisbeth. Car sa tante insistait toujours sur le fait que la carte n'était pas le territoire, que les dossiers ne montraient pas les sentiments et qu'il fallait toujours se fier à son instinct.

Elles passèrent dans le couloir aux arbres parasols, dont le toit, ouvert ce jour-là, laissait entrer les puissants rayons des soleils d'AutreMonde. Sur leur passage, les arbres semimobiles reçurent un peu d'eau, ce qui les incita à organiser une magnifique parade de couleurs. Tandis que certains rougissaient ou rosissaient, d'autres évoluaient vers le vert émeraude alors que le cœur de leurs feuilles devenait d'un jaune étincelant. C'était l'une des choses qui émerveillaient le plus Tara. De constater à quel point AutreMonde pouvait à la fois être magnifique et terrifiant.

Tara demanda à ce qu'on fasse un détour pour déposer les objets démoniaques chez elle. Lisbeth refusait que la jeune fille les porte lorsqu'elles discutaient stratégie contre les démons. Elles savaient toutes les deux que le Sparidam pouvait attirer les âmes emprisonnées, et elles ne pouvaient pas risquer que leurs plans soient dévoilés. Les objets ne protestèrent pas. Ils comprenaient très bien, étant eux-même terrifiés à l'idée de tomber entre les mains des démons. Cela leur prit un peu de temps, car Lisbeth avait fait construire une nouvelle aile spécialement pour Tara et lui avait offert un ravissant petit palais de pierre blonde et sculptée, blotti au milieu des bois de l'un des parcs intérieurs.

Tara n'était pas en conflit avec les objets démoniaques, mais, lorsqu'elle les retira, elle se sentit plus légère, comme si on avait ôté un poids de ses épaules. Puis elle suivit sa tante jusqu'à son impérial bureau.

Une fois dans la pièce aux murs de doux marbre doré et aux meubles de velours pourpre, derrière sa table marquetée d'animaux en bois précieux, encadrée de fleurs que butinaient des papillons-joyaux, l'Impératrice se détendit. La robe violette laissa place à un confortable pyjama d'intérieur en soie, tandis que ses cheveux se détachaient, reprenaient leur couleur blonde naturelle et qu'elle lançait un tentacule de magie pour ôter sa tiare puis lisser sa magnifique chevelure qui coula jusqu'à ses pieds, chaussés de pantoufles élégantes.

Contrairement à Tara qui disposait d'une Changeline, l'Impératrice devait utiliser la magie afin de s'habiller ou se déshabiller, mais, franchement, on ne voyait pas la différence. Car, toujours contrairement à Tara, Lisbeth maniait son pouvoir comme un couteau aiguisé et efficace. Tara, elle, avait plutôt l'impression d'être un tantinet néandertalienne. Sa magie ressemblait à une bonne grosse massue...

La jeune fille blonde inspira profondément. L'odeur suave des fleurs était très agréable, elle aimait le calme du bureau de sa tante. En dépit de la situation, comme sa tante quelques instants plus tôt, elle se détendit un peu. Galant se posa sur ses genoux afin qu'elle puisse continuer à le caresser. Elle lui avait beaucoup manqué. Elle lissa les ailes du pégase du plat de la main et lui gratouilla le dos, tandis qu'il donnait l'impression de ronronner comme un chat.

— Donc, Magister ? attaqua Lisbeth, qui, lorsqu'elle avait une idée dans la tête, ne la lâchait pas facilement.

— Ma tante, répondit suavement Tara, j'aimerais bien savoir pourquoi, d'un seul coup, l'horrible Magister, qui accessoirement est responsable de la mort de mes parents, est devenu « *mon* Magister » ? Et par quelle opération du Saint-Esprit je saurais ce qu'il veut faire ?

Lisbeth grogna. C'était amusant, le loup était l'emblème de Various et, parfois, Tara trouvait qu'il déteignait un peu sur sa tante.

— Pardon, tu as raison, j'oublie tout le temps à quel point ce monstre a volé ta vie. Mais il me rend folle !

Depuis qu'elle avait découvert que Magister était responsable de sa stérilité, dieux merci, réversible, Lisbeth ne rêvait que d'une seule chose : Magister, elle, une cellule, des chaînes et des tas de trucs coupants. Voire une forge et des pincettes chauffées à blanc... Elle sourit un instant à cette image idyllique, puis se reprit :

— Bref, ne parlons plus de ce fou, puisque de toute façon je ne vois pas bien ce qu'il va pouvoir faire pour nous obliger à lui obéir. Il faut juste que nous parvenions à convaincre les gouvernements terriens de s'allier à nous et de rejeter l'offre de Magister.

Vu que Tara pensait que, justement, ce serait une bonne idée de confier les ressources terriennes à Magister, tout en s'en faisant un allié plutôt qu'un ennemi, elle protesta vigoureusement. Malheureusement, Lisbeth était sourde à toute logique lorsqu'il s'agissait de Magister. Vu ce qu'il lui avait fait, la rendre stérile pendant des dizaines d'années, Tara pouvait comprendre. Mais parfois, comme sa tante le disait si bien, la raison devait l'emporter sur la haine.

Sauf que sa tante fut inébranlable et Tara, désolée, dut s'incliner.

— De toute façon, conclut Lisbeth, féroce, je préfère qu'il reste notre ennemi, plutôt que de l'avoir comme allié et de vivre dans la peur qu'il se retourne contre nous. Je vais faire une note dans ce sens pour les présidents terriens.

Elle fit une petite pause afin de se calmer et croisa les doigts en cloche devant elle.

— Même si leurs gouvernements savent qu'ils n'ont guère le choix, tu crois que l'opinion publique terrienne nous sera favorable ?

Tara haussa les épaules. Elle savait que sa tante détestait lorsqu'elle faisait ça, mais c'était la façon la plus explicite de dire qu'elle n'en avait pas la moindre idée.

— Ils ont peur. Lorsque des gens ont peur, il est toujours très difficile de prévoir ce qu'ils vont faire. Cependant, ils ont très bien compris que le plus dangereux, ici, ce n'étaient pas les sortceliers mais les démons. Donc, oui, je crois, j'espère qu'ils vont s'allier à nous. Et je suis absolument sûre qu'ils vont refuser l'offre de Magister, surtout si nous abondons dans ce sens, puisque c'est ce que tu veux. Ils ne nous connaissent pas, ils ne vont certainement pas laisser un sortcelier diriger leurs armées, que ce soit l'un des nôtres ou Magister.

— Au sujet des sortceliers, ta grand-mère, Isabella, a intensifié les recherches de sortceliers non déclarés sur Terre.

— J'espère qu'elle en trouvera le plus possible. Avez-vous pu parler avec Demiderus ? Depuis qu'il a eu accès aux travaux génétiques accomplis depuis son entrée dans le temps gris, il pense que le gène est latent chez tous les terriens, avec une force plus ou moins grande, mais il n'est pas sûr de la raison pour laquelle la magie se réveille chez l'un et pas chez l'autre.

— Depuis, il a développé une théorie à ce sujet, répondit Lisbeth. Il a dit qu'il y a cinq mille ans, son pouvoir avait été déclenché par l'attaque des démons. Il pense que si les démons revenaient sur Terre et utilisaient leur magie contre les Terriens, les gènes dormants de sortceliers se réveilleraient immédiatement afin de protéger l'espèce.

— Aïe ! fit Tara.

— Pourquoi « aïe » ? demanda l'Impératrice, étonnée.

— Parce que je connais Demiderus, qu'il est obsédé par la destruction des démons et que je parie à dix contre un qu'il va proposer de laisser les démons débarquer sur Terre et massacrer des gens, histoire de réveiller les gènes dormants.

Lisbeth afficha un visage impassible, mais Tara avait appris à le déchiffrer.

— C'est ce qu'il a dit, finit par laisser tomber Lisbeth du bout des lèvres. Sauf que les planètes se trouvent près d'AutreMonde et que les démons n'ont pas accès à la Terre de là où ils sont. Il n'existe pas de faille à cet endroit de l'espace. Ils vont devoir nous conquérir d'abord, et ensuite s'emparer des portes de transfert pour s'occuper de la Terre. Je crains que la stratégie de Demiderus ne soit pas très utile. En revanche, je préfère celle du président T'ealc.

Là aussi, Tara n'avait pas besoin de chercher bien loin pour savoir ce qu'avait proposé T'ealc. Chacun réagissait en fonction des outils qu'il avait et, lorsqu'on a un marteau, tous les problèmes finissent par ressembler à des clous.

Elle passa au tutoiement, plus familier, qu'elle employait rarement avec sa tante. Il faut dire qu'elle l'impressionnait, en dehors du fait qu'elle avait quatre fois son âge, même si elle en paraissait à peine vingt-cinq.

— Laisse-moi deviner, dit la jeune fille, il veut que ses soldats mordent les soldats humains pour les transformer en loups-garous, comme tous ceux qui émigrent d'Omois en ce moment, j'ai tort ?

L'Impératrice eut un sourire acéré.

— Il n'est pas facile de te tromper, ma nièce, mais oui, c'est exactement ce qu'a proposé T'ealc.

— Et tu as répondu...

— ... que n'étant pas une dirigeante humaine, je n'avais pas latitude de décider pour eux. Mais que je proposerais cette solution si la situation se dégradait vraiment et si nous réalisions que notre coalition était en infériorité par rapport à celle des démons.

Elle planta ses yeux bleu marine dans les yeux de la jeune fille, si semblables aux siens. Celle-ci vit à quel point sa tante avait peur. Elle maîtrisait cette peur admirablement, mais elle affleurait à la surface.

— Six planètes, Tara ! Les démons ont six planètes ! Même si les Zavoriens ont décidé de ne pas intervenir.

Lisbeth avait fini par parler à Tara de la mission de Cal et de sa rencontre avec les Zavoriens. Tara en avait beaucoup voulu à Lisbeth... et à Cal... de ne pas l'avoir informée de ce qui se passait, tout en reconnaissant qu'ils n'avaient pas eu vraiment le choix, puisque Cal avait été nommé spécifiquement. M'enfin quand même, ça lui restait sur le cœur.

— Nous n'en avons que trois, vraiment, à leur opposer, compta Lisbeth, toutes les autres ne sont pas suffisamment développées pour soutenir un effort de guerre. Sentivor, Levora, Branvour, Teckla, ce sont toutes de petites populations, ils ne pourront pas nous aider. Même si les Diseurs de Sentivor nous ont déjà proposé de lire dans l'esprit des envahisseurs, nous avons pu constater que la magie démoniaque pouvait protéger les démons de la télépathie. À moins que nous ne trouvions un moyen de franchir cette barrière mentale, les Diseurs ne nous seront utiles que comme organes de communication instantanée, mais c'est tout. En face, nous avons nos alliés, le Dranvouglispenchir et les dragons, ainsi que la Terre et les humains. Rien qu'en population, nous sommes en infériorité numérique. Et ce n'est pas le pire. Regarde.

Elle activa l'immense écran de cristal qui recouvrait l'un des murs. La vue montrait la capitale d'Omois, Tingapour, où se trouvait le Palais. Tara étant passée par les portes de transfert, elle n'avait pas vu ce qui se déroulait en ville.

C'était le chaos.

Il y avait des accidents partout, des véhicules renversés, des tapis sans conducteurs, des gens blessés. Deux centaures avaient été heurtés par un camion transportant des traducs et les énormes bovins avaient chargé sans se poser de questions, embrochant tout sur leur passage, ajoutant au chaos. Dans un autre secteur, des tas de véhicules s'était amalgamés, alors que des sorteliers tentaient d'extraire ceux qui étaient bloqués en dessous. Certains véhicules avaient pris feu, ce qui était inexplicable pour Tara, vu qu'ils ne se déplaçaient pas avec de l'essence mais avec de la magie et que celle-ci n'était pas inflammable. Du moins, c'était ce qu'elle croyait jusqu'à maintenant. Elle eut l'explication lorsqu'elle vit que l'un des tapis était un véhicule de grand luxe à l'intérieur duquel il y avait un barbecue. En se renversant, il avait basculé, brûlant tout sur son passage.

— Mais qu'est-ce qui s'est passé ? demanda Tara, éberluée.

— Les effrits. Ils ont tous disparu. Nous pensons qu'ils sont retournés sur leur planète, l'une de celles qui gravitent autour de nos soleils, je suppose. Ils ont rompu leur contrat. Mais ils assuraient la circulation et beaucoup d'autres tâches sur notre planète.

Oui, Tara pouvait très bien imaginer à quel point cela avait dû faire bizarre aux conducteurs de ne plus voir d'effrit passer du bleu au rouge afin de régler la circulation.

— De fait, j'avais presque totalement débarrassé le Palais de leur présence lorsque nous avons compris ce que faisaient les démons, donc nous n'avons pas eu à en souffrir, mais je n'avais pas encore pu les remplacer dans tout le pays. Et voici le résultat.

D'autres images affluèrent. C'était la même scène de désolation partout. Heureusement que les sortceliers avaient leur magie et de bon réflexes, ils avaient évité la majeure partie des dégâts, mais les nonsos, eux, avaient payé un plus lourd tribut.

Certaines races, comme les centaures, les nains ou les licornes, n'utilisaient pas la magie. Les nains parce qu'ils détestaient ça, les centaures parce qu'ils préféraient user de leurs mains et de leur savoir pour vivre dans les grandes plaines du Mentalir et les licornes parce qu'elles estimaient que la magie interférait avec leur développement intellectuel. Aussi, comme les humains qui ne possédaient pas de magie, lorsque les effrits disparurent, ces trois races furent celles qui subirent le plus grand nombre de dégâts, du moins dans les villes. Les rares hôpitaux, réservés normalement aux cas que les chamans ne pouvaient pas soigner, furent vite débordés. Partout, les scoops, petites caméras volantes des cristalistes, les journalistes d'AutreMonde, enregistraient des images de détresse et des sortceliers et Hauts Mages qui balançaient des Reparus à tour de bras.

Tara déglutit.

— Quand est-ce arrivé ?

— Il y a deux heures. On commence à s'organiser. Nos mages sont en train de créer un réseau de feux magiques automatiques afin de remplacer les effrits, sur le même modèle que ce qui existait avant, mais cela prend du temps. Et les volontaires sortceliers organisent le remplacement de ce que faisaient les effrits, service, police, etc.

— Et personne ne sait pourquoi les effrits sont partis comme ça ?

— Ils sont les ennemis des Boulimi-Lema ou quoi que soit le nouveau nom qu'ils se sont donné. Mais leur planète fait partie de celles qui sont arrivées dans notre galaxie.

— Ils ne sont pas partis d'AutreMonde tout de suite, je veux dire au moment de l'arrivée de leur planète en orbite autour de nos soleils, n'est-ce pas ?

— Non, pourquoi ?

Tara réfléchit, se repassant ce que Magister avait dit. Elle avait pris l'habitude d'écouter très soigneusement ce que proférait son pire ennemi, c'était toujours utile. La phrase lui revint en mémoire et elle eut un sourire satisfait. Ah ! elle le tenait.

— Rien, mais c'est étrange, Magister a précisé que les démons avaient tenté de reprendre sa chemise démoniaque, mais également que son effrit avait disparu, au moment de l'arrivée des démons dans notre univers. Mais nos effrits à nous n'ont disparu que depuis deux heures. Pourquoi maintenant ? Cela fait des jours que les planètes sont là et il ne se passe rien. Et puis, hop ! tout à coup, tous les effrits disparaissent. En dehors du fait que cela nous a déstabilisés, je trouve ça plutôt inquiétant, non ?

— Oui, si cela signifie que les démons sont prêts à attaquer. De toute façon, nous sommes en état d'alerte optimum depuis leur arrivée, grimaça Lisbeth. Par mesure de sécurité, nous avons englobé la planète avec un dispositif anti-démons, à partir de l'ADN que nous avons recueilli sur les armures de ceux qui les ont combattus sur Tadix. Si l'un d'eux met les pieds ou les tentacules ici, nous le saurons immédiatement.

— Donc, la disparition des effrits n'a pas changé grand-chose ?

— Non. Nos troupes ne dépendaient plus des approvisionnements organisés par les effrits depuis plusieurs mois, donc le but de tout ceci ne pouvait pas être de générer un quelconque chaos : en dehors des dommages collatéraux, cela ne nous gêne en rien. J'avoue que je ne sais pas du tout quoi en penser.

Tara regarda la chevalière qui se trouvait à son petit doigt. Aucun effrit ne lui était plus attaché, dommage. Cela dit, ils pouvaient toujours invoquer l'un d'entre eux et lui poser des questions.

— Et les Tadixiens ont décidé de reconstruire leur lune, ajouta Lisbeth d'un ton songeur.

Tara ouvrit grand ses yeux bleu marine.

— Reconstruire leur lune ? Tu rigoles ?

— Pas du tout, répondit Lisbeth, amusée par la surprise de Tara qui oubliait tout le temps à quel point la magie pouvait être puissante. Ils sont en train de réunir et d'amalgamer tous les astéroïdes sur lesquels ils peuvent mettre la main. Ils disent qu'il leur faudra environ six mois pour reconstruire la structure de base. Ils veulent que nous en fassions de nouveau notre base de défense spatiale, tout en construisant également des casinos pour le plaisir des AutreMondiens. Le fait que ce soit une base militaire leur permet d'avoir accès aux fonds destinés à notre défense, ce qui signifie que les travaux ne vont pas leur coûter grand-chose (ah, oui, maintenant, c'était plus clair) et tout ce qui est décoration et casinos sera payé par les joueurs. Curieusement, ils ont l'air très contents que la lune originale ait été détruite.

Oui, Tara pouvait le comprendre, ils étaient complètement gagnants dans cette histoire. Lisbeth afficha une vue de l'espace sur son ordinateur et Tara constata que la lune était déjà en bonne voie de construction, c'était impressionnant.

Elle frissonna. Bizarrement, ce bout de lune avec plein d'échafaudages lui rappelait l'Étoile de la Mort dans *Star Wars*.

— Mais ce qui me rend le plus furieuse, gronda Lisbeth, c'est quand même mon mariage.

Tara la regarda, surprise. Ils étaient en plein chaos et Lisbeth parlait de mariage ? Elle avait fumé quoi ?

— Si ça continue, se lamenta l'Impératrice, Various va finir par croire que j'organise tout ça juste pour éviter de l'épouser.

Tara réussit à retrouver la parole.

— Bon, alors ça, je suis sûre qu'il a deviné que tu as organisé une invasion de démons et une émigration d'effrits juste pour éviter de l'épouser, hein...

Lisbeth lui retourna un regard morne. La tentative d'humour de Tara ne fut pas saluée à sa juste valeur. Tara soupira :

— Dis donc, ce n'était pas toi qui disais il n'y a pas si longtemps, à propos de *mon* mariage, que c'était une bonne chose parce que cela permettait aux peuples de penser à autre chose qu'aux démons ? Pourquoi est-ce que nous ne l'organiserions pas, ce fameux mariage ? Et puis, j'ai une idée que tu devrais aimer, Lisbeth, ce ne serait pas cool d'avoir tes parents à ton mariage ?

Heureusement que Lisbeth était assise parce qu'elle faillit tomber.

— Pardon ?

— En fait, pour contrer les démons, je pensais inviter quelques amis à la fête. Après tout, ils ont déjà connu des guerres et les démons les ont tués, je pense qu'ils ont une revanche à prendre.

Lisbeth avait pâli.

— Non, sérieusement, Tara, tu ne penses pas à...

— Oh, mais si ! répondit Tara avec un grand sourire. Vu la déculottée qu'ils nous ont infligée, lorsque j'ai dit à Maître Chem qu'il fallait faire feu de tous bois, tout à coup, je me suis dit que ce serait chouette d'inviter nos ancêtres fantômes à venir se battre avec nous !

Chapitre 9

Les fantômes

Ou comment animer une soirée avec des invités pour le moins inattendus.

Lisbeth était horrifiée. En fait, Tara soupçonnait secrètement que sa tante était horrifiée de ne pas y avoir pensé avant. C'était évident. Quoi de mieux qu'un fantôme furieux pour contrer un démon furieux ?

— Ton gouvernement n'a pas détruit la recette pour appeler les fantômes d'AutreMonde, n'est-ce pas ? demanda Tara. Je veux dire, en dehors de vos grandes déclarations officielles comme quoi ce type de potion était hors la loi, genre, pour toujours ?

Lisbeth eut un sourire pincé devant le ton ironique.

— Non, bien sûr. Nous l'avons effacé de ton esprit et de celui de Cal, mais nous avons conservé un double dans le Trésor impérial, avec tous les sorts dangereux dont nous pourrions avoir besoin un jour.

Hum, c'était l'équivalent AutreMondien des silos de missiles nucléaires. « Regardez, les gars, on a des tas de trucs qui pourraient faire boum, on est gentils, on ne les utilisera que pour se défendre, mais du coup, venez pas nous chercher des kroux[1] dans la tête... »

— Donc, nous pouvons les faire revenir quand nous voulons.

— Oui, mais nous ne devons invoquer que les fantômes qui seront prêts à nous aider et à retourner là-bas ensuite,

1. Sortes de poux violets qui ont la particularité curieuse de produire une petite musique joyeuse lorsqu'ils se reproduisent, ce qui est assez contestable comme technique de survie lorsqu'on a plutôt intérêt à être discret...

pas ceux qui nous ont envahis pour se venger et posséder des corps vivants.

Tara avait promis de ne pas parler d'OutreMonde à qui que ce soit et, en dépit de nombreuses pressions, avait réussi à tenir sa promesse. Elle faillit dire que les fantômes qui étaient passés avaient menti parce que les corps étaient tout ce qu'il y avait de plus réel et vivant en OutreMonde, mais se tut. Elle avait conscience que si les gens comprenaient à quel point la vie après la mort était géniale et débarrassée de toute contrainte, de toute peur, de toute pression, tout le monde partirait en OutreMonde et ce serait la catastrophe.

— Tu as raison, fit-elle à la place. Il va falloir leur envoyer un messager. Quelqu'un qui sélectionnera les volontaires.

Lisbeth opina.

— Je vais demander à des sortceliers en phase terminale ou à de très très vieux Hauts Mages qui n'ont plus envie d'attendre pour aller sur OutreMonde.

— Euh, oui, mais il faut qu'ils puissent revenir, aussi, Lisbeth, parce que nous aurons besoin de savoir si les fantômes sont d'accord ou pas. Je ne connais pas très bien ta mère, la gardienne de la porte qui accueille les sortceliers morts, mais j'ai cru voir qu'elle n'avait pas très bon caractère et surtout qu'elle était très obsédée par la non-communication entre son monde et le nôtre. Non ?

— Si..., soupira Lisbeth en se frottant le front d'un air fatigué. Mêler ma mère à toute cette histoire est probablement la plus mauvaise idée de l'année. Mais tu as raison, il faut que nous sachions si elle est d'accord ou pas avant de faire la potion. Nous allons donc chercher quelqu'un qui sera prêt à courir le risque de mourir, mais qui devra revenir sans faute.

— Voilà.

— Est-ce que l'un de tes amis serait inté...

— Non.

— Dommage.

— Si tu le dis. Tu poserais la question à Various ?

— Non.

— Moi non plus.

Tara se doutait bien que Lisbeth lui tendrait cette perche, elle était furieusement prévisible par moments. Et Tara avait remarqué que Lisbeth tentait de se débarrasser régulièrement des gens qui la gênaient. Pas forcément en les assassinant (quoique), mais en les envoyant remplir des missions suffisamment dangereuses pour que le résultat soit le même.

Or, Lisbeth n'aimait ni Robin ni Cal, l'un étant trop *étranger* à son goût, trop « elfe », l'autre étant un peu trop malin, trop « voleur ». D'où sa proposition de les envoyer mourir.

La jeune fille se demanda avec malice ce que Lisbeth aurait répondu si Tara avait proposé d'envoyer Moineau, affiliée à la famille royale du Lancovit...

— Ce que je ne comprends pas, même si je ne m'en plains pas, grommela-t-elle, revenant à leur principal sujet de préoccupation, c'est pourquoi les démons n'ont pas attaqué. Cela va faire deux semaines qu'ils sont là et il ne se passe rien. Enfin, à part le fait qu'ils ont essayé de récupérer leurs âmes démoniaques. Ce qui aurait finalement eu comme résultat de nous débarrasser définitivement de Magister. C'est presque dommage qu'ils n'aient pas réussi.

Lisbeth émit un petit gloussement amusé. Elle n'y avait pas pensé, mais Tara avait raison. Un ennemi de moins, c'était toujours bon à prendre.

— À propos de mariage, fit l'Impératrice d'un ton un peu crispé, il faut que je te parle de quelque chose de très important.

Aïe ! Tara n'aimait pas lorsque sa tante prenait autant de gants avec elle. Et encore moins lorsqu'elle faisait allusion au mot « mariage », que Tara commençait à avoir sérieusement en grippe après avoir été proposée comme fiancée à un nombre incalculable de gens

— Oui, ma tante ?

— La magie est une science qui est loin d'être exacte, commença Lisbeth avec précaution, en observant attentivement Tara. Ta puissance est si... si puissante en quelque sorte, que nous ne savons pas très bien ce qui se passerait si... disons si ton corps subissait un changement.

D'accord. Habituellement Tara voyait à peu près où l'Impératrice voulait en venir, mais là, franchement, elle n'en avait absolument aucune idée.

— Ouiiiiii ? fit-elle.

— Donc, même si je sais que tu es en âge et que l'on t'a affublée d'un très mauvais surnom, je vais te demander un immense service.

Tara fronça les sourcils, mais qu'est-ce que...

— Je vais te demander de ne pas faire l'amour avec Cal ou avec qui que ce soit, parce que nous ne pouvons pas nous permettre que tu tombes enceinte !

Tara regarda sa tante, tellement stupéfaite qu'elle n'arrivait même plus à parler. Puis ses neurones un instant paralysés finirent par se reconnecter. En même temps qu'une certaine colère.

— Mais enfin, Lisbeth, finit-elle par protester vigoureusement, nous ne sommes pas au XVe siècle ! Les moyens de contraception, ça existe ! Et j'ai dix-huit ans, bon sang !

Lisbeth hocha la tête.

— Oui, je sais. Mais ils ne sont pas sûrs à cent pour cent, surtout avec ta magie si capricieuse. Et si notre arme la plus puissante ne fonctionne plus parce qu'elle est enceinte, autant nous rendre aux démons tout de suite, Tara.

Elle marqua une pause le temps que Tara digère ce qu'elle venait de lui assener. Ce n'était pas de trop, parce que, effectivement, Tara n'avait aucune idée de ce qui allait se passer avec sa magie le jour où elle attendrait un bébé.

— Je ne te le demande pas en tant que ta tante, assura Lisbeth, même si, bien sûr, je préférerais que tu attendes d'être mariée histoire que la filiation de mon Héritière soit claire (ben voyons), je te le demande en tant que chef des armées d'AutreMonde avec Sandor. Nous en avons discuté en Conseil des ministres (quoi ? ils avaient discuté de sa sexualité avec des gens ! Tout à coup, Tara sentit le rouge lui monter aux joues) et nous avons décidé de te demander, non, de te supplier de ne pas céder. Pas maintenant, alors que nous risquons l'avenir de notre peuple.

C'était totalement surréaliste. À dix-huit ans, Tara parvenait encore à se sentir totalement dépassée par les trucs qui lui tombaient sur la figure constamment. Il ne manquait plus qu'un édit placardé un peu partout sur la planète pour que sa gêne et sa honte deviennent planétaires.

Ce fut l'agacement qui la fit parler.

— Et vous ?

— Moi ?

— Vous êtes aussi la chef des armées, non ? Mener le combat en armure avec un gros ventre, ça ne va pas être pratique, pratique !

Tara frappait fort. L'Impératrice faisait tout ce qui était possible pour tomber enceinte, depuis qu'ils avaient découvert que Magister l'avait empoisonnée pour la rendre provisoirement stérile.

Mais Lisbeth connaissait aussi bien Tara que Tara connaissait Lisbeth.

— J'ai cessé le programme d'ovulation. Various et moi prenons toutes les précautions nécessaires. Et, contrairement à toi, je ne suis pas un atout vital.

Tara fut choquée. Elle ne s'y attendait pas du tout. Avoir un enfant était tellement important pour Lisbeth ! À regret, elle se rendit compte que les sacrifices de Lisbeth étaient aussi importants que les siens. Et slurk !

— Très bien, se rendit-elle. Je vais dire à Cal que nos retrouvailles vont être un peu moins brûlantes que prévu. Franchement, Lisbeth, tout cela commence vraiment à me gonfler.

L'Impératrice eut un mince sourire. Et reprit l'expression typiquement terrienne :

— Tu n'as pas idée d'à quel point ça me gonfle aussi.

Elles échangèrent un sourire complice. Pour une fois, elles étaient parfaitement d'accord.

— Ce qui m'ennuie le plus, c'est qu'Archange ne nous ait pas contactées, soupira l'Impératrice, heureuse que Tara soit assez raisonnable pour comprendre à quel point c'était important. J'avais pourtant l'impression qu'il était pour la paix. C'est inquiétant ce silence prolongé.

Tara fit une petite grimace.

— En ce qui me concerne, si cela peut nous éviter une guerre sanglante, les démons peuvent rester silencieux pendant les cent prochaines années que cela ne me dérangera pas plus que ça. (Elle eut un sourire grimaçant.) Même si je n'ai pas l'intention de faire attendre Cal pendant cent ans, je...

Elle allait continuer lorsqu'une sonnerie discrète l'interrompit.

Les deux têtes d'Intimais, le tatris secrétaire particulier de Lisbeth, apparurent devant son écran de cristal géant, en face de son bureau.

— Votre Majesté Impériale, fit Pacr.

— Nous avons une communication, dit Tacr.

— De la planète des démons, conclut Pacr.

Tara et Lisbeth se dévisagèrent. Lisbeth incanta et instantanément la magnifique robe violette fut de retour ainsi que sa tiare. Tara resta telle que, mais se tourna vers l'écran, le cœur battant.

— Très bien, Intimais, passez-moi la communication, ordonna Lisbeth qui se composa un visage lisse et calme.

Archange apparut devant eux, l'image 3D rendant impeccablement la beauté du jeune démon. Il était vêtu d'un uniforme gris sombre très élégant, qui soulignait ses larges épaules, se détachant sur le bois rouge des murs de son bureau.

Il portait une couronne d'or et d'émeraudes sur ses boucles noires. C'était la première fois depuis sa nomination en tant que roi des démons que Tara le voyait arborer l'insigne de sa charge. Cela le rendait plus imposant, mais aussi plus distant.

Archange sourit tendrement à Tara qui lui rendit un sourire nettement plus froid. Une pointe de tristesse assombrit les magnifiques yeux de plusieurs verts différents. Il inspira et se lança.

— Votre Majesté Impériale, Votre Altesse Impériale, salua-t-il d'un ton terriblement guindé et froid, pardonnez mon intrusion vidéocristalée sans cérémonie, mais je désirais, pour notre première communication après les premiers instants un peu chaotiques de notre arrivée, vous assurer que notre irruption un peu précipitée dans votre univers a été tout à fait involontaire.

OK, là, il les avait surprises.

— Mes salutations au roi des démons, répondit gracieusement Lisbeth une fois qu'elle réussit à récupérer sa voix. C'est gentil de nous rassurer, cela fait deux semaines que nous nous demandions ce qui se passait, sans l'ombre d'une réponse, vu que vous avez imposé le black-out autour de vos mondes et, pardon, mais garer six planètes autour de nos soleils me semble tout sauf involontaire.

Elle se garda bien de parler des Zavoriens, vu que leurs accords étaient strictement secrets.

Archange fit une petite grimace peinée. Il faillit se passer la main dans ses magnifiques cheveux noirs, qu'il avait coupés court récemment, mais se contint. On avait dû lui dire d'éviter les gestes nerveux et, en plus, il avait une couronne sur la tête, qu'il oubliait constamment. Sa main retomba, tandis qu'il essayait de faire passer toute la puissance de sa conviction dans ses yeux verts.

— Croyez-moi, j'aurais nettement préféré éviter de vous inquiéter, mais nous ne pouvions pas communiquer avec vous, justement à cause du black-out imposé par ceux d'entre nous qui sont le plus… disons… nerveusement conservateurs. Ils ont eu peur que vous ne nous attaquiez avant d'avoir eu le temps de vous parler.

Ah, il avait toujours du mal à gérer son peuple, apparemment. Cela dit, il n'avait pas vraiment tort, les dragons avaient été à une toute petite écaille de tout faire sauter.

— Avant de « déménager », nous avions prévu de vous proposer un accord commercial, incluant votre autorisation de nous laisser nous installer à votre porte, mais nous avons été pris par le temps et avons dû faire très vite. À la suite des terraformations des différentes planètes, nous avons malheureusement rendu nos soleils instables. Nous aurions pu orbiter autour d'autres soleils, mais nous n'en avons pas eu le temps. Presque toute la galaxie où se trouvaient nos planètes a été affectée. La seule issue que nous avions, c'était la faille par laquelle nous avons pu aboutir à l'endroit où se trouvait l'ancienne planète des vampires, que nos ancêtres avaient détruite.

Oui, les astrophysiciens AutreMondiens avaient effectivement indiqué que les nouvelles planètes se trouvaient précisément au même endroit.

Cela dit, les démons n'avaient pas eu beaucoup le choix, toutes les autres failles aboutissant sur des planètes – comme celle se trouvant sous l'océan Atlantique terrien –, cela les auraient détruits dès la première tentative de rematérialisation. Deux planètes essayant d'occuper le même espace, ça produisait forcément une assez belle explosion. Alors six, c'était carrément la création d'une supernova.

D'une certaine façon, le fait d'avoir détruit la planète des vampires était, des milliers d'années plus tard, la seule chose qui avait sauvé les démons.

Ironie du sort.

Pourtant, d'une façon subliminale, Tara sentait que le démon ne disait pas tout. Comme s'il avait envie de partager d'autres informations mais n'osait pas, de peur de leur réaction.

Mais d'un autre côté, de temps en temps, elle voyait les regards qu'il lançait vers Lisbeth, comme s'il lui en voulait de quelque chose, quelque chose dont il ne voulait pas... ou ne pouvait pas parler. Qu'est-ce que sa tante avait encore fait pour énerver les démons au point qu'Archange semble avoir la nausée chaque fois qu'il s'adressait à elle ?

Elle allait devoir le rencontrer en tête à tête, histoire de lui arracher ses petits secrets. L'idée de se retrouver seule avec Archange la fit légèrement frémir, entre attraction (rien à faire, elle sentait qu'il était « gentil » et terriblement séduisant) et répulsion (bon, c'était quand même un démon).

— De toute façon, vous êtes là, reprit un peu sèchement Lisbeth. Alors, que désirez-vous ? Allez-vous faire comme vos ancêtres ou, plus récemment, comme Gabriel et tenter de nous annihiler ?

Archange fronça les sourcils. Il n'aimait pas le ton de Lisbeth. Mieux, on sentait qu'il la détestait profondément. Or cela n'avait pas du tout été le cas la dernière fois, au contraire, il avait tout fait pour la protéger. Tara lança un regard soupçonneux vers sa tante.

Et se posa de sérieuses questions. Elle ne savait pas ce qu'était devenue la NA. Est-ce que Lisbeth n'aurait pas envoyé la sphère dans l'univers des démons, détruisant tout et les forçant à s'enfuir ? Cela expliquerait beaucoup de choses, et notamment pourquoi le démon était si froid, même s'il ne semblait pas vouloir mentionner la raison de sa colère. Hum.

— Tout dépendra de vous, finit-il par déclarer. Nous ne voulons pas la guerre, ni perdre des vies pour rien alors que nous pourrions nous côtoyer sans dommage. Nous ne vous gênons pas, là où nous sommes. La galaxie, l'univers même sont suffisamment immenses pour que tout le monde vive en paix, et si notre proximité vous gêne trop, nous pourrons toujours déplacer nos planètes vers d'autres soleils.

Lisbeth ne dit rien, mais Tara, qui la connaissait bien, vit qu'elle marquait le coup. Archange venait de leur révéler que la technologie inouïe qui avait permis de transporter six planètes d'un univers à un autre était reproductible.

Mais l'Impératrice était amatrice du proverbe de Machiavel, même si c'était un stratège terrien : « Garde tes amis près de toi, mais tes ennemis encore plus près. »

— Je ne suis pas la seule à décider, dit-elle avec un petit mouvement d'épaules négligé, mais en ce qui me concerne, votre proximité ne me dérange pas spécialement à partir du moment où la paix et les échanges sont réellement un désir commun, et surtout que vous maîtrisez, cette fois-ci, vos frères et sœurs et leurs ambitions impérialo-colonialistes.

Archange lui répondit par le même petit mouvement d'épaules, mais le sien était plutôt résigné.

— Notre structure est un peu différente de la vôtre, expliqua-t-il. Nous sommes plutôt jugés sur nos résultats. Pour l'instant, mon frère Gabriel a échoué. Il n'a pas réussi à s'emparer de la sphère NA et vous êtes parvenus à contrer l'invasion de ses vaisseaux.

Il laissa passer un petit moment, comme si le fait de mentionner la sphère allait faire avouer Lisbeth, mais la jeune femme attendait calmement la suite de sa phrase et il reprit :

— Moi, en revanche, j'ai sauvé nos planètes ainsi que des milliards de vies et nous avons atterri exactement à l'endroit choisi. Cela fut de la haute voltige, je vous le concède, mais nous avons réussi. Donc, pour l'instant (il insista sur « pour l'instant »), j'ai plus de crédit que mon frère. Mais il n'abandonne pas, loin de là. Je ne suis pas et ne serai jamais un traître à ma race, ne me demandez donc pas de tenter de contrer ce qu'il tentera de faire. Pour l'instant, le plus important pour moi, c'est que nous ne nous battions pas, vos races contre les nôtres. Dans ce but, je vous propose de mettre au point une déclaration de paix commune. Que nous pourrions lire conjointement devant les scoops et caméras de tous les mondes, puisque vous avez révélé votre existence aux Terriens. J'espère que cela vous conviendra. Cette fois-ci, il n'y a aucun piège, je vous le jure.

C'était une offre de paix. En bonne et due forme. Tara savait que l'ordinateur semi-intelligent de sa tante avait tout enregistré, mais elle se passait et repassait déjà tout ce qu'Archange avait dit. Lire entre les lignes. C'était devenu sa spécialité.

Lisbeth reprit la parole.

— Je vais faire part de votre proposition aux gouvernements des planètes alliées. Je pense qu'elle rencontrera une audience favorable. Personne ne veut la guerre. Essayons de vivre en paix, roi des démons, cela me convient tout à fait.

Archange opina gravement, puis tourna ses yeux verts vers Tara.

— Tara, ma douce, ma belle, ma terrible, nous avons encore beaucoup de choses à nous dire. Je ne te proposerai pas de venir sur notre planète, mais, si ta tante m'y autorise, une fois les échanges diplomatiques terminés, j'aimerais vraiment te revoir et passer un peu de temps avec toi.

Tara lutta vigoureusement pour ne pas rougir. Ma terrible ? comment ça, ma terrible ?

— Oui, répliqua-t-elle, ce serait bien de se voir sans essayer de se tuer mutuellement.

Ils échangèrent un sourire un peu grinçant, puis Archange les salua une dernière fois et son image s'effaça.

Intimais réapparut.

— Nous avons eu...

— Des messages...

— En provenance...

— De la Terre.

Le tatris avait l'air perturbé en lisant :

— Une certaine Madonna dit qu'elle est prête à donner tout ce qu'elle a pour une potion de rajeunissement et les adorateurs d'une idole décédée, un certain Michael Jackson, demandent si nous pouvons faire revenir les morts. Il y en a des milliers comme cela, Votre Majesté Impériale.

Tara ne put s'en empêcher, elle éclata de rire.

Lisbeth grommela :

— Expédiez les demandes aux services des Affaires étrangères, qu'ils les dispatchent vers les marchands concernés. Nous sommes en guerre... enfin en période de forte tension, j'ai d'autres choses plus importantes à gérer, quand même !

Et elle effaça la communication, puis se tourna vers Tara.

— Eh bien ! Archange ne veut pas la guerre, mais il n'est pas sûr que sa volonté soit respectée, vu que son frère est incontrôlable.

Oui, c'était aussi ce que Tara avait perçu de cette discussion.

— Et comme il ne veut pas passer pour un traître, il nous précise bien qu'il ne fera rien pour l'en empêcher, mais, d'un autre côté, il utilise cela pour nous prévenir. Faites gaffe aux coups fourrés de Gabriel. Subtil.

— Archange est subtil, confirma Tara. Subtil et intelligent. Prions très fort pour qu'il reste en mode « faisons la paix », parce que le jour où il basculera en mode « faisons la guerre », alors là, on aura un adversaire nettement plus dangereux que le stupide Gabriel. À propos de dangereux, poursuivit-elle d'un ton indifférent, qu'est devenue la sphère NA ?

Lisbeth fit coulisser l'un des murs de son bureau et Tara vit, soigneusement enchâssée, la petite sphère.

OK, ses soupçons étaient infondés. Ils ne l'avaient pas utilisée pour détruire les démons. Donc Archange avait dit la vérité, ils avaient été chassés par leurs soleils devenus fous.

Alors pourquoi sentait-elle qu'il y avait bien autre chose en dessous ? Pourquoi avait-elle l'impression que les démons étaient fous de rage contre Lisbeth ?

— Je vais la faire déplacer, dit Lisbeth. Mourmur veut l'étudier et ensuite nous allons la mettre dans un endroit que je serai seule à connaître. Ainsi personne ne pourra la retrouver et essayer de la voler de nouveau.

Tara ressentait une profonde répulsion pour l'arme fatale. Si elle avait pu expédier le truc dans l'univers des démons et l'y laisser à jamais, elle aurait été ravie. Mais elle savait que les Omoisiens ne se débarrasseraient jamais d'une arme, quelle qu'elle soit...

Sa tante referma le mur et dévisagea Tara.

— Il va falloir te trouver une aide qui sache se battre, négocier et n'ait pas peur des démons dans les jours à venir. Et je dis bien « une », parce que je ne veux ni de Cal ni de Robin lorsque tu rencontreras les démons, Tara. Il y a encore une chance qu'Archange veuille unir nos peuples. Même si je sais que c'est beaucoup te demander, je voudrais que tu considères que nous ne pouvons pas vraiment passer à côté d'une telle occasion.

Tara décida de ne pas répliquer. Il y avait encore quelques années (voire quelques mois !), elle aurait bondi à l'idée d'être utilisée comme une vulgaire marchandise. Mais depuis, elle avait grandi et mûri. Elle comprenait les soucis de sa tante, même s'il était très clair dans sa tête de Terrienne qu'elle n'allait pas se marier avec un démon. Mais mettre sa tante en colère en s'énervant ne servirait à rien et serait même contre-productif. Elle botta donc en touche.

— Je vais demander à Moineau, je suis sûre qu'elle sera ravie de me donner un coup de main et, vu la puissance de la Bête, les démons se tiendront sages face à elle.

Elles se sourirent. La Bête avait fait beaucoup de dégâts, avec Fabrice le loup-garou, lors de la tentative d'invasion ratée des démons. Ceux-ci devaient encore s'en souvenir avec douleur. Ils pensaient avoir attrapé une frêle jeune fille et se retrouvaient avec un monstre de presque trois mètres sur les bras.

— Et pour les fantômes ? reprit Tara alors qu'elles étaient toutes les deux en train de réfléchir en silence à ce qui venait d'être dit.

Lisbeth pinça ses lèvres roses. Parfois, Tara était frappée par le fait qu'en dépit de son âge, plus de cinquante ans, Lisbeth faisait étonnamment jeune d'esprit.

— Prévenons-les quand même. Archange l'a dit, son stupide frère est en train de manigancer des trucs dans l'ombre. Ne courons aucun risque. Que les fantômes volontaires pour nous aider se tiennent prêts à intervenir, en espérant qu'ils pourront posséder les démons, ce dont nous ne sommes pas sûrs. Sinon, nous pourrons toujours essayer de voir si les gardiens Ceux-Qui-Jugent pourront leur expliquer comment se transformer en fantômes tueurs, comme eux. Autant avoir un sort[1] supplémentaire dans notre poche, au cas où.

Pour avoir échangé avec eux à plusieurs reprises, Tara doutait que la chose plaise beaucoup aux gardiens, que ce soient ceux qui étaient sur la lune ou ceux qui se trouvaient au fond de l'océan Atlantique. Mais bon, ils pouvaient toujours essayer.

Elles discutèrent encore de stratégie et des affaires en cours, mais Intimais les interrompait si souvent qu'elles décidèrent de refaire un point plus tard.

Notamment autour du mariage de Lisbeth, qui décida que Tara avait raison ; elle n'allait pas décaler la date prévue. Faire la fête était toujours une bonne façon d'éloigner l'angoisse.

De plus, les invitations avaient déjà été envoyées, annuler allait être un cauchemar diplomatique.

Et si, par le plus grand des miracles, Archange disait la vérité, peut-être que finalement ils auraient tout à la fois, le mariage et la paix.

Ouais. C'était bien de rêver.

Alors qu'elles se quittaient, l'un des papillons qui formaient une jolie corolle frémissante et multicolore se détacha d'une fleur et, gavé de nectar, s'envola par la fenêtre pour se poser dans le parc qu'elle surplombait.

En réalité, s'il volait lourdement, ce n'était pas parce qu'il était plein de nourriture. Mais plutôt parce qu'il était plein d'électronique et donc nettement plus lourd que les autres

1. Sur Terre, nous dirions « une cartouche supplémentaire dans la poche »...

papillons. Tout le Palais de Tingapour était protégé contre les intrusions magiques. En revanche, contre un papillon mi-organique, mi-électronique, dont le corps de chair protégeait et dissimulait les précieux et minuscules circuits à toute détection, rien n'avait été prévu.

Il passa le champ de protection magique qui empêchait les insectes nuisibles d'entrer, mais pas ceux qui faisaient partie de l'écosystème des parcs de sortir, et survola la magnifique et étrange ville de Tingapour.

Après un long chemin, où les yeux qui le guidaient eurent fort à faire avec les treee verts ou rouge rubis, les oiseaux de feu voraces, les bobelles multicolores, les gargouilles vivantes, bref, tout ce qui pouvait avaler un joli insecte juteux comme lui, il arriva enfin à peu près intact dans une maison isolée, en bordure de la ville et de la forêt sauvage.

À l'intérieur, une jolie fille aux yeux et aux cheveux bleus, à la haute stature musclée, cintrée dans un solide ensemble de cuir de spalentital violet[1] – une espèce suffisamment rare pour qu'on se doute que son ensemble avait coûté une véritable fortune, même si la curieuse entaille dans le dos déparait un peu l'ensemble –, s'empara de l'insecte et le fourra sans cérémonie dans un ordinateur. Le papillon ouvrit son corps et des antennes sortirent pour aller se fixer dans les fiches prévues à cet effet. L'instant d'après, l'image parfaite de Tara et de Lisbeth s'afficha devant eux.

La jolie fille siffla d'étonnement une fois les différents enregistrements terminés. Ils n'avaient pas programmé le papillon afin de le faire revenir plus tôt, ayant trop peur d'être découverts, mais là, il ramenait le « Tubble[2] pot », comme disaient les Tadixiens. Elle brancha une vidéocristal très particulière, dont le faisceau, quasiment indétectable, traversa l'atmosphère jusqu'à un très discret satellite dissimulé sous l'apparence d'une grosse météorite, qui lui-même fit le relais jusqu'à une petite lune, puis directement jusqu'à la planète

1. Le violet est à la mode sur AutreMonde en ce moment. D'où la robe de Lisbeth et la tenue de Voris.

2. L'équivalent de notre jack-pot. Tubble était un camhboum qui réussit un jour à remporter dix-huit victoires d'affilée, causant la ruine du casino tadixien dans lequel il jouait (et qu'il a racheté après). Depuis, sur AutreMonde, on dit « chanceux comme Tubble » ou « dis donc, tu as remporté le Tubble pot ! »

principale des démons, Boulimi-Lemi, dorénavant en orbite autour des deux soleils d'AutreMonde.

Un Boulimi-Lema, l'ex-roi des démons et ses tentacules gigotants, s'afficha devant elle. Surprise, la jeune mercenaire faillit reculer. Elle s'attendait à voir Gabriel, qui avait commandité son travail. Elle se reprit bien vite.

— Seigneur, s'inclina-t-elle, notre petit espion vient de rentrer avec une moisson inespérée. (Elle se garda bien de donner des détails de la conversation.)

— Ah ! fit Vash. Mercenaire Voris Guanal, heureux d'avoir enfin de vos nouvelles. Lorsque Gabriel a cherché la sphère NA, il a donné l'ordre de laisser plusieurs espions-papillons dans le bureau de l'Impératrice. Je suis satisfait de voir qu'ils sont passés au travers de leurs anti-espions. Envoyez-moi les données.

Guanal obéit sans poser de questions, même si elle mourait de curiosité de savoir pourquoi ce n'était pas Gabriel qui lui avait répondu.

Les multiples yeux de l'ex-roi se plissèrent lorsqu'il entendit ce que disaient Lisbeth et Tara.

— Les services de renseignements nous avaient prévenus que les Zavoriens mijotaient quelque chose, je comprends ce que c'était, à présent. Saleté de peuple. Mais c'est surtout cette histoire de fantômes qui peut être sacrément emmerdante pour nous, grimaça-t-il, furieux de voir que ses ennemis étaient aussi ingénieux. Nous avons besoin de la machine. Il va falloir agir plus vite que nous ne l'avions programmé. Avant que l'Empire d'Omois ne la réclame. Pensez-vous être capable de la voler à celui qui la possède ?

La jolie fille rit doucement devant l'arrogance de Vash et répliqua :

— Je suis une mercenaire, vous ne pouviez pas placer les vôtres sur cette planète, alors vous avez fait appel à mes services tarifés. Si vous désirez que j'intervienne dans le cadre de cette nouvelle opération, il va vous falloir payer. Plus.

L'aspect du démon était trop étrange pour qu'elle soit capable de l'assurer, mais elle eut la nette impression qu'il se rembrunissait.

— Nous vous avons déjà payé l'équivalent d'une rançon de moi, gronda-t-il.

— D'une rançon de moi ?

— Je suis un roi. D'une rançon de moi…

C'était de l'humour. Voris Guanal eut une petite inspiration tremblotante. Le monstrueux démon venait de faire de l'humour… enfin, une sorte d'humour, parce qu'il n'avait pas l'air amusé du tout.

— Vous avez payé pour un service, répondit-elle clairement. Bien précis. Que je vous ai rendu. Ma compagnie ne travaille pas pour rien. Cent mille crédits-mut d'or d'avance pour ce vol exceptionnel. Le propriétaire de la machine est l'un des sortceliers les plus dangereux de cette planète, ce sera long et compliqué à mettre en place. Cinq cent mille à livraison de ladite solution.

Vash la regarda d'un air méfiant.

— Vous m'avez l'air bien sûre de vous, comment allez-vous procéder ? Vous comprenez que si vous ne nous donnez pas de solutions en échange de l'or, nous vous ferons assassiner sans aucune hésitation, n'est-ce pas ? Et que votre douleur sera à la hauteur de notre déception ?

Voris Guanal soupira. Ce qui était fatigant avec les clients, c'était toute la partie « expliquez-moi votre plan en détail et si vous ne faites pas ce que je veux, il va y avoir des cris et du sang ». Elle était toujours surprise de voir à quel point ils étaient naïfs. Mais elle n'avait pas l'intention de manquer à sa parole, même si elle avait un peu de mal à comprendre pourquoi le chef de sa compagnie de mercenaire de Vilains acceptait de travailler pour des démons qui risquaient de tous les tuer.

Enfin, elle n'était pas là pour juger, mais pour encaisser l'argent. Le reste dépendait de ses chefs…

— Cher client, susurra-t-elle, vos menaces sont totalement inutiles. Nous savons ce que nous faisons et notre but est de vous satisfaire. Contentez-vous du résultat, le pourquoi du comment ne regarde que nous.

Elle savait que le démon se fichait éperdument de l'argent, mais comprenait qu'il utilisait ce prétexte pour tenter d'obtenir des renseignements. Gratuits. Rien que de penser à ce mot, cela la fit frissonner. Elle continua :

— Par ailleurs, la clause de remboursement stipule que si, pour une raison ou pour une autre, nous ne parvenons pas à trouver une solution à votre problème, nous vous rendons votre premier versement, avec un bonus de dix pour cent. En revanche, si nous vous fournissons la machine, même si elle ne fonctionne pas, nous sommes désolés de vous dire que nous ne pourrons pas vous rembourser. Tout est parfaitement noté dans le contrat que vous avez signé, cher client. Il est également précisé qu'en aucun cas nous n'avons l'obligation de vous donner le moindre détail quant à la façon dont nous nous y prenons pour trouver ladite solution.

L'ex-roi n'avait pas l'habitude qu'on lui dise non. Il le prit donc plutôt mal, mais Voris Guanal fut absolument intraitable. Le client payait, le client avait des résultats, le client n'avait pas à connaître les détails. Point.

Vash, sifflant de frustration, dut s'incliner, même s'il se jura de faire périr les mercenaires dans d'atroces souffrances lorsqu'il conquerrait enfin leur planète.

Il coupa la communication après avoir donné ses ordres. La mercenaire recevrait son argent dans les vingt-six heures.

Maintenant, il devait mettre la suite de son plan au point. Sur la vingtaine de papillons qui butinaient les fleurs du bureau de Lisbeth, il en avait encore quatre qui lui appartenaient – enfin, appartenaient à Gabriel. Ils étaient programmés pour rendre compte toutes les deux semaines. Aucune communication n'était possible avec eux tant qu'ils n'auraient pas accompli leurs missions, histoire d'être sûrs que personne n'intercepterait le faisceau d'ordres. Les papillons avaient pour consigne de se rendre dans cette maison spécifique, que les démons possédaient depuis longtemps par l'intermédiaire de prête-noms pensant travailler pour des Sangraves.

Ce qui signifiait qu'il devait se débrouiller pour conquérir la Terre dans les deux mois qui venaient. Ça allait faire court, quand même. Mais après tout, il n'avait pas vraiment le choix. Et puis la férocité des démons s'émoussait à force de n'avoir plus rien à conquérir. Ce défi allait les réveiller, ça, c'était sûr.

Il repassa la conversation et hurla de rire lorsque l'Impératrice ordonna à Tara de rester sage, histoire de ne pas compromettre sa magie. Ça, c'était un sacré scoop, qu'il allait sans doute pouvoir utiliser à un moment ou à un autre.

Ce qu'ils étaient idiots, ces humains. Idiots et optimistes de penser que la nature n'était pas bien plus forte que toutes les bonnes résolutions du monde.

Fussent-elles politiques ou militaires.

Il contempla les images d'Archange et de Gabriel projetées en relief devant lui.

— Eh bien, mes enfants, voyons un peu lequel de vous deux sera le plus malin pour nous venger de l'affront que nous ont fait ces humains !

Chapitre 10

Selenba

Ou comment faire une grosse bêtise et n'avoir aucune idée de comment la réparer.

Selenba se promenait dans les bois bleus, roses, dorés, noirs, derrière la maison gris et blanc de Safir, près d'Urla, la capitale de la Krasalvie. La magnifique vampire huma l'odeur fraîche des arbres et des fleurs. En Krasalvie, il faisait nettement moins chaud que partout ailleurs sur AutreMonde. D'une part parce que le pays était essentiellement composé de montagnes, mais également parce qu'un sort majeur de rafraîchissement avait été lancé sur toute la région, des milliers d'années auparavant, afin de recréer les conditions de leur planète. Les vampyrs avaient besoin de froid, de calme et de sérénité afin de travailler de façon optimale.

Elle ne l'aurait avoué pour rien au monde, mais cela lui avait manqué. Sa robe noire parsemée de motifs argentés la faisait ressortir sur les couleurs éclatantes des arbres et ravivait encore l'argent de sa longue chevelure et l'éclat de ses étranges yeux roses.

Les années qu'elle avait passées avec Magister lui semblaient bien loin maintenant qu'elle avait fait son choix définitif.

Épouser Safir Dragosh, se poser et avoir un bébé. Ou deux. Ou une demi-douzaine, qui pouvait savoir.

En réalité, si elle creusait vraiment vraiment profondément, elle savait très bien qu'elle n'aimait pas Safir Dragosh. Elle l'estimait, elle aimait qu'il l'aime aussi passionnément, aussi désespérément. Elle l'appréciait même pour son intelligence et sa sensibilité. Elle aimait discuter avec lui, passer du temps avec lui, faire des tas de choses avec lui.

Mais il ne bouleversait pas son cœur et son âme, ne la chavirait pas comme l'avait fait Magister.

Elle sentit la bonne vieille colère revenir et, de roses, ses yeux virèrent au rouge, même si elle n'était plus une buveuse de sang humain.

Magister l'avait trahie. Tellement et tellement de fois qu'elle avait vite cessé de compter. Mais la goutte d'eau qui avait fait déborder le vase, cela avait été Selena, la ravissante et parfaitement cruche mère de Tara Duncan.

Que le puissant, l'implacable, le cruel Magister s'amourache d'une potiche pareille, cela avait été trop. L'ardente vampyr avait tenu pendant des années, persuadée que le Maître des Sangraves allait enfin finir par se rendre compte que seule Selenba pouvait se tenir dignement à ses côtés.

Elle soupira et arracha une fleur carmin qui émit un petit bruit désolé avant de mourir.

Mais cela n'avait pas été le cas. Et puis il y avait eu l'arrivée inattendue de cette petite fille, qui s'était réincarnée dans le corps de Selena, et, à sa grande surprise, la vampyr avait réalisé qu'elle adorait s'occuper d'elle.

Elle baissa les yeux sur son ventre parfaitement plat. Elle n'était pas enceinte, pas encore, mais espérait ardemment que ce serait pour bientôt.

Safir n'était pas là, il se trouvait au Palais du président, Drakul, afin de préparer leur peuple à l'invasion des démons.

Elle s'assit sur l'herbe bleue parsemée de petites fleurs blanches, sous une sensitive, et, sensible à son humeur morose, la plante empathique vira immédiatement du doré au marron.

C'était bien sa chance ! Juste au moment où la belle vampyr décidait d'avoir des enfants, des monstres surgissaient de l'espace, menaçant de les annihiler.

Un léger « gling » monta de la poche de sa robe de sortcelière. Elle sortit sa boule de cristal qui projeta une image en provenance de la Terre. Dont l'annonce venait d'être diffusée dans tout AutreMonde.

Les Terriens refusaient en bloc la proposition de Magister. Et tant pis si le Maître des Sangraves devenait leur ennemi.

Selenba eut un sourire amer. Décidément, le pauvre Magister était rejeté de tous. Ce n'était vraiment pas son année...

Elle rangea sa boule de cristal et s'allongea confortablement. Les bois aux alentours d'Urla avaient été purgés de tout animal dangereux – ce qu'elle trouvait un peu ridicule, puisqu'il n'existait pas grand-chose de plus dangereux qu'un vampyr –, elle savait donc qu'elle pouvait tranquillement s'endormir sans rien risquer.

Elle dormait à moitié lorsque, soudain, elle reconnut une odeur qu'elle n'avait pas sentie depuis un certain temps. Elle n'eut pas le temps de réagir qu'un poids s'abattait sur elle, la clouant au sol. Maudissant sa stupidité, elle voulut se débattre lorsque soudain elle réalisa qu'elle connaissait celui qui l'immobilisait. Ce beau visage, ces cheveux blonds, ce regard bleu et froid.

C'était le visage que Magister empruntait lorsqu'il désirait se montrer à découvert.

Le cœur de Selenba lui remonta dans la gorge. Elle savait à quel point Magister pouvait être implacable. Il était sans doute là pour la tuer.

Aussi fut-elle totalement prise au dépourvu lorsqu'il se pencha sur ses lèvres et l'embrassa comme s'il voulait la dévorer.

Sa raison lui dit qu'elle devait absolument se débattre, lutter. Mais son corps, lui, n'était pas du tout d'accord et ce qu'il lui faisait ne l'aidait pas du tout à garder la tête froide. C'était ce qui l'avait le plus frappée lorsqu'il l'avait embrassée la première fois. Il ne se contentait pas de l'embrasser. Il la goûtait, il s'emparait de sa bouche, la mordillait, la buvait littéralement.

Il n'y eut pas de paroles. Il n'y eut que deux corps qui se débarrassèrent frénétiquement de leurs vêtements et s'unirent dans une fièvre brûlante.

Lorsqu'il disparut, deux heures plus tard, Selenba n'avait toujours aucune idée de ce qu'avait voulu Magister. Il n'avait pas dit un mot.

Elle se rhabilla, totalement perplexe. Il ne l'avait pas tuée, il ne l'avait même pas blessée, il s'était contenté de se donner à elle sans aucune inhibition. C'était insensé. Depuis quelques années, le monde tournait à l'envers et ce qui venait de se passer en était une excellente illustration.

Selenba retourna vers la maison d'un pas lourd.

Elle n'arrivait pas à croire qu'elle avait été aussi faible, incapable de résister à l'attrait de son ex, si maléfique soit-il.

Elle n'allait pas le dire à Safir, bien sûr, même si elle savait qu'il s'attendait à ce qu'elle disparaisse du jour au lendemain. Elle s'en était rendu compte, parce que chaque fois qu'il rentrait et qu'elle était là, il avait un petit temps d'attente, comme s'il était surpris, comme s'il s'était blindé à l'avance contre le chagrin de son absence. Et lorsqu'il la serrait dans ses bras, elle sentait son soulagement.

Selenba prit une douche, grimaçant en savonnant les endroits où Magister avait été un peu plus insistant, et, pour une fois, aurait bien voulu pouvoir incanter un Reparus sur sa bouche meurtrie.

Lorsque Safir rentra le soir, elle était comme d'habitude, souriante et enjouée.

Mais intérieurement, Selenba savait que quelque chose n'allait pas du tout.

Elle ne le montra pas, mais au fond d'elle-même elle pleurait, parce qu'elle savait que Magister lui avait prouvé qu'elle lui appartenait encore.

Corps et âme.

De son côté, Safir sentait qu'il s'était passé quelque chose. Depuis des années, il avait espéré ce moment. Celui où, enfin, Selenba reviendrait à la raison et deviendrait sa compagne. Il savait qu'il avait horriblement blessé Satila, la ravissante sœur de Selenba, en revenant ventre à terre vers Selenba dès que celle-ci avait agité le petit doigt.

Mais il n'était pas vraiment amoureux de Satila, même s'il l'appréciait beaucoup. Et d'une certaine façon, tout au fond de lui, il savait que Selenba ressentait exactement la même chose pour lui que ce qu'il ressentait pour Satila. De l'affection, de la sympathie.

Mais pas d'amour.

Elle avait beau le clamer en long, en large et en travers, Safir n'était pas idiot. Il sentait bien que, en dépit de tout ce que Magister avait fait à la jeune vampyr, celle-ci l'aimait toujours. Seule la volonté d'avoir un enfant avait ramené Selenba chez les vampyrs.

Et à présent, après deux semaines à ses côtés, Safir réalisait que cela ne fonctionnait pas.

Ce soir-là, alors que Selenba était allée se coucher, il appela au Palais Impérial de Tingapour. Il soupira parce que la communication allait coûter une fortune, mais il avait vraiment besoin de parler.

Lorsque l'image de Tara s'afficha devant lui, il eut un sourire désolé. Il avait apparemment réveillé la jeune fille qui frottait ses yeux bleus ensommeillés, les cheveux en broussaille.

— Safir ! s'exclama-t-elle dès qu'elle le vit. Que se passe-t-il ?

Safir secoua la tête.

— Tara, pourquoi penses-tu automatiquement qu'il se passe quelque chose lorsque je t'appelle ?

— Ben, sans doute parce que tous les gens qui me contactent ont franchement tendance à m'annoncer de mauvaises nouvelles. Alors c'est pavlovien[1], j'ai tendance à extrapoler.

Safir ne savait pas ce que c'était que « pavlovien », mais il ignora le terme, que le Traductus n'avait pas réussi à traduire, et soupira.

— Non, cette fois-ci, pas de catastrophe, pas de mauvaises nouvelles, juste un besoin de conseil.

Tara fit de son mieux pour dissimuler sa stupeur, mais Safir la vit bien sur son visage. Il émit un petit rire qui n'avait rien de joyeux.

— Oui, je sais, un vieux vampyr qui demande un conseil à une jeune humaine, cela paraît bizarre, mais j'ai remarqué que tu avais souvent une bonne évaluation des situations et là, j'ai un gros problème.

— Ah ! Tu vois ! je savais qu'il y avait un problème. Que se passe-t-il ?

Safir hésita un moment, puis se lança :

---

1. Le Dr Ivan Pavlov, russe, né à la fin du XIXe siècle, fit des expériences sur des chiens afin de démontrer l'acquisition de réflexes conditionnels (et non pas conditionnés). Depuis, lorsqu'on parle d'un réflexe pavlovien, cela signifie qu'on a réagi à un stimulus sans réfléchir, parce qu'il a été tellement répété que la même réponse est devenue un réflexe.

— Selenba s'ennuie.

Tara en resta muette pendant quelques secondes. Puis éclata de rire. Pour s'arrêter dès qu'elle vit que le vampyr ne plaisantait pas du tout.

— Non ? Sérieux ? Vous m'appelez parce que Selenba s'ennuie ? J'avoue que je ne comprends pas.

— Magister était malin, soupira de plus belle Safir. Il utilisait Selenba comme son Chasseur, elle était quasiment sous adrénaline vingt-six heures sur vingt-six. Elle ne s'en rend sans doute pas compte, mais elle y est accro. Elle a besoin de drames, de violence et d'agitation pour se sentir vivante. Je vois bien qu'elle s'étiole. Si je ne lui donne pas un peu d'action, elle va partir. Encore.

Il marqua une pause.

— Et nous n'avons aucun intérêt à ce que Magister récupère son Chasseur. En dehors du fait que j'aime Selenba, ajouta-t-il honnêtement, et que je ferai tout ce qui est possible pour qu'elle ne me quitte pas.

Tara était en train de se demander si elle ne faisait pas un rêve un peu bizarre. Elle demanda à Galant, qui avait été réveillé par la sonnerie de sa boule de cristal en même temps qu'elle, de la pincer, ce que le petit pégase blanc, roulé en boule dans son nid, refusa vigoureusement, n'ayant aucune envie de faire du mal à sa sœur d'âme.

Tara dissimula, mal, un bâillement dans sa main. Avec les décalages horaires entre la Terre et AutreMonde, il arrivait régulièrement qu'elle ne dorme que quelques heures. Du coup, comme elle était épuisée, elle n'avait pas prévenu Cal (et encore moins Robin) qu'elle était rentrée, histoire que personne ne la réveille.

Raté.

Elle allait devoir faire un truc à la fois dangereux et que sa tante allait probablement détester. Mais après tout, elle en avait besoin : autant saisir l'occasion.

— Envoyez-la-moi, dit-elle à Safir.

Ce fut au tour de Safir d'écarquiller ses yeux noirs.

— Pardon ?

— Je pensais demander à Moineau, mais je sais qu'elle est pas mal débordée elle aussi avec la gestion des relations entre Omois, la Terre et le Lancovit. J'ai besoin d'une collaboratrice pour m'assister et faire avancer les choses, et je pense qu'en termes d'adrénaline, Selenba va être servie, vu qu'on essaye de me tuer à peu près un jour sur deux. J'ai des gardes du corps, mais Selenba est maligne en plus d'être puissante. Elle me sera précieuse. Ce sera un peu comme lorsqu'elle travaillait pour Magister, mais avec un peu moins de sang et de cadavres, j'espère.

Ils se regardèrent tous les deux. Safir plissa les yeux.

— Je ne sais pas du tout quoi en penser, murmura-t-il. Tu as raison, maligne, oui, mais puissante ?... elle ne l'est plus autant qu'auparavant. C'est... ce serait risqué.

Il y avait un monde de sous-entendus dans sa voix. Le seul truc, c'était qu'on ne savait pas très bien si c'était risqué pour Tara ou pour Selenba...

Tara haussa les épaules, pressée de se remettre au lit.

— Faites comme vous voulez, Maître Dragosh. Je vous ai proposé une solution, à vous de choisir, moi, je vais retourner me coucher, si cela ne vous ennuie pas.

— Oh, oui, pardon, je t'ai dérangée, je suis désolé. Je vais en parler à Selenba, nous verrons ce qu'elle en pense. Mais merci, Tara, je sais que tu n'aimes pas Selenba, c'est un grand service que tu me rendrais là, si elle accepte.

Tara agita la main pour montrer qu'elle refusait le compliment, que ce n'était pas très important comme service et coupa la communication.

Safir se retrouva devant un écran noir. Il soupira. Maintenant, il allait falloir qu'il propose la solution de Tara à Selenba. Vu que les deux s'aimaient à peu près autant que chien et chat, il pensait que le résultat risquait d'être assez explosif.

— C'est une très très mauvaise idée, murmura Safir à l'écran.

Mais il se leva.

Et alla réveiller Selenba.

La belle vampire aux cheveux d'argent et aux yeux roses fut quelque peu surprise par la proposition hésitante de Safir. Elle ne dormait pas et avait eu un pincement au cœur en voyant Safir s'approcher de l'immense lit sous gravité réduite qu'ils partageaient.

Sur le coup, elle crut qu'il avait tout découvert et qu'il voulait se débarrasser d'elle. La culpabilité était un sentiment qu'elle n'avait jamais vraiment expérimenté, ayant embrassé sa carrière de Chasseur avec beaucoup d'enthousiasme, sans se préoccuper des dommages collatéraux, comme des blessés ou des morts.

Elle ouvrait la bouche pour confesser ce qu'elle avait fait, lorsqu'elle comprit qu'il ne l'accusait pas. Il voulait juste qu'elle remette un peu d'action et de piment dans sa vie.

Elle sentit la sueur perler dans son dos en dépit de l'atmosphère très fraîche. Ouf, elle n'était pas passée loin de faire une grosse gaffe.

Mais là, avec Safir, elle était vraiment mal à l'aise.

C'était un sentiment désagréable.

Suffisamment pour qu'elle accueille la proposition avec nettement plus d'enthousiasme que ce à quoi s'attendait Safir.

Devant son air stupéfait, elle baissa d'un cran.

— Cela nous permettra de nous voir aussi lorsque tu es au Palais, nuança-t-elle. Et tu as raison. J'avais la gestion de l'ensemble des Sangraves et je m'occupais des missions particulières de Magister, si bien qu'effectivement, je me sens inutile et je m'ennuie.

Si Safir lui avait pardonné son noir passé, Selenba avait découvert que les autres vampyrs, eux, l'ostracisaient ouvertement. Ils n'avaient pas oublié qu'elle avait torturé et tué donnant une très mauvaise image d'eux. Les femmes en particulier, parce qu'elle était belle et qu'elle s'en fichait, la snobaient avec une pénible constance. Et comme Satila lui en voulait aussi, elle n'avait pas beaucoup de gens à qui parler.

Depuis qu'elle n'était plus buveuse de sang humain, la rage qui l'animait s'était grandement apaisée. Et comme elle voulait cet enfant, elle n'était plus tentée par la grande puissance que lui conférait le sang humain. De plus, en Krasalvie, où les vampyrs décourageaient l'immigration, il n'y avait quasiment pas d'humains, ce qui réduisait d'autant la tentation.

Mais ce ne serait pas la même chose à Tingapour. Là, on pourrait dire que travaillant pour Tara, elle allait être au cœur de la tentation. Tant de sang, tant de gens à déguster !

Elle eut un doux sourire lorsqu'elle vit cette crainte dans les yeux de Safir, qui n'osait pas en parler.

— Je serai très très sage, assura-t-elle. Si je me retransforme, je ne pourrai pas avoir d'enfants, pendant tout le temps où je serai de nouveau une buveuse de sang humain. Je t'assure que la tentation n'en sera pas une.

— Mais Tara est dangereuse, dit doucement Safir en plongeant ses yeux noirs dans ceux de Selenba, tandis que ses longs cheveux noirs glissaient sur sa peau blanche, ce que Selenba trouva particulièrement esthétique.

Elle effleura les cheveux de Safir, presque étonnée de les trouver si doux.

— En fait, ce n'est pas Tara qui est dangereuse, répliqua-t-elle, mais les gens qui l'entourent. Ceux qui, chaque fois, l'attaquent et obtiennent une réaction pour le moins… violente. Et, Safir, je suis vraiment contente qu'elle ait pensé à moi pour la seconder, après tout, ce sera moins sanglant, enfin j'espère, que ce que je faisais pour Magister.

Elle parvint à dire cela d'un ton légèrement amusé. Pas un instant sa respiration ne s'arrêta ni son débit n'hésita. Elle était très fière d'elle.

— Comme tu voudras, Selenba, répondit Safir, si tu penses que tu peux être utile, alors, allons-y.

Son regard noir se posa sur les draps qui avaient glissé, dévoilant le corps parfait de Selenba juste couvert d'une très fine chemise de soie bleu clair. Safir s'approcha et lui posa un tendre baiser sur les lèvres. C'était assez crispant parce qu'il la traitait comme si elle était en cristal. OK, elle n'était plus super puissante, m'enfin quand même, elle pouvait le casser en deux si elle le voulait vraiment, parce que la force n'était pas tout, c'était surtout la façon de s'en servir qui était importante.

Cependant, tandis que Safir l'allongeait, Selenba ne put s'empêcher de penser à ce qui s'était passé l'après-midi même.

Cela gâcha sa soirée.

Le lendemain, ils partirent pour Tingapour. Dans les montagnes d'Hymlia, la magie était fluctuante et parfois dangereuse, aussi utilisèrent-ils les tapis supersoniques inventés par Kyla, la fille du président Drakul, qui devait justement se rendre à la capitale omoisienne.

Pendant la nuit, en effet, les gouvernements avaient indiqué que des ambassadeurs démons allaient venir sur AutreMonde afin de préparer un véritable traité de paix, cette fois-ci. La première délégation était attendue dans la journée et Kyla avait été envoyée par son père afin de représenter la Krasalvie.

Selenba n'était jamais montée avec Kyla, qu'elle ne connaissait pas très bien. En effet, elle avait quitté la Krasalvie depuis longtemps à la naissance de Kyla.

Aussi ne connaissait-elle pas non plus la façon pour le moins... agitée... de conduire de la jeune vampyr.

Après avoir frôlé deux montagnes, évité de justesse une avalanche (en passant dessous !), failli raser une forêt séculaire et percuter un oiseau roc transportant un satellite qui les poursuivit pendant quelques éprouvantes minutes, fou de rage, Selenba comprit pourquoi Safir avait tellement insisté pour qu'elle s'attache bien.

Et si Safir descendit avec un visage franchement verdâtre, Selenba s'exclama que cela faisait longtemps qu'elle ne s'était pas autant amusée et qu'elle remonterait avec Kyla quand elle voulait.

Ce n'était pas le but – elle parlait sans aucune arrière-pensée politique, s'étant réellement amusée –, mais elle se fit une amie pour la vie. La jeune vampyr, rose de joie, lui sauta au cou, ravie d'avoir enfin trouvé une âme sœur.

Et pour une fois, quelqu'un qui ne vomissait pas son dîner, son petit déjeuner et son déjeuner, trois fois pendant le voyage.

— Selenba, grogna Safir qui essayait de convaincre ses genoux que tout était terminé et qu'ils pouvaient cesser de trembler, ne l'encourage pas, je t'en prie.

Selenba éclata de rire et s'étira dans la combinaison noire en cuir de spalendital achetée le matin même. Cela la faisait ressembler un peu trop à l'ancien Chasseur au goût de Safir, mais elle lui avait assuré que c'était la meilleure façon d'avoir la liberté de mouvement dont elle avait besoin. Étanche mais évacuant la sueur, climatisée pour résister aux implacables soleils d'AutreMonde, renforcée de très fines lignes d'acier, la combinaison était effectivement difficile à abîmer et la protégerait bien contre la majorité des attaques. Safir hésita à faire remarquer qu'il espérait qu'elle n'aurait pas à se battre, mais, en voyant ses yeux brillants et son air enjoué, il décida de ne pas lui gâcher ce moment.

Kyla et Selenba s'étreignirent une dernière fois, très contentes l'une de l'autre, et Safir et Selenba la laissèrent pour pénétrer dans le Palais de Tingapour.

De l'extérieur, il était facile de franchir la première entrée. Un anneau de muraille protégeait la première cour intérieure, entièrement pavée de marbre rose et dans laquelle des arbres d'un rose plus sombre poussaient, en alternance avec des arbres aux fleurs presque blanches. Le contraste était superbe.

Là, protégés de la pluie et du soleil par un champ de force, ceux qui voulaient aller plus loin devaient présenter leurs accréditations ou les raisons de leur venue.

Safir et Selenba dévoilèrent leurs avant-bras, où leurs accréditations omoisiennes avaient été synchronisées dès leur arrivée en ville. Les thugs en faction autour de la tatris chargée de recevoir les invités les laissèrent passer.

La seconde cour ressemblait à la première, sauf qu'il y avait, forcément, moins de monde. Là, le marbre était d'un rouge plus foncé et les arbres aussi. Les trois cours suivantes amenaient jusqu'au Palais lui-même, l'entourant d'un triple anneau qui s'assombrissait jusqu'à devenir d'un magnifique bordeaux profond, bordé d'arbres dorés, taillés en forme de paon, l'emblème d'Omois.

Le Palais proprement dit se dressait alors, magnifique bâtisse de marbre doré, incrusté d'or et de pierreries, formant des motifs, des scènes ou des lignes abstraites, mélange des arts AutreMondiens et de la culture terrienne. C'était magnifique et Safir, comme Selenba, était toujours impressionné en franchissant les portes.

Curieusement, parce que c'était plutôt calme à l'extérieur, on était frappé par l'agitation qui régnait à l'intérieur. Des milliers de gens se pressaient dans les couloirs de l'immense Palais, courant, se chamaillant, discutant, le tout dans une bouillie informe de sons et de cacophonie.

Le Palais se préparait à recevoir les démons et c'était l'effervescence, entre espoir et crainte, appât du gain et désir de guerre pour certains. Tout le monde gardait en mémoire la première rencontre sur Tadix, qui s'était, pour le moins, mal passée. Alors, on avait l'impression d'entrer dans une ruche paniquée.

— J'aime bien cet endroit, fit Selenba, alors que Safir, lui, se disait qu'il préférait nettement le calme de la Krasalvie à cette agitation.

Heureusement pour lui, plus ils montaient vers les appartements impériaux, plus les contrôles étaient sévères et moins il y avait de monde. Jusqu'à arriver aux endroits où seuls de discrets serviteurs circulaient, faisant le moins de bruit possible pour ne pas déranger.

Ce fut assez long, car l'aile qui lui avait été réservée se trouvait bien à l'écart de toutes les autres. Selenba ne s'étonna pas du nombre de gardes qui les contrôlèrent et de la longueur du couloir qui menait au petit Palais de pierre blonde et sculptée, blotti au milieu des bois de l'un des parcs intérieurs du Palais Impérial.

À ce jour, Tara étant sans doute le plus grand trésor d'Omois, elle comprenait que Lisbeth fasse tout ce qui était en son pouvoir pour la protéger.

Les grandes fenêtres étaient ouvertes, mais on pouvait distinguer le discret champ de protection qui scintillait par moments. Selenba hocha la tête. L'endroit était bien gardé et elle voyait l'efficacité des patrouilleurs vigilants qui quadrillaient l'immense bois coloré et bruissant d'oiseaux et de fées.

Même si elle voyait au moins deux moyens de déjouer leur féroce attention. Elle les nota dans un coin de sa tête, histoire de le signaler à Tara.

Enfin, Safir monta les quelques marches de l'escalier en double hélice et stoppa devant une grande porte majestueuse, gardée par quatre thugs aussi larges que hauts qui le dévisagèrent d'un air méfiant.

Il les salua. Une oreille, un œil et une bouche apparurent dans le bois intelligent de la porte dès qu'il se plaça en face.

— Oui ? fit la bouche. Que puis-je faire pour vous ?

— Merci de prévenir Tara que Safir Dragosh et Selenba Bragish sont là, indiqua le vampyr brun.

— Maître Dragosh et Dame Bragish, bien sûr, je préviens Son Altesse Impériale tout de suite. Mais avant, permettez-moi une dernière vérification. Avec votre permission.

Les gardes s'écartèrent légèrement sur le côté. Safir savait ce qui l'attendait, mais il se garda bien de le dire à Selenba. Après tout, elle avait l'air de le trouver un peu trop sérieux à son goût.

Aussi, la tornade qui jaillit soudain de la porte prit Selenba totalement par surprise. Safir, prudent, s'était tressé les cheveux, alors que ceux de Selenba tombaient au creux de ses reins. Elle fut donc totalement décoiffée. Et très surprise lorsque Safir éclata de rire.

— D'accord, fit-elle en ramenant ses cheveux en arrière et en les lissant, c'était quoi ça ?

— Des tas de gens utilisent des illusions afin de parvenir jusqu'à Tara. Prendre un petit peu de sang était désagréable et on peut tromper les préleveurs avec une poche de sang dissimulée. Idem pour les scanners qui peuvent être falsifiés par les dragons. Donc, la porte de Tara lance un vent puissant qui lui permet de prélever des fragments de peau et de cheveux sur toute la surface du corps, impossible à contrefaire, d'en extraire l'ADN et de confirmer les identités. C'est sans risque et infaillible.

Selenba sourit elle aussi.

— Dis donc, Safir, je rêve ou tu viens de me faire une blague ?

Safir se mordit la lèvre, mais on voyait que ses yeux pétillaient.

— Quoi, moi ? fit-il d'un ton innocent.

Ils se regardèrent et éclatèrent de rire. Selenba aimait ces moments où Safir devenait gentiment joueur, cela lui rappelait sa jeunesse. Son innocence.

Slurk, comment avaient-ils fait pour devenir aussi sérieux, aussi lugubres !

La porte leur ouvrit le passage et ils pénétrèrent dans l'entrée, bras dessus, bras dessous.

Deux gardes les suivirent. Les mesures de sécurité avaient été renforcées, là aussi.

Une tatris agitée – Dame Téordris, la secrétaire particulière de Tara –, des tas de papiers dans les mains, les accueillit avant de les laisser dans le petit salon et de filer comme un rominet.

Selenba, soulagée, comprit qu'elle n'allait pas avoir à s'occuper de la paperasse dans le cadre de son futur travail pour Tara, vu que la jeune Héritière avait tout ce dont elle avait besoin sous la main.

Tuer, Selenba savait faire. Ranger, c'était moins son truc.

Pendant qu'ils attendaient Tara, silencieux, Selenba observa la décoration. Contrairement à tout ce qui faisait la réputation d'Omois, à savoir son clinquant, les pièces n'étaient pas recouvertes d'or ou de métaux précieux partout, de même qu'elles n'étaient pas surchargées de bibelots, de sculptures ou de peintures.

Dans le petit salon, ce jour-là, les murs étaient crème, surlignés de discrètes lignes d'or rouge sur les moulures du plafond où s'ébattaient des nymphes autour d'un lac. Les meubles n'étaient pas aussi sculptés d'animaux fantastiques que partout ailleurs dans le Palais, Tara ayant, au grand désespoir des décorateurs, préféré des lignes sobres et pures, mais très confortables. Les tissus des fauteuils et des canapés étaient harmonisés avec les murs, légèrement plus dorés (on était à Tingapour quand même), et les plus importantes taches de couleur étaient les fleurs et les arbres plantés à même le marbre et le plancher, les deux éléments mêlés.

C'était à la fois discret, élégant et apaisant.

Selenba n'aimait pas du tout, mais elle reconnaissait la qualité. Ou Tara avait un excellent goût, ou elle avait un excellent décorateur.

Selenba était distraitement en train de fixer le cou de l'un des gardes en se disant que cela faisait longtemps qu'elle n'avait pas goûté de thugs (en se giflant tout de suite mentalement pour avoir eu cette pensée interdite), lorsque Tara apparut, suivie par son pégase.

La jeune fille avait pu se reposer après avoir fermement indiqué à sa boule de cristal/Pierre Vivante qu'à moins d'une catastrophe galactique, elle ne voulait parler à personne. Selenba et Safir étaient donc ses premiers visiteurs.

Elle les salua et fit signe aux gardes qu'ils pouvaient disposer. C'était tout le problème de la protection de Tara. Elle ne pouvait pas toujours permettre à ses gardes de rester avec elle, notamment lorsqu'elle devait discuter de choses absolument confidentielles. La mine soucieuse, les gardes obéirent à contrecœur. Tara attendit patiemment que la porte extérieure signale à la porte intérieure du petit salon que les gardes avaient effectivement quitté la maison.

— Porte ? fit-elle.

Un œil une oreille et une bouche se formèrent sur la porte intérieure.

— Oui ?

— Parfois, je suis loin dans la maison et je n'entends pas la porte principale, surtout lorsqu'elle s'ouvre pour mes amis, qu'elle n'a pas besoin de signaler. J'aimerais que les portes intérieures se relaient pour me prévenir, s'il te plaît.

— Vous prévenir comment ? demanda la porte intérieure, docile mais pas très futée.

— Je ne sais pas moi, soupira Tara, un ding dong quelconque suffira !

Pour une fois qu'elle ne la voyait pas comme une ennemie, une empêcheuse de tuer en rond, ou en situation de conflit, Selenba put l'observer avec détachement et fut frappée par la grâce de la jeune fille. Tara ne se mouvait pas aussi vite qu'une vampyr, mais on sentait l'entraînement et la force dans les longs muscles gracieux. Elle supportait le poids de son pégase sur l'épaule sans broncher, alors qu'il devait peser deux ou trois kilos, même miniaturisé.

Elle se tourna vers eux. La jeune fille blonde était vêtue d'un simple pantalon slim blanc qui moulait ses longues jambes de faon, de ballerines et d'un top un peu trop rose au goût de Selenba, avec un harnais rose assorti qui lui permettait de protéger son épaule des serres de Galant. Elle ne portait pas de maquillage, à part un soupçon de noir sur ses cils blonds et un peu de brillant à lèvres. C'était simple, élégant, tout comme ses bijoux d'or torsadé qui...

Émettant un bruit étranglé, Selenba recula d'un bond. Elle avait vécu au contact de la magie démoniaque depuis des dizaines d'années et, grâce à un mystérieux sixième sens, était dorénavant capable de reconnaître sa signature à peu près n'importe où, même si cela ne l'avait pas frappée tout de suite.

Tara était possédée par les démons !

Chapitre 11

Gabriel

Ou comment devenir très involontairement un encombrant cadeau...

Instinctivement, Selenba activa sa magie. Tara fit de même en réaction et, affolé, Safir se rendit compte que les deux allaient se battre.

— Non ! cria-t-il en s'interposant, ce qui prouvait qu'il était totalement inconscient. Arrêtez !

— Elle est possédée par la magie démoniaque ! cria Selenba en essayant de contourner Safir. Il faut la neutraliser avant qu'elle ne nous détruise tous !

Heureusement pour elle, Tara, après avoir fait exploser un certain nombre de bouts de maison/immeuble/palais en réagissant à chaud, avait appris à rester maîtresse de son tempérament impulsif.

Même si c'était assez incroyable, et qu'elle ne voyait pas du tout comment Selenba avait senti la magie démoniaque, elle comprit ce qui se passait, rengaina sa magie qui cessa de pulser bleu au bout de ses doigts et croisa les bras pour bien montrer qu'elle était inoffensive.

Cela surprit tellement Selenba qu'elle se figea.

— Qu'est-ce que vous sentez, damoiselle Bragish ? demanda Tara d'une voix qu'elle veilla à garder calme et froide, histoire de ne pas paniquer la vampyr.

Selenba pointa un doigt accusateur vers Tara.

— Vous portez un objet démoniaque !

— Non.

— Si, je le sens, je...

— En fait, j'en porte sept.

Selenba sentit comme une grosse mollesse au niveau des genoux. D'habitude, c'était plutôt elle qui faisait cet effet aux autres.

— Par… pardon ?

Ce fut l'une des très rares fois où Selenba bégaya. Et encore, ce fut un exploit qu'elle réussisse à articuler le moindre mot tellement elle était stupéfaite.

— Oui, énuméra paisiblement Tara sur ses doigts : la lance de R'oar (elle désigna une sorte de gros stylo laqué qui dépassait de la poche de son pantalon blanc), les deux jambières, les deux gantelets, le gorgeron et le torse de l'armure de Vrons (elle désigna successivement ses bracelets et la grosse chaîne en or qui encerclait sa taille fine). Sept en tout. Bien sûr, si l'armure avait été complète, cela aurait fait neuf objets, mais le casque semble avoir disparu, personne n'est capable de le localiser, et les dragons possèdent la culotte démoniaque.

Selenba la regarda, le visage déformé par l'horreur.

Tara faillit lui faire « bouh » juste pour voir sa réaction, mais évita de peur de voir le pauvre Safir tomber raide tellement il était tendu devant leur confrontation.

— Je ne suis pas sous leur contrôle, assura-t-elle, pas plus qu'ils ne sont sous le mien. Les objets et moi-même avons réussi à communiquer pacifiquement. Nous sommes devenus alliés.

Voyant que Selenba continuait à la regarder comme si elle allait lui sauter dessus, Tara décroisa les bras, très lentement, pour bien faire comprendre qu'elle n'avait pas l'intention de dégainer sa magie.

Parfois, elle avait vraiment l'impression d'être dans une sorte de western surréaliste.

— Je ne les épuise pas en puisant dans leurs âmes comme le fait Magister, jusqu'à les faire disparaître dans le néant, précisa-t-elle, j'essaye juste de trouver un moyen de les libérer sans qu'ils redeviennent esclaves des démons. Ce ne sont pas des assassins, damoiselle Bragish. Ce sont des victimes.

Selenba n'arrivait pas à assimiler ce que lui disait Tara. C'était… c'était trop énorme. La vampyr avait vu la souffrance acide que les âmes démoniaques, prisonnières folles du fer empoisonné, pouvaient causer aux humains.

Elle n'arrivait tout simplement pas à croire Tara. Cependant, comme la jeune fille n'était pas menaçante et finit même par s'asseoir dans le fauteuil qui frétillait d'impatience derrière elle, Selenba éteignit sa magie, restant cependant sur le qui-vive.

— Comment vous en êtes-vous rendu compte ? demanda Tara, curieuse. De ce que je sais, si elle n'est pas utilisée, personne n'est capable de détecter de la magie démoniaque. Sinon, cela ferait longtemps que nous aurions capturé Magister.

— Je... j'y suis sensible, finit par répondre Selenba encore sous le coup de l'émotion. J'ai côtoyé Magister pendant si longtemps que j'ai fini par repérer cette... cette émanation. Je ne la sens pas tout de suite, il faut que j'y sois exposée pendant un certain temps, mais là, sans doute parce que vous en portez autant, cela m'a frappée assez vite.

Oui, elle avait eu le choc de sa vie.

— Expliquez-moi, ordonna la vampyr en se ressaisissant mais en oubliant, dans son trouble, à qui elle avait affaire. Parce que Magister utilise la chemise démoniaque depuis des décennies. Et qu'il n'a pas l'air de s'être fait des amies des âmes emprisonnées. Bien au contraire, elles lui rongent l'esprit petit à petit. À cause d'elles, il est à moitié fou.

Tara pensait que même sans la chemise démoniaque, vu ce que lui avaient fait subir les dragons, Magister était déjà bien dérangé à la base. Et justement, à ce sujet...

— Je n'ai aucune explication à vous donner, répliqua froidement la jeune fille à son ancienne ennemie. Ce n'est pas parce que vous êtes devenue une alliée potentielle que je vous fais confiance. Il vous suffit de savoir que les âmes sont nos... disons nos associées... et c'est tout.

Les yeux roses et les yeux bleu marine s'affrontèrent, et Selenba détourna le regard la première. Elle avait conscience qu'elle n'était que tolérée et vu le mal qu'elle avait fait à Tara, elle le comprenait parfaitement.

Safir poussa un discret soupir de soulagement lorsqu'il vit que les deux jeunes femmes n'allaient pas se faire exploser mutuellement... enfin, que Selenba n'allait pas terminer sous la forme d'un petit tas de cendres, parce qu'il n'avait aucun doute sur l'issue d'une bataille entre les deux. Tara n'était pas invincible, loin de là, mais elle était quand même fichtrement puissante.

Il avait été prévenu, bien sûr, du fait que Tara avait récupéré les objets démoniaques à partir de la base sortcelière de la face cachée de la Lune terrienne. Ce qui apparemment n'était pas plus mal, puisque Magister avait annoncé que les démons étaient en train d'essayer de les récupérer et que, s'ils étaient liés à Tara, cela serait bien plus difficile pour eux.

— Safir m'a dit que vous aviez besoin d'une assistance, finit par lancer Selenba qui devait avoir fait le même raisonnement. En quoi puis-je vous aider ?

— J'ai besoin de quelqu'un qui puisse à la fois m'assister, impressionner mes interlocuteurs et me servir de garde du corps. Grr'ul était très efficace pour cela, mais elle a été affectée à Mara. Et le fait que les gens aient peu de considération pour elle parce qu'elle est une troll la forçait à taper sur des têtes, ce qui n'est pas toujours la meilleure solution.

— Je n'impressionnerai personne sous cette forme, indiqua Selenba en désignant son corps mince et élégant, il va falloir que je me retransforme en buveuse de sang humain si je veux être vraiment plus efficace.

Tara inclina la tête. Oui, elle savait que Selenba avait raison. La menace et la violence qui émanaient d'elle lorsqu'elle était une BSH étaient effrayantes. Tara n'aimait pas cela, mais si Selenba était volontaire...

Safir, qui s'était assis, lui aussi, se redressa.

— Non ! s'exclama-t-il. Non ! il n'en est pas question ! Tara, j'ai perdu Selenba lorsqu'elle est devenue BHS. Je ne veux pas la perdre de nouveau. Pas encore une fois.

Selenba se tourna vers lui et ses yeux roses étaient graves.

— Je ne retournerai pas vers *lui*, Safir. Jamais. Toi et moi, nous allons apprendre à nous connaître, à nous aimer, bien plus qu'aujourd'hui. Partager du temps, nous créer des souvenirs qui illumineront notre vie. Savourer notre travail et aussi tout ce qu'un couple peut traverser. Mais tu dois absolument me faire confiance, parce que si chaque fois que tu rentres, tu trembles en pensant que j'ai disparu, comme tous ces derniers jours, ou si, parce que je redeviens BHS, tu crois que je ne serai pas assez forte pour résister à l'appel de Magister, tu as tort.

Les yeux noirs de Safir étaient plongés dans ceux de Selenba, cherchant la vérité. Mais elle était sincère. Ce qui s'était passé la veille avec Magister ne se reproduirait jamais.

Cela avait été un adieu.

Alors, pourquoi se sentait-elle si coupable ?

Elle détourna son regard de celui de Safir lorsqu'elle vit qu'il se rendait à sa sincérité et se concentra sur Tara.

— Et quels seront mes émoluments ? demanda-t-elle. Magister rémunérait grassement les missions que j'accomplissais pour lui. Je sais que Safir n'hésiterait pas à subvenir à mes besoins, comme je le ferais si la situation était inversée, mais j'aime bien gagner ma vie toute seule.

Tara réprima un sourire. Ah, Selenba était pragmatique. Sur AutreMonde, les sortceliers étant aussi forts mais pas plus que les sortcelières, ne se posait pas la question de savoir qui entretenait le ménage : celui des deux qui gagnait le plus s'en chargeait.

Elle énonça donc la somme qui lui avait été allouée par Lisbeth pour cette mission. Safir bondit.

— Quoi ? s'exclama-t-il d'une voix étranglée. Combien astu dit ?

Tara sourit.

— Elle va un peu risquer sa vie, Safir. Sans être ma garde du corps attitrée, parce que je compte surtout sur son machiavélisme pour m'aider à démêler les complots et les trahisons des uns et des autres, elle aura quand même pour mission secondaire de me protéger. Elle mérite d'avoir un bon salaire. Surtout si cela signifie de la transformer encore une fois en BHS.

— Ce n'est plus un bon salaire, ça, grogna Safir, c'est carrément un super salaire ! Tu aurais dû me le dire plus tôt, Tara, j'aurais postulé !

Tara ne savait pas pourquoi Safir réagissait ainsi, mais en voyant Selenba glousser, amusée, elle comprit qu'il faisait tout pour la faire rire.

Décidément, elle aurait tout vu, même un vampire faire le clown. Cette planète la fatiguait.

— Quand commencerais-je ? demanda Selenba, toujours en mode pragmatique.

— De combien de temps avez-vous besoin pour être prête ?

— Un à deux jours, répondit Selenba en réfléchissant à ce qu'elle allait avoir besoin de déménager.

Cela dit, vu qu'elle était venue sans rien prendre de chez Magister, à part ce qu'elle avait acheté ou ce que Safir lui avait offert, elle voyageait léger.

Tara sourit.

— Alors, disons que je vous attends le lendemain du second jour, à 9 heures du matin, ici.

Selenba allait confirmer, lorsqu'une sonnerie stridente retentit. Tara bondit sur ses pieds.

— Qu'est-ce qui se passe ? demanda Safir, voyant qu'elle fonçait vers la porte.

— C'est la sonnerie d'alarme pour prévenir qu'un démon s'est rematérialisé sur notre planète, cria Tara, Ordinateur ! Où se trouve-t-il ?

L'ordinateur intelligent projeta une vision du Palais avec une icône clignotante indiquant que le démon venait de se matérialiser juste devant l'entrée du Palais.

— Slurk, jura Tara, suivez-moi ! Selenba, oubliez les deux jours, vous entrez en fonction maintenant !

Les gardes devaient avoir l'habitude des sorties en trombe de Tara et de son pégase parce qu'ils leur emboîtèrent le pas sans une once d'hésitation.

En revanche, le jeune homme aux cheveux noirs et aux yeux gris qui tournait justement au coin du couloir, lui, ne s'y attendait pas et Tara le percuta de plein fouet tandis que Galant l'évitait de justesse.

Ils s'écroulèrent en un tas de bras et de jambes, alors que la changeline, paniquée, revêtait Tara de son armure afin de la protéger. Horriblement inquiet, le garde le plus proche aida la jeune fille, qui tressautait comme si elle avait horriblement mal, à se relever, avant de se rendre compte qu'en fait, elle était en train de rire. Elle ignora sa main tendue, concentrée sur le garçon sur qui elle était tombée… dans tous les sens du terme.

— Cal ! s'exclama-t-elle, ravie. Tu es rentré !

Et sans se préoccuper de l'assemblée, elle le gratifia d'un fougueux baiser qui les laissa tous les deux un peu essoufflés.

— Waouh ! fit jeune homme souriant, je devrais te laisser partir plus souvent, j'aime bien nos retrouvailles !

Ils éclatèrent de rire et se relevèrent mutuellement. La changeline, grommelant un peu, épousseta la jeune fille, mais sans lui retirer son armure, prudente, tandis que, plus prosaïquement, Cal faisait de même à la main en défroissant son costume noir et moulant de voleur patenté. Il revenait apparemment de mission. Son renard, Blondin, fit la fête à Tara qui caressa la somptueuse fourrure rousse, tandis que, un peu ronchon parce qu'il avait eu peur, Galant se posait sur l'épaule de la jeune fille, faisant légèrement crisser ses serres sur le métal doré et rouge.

— Tu es rentrée depuis combien de temps ? demanda Cal. J'ai failli devenir dingue de ne pas pouvoir t'appeler sur Terre.

Même si Cal gagnait bien sa vie, les communications entre AutreMonde et la Terre étaient bien trop coûteuses.

— Hier soir, répondit honnêtement Tara, mais j'avais besoin de dormir, j'étais crevée. Tu ne m'en veux pas trop ?

Elle battit ses cils d'une façon tellement aguicheuse que Selenba leva les yeux au ciel, enfin vers le plafond, dégoûtée. Cal rit de bon cœur.

— Non, en fait, j'étais en mission… euh, ailleurs. Je ne suis arrivé à Tingapour que ce matin et, à la porte de transfert, ils m'ont dit que tu étais revenue toi aussi, lorsque j'ai demandé de tes nouvelles.

Argh, elle détestait quand il faisait ça. Pour une mystérieuse raison, il avait l'impression idiote qu'elle allait lui échapper et il la testait sans cesse. Bon, cela dit, elle avait bien fait de ne pas mentir. En dépit d'un certain agacement, elle l'attrapa par la main pour foncer vers l'entrée du Palais.

— Viens, il y a une alerte intrusion de démon, allons voir ce qui se passe.

— Aïe, j'étais juste venu te voler un baiser, lui dit Cal à regret en se dégageant, mais je dois aller tout de suite faire mon rapport à ta tante, elle m'a convoqué ainsi que plusieurs autres personnes et tu sais comment elle est lorsqu'on est en retard.

Tara hocha la tête. Oh, oui, elle savait, le dernier ministre qui avait osé la faire attendre s'était retrouvé transformé en spatchoune et enfermé pendant deux jours dans une cage. D'ailleurs, sa plus grosse trouille avait été que les services de rangement du Palais se trompent et l'envoient en cuisine…

Cal l'embrassa tendrement et fila tandis que Tara, légèrement contrariée, reprenait sa course vers la porte intérieure de transfert qui allait la rematérialiser près de l'entrée principale.

Elle avait hâte de raconter à Cal tout ce qui s'était passé sur Terre. Elle aussi avait été frustrée de ne pas pouvoir communiquer avec lui et avec ses amis. Sur Terre, elle avait beaucoup parlé avec Betty et Sal, le dragon bloqué sous forme humaine, qui, habitant Tagon, avaient pu relayer les réactions des gens. Cela lui avait été très utile, parce que l'appréhension du danger était très différente dans un petit village de quelques milliers d'âmes par rapport aux grandes mégalopoles.

Tara ne prit pas les raccourcis habituels, pas tant qu'elle ne savait pas si elle pouvait faire confiance à Selenba. Mais, retardée par Cal, elle n'arriva pas dans les premières. Elle dut laisser son escorte lui frayer un chemin pour fendre la foule et, enfin, parvenir devant l'entrée.

C'était bien un démon, habillé d'un élégant costume de soie noire et d'une chemise blanche, mis en joue par les gardes menaçants et qui bâillait nonchalamment, amusé par le branle-bas qu'il avait provoqué.

Il la regarda s'arrêter trop brusquement sous l'effet de la surprise, glisser sur le marbre doré avant les marches et la rampe de l'entrée, se rattraper de justesse (bon, les bottes métalliques, ça n'aidait pas), et il lui sourit, même si ce sourire ne monta pas jusqu'à ses froids yeux violets.

— Ah, Tara Duncan ! s'exclama Gabriel, ravi de vous revoir, ma chère.

Ce n'est qu'à ce moment-là que Tara remarqua un détail.

Le démon était enchaîné.

— Votre Altesse Impériale, grogna Xandiar, le grand chef des gardes thug à quatre bras, qui avait sans doute été le premier à arriver sur place et arborait son armure de combat rouge et or, veuillez reculer, nous devons tout d'abord nous assurer de la sécurité du Palais.

Sous-entendu, « espèce de bécasse et s'il explose, tu fais quoi ? dégage ! ».

Il avait raison, mais Tara n'obéit pas. Elle se contenta d'incanter un bouclier qui permettait au son et à l'oxygène de passer, mais bloquait toute explosion.

— Merci, Xandiar, répondit-elle poliment, mais je peux me défendre contre Gabriel.

Elle se tourna vers le démon et écarquilla les yeux.

Mais oui ! C'était bien une chaîne qu'il avait autour de la taille et à laquelle des menottes étaient fixées, qui emprisonnaient ses mains. De plus, le beau démon aux cheveux blanc et violet semblait parfaitement, totalement et absolument... seul.

Pas de gardes du corps, pas de jolies filles accrochées à son bras, pas de soldats menaçants surveillant les assaillants éventuels, pas d'équivalents de ministres pour négocier à sa place, pas de servants, pas de valets, pas de courtisans. Non. Juste lui.

C'était carrément bizarre.

Il s'inclina poliment et elle n'eut pas d'autre choix que de lui rendre sa révérence.

Mais qu'est-ce que le fichu démon qui avait failli tous les anéantir foutait... pardon, faisait... devant le Palais Impérial de Tingapour ?

Tout seul ?

Et par tous les diables d'AutreMonde, pour quelle raison avait-il les mains attachées ?

Lui faire remarquer qu'il était venu sans escorte allait probablement attirer une remarque ironique, aussi Tara essaya-t-elle de transformer sa question, tout en descendant les marches vers lui :

— Votre suite vous... suit ? demanda-t-elle avec très peu de subtilité alors qu'elle se retrouvait devant lui.

Comme Tara avait son bouclier, la changeline modifia ses vêtements instantanément et la jeune fille aux longs cheveux blonds se retrouva vêtue d'une robe pourpre discrètement rehaussée de broderies d'or, fendue sur le côté pour courir facilement, et de talons suffisamment hauts pour lui permettre de regarder Gabriel sans lever les yeux. Les objets démoniaques s'étaient adaptés, se faisant plus discrets afin que Gabriel ne les repère pas, mais Tara sentait qu'ils frémissaient légèrement au contact de la magie démoniaque qui imprégnait le corps du jeune homme.

Un éclair ironique traversa l'intense regard violet.

— Non. Je suis seul. Il paraît que je suis un... cadeau.

D'accord. Cette conversation devenait totalement surréaliste.

— Un... un cadeau ? bégaya Tara. Comment ça, un cadeau ?

Gabriel haussa les épaules autant que la chaîne le lui permettait.

— J'ai échoué. Je suis puni. Mon père me livre à vous, les humains. Il a un atroce sens de l'humour.

Il était sibyllin ce démon. Soudain, Tara comprit que ce n'était pas le détachement ou la peur qui le faisait se raidir. Mais une rage absolue qui faisait brasiller ses étranges yeux.

Tara se ressaisit, tandis que de plus en plus de gens s'agglutinaient autour d'eux.

— Gardes, lança-t-elle, faites circuler ces gens, inutile de provoquer un attroupement.

Pendant que les gardes obéissaient, au grand mécontentement des courtisans qui auraient donné père et mère pour pouvoir continuer à écouter, Tara ordonna que Gabriel soit fouillé, sous la direction vigilante de Xandiar. Il ne fut pas très difficile de le débarrasser de ses chaînes pour pratiquer les examens. Il tendit les mains vers Tara Duncan et grimaça.

— Mon père a dit que puisque vous m'aviez vaincu, c'était à vous de décider quoi faire de moi. Et que vous étiez la seule à pouvoir retirer ces chaînes.

Xandiar se tendit, ses yeux noirs soudain très attentifs. Tout autant que Selenba, prête à sortir ses griffes.

Mais Tara n'avait pas peur. On attentait si régulièrement à sa vie qu'elle avait fini par cultiver une sorte de fatalisme. Elle toucha les chaînes et sursauta lorsqu'elles tombèrent brutalement, tandis que les menottes s'ouvraient. Gabriel s'étira, soulagé de leur poids.

— Ahhh, fit-il, mieux. Merci, Tara Duncan.

Tara ne répondit pas, trop occupée à se demander ce que signifiait tout cela.

Le démon fut soumis à des tas de détecteurs afin de déterminer s'il avait une bombe implantée ou quelque chose qui pouvait mettre Lisbeth et le gouvernement en danger. Ils firent les examens sur le perron, après avoir formé un périmètre de sécurité, garanti par la magie de Tara, qui à son grand soulagement ne manifesta aucun débordement. Elle opacifia le bouclier afin que les courtisans qui se démanchaient le cou de loin et les scoops qui avaient été chassées par les gardes ne puissent rien voir. Tara aurait bien fait tout ça à l'intérieur, mais Xandiar avait été très ferme. Hors de question de laisser entrer une bombe potentielle dans son Palais… C'était d'ailleurs aussi probablement la raison pour laquelle l'Impératrice n'était pas venue tout de suite. Elle laissait les gardes s'occuper des dangers. Tara grogna. Elle n'avait pas réfléchi. Xandiar avait raison, ce qu'elle avait fait était dangereux.

Mais le démon était clean. Ou plutôt, ils ne trouvèrent rien qui pouvait laisser supposer qu'il représentait un danger immédiat. Il n'avait même pas ses bijoux habituels, prisons des âmes démoniaques – les âmes démoniaques de Tara lui confirmèrent qu'elles sentaient pourtant sa magie.

Trois semaines plus tôt, ils avaient interrogé Selenba puis Robin dans des salles spéciales. Mais cette fois-ci, le problème diplomatique était bien plus important, parce qu'en dehors du fait qu'il était un démon, Gabriel était aussi le fils de l'ancien roi…

Elle réfléchit un instant, puis glissa à Xandiar :

— Faites préparer la salle des oiseaux de feu. Que les cages soient mises en place.

C'était un code convenu entre l'Impératrice, Tara et Xandiar. Le grand chef des gardes comprendrait.

— Cage ? grimaça Gabriel. Cela signifie que vous n'allez pas me tuer, mais m'emprisonner ?

Tara retint un sourire narquois. Le démon avait beau faire le bel arrogant, elle sentit un certain soulagement dans sa voix.

— Les cages ne sont pas pour vous, Prince Gabriel. Suivez-moi s'il vous plaît, nous avons un peu de chemin à parcourir, le Palais est immense. Et j'aimerais bien que vous me parliez un peu plus de cette histoire de punition. Vous livrez souvent vos Princes de Sang à vos pires ennemis ?

— Avant de vous rencontrer, nous avions exterminé nos pires ennemis, répondit froidement Gabriel, vexé, alors je n'ai pas de référence de ce genre dans notre histoire.

— Hum… fit Tara sans plus de commentaires en dissipant le second bouclier.

Sous le regard inquiet et attentif de ceux qui s'étaient retrouvés dans la cour en même temps que le démon ou s'étaient précipités pour voir ce qui se passait (ce qui étonnait toujours Tara : sans son pouvoir, elle, elle aurait plutôt tendance à éviter le danger), ainsi que de l'escorte des gardes, ils montèrent les marches.

Ni Tara ni les autres ne firent attention à la jeune fille qui, au lieu de suivre la foule curieuse, s'écartait du cortège.

Jeune fille qui avait profité de l'apparition du démon pour s'intégrer à l'escorte.

Jeune fille qui n'avait pas une goutte de magie démoniaque en elle et dont l'aura était parfaitement humaine.

Et qui ressemblait furieusement à Voris Guanal, la jolie mercenaire.

Jeune fille dont l'accréditation parfaitement valable était incrustée dans l'avant-bras... qu'elle avait récupéré sur le corps de la jeune fille originelle, sur laquelle elle avait pratiqué une opération de chirurgie en l'endormant avec du venin d'aragne pour les dix prochains jours[1]). Après avoir bien vérifié que, nouvelle dans le Palais, elle ne connaissait pas suffisamment de monde pour avoir lié des amitiés mettant sa mission en danger.

Personne ne faisait attention au service d'entretien du Palais, il était bien trop grand pour cela et il y avait bien trop de travail. Les membres du personnel partaient du principe que les gardes faisaient correctement leur boulot et c'était tout. La jeune fille ne souleva ni curiosité ni inquiétude.

D'autant que, comme elle l'avait calculé, l'apparition du démon était sur toutes les lèvres. Les commentaires et suppositions allaient bon train.

Pendant que la jeune fille recevait la liste de son nouveau travail – utiliser sa magie afin d'éplucher des pousses de brill, coriaces et résistantes –, plusieurs étages au-dessus, sur le passage de Gabriel et de Tara, les courtisans s'inclinaient comme de grandes fleurs coupées. Gabriel semblait apprécier le spectacle.

---

1. Comme le venin d'araignée terrienne qui paralyse puis liquéfie les organes afin que l'araignée puisse aspirer les sucs vitaux de ses proies, le venin d'aragne paralyse également. Mais les aragnes aimant bien discuter avec leurs dîners, le venin ne liquéfie que si l'aragne mord une seconde fois...

— J'aime bien cette coutume, finit-il par dire alors qu'ils cheminaient en silence dans l'un des innombrables parcs intérieurs du Palais. Si vous ne me tuez pas pour vous venger et si je reviens chez moi, je dirai à nos sujets de s'incliner comme cela devant nous.

— Notre dynastie n'a jamais demandé cela à ses sujets, répliqua vivement Tara, car cela avait été un vrai sujet de controverse entre sa tante et elle. Mais ce sont les anciens habitants qui ont pris l'habitude de faire cela afin de saluer le passage de l'Empereur ou de l'Impératrice. Depuis, ils ont gardé cette coutume.

— Oui, fit distraitement Gabriel, sans compter qu'il est plus difficile de viser quelqu'un lorsqu'on est courbé en deux.

— Ça aussi, confirma Tara avec un petit sourire.

Bon, elle pouvait être polie avec Gabriel. Elle ne l'aimait pas, parce qu'elle pensait qu'il était plus fourbe qu'un serpent - et encore, c'était insulter les serpents. Mais elle avait appris qu'elle devait, dans l'exercice du pouvoir, travailler aussi bien avec des amis qu'avec des ennemis. Alors elle faisait avec.

Ni elle ni Gabriel ne firent attention au dragon bleu ciel qui venait de croiser leur chemin et s'arrêtait net, les yeux écarquillés de surprise, avant de filer dans une salle isolée et d'appeler frénétiquement un certain numéro.

Les deux s'éloignèrent sans se douter un instant que le dragon bleu ciel obtenait confirmation.

Il ne leur fallut pas très longtemps pour arriver à l'endroit choisi par Tara pour interroger Gabriel.

Lorsqu'ils entrèrent dans la salle dont le plafond culminait bien à vingt mètres de hauteur, Tara vit que les immenses cages ignifugées, contenant les magnifiques oiseaux de feu dont les plumes étincelantes, rouges, dorées, orange, vertes, bleues, toutes les couleurs du feu, étaient reproduites sur les murs à l'aide de joyaux tout aussi étincelants, avaient bien été mises en place.

Cela, et autre chose qui, lui, n'était pas visible.

Gabriel détailla la salle grandiose, clairement destinée à impressionner les dignitaires étrangers. Les murs recouverts de vagues d'or martelé dont on voyait l'incroyable épaisseur, soulignées par des lignes de joyaux plus précieux les uns que les autres, les meubles de bois tellement sculptés qu'on avait peur de s'y asseoir, leurs coussins dorés rehaussés de cordons pourpres, les horloges délicates délicieusement ciselées, les oiseaux dont les couleurs se reflétaient sur les murs d'or, tout était à la fois majestueux et décadent.

Le jeune démon savait qu'il devait être extrêmement prudent. Pour l'instant, il était encore vivant, ce sur quoi il n'aurait pas parié au moment où il était arrivé. Et même si le regard du type à quatre bras, qui paraissait être le chef des autres gardes, était franchement inamical, il savait que Tara était curieuse.

— Au fait, fit-il une fois qu'il eut terminé d'observer l'insolente décoration, je dois aussi vous dire que si vous pensiez pouvoir m'utiliser comme otage, cela ne fonctionnera pas. Mon père aime beaucoup ses enfants, mais il en a un certain nombre et un de plus ou de moins ne changerait pas grand-chose à la face de la planète. Votre célèbre credo « on ne laisse personne derrière » ne fonctionnera pas pour moi. Il me laisserait derrière. Sans hésiter. Et d'autant plus que c'est lui qui m'a envoyé à vous. Enchaîné.

Oui, c'était de l'amertume qui transparaissait dans sa voix. Tara eut un délicieux sourire.

— Quelle idée ! protesta-t-elle avec d'autant plus de force que, bien évidemment, cela lui était venu à l'esprit. Nous ne sommes pas en conflit que je sache, n'est-ce pas ? Pourquoi prendrions-nous en otage le ressortissant de Boulimi-Lemi, une planète avec laquelle nous n'avons pas de contentieux ? D'ailleurs, ce mot me fait penser à quelqu'un qui les aime particulièrement ; comment va Angelica Brandaud ?

Gabriel eut un sourire un tantinet crispé tout en s'asseyant dans un fauteuil qui attendait patiemment derrière lui. Il ajusta son pantalon de soie noire épaisse qui soulignait un peu trop les muscles puissants de ses cuisses.

— Aucune raison, bien sûr.

Lui aussi marqua une petite pause, comme s'il attendait que Tara parle. Toutes les antennes de Tara se dressèrent. Il se passait quelque chose. Archange avait eu exactement la même réaction. Marqué exactement le même temps d'arrêt.

Ce n'était pas la NA. Mais ils pensaient que les humains avaient fait quelque chose, Tara en aurait donné sa main à couper.

Argh, c'était horriblement crispant !

Il la dévisagea attentivement puis, voyant qu'elle ne réagissait pas, laissa passer un petit sifflet agacé et reprit :

— Je disais juste ça comme ça. Et damoiselle Brandaud va bien. Elle a trouvé son séjour chez nous très... instructif. Même si elle a peu apprécié le voyage de retour, son organisme purement humain étant nettement plus fragile que les nôtres. Elle a été terriblement malade, mais va mieux à présent. Si je survis, je lui indiquerai que vous vous êtes inquiétée de sa santé.

Ah ! Il n'avait donné aucune indication sur l'état d'esprit d'Angelica. Était-elle volontaire lorsqu'elle avait suivi Gabriel ? ou était-elle un otage et, si oui, pourquoi ? Angelica n'avait aucun poids politique, même si son père était puissant. Sentant qu'il ne dirait rien de plus, Tara décida de ne pas insister.

Ils se saluèrent de la tête, un peu comme deux épéistes venant tout juste de terminer la première joute du combat.

Tara attaqua sur un autre terrain, ignorant volontairement le fait que le « cadeau » avait été enchaîné.

— Nous n'avons pas été avertis de votre visite, sinon nous vous aurions reçu à la hauteur de votre rang, Prince Gabriel.

Sous-entendu : « Mon gars, comment tu as fait pour apparaître sur notre perron à partir de nulle part ? »

Gabriel répondit très franchement, même si son visage restait figé et qu'on sentait qu'il se retenait de toutes ses forces pour ne pas sauter partout en hurlant de frustration et en décapitant quelques personnes au passage. C'était fascinant, Tara avait l'impression de voir un tigre qui s'interdisait de penser à du sang ou à des tripes, de peur de perdre le contrôle.

— Je suis désolé, finit-il par laisser tomber, le vaisseau de mon père m'a directement téléporté devant votre Palais, puisque c'était le seul endroit où vos champs de protection s'ouvrent pour laisser arriver des gens de l'extérieur. Je pensais qu'*Il* vous avait prévenu.

Bon, elle avait au moins la réponse à l'une de ses questions. Il avait joué à Monsieur Spok. Mince alors.

— Je n'étais bien évidemment pas volontaire. (Oui, merci, ça, elle s'en était doutée en voyant les menottes.) Je n'ai aucun goût pour les sacrifices, surtout lorsqu'ils me concernent.

Ça aussi, elle s'en doutait. Bon, question suivante :

— Et en vous envoyant à nous, votre père vous a chargé d'une mission, d'un message ?

Le visage de Gabriel se figea en un masque encore plus glacial.

— Non. Il était bien trop occupé (Il déglutit.)... à rire alors que je me débattais. Ensuite, j'ai été emprisonné sur le vaisseau, le temps de venir jusqu'ici, et il n'est pas venu me voir.

Il ne précisa pas qu'il avait hurlé à s'en casser la voix, fou de rage et d'impuissance, sachant très bien qu'il venait d'être sacrifié pour un enjeu qu'il ne comprenait pas. Il inspira profondément et continua :

— Au moment de mon transfert ici, il a juste mentionné que vous étiez la seule à pouvoir me libérer et qu'il espérait que vous n'étiez pas en voyage, sinon cela allait vite devenir inconfortable. Puis il m'a fait expédier. Comme un vulgaire paquet.

En fait, il n'était pas *que* en colère. Il était bien au-delà de cela, furieux... fou de rage même, si Tara savait bien décrypter le langage de son corps crispé. Cela dit, à sa place, elle n'aurait pas été très contente non plus. Se faire trahir par un ami n'était pas très agréable, mais par son propre père, là, ça devenait carrément shakespearien.

Y avait-il un avantage à jouer ? Saurait-elle glaner de précieuses informations sur les plans des démons ?

— Et vous, fit-elle prudemment, que pensez-vous de cette situation dans laquelle vous vous trouvez, parmi nous, impuissant ? Est-ce un nouveau piège, mais mis en place par votre père cette fois-ci ?

Elle allait ajouter « pourquoi êtes-vous ici » lorsqu'elle se souvint que, justement, il n'avait eu aucune intention d'être ici.

Gabriel la dévisagea. Et son regard violet s'assombrit.

— J'aimerais préciser quelque chose, justement, à propos de ce que j'ai fait lors de notre première rencontre, cette tentative ratée, hélas... (Ben, il pouvait parler pour lui, parce que Tara, elle, ne trouvait pas cela hélas du tout.) Nos soleils étaient déjà en train de se déstabiliser. Nous savions que nous n'avions que peu de temps pour vous convaincre de nous laisser venir dans votre univers. J'admets qu'avoir voulu employer la manière forte n'était sans doute pas la meilleure solution pour gagner votre confiance.

— Non.

— À mon tour de vous poser une question. Est-ce que, alors que c'était une question de vie ou de mort pour nous, vous nous auriez laissés poser nos portes dans l'espace et importer nos planètes chez vous, sans discuter, sans perdre de temps ?

— Je n'en sais rien, répondit honnêtement Tara. Et nous ne le découvrirons jamais, puisque vous avez préféré employer la force et la destruction plutôt que la négociation. Sans oublier que vous avez voulu faire exploser la NA afin d'annihiler toute vie dans cette partie de la galaxie. Là, vous vouliez nous détruire, sans nous demander la permission, ni poser des conditions. Juste faire place nette avant de débarquer. Un peu comme on se débarrasse de cafards ou de punaises.

Il resta impassible, ne réfutant pas la peu flatteuse comparaison.

Puis il eut une phrase totalement étonnante.

— Ce n'était pas pire que ce que vous avez fait. Nous sommes à égalité maintenant. Qui est le monstre finalement ?

Tara le regarda bouche bée. Par Bendruc le Hideux, comme dirait Cal, mais de quoi le démon parlait-il ?

Safir réagit, accusateur, faisant sursauter Tara qui, toute à sa conversation avec Gabriel, avait oublié les deux vampyrs.

— Vous osez poser la question ? rugit-il. Vous vouliez nous détruire comme vous l'avez fait pour notre planète. Que vous avez totalement annihilée.

Le démon ne réagit pas, ignorant le vampyr comme si celui-ci n'existait pas.

— Comment ça « nous sommes à égalité » ? demanda Tara, sincèrement intriguée.

Mais le démon la toisa de ses troublants yeux violets sans répondre.

— Bon, reprit Tara lorsqu'elle comprit que Gabriel n'allait rien ajouter, maintenant que c'est fait, que vous avez dit et répété que vous n'aviez pas le choix à propos de votre arrivée inopinée, je n'ai pas de problème pour vous croire. Cependant, je crois que nos savants vont vouloir envoyer des équipes dans votre univers afin de voir ce qui s'est pass…

— NON !

Gabriel avait bondi sur ses pieds, sa peau bien plus pâle que celle de son frère soudain… beaucoup plus pâle.

Et surtout, il la regardait en manifestant une énorme surprise, comme si, soudain, il comprenait quelque chose.

— Il ne faut surtout pas envoyer quoi que ce soit là-bas. C'est bien trop dangereux.

Bouche bée devant la peur qui émanait soudain de Gabriel, Tara leva les mains pour l'apaiser. Elle remarqua que si Safir s'était laissé surprendre par la réaction de Gabriel, Selenba, elle, s'était levée en même temps et était prête à intervenir. Et que ses ongles étaient devenus des griffes.

— Houlà, dit-elle à Gabriel, n'ayant pas envie que Selenba écharpe le démon si celui-ci faisait un geste vers elle, calmez-vous. Pourquoi est-ce dangereux ?

Il parut se débattre dans un dilemme, puis finit par laisser échapper, à contrecœur :

— Vous nous avez rendu visite dans notre univers, il y a quelques mois, vous savez que nous n'avions pas du tout l'intention de venir avec nos planètes dans le vôtre, nous pensions réellement avoir réussi à reproduire un rayonnement identique à vos soleils. Mais lorsqu'ils sont entrés en réaction, nos soleils ont saturé toute la région avec de terribles radiations.

Son regard refléta l'horreur qu'il avait ressentie lorsqu'il avait bien cru qu'il allait mourir, dévasté, avec les milliards d'autres habitants des six planètes, par les soleils noirs devenus fous.

— Nous avons fui juste à temps, reprit-il, mais si vous rouvrez la faille, les radiations risquent de s'infiltrer chez vous et de provoquer la même chose sur vos soleils. Nous ne pourrons pas fuir deux fois. Pas aussi tôt, pas aussi vite.

Tara n'était peut-être pas physicienne, mais elle doutait quand même qu'une telle propagation soit possible.

Safir, lui, était physicien, comme la majorité des vampyrs.

— Cela n'est pas possible, fit-il d'une voix glaciale, la contamination ne perturbera en rien nos soleils, nous ne sommes pas dans un roman de fantasy. Démon, n'essayez pas de nous faire avaler vos contes de fées.

Cette fois-ci, Gabriel se tourna vers lui.

— Oh ! mais si, seigneur vampyr, nous avons mis en marche une opération magique de très grande envergure et elle nous a échappé. Alors, croyez-moi. Si je vous dis que vous allez déclencher une catastrophe, vous devez absolument me croire. Et je vais le répéter et le répéter encore, jusqu'à ce que vous me croyiez : nous ne sommes pas ici parce que nous le voulions. Nous sommes ici parce que nous n'avons pas eu le choix. Réellement. Physiquement. Même si je commence à me dire, vu votre stupide réaction, que, contrairement à ce que nous pensions, vous n'y êtes pour rien.

OK, là, Tara était totalement perdue.

— Pour rien dans quoi ?

Tara, Safir, Selenba, les gardes, tout le monde le fixait. Il se secoua, tâchant de dissimuler ce qu'il ressentait sous une légèreté forcée. Et changea de sujet.

— Mais tout cela est derrière nous, à présent. Je suis votre prisonnier, vous pouvez faire de moi ce que vous voulez.

Tara carburait à fond.

— Votre père est un malin, finit-elle par déclarer.

Interloqué, Gabriel la regarda.

— Pardon ?

— Il vous envoie à nous, enchaîné et désarmé, impuissant. Nous avons le choix entre plusieurs solutions. Vous tuer.

Il ne réagit pas.

— Vous faire prisonnier.

Il ne réagit pas plus.

— Vous accueillir comme un invité.

Il continua à la fixer, impassible. Tara abattit sa dernière carte.

— Ou alors, vous rendre à lui.

Ah, là, un infime tressaillement. Colère ou refus ? Tara ne lâcha pas :

— Que préféreriez-vous, Prince Gabriel ?

Le démon aux cheveux violet et blanc haussa les épaules.

— La solution un ne me plaît évidemment pas. Pas plus que la deux. La trois, oui, la vie est douce sur votre planète...

Il laissa passer un silence. Puis laissa tomber.

— Et je n'envisage pas la dernière non plus.

Ah ! Tara évita de montrer son excitation. Il était, vraiment, très très fâché. La colère poussait à commettre des erreurs.

Celui qui savait utiliser sa colère pour garder la tête froide était celui qui gagnait.

— Disons, fit-elle avec précaution, que nous envisagions la solution numéro trois. Que feriez-vous ?

Il la scruta de nouveau comme s'il voulait pénétrer dans son crâne et en exposer les méninges afin de la comprendre un peu mieux.

— C'est une extrapolation ?

— Disons que oui, pour le moment.

Il eut l'air interloqué, un peu comme s'il n'avait pas réfléchi au-delà du fait de survivre quelques minutes de plus.

Tara voyait bien qu'il luttait pour ne pas laisser échapper un « je n'en sais fichtre rien » et respecta le temps qu'il prit pour répondre autrement.

— Très bien, postula-t-il. Si je deviens votre invité et non pas votre prisonnier, alors je ne m'installerai pas dans votre Palais.

Gentiment, Tara attendit la suite afin de le ménager et de lui permettre de développer. C'était curieux qu'il commence par l'endroit où il allait résider, plutôt que de décrire ce qu'il ferait s'il avait l'occasion de représenter son peuple auprès des humains.

— J'ai bien conscience que vous ne pouvez pas accepter la présence d'un ennemi potentiel aussi près de votre cœur névralgique. Malheureusement, je n'ai pas d'argent pour m'acheter une maison ou un appartement et, de toute façon, même si j'en avais, je doute que vous me permettiez d'acquérir une propriété sur votre sol ?

Cela, c'était une question qui dépassait, et de loin, les compétences juridiques de Tara. Elle soupçonnait même qu'elle dépassait les compétences juridiques des juristes du Palais, vu que le cas ne s'était jamais présenté, évidemment.

Cela dit, des étrangers (mais pas des démons !) au sol omoisien pouvaient acheter des maisons, elle ne voyait donc pas vraiment le problème que cela pourrait poser.

À ses côtés, elle sentait que Safir bouillait, lui aussi, face à l'ennemi ancestral, un peu comme les romulans face aux klingons. Le vampyr avait plutôt l'air de vouloir donner une place six pieds sous terre au démon et Tara sentait qu'il était à un tout petit poil de lui sauter dessus. Elle était en train de réfléchir à un moyen de faire sortir le vampyr avant que les choses ne dégénèrent lorsqu'un bruit de trompette fit sursauter tout le monde.

Les thugs réagirent instinctivement. Les lances fusèrent.

Droit sur Gabriel !

Heureusement que Tara avait de bons réflexes. Les lances retombèrent par terre, bloquées par le champ de protection qu'elle avait instinctivement développé pour les protéger, Gabriel et elle. Sinon, c'est une brochette de démon qu'ils auraient renvoyée à son père...

Les gardes, horriblement embarrassés, récupérèrent leurs lances, tandis que Selenba, qui avait réussi à se maîtriser, elle, émettait de petits ricanements railleurs. Gabriel jeta un regard reconnaissant vers Tara, tandis que tout le monde s'inclinait devant la nouvelle arrivée.

L'Impératrice d'Omois.

Tara faillit grogner. C'était un très mauvais timing !

Gabriel se releva lentement (il s'était accroupi en entendant les trompettes) et, de nouveau très tendu, s'inclina devant l'Impératrice qui faisait une entrée majestueuse. Elle toisa froidement le jeune démon. Si, lors de la tentative d'invasion sur Tadix, Gabriel n'avait finalement pas vraiment pu faire de mal à Tara, il ne s'était pas gêné lorsqu'il avait eu l'Impératrice en sa possession. Aïe, Tara avait occulté ce léger détail.

L'Impératrice était vêtue d'une sévère robe noire qui flattait cependant sa longue silhouette, enveloppée par une cape de velours de fruir rasé[1] d'un noir presque bleu qui la faisait un peu ressembler à un élégant corbeau, une couronne d'or bleu foncé sur la tête. Même si elle donnait l'impression d'être capable d'avaler Gabriel tout cru et de recracher les os, elle ne semblait pas sur le point de le faire. Du moins pas tout de suite.

— Prince Gabriel, fit-elle d'une voix glaciale. Ceci n'est pas très protocolaire. Êtes-vous venu nous déclarer la guerre ? Ou vous rendre ?

1. Le fruir est une sorte d'énorme taupe de toutes les couleurs qui passe son temps à perdre des bandes de très longs poils, et dont le duvet, en dessous, forme une sorte de velours d'une incroyable douceur. Le seul problème, c'est que les poils du dessus sont terriblement durs et difficiles à raser. De plus, ils sont gorgés de magie, ce qui fait que si l'on utilise la magie pour les couper, ça les fait exploser. Il est donc compliqué d'obtenir du velours de fruir rasé et ça coûte une véritable fortune.

Gabriel se figea. Et Tara vit s'évaporer le semblant de contact qu'elle avait réussi à établir avec le démon. Et slurk. Pour une fois, Lisbeth n'aurait pas pu arriver un peu plus tard ?

— Votre Majesté Impériale, répondit-il formellement. Je ne suis pas responsable de cette intrusion.

— L'intrusion semblant être votre mode de fonctionnement, répliqua Lisbeth, rejetant son affirmation, je ne suis donc pas vraiment surprise.

Gabriel serra les dents. Cette humaine agressive tenait sa vie au creux de sa main. Même s'il avait une forte envie de lui arracher la gorge, il savait très bien qu'il ne ferait pas plus de trois pas vers elle avant d'être carbonisé par les Hauts Mages qui se tenaient derrière elle, transpercé par les lances tenues par les thugs qui ne le lâchaient pas des yeux, et il ne voulait même pas savoir ce que Tara ou les vampyrs lui feraient. Il resta donc très très immobile et choisit ses mots avec une grande attention.

— Je suis un… présent. Je ne suis pas en mission diplomatique.

Lisbeth haussa un sourcil intimidant.

— Ah non ?

— Non. Comme je le disais à votre Héritière, Votre Majesté Impériale, je suis un cadeau de mon père à votre peuple, même si j'ignore la raison pour laquelle il a cru bon de m'envoyer à vous, enchaîné. Peut être a-t-il simplement décidé de… de me mettre à votre disposition afin que nous puissions nous évaluer mutuellement ?

— « Évaluer », c'est le mot que vous utilisez pour dire « espionner » ? Intéressant.

Gabriel inspira profondément.

— Nous *évaluer*. Cela fonctionne dans les deux sens. Pour les deux parties. Afin d'éviter de nous faire la guerre. Après tout, d'une certaine façon, vous êtes autant nos ancêtres que ma propre race, puisque nos gènes ont été clonés à partir des vôtres, même si nous les avons améliorés. Notre base reste cependant fondamentalement humaine.

Cette idée assombrit le visage de Lisbeth. Elle n'aimait pas que les démons soient humains. Tara la comprenait. C'était bien plus facile de taper sur de gros monstres avec des tentacules, que sur des ados qui disent qu'ils sont vos enfants…

— J'ajouterais que l'idée ne vient pas de moi, insista Gabriel, mais de mon père, même s'il n'a pu la mettre en place sans l'approbation de mon frère…

Ah, sa voix était devenue aussi glaciale qu'amère ; le beau démon aux yeux violets n'était pas prêt à pardonner à Archange. Tara l'entendit très bien. Lisbeth aussi. Lisbeth eut un très mince sourire. En fait, c'était un sourire de murène. Plein de dents et affamé.

— Êtes-vous un réfugié politique, Prince Gabriel ? Demandez-vous asile ?

Tara se mordit la lèvre. Sa tante était redoutable. Elle poussait, poussait encore ses ennemis dans leurs retranchements jusqu'à ce qu'elle leur extirpe la vérité. Mais Gabriel lui opposa un visage glacial et résolu.

— Non, Votre Majesté Impériale, disons plutôt un visiteur indésirable. Et jamais je ne trahirais ma race en demandant asile, parce que je n'ai aucune raison de la fuir.

Alors ça, mon gars, tu as tort, pensa Tara, *parce que les gens de ta race n'ont pas l'air super tendres avec les perdants.*

Lisbeth laissa passer un instant.

— Ah ! Je ne crois pas que nous ayons cela dans notre code diplomatique, laissa-t-elle tomber du bout des lèvres. Si vous n'êtes pas un réfugié politique, que vous ne représentez pas votre gouvernement et n'êtes donc pas en mission diplomatique, je ne sais donc pas très bien quel statut vous attribuer. « Invité indésirable » ne me semble pas très bien sonner non plus.

Elle se pencha et, l'espace d'un instant, fut encore plus terrifiante dans sa robe noire

— Cela dit, puisque vous n'êtes pas ici officiellement, je n'ai donc aucune raison de vous parler. Tara, occupe-toi de lui jusqu'à ce que nous sachions quoi en faire. (Dans son ton, on sentait que le mot « prison » n'était pas super loin.) Trouve un endroit en ville où loger le Prince Gabriel dans la mesure du raisonnable, pas d'achat, certainement pas, mais une location. D'une semaine. Prends sur le budget impérial, section « invités provisoires de moyen niveau » (Gabriel ne réagit pas, mais Tara vit passer son agacement dans ses yeux violets). Et si tu sens que le Prince Gabriel manigance quelque chose qui pourrait nous mettre en danger, tu as mon impériale autorisation de le carboniser. Et tant pis pour les répercussions. Après tout, on nous en a fait cadeau, nous pouvons donc l'utiliser à notre guise, même si cela implique de le casser.

Gabriel en resta bouche bée. Elle fit majestueusement demi-tour et sortit de la pièce, suivie, dans un silence de mort, par le reste de son escorte.

Il reprit ses esprits et se tourna vers Tara.

— Vous travaillez avec votre tante tous les jours ?

— Oui.

— Votre courage est infini.

— Vous n'avez pas idée.

Ils se sourirent. Même si cela perturba Tara, il l'avait amusée.

— Elle vient de dire que vous pouvez me tuer.

— Oui.

— Elle ne prend vraiment aucun risque.

— Si la survie de notre race dépend de ma capacité à vous réduire en cendres, alors je dirais que non, elle ne prend aucun risque.

Il hocha la tête.

— Je comprends.

— Pour nous deux, je l'espère, fit Tara, profondément sincère.

Soudain, Mara, la jeune sœur de Tara, vêtue d'une jolie robe égayée de rose et de brun, un peu trop courte au goût de Tara, entra dans la pièce et s'avança vers la jeune fille. Comme toujours, les longs cheveux bouclés et les yeux noisette lui rappelèrent leur mère. Mais Tara n'était pas triste, plus maintenant, d'autant qu'elle savait que sa mère était heureuse avec son père et qu'elle allait les rejoindre un jour. Cela avait calmé sa douleur.

Elle pouvait regarder Mara sans avoir mal, mais non sans un petit pincement quand même. Elles ne s'étaient pas encore tout à fait réconciliées. Mara savait très bien que Cal, dont elle avait été éperdument amoureuse, n'avait pas essayé de la blesser, mais elle était encore meurtrie qu'il ait choisi sa grande sœur plutôt qu'elle.

Aussi, alors que, quelques mois auparavant, elle aurait sauté au cou de Tara, elle se contenta de la saluer gravement, puis lui posa un baiser léger sur la joue.

Enfin… après avoir sursauté en découvrant Gabriel à côté de Tara. Elle venait sans doute de la porte de transfert et n'avait pas assisté à l'arrivée pour le moins fracassante de Gabriel.

Quoi qu'elle ait eu à dire à Tara, visiblement, elle l'avait oublié, tant elle semblait fascinée/effrayée par le démon.

Celui-ci lui adressa un sourire éblouissant. Pourtant, la dernière fois qu'il l'avait vue, il avait juré qu'il allait la tuer, pour avoir volé la sphère NA qu'il était venu chercher.

— Mara ! s'exclama-t-il, je voulais justement vous revoir.

Et d'où il pouvait utiliser son prénom, le démon ? Mara haussa un sourcil crispé.

— Me revoir ? Moi ? Pour me trancher la gorge ?

Il grimaça.

— Pour me faire pardonner. J'étais humilié, furieux, vous m'avez fait perdre la guerre, je ne pensais pas ce que j'ai dit.

Mara émit un petit rire ironique.

— Oh, si, vous en pensiez chaque mot. Ne me prenez pas pour une idiote.

— D'accord, je vous aurais volontiers étranglée, je l'admets, grogna-t-il, mais bon, j'avais quelques raisons, aussi.

— Même si je n'ai vraiment pas fait exprès, répondit fièrement Mara, relevant son petit menton, j'ai sauvé mon peuple, des milliards de vies et plusieurs planètes d'une fin atroce. Je n'ai donc pas du tout l'intention de m'excuser d'avoir neutralisé vos plans débiles d'envahisseur. Qu'est-ce que vous faites ici ? Vous êtes venu espionner ceux que vous n'avez pas pu détruire ?

Gabriel se tourna vers Tara, l'air découragé.

— Votre tante se charge également de l'éducation de votre sœur ?

— Eeeeh oui.

— Je vois.

Cette fois-ci, Tara fut la seule à sourire. Elle voyait bien que le beau démon cherchait quelque chose, mais du diable si elle savait quoi.

Et que ce quelque chose avait à voir avec Mara.

Voulait-il se venger de Mara qui avait fait échouer ses plans ?

Elle réfléchit rapidement. Et décida donc que si quelqu'un pouvait tirer les vers du nez du Prince Gabriel, c'était certainement Mara, surtout si Gabriel essayait de leur jouer un mauvais tour. Mara avait l'air d'un ange, mais avait un solide entraînement de Voleuse Patentée, était incroyablement maligne et les démons ne savaient sans doute pas qu'elle avait été élevée par Magister et n'avait donc absolument aucune pitié lorsqu'il s'agissait de défendre les siens.

Aussi Tara accentua-t-elle son sourire, se leva, tandis que Galant se posait sur son épaule, et lança d'un air joyeux :

— J'ai beaucoup de travail et notre tante vient d'allouer une maison de budget moyen invité au Prince Gabriel, pendant une semaine, en attendant de voir. Peux-tu l'accompagner afin de le... si j'étais diplomate, je dirais l'aider, mais en fait, je préfère dire... surveiller ?

Les mimiques épouvantées de Mara cherchant à lui faire comprendre qu'elle était tombée sur la tête ne furent pas très utiles parce que Tara les ignora royalement.

C'était ça, la chaîne du pouvoir.

Sa tante lui avait confié une corvée et Tara venait de se débrouiller pour la refiler à sa sœur.

Elle se sentit très contente d'elle-même. Et puis, un démon seul ne pouvait pas faire grand-chose, d'autant que personne ne le laisserait approcher d'installations sensibles ou des laboratoires du Palais.

Ils se saluèrent tous gravement, Mara, les yeux plissés de fureur, lui envoyant des messages silencieux du type « je vais te le faire payer » auxquels Tara répondit par un tout aussi silencieux haussement d'épaules, « désolée, ma petite, la vie est injuste, mais c'est comme ça ».

Laissant Gabriel aux mains de Mara, suivie par Safir, Selenba et le reste de son escorte, Tara sortit de la pièce, mais ne se dirigea pas tout de suite vers son Palais. Auparavant, elle pénétra dans une petite pièce contiguë à la grande salle des diplomates. Lorsqu'elle avait donné le code « cages des oiseaux de feu », Xandiar avait immédiatement fait mettre en place le dispositif.

Un Diseur de Vérité, grand végétal intelligent télépathe, qui dissimulait son corps de bois et de feuilles sous une robe blanche, aux grands yeux verts mais sans bouche, se tenait là, accompagné par un gnome bleu qui salua Tara.

— Nous n'avons pas bien pu capter ce que pensait le démon Gabriel, fit le gnome, tandis que le végétal télépathe à ses côtés lui transmettait ce qu'il avait pu lire. Mais le Diseur a senti une grande détermination et une grande peur. Le démon est très effrayé, mais impossible de savoir si c'est par vous, par les siens ou pour une tout autre raison. Malheureusement, nous ne savons pas si c'est la magie démoniaque qui l'imprègne ou si c'est la façon dont son cerveau est fait, mais c'est suffisamment puissant pour empêcher toute intrusion dans son esprit, nous n'avons donc pas pu lire quels étaient ses plans. Mais le Diseur pense que ce n'est pas la guerre, du moins, pas contre nous. C'était très confus. Les images que nous avons pu capter sont également très vagues. Devons-nous le suivre afin d'essayer d'en apprendre plus ?

Tara réfléchit un moment puis, à regret, déclina :

— Non, merci beaucoup de votre aide. Je ne veux pas risquer qu'il vous repère. Une plante géante recouverte d'un manteau blanc n'est pas super discrète et les démons savent ce que sont les Diseurs. Il comprendra tout de suite ce que nous essayons de faire et barricadera encore plus son esprit. Mais je ferai appel à vous à d'autres occasions, n'en doutez pas.

Elle ressortit de la pièce, pensive. Ainsi le démon avait peur de quelque chose, enfin à part le fait de se retrouver mort ou en prison, puisqu'ils avaient écarté rapidement cette option. Alors de quoi ? De son frère ? De son père ? De la faction bleue pacifiste qui avait essayé de prendre le pouvoir lors de son séjour dans les Limbes démoniaques ?

Tara grogna, frustrée de ne pas avoir plus de renseignements – ce qui fit rire Galant dans son cerveau, le pégase trouvant qu'elle ressemblait à un krakdent lorsqu'elle grognait comme cela –, puis se relaxa. Elle commençait à apprendre à gérer son stress. Puisqu'il ne servait à rien de se faire du souci car elle ne pouvait pas faire grand-chose pour l'instant, autant qu'elle songe à des choses plus agréables.

À cet instant, l'indicatif d'une annonce importante retentit dans les airs et les écrans de projection holographiques se mirent en position. L'image de l'Impératrice, non plus en noir, mais en pourpre et or, en haute tenue d'apparat, apparut.

— Mes chers concitoyens, amis et alliés, nous venons de recevoir la première communication en provenance des peuples qui ont placé leurs planètes en orbite autour de nos soleils, dont notamment Boulimi-Lemi, la planète des Boulimi-Lema.

Tout le monde se crispa. Tara savait que le message était retransmis en simultané sur toutes les autres planètes, y compris la Terre.

— Les peuples de cet univers étrangers ne veulent pas la guerre, fit Lisbeth d'une voix apaisante. Ils ont dû fuir leurs soleils devenus instables. Ils ont proposé, par l'intermédiaire de leur roi actuel, Archange, de faire la paix avec nous et ont élaboré une déclaration commune.

Elle laissa passer un petit moment, permettant à tout le monde de digérer ce qu'elle venait de dire. Enfin, des milliers de murmures étouffés mais porteurs d'espoir se répandirent : « Ils ne veulent pas la guerre, ils ne veulent pas la guerre ! » Puis, les Omoisiens étant les Omoisiens, immédiatement après on entendit : « Et on peut commercer avec eux ? Il y a de l'argent à faire avec autant de nouveaux clients non ? »

Lisbeth, qui connaissait bien son peuple, ajouta :

— Pour l'instant, le blocus des planètes est maintenu tant que la déclaration n'a pas été entérinée par nos instances dirigeantes. Nos gouvernements vont se réunir afin d'étudier les propositions d'Archange et de ses peuples, et lui proposer les nôtres. Nous avions déjà énormément travaillé à un rapprochement commercial entre nos peuples, sur Tadix, avant que le Prince Gabriel ne tente de prendre la place de son frère, il ne nous restait donc que quelques points de détail à régler. Je ne doute pas que le traité puisse être signé dans les jours à venir. D'autant que le Prince Gabriel nous a été remis par son père, en gage de leur bonne foi. Comme notre mansuétude est grande, et également pour prouver notre bonne foi, nous n'avons pas fait exécuter le démon qui a tenté de nous annihiler. Mais nous sommes heureux de voir que le roi Archange est aussi ouvert à de bonnes relations et que les... initiatives... de son jeune frère ne pourront plus causer de dégâts.

L'Impératrice fit alors passer un extrait de la déclaration d'Archange. Elle salua, puis l'image s'éteignit.

C'était malin. Elle désamorçait la venue de Gabriel comme si c'était un non-événement et annonçait un futur accord avec les démons. Tara sourit, admirative.

— Je dois retourner en Krasalvie, dit Safir d'un ton soucieux. Je dois parler avec mon président de ce qui se passe. Selenba ? Qu'est-ce que tu préfères, rester ici pour veiller sur Tara, ou revenir avec moi ?

Selenba regarda Tara.

— C'est à vous de me le dire, Votre Altesse Impériale. Que préférez-vous ?

— Je n'envisage pas de revoir Gabriel tout de suite, répondit Tara, je préfère le laisser entre les douces... hum, entre les mains compétentes de Mara. Donc, non, je n'ai pas besoin de vous pour l'instant. Disons que vous commencerez demain matin si cela vous convient, au lieu des deux jours prévus, ce n'est pas trop court ?

Selenba hocha sa tête argentée et répliqua :

— Non, je n'ai pas grand-chose à emporter. (Elle réfléchit.) Il est rapide, ce prince démon. Rapide et fort d'après les enregistrements rapportés de Tadix. Et lorsque les lances ont fusé vers lui, j'ai vu sa réaction. Il les aurait évitées. Toutes, même si vous n'aviez pas incanté une protection. Je ne ferais pas le poids en restant vampyr. Plus que jamais, il va falloir, pendant cette mission, que je redevienne BSH.

Tara et Safir firent la grimace ensemble. Mais Safir ne contesta pas, même s'il détestait profondément l'idée. Il préférait que sa future femme reste en vie, même sous forme de tueuse sanguinaire. Et puis Tara pouvait toujours la guérir, alors ce n'était pas comme si la transformation était irréversible.

— Vous êtes sûre ? insista Tara. Ce n'est agréable ni pour vous ni pour moi.

Selenba plongea ses yeux roses dans les yeux bleus de Tara.

— Oui. Je ne ferai pas bien mon travail si je suis faible. Je veux bien être faible pour avoir un enfant et l'élever. Pas pour combattre. Demain, vous me transformerez. J'ai encore plein de temps pour avoir des enfants avec Safir et j'avoue que je m'ennuyais un peu en Krasalvie. Avoir, de temps en temps, une activité un peu vigoureuse n'est pas désagréable.

Tara fut la seule à voir Safir lever les yeux au ciel. Les deux vampyrs s'inclinèrent et la laissèrent.

Tara soupira en reprenant le chemin de son nouveau Palais intérieur. Retransformer Selenba en BSH lui semblait quand même une très mauvaise idée, mais, d'un autre côté, savoir que l'implacable vampyr était de son côté, pour une fois, était étrangement rassurant.

Cal n'étant pas avec l'escorte qui avait accompagné Lisbeth, Tara en déduisit donc qu'il en avait terminé avec l'Impératrice et espéra que sa tante ne l'avait pas expédié illico vers une autre mission. Pour une mystérieuse raison, Lisbeth semblait penser que les amis de Tara étaient corvéables à merci pour le bien de l'Empire d'Omois. Lorsqu'elle s'en était plainte à Lisbeth, celle-ci lui avait répliqué, un sourire tordu aux lèvres, que Cal avait négocié des tarifs absolument prohibitifs pour travailler pour elle.

Cela avait fait rire Tara. Ça, c'était du Cal tout craché. Elle n'avait plus rien dit.

Effectivement, lorsqu'elle revint dans son Palais, Cal n'y était pas.

En revanche, sur le perron, en train de l'attendre sagement sous le regard méfiant des gardes paranoïaques, se trouvait quelqu'un qui fit soudain battre son cœur plus vite.

Robin.

Chapitre 12

Robin

Ou comment se rendre compte qu'on est plus ou moins amoureuse de deux garçons en même temps et que ça va être impossible à gérer.

Bon, ce n'était pas comme si elle ne s'y attendait pas, vu son dernier message. Tara savait parfaitement qu'elle allait devoir affronter son ancien petit ami.

Cela ne signifiait pas pour autant qu'elle était impatiente. Au contraire, elle aurait bien remis ça, genre, aux calendes grecques. Et voilà qu'il était devant elle, la dévisageant, son beau visage souriant, mais de la gravité dans ses yeux de cristal. Ses longs cheveux d'argent avaient repoussé. Il était magnifique, comme toujours, et la respiration de Tara se bloqua dans sa gorge lorsqu'il s'avança et lui prit les mains.

— Bonjour, Tara, fit-il de sa voix grave, comment vas-tu ?

Il eût été un temps où Tara se serait jetée dans ses bras et se serait perdue dans sa douceur et sa force. Mais comme pour sa sœur, ses relations avaient changé. Et Tara, si elle ne savait pas très bien encore ce qu'elle ressentait pour Cal, se méfiait bien plus de ses propres réactions que de celles du beau demi-elfe.

Elle lui sourit donc affectueusement, dégagea ses mains et répondit :

— Bonjour, Robin, je vais bien. Allons dans le salon, nous y serons mieux installés.

La porte du petit Palais s'ouvrit et elle le précéda dans la pièce crème et or.

Les fenêtres, qui se fermaient lorsqu'elle s'absentait, s'ouvrirent sur le parc et le chant des oiseaux. De petites fées envahirent la suite tandis que l'odeur suave des fleurs montait jusqu'à eux. C'était harmonieux et apaisant.

Robin la suivit sans mot dire, observant la décoration fluide et les meubles raffinés. Il approuvait le déménagement de Tara dans cet endroit et trouvait qu'il correspondait mieux à son rang d'Héritière d'Omois que sa précédente suite, toute spectaculaire qu'elle ait été.

— Nous n'avons pas eu le temps d'en parler, puisque tu étais très malade après ce que le changelin t'a fait subir, mais j'ai pris de tes nouvelles tous les jours, commença Tara.

— Oui, je sais. Maman m'a dit que même si tu n'appelais pas forcément, puisque tu étais sur Terre, le Palais le faisait de ta part et te retransmettait les messages. Merci. Merci de m'avoir sauvé.

Tara se sentit rongée par la culpabilité.

Elle se leva, incapable de rester immobile. Le fauteuil, surpris, la suivit et se mit à déambuler derrière elle.

Même si cette vision était un peu ridicule, Robin mourait d'envie de lui dire qu'il la trouvait tellement belle qu'il en perdait le souffle. Pourtant, il avait l'habitude de la beauté, les elfes femmes étant tout simplement irrésistibles. Mais, parce qu'elle était humaine, Tara paraissait bien plus fragile, bien moins dure, et cela lui donnait une aura que sa partie humaine à lui trouvait incroyablement séduisante.

Elle reprit la parole avant qu'il ait le temps d'ouvrir la bouche.

— Non mais quelle idiote j'ai été !

— Pardon ?

Elle planta ses beaux yeux bleu marine dans ceux de Robin.

— Crétine, oui, stupide, aveugle. J'aurais dû me rendre compte bien plus tôt que tu n'étais pas toi ! Rien n'allait. Mais comme je suis une gourde, je n'ai rien vu. Rien compris ! C'est ma faute si tu as été capturé et que tu as failli mourir. Je n'ai jamais eu aussi peur de ma vie lorsque j'ai vu le dispositif autour de toi. Toutes ces flèches pointées sur toi, tu n'avais aucune chance de t'en sortir.

Il eut un sourire amusé, pas du tout traumatisé par ce qu'il avait vécu.

— Ah, sans Fafnir, j'avoue que j'aurais sans doute passé un sale quart d'heure, mais, Tara, je sais que tu aurais trouvé une solution, tu trouves toujours une solution.

— Merci pour le vote de confiance, répondit Tara, amère, mais cela n'empêche pas que j'ai été irresponsable. Dès que j'ai eu des doutes, j'aurais dû creuser. Heureusement que nous avions le concombre !

Elle n'avait pas expliqué à Robin comment elle avait percé les mensonges du changelin. Il la regarda, étonné, et elle expliqua :

— Oui, lorsque le changelin m'a embrassée afin d'avoir mon ADN pour me reproduire et, surtout, pénétrer dans mes pensées – parce qu'il n'y parvenait pas, comme avec tous les autres –, j'ai senti que quelque chose n'allait pas et je lui ai parlé du concombre. Sauf que, bien sûr, comme il n'avait pas pu lire mes pensées, il n'avait aucune idée de ce dont je parlais.

Cette fois-ci, ce fut Robin qui fut amer.

— Si j'ai bien compris, c'est la stupide invention de Cal qui t'a permis de démasquer le changelin ?

— Oui.

— Ça me rend fou.

— Le concombre ?

Robin la regarda de travers et elle arrêta d'essayer de faire de l'humour.

— D'accord, d'accord, qu'est-ce qui te rend fou ?

— Notre histoire.

Tara finit par s'asseoir, au grand soulagement et du fauteuil et de Robin. Elle croisa ses longues jambes élégantes soulignées par sa robe. Elle s'aperçut que la changeline en avait modifié la coupe et la matière, comme elle le faisait souvent. À présent, elle était d'un rose sombre, presque fuchsia. Parfois, les objets démoniaques suivaient la changeline et se transformaient en bijoux barbares, si bien que Tara, sans miroir, n'aurait presque jamais eu la moindre idée de la façon dont elle était habillée.

— Tu m'as dit que tu ne serais jamais tombé amoureux de moi sans le sort d'attraction, lancé par ma grand-mère sur ma mère, fit-elle posément, ignorant la douleur soudaine qui la traversa. Qu'à l'époque, tu n'aimais que les elfes.

Il ne nia pas. Dévida la chronologie de leurs dernières années, posément.

— C'est exact. De plus, tu étais toute jeune, tu avais trois ans de moins que moi. Je te voyais comme une gamine, maigrichonne mais mignonne, attachante et avec un potentiel stupéfiant. Et puis tu as grandi et je me suis attaché à toi. Jusqu'à tomber amoureux. Mais cela n'avait plus rien à voir avec le sort d'attraction. Même si j'ai été terriblement furieux de croire que j'avais été ensorcelé.

Ils gardèrent le silence tous les deux. Il faisait doux, parce que la climatisation interne empêchait l'air trop chaud de pénétrer dans la pièce. En dépit du calme, Tara sentait que tous ses muscles étaient noués. Bizarrement, chaque fois qu'elle avait passé du temps avec Robin, c'était à la fois trop court, intense et très passionné, mais ils n'avaient jamais le temps de discuter vraiment. Leur attraction physique était bien trop intense pour cela.

— Je te dois des excuses, fit Robin en détournant son regard de cristal, ce qui permit à Tara de l'observer à son tour en attendant qu'il lui dise pourquoi il s'excusait alors qu'il avait failli mourir.

Il avait l'air... bien. Comme si ses natures d'elfe et d'humain avaient soudain cessé de se combattre. L'air tourmenté qu'il arborait régulièrement avait totalement disparu. Il paraissait tellement serein, d'ailleurs, bien loin du demi-elfe bouillant que connaissait Tara, qu'elle se demanda un instant s'il avait pris du molmol.

— Pourquoi des excuses ? finit-elle par demander parce qu'il ne poursuivait pas, détaillant la décoration comme si c'était la chose la plus extraordinaire du monde.

Il revint à elle et déglutit.

— Tu avais raison. Je ne suis pas seulement tombé amoureux de Tara Duncan. Je suis tombé amoureux de Tara Duncan, Héritière d'Omois.

Une pierre tomba sur l'estomac de Tara. Elle blêmit.

— C'est pour cela, continua-t-il tranquillement, comme s'il ne venait pas de détruire totalement sa confiance en elle, que j'ai fini par rompre, parce que je ne savais pas faire la part de mes sentiments pour toi, induits ou pas par le sort d'attraction, et la part de mes sentiments pour le pouvoir. Et puis, il y a eu la Reine Noire, qui nous a transformés, qui a fait de moi, physiquement du moins, un elfe à part entière, même si je conserve les qualités humaines de ma mère. Et je dis bien qualités, car si les elfes pensent que ce sont des défauts, je sais, quant à moi, qu'elles m'apportent beaucoup.

Tara ne comprenait pas bien le rapport, mais elle ne broncha pas. Il reprit :

— Bref, la Reine Noire m'a fait enfin comprendre que j'avais absolument tout faux. Qu'au contraire, je n'aimais pas le pouvoir, mais alors pas du tout. Être à tes côtés, te voir faire ces choix déchirants, vivre tout le temps dans la peur ou les obligations, cela me dégoûtait. Et que plus que tout, la simple idée que ce monstre vive à tes côtés, dans ton esprit, et soit capable de revenir à n'importe quel moment pour s'emparer de moi une nouvelle fois me terrifiait.

Tara dut batailler pour avaler sa salive tant sa gorge était serrée. Elle s'attendait à des cris, à une belle bagarre, à des reproches, mais pas à ce constat froid et creux.

— Elle est partie. Je l'ai vaincue.

— Tu n'en sais rien, Tara, vraiment.

Elle ouvrit la bouche pour protester, mais, parce qu'elle était honnête, elle la referma. Il avait raison. Elle n'en savait effectivement rien. Même les objets démoniaques à qui elle avait posé la question n'en savaient rien. Elle refusa de se laisser effrayer par cette pensée et son visage se ferma, opaque.

Robin se pencha en avant, prenant appui avec ses avant-bras gainés de cuir vert sur ses cuisses musclées. Quoi qu'ait été Robin, il était devenu un guerrier. Froid, impitoyable, efficace. Toutes ces années de lutte, mais également sa nature d'elfe, tout ce qu'il avait, constamment, emmagasiné afin de pouvoir se battre à ses côtés, la transformation opérée par la Reine Noire, tout cela en avait fait un être que Tara ne connaissait plus. Il était loin, le temps où il lui déclamait des poèmes bouleversants.

Elle s'appliqua à être aussi froide que lui. Après tout, c'était peut-être mieux : plus de bagarre, juste deux amis qui ont partagé des choses et s'éloignent à présent l'un de l'autre.

— Je comprends, admit-elle. Ce n'est pas facile d'être mon petit ami. Tu as été presque tué à tellement de reprises que j'ai arrêté de compter et la fois où les fantômes... Quand j'ai cru que tu étais mort, j'ai voulu mourir moi aussi.

Il tordit sa bouche.

— Oui, je sais, Cal t'a sauvée. Je pense d'ailleurs que c'est à ce moment-là qu'il est tombé amoureux de toi, même s'il ne s'en est pas rendu compte. Il s'est occupé de toi et t'a sauvé la vie. C'est important. Cela lie.

— Tu m'as sauvé la vie toi aussi ! s'exclama Tara, soudain agacée. Et puis ce n'était pas un concours ! Nous nous protégions les uns les autres, c'est toujours ce qui a fait notre force, ce qui nous a permis de vaincre tous nos ennemis, Robin. Notre amour, oui, mais notre amitié, surtout.

Ce fut au tour de Robin de se lever. Ah ! Il n'était pas aussi calme qu'il voulait bien le laisser paraître.

— Oui, concéda-t-il, je sais.

Il se tourna vers Tara, magnifique avec son costume vert et bleu en cuir de traduc épais moulant ses larges épaules, ses cheveux d'argent coulant comme une rivière soyeuse jusqu'à sa taille, ses yeux de cristal étincelants de vitalité.

— Je ne suis pas venu te reprocher quoi que ce soit. Après tout, j'ai commis mon lot d'erreurs.

— Comme de dire partout que j'étais une foutue Vierge de Glace ? ironisa Tara, tout en gommant soigneusement de sa voix à quel point cela l'avait blessée.

Il n'était pas si elfe que cela, finalement, parce qu'il rougit. Puis avoua :

— J'avais bu, j'étais frustré, j'étais furieux et j'avais terriblement envie de faire du mal à quelqu'un. Tu étais une cible facile, puisque absente. Je suis également venu te présenter mes excuses à ce sujet. Cal m'a dit que l'ALG t'avait tout révélé lors d'une confrontation dans les toilettes de Tadix.

Tara haussa un sourcil.

— L'algue ?

— Non, l'ALG. Angelica la Garce.

— Oh !

Tara médita un instant, puis sourit.

— Je trouve que ça lui va plutôt bien. Elle est visqueuse, fuyante et, la plupart du temps, verte de jalousie.

Soudain elle saisit ce que Robin venait de dire.

— Tu... tu as *parlé* avec Cal ?

Cal ne lui avait pas paru particulièrement blessé ou contusionné lorsqu'elle l'avait heurté, ni bleus ni bosses. Ils ne s'étaient pas étripés. C'était déjà ça de gagné.

Robin hocha la tête.

— Oui, j'avais besoin de comprendre ce qui se passait entre lui et toi. Si c'était du sérieux ou une amourette passagère. (Il grimaça.) Je n'ai pas vraiment l'habitude de voir Cal comme quelqu'un de fiable. Dans le combat et l'amitié, oui, certainement. Mais comme petit ami ? Il a des dizaines, des centaines de conquêtes à son actif. Il est tombé amoureux d'El, mais il avait une demi-douzaine de petites copines à droite et à gauche.

Tara rit.

— Oui, quel charmeur... Des centaines, là, tu exagères. M'enfin bon, des tas de gens n'arrêtent pas de m'embrasser sous l'effet de sorts, Fabrice, Jeremy, Archange, toi, le changelin, même si c'était pour une autre raison, donc, je serais bien hypocrite de juger de la vie amoureuse de Cal. Même si pour ma part, dans mon esprit, je n'ai eu que deux petits copains en réalité, toi et Cal.

Robin en resta bouche bée

— Ça ne te gêne pas ?

— Ben non, Cal n'était pas très monogame et...

Soudain, son cerveau bien entraîné se remit en marche, elle s'arrêta et plissa les yeux.

— Dis donc, Robin, tu ne serais pas en train d'essayer de pourrir ma relation avec Cal, là ?

Robin haussa les épaules.

— Cela n'a pas l'air de marcher des masses. Chaque fois que je discute avec toi, j'ai l'impression de mener un combat perdu d'avance. Je porte un coup, mais tu n'es déjà plus là.

Tara soupira et se frotta le front qui était soudain douloureux.

— C'est comme ça que tu vois notre relation désormais ? comme un affrontement ?

Robin était tendu comme un arc. Il essayait de faire passer un message, mais que Tara soit pendue si elle arrivait à décrypter lequel. OK, les grands moyens. Elle n'était plus une petite fille, elle avait dix-huit ans. Ce ne serait pas si facile de la manipuler.

— Robin, au lieu de faire des insinuations qui ne serviront à rien et de balancer des trucs qui vont faire que nous allons nous disputer, ce dont je n'ai vraiment pas envie, si tu me disais ce que tu penses vraiment et surtout ce que tu veux ?

Il hésita.

— Je ne veux pas que tu souffres. Je veux que tu sois heureuse.

Tara ne put s'en empêcher.

— Alors là, ça tombe bien, moi aussi dis donc. J'adore être heureuse, même si, avec tout ce qui me tombe sur la tête, cela n'arrive pas super souvent. Et la souffrance, vraiment, ce n'est pas mon truc. Donc, en dehors de ça, tu veux quoi ?

De nouveau, il hésita, ce qui donna à Tara l'envie de hurler. Puis, enfin, il se lança :

— On ne peut pas avancer sans commettre d'erreurs. Les elfes ont horreur de ça, ils pensent qu'ils sont infaillibles, mais c'est parfaitement faux. Eux aussi commettent des erreurs. Le but est de ne pas recommencer les mêmes. Maintenant que je te comprends mieux, que tu me comprends aussi, que nous avons exploré nos limitations, je sais exactement ce qu'il te faut. Et je veux… non, j'ai besoin que nous nous remettions ensemble.

Tara en resta bouche bée. OK, là, il venait de la scotcher.

— Quoi ? Mais tu viens de me dire que…

— Que le pouvoir me dégoûtait, que j'avais peur de la Reine Noire, que je détestais devoir risquer ma vie toutes les deux minutes et que je n'arrêtais pas de commettre des tas d'erreurs avec toi ? Oui. Je voulais être honnête avec toi. T'expliquer tout ce que je pensais, tout ce que j'avais souffert.

Il s'arrêta, ses yeux de cristal soudain emplis de larmes, ce à quoi Tara ne s'attendait pas du tout. Elle qui pensait qu'il était devenu froid et cruel, elle n'aurait pas pu plus se tromper. Il portait juste un masque. Qu'il venait de laisser tomber.

— Je t'aime tellement que parfois j'ai l'impression de devenir fou. Pendant que j'attendais, ligoté sur cette chaise, condamné à mourir de faim ou transpercé par ces flèches, tu sais quelle était mon unique pensée ?

Incapable de répondre tellement elle était surprise, Tara ne put que secouer la tête négativement.

— Je pensais que je ne t'avais pas dit au revoir, que je n'avais pas fait l'amour avec toi et que plus jamais je n'embrasserais ta bouche si délectable. Et ça me tuait bien plus que tout le reste.

Tara avait l'impression qu'on avait retiré tout l'oxygène de la pièce, parce qu'elle n'arrivait pas à respirer tout à coup.

Robin restait soigneusement loin d'elle. Il avait compris que tenter d'embrasser Tara alors qu'elle ne le voulait pas ou ne s'y attendait pas était à la fois stupide et dangereux. D'autant que lui aussi avait remarqué l'accroissement du pouvoir de la jeune fille, qui était littéralement lumineuse, même s'il ne savait pas pourquoi. Donc, il ne la toucha pas. Mais il mit tout son amour, toute sa détresse dans ses yeux et n'empêcha pas ses larmes de couler. Il n'avait pas honte de le faire. Même si les elfes ne pleuraient que très rarement, les humains, eux, exprimaient ainsi leurs sentiments et, pour Tara, Robin avait décidé d'être humain.

— Je… je suis désolée, finit par murmurer Tara, très stressée par cette situation à laquelle elle ne s'attendait pas et sentant, par sympathie, ses propres larmes commencer à couler.

Cela inquiéta les objets démoniaques qui commencèrent à s'agiter dans son esprit. Elle dut les calmer et se calmer par la même occasion.

— Ne sois pas désolée, reprit Robin, pressant, dis-moi juste que tu m'aimes et que tu vas me revenir.

Tara inspira profondément. Elle se sentait coincée. Et parfois, même si on sait qu'on va faire du mal à quelqu'un, il n'y a pas d'autre solution que de dire la vérité. Si douloureuse soit-elle.

— Je t'aime, répondit-elle franchement.

Robin se redressa en essuyant ses larmes, le visage illuminé.

— Mais, l'arrêta-t-elle, j'aime Cal.

Robin se rembrunit et elle poursuivit :

— Je sais, c'est totalement débile, je suis totalement débile, je déteste ça, aimer deux personnes aussi fort. Vous êtes à l'opposé l'un de l'autre. Tu es, étais... (elle essaya de ne pas s'embrouiller) es redevenu incroyablement romantique, il est parfaitement pragmatique. Parce que tu m'aimes, tu me laisses faire, parce qu'il m'aime, il ne me laisse pas faire. Et vous avez raison chacun à votre façon.

Elle se leva de nouveau, ordonnant au fauteuil de ne pas la suivre, et se mit à marcher de long en large dans son agitation, puis s'arrêta devant Robin, les mains ouvertes.

— C'est une situation impossible, mais même si j'ai gardé de profonds sentiments pour toi, je ne suis ni une menteuse ni une lâche. J'ai choisi, Robin, et j'ai choisi Cal. Et je ne le trahirai pas parce que j'éprouve toujours de l'amour pour toi. Ce n'est pas dans ma nature.

Robin pinça les lèvres, ses yeux de cristal obscurcis par un sentiment que Tara n'arrivait pas très bien à cerner. Ce n'était pas de la colère, mais plutôt une sorte de... certitude.

Comme toujours avec Tara, il choisit ses mots avec soin, parce qu'il voulait être absolument sûr qu'elle comprenait bien ce qu'il ressentait et qu'il avait constaté que ses mots n'étaient pas toujours suffisamment explicites.

— Tara, dans ma culture, il y a très peu de femmes elfes, puisqu'elles ont été décimées lors de la destruction de notre planète par les démons et que nous avons peu d'enfants. Les rares qui restent ont dû, afin de permettre à la race elfe de survivre, prendre plusieurs maris. Dans la culture humaine, certaines tribus font de même, dans les deux sens. Même si mon père a décidé de ne pas suivre notre peuple en se mariant avec ma mère, cela ne l'aurait pas dérangé si ma mère avait décidé d'avoir plusieurs compagnons humains ou elfes. Cela fait partie de nous. C'est normal. À moitié humain, habitant au Lancovit, un royaume humain, j'ai été élevé dans une culture humaine plutôt monogame de fait, même si mes grands-mères et arrière-grands-mères elfes ont tout fait pour corriger ce « handicap » selon elles. C'est la raison pour laquelle je t'ai d'abord proposé de me revenir, de former un couple. Mais puisque tu es amoureuse de nous deux, alors je vais faire appel à ma partie elfe. Je vais te partager.

Il eut soudain un inattendu sourire malin au milieu de sa colère, comme s'il venait de comprendre quelque chose qui l'amusait.

— Et si moi je peux te partager, parce que, réellement, cela fait partie de mon éducation, vu la réaction de Cal lorsque je lui ai posé la question, je pense que lui a un peu plus de mal avec le concept.

Tara n'en croyait pas ses oreilles. Elle mit quelques secondes à assimiler tout ce que Robin venait de lui assener. Son esprit bloqua sur un point :

— Quoi ? Robin ! Sérieusement ? Tu as proposé à Cal de me partager avec lui ?

— Oui, répondit sobrement Robin.

— Mais ça va pas, non !

— Je t'aime, si je ne peux pas t'avoir pour moi tout seul, alors je suis d'accord pour partager.

Tara était totalement abasourdie. Si c'était un rêve, il était particulièrement tordu. Et si c'était la réalité, il allait falloir qu'elle se pince parce qu'elle n'arrivait toujours pas à croire ce que venait de dire Robin.

Sa réaction fut donc instinctive.

— Mais je ne veux pas !

Ce fut au tour de Robin de lever la main et de l'interrompre.

— Je ne vais pas essayer de te séduire de nouveau, de t'embrasser ou de te toucher, je sais que ce serait particulièrement malvenu. Je vais simplement rester auprès de toi, affronter les dangers de cette guerre, si guerre il y a, puisque d'après l'annonce de ta tante ces tarés de démons semblent vouloir la paix, et attendre que tu finisses par comprendre que ma solution est la meilleure.

Tara voulut parler, mais il l'en empêcha encore en se dirigeant vers la porte.

— Sincèrement, Tara, si tu m'avais dit que tu ne m'aimais plus, j'aurais abandonné. Mais tu m'aimes toujours, je le savais, je le sentais. Alors ne compte pas sur moi pour tirer un trait sur notre amour.

La porte s'ouvrit et il la franchit. Mais avant de disparaître, il lui fit un immense sourire et dit :

— Je t'aime. À jamais.

La porte émit un roucoulement ému, puis se referma.

Tara ne put penser qu'une seule chose.

Et slurk !

— Galant, dis-moi, je rêve ou Robin a complètement pété un câble ? s'exclama-t-elle dans le silence de sa suite.

Galant lui envoya un message pour le moins ambigu. Lui, il trouvait cela normal, un étalon avait plusieurs juments bien sûr, pourquoi une jument ne pourrait-elle pas avoir plusieurs étalons ?

— Dis donc, tu ne m'aides pas beaucoup, là, grogna Tara tandis que son pégase émettait un hennissement qui ressemblait furieusement à un rire sarcastique.

Galant lui signala qu'elle avait une très mauvaise gestion de ses amoureux, ce à quoi elle répliqua qu'elle n'avait qu'un seul amoureux, ce qui amusa beaucoup Galant. Du moment qu'il restait l'unique familier de Tara et qu'elle lui réservait son affection sans condition, elle pouvait avoir un demi-million de petits copains, lui, il s'en fichait comme de son premier nid.

La porte forma une bouche et Tara soupira.

— Oui ?

— Caliban Dal Salan demande à vous voir, fit la bouche tandis qu'une oreille se formait pour entendre sa réponse.

Argh. Aussitôt après Robin, alors qu'elle n'était pas encore remise du choc, c'était un peu rude. Elle soupira et lâcha :

— Oui, bien sûr, et dis aux gardes que, comme pour Robin, il est inutile qu'ils entrent dans la suite.

— Bien, Votre Altesse Impériale.

Les gardes obéirent, parce que lorsque Cal entra dans la suite, il était seul avec Blondin.

Tara se sentit rougir, mais il ne lui laissa pas le temps de dire quoi que ce soit. Il la prit dans ses bras et la serra si fort contre lui qu'elle en eut le souffle coupé.

Elle lui rendit son étreinte. Elle ne savait plus vraiment où elle en était, mais la chaleur de son corps contre le sien était bien réelle. Il recula légèrement pour planter ses yeux gris dans ceux de Tara. Comme toujours, l'amusement et l'humour pétillaient dans son regard, même s'il était en train de s'assombrir sous l'effet de son désir.

— Tu me manques tous les jours, mon ange, souffla-t-il. La prochaine fois, je viens avec toi sur Terre.

Maintenant qu'il était plus grand qu'elle, il devait se baisser légèrement pour cueillir sa bouche, ce qu'il fit sans lui laisser le temps de répondre.

Tara, encore bouleversée par ce que lui avait dit Robin, perturbée par tout ce qui se passait, oublia qu'elle portait les objets démoniaques sur elle et qu'elle était au maximum de sa magie.

Elle lui rendit son baiser avec toute la force et la puissance de ce qu'elle éprouvait pour lui.

Son salon n'était pas fait pour supporter de telles élévations de magie. Il fit donc, très naturellement, ce que font les murs lorsqu'ils sont soumis à une trop forte pression.

Il explosa.

Chapitre 13

Mara

Ou comment ne pas très bien savoir quoi dire au type qui a tenté de vous tuer.

Mara maudissait Tara dans une demi-douzaine de langues alors qu'ils s'éloignaient du Palais sur les luxueux tapis volants, accompagnés par le double de son escorte habituelle.

Elle ne savait pas encore comment, mais elle allait lui faire payer très cher. Lui refiler la corvée comme ça, c'était vraiment, mais alors vraiment mesquin. Même si, quelque part tout au fond d'elle-même, Mara savait qu'elle méritait d'être punie pour ce qu'elle avait fait. Elle avait eu de la chance de ne pas avoir été jetée en prison après avoir obéi à Magister pour sauver Cal. Cette mansuétude n'était pas due à son rang d'Héritière de l'Héritière – pour cela, Lisbeth avait été très claire –, mais parce qu'en dehors de son vol, Mara avait épargné la vie de Selenba d'une part et d'autre part sauvé une bonne partie de la galaxie.

Sauf que, du coup, aussi bien Lisbeth que Tara avaient une forte tendance à lui faire faire tout ce qui les ennuyait. Et que dès que Mara protestait, il y avait « Le Regard ». Celui qui disait qu'elle avait complètement vrillé. Devant Le Regard, Mara se sentait sans défense.

Magister lui avait dit que c'était une faiblesse d'aimer les gens. Mara trouvait parfois qu'il avait raison, parce qu'avec l'amour venait la conscience. Et ça, c'était vraiment pénible.

Grr'ul, enceinte, avait été dispensée de travail provisoirement, si bien que la jeune fille n'avait que ses gardes habituels. Gardes qui ne l'aimaient pas beaucoup, vu qu'elle passait son temps à les faire tourner en bourrique en disparaissant plusieurs fois par jour.

Cela lui manquait de ne pas pouvoir discuter avec quelqu'un, parce que ses gardes, agacés, ne lui répondaient que des borborygmes ou de laconiques « oui, Votre Altesse Impériale » ou « non, Votre Altesse Impériale ».

Slurk.

Donc là, même si ses doigts fourmillaient d'attraper une dague, elle était sage comme une image, parce que ce qu'elle ressentait pour Gabriel était... une grande volonté de le tuer. Ce qui n'était pas super diplomatique.

Elle avait pu constater que les démons étaient forts et rapides. Qu'ils étaient sans pitié et sans aucun doute plus puissants qu'elle et pourtant, bizarrement, elle n'avait qu'une seule envie : affronter Gabriel, lui faire cracher ses dents parfaites et lui broyer la jugulaire. Ayant été élevée par Magister, elle ne se préoccupait pas de la douleur physique, pas plus que des contraintes morales, même si sa mère, la ravissante Selena, avait tout fait pour essayer de lui inculquer un minimum de valeurs.

Mais à présent elle était morte et Lisbeth, si elle était une tante attentive, était surtout une impitoyable dirigeante, rompue à l'exercice du pouvoir.

Autant dire que les contraintes morales n'étaient pas un truc dont elle s'encombrait souvent.

Aussi, les deux seules personnes qui pouvaient avoir un certain contrôle sur la volonté de Mara étaient Cal, contre qui elle était fâchée, et Tara, à qui elle en voulait encore. De plus, comme elle avait cambriolé le bureau de sa tante et volé la NA, même si cela avait sauvé la vie de tout le monde, elle avait été démise de ses fonctions de Voleuse Patentée. Momentanément certes, parce que Lisbeth n'était pas stupide et qu'elle savait à quel point Mara était efficace, mais elle était au placard, c'était indéniable. Et la jeune fille ne savait pas combien de temps cela allait durer.

Autant dire que Mara était une sorte de grenade dégoupillée et que Gabriel n'avait aucune idée d'à quel point.

— Bon, lança-t-elle alors que le tapis fonçait, précédé de trois mages et des sirènes hurlantes, vous voulez quoi au juste ? Un palais, une maison, une chaumière, un trou à rat pour aller vous cacher ?

Gabriel en eut le souffle coupé. Puis il fronça ses sourcils violet foncé et dévisagea la jeune fille aux longs cheveux bouclés.

— Un trou à rat ?

Mara le regarda et ne broncha pas. Elle n'avait pas l'intention de développer. S'il ne comprenait pas, c'était son problème.

— Je crois, fit prudemment Gabriel qui venait de comprendre que Mara bouillait d'une formidable colère, que votre tante a dit que je pouvais louer une maison de moyen budget, cela me convient tout à f…

— Je sais ce que ma tante a dit ! l'interrompit Mara brutalement. Même si je ne comprends pas pourquoi elle ne vous a pas éliminé, ce qui m'éviterait de perdre du temps. Très bien. Je sais où trouver ce dont nous… vous… avez besoin.

Bien évidemment, connaître la ville sur le bout de ses doigts faisait partie de l'entraînement des Voleurs Patentés. Ils avaient dans la tête un plan gravé des grandes villes de la planète, ainsi que de tous les culs-de-sac, les ruelles, les raccourcis. Elle fit prendre un virage sec au pilote de leur tapis et ils survolèrent bientôt une agence immobilière dont les panneaux volants assuraient qu'ils pouvaient vendre ou louer à peu près tout ce qui se faisait, du palais à la place de trottoir réservée.

Gabriel était intrigué. Jusqu'à présent, il pensait que la colère était un sentiment qui lui était exclusivement réservé. Colère de constater qu'Archange occupait la place que lui estimait lui revenir de droit. Colère d'avoir dû quitter leur univers en explosion, coupant tous les ponts pour revenir. Colère que son père ne lui fasse pas confiance, colère d'avoir échoué à conquérir cet univers. Colère d'avoir été piégé et envoyé ici comme un vulgaire colis.

Et voilà qu'il lisait dans ces yeux verts dorés exactement la même rage volcanique que la sienne.

Et ça, c'était prodigieusement intéressant.

Bon, dans toutes les vidéos qu'il avait pu voir sur les humaines, elles aimaient qu'on leur fasse des compliments.

Il sourit à Mara et déclara :

— J'étais bien trop en colère contre vous lors de notre première rencontre, Votre Altesse Impériale, mais je constate que votre beauté n'a rien à envier à celle de votre sœur !

Mara en resta bouche bée. La corvée était en train de lui faire des compliments. Les choses devenaient de plus en plus bizarres.

Elle décida de tester le démon.

— Vous voulez dire autant que ma sœur ? plus ? et si plus de combien plus ? dix pour cent ? vingt pour cent ? cent pour cent ?

Gabriel écarquilla les yeux. Ce n'était pas ce genre de réponse qu'il attendait. Dans les films, les filles répondaient en gloussant, ou en sautant au cou des garçons, ou en les méprisant si elles ne les aimaient pas. Pas en leur posant froidement des questions idiotes sur des pourcentages.

— Euh, je ne sais pas, balbutia-t-il, désarçonné. Cent pour cent ?

— C'est impossible, fit froidement Mara. Tara est déjà belle. Cent pour cent plus belle qu'elle ferait de moi la plus belle femme de la planète, plus même que les plus grandes divas elfes. Et personne n'est plus beau qu'un elfe. Question de génétique. (Elle réprima un sourire et railla :) Même vous, vous êtes moins beaux que les elfes.

Pourquoi Gabriel avait-il soudain l'impression d'être pris pour un bouvelgoul[1] ? Et comment ça, il était moins beau que les elfes ?

— Mais vous êtes vraiment magnifique ! s'écria-t-il, s'accrochant désespérément aux dernières branches de son enthousiasme.

Qui cassèrent net sous la réponse de Mara.

— La beauté on s'en fout, ce qui compte c'est l'intelligence. Et l'habileté.

Pendant le reste du court voyage, il tenta de lui faire des compliments qui se heurtèrent tous au même mur impénétrable. C'était incroyablement crispant, mais Gabriel n'avait pas l'intention d'abandonner.

Du coup, comme il avait vraiment envie de continuer de parler avec la jeune humaine, il ne fit pas durer la négociation, au grand ravissement du vendeur en costume blanc et doré, aux cheveux bizarrement érigés en crête laquée de rouge, qui lui loua une maison confortable pour une somme parfaitement déraisonnable.

1. Contrairement à nos cultures, où nous utilisons des punching-balls ou des sparring-partners que nous sommes censés ne pas trop abîmer, les démons, eux, utilisent des bouvelgouls, des corps de démons morts et conservés afin qu'on puisse leur taper dessus pour s'entraîner. Des partenaires zombies, quoi. Eh oui, je confirme, c'est vraiment yerk, parce qu'ils perdent forcément des bouts de trucs au bout d'un moment.

Cela intrigua Mara. Que Gabriel ne marchande pas. Comme tout le monde, elle avait suivi les débats entre les AutreMondiens et les démons, sur la lune de Tadix, et avait constaté que Gabriel était un redoutable commerçant, capable de mettre le doigt sur la moindre faille instantanément. Mais il se laissa plumer avec un air de dédain ennuyé.

Hum.

Bon, cela dit, ce n'était pas son argent non plus. Mais celui de l'Empire. Lorsqu'elle précisa ce léger détail, le vendeur déglutit et instantanément le prix fut divisé par deux.

La maison, gris foncé au toit d'un rouge éclatant, était entièrement meublée et bien située, assez proche du Palais pour l'atteindre en dix minutes de marche, avec de nombreux commerçants dans les rues adjacentes.

Pendant qu'ils attendaient dehors, les gardes l'inspectèrent (et Mara ne douta pas un instant qu'ils la truffèrent de mouchards un peu partout), puis un second escadron les rejoignit afin d'assurer la sécurité de l'invité inattendu.

Enfin, ça, c'était la raison officielle. L'officieuse était bien sûr de le surveiller.

Et Mara aurait juré avoir aperçu une camouflée du coin de l'œil, et que cette camouflée ressemblait furieusement à Séné Senssass, la ravissante femme de Xandiar, le chef des gardes du Palais. Avec tous ces yeux aux aguets, Gabriel avait à peu près autant de chances de sortir discrètement de sa villa qu'une grosse mouche violette de s'enfuir d'un verre transparent renversé.

Pour l'instant, la grosse mouche… enfin le démon… la regardait d'un air curieusement concentré. Allons bon, il lui voulait quoi l'alien, là ?

— Nous avons survolé la ville, dit-il d'un ton léger, mais j'aimerais marcher un peu avec vous, si cela vous convient, Votre Altesse Impériale.

Mara le toisa puis croisa les bras sous la poitrine, qu'elle aurait bien voulu un peu plus voluptueuse, histoire d'en imposer au démon.

— Pourquoi ? Vous voulez repérer les points faibles de Tingapour ?

Gabriel réprima une féroce envie d'étrangler la jeune fille. Il ne s'était jamais rendu compte à quel point il était pénible d'avoir à supporter quelqu'un d'agressif et d'hostile. Et pour la première fois de sa vie, il comprit qu'il avait été probablement tout aussi pénible à supporter pour ses frères et sœurs. Il réprima une grimace. Il n'était pas ici pour intérioriser. Il était ici pour se venger. Il eut un sourire de carnassier, renonçant momentanément à la séduire, et décida de laisser parler sa véritable nature. Mara plissa les yeux, sur ses gardes.

— Non, répondit-il froidement. J'ai juste envie de me dégourdir les jambes et, de toute façon, les effrits nous ont déjà tout dit sur les défenses de votre planète. Alors franchement, ça ne servirait vraiment à rien que je tente de repérer ce que nous possédons déjà, non ?

Mara eut du mal à ne pas réagir à cette très mauvaise nouvelle. Comme tous les AutreMondiens, elle pensait que les effrits, pour avoir combattu à leurs côtés contre les Boulimi-Lema, étaient leurs alliés. Personne n'avait songé qu'ils pourraient, pour une mystérieuse raison, aider leurs bourreaux, ceux qui les avaient conquis et décimés.

Elle ouvrit la bouche pour une nouvelle cinglante repartie lorsque, soudain, une explosion illumina toute la ville.

Comme un seul homme, les gardes se jetèrent sur Gabriel, qui fut tellement surpris qu'il se retrouva écrasé par terre avant d'avoir eu le temps de bouger un cil.

— Salopard ! hurla Mara en brandissant un fin poignard sorti de nulle part, tu distrayais notre attention pendant que les tiens bombardaient le Palais !

L'unique raison pour laquelle il était encore vivant, c'était qu'il était tellement enseveli sous les gardes qu'ils le protégeaient, bien involontairement, de la furie meurtrière de Mara.

— Jetez-le en prison ! hurla-t-elle en renonçant à le poignarder, faute de temps.

Et elle fonça vers le tapis tout en criant des ordres.

Gabriel, étourdi, sonné, fut relevé sans ménagement. Un garde lui passa des menottes en fer d'Hymlia. Même si personne ne savait si la magie démoniaque ne risquait pas de disparaître comme la magie AutreMondienne au contact du fer des nains, au moins, il entrava le prisonnier de son mieux.

Prisonnier qui ne comprenait plus rien du tout.

— Mais enfin, protesta-t-il, c'est complètement insensé ! Nous ne bombardons personne ! Je n'ai rien fait de mal !

Il activa sa magie et les menottes glissèrent à terre. Le grand garde qui l'avait attaché lui jeta un regard mauvais.

Gabriel croisa les bras et le défia.

— Je n'ai pas l'intention de m'enfuir et nous ne sommes pas responsables de ce qui se passe. De plus, aucun de vos ridicules fers ne m'empêchera de me libérer. Notre magie est différente de la votre.

Il n'aurait jamais dû dire ça. Le chef des gardes fit un petit signe à celui qui se trouvait derrière Gabriel, qui eut soudain l'impression qu'une tonne de briques lui tombait sur la nuque.

Sa dernière pensée avant que tout s'éteigne fut qu'il espérait vraiment qu'Archange, une faction hostile à son père, ou même son père pour ce qu'il en savait, n'avait pas profité de sa venue sur AutreMonde pour se débarrasser de lui, d'une façon ou d'une autre...

Mara, hors d'haleine, fit se poser le tapis en catastrophe devant le Palais. Elle avait incanté pour transformer sa robe en tenue de Voleuse Patentée de cuir de spalendital gris et noir, et attrapé ses armes dans la poche de sa cape de sortcelière. Même si elle avait été provisoirement démise de ses fonctions, elle restait une combattante dans l'âme et sa tenue ne la quittait pas, au cas où. Elle était prête à passer à l'action quand le tapis se posa juste devant l'entrée et fonça dans le Palais, vers le lieu où, selon les témoignages, la bombe avait explosé.

Et son cœur se serra lorsqu'elle se rendit compte que c'était l'aile où se trouvait Tara qui avait été touchée.

Grâce à son escorte, il ne lui fut pas très difficile de se frayer un chemin – ça et le fait qu'elle hurlait « place, laissez-moi passer » de toutes ses forces et n'hésitait pas à frapper tous ceux qui ne s'écartaient pas assez vite.

Lorsqu'elle arriva enfin devant le petit Palais habité par Tara, elle remarqua quelque chose de très curieux.

Le toit avait explosé vers l'extérieur et non pas vers l'intérieur. La bombe n'était donc pas venue du ciel. Elle frémit. Avaient-ils un traître décidé à tuer, parmi les leurs ?

Puis Tara, l'air sonnée, et Cal, l'air tout aussi sonné, sortirent du Palais en vacillant, suivis par leurs familiers dont les crinières, fourrures et queues étaient tout ébouriffées et qui marchaient de travers.

Lisbeth et Mara s'approchèrent, suivis des gardes ultra-nerveux qui paraissaient prêts à embrocher le premier qui bougerait un cil.

— Tara ! s'écria Lisbeth, soulagée. Que s'est-il passé, tu as été attaquée ?

La bouche de Tara se tordit et elle leva un regard excédé vers le haut du Palais qui ressemblait à une pelure de banane.

— Non, ça va, fit-elle en parlant un peu trop fort, comme si elle était légèrement sourde. Heureusement, Cal s'est rendu compte de ce qui se passait et nous a protégés, ainsi que nos familiers.

— De qui ? fit vivement Mara qui, pour une fois, se fichait éperdument de Cal, bien trop inquiète pour sa sœur.

Tara soupira, regarda les gardes et laissa tomber, résignée :

— De moi. Disons que je me suis un peu laissé emporter…

Lisbeth et Mara la regardèrent sans comprendre, puis une lueur s'alluma dans l'œil de Mara.

— Dis donc, grande sœur, fit-elle d'une voix pleine de sous-entendus, tu faisais quoi au juste avec Cal ?

Tara la regarda avec appréhension. Elle savait à quel point Mara avait été amoureuse de Cal… l'était sans doute encore, un peu comme elle et Robin, et ne voulait pas lui faire de mal. Sauf que Mara ne lui en laissa pas le temps. Elle était, malheureusement, loin d'être stupide. Elle regarda Cal et lâcha :

— Vous vous embrassiez, c'est ça ?

Elle grimaça et ajouta :

— Ou même peut-être plus ?

Cal allait répondre lorsque Mara reprit, dédaigneuse :

— Avec moi, tu n'aurais pas couru le risque de te faire carboniser à chaque baiser.

Il en fallait beaucoup plus pour embarrasser le jeune Voleur, qui eut un sourire narquois.

— Ah, fit-il, mais moi, j'aime bien les relations... explosives !

— Ben avec moi, tu vas être servi, marmonna Tara, mortifiée. Bon, maintenant que vous savez que ce n'est pas une attaque, est-ce que quelqu'un peut remettre le toit de ma maison, parce que moi, je n'ose pas. On ne sait jamais, je risque de faire exploser autre chose.

Elle voulait rentrer chez elle, à l'abri de tous les regards, et s'enfouir sous les draps de son lit, voire carrément sous son lit tout court, histoire de cacher la honte brûlante qu'elle ressentait.

Lisbeth laissa échapper un petit « tss tss tss » désapprobateur, puis, majestueuse, incanta, aidée par les Hauts Mages qui assuraient sa protection et, quelques minutes après, il ne restait de l'explosion qu'une poignée d'arbres déplumés par le souffle... et une Tara horriblement gênée.

La jeune fille blonde savait que d'ici quelques heures toute la cour en ferait les gorges chaudes.

L'Héritière avait explosé en embrassant son petit ami.

Parfois, elle se disait que si la magie n'était jamais entrée dans sa vie, elle aurait été bien plus heureuse. En fait non, pas parfois, quasiment tout le temps.

Soudain, Mara, qui allait balancer une demi-douzaine de remarques plus railleuses les unes que les autres, plaça la main devant sa bouche, épouvantée.

— Slurk ! s'exclama-t-elle l'instant d'après. Ce n'est pas une attaque ! Gabriel !

Et avant que Lisbeth, Cal ou Tara n'aient le temps de lui demander ce qu'elle voulait dire par là, elle fila plus vite qu'un rominet.

Tara soupira. Quoi qu'il arrive, c'était mieux que de se faire harceler par sa petite sœur.

Lisbeth fit s'éloigner les gardes et planta son regard bleu marine dans celui de sa nièce.

— Tara, lança-t-elle d'une voix inquiète, ce qu'a sous-entendu Mara... dis-moi, vous n'avez pas... tous les deux... vous n'avez pas...

Tara l'interrompit avant qu'elle ne l'humilie davantage.

— Non ! Ça va. Je contrôle... enfin, je vais gérer. Excuse-moi, mais Cal et moi, on a à parler.

Et avant que Lisbeth, étonnée, n'ait le temps de comprendre qu'elle venait de l'envoyer paître, Tara attrapa Cal par la manche et le remorqua à sa suite. Ils disparurent dans la maison et Lisbeth soupira, sans se fâcher pour une fois, parce qu'elle pouvait comprendre Tara :

— Cette petite est la digne parente de Mourmur Duncan[1]. Quelle famille !

Puis retourna à son travail interrompu par l'explosion.

Une fois dans le salon de nouveau impeccable, Tara fit face à Cal.

— Je suis désolée, commença-t-elle.

Mais Cal l'interrompit en l'attrapant et en la serrant contre son cœur. La tête posée sur les épais cheveux blonds de Tara (après avoir viré sa tiare qui le gênait), il lui dit tendrement :

— Il n'y a aucune raison. Tara, j'ai été transpercé par une épée par la Reine Noire, j'ai été éventré par le changelin et j'ai failli mourir une demi-douzaine de fois, et puis, franchement, ça, à côté de l'implosion de Tadix, ce n'était vraiment pas grand-chose !

En fait, il avait soigneusement dissimulé le sang qui avait coulé de son oreille gauche et le fait qu'il n'entendait pas très bien. Mais rien qu'un Reparus ne puisse guérir rapidement, alors autant épargner Tara. Celle-ci marmonna quelque chose, mais, avec son oreille abîmée, plus le fait que la jeune fille était collée contre son torse dont elle triturait le soyeux tissu noir d'une main nerveuse, Cal ne comprit pas.

— Pardon ? fit-il.

— Je disais : je ne m'excusais pas pour l'explosion, je veux que tu me pardonnes parce que nous ne pouvons pas être ensemble.

D'accord, là, Cal ne comprenait plus rien. Il s'écarta et la dévisagea, le visage soudain fermé.

— Comment ça plus ensemble ? Tara ? Qu'est-ce que tu veux dire ?

1. Oui, oui, l'inventeur farfelu et génial ayant un gros penchant pour les trucs qui font boum.

Le visage en feu, Tara aurait prié à genoux pour être n'importe où ailleurs. Les yeux baissés, elle expliqua :

— Je voulais, tu sais. C'est normal, je ne suis plus une petite fille et j'en ai terriblement envie. Mais elle a raison, je suis une arme et si je défaille, tout le système défaille. Oh ! je ne dis pas que tout repose sur moi, ce serait débile et personne n'est indispensable, mais vraiment, sans moi… enfin, sans Jeremy et moi… Tadix serait devenue un trou noir et AutreMonde n'aurait pas résisté très longtemps, alors on peut dire que oui, cette puissance, ce pouvoir sont importants.

Elle releva ses beaux yeux bleus qui rendaient Cal à moitié fou et termina son incompréhensible tirade avec un :

— Mais je ne peux pas les abandonner. Mais je comprendrais si toi, tu en as assez et que tu laisses tomber. Je ne t'en voudrais pas.

Cal sentait qu'en plus d'avoir mal à l'oreille, une monstrueuse migraine pointait à l'horizon.

— Tara, mais par tous les dieux d'AutreMonde, de quoi parles-tu ?

— jemmmmemmmeoummem.

— Pardon ?

Tara soupira et articula :

— Je ne peux pas faire l'amour avec toi. Lisbeth pense que ma magie risque d'en être perturbée si je suis enceinte. Et avec les démons et tout ce qui se passe en ce moment, ben ce n'est pas le moment, justement. Alors, si tu ne veux plus de moi, parce qu'avec ma foutue magie, ça risque de nous tomber dessus, que le risque zéro n'existe pas, et que ce n'est vraiment pas le moment d'avoir un bébé, je comprendrais tout à fait.

Cal la lâcha et recula de quelques pas. Il déglutit. Il n'avait pas vu plus loin que d'aimer Tara aussi fort physiquement qu'il l'aimait mentalement. L'idée d'avoir un bébé ne lui avait pas traversé l'esprit. Même pas l'espace d'une seconde. Sauf que, bien sûr, Lisbeth avait raison. Il y avait un risque.

— Un… un bébé ? coassa-t-il, décontenancé. Un bébé ?

Il avait l'air tellement surpris que cela fit rire Tara, la décontractant un peu.

— Euh… oui, tu sais, c'est ce qui arrive quand un garçon et une fille sont ensemble. Des bébés.

Une autre idée lui vint qui lui fit retrousser les lèvres.

— Et en plus, dans ma famille, il y a des jumeaux. Avec ma chance, si quelque chose déraille, on risque même d'en avoir deux, de bébés...

Cal avait l'air sur le point de se trouver mal.

— Deux... deux bébés ?

Tara fronça les sourcils.

— Cal, tu vas bien ? Parce qu'à part répéter la fin de mes phrases, j'aimerais bien que tu me dises ce que tu penses de tout ça.

— Des... des bébés ?

OK. Le cerveau de Cal avait l'air bloqué sur le concept. Tout doucement, elle le prit par la main et le fit s'asseoir sur l'un des sofas crème du salon.

— Cal ? Tu vas bien ?

Cal ferma ses yeux gris et prit une grande inspiration. Secoua la tête, histoire de se remettre les idées en place, et grogna :

— Pas très, non.

— Tu sais, pour cette histoire de bé...

Il l'interrompit.

— Stop ! Chaque fois que tu prononces ce mot, j'ai le cerveau qui déraille. Laisse-moi... laisse-moi un peu de temps, s'il te plaît.

Tara se mordit la lèvre, s'interdisant férocement de rire. Elle ne devait pas. Elle ne devait pas. Heureusement, Cal lâcha un gros soupir et dit :

— Tu sais, Tara, ta tante a le chic pour trouver des arguments assez imparables.

Ouais, c'était indéniable. Et Tara était contente que les neurones de Cal, un instant déconnectées par le choc, aient fini par se remettre en ordre de marche.

— Le seul problème, grogna le jeune homme, c'est qu'elle a sans doute raison. Il y a des moyens de contraception. Sauf que bien sûr, avec ta magie et sa manie de n'en faire qu'à sa tête, je parie que le risque n'est pas négligeable. Nous pourrions avoir... (il déglutit de nouveau) des bébés.

Il avait quand même l'air un peu égaré. Ce que sa phrase suivante confirma.

— Des tas et des tas de bébés avec des yeux blonds et des cheveux bleus.

— Avec les cheveux bleus et des yeux blonds ? Euh, Cal, tu vas bien ? Non mais, parce que tu dis des choses bizarres quand même.

Même si elle avait de nouveau une furieuse envie de rire en voyant la tête de Cal, elle se sentait inquiète et, surtout, oh, là, là, horriblement frustrée.

Tara se plia en avant et se prit la tête entre les mains. Elle avait remarqué que lorsqu'elle montrait à quel point elle était submergée par la trouille ou la douleur, Cal en oubliait ses propres problèmes. Elle avait raison, parce qu'il se pencha immédiatement pour la prendre dans ses bras tandis qu'elle disait d'une petite voix :

— Je suis la plus mauvaise petite amie du monde.

Cal la regarda, un instant interloqué, puis éclata de rire.

— La plus mauvaise, certainement pas. Tu es merveilleuse. Disons juste que tu es une petite amie originale. Bon, donc nous sommes à la diète pendant combien de temps ?

— Jusqu'à ce que Lisbeth estime que le danger représenté par les démons est écarté.

Cal haussa ses épaules de cuir noir.

— Alors, tout devrait aller assez vite, puisque selon l'annonce de ta tante, les démons ne veulent pas la guerre, n'est-ce pas ?

Tara se blottit contre lui, respirant son odeur, mélange de son eau de toilette et de sa peau qui sentait si bon.

— Pas très longtemps, je l'espère, sauf que maintenant qu'elle en a parlé, ça va être l'angoisse absolue si nous... quand nous... tu devrais vraiment me quitter tu sais ?

— Tara, fit fermement Cal, qu'est-ce que je t'ai dit sur cette très mauvaise habitude que tu as de vouloir tout contrôler ?

— Que ça ne marchait pas avec toi.

— Exactement. Je t'aime, tu m'aimes, on va être sages pour l'instant et pour le problème... l'histoire... des... des bébés, on verra ça le moment venu.

Ils soupirèrent ensemble, ce qui les fit rire. Puis, très prudemment, Cal embrassa Tara sur les lèvres sans trop approfondir. Il n'avait pas envie d'y laisser son autre tympan. Tara fut tout aussi prudente et, du coup, ce fut un baiser délicat, presque éthéré.

Mais la phrase de Robin trottait dans l'esprit de Tara. C'était comme une graine empoisonnée, soigneusement plantée. Et comme Tara était franche, un peu trop parfois, elle n'allait pas laisser cette graine germer dans son cerveau.

— Tu as eu des tas de petites amies, dit-elle prudemment.

Cal plissa les yeux.

— Je croyais que nous avions décidé de ne pas en parler, histoire que tu ne me jettes pas ça à la figure un jour où tu seras en colère ?

Tara sourit. Il avait toujours une façon très particulière de parler avec elle ; elle se demandait parfois s'il ne l'avait pas étudiée soigneusement, au point d'être capable de faire un cours complet sur elle : la Tara en dix leçons.

— Oui, je sais, répondit-elle, mais en dehors d'Eleonora, je n'ai connu aucune de tes petites amies. Si je ne peux pas... si tu ne peux pas... tu vas... aller les revoir ? Parce q...

Cal la tira de son embarras en l'interrompant.

— Mais enfin, Tara, tu me prends pour qui ? Je ne suis pas un elfe ! Mon père et ma mère m'ont inculqué un certain nombre de principes. Et le premier d'entre eux, surtout lorsqu'on sort avec des filles qui possèdent de puissantes magies, c'est : ne déconne pas, sinon tu vas vite te retrouver vert, petit et très amateur de mouches...

Tara éclata de rire. Ça, c'était l'effet Cal. Il parvenait à transformer un moment embarrassant en une démonstration de son inimitable humour. Si Robin avait été à sa place, il n'aurait pas fait de l'humour. Il se serait fâché. Ou lui aurait fait un long discours sur les elfes, ou l'aurait prise dans ses bras et embrassée passionnément pour lui faire comprendre qu'il n'y avait qu'elle.

Elle arrêta de rire et fronça les sourcils. Argh, et depuis quand elle devait penser à Robin alors qu'elle était avec Cal ?

Un sourire ironique retroussa la commissure gauche de Cal. Il attira de nouveau Tara dans ses bras et murmura dans ses cheveux :

— Tu n'as aucune idée d'à quel point tu me ravis, Tara. Pour l'instant, nous sommes un peu trop jeunes pour... pour penser à des bébés, mais plus tard, lorsque les menaces contre nos peuples auront été écartées et que nous aurons du temps devant nous pour élever des enfants, je serai ravi d'avoir plein de ravissantes mini-toi qui me feront probablement tourner en bourrique.

Tara éclata de rire encore une fois… et soudain, une idée originale lui traversa l'esprit.

— Espérons, ironisa-t-elle, que si nous avons un petit Cal, il n'aura pas en plus, comme moi, son pouvoir dès le départ, parce que sinon nos nuits risquent d'être nettement plus animées que prévues.

Elle sentit Cal se raidir contre elle. Il s'écarta, le visage horrifié.

— Tara ! Mais j'étais infernal quand j'étais petit.

— Ah bon ? Tu as eu tes pouvoirs bébé toi aussi, mais je croyais que seuls Jeremy et moi avons…

— Non, l'interrompit-il, j'ai eu mes pouvoirs comme à peu près tout le monde, vers dix ans, juste avant d'avoir sauvé Blondin des crocs du Krakdent qui le poursuivait. Mais avant ça, j'ai réussi à mettre le feu à la maison deux fois, j'ai failli rendre fous mes parents, et mes frères et sœurs me proposaient aux enchères sur le Netbay toutes les semaines !

Il frotta ses cheveux noirs luisants, les ébouriffant un peu plus.

— Tu veux dire qu'on risque d'avoir un mini-moi avec en plus tes pouvoirs incontrôlables et superpuissants ?

— Ben oui, répondit Tara qui avait beaucoup de mal à ne pas éclater de rire devant la tête que faisait Cal.

— Oh, là, là, Tara, finalement, ta tante a parfaitement raison. C'est une très très mauvaise idée !

Chapitre 14

Gabriel

Ou comment se retrouver en prison alors que, pour une fois, on n'a vraiment rien fait.

Le concept de prison était tout à fait étranger à Gabriel. Chez les démons, grâce à leurs organismes modifiés par la magie démoniaque, il n'y avait pas de prison. Le Juge... jugeait. Et le bourreau exécutait sa sentence qui, le plus souvent, se limitait à trancher un ou deux membres, histoire d'apprendre à vivre au coupable.

Parfois, bien plus rarement, il y avait des exécutions capitales. Là, c'étaient les têtes qu'on coupait et les coupables mouraient, tout simplement. Enfin leurs corps. Parce que leurs esprits, eux, étaient utilisés pour nourrir la magie démoniaque.

Donc, lorsque les gardes furibonds le déposèrent, encore groggy, sur la paillasse de sa cellule, le jeune prince éprouva un très désagréable sentiment de claustrophobie, en plus de son horrible mal de crâne. Les gardes s'éloignèrent sans répondre à ses questions.

Et personne ne voulait lui dire quoi que ce soit sur l'explosion.

Il s'assit précautionneusement, histoire que sa tête ne tombe pas, et la posa sur ses deux mains en coupe. Il s'était battu très souvent, y compris lors des matchs de polo céleste, mais se faire assommer, c'était différent.

Il ne pouvait pas dire qu'il appréciait.

Il étudia son environnement. Les gardes savaient que sa magie démoniaque se fichait totalement du fer d'Hymlia, et que les statuettes posées dans toutes les prisons de l'Empire pour empêcher la magie d'AutreMonde d'agir n'avaient pas d'influence sur la sienne. Du moins, c'était ce qu'Archange lui avait dit la dernière fois qu'ils avaient discuté des dispositifs de sécurité des AutreMondiens. Sauf que, depuis, les AutreMondiens, qui étaient loin d'être stupides, avaient dû transformer leur système. Bon, cela dit, vu qu'il n'était coupable en rien, il n'avait pas l'intention d'essayer pour l'instant.

Prudemment, il s'allongea. Il avait suffisamment mal à la tête pour s'autoriser un petit somme. Il aviserait lorsque sa tête ne lui donnerait plus l'impression de résonner comme une cloche. Il se fit également une petite note mentale : « Demander aux bio-ingénieurs de renforcer la boîte crânienne, pas assez solide. »

Il avait dû se passer environ trois quarts d'heure depuis son emprisonnement et il avait réussi à dormir un peu. Il fut tiré de sa somnolence par un bruit qui lui fit ouvrir les yeux.

Un thug se tenait devant sa cellule.

Soudain, à la grande surprise de Gabriel, l'image vacilla et un fin dragon bleu ciel se dressa devant lui.

Un dragon dont le sourire maléfique fit se redresser instantanément le jeune démon, sur le qui-vive.

— Ah, fit le dragon d'un air satisfait, j'en croyais pas mes yeux lorsque je vous ai croisé dans le Palais. Je vais pouvoir te tuer et mettre cela sur le dos des humains. Ainsi, AutreMonde sera obligé de faire la guerre à tes frères et tout rentrera dans l'ordre. Nous vous anéantirons et pourrons enfin régner sur la galaxie sans avoir à nous préoccuper d'avoir des alliés afin de vous combattre.

Gabriel se redressa, le cœur battant à trois cents pulsations-minute. Il savait qu'un démon ne pouvait pas mourir d'une crise cardiaque parce qu'ils avaient été immunisés contre à peu près toutes les maladies humaines, mais il sentait que son cœur frôlait la limite. Il n'avait pas souvent peur, mais là, seul dans une cellule face à un être qui, pour lui, représentait l'ennemi suprême, il n'en menait pas large.

— Ah, ironisa-t-il afin de cacher sa frayeur, c'est donc la raison pour laquelle les dragons respectent les humains ? Parce qu'ils sont de la chair à canon ?

— Bien sûr, répondit dédaigneusement le dragon. Contre vous, toutes les armes sont utiles, même si j'avoue que je trouve pénible d'avoir à ménager ces misérables drots[1].

— Est-ce que c'était vous ?

Le dragon bleu le regarda avec surprise.

— Est-ce que c'était nous quoi ?

— Est-ce que c'était vous qui avez envoyé cette *chose* dans notre univers pour nous détruire ? Nous forçant à fuir ?

Le dragon bleu pencha la tête, comme un serpent, prêt à avaler une souris.

— Démon, tu essayes de gagner du temps en prononçant des mots incompréhensibles. Mais cela ne va pas fonctionner...

Il prit une grande inspiration, prêt à carboniser Gabriel. Celui-ci ne broncha pas et lança, méprisant :

— S'ils trouvent mon cadavre carbonisé par le feu d'un dragon, vous n'avez pas l'impression de singer un peu mon meurtre, là ? Pardon de vous le signaler, mais ce sera certainement impossible de le mettre sur le dos des gardes thugs, ou humains.

Le dragon qui allait cracher son feu eut soudain l'air totalement paniqué. Ne sachant pas où se débarrasser du feu qu'il avait accumulé, il dut lever la tête et cracher vers le plafond qui noircit instantanément. La température de la cellule monta brutalement et Gabriel fut content d'avoir réussi, pour l'instant, à rester en vie.

Mourir brûlé vif ne faisait pas partie de son plan de carrière.

Le dragon bleu lui jeta un regard noir.

— J'ai failli me brûler, grogna-t-il, et je vois bien que tu essayes encore de gagner du temps. Mais cela ne fonctionnera pas mieux, démon. Même si je dois admettre à regret que tu as raison, il y a des tas de façons très humaines de nous débarrasser d'un drot comme toi.

Il reprit sa forme de thug en uniforme et partit d'un pas pressé. Gabriel savait qu'il n'en avait pas pour très longtemps. Le dragon allait sans doute utiliser une arme quelconque et Gabriel n'avait pas l'intention de se laisser tuer sans se battre.

---

1. Équivalents de cafards.

Mais, dans un premier temps, il devait absolument sortir de sa cellule.

Il l'étudia attentivement. Les nains étaient de merveilleux forgerons. Il n'y avait pas une seule faiblesse dans le fer forgé et assemblé, c'était parfait. Le démon jura. Mais il n'avait pas vraiment le choix.

Il activa la poche implantée en lui, pleine d'âmes démoniaques prêtes à l'emploi. En une seconde, il fit exploser la cellule, arrachant la porte avec tellement de force que celle-ci alla s'enfoncer dans le mur opposé.

Et lorsque le dragon bleu ciel revint en courant, alerté par le bruit, avec une broyette entre ses quatre mains de faux thug, Gabriel était prêt. Le dragon avait bien sûr compris ce qui s'était passé, aussi, dès que Gabriel lui fonça dessus, tira-t-il. La petite cellule s'emplit de fumée et de balles qui claquaient un peu partout en ricochant. Ce fut très vite l'enfer, parce que les broyettes étaient capables de tirer des centaines de munitions en quelques secondes.

Et pourtant le démon était encore vivant. Lorsqu'il cessa le feu, à sa grande stupeur, le dragon bleu ciel vit que Gabriel saignait de plusieurs blessures, mais qu'elles étaient toutes superficielles. Grâce à sa vitesse et la puissance de son corps de démon humanisé, il avait réussi à éviter presque toutes les balles.

Incroyable. Le dragon fronça les sourcils et plongea la main dans une poche, prêt à réarmer. Mais Gabriel ne lui en laissa pas le temps. Alors que le dragon baissait les yeux vers l'arme afin d'enclencher correctement le chargeur, Gabriel fit un saut insensé et le percuta de plein fouet.

Avant d'avoir eu le temps de réagir, le dragon vola en arrière tandis que le démon lui frappait violemment la tête. À moitié étourdi, il voulut se transformer afin d'affronter Gabriel sous sa vraie forme, lorsque le démon lui prit la tête entre les deux mains et, d'un coup sec, la retourna.

Cela sectionna instantanément sa moelle épinière.

Il n'en serait pas mort, mais Gabriel se redressa, tandis que le dragon mobilisait ses forces pour parvenir à bouger de nouveau, et s'empara de la broyette. Avant que le dragon, horrifié, n'ait le temps de hurler « NOOOOOONNNN !!!! », le démon lui vidait le chargeur dans la poitrine.

Il y avait une limite à ce que pouvait encaisser un dragon. Ses deux cœurs touchés, il ne pouvait résister à un tel déluge d'acier.

Il mourut en pensant que le chef de la faction guerrière, Gravouterichivu, n'allait pas être content du tout. Il avait raté sa mission.

Soudain, à la grande surprise de Gabriel, le corps du dragon vacilla, puis disparut, tandis que les munitions cliquetaient en tombant sur le sol.

Ensanglanté, encore malade d'adrénaline et de peur, Gabriel s'agrippa à sa broyette et s'affaissa en glissant le long du mur. Il perdait beaucoup de sang, mais se redressa faiblement en entendant des voix qui se rapprochaient.

Il eut tout juste le temps de penser que si les nouveaux arrivants étaient aussi des dragons, son compte était bon, juste avant de basculer dans l'inconscience.

Lorsqu'il reprit conscience, un peu étonné d'être encore vivant, la ravissante Mara se tenait devant sa cellule. Il se demanda un instant s'il n'était pas en train de rêver, parce qu'elle était apparue si silencieusement qu'il doutait presque qu'elle soit réellement présente.

Le cadavre du dragon avait disparu, ils avaient remplacé la porte de la cellule qu'il avait fait exploser et Mara tenait un passe dans la main, qu'elle présenta à l'œil électronique de la cellule.

Qui, sans protester, s'ouvrit devant elle.

Mara, prudente, s'avança comme s'il allait lui taper dessus.

Bon, soyons clairs, ce n'était pas l'envie qui lui manquait, mais la mine chagrine et ennuyée de la jeune fille lui fit suspendre les remarques acerbes qui fleurissaient sur ses lèvres.

— Que s'est-il passé ? demanda-t-elle. Les scoops ont été neutralisées ainsi que les caméras dans la partie de la prison a-magique.

— A-magique ?

— Là où on ne peut utiliser la magie, juste l'électronique, expliqua-t-elle patiemment. Enfin, en ce qui vous concerne, j'ai l'impression que cela ne vous empêche en rien d'utiliser vos âmes démoniaques, vu ce que vous avez fait de la porte. Maintenant, nous aimerions bien savoir contre qui vous vous êtes battu et comment vous avez été blessé.

Gabriel fit un compte rendu succinct de ce qui s'était passé et le visage de Mara se rembrunit. Surtout lorsqu'il évoqua la façon dont les dragons envisageaient les humains.

— Je le savais déjà, grogna-t-elle. J'ai été élevée par quelqu'un qui n'aime pas beaucoup les dragons. C'est l'une des premières choses qu'il m'a apprises : que les serpents ne sont pas dignes de confiance.

Gabriel trouva cette phrase très intéressante. Réprimant un gémissement de souffrance, il se redressa.

— Les médecins chamans n'ont pas osé utiliser la magie curative sur vous, précisa Mara en le regardant se redresser douloureusement. Ils ont eu peur d'une mauvaise réaction pendant que vous étiez inconscient. Mais à présent vous êtes réveillé. Pouvez-vous vous soigner tout seul ?

Il allait devoir dévoiler qu'il avait de la magie démoniaque à disposition, mais, vu qu'il avait fait sauter la porte, ils devaient s'en douter.

— Oui, répondit-il froidement, je peux.

Sous le regard attentif de Mara, il ordonna aux âmes de soigner ses blessures et ses vêtements, et, en quelques secondes, son apparence redevint impeccable, tandis que le sang disparaissait.

— C'est aussi rapide qu'avec un Reparus, convint Mara du bout des lèvres. Pas mal.

— Merci. Que va-t-il se passer maintenant ? Et vous ne m'avez pas dit, qu'est-ce que c'était que cette explosion qui, indirectement, a failli avoir ma peau ? Une attaque ? Comme celle contre moi ?

L'embarras de Mara sembla s'accentuer, même s'il ne comprenait pas pourquoi.

— Euh, non. En fait, ce n'était pas exactement une attaque.

Gabriel haussa un sourcil violet au-dessus de son œil tout aussi violet, mais plus clair.

— Qu'est-ce que c'était alors ?

Mara inspira et lâcha :

— Disons que c'était une expérimentation. Oui, c'est ça, une expérimentation. Sur l'humeur volatile de deux corps en friction. Qui n'avait absolument aucun rapport avec vous. Nous vous présentons les excuses du gouvernement omoisien pour ces quarante-quatre minutes trente passées dans l'une de nos cellules.

Gabriel ne comprenait rien du tout. Mais de quoi Mara parlait-elle ? Quels corps en friction ? Qu'est-ce qu'ils avaient inventé qui faisait exploser un palais ? Une nouvelle arme contre eux ? Gabriel n'aimait pas cela du tout. Il allait falloir qu'il tire les vers du nez[1] de Mara.

— Et de fait, reprit courageusement la jeune fille en lui faisant signe de passer devant elle, permettez-moi de vous libérer, Seigneur Démon. Avec toutes nos excuses pour l'attentat qui a été perpétré contre vous.

Il se leva et obéit, profondément perplexe.

En passant devant elle, il la frôla volontairement. À son grand chagrin, Mara ne parut pas le remarquer, profondément enfoncée dans son introspection. Gabriel grimaça. Son père et les autres démons les avaient créés afin que leur séduction soit une arme, tout autant que leurs corps parfaits. Sauf que la fille humaine n'avait pas l'air de s'en rendre compte.

Une fois qu'il fut sorti, elle le précéda jusqu'à l'extérieur du poste de police où les gardes l'avaient enfermé. Ils n'avaient pas pris le risque de le ramener au Palais.

— Ah ! fit Gabriel une fois dehors en s'étirant afin de montrer sa magnifique musculature, maintenant qu'il n'avait plus mal. Ça fait du bien. Je n'avais jamais été enfermé jusqu'à présent, ce n'est pas une expérience très agréable. Surtout lorsqu'un dragon essaye de vous tuer au passage.

Mara pinça les lèvres.

— Ce n'était pas très long persifla-t-elle en changeant de sujet, vu qu'elle n'avait pas l'intention de s'excuser. Attendez

1. En fait, c'est une traduction. La pensée de Gabriel est nettement plus sanglante, vu la façon dont les démons extirpent la vérité chez eux.

P.-S. : Impliquant un certain nombre de crochets et autres instruments coupants et beaucoup de cris…

de vous retrouver coincée dans un hangar pendant trois jours avant de pouvoir vous échapper, par 40 °C, et là, on reparlera de ce qui est confortable ou pas.

Il la regarda avec curiosité.

— Vous faites d'étranges expériences, damoiselle Mara. Pourquoi n'êtes-vous pas sortie de ce hangar si c'était aussi inconfortable ?

— Parce que j'avais... hrrmmm... emprunté quelque chose et que les gardes cernaient la ville. Je n'avais pas trop le choix. Et je ne pouvais pas activer de Transmitus non plus. Ça a été une vraie galère. Vous avez des prisons chez les Boulimi-Lema ?

— Nous avons changé de nom vous savez ?

— Ouais, mais j'aime bien celui-là. Et je n'arrive pas à retenir l'autre. Donc ?

— Oui et non, répondit Gabriel. Il arrive que certains d'entre nous ne puissent pas être jugés parce que leur esprit a été abîmé. Nous libérons leur corps, mais nous utilisons leur esprit.

Ce fut au tour de Mara de grimacer.

— Ah, oui, vous emprisonnez les esprits dans le fer noir pour les utiliser avec votre magie démoniaque. J'avais oublié. Donc pas de prison, mais bien pire.

Gabriel se raidit. Il trouvait le système parfaitement conçu et ce n'était pas une stupide petite humaine qui allait lui faire dire le contraire.

— Nous n'avions guère le choix, grogna-t-il, vous aviez la magie et pas nous. C'était le seul moyen que nous avons trouvé afin d'être vos égaux.

Mara planta ses yeux noisette dans les siens et déclara :

— Faux. On a toujours le choix. Vous n'avez pas supporté qu'on vous renvoie chez vous à coups de pied dans les fesses, alors vous avez trouvé la façon la plus horrible pour vos propres peuples de vous venger. Sauf que ce n'est pas à nous que vous faites le plus de mal. C'est à vous.

— Aux peuples que nous avons conquis, rectifia Gabriel, énervé. Notre peuple n'a pas souffert, ce ne sont pas nos âmes qui ont été emprisonnées, au début.

Mara soupira. Elle voyait bien qu'elle parlait à un mur. Gabriel ne comprenait tout simplement pas ce dont elle voulait parler. Réduire en esclavage des millions d'âmes, c'était au-delà du monstrueux. Pour lui, ce n'était qu'un instrument de pouvoir.

— Bref, éluda-t-elle, votre escorte va vous ramener à votre nouvelle maison, maintenant que tout est clair. Voici mon numéro de boule de cristal. (Elle lui tendit une mince plaque de cristal qui projeta le numéro.) Si vous voulez me contacter, il vous suffit d'aller au magasin le plus proche et d'acheter une boule portable ou un clavier de cristal si vous êtes plus progressiste. Mettez les deux cristaux en contact et la boule enregistrera automatiquement mon numéro.

Gabriel ne fit pas un geste pour prendre le cristal.

— Et l'attaque du dragon ?

— Nous allons faire une enquête. Mais le corps a disparu et il n'y a aucune preuve que vous ayez été attaqué par quoi que ce soit. Pour autant que nous le sachions, cela pourrait être un plan ingénieux pour vous faire passer pour une victime.

Gabriel haussa un sourcil railleur.

— Et donc j'aurais volé une broyette pour me tirer dessus volontairement ? C'est d'une grande logique.

— J'ai déjà vu plus bizarre, répondit Mara en haussant ses épaules vêtues de cuir gris sombre et noir. Les subterfuges des prisonniers sont infinis pour parvenir à sortir. Et être sur notre monde, c'est un peu comme si vous étiez dans une immense prison, sans aucun allié. Ce n'est pas si facile.

— Même si vous ne voulez pas me croire pour l'attaque du dragon, je désire néanmoins connaître la raison pour laquelle j'ai été emprisonné contre mon gré, insista-t-il.

— Hum, persifla Mara, on est rarement emprisonné de son plein gré…

— J'ai remarqué que vous, les humains, vous faisiez souvent de l'humour lorsque vous étiez gênés. Votre explication était tout, sauf claire. Que s'est-il passé ?

— Vous êtes un ennemi, fit clairement Mara. Je n'ai pas à vous expliquer quoi que ce soit.

Gabriel dut faire un effort surhumain pour ne pas briser le cou de la jeune fille, là, tout de suite.

— Le mot « diplomatie » est-il employé dans votre langage ? gronda-t-il. Parce que vous ne faites pas preuve de beaucoup d'amabilité à mon égard.

Mara eut un rictus ironique.

— La diplomate, c'est Lisbeth, ou Tara, même si avec Tara, vu la puissance de sa magie, on ne sait jamais très bien quand la phase diplomatie va se transformer en phase destruction massive…

Soudain, ce fut l'illumination dans l'esprit de Gabriel.

— C'était l'Héritière, n'est-ce pas ? Cette explosion. C'était Tara Duncan. Nos espions nous ont informés de sa regrettable propension à faire tout exploser.

Mara ne confirma ni n'infirma, mais Gabriel voyait bien à sa tête qu'il avait vu juste. Il était satisfait. Il n'aimait pas rester dans le brouillard. Cela dit, comme chaque fois qu'il constatait à quel point les pouvoirs des sortceliers étaient supérieurs à ceux des Boulimi-Lema (lui non plus n'aimait pas le nouveau nom de son peuple, choisi par Archange), il sentait un léger frisson lui passer dans le dos.

La maîtrise de l'implosion de Tadix par les deux jeunes sortceliers, Tara et Jeremy, avait été la plus monstrueuse démonstration de puissance qu'il ait jamais vue. Même avec les millions d'âmes à sa disposition, Gabriel n'aurait sans doute pas pu contenir l'explosion du satellite ou sa transformation en mortel trou noir…

— Mon numéro, se contenta d'insister la jeune fille en lui tendant la plaquette de cristal de l'air de quelqu'un qui va vite la laisser tomber par terre si les choses s'éternisaient.

Gabriel ravala sa colère. Il n'était ni un enfant ni un soupirant de cette peste. Mais il commençait à mesurer à quel point les choses allaient être nettement plus compliquées que ce qu'il pensait.

Il tendit la main et prit la plaque. La glissa dans sa poche et dévisagea Mara. Qui finit par lui rendre son regard, agacée.

— Je vous laisse entre les mains de votre escorte ; si vous ne désirez pas rentrer chez vous, il vous suffit de dire au chauffeur où vous voulez aller.

— Vous n'avez pas peur qu'un dragon essaye encore de me tuer ?

La jeune fille haussa de nouveau les épaules et Gabriel soupçonna que ce tic allait très rapidement l'agacer.

— Vous avez l'air parfaitement capable de vous débrouiller tout seul. Et si un dragon vous tue, de toute façon, ce ne sera pas notre faute.

— C'est dommage, j'aurais vraiment aimé marcher un peu avec vous dans la ville, répondit doucement Gabriel, s'obligeant avec beaucoup de mal à ne pas réduire la fille en bouillie tellement elle l'énervait.

— Certes, répliqua Mara, mais j'ai d'autres choses à faire, désolée. Et puis, si ma sœur et ma tante ont tellement envie d'obtenir la paix qu'elles en oublient à quel point vous êtes dangereux, moi, je ne perds pas de vue que vous avez tenté de nous annihiler.

Elle lui planta un doigt agressif dans la poitrine.

— Vous êtes nos ennemis. Je ne me balade pas la main dans la main avec un ennemi.

Cette fois-ci, c'était trop.

— Je n'allais pas vous proposer de vous prendre la main, persifla Gabriel, j'aurais bien trop peur que vous ne me l'arrachiez.

Elle le foudroya de ses yeux noisette et fit demi-tour. Avant qu'il n'ait le temps de réagir, elle avait disparu dans la foule qui se pressait le long du large boulevard.

Cela n'arrangeait pas les affaires de Gabriel, vu qu'il avait besoin que son plan fonctionne pour récupérer la machine. Et pour cela, il devait absolument se faire une amie de la jeune fille. Enfin pas spécialement d'elle, mais de l'accès au pouvoir qu'elle représentait.

Il émit un petit grognement agacé. Les humains étaient bien plus compliqués qu'il ne le pensait. Pourtant, il était beau, non ? Les humains étaient censés aimer la beauté ; pourquoi cette fille irritante ne l'aimait-elle pas ? Il sentait les ondes d'hostilité qui émanaient d'elle.

Et Gabriel se retrouva confronté au même problème millénaire que des milliards de gens avant lui : essayer de comprendre et de conquérir la fille ou le garçon convoité.

Sauf que lui ne la convoitait pas par amour.

Il la convoitait par vengeance.

Inconsciente des pensées rageuses du démon qui retournait vers sa nouvelle maison pour réfléchir en paix, Mara filait vers le Palais.

Il y avait des tas de choses qu'elle ne comprenait pas. Pourquoi Gabriel était-il sur leur planète ? Pourquoi les stupides dragons avaient-ils essayé de le tuer… enfin non, pas pourquoi, ça elle savait très bien pourquoi, pour déclencher la guerre et parvenir enfin à ce qu'ils désiraient depuis si longtemps, annihiler leur pire ennemi. Mais ce n'était pourtant pas ce grave problème qui l'inquiétait, mais l'immense colère qui couvait en elle.

Pourquoi, lorsqu'elle voyait Cal, son cœur ne chavirait-il plus alors qu'elle pensait en être désespérément amoureuse ? Pourquoi avait-elle envie de se battre au point qu'elle avait failli égorger Gabriel au moins une demi-douzaine de fois ? Pourquoi était-elle si furieuse ?

Elle devait en parler. Avant de devenir folle et de tuer quelqu'un.

Une fois rentrée au Palais, elle appela Jar. Son frère jumeau était resté sur Terre afin d'aider Isabella dans ses négociations avec les gouvernements terriens. Sal, le dragon transformé en humain, l'aidait et, curieusement, l'ancien énorme dragon noir et le jeune sortcelier élevé par Magister s'entendaient très bien. Sans doute parce que les deux avaient un vrai goût pour la politique.

Mara savait que Lisbeth n'avait pas choisi Jar parce que celui-ci ne comprenait pas que le bien des gens était plus important que son ambition. Et qu'il ne voyait dans le pouvoir que le pouvoir, pas les responsabilités.

Mais Jar avait changé. Il avait vu mourir leur mère et sa sœur, même si Tara était miraculeusement revenue. Et depuis, le jeune garçon ambitieux avait reconsidéré sa position. Il n'était plus vexé d'avoir été écarté du pouvoir, mais plutôt reconnaissant. Des trois, il était celui qui était le moins exposé, finalement. Ce qu'il appréciait. Et puis il aimait bien travailler dans l'ombre. Sans doute un héritage de l'éducation de Magister, même s'il aurait préféré mourir que de l'admettre.

L'image de Jar se matérialisa en relief devant elle. Il était en sweat-shirt et en jean, en train de manger un sandwich débordant de viande, mayonnaise et tomates (il l'avait mis comme décoration, mais n'était toujours pas convaincu par l'intérêt des fruits et légumes), et l'estomac de Mara gronda lorsqu'elle se rendit compte qu'elle n'avait rien avalé depuis un petit moment.

— Salut, sœurette, fit Jar.

Il ne posa pas de questions. Il connaissait sa sœur. La jeune Voleuse Patentée, Héritière de l'Héritière, n'appelait pas pour rien.

— J'ai un problème, fit Mara, concise. J'ai envie de tuer les gens.

Un instant surpris, Jar éclata de rire. Mara, interdite, contempla ce visage strictement identique au sien, même si une ombre de barbe commençait à les différencier. Le jeune homme fixa ses yeux vert dorés sur elle.

— Moi aussi, fit-il, tout le temps. Surtout ces stupides politiques humains. Qui ont l'impression que plus ils s'indigneront et crieront fort, plus la menace s'éloignera. Je n'ai jamais vu des gens aussi aveugles sur leurs propres problèmes.

— Non, s'impatienta Mara, ce n'est pas ça. Même lorsque je marche dans la rue, j'ai envie de massacrer les gens. Tout à l'heure, j'ai failli tuer Gabriel au moins six fois...

Jar se raidit.

— Gabriel ? l'interrompit-il. Gabriel... le démon ?

Mara se mordit la lèvre. Bien sûr, Jar n'était pas au courant, pas encore. Isabella n'était pas dans les informations prioritaires d'Omois, parce qu'elle dépendait du Lancovit. L'information devait tout juste arriver là-bas et ne serait sans doute retransmise sur Terre que d'ici quelques minutes.

C'était dangereux. Elle pianota rapidement un mémo sur son hor. Se souvenir de mettre Isabella dans les envois prioritaires, même si cela ne plaisait pas à sa tante qui n'aimait pas l'implacable grand-mère de Tara.

Elle fit un rapport circonstancié à Jar, y compris l'attaque du dragon que, contrairement à ce qu'elle avait dit à Gabriel, elle ne tenait pas du tout pour une fable. Lorsqu'elle eut terminé, Jar avait l'air extrêmement inquiet.

— Mara, c'est important, exigea-t-il, il a dit : « Justement je voulais vous voir » ?

Mara hocha la tête.

— Si j'étais à sa place, fit Jar, la seule chose que je voudrais de toi, c'est ta mort. Tu es l'unique responsable de son échec. Il veut te blesser ou te tuer, ne laisse pas le stupide humanisme de Tara te faire oublier ce que nous a enseigné Magister : il n'y a pas d'amis. Juste des ennemis qui ne savent pas encore qu'un jour ils seront des ennemis. Et ce Gabriel est clairement un ennemi.

Mara s'agita sur son siège, face à l'appareil qui projetait l'image de Jar. Elle répondit sèchement :

— Je ne suis pas une imbécile. Je sais très bien qu'il a une idée derrière la tête et je comprends bien son attitude. Le fait que, en dépit de mes provocations incessantes, il ne s'est pas énervé, alors que sur Tadix il était brutal et vicieux, me fait penser qu'il se retient de toutes ses forces. Et je pense avoir compris ce qu'il veut faire.

Jar plissa les yeux, prodigieusement intéressé.

— Ah bon ?

Mara haussa les épaules.

— C'est évident. La façon dont il se comporte, il est horriblement mielleux ! On dirait de la catcak[1].

Jar eut l'air désorienté.

— De la catcak ? J'avoue que je ne vois pas le rapport.

— Il est collant et poisseux. Je l'ai percé à jour environ deux minutes après qu'il a commencé sa cour.

Jar se redressa brusquement, l'étonnement faisant luire ses yeux noisette.

— Sa quoi ?

— Sa cour bien sûr. Cet imbécile d'alien a vu qu'Archange avait essayé de séduire Tara. Comme il a tendance à copier ce que fait son frère, qui est bien plus malin que lui, il a sans doute décidé, à la fois pour se venger et montrer à Archange que lui a réussi, de me séduire !

Jar resta interloqué un moment. Puis les jumeaux éclatèrent de rire en même temps. Au point que Jar dut s'essuyer les yeux.

— Non, tu rigoles ?

---

1. Sorte de mélasse, issue de la barkrave, extrêmement poisseuse et sucrée, à éviter impérativement lorsqu'on porte des fausses dents sous peine de partir vite fait chez le chaman ou dentiste le plus proche… Lorsque quelqu'un est un peu trop mielleux ou doucereux, ou s'incruste dans une conversation, on dit aussi : il est trop catcaku ce type !

— Pas du tout, fit Mara que sa mauvaise humeur et sa soif de sang avaient soudain quittée. Par tous les dieux d'Autre-Monde, Jar, on aurait dit un touriste ! Tu sais, comme l'année dernière, avec le nouvel ambassadeur de Spaniva dont le prédécesseur était mort. On lui a fait croire qu'il devait mettre l'ancien costume de cour omoisien pour être reçu par l'Impératrice.

À une époque, la couronne impériale avait dû faire face à des tas de problèmes, dont le premier était un empereur complètement dingue et totalement paranoïaque. Et qui exigeait que les ambassadeurs se présentent nus devant lui afin d'être sûr qu'ils ne cachaient pas d'armes ou de potions dangereuses.

L'ambassadeur de Spanivia avait eu beaucoup de succès. Surtout auprès des dames.

Les deux jumeaux éclatèrent de nouveau de rire. Les gens avaient des idées toutes faites sur les autres peuples. Ils pensaient les comprendre, mais ils n'arrivaient même pas à comprendre leurs voisins, alors, une autre culture, c'était presque mission impossible.

— Il pense que tu vas tomber amoureuse de lui parce qu'il est beau ? décrypta Jar.

— Ouaip, répondit joyeusement Mara. Il n'est pas très malin, hein ?

— Non, confirma Jar. Qu'est-ce que tu vas faire ?

— Lui, je m'en fiche. C'est un problème mineur.

Le visage soudain creusé par l'inquiétude, Mara se pencha et chuchota :

— J'ai peur, Jar. J'ai tout le temps envie de planter ma dague dans le ventre ou la gorge des gens. Nous avions été infectés par la magie démoniaque, il y a des années. Nous avons été guéris, mais… tu crois que cela peut avoir une influence sur notre comportement d'aujourd'hui ? Parce que ce que je ressens, c'est tout à fait anormal.

Jar réfléchit longuement. Si longuement que Mara faillit lui crier dessus, mais évita. Elle savait que son frère ne restait pas silencieux sans raison. Elle en profita pour écrire et envoyer le message demandant à ce qu'Isabella et Jar soient inclus dans les envois prioritaires d'Omois.

Puis leva les yeux pour inspecter sa suite, comme elle le faisait machinalement. Son entraînement de Voleuse la faisait suspecter tout ce qu'elle voyait. Cela faisait longtemps qu'elle avait trouvé et débranché les scoops de sécurité que les services de l'Impératrice avaient planquées un peu partout dans sa suite. Mara n'aimait pas trop les couleurs claires lorsqu'elle était arrivée au Palais d'Omois. Mais par la suite, elle s'était rendu compte qu'elle n'aimait pas tant que ça les couleurs sombres, qui avaient décoré la Forteresse Grise de Magister. Alors, sans passer dans le rose bonbon, elle avait néanmoins choisi des couleurs brun mordoré agréables, déclinées jusqu'au crème clair.

Sa suite était composée en partie de sa chambre et de deux salons de réception, mais elle l'avait réorganisée afin que la majeure partie soit une salle d'entraînement. Arène de sable bleu et fin, cordages, poutres, des pièges un peu partout, coffres-forts et Incadenassus sur lesquels elle s'entraînait, machines électriques qu'elle désamorçait, armes accrochées un peu partout sur les murs, etc.

Cela lui rappela que Lisbeth l'avait fait renvoyer de l'université des Voleurs Patentés et qu'elle lui en voulait encore.

Soudain, Jar reprit la parole, la tirant de ses pensées.

— C'est notre éducation, dit-il. Rien à voir avec de la magie démoniaque. Je ne la sens plus depuis des années. Et je parie que tu ne la sens pas non plus. Mais Magister nous a toujours dressés afin que nous n'acceptions pas l'échec. Comme tu es frustrée et furieuse, parce que tu as perdu Cal et que tout le monde a failli mourir, du coup, tu as envie de passer cette frustration sur quelqu'un. Et la seule chose que nous a apprise Magister, lorsque nous ne sommes pas contents, c'est de tuer les personnes à cause de qui nous sommes furieux. Je dirais donc que c'est une sorte de réaction acquise. Magister est sanguinaire, il a expédié plus de sortceliers dans l'OutreMonde que la moitié des guerres. Tu ne fais que réagir en fonction de ce que tu as appris. Et ce ne sont pas quelques petites années chez les gentils qui vont déprogrammer ton cerveau. Cela va prendre du temps.

Il sourit à sa sœur.

— Cela dit, continua-t-il d'un air machiavélique, ce n'est pas si mal. Tara t'a coincée avec Gabriel. Va la voir et explique-lui ce que tu ressens, toute cette fureur et cette frustration. Elle va avoir tellement peur que tu n'égorges le démon qu'elle te retirera la corvée illico.

Ils échangèrent un identique sourire tordu. Mais Mara finit par secouer la tête, à regret.

— Non. Tara a vraiment beaucoup de travail. Je vois la pression qu'elle subit, même si elle ne se plaint pas. La moindre des choses que je puisse faire, c'est la décharger de Gabriel. Et tu as sans doute raison. Je suis en colère.

Et dans un étonnant accès de clairvoyance, elle continua :

— Et je croyais dur comme fer que j'étais amoureuse de Cal. Mais lorsque je le vois avec Tara, j'ai envie de le taquiner, de me moquer de lui. J'ai souffert au début, mais, maintenant, c'est passé. Si j'avais vraiment été amoureuse, cela aurait pris plus de temps, non ?

Jar grimaça.

— Je n'en sais rien, je n'ai jamais été amoureux.

Mara pencha la tête et le regarda attentivement, passant outre ses problèmes.

— Non ? Sérieusement, Jar ? Jamais ?

— Ils m'ont envoyé sur Terre, ici il n'y a pas de sortcelière, comment veux-tu que je tombe amoureux ?

— Ben, y a des humaines, non ?

Les yeux de Jar s'écarquillèrent d'horreur.

— Des humaines ? Ça va pas la tête ? Je ne pourrais pas être éligible au trône d'Omois si je m'amourache d'une humaine !

Ah ! Pas si détaché que ça de la politique, finalement. Mara s'autorisa un fin sourire. Elle adorait son frère, mais il était une sacrée tête de mule.

— Merci, dit-elle, sincèrement reconnaissante. J'avais tellement peur que ce soit la magie démoniaque que je n'ai pas pensé à notre éducation. Tu n'as besoin de rien sur Terre ?

Jar grogna :

— De faire rentrer un peu de bon sens dans la tête de ces humains, mais Sal ne veut pas que je les hypnotise. C'est crispant. Non, je n'ai besoin de rien sinon, sœurette. Porte-toi bien et fais attention avec ce démon.

— En fait, c'est plutôt le démon qui devrait faire attention avec moi, lâcha Mara.

Ils se sourirent et se saluèrent.

Mara éteignit sa console et se tourna vers la porte. Un grondement de son estomac la rappela à l'ordre, mais elle n'avait pas envie de manger toute seule.

Elle alla frapper chez sa grande sœur. Elle n'avait pas été très gentille avec elle ces dernières semaines et elle avait maintenant envie de faire la paix.

Cal était parti et Tara était en train de déjeuner. Elle accueillit Mara avec beaucoup de plaisir, ravie de voir que sa petite sœur ne semblait plus lui en vouloir.

Elles partagèrent le repas toutes les deux.

Et aucune des deux ne remarqua le goût légèrement plus âcre que d'habitude des pousses de Brill...

Chapitre 15

Gabriel

Ou découvrir que dresser un humain,
c'est un peu comme de dresser un cheval.
Si le type ne comprend pas ce que vous voulez lui faire faire,
ben, il y a de grandes chances qu'il ne le fasse pas…

Le premier message fut une vraie surprise. Gabriel n'avait pas vraiment compris que son père avait tout préparé avant sa venue. Avec les mercenaires qui travaillaient pour Vash, ils avaient repéré toutes les maisons susceptibles d'être louées (il n'y en avait pas tant que cela à Tingapour) et placé des veilleurs et des messagers dans les boutiques alentour. Les mercenaires avaient calculé que la société choisie par Mara serait l'une des plus probables, et à sa grande surprise (et une certaine inquiétude, Gabriel n'aimait pas lorsque les humains étaient trop efficaces, même si c'était à son service, enfin au service de son père), cela s'était confirmé. Il avait donc choisi la maison, comme prévu. Maison qui avait été préparée par les mercenaires, comme les six autres, des six agences disposant de biens similaires. Des scoops soigneusement dissimulées avaient surveillé les thugs qui avaient inspecté les lieux et repéré les endroits où étaient cachées les scoops-espions du Palais.

C'est ce que Gabriel apprit lorsqu'il se fit bousculer dans la rue alors qu'il se promenait et qu'un gamin crasseux lui glissa un morceau de papier dans le creux de la main. Qu'il n'était pas livré à lui-même. Qu'il devait au contraire travailler avec les mercenaires et préparer ses plans d'invasion, si une invasion était nécessaire, ce dont l'ex-roi des démons n'était pas encore sûr. Il avait donc la permission de continuer à activer ses plans.

Ah !

Dans la maison, malheureusement, Gabriel ne pouvait pas utiliser la magie démoniaque pour faire griller les caméras-espions, même s'il en avait furieusement envie. Il dut se débrouiller pour que celle qui se trouvait dans ses toilettes « grille » opportunément, lorsqu'il déclencha une fuite juste au-dessus. La petite caméra ne résista pas aux trombes d'eau qui déferlèrent et les cris indignés de Gabriel convainquirent les observateurs que c'était un accident.

Aussi durent-ils penser que les démons étaient singulièrement constipés, parce que, dès que Gabriel avait un message à lire ou à envoyer, il s'enfermait dans les toilettes.

Ces messages lui étaient remis par les plus étranges des messagers. Un boucher jovial qui l'avait dissimulé dans une côte de traduc. Une employée de fleuriste rougissante qui lui donna une rous alors qu'il attendait en dehors de sa boutique. Alors qu'il se penchait pour renifler la magnifique fleur rouge, il vit le petit cylindre caché à l'intérieur. Ou encore, un livre ancien dont la couverture était étrangement renflée et contenait au moins cinq messages.

Ils n'avaient jamais recours à la magie ou à l'électronique. Ils étaient revenus au bon vieux papier, facile à cacher, facile à détruire. En fait, si les Omoisiens y avaient pensé, ils auraient probablement pu se procurer tous les plans du démon juste en récupérant ce qu'il jetait dans ses toilettes. Sauf que, malheureusement, ils n'y pensèrent pas.

Bon, cela dit, cela ne les aurait pas avancés à grand-chose parce que le langage utilisé était impossible à traduire, mélange de code et d'une langue oubliée. Aucun Traductus ne pouvait en venir à bout.

Le plan des démons, enfin plus précisément de la faction démon de Gabriel, avançait bien. La mercenaire qu'ils avaient pu placer au Palais avait bien travaillé.

Gabriel avait conçu une certaine inquiétude lorsqu'il s'était rendu compte que Mara partageait ses repas avec Tara de temps en temps. Afin d'éviter cela, le lendemain, il avait demandé à voir la jeune fille en urgence.

De mauvaise humeur, Mara était venue à la résidence du démon. Il avait réussi à la retarder suffisamment pour qu'elle rate le dîner. Il lui avait proposé de partager le sien avec lui, mais elle avait refusé et était partie, légèrement confuse, vu qu'il n'avait rien dit de particulier.

C'était parfait.

Au matin du troisième jour, les trois premiers plats trafiqués n'avaient pas été détectés.

Le plan de Gabriel était admirable. Il était très difficile d'empoisonner l'Impératrice et sa cour. Tout d'abord parce que tous les poisons répertoriés déclenchaient une alarme dès qu'ils entraient dans le champ magique du Palais. Cela avait permis d'arrêter un certain nombre d'apprentis empoisonneurs bien avant qu'ils n'atteignent les cuisines.

Ensuite parce qu'il y avait six goûteurs, qui se relayaient et testaient tout ce que mangeait la cour. Ils avaient été entraînés à déceler la plus petite modification de goût pouvant impliquer un poison. S'ils avaient le moindre doute, ils vérifiaient immédiatement la composition du plat incriminé.

Enfin parce que tout le personnel était vérifié, revérifié, et que seuls les individus ayant passé de très sérieuses inspections étaient autorisés à entrer dans les cuisines.

Mais les servantes et servants qui se contentaient d'éplucher les légumes et ne s'approchaient pas des plats étaient moins contrôlés. Ils se tenaient dans une autre partie de l'immense cuisine. Sauf que, bien sûr, toutes les protections ont une faille. Le premier poison que Voris Guanal introduisit dans les pousses de brill n'était pas un poison à lui tout seul. Il devait être combiné avec trois autres principes afin de se transformer.

Le second non plus, qu'elle glissa dans la tarte de délicieuses miam du petit déjeuner de Tara. Pas plus que le troisième qu'elle plaça dans le jus extrait du citron-fleur tajevoule à l'odorante saveur pour confectionner une mousse légère.

En revanche, le dernier et quatrième principe du prodigieux poison ne pouvait être intégré à quoi que ce soit d'humide ou d'organique.

Mais la mercenaire avait soigneusement réfléchi au problème. Quelques jours plus tard, Tara reçut une lettre de Betty. Cela arrivait régulièrement, car la jeune Terrienne détestait tellement AutreMonde depuis qu'elle avait été retenue prisonnière par la Reine Rouge qu'elle n'utilisait que très rarement le réseau d'Isabella pour parler avec Tara. Elle préférait de longues missives, où elle racontait tout ce qui se passait sur Terre. Tara, en l'ouvrant avec avidité, s'écorcha légèrement le doigt sur une aspérité. Un peu de sang perla, qu'elle lécha machinalement.

Chacun, séparément, était parfaitement inoffensif. Ce qui fit qu'ils ne furent pas détectés. Le dernier tout autant que les autres. S'ils s'étaient combinés à ce moment-là, ils auraient immédiatement déclenché l'alarme dans le Palais. Mais il fallait aussi une certaine onde, envoyée sur le corps de Tara à une certaine fréquence, pour déclencher les quatre principes.

Et alors Tara mourrait. En quelques secondes, avant même que sa magie ne puisse réparer les dommages causés à son corps. Ses organes exploseraient à l'intérieur de son corps, elle transpirerait du sang et se viderait, tandis que son cerveau se dilaterait dans son crâne.

L'un dans l'autre, c'était une mort aussi horrible qu'inévitable.

Gabriel était très content de lui. La première phase venait de se terminer. Il allait pouvoir passer à la seconde partie.

Le plus beau dans son plan, c'était que, s'il n'avait pas besoin de la tuer, le poison disparaîtrait de lui-même au bout de quelques semaines.

Comme il ne faisait pas confiance aux mercenaires (il les avait prévenus qu'il ne paierait le solde qu'après confirmation et supposait que son père, qui avait pris sa suite, avait fait de même), il avait vérifié lui-même que Tara avait bien été infectée. Il avait demandé une courte audience, afin de discuter de la Terre avec elle. La jeune fille avait accepté sans méfiance. Il lui avait demandé de lui montrer cette coutume terrienne qui consistait à se serrer la main. Un peu étonnée, elle avait accepté. Une fois rentré chez lui, il avait observé (dans les toilettes) sa peau sous une lumière très particulière. Quatre bandes du produit qu'il s'était vaporisé étaient apparues. Les quatre poisons étaient bien dans l'organisme de Tara, comme l'avaient promis les mercenaires.

Il passa un message à son père, qui transféra le reste de leur or aux mercenaires.

Message qui arriva sur le vaisseau croisant aux alentours de la planète, sous étroite surveillance des vaisseaux Autre-

Mondiens (dont les commandants avaient été furieux de voir que le navire des démons avait été capable de s'approcher suffisamment près pour rematérialiser Gabriel, frissonnant d'angoisse à l'idée qu'à sa place les démons auraient pu larguer une grosse bombe).

Apporté en main propre par Voris Guanal. La jolie mercenaire se curait les ongles avec un couteau à l'aspect décourageant lorsque, venant d'une autre partie du vaisseau, l'ex-roi des démons se rematérialisa sur le pont de transfert, sous la lumière des étoiles visibles au travers de la baie de gammaglis[1], parfaitement transparent et plus solide que n'importe quel métal.

Un instant surpris de voir qu'elle était sur le vaisseau alors qu'il n'en avait pas été averti, il la dévisagea d'un air méfiant. Il n'aimait pas les humains, et encore moins les traîtres à leur propre race, même s'ils lui étaient très utiles. Il sortit du cercle et s'approcha d'elle, entouré de ses gardes du corps. Cela l'amusait beaucoup. Ils lui avaient été imposés par sa faction depuis que la faction bleue avait failli le tuer, il y avait de cela quelques centaines d'années, mais il trouvait leur présence très inutile. Enfin, sauf à ce moment précis où leur nombre ne devait pas manquer d'impressionner la mercenaire.

— Qu'est-ce que vous faites là ? demanda-t-il à Voris qui portait une combinaison de cuir brun pas très nette et maculée de boue.

— Je reviens de mission, répondit Voris en rangeant tranquillement son couteau. J'ai donc activé le transmetteur que vous m'avez remis, afin de venir vous faire mon rapport.

Elle plongea ses froids yeux bleus dans les yeux multiples de l'ex-roi et dit :

— Je n'aurais pas dû ?

1. Sorte de verre transparent et ultra-solide qui équipe toutes les maisons des démons. Dans le cas des maisons, impossible donc de faire comme dans les films sur Terre ou sur AutreMonde, où le héros échappe à ses poursuivants en passant à travers la vitre. S'il essaye de faire ça sur l'une des planètes des démons, sa carrière de héros sera nettement plus courte que prévu… On l'utilise aussi pour équiper les vaisseaux des démons de grandes baies ouvrant sur les étoiles et l'espace, depuis que ceux-ci se sont rendu compte qu'ils étaient un tantinet claustrophobes, ancienne race chevaline habituée aux grands espaces.

Vash plissa les yeux dans ce qui devait sans doute être un semblant de grimace.

— Si, bien sûr. Que vouliez-vous me dire, m'extorquer encore un peu d'or peut-être ?

Elle éclata de rire.

— Non, mériter celui que vous nous avez versé, plutôt. Nous avons trouvé l'endroit où est la machine. Cependant, avant, il va falloir que vous nous donniez quelque chose.

Vash roula les muscles sous l'épaisse fourrure velue et brune et demanda, sur ses gardes :

— Quoi ?

La réponse le laissa pantois.

— Angélica Brandaud, répondit Voris avec un délicieux sourire.

Vash s'attendait à beaucoup de choses, mais certainement pas à cela. Il haussa une demi-douzaine de sourcils surpris.

— Angelica Brandaud ?

— Oui.

— Mais pourquoi ?

— Vous avez dit que vous vouliez que nous volions la machine pour vous, non ?

Vash se retint de tapoter le sol de métal du vaisseau d'agacement.

— Oui. Et que je vous arracherais les entrailles pour les donner à mes legrons[1] si vous preniez mon or sans m'apporter de machine.

Elle ignora la menace.

— La machine antifantôme n'est accessible qu'à deux personnes, exposa-t-elle. Angelica Brandaud et son père. Nous avons essayé de nous approcher, mais elle est très solidement

1. Sortes de... bon, si on les compare à des chiens, ce n'est vraiment pas gentil pour les chiens. Disons que c'est un mélange bizarre de lézards carnivores rougeâtres et de chats pelés blanchâtres. Géants. Qui ont un peu tendance à mordre tout ce qui passe près de ce qui leur sert de museau... À côté, les chatrix venimeux d'AutreMonde sont d'adorables toutous...

gardée et seul leur ADN peut ouvrir l'Incadenassus géant où elle est enfermée.

— L'Empire va la réclamer, ce sera encore pire, gronda Vash. Elle nous deviendra totalement inaccessible.

— En dépit des exigences du gouvernement omoisien, Maître Brandaud est un ressortissant du Lancovit. Il n'a pas à obéir aux ordres d'un autre gouvernement que le sien… (Elle fit une moue amusée.) En fait, je pense que le gouvernement lancovien n'a pas du tout aimé l'invasion fantôme et ce que ceux-ci ont fait aux deux dirigeants, en les possédant et en les obligeant à manger presque sans interruption pendant des semaines. Et qu'ils sont bien contents que la machine se trouve sur leur territoire, au cas où les fantômes reviendraient et qu'il faudrait les éliminer. Mais je suis d'accord avec vous. Pour l'instant, ils font traîner les choses, mais ils ne vont pas résister longtemps à la puissance omoisienne. À mon avis, une petite semaine avant que Maître Brandaud ne soit obligé de la rendre. Il nous faut agir avant.

Ah, Vash commençait à comprendre. Il retint une petite pointe d'admiration envers les mercenaires. Il avait un problème et ils trouvaient toujours une solution intelligente. C'était impressionnant.

— Donc, si je comprends bien, je dois renvoyer Angelica Brandaud afin de récupérer la machine ? fit-il, songeur, tandis que ses officiers, tous humanoïdes, sanglés dans des uniformes bruns assortis aux poils de l'ex-roi, sortes d'accessoires vivants, dangereux et fashion, se tenaient immobiles au garde-à-vous autour d'eux.

Voris soupira.

— Exactement. Nous sommes prêts à agir. Dès qu'Angelica aura rejoint son père, elle nous ouvrira l'Incadenassus, nous la neutraliserons afin qu'elle ne soit pas inquiétée et nous volerons la machine. Ensuite, nous attendrons notre versement final et, une fois l'or reçu, nous vous livrerons la machine.

Vash se raidit.

— C'est loin d'être suffisant, grinça-t-il. Je suis en gue… hum, opposé à votre peuple, je vous rappelle. Comment puis-je être sûr que vous nous livrerez la machine une fois le paiement fait ?

Voris se redressa et l'image de la jolie fille négligée vola en éclats pour laisser place à une tueuse froide et méthodique.

— Notre parole est notre seule garante. Personne, dans l'univers, ne voudra travailler avec des mercenaires qui prendraient l'argent sans livrer la marchandise en échange. Et que vous soyez nos ennemis ou pas n'y change rien. Vous êtes un client. Point. Ceci est une transaction. Quels que soient votre race et vos desseins, je suis juste concernée par un accord, un paiement et une livraison. Ne confondez pas les intérêts politiques avec les intérêts économiques. Si cela ne vous convient pas, je vous laisse voler la machine tout seul, pas de souci. Votre choix, seigneur.

Vash s'était figé. Soudain, ses tentacules cinglèrent la main de Voris, faisant tomber son couteau, tandis que d'autres la soulevaient et la clouaient contre la paroi du vaisseau, le visage rouge et la respiration coupée par le choc.

— Très bien, fit Vash, la douceur de son ton contrastant avec la violence dont il venait de faire preuve. Je vous fais confiance (même s'il n'en pensait pas un mot), je vais prévenir Angelica Brandaud. Repartez sur AutreMonde, je n'aime pas que vous veniez sur le vaisseau. Avec leur magie, les AutreMondiens pourraient bien réussir à vous repérer.

Voris ne pouvait pas répondre, aussi Vash la lâcha-t-il brutalement. La mercenaire tomba sur le sol de métal et se mit à tousser, la gorge endolorie. Avant d'avoir eu le temps de réagir, les tentacules l'attrapèrent de nouveau et la balancèrent dans le cercle de transfert. Vash fit signe à son officier d'activer l'émetteur et la silhouette recroquevillée disparut.

À peine s'était-elle dématérialisée qu'une grande jeune fille brune, qui avait pénétré sur le pont de transfert et s'était figée en découvrant la mercenaire en train de disparaître, s'avançait et déclarait d'une voix glaciale :

— C'était une mercenaire de Vilains ? Qu'est-ce qu'elle faisait ici ?

L'expression de Vash se figea. Il tourna ses centaines d'yeux vers Angelica.

— Vous êtes remise de votre indisposition, humaine ?

Le visage d'Angelica se colora légèrement. Depuis qu'Archange avait demandé à Tara de l'épouser, Decalis Brandaud avait ordonné à sa fille Angelica de s'introduire dans les rangs des démons afin de leur assurer qu'il était prêt à s'allier avec eux en échange de son couronnement comme maître d'AutreMonde, en leur nom bien sûr.

Mais si Angelica avait fini par apprendre quelque chose à force d'espionner et d'observer Tara, c'était qu'abattre ses cartes trop tôt par arrogance était une très très mauvaise idée. À son sens, tous les échecs de Magister étaient justement dus à cette arrogance. Et elle n'avait pas du tout l'intention de mourir pour son père.

Elle avait donc obéi, du moins en apparence, fait amie amie avec les démons, et, pour le coup, faisant partie de l'ambassade Lancovienne sur Tadix, s'était vraiment retrouvée coincée lorsque la dangereuse tentative d'invasion de Gabriel avait commencé.

Angelica n'avait pas eu le choix. Elle s'était enfuie avec les démons, tout simplement parce que la planète satellite était un peu en train d'exploser.

Lorsqu'ils étaient passés dans leur univers démoniaque, elle avait eu l'impression que tous ses organes étaient remis sens dessus dessous après la dématérialisation. Puis, à peine arrivés, ils avaient dû fuir une épouvantable menace, qu'Angelica n'avait pas très bien évaluée.

Mais elle avait vu la terrible peur des démons. Et lorsqu'elle était enfin revenue dans son univers, à son grand soulagement, si elle avait été tout aussi malade qu'à l'aller, maintenant, elle commençait à se sentir mieux.

Pendant ces quelques jours où elle avait côtoyé les démons, elle avait pu constater qu'ils n'étaient pas stupides, mais pas non plus aussi intelligents qu'ils le pensaient. Si elle montrait qu'elle mourait d'envie de partir, Vash la retiendrait par pur esprit de contradiction. Or elle devait vraiment parler à son père sur AutreMonde. Lui expliquer à quel point ils étaient tous en danger, et pas uniquement du fait des démons.

Et le meilleur moyen d'y arriver, c'était de tout faire pour rester. Y compris énerver le dangereux démon. Parce que dangereux, oui, cela, il l'était, indéniablement.

— Oui, répondit-elle. Je ne suis plus malade. Où en sommes-nous ? Comment va Gabriel ?

Angelica savait qu'elle prenait un risque en mentionnant le magnifique démon humanifié, car les relations de Vash avec ses fils et ses filles étaient assez conflictuelles. Ils ne se comprenaient pas très bien les uns les autres. Mais elle avait découvert qu'elle aimait bien Gabriel et puis, devenir la petite amie d'un fils de roi, c'était tout de même pas mal. Même si elle trouvait singulièrement agaçant que tous ces gens soient bien plus beaux qu'elle.

— Vous allez le rejoindre, fit Vash en agitant ses tentacules à l'intention d'Angelica afin qu'elle s'avance vers le portail de téléportation.

Comme la jeune fille, surprise de voir qu'on lui accordait ce qu'elle souhaitait sans combattre, ne bronchait pas, il fit signe à ses soldats qui s'emparèrent d'Angelica et la poussèrent, en dépit de ses cris de protestation outragés, vers le cercle de transfert. Soudain, elle glapit. L'un des gardes venait de lui injecter quelque chose dans le cou. Elle jeta un regard horrifié à Vash qui la rassura :

— Rien de nocif, humaine, rassurez-vous, juste un petit produit qui vous empêchera de raconter, écrire ou même donner quoi que ce soit à vos amis sur tout ce que vous avez vu ici.

Une de ses tentacules retira la carte mémoire d'une des caméras du pont qui avait tout enregistré de sa conversation avec Voris Guanal et la plaça dans la main d'Angelica, qui gigotait pour échapper aux gardes.

— Ramenez-la à Gabriel, leur ordonna-t-il tandis que deux des gardes encadraient la jeune fille dans le cercle.

Puis à Angelica :

— Vous serez plus utile sur AutreMonde. Voici vos instructions, aidez Gabriel et vous aurez la vie sauve, même si je continue à penser que nous n'avons pas besoin d'une humaine parmi nous.

— Vos enfants sont humains aussi, seigneur Vash ! hurla Angelica avant de disparaître. Aussi humains que moi !

Vash laissa échapper un sifflement de frustration.

C'était aussi ce que disaient les vieux démons au sujet des jeunes. Qu'ils étaient humains, qu'ils étaient faibles, paresseux et plus enclins à flirter qu'à aller dévorer leurs ennemis. Sauf que c'étaient les vieux démons qui avaient provoqué la catastrophe et que c'était maintenant aux jeunes de se débrouiller pour réparer les dégâts.

Bonjour l'héritage.

Mais cela ennuyait prodigieusement Vash que ce clivage entre les deux soit en train de s'amplifier.

De plus, circonstance aggravante aux yeux des vieux démons, les jeunes n'aimaient pas spécialement utiliser la magie démoniaque.

Ceux qui, comme les princes et princesses fils et filles du roi, étaient de sang royal avaient l'obligation de porter constamment sur eux des objets leur permettant d'utiliser les âmes afin de faire de la magie.

Sauf que c'était cette magie qui avait failli les détruire et que, du coup, ils en avaient un peu peur. Comme si, un jour, leur âme aussi risquait de se retrouver piégée dans le fer noir empoisonné. Le vieux roi avait pu constater que, souvent, ses rejetons « oubliaient » de prendre leurs bijoux ou leurs réservoirs magiques.

Cela ne le satisfaisait pas du tout. Il allait probablement devoir édicter une nouvelle loi imposant le port des objets démoniaques comme une obligation, pas comme une suggestion. Ah, ces humains, qu'ils soient dans son camp ou dans le camp ennemi, ils ne lui facilitaient décidément pas la tâche !

Et il frissonna en se souvenant du sentiment terrible d'impuissance et de peur quand il avait compris que des humains avaient probablement envoyé la chose pour les détruire. Ces humains étaient bien plus dangereux qu'il ne le pensait. Mais il avait trouvé des solutions. Et les solutions passaient par la destruction de ceux qui avaient osé tenter de les détruire.

Il retourna dans sa cabine. Celle-ci était grande, bien qu'il ne soit pas le commandant de ce navire (il avait laissé cet honneur à l'un des membres de la faction pacifiste, la faction bleue), mais un prestigieux invité.

Après une bienfaisante douche de sable pulvérulent, il se posta devant sa console de communication et activa la transmission. Ils avaient été très prudents et la connexion était parfaitement sûre.

Du moins, c'était ce qu'il croyait...

Énormément de soldats devraient avoir une phrase gravée sur leur pierre tombale, afin d'avertir les nouvelles générations : « Il était sûr d'avoir tout prévu... »

À un petit millier de tatrolls de là, planqué derrière un énorme astéroïde, un vaisseau dragon croisait.

À l'intérieur, un équipage de fouines. Enfin, de petits animaux ressemblant à des fouines. Qui étaient en réalité d'énormes dragons. Transformés.

Pour un vaisseau-espion, la discrétion et la taille étaient essentielles. Les dragons l'avaient parfaitement compris. Alors, ils s'étaient rapetissés. Comme il ne faisait pas très chaud dans le vaisseau afin de dissiper le plus possible toute forme de chaleur, ils s'étaient couverts de fourrures, histoire d'éviter de grelotter. Puis ils s'étaient rendu compte que leur long cou les gênait et avaient donc aussi modifié leur morphologie. Jusqu'à ressembler à des sortes de fouines. De toutes les couleurs : là, les dragons avaient respecté leurs origines à la nuance près. Du jaune citron au noir le plus sombre, on voyait des fouines se presser partout dans le très petit vaisseau. Grâce à la miniaturisation des appareils, leur vaisseau contenait une vingtaine de petits dragons/fouines, mais ne faisait physiquement qu'une petite dizaine de mètres de long et de large.

Leur mission était d'espionner AutreMonde. Bien évidemment, les AutreMondiens ne le savaient pas. Ce n'était pas que les dragons ne fassent pas confiance aux humains (en fait, si, un peu), mais plutôt qu'ils se sentaient rassurés de savoir qu'on gardait un œil… et même plusieurs sur eux.

Lorsque le vaisseau de Vash avait surgi de l'espace, contrairement à ce que pensaient Tara et Lisbeth, il avait immédiatement été repéré par les petits dragons/fouines. Qui avaient été prêts à faire feu si quoi que ce soit de dangereux était envoyé sur AutreMonde. Le faisceau qui transportait Gabriel avait été analysé et les dragons/fouines l'avaient laissé passer parce qu'ils savaient qu'il n'était pas dangereux. Le fait d'être petit ne signifiait pas que le vaisseau était inoffensif. En réalité, il possédait la même puissance de feu qu'un gros vaisseau. Enfin, ça, c'était ce que les ingénieurs avaient dit, sauf que pour l'instant, ils n'avaient pas eu l'occasion de vérifier[1]...

Mais depuis, les comco (diminutif des ingénieurs des consoles de communication) avaient travaillé avec acharnement afin de parvenir à se connecter au faisceau journalier qui expédiait le rapport quotidien vers la planète principale des démons, Boulimi-Lemi. Celui que venait d'émettre Vash venait tout juste d'être décrypté. Même si la transmission était très mauvaise, il restait possible de comprendre ce que disait l'ex-roi des démons à son fils nouvellement couronné.

Sauf que, malheureusement, Vash restait très prudent.

« Tout avance bien, disait-il. Nous avons mis en place le dispositif. Tout est prêt.

— Peut-être que nous n'en aurons pas besoin, répondait avec espoir son interlocuteur, que les dragons identifièrent comme Archange. Et pour le problème ?

— Il semble que ce soit réglé.

— Parfait. Préserve tes miches[2].

— Oui. Merci, mon fils. Vash. Terminé. »

Le faisceau se coupa.

Le dragon/fouine en chef appela celui dont il dépendait. Gravouterichivu.

— Alors, Bouvirudhivu ? fit le dragon brun, impatient, dès que l'image se matérialisa devant lui.

Le dragon poilu miniature s'inclina devant l'image en relief de son chef.

— Nous avons réussi à décrypter l'un de leurs messages, mais il ne disait rien de précis. Le problème, c'est que leur algorithme change tout le temps, alors ce n'est pas parce que nous avons réussi cette fois-ci que nous réussirons de nouveau, répondit-il, ennuyé.

Le dragon écarta l'information d'une patte agacée.

1. La maxime pour les soldats s'applique également aux ingénieurs qui voient leur planète exploser et juste avant de mourir disent : Je ne comprends pas, j'avais pourtant tout prévu...

2. Mince, vous dites-vous, elle a dit un gros mot. En fait, les miches chez les démons, ce sont les pattes arrière, héritage de leur passé de centaures écailleux, où, afin de neutraliser ses ennemis, on lui coupait les tendons arrière, et ce n'est pas considéré comme vulgaire. Désolée, mais c'est ce que le Traductus a retransmis...

— Les problèmes techniques, je m'en fiche. Nous devons prouver à ces vermines d'humains que les démons sont en train de préparer une invasion. Que ces vermines menacent de ne pas s'allier à nous si nous attaquons les démons sans leur autorisation est inacceptable, ils devraient nous obéir sans discuter ! Je savais bien que nous aurions dû emmener tous les sortceliers humains sur notre planète et les dresser comme il faut. Maintenant, c'est trop tard !

Bouvirudhivu faillit répliquer que les humains seraient morts au Dranvouglispenchir à cause de l'air toxique à long terme, mais il préféra garder le museau bâillonné plutôt que de se faire incendier.

— Alors, en dehors de ce message, avez-vous quelque chose qui puisse me permettre d'obliger notre crétine de reine à enfin attaquer les démons ? insista Gravou. Les démons ont-ils dévoilé quoi que ce soit ? Un indice révélateur que nous pourrions nous mettre sous les crocs ?

Le petit dragon secoua la tête, désolé.

— Hélas non, seigneur Gravouterichivu. Le démon Vash a juste dit que quelque chose était en place, mais nous ignorons quoi, pour le moment. Il est extrêmement prudent.

Gravou retroussa ses babines et le petit dragon frémit.

— Trouvez-moi quelque chose ! ordonna froidement le dragon brun. Ou cette mission sera la dernière pour vous tous.

Et il coupa la communication d'un coup brutal.

Bouvirudhivu soupira.

Et espéra du fond du cœur que le stupide démon ferait une énorme erreur et dévoilerait ses plans, juste histoire que lui, Bouvirudhivu, et son équipe ne finissent pas en brochettes bien cuites.

Chapitre 16

Tara

Ou comment devenir amie avec le clone de Paris Hilton, version démoniaque…

Les ambassadeurs étaient nerveux. Ça tombait plutôt bien, Tara aussi. De plus, depuis quelques jours, elle avait comme des sortes de brûlure d'estomac, c'était super désagréable. Le chaman l'avait auscultée, mais n'avait rien décelé d'anormal. Et les Reparus n'avaient pas l'air de fonctionner sur elle. Du coup, elle se demandait si on pouvait avoir un ulcère à dix-huit ans. Parce que, pour ce qui était du stress, elle était servie.

Pour l'instant, les choses étaient horriblement calmes. Elle pensait « horriblement » parce qu'elle se demandait sans cesse ce qui allait lui tomber dessus. Pas parce qu'elle était pessimiste, loin de là, mais lorsque les choses allaient trop bien, sa douloureuse expérience lui dictait qu'elles n'allaient pas tarder à aller très mal.

Mais il n'en demeurait pas moins que Magister n'avait pas réagi au rejet de sa proposition de diriger les armées terriennes, que Charm avait réu7ssi à interrompre les préparatifs d'attaque des dragons sur les planètes des démons, que Lisbeth, sa tante était en train de s'occuper à organiser son mariage et à gérer les ambassadeurs démoniaques, ce qui faisait que, du coup, elle fichait la paix à Tara, que Mara était occupée avec Gabriel, si bien qu'elle ne traînait plus une figure longue de dix mètres parce qu'elle n'avait pas pu avoir Cal comme petit copain et, cerise sur le gâteau, que Cal avait parfaitement intégré le principe de « pas touche » et se contentait de lui voler de chastes baisers, même si son regard gris lui promettait qu'elle ne perdait rien pour attendre.

Ne restait que Robin qui, bien que débordé de travail, trouvait le temps de venir la voir régulièrement.

Sauf que chaque fois, il lui exposait ses grandes théories sur l'amour et que, de plus en plus, elle ressentait une forte envie de l'étrangler.

Si elle entendait encore une fois l'étude comparée des relations elfes/elfes, humains/humains, elfes/humains et humains/elfes (elle avait dit que c'était la même chose et s'était fait vertement reprendre, depuis, elle était prudente), elle allait probablement devenir folle.

Vêtue d'une somptueuse robe d'argent ciselée sur elle, sur une robe de soie blanche, coiffée d'une couronne d'or blanc et de diamants, Selenba à ses côtés, la jeune Héritière d'Omois faisait face aux ambassadeurs démons. Elle avait aimé son reflet lorsqu'elle s'était regardée dans les glaces 3D. (Ça, c'était l'une des choses d'AutreMonde qu'elle aimait bien, ah, et aussi le fait de pouvoir nager dans sa baignoire. Après avoir viré les sirènes et les poissons.)

Les hôtes étaient menés par une jolie fille. Bon, ça, c'était assez banal, vu que tous les démons envoyés sur AutreMonde étaient humains et somptueux. Mais celle-ci avait quelque chose de... familier.

Soudain, alors qu'elle arborait une moue boudeuse, Tara faillit éclater de rire. Non, ça, c'était énorme. Les démons avaient créé une sorte de clone de Paris Hilton ! Enfin, lorsqu'elle était jeune. Et, bien évidemment, cette fille-là était bien plus belle. Une PH améliorée en quelque sorte.

Aïe ! Ça allait être difficile de la prendre au sérieux.

À sa grande surprise, Tara remarqua que plusieurs des démons ressemblaient fortement à des elfes. Au point qu'au début, elle crut qu'ils avaient « loué » les services des elfes pour les protéger, avant de comprendre qu'en fait non, les démons avaient utilisé également les gènes elfes pour créer des humanoïdes démons/elfes.

Et des humanoïdes démons/vampyrs.

Au sursaut de Selenba lorsque la féroce vampyr se rendit compte de ce que les démons avaient fait, ce n'était pas tout à fait de son goût. Tara la comprenait, mais se disait aussi que la bio-ingénierie des démons était impressionnante. Et qu'ils étaient fichtrement malins d'imiter les principales races AutreMondiennes, même si elle ne voyait ni nains, ni loups-garous, ni P'abo, fées ou gnomes.

La jeune fille se demanda si les démons possédaient les mêmes caractéristiques que les vrais elfes et les vrais vampyrs. Pour ce qui était de ces derniers, elle espérait fermement que non. Les vampyrs étaient bien assez flippants comme ça, mâtinés de démons, ça allait devenir carrément compliqué à gérer.

Un hologramme afficha les lettres de créance des démons. Ils étaient là pour terminer et entériner le fameux traité dont la majorité des clauses avaient déjà été négociées sur Tadix, avant qu'elle n'implose. Il ne restait pas beaucoup de points à régler dans l'immédiat, mais Tara savait que si les planètes humaines commerçaient avec les planètes des démons, les problèmes ne feraient que commencer. Et qu'il faudrait sans doute des tas d'amendements au traité.

Sanhexia, l'une des sœurs d'Archange, celle qui justement ressemblait à Paris, s'inclina lorsque l'hologramme eut fini d'énumérer les différentes propositions de collaboration.

Puis se tourna vers Tara et dit, avec un sourire impressionnant de blancheur :

— J'espère que nous pourrons devenir amies toutes les deux. C'est important les amies dans la vie. Tu aimes faire du shopping ? Je sais qu'on peut tout créer avec la magie, mais ils ont des boutiques incroyables ici et sur Terre. Tu crois qu'on nous laissera aller sur Terre ? Oh, là, là, j'adorerais rencontrer des créateurs de mode !

Tara finit par retrouver sa voix, noyée par les commentaires enthousiastes de Sanhexia. Méfiante, elle entama une conversation prudente en se demandant vraiment si la jeune démone faisait exprès d'avoir deux neurones, mais non : Sanhexia était sincèrement, absurdement et totalement... heureuse. Heureuse de tout, de tout le monde, de la vie, des robes, de la mode, des garçons et surtout de se retrouver sur AutreMonde, qu'elle a-do-rait.

Ah, et elle roucoulait beaucoup. Par moments, Tara avait l'impression d'avoir une sorte de pigeon démoniaque rose devant elle. C'était flippant.

Ben, si c'était elle qui menait les négociations, Tara se disait que les démons allaient se faire plumer par les Omoisiens, mais alors dans les grandes largeurs. Sauf qu'elle pensait que c'étaient plutôt les types super-séduisants, mais ressemblant à des comptables, qui allaient se charger de toutes les discussions commerciales.

Lisbeth, de doré et de pourpre vêtue, était impressionnante dans sa robe longue frappée du symbole d'Omois, le paon pourpre aux cent yeux d'or, sur le trône surmonté du même symbole.

Gracieusement, par l'intermédiaire de son Premier ministre la tatris dame Téoclis, Lisbeth invita les démons à se rendre dans la salle où les débats seraient organisés.

En retour, les démons proposèrent que les ambassadeurs des peuples AutreMondiens se rendent sur plusieurs des planètes dont ils fournirent la liste. En la regardant, Tara trouva quelque chose d'étrange, mais impossible de mettre le doigt sur ce qui la troublait. Elle laissa tomber, sachant très bien que la pensée la fuirait si elle s'acharnait, d'autant que le babillage incessant de Sanhexia, qui maintenant s'extasiait sur la beauté de l'Impératrice, n'arrangeait rien.

La jeune Héritière soupira silencieusement. Son agenda de la journée était ultraserré et son estomac avait l'air d'entrer en rébellion. Pourtant, la veille, comme elle ne se sentait pas très bien, elle n'avait quasiment rien mangé.

À ses côtés, tandis que les démons suivaient docilement les thugs huissiers qui leur ouvraient le passage et que Sanhexia lui disait au revoir de la main, Cal la regardait avec inquiétude.

— Tara, finit-il par demander alors qu'elle grimaçait, tu as toujours mal ?

— C'est désagréable, admit la jeune fille blonde. J'ai pris les potions fournies par les chamans du Palais, mais ça ne passe pas. Je crois que je suis trop angoissée. Ça doit finir par me donner des aigreurs, toute cette pression.

Derrière elle, Selenba, qui pour l'instant n'avait pas encore été transformée en BSH, émit un petit reniflement méprisant.

L'espace d'un instant, Tara regretta profondément d'avoir accepté que Selenba soit son assistante/garde du corps/chasseur. La vampyr ponctuait la plupart des remarques ou décisions de Tara de petits reniflements marqués et prodigieusement agaçants.

Si cela continuait, Tara, amitié avec Safir Dragosh ou pas, allait dire à Selenba d'aller renifler ailleurs.

Après lui avoir offert un camion de paquets de mouchoirs...

Elle regarda son hor. Il avait été convenu avec Lisbeth que ni elle ni l'Impératrice n'assisteraient aux négociations. Les démons avaient déjà failli les tuer toutes les deux, il était hors de question qu'elles reprennent le même risque. D'autant plus que Tara avait rendez-vous dans l'un des parcs du Palais avec Robin, pendant les petites vingt minutes qu'elle avait réussi à voler à son planning surchargé.

Cal la quitta à regret, annonçant que lui aussi avait du travail, et Tara, tout aussi à regret, le laissa partir. Puis bifurqua vers le parc, tandis que la délégation des démons, soulevant des tas de regards inquiets ou intéressés des courtisans qui les croisaient, continuait vers les salles d'audience privées.

Sauf qu'un monstre vert bien connu avait fini par rattraper l'insouciant Caliban Dal Salan, dit « le bourreau des cœurs ».

Lorsqu'il avait dit à Tara qu'il avait eu beaucoup d'aventures avec des filles, Cal s'était bien gardé de dire que son modèle, James Bond, avait un peu plus déteint sur lui que prévu. Il était charmant, intelligent, amusant et les filles tombaient dans ses filets comme des poissons morts d'amour. OK, la comparaison n'était pas flatteuse, mais c'était très juste.

Sauf que là, c'était lui qui était hameçonné et bien pris. Lui qui se fichait à peu près de tout, sauf de sa famille et de ses amis, venait de découvrir avec un sentiment mêlé de surprise et d'indignation qu'il était horriblement jaloux.

Aussi, lorsqu'il avait appris que Robin avait proposé à Tara de lui montrer certaines coutumes elfes afin de la familiariser avec son peuple, Cal avait immédiatement annulé ses rendez-vous. Parce que depuis qu'il savait que Robin était d'accord pour partager Tara avec lui, Cal s'était rendu compte à sa grande horreur qu'il était absolument paniqué à l'idée que Tara trouve l'idée séduisante. Après tout, elle avait bien dit à l'elfe qu'elle l'aimait toujours (ce que Robin s'était empressé de dire à Cal), même si elle avait choisi Cal.

Argh.

Aussi, quelques minutes plus tard, de retour, enveloppé dans un Dissimulus, il suivait discrètement Tara, dont l'élégante silhouette argentée était facile à repérer.

Comme son accréditation était en règle et qu'il avait le droit de faire de la magie dans le Palais, les alarmes ne se déclenchèrent pas, alors qu'il utilisait son pouvoir pour se dissimuler. Mais bien sûr, les senseurs électromagiques inclus dans les taludis qui surveillaient les couloirs le suivirent, par sécurité.

Dans l'une des salles de contrôle du Palais, devant les centaines de moniteurs qui relayaient les images, Xandiar grogna. Le grand chef des gardes thugs aux très courts cheveux bruns, presque rasés, se frotta les yeux d'une de ses quatre mains, fatigué. Depuis que les démons avaient débarqué dans leur galaxie, quasiment à leur porte, il avait l'impression d'être constamment en train de courir. Et c'était d'autant plus compliqué que Séné, sa ravissante femme, et chef des camouflés, avait été dévolue à l'espionnage de Gabriel, alors qu'il avait pris la confortable habitude de se reposer sur elle pour tout un tas de contrôles internes à la garde.

Il n'était pas stupide. Il se doutait bien, d'après les rapports qu'il avait reçus, que la destruction des scoops des toilettes de la maison louée par Gabriel n'était en rien un accident. Et tout ce que manigançait le démon en douce l'inquiétait beaucoup. Et maintenant, voilà que Cal, qu'il avait cru pourtant intelligent, perdait la tête, à son tour. Mais il lui prenait quoi au gamin, là, de suivre sa petite copine en douce ? Si cela n'avait été *que* une petite copine normale, Xandiar n'aurait pas réagi. Mais il s'agissait de Tara, de l'Héritière de l'Empire, d'une terriblement puissante sortcelière et de quelqu'un qui n'aimait pas trop les surprises et à qui la magie échappait régulièrement.

Fort de son désir de ne pas voir exploser, encore, le Palais dont il avait la garde, Xandiar prit une décision. Il appela Tara.

Depuis quelque temps, les ingénieurs de l'Empire avaient modifié la click, boucle d'oreille de communication que Robin avait offerte à Tara des années auparavant. Il lui suffisait de cligner des yeux trois fois rapidement pour prendre un appel sans que personne sache qu'elle était en train de parler à quelqu'un.

Elle écouta ce que lui disait Xandiar et eut une moue agacée. Elle aimait vraiment beaucoup Cal, mais, s'il commençait à être jaloux à ce point de Robin, ils allaient au-devant d'une catastrophe.

Puis, comme le lui avait appris sa mère, elle essaya de se mettre à la place de Cal. Comment réagirait-elle si Cal allait à un rendez-vous avec une ex-petite copine dont il lui aurait avoué qu'il l'aimait toujours ?

Hum.

Elle se détendit légèrement. Oui, lorsqu'on regardait les deux points de vue, c'était différent. Elle aussi, sans doute, serait inquiète. Peut-être pas au point de le suivre discrètement… quoique… mais inquiète indéniablement. Elle décida de désamorcer la crise.

— Où est-il ? modula-t-elle presque imperceptiblement afin que personne ne puisse comprendre ce qu'elle disait.

— Dix pas en arrière sur votre gauche, Votre Altesse Impériale. (Dans son oreille, la voix de Xandiar ajouta, d'un ton inquiet :) Vous n'allez rien faire que nous pourrions regretter, Votre Altesse ?

Tara faillit éclater de rire, mais s'abstint, parce que cela aurait fait vraiment bizarre et que Selenba la regardait d'un air interrogateur depuis déjà quelques instants.

Elle s'arrêta si brusquement que ses gardes faillirent la percuter, fit volte-face et, guidée par Xandiar qui voyait parfaitement Cal, attrapa le jeune Voleur d'une main ferme.

Il tenta de s'échapper, mais elle fit disparaître son Dissimulus en une fraction de seconde, puis croisa les bras sur sa poitrine et se mit à taper du pied, le visage orageux.

Cal, interloqué, regarda autour de lui, déglutit et dit :

— Ah, je vois. Les taludis. Qui t'as prévenue ? Séné ?

— Xandiar.

— Slurk.

— Comme tu dis, oui, bon sang, Cal ! Tu dois me faire confiance, sinon notre relation ne va pas aller très loin !

Tout autour d'eux, les courtisans, alléchés par la perspective d'une jolie scène, s'agglutinèrent comme des abeilles…

ou plutôt des vautours selon le point de vue très peu objectif de Tara.

Cal, qui n'aimait pas du tout attirer l'attention, vu que dans son métier la discrétion était la garantie de l'anonymat et de la réussite, se dandina d'un pied sur l'autre.

— Je... je, balbutia-t-il, je te suivais pour ta sécurité.

— Oui, c'est sûr, j'ai une vampyr et une douzaine de thugs armés jusqu'aux dents, j'ai absolument besoin de ta protection en plus ! persifla Tara dont le battement de pied impatient s'intensifia.

Cal fit son regard le plus suppliant.

— S'il te plaît, Tara, ne sois pas fâchée. Je déteste que Robin te siffle et que tu accoures.

Selenba eut un sourire cruel. Le Voleur n'avait pas choisi les bons mots. Tara se raidit.

— Je ne crois pas que Robin m'ait sifflée. Et encore moins que j'aie accouru. C'est mon ami, Cal. J'y serais allée aussi bien pour toi, que pour Moineau ou Fabrice ou Fafnir. Ce n'est pas parce que nous ne sortons plus ensemble que j'ai abandonné Robin. Il est et reste mon ami.

Cal savait lorsqu'une partie était perdue. Il soupira et déposa les armes.

— Ouais, je parie qu'il va encore essayer de t'embrasser.

— S'il fait cela, répondit Tara avec un gentil sourire, ne soit pas surpris qu'un crapaud de plus habite le parc. Non, Robin n'essayera pas de m'embrasser. Il dit qu'il veut me reconquérir, mais, en fait, je pense que c'est bien plus compliqué que ça.

Elle allait en dire plus lorsqu'elle se rendit compte de toutes les oreilles qui traînaient, sans compter les scoops qui étaient en train de voler à tire-d'aile vers eux.

— Mais ce n'est ni le lieu ni le moment d'en discuter. Je vais être en retard. À tout à l'heure

Elle sourit à Cal et lui fit un petit signe de la main signifiant « t'as pas intérêt à recommencer », puis s'éloigna, majestueuse.

Cal leva les yeux vers le taludi le plus proche qui l'enregistrait et fit une horrible grimace vers les trois yeux. Xandiar sourit. Cal n'était pas content, mais personne n'avait fait exploser *son* Palais, tout allait bien.

— Quelque part, cela me rassure, grogna Selenba en avançant souplement aux côtés de Tara tandis qu'elles se rendaient au parc où les attendait Robin. Je ne suis pas la seule à avoir des problèmes avec mes petits amis.

Tara lui jeta un regard perçant. Elle avait découvert, sans vraiment beaucoup de surprise, que la vampyr n'était pas juste tordue. Elle était intelligente. Devenir le bras droit de Magister pendant aussi longtemps l'avait formée à être attentive et sur ses gardes. Elle se déplaçait avec la grâce du prédateur qu'elle était, bien sûr, mais aussi avec l'assurance de celle qui se sait bien plus forte que les autres. Bien plus maligne.

Depuis qu'elle travaillait avec Tara, elle lui avait suggéré à plusieurs reprises des idées intéressantes sur sa façon d'appréhender les réactions des gens. Tara réfléchissait souvent en Terrienne et avait du mal à décrypter les intérêts cachés des uns et des autres. Si Lisbeth avait bien entamé son éducation, Tara n'avait jamais eu de mentor sans aucun état d'âme, sans humanité, en fait.

C'était parfait. D'une certaine façon, Selenba ressemblait beaucoup aux démons. Imprévisible, dangereuse, fascinante… enfin surtout dangereuse. Les gens qui avant se précipitaient pour demander des tas de choses à Tara apprirent très vite à reculer devant les yeux roses et les canines retroussées que Selenba leur opposait s'ils insistaient.

— Quand vous dites non, fit-elle un jour à Tara (qui écoutait un petit duc se plaindre de la difficulté d'engager des gardes corrects parce que tous les thugs voulaient entrer dans la garde du Palais, et qu'il demandait, non, qu'il exigeait de pouvoir faire son choix), c'est non ! (Elle écarta le duc d'une main ferme et, lorsqu'il voulut protester, son regard soudain brasillant de rage lui fit rentrer ses protestations dans sa gorge. Il s'enfuit sans demander son reste.)

Depuis, les enquiquineurs avaient laissé enfin place aux gens qui avaient vraiment des choses suffisamment importantes à dire pour oser passer le barrage de Selenba. Et, à sa grande surprise, Tara avait vite trouvé cela très efficace.

— Je n'ai pas « des » petits amis, grommela Tara, j'ai un petit ami et un ex-petit ami qui n'a pas encore digéré le fait d'être un ex.

— Hum.

Elle n'avait pas reniflé cette fois-ci mais c'était tout comme. Tara contre-attaqua.

— « Des » petits amis, Selenba ? Auriez-vous revu Magister par hasard ?

Ce fut presque imperceptible, mais Tara sentit la vampyr tressaillir. Et lui mentir avec un aplomb remarquable.

— Non. Du moins, pas sous une forme que je pourrais identifier, puisque je ne sais pas qui il est en réalité.

Ah ! Elle mentait tout en dissimulant qu'elle mentait. Fascinant, comme aurait dit Monsieur Spock.

La vampyr changea bien trop vite de sujet pour ce que ce ne soit pas hautement suspect.

— Maintenant que les démons sont arrivés, il va falloir que je me transforme en buveuse de sang. Qui voulez-vous que j'égo... à qui voulez-vous que je prenne du sang ?

— Pas à moi, grimaça Tara. Je n'aime pas qu'on me morde. Mais les chamans ont des poches de sang pour les transfusions urgentes si les Reparus ne fonctionnent pas. Il suffira de leur en demander une.

La vampyr fit la grimace.

— Je n'aime pas cela, mais je suppose que je n'ai pas beaucoup le choix ? En dépit de mes autres sources ?

La note dans sa voix fit se redresser Tara, curieuse.

— Pourquoi ? Vous avez l'air de dire que vous pourriez trouver des donneurs ?

— Vous vous être transformée en vampyr buveuse de sang, mais vous n'êtes pas une vraie vampyr. Que savez-vous des morsures des vampyrs ? demanda soudain Selenba.

Tara la regarda, surprise.

— Euh... qu'ils mordent ?

— Ah ! Vous n'avez jamais eu de petit ami vampyr, je vois.

Tara rosit et s'en voulut beaucoup. Selenba était bien plus âgée qu'elle et la conversation glissait sur un terrain où Tara n'était pas super à l'aise.

— Euh... non, sortcelier, demi-elfe, c'est déjà pas mal pour une fille sortie de son village terrien paumé...

Selenba fit une petite grimace dont Tara ne parvint pas à déterminer si elle était compatissante ou railleuse.

— Nos morsures peuvent être extrêmement agréables pour les humains, précisa la vampyr. Tout aussi agréables pour eux que pour nous de boire leur sang. Ils deviennent, non pas accros, mais disons suffisamment attirés pour rechercher ceux d'entre nous qui sont buveurs de sang humain. Il y a plusieurs colonies de ce genre ici.

— Des colonies de quoi ?

Selenba planta ses yeux roses dans ceux de Tara.

— Des colonies de mordus. Des gens qui ne peuvent plus se passer des vampyrs et vice versa. (Elle fit la grimace.) Même lorsque j'étais buveuse de sang humain, je trouvais cette relation dangereuse et pathétique. Je n'ai pas changé d'avis aujourd'hui. Mais si je vis ici et que je redeviens ce que j'étais... alors je préfère encore boire directement à la source. Après tout, ce ne sont que de petites ponctions. Ce n'est pas ce que nous buvons qui tue les humains, mais nous ne les laissons pas vivre pour raconter que nous les avons attaqués... enfin, moi, je ne les laisse pas vivre.

Tara soupira.

— On va laisser tomber les mordus et les sacs de transfusion, je vais vous transformer moi-même, ce sera plus simple.

Selenba sourit, amusée. Tara était très conservatrice pour une fille aussi jeune. Puis grimaça en se souvenant que le processus était extrêmement douloureux, que ce soit lorsqu'elle buvait pour la première fois du sang humain ou en se faisant transformer par Tara, dans un sens ou dans l'autre.

— Quand ?

— Quand vous voulez, Selenba.

La vampire ne tergiversa pas.

— Maintenant alors. Je ne veux pas courir le moindre risque, autant être prête.

— Euh... là on est au milieu d'un couloir. Si cela ne vous ennuie pas, autant attendre d'être arrivées dans le parc. Je vous transforme et ensuite je parle à Robin, cela vous convient ?

— Parfait.

Elles ne mirent pas très longtemps à rejoindre le parc. Robin attendait assis sur la margelle d'une imposante fontaine représentant l'un des dieux marins d'AutreMonde et dont les eaux roses reflétaient les arbres roses plantés dans l'herbe bleue. C'était idyllique et ravissant, même si l'imposant demi-elfe, vêtu de bleu cette fois-ci, tranchait dans toute cette douceur. Il sourit en voyant arriver l'escorte. Tara ordonna qu'on les laisse et les gardes reculèrent pour se fondre dans les frondaisons, suffisamment loin pour ne pas les déranger, mais suffisamment près pour pouvoir intervenir en cas de besoin.

— Bonjour, Robin, fit Tara. J'ai eu ton message, mais avant, je dois m'occuper de Selenba et la transformer si cela ne t'ennuie pas.

Le sourire de Robin se flétrit.

— Bonjour, Tara. Transformer Selenba ? En quoi ? Pourquoi ?

— Elle n'est pas assez puissante pour affronter un démon sous sa forme normale de vampyr, alors elle a demandé l'autorisation de redevenir vampyr buveuse de sang humain, provisoirement.

Robin fit la grimace.

— Es-tu sûre que ce n'est pas sans danger ?

— Oh, si, c'est dangereux ! répondit joyeusement Selenba, surtout pour nos ennemis !

Robin la fixa de ses yeux de cristal, imperméable à son humour. Puis il haussa les épaules. Ce geste très humain était vraiment utile.

— Très bien, Tara, vas-y, nous pourrons parler après.

Prudemment, il recula. Il adorait Tara, il adorait même l'herbe qu'elle foulait, mais, lorsqu'elle utilisait sa magie, il préférait prendre de la distance, on ne savait jamais.

La jeune fille blonde ordonna à des sièges confortables qui se trouvaient sous les arbres, prêts à accueillir les promeneurs fatigués, de venir, et de se placer face à face.

Elle s'installa devant Selenba puis ferma les yeux et se laissa aller contre le dossier de son siège. Son esprit, sa magie se déversèrent en une onde lumineuse qui frappa violemment Selenba, en dépit de la retenue de Tara, qui essayait de ne pas lui faire mal.

Bon, vu le hurlement que poussa Selenba, c'était raté. Tara ne se laissa pas distraire, elle plongea au cœur des cellules et commença la transformation, en partant du cœur. Il devait être solide afin d'encaisser l'intolérable douleur. Elle remonta vers le cerveau, le transforma également, ainsi que les nerfs et les os, puis redescendit vers le ventre et, soudain, se figea, atterrée.

Il y avait un énorme problème, alors que le sang transformé du cœur commençait à inonder tout l'organisme de Selenba.

La vampyr était enceinte.

Chapitre 17

Selenba

Ou voir se réaliser son vœu le plus cher
et vouloir donner tout ce qu'on a pour qu'il ne se réalise pas, justement…

La peur et la surprise de Tara furent telles qu'elles se propagèrent jusqu'à la conscience de la vampyr, qui se concentrait de toutes ses forces pour ne pas laisser la douleur l'emporter. Selenba comme Tara savaient qu'on pouvait mourir de douleur et la vampyr s'appliquait consciencieusement à ne pas devenir une statistique.

Mais lorsqu'elle vit ce que voyait Tara, Selenba oublia totalement ce qu'elle était en train d'endurer.

— *Non*, murmura-t-elle, atterrée, dans l'esprit de Tara, *non !*

— *On a terriblement slurké sur ce coup-là*, gronda Tara, *je ne peux pas renverser la transformation, c'est trop tard !*

Déjà, sous leurs yeux, le fœtus se modifiait. Il n'avait que quelques jours, n'était qu'un tout petit amas de cellules, mais d'un seul coup, il se mit à grossir bien plus vite.

— *Qu'est-ce qu'il fait ?* demanda Tara, fascinée.

— *Les buveurs de sang humain ont des métabolismes bien plus rapides que les vampyrs normaux. Nous sommes plus puissants, mais nous en payons le prix*, répondit amèrement Selenba. *Nous perdons des années de vie, cela épuise nos organismes. Au lieu de vivre des milliers d'années, cela réduit notre temps à cinq cents ans maximum. Mon petit… ou ma petite… est en train de se transformer en buveur de sang humain, ce qui accélère prodigieusement sa croissance. Normalement, lorsque nous tombons enceintes, notre race porte ses enfants pendant cinq ans. Là, si j'accouche dans un an, ce sera grand maximum.*

La voix mentale de Selenba s'emplit d'horreur.

— *Cela est déjà arrivé. Des vampyrs qui sont devenues buveuses de sang alors qu'elles étaient enceintes. Leurs enfants étaient si avides de sang humain qu'ils tuaient des centaines d'humains avant d'être rassasiés. Nous avons dû en éliminer un grand nombre au cours des siècles.*

— *Je le retransformerai,* fit Tara fermement, *je peux même vous retransformer tous les deux immédiatement.*

— *Non* ! hurla Selenba, ce qui fit grimacer Tara. *Non,* reprit-elle plus calmement. *Nous ne savons pas ce que cela pourrait faire sur son cerveau. Je ne veux pas prendre le risque. Je vais rester BSH pour l'instant et lui ou elle aussi. Nous verrons comment cela se passe à sa naissance. Terminez la transformation.*

Tara aurait bien protesté, mais la vampyr avait raison. La jeune fille ne savait pas quels dommages elle pouvait causer au fragile organisme. Elle obéit donc et termina la transformation.

Lorsqu'elle rouvrit les yeux, elle vit Selenba devant elle. Qui s'était retransformée en ce lévrier cruel et vicieux auquel elle ressemblait lorsqu'elle devenait buveuse de sang humain. Ses yeux étaient redevenus rouges, mais, hantés par l'inquiétude, n'étaient pas emplis de soif de sang.

— Mon Dieu, murmura Tara, horrifiée, qu'est-ce que j'ai fait !

— Que se passe-t-il ? demanda Robin qui n'avait pas pu entendre, évidemment, les échanges mentaux des deux jeunes femmes.

— Selenba est enceinte.

Un énorme sourire fleurit sur le visage de Robin. Les elfes mettant très peu de bébés au monde, une naissance était toujours considérée comme un véritable cadeau des dieux. Sauf que vu la tête que faisaient Selenba et Tara, cela n'avait pas l'air d'être le cas ici.

— Euh… et ce n'est pas une bonne nouvelle ?

— Je viens de transformer Selenba en vampyr buveuse de sang humain, expliqua Tara.

Robin fronça les sourcils.

— Oui et alors q… (Il eut un petit hoquet et jura.) Slurk, le bébé aussi ?

— Oui.
— Brolk de slurk.
— Comme tu dis.
— Et tu ne peux pas… (il fit un geste tournoyant de l'index) renverser le processus ?
— Non, le fœtus n'a que quelques jours et est en plein processus de transformation et d'assimilation. Je ne connais pas les risques que je peux lui faire courir. Selenba et moi en avons parlé. Nous allons laisser les choses en l'état pour l'instant et on avisera à la naissance.
— Elle va accoucher d'un bébé BSH ? Pas cool, ça.
— Pas cool du tout.
Ils regardèrent la vampyr, qui pour une fois ne semblait pas sur le point de tuer tout le monde, mais posait sur son ventre parfaitement plat recouvert de cuir rouge une main un peu tremblante.
Puis relevait vers eux des yeux tout aussi rouges.
— Vous ne devez en parler à personne, murmura-t-elle. Et surtout pas à Safir.
— Ah bon, fit Robin, perplexe, pourquoi ? Il va être fou de joie, non ?
Selenba hocha la tête.
— Justement. Si nous lui disons, il va vouloir me protéger. Il va me demander de ne pas m'occuper de Tara. Mais ce qui vient de se passer est à la fois une malédiction et un atout. Lorsque nous sommes enceintes, contrairement aux femmes humaines qui s'affaiblissent, nous devenons bien plus puissantes. Lors des guerres contre les démons, celles d'entre nous qui étaient enceintes étaient de tous les combats, bien plus difficiles à tuer que les autres. Et être une BSH double encore ces capacités. Je suis quasiment invincible à présent.
Il y avait tout un monde de nostalgie et de regrets dans sa voix. Tara aurait été terrifiée à sa place, mais ce qu'elle voyait dans les yeux de la vampyr était bien différent. Un sentiment sur lequel elle ne parvenait pas à mettre le doigt.
Si Tara était restée dans la tête de Selenba, elle aurait compris ce qui torturait la jeune vampyr. Une seule question lui broyait le cœur : de qui était l'enfant ?

Après cela, l'entrevue avec Robin, qui avait cru trouver une excellente excuse en prenant le prétexte d'expliquer les mœurs des elfes à Tara, se transforma en une introspection sur les avantages et les inconvénients du nouvel état de Selenba.

Effectivement, elle était devenue fichtrement puissante. Elle flanqua la peur de leur vie aux thugs qui gardaient Tara en apparaissant et en disparaissant si vite dans leur dos qu'ils n'eurent pas le temps de réagir qu'elle était déjà ailleurs.

Tara songea qu'elle était drôlement contente que la vampyr soit de son côté. Elle était carrément terrifiante, là. Même avec sa magie surpuissante, Tara n'était pas sûre d'avoir le dessus sur Selenba.

Et encore moins en la sachant enceinte. Elle était incapable de blesser une femme enceinte, même si Selenba ressemblait plus à un cauchemar ambulant qu'à une femme.

Robin fit contre mauvaise fortune bon cœur. Il arracha un autre rendez-vous à Tara plus tard et, à regret, dut partir. Il travaillait pour l'Empire d'Omois, puisqu'il avait été « prêté » par le Royaume du Lancovit, mais assurait également certaines missions pour son père, quand ce n'était pas sa mère qui lui demandait de lui rapporter des livres ou des manuscrits dont elle avait besoin.

Il les raccompagna jusqu'au petit Palais de Tara, s'inclina devant les deux jeunes femmes et fila à regret.

Il avait voulu lui reparler de cette histoire de partage. Il ne comprenait pas pourquoi Tara n'était pas ravie de sa solution, qui lui paraissait à la fois élégante et pragmatique, et permettait à tout le monde d'être heureux.

Lui, ça ne le gênait pas de partager Tara avec Cal. Il soupira. Cette solution lui avait été soufflée par son père, pur elfe, qui pourtant était bien content d'avoir sa femme pour lui tout seul et de ne pas avoir à la partager avec quatre autres maris.

Là, Robin sentait qu'il allait falloir qu'il parle avec sa mère.

Pendant que Robin cogitait ferme, Tara congédia Selenba. Lui ordonnant de se reposer, ce à quoi la vampyr obéit avec une grimace indignée. Elle ne se sentait pas fatiguée, mais comprit qu'à partir de maintenant, tous les gens qui seraient au courant allaient la traiter comme du cristal.

Cette histoire allait lui exploser au visage, elle le sentait.

Tara, elle, était bien plus préoccupée par le fait qu'Archange ne l'ait pas encore recontactée. Elle sentait confusément qu'il se préparait quelque chose, ce qui la mettait mal à l'aise, mais, comme elle n'avait pas d'informations, impossible d'analyser la situation.

La semaine qui suivit fut bien remplie. À la fois par les ambassadeurs démons, mais également par les échanges avec leurs planètes. Du coup, à son grand regret et en même temps à son soulagement, Tara, trop occupée à courir un peu partout pour répondre aux ordres de sa tante, vit peu Cal et Robin. Selenba ne la quittait pas d'une semelle, ce qui ravissait Safir parce que la belle vampyr était très occupée, mais l'attristait parce qu'elle semblait ne plus avoir une minute pour lui.

Bien sûr, il ne pouvait pas deviner que Selenba hésitait. Elle voulait faire un test ADN afin de déterminer qui était le père, mais n'osait pas, de peur de la réponse. Alors elle se rongeait toute seule, piégée au-delà de ce qu'elle aurait pu imaginer dans ses pires cauchemars.

Avec une seule question. Si l'enfant était de Magister, allait-elle retourner vivre auprès de celui qui ne faisait que la blesser ? Accepterait-elle qu'il élève son enfant dans sa logique tordue et malsaine.

Non.

Mais le ou la faire passer pour l'enfant de Safir n'était pas possible non plus.

La situation était intenable. Du coup, la vampyr avait les nerfs à fleur de peau.

Ce soir-là, Tara avait rendez-vous avec Mara et Gabriel, à l'extérieur du Palais Impérial de Tingapour, chez Montagne-Cristaux. Depuis que les ambassadeurs démons étaient arrivés, permettant aux humains d'avoir encore plus d'otages potentiels sous la main, la tension s'était considérablement apaisée autour de Gabriel. À présent, comme il ne semblait pas présenter de menace, il était considéré comme un invité soudainement passionnant.

Quelques jours plus tôt, Tara avait découvert que le prince démon commençait à être invité un peu partout en ville. Pour l'instant, le Palais n'avait pas suivi la tendance, Lisbeth se méfiant bien trop de Gabriel. Mais quelques-unes des hôtesses les plus snobs avaient trouvé formidablement *in* d'avoir un démon à leurs petites soirées.

Cela avait donné une idée à Tara, qui avait vidéocristalé à MontagneCristaux, son ami mi-triton, mi-elfe, et celui-ci, ravi, s'était volontiers prêté à son petit jeu. Et avait organisé une soirée en l'honneur du prince démon.

C'était V'ala – qui sortait plus ou moins avec Montagne-Cristaux, selon les semaines – qui avait organisé le bal. Connaissant le sens de l'humour pour le moins... acéré... de la jeune elfe violette, Tara se demandait ce qu'elle avait bien pu imaginer pour épater les démons.

Pourvu que personne ne meure d'ici la fin de la soirée, et Tara serait très contente.

Cela dit, les invitations opéraient dans les deux sens, à la grande horreur des dragons qui ne comprenaient pas que les humains puissent pactiser avec les démons. Pour eux, un bon démon était un démon mort, point.

Or plusieurs ambassadeurs humains avaient été invités sur les planètes des démons, qui avaient dissipé le voile empêchant les atterrissages (enfin, à part sur Boulimi-Lemi) et permettaient à présent aux humains ou aux autres peuples de venir leur rendre visite. Ceux qui avaient eu le courage (ou la cupidité) de s'y aventurer avaient renvoyé des rapports enthousiastes sur les possibilités commerciales stupéfiantes qui venaient de débarquer dans leur univers, sans compter les échanges de métaux rares qui n'existaient pas ici, ou n'avaient, du moins, pas encore été découverts.

Soudain, en repensant à ce qui l'avait frappée lorsque les démons avaient présenté la liste des endroits où les Autre-Mondiens et autres représentants étaient invités, Tara se redressa dans son fauteuil, surprenant Galant qui somnolait en l'attendant, après un son copieux dîner d'avoine fraîche et de carottes.

— Ils n'ont invité personne sur l'autre planète !

Galant lui envoya une pointe de curiosité. De quoi diable parlait-elle ?

Tara se mit à marcher de long en large tandis que la changeline transformait sa robe de chambre rose en un petit short bleu pastel et un caraco assorti afin de lui permettre de se déplacer plus facilement et terminait de la maquiller. Elle répondit à haute voix :

— L'une des planètes. Celle qui est à moitié grise, je crois me souvenir qu'ils l'appellent Xephrodie. Ils n'ont invité personne, aucune des ambassades dessus. C'est super bizarre ! Pourquoi ? Nous avons envoyé des représentants de nos peuples en ambassade sur toutes les autres planètes, à part Boulimi-Lemi, mais parce que c'est leur planète principale, ce qui n'est pas le cas de Xephrodie. Celle-ci reste en quarantaine. Bon, ils ont accepté quelques atterrissages, mais je sais qu'ils les découragent fortement, j'ai lu plusieurs rapports dans ce sens...

Elle inspira profondément pour se calmer.

— Ils nous cachent quelque chose. Je le sais, je le sens.

Elle saisit Galant qui émit un petit hennissement de protestation et plongea ses yeux marine dans les yeux dorés du pégase.

— Il va falloir qu'on y aille. Sur cette planète en particulier. Xephrodie.

Galant lui envoya une pensée horrifiée.

— Oui, je sais, répondit-elle, chaque fois qu'on s'est retrouvés sur les planètes des démons, on a failli y rester. Et notre copine la Reine Noire est peut-être morte et volatilisée, mais on n'en est pas sûr. Sauf que là, c'est différent. Ils sont chez nous.

Elle allait s'asseoir devant son communicateur pour appeler Archange afin de lui parler de la planète (ils avaient établi une ligne spéciale pour entrer rapidement en communication, l'équivalent du téléphone rouge des Terriens), lorsqu'elle suspendit son geste.

— Non, fit-elle, c'est idiot. Si je lui dis que je veux y aller, vu qu'ils ont mis un blocus dessus, il va m'en empêcher. Alors que si j'y vais en douce, et que je reviens tout aussi en douce, ça va devrait fonctionner beaucoup mieux.

Le pégase lui envoya une pensée interrogative.

— Non, répondit-elle. Chaque fois que j'ai voulu faire des choses sans le magicgang, ça s'est très mal passé. Cette fois-ci, on va agir autrement. On va tous y aller. Pierre Vivante ?

L'amie de Tara, réservoir vivant de la magie d'AutreMonde, s'anima sur le bureau où elle reposait.

Depuis qu'ils étaient revenus de Boulimi-Lemi, la Pierre Vivante militait pour que les humains et les sortceliers attaquent les démons. Tara savait que la Pierre Vivante estimait que le Quartz Vivant avait été torturé par les démons qui l'obligeaient à leur obéir jusqu'au moment où Tara l'avait délivré, utilisant son extraordinaire potentiel magique pour les ramener dans leur univers. Depuis, la Pierre appelait à une juste vengeance. Tara avait le plus grand mal à l'empêcher de carboniser tous les démons qui passaient à sa portée. Vu que les âmes démoniaques détestaient les démons tout autant, Tara devait lutter pour ne pas se laisser emporter par tous ces esprits qui la poussaient à se battre.

D'ailleurs, la Pierre Vivante, inspirée sans doute par le contrôle de l'implosion de Tadix, à laquelle elle avait participé, lui avait très sérieusement expliqué comment détruire Boulimi-Lemi,en faisant exploser le noyau central.

Depuis, Tara était extrêmement prudente lorsqu'elle faisait appel à la Pierre Vivante.

— Jolie Tara ? répondit celle-ci lorsque la pensée de Tara la toucha.

— Peux-tu activer le signal d'urgence s'il te plaît ? fit Tara à voix haute. Contacte Fabrice, Moineau, Cal, Robin et Fafnir. Ah, et aussi Sylver. Fafnir est insupportable lorsqu'ils sont séparés et l'entendre dire pendant des heures à quel point Sylver est génial risque de tous nous rendre fous. Sans compter que Sylver est quand même le plus grand guerrier que j'aie jamais vu. Ils sont répartis un peu partout, donne-leur rendez-vous demain, le temps qu'ils puissent revenir ici. Nous partons en mission ! Chez les démons !

La Pierre Vivante rosit de plaisir.

— Merci, jolie Tara ! Tuer les démons !

— Euh... non, pas les tuer, juste obtenir des renseignements.

La Pierre s'assombrit.

— Tara pas drôle.

— Mais on va vivre plein d'aventures, argumenta Tara. Tu aimes ça, non ?

La Pierre rosit de nouveau, ravie.

— Mission, danger ! Super !

Tara sourit. En dehors de son étrange soif de sang démoniaque, comme beaucoup d'AutreMondiens, la Pierre Vivante aimait l'aventure. Un peu trop au goût de la jeune fille qui trouvait que l'ennui, vraiment, ça avait du bon. M'enfin, au moins, cette fois-ci, Tara ne partirait pas toute seule, c'était déjà ça.

Galant approuva. Il n'aimait pas spécialement risquer leur vie, et se sentait donc quand même nettement mieux lorsqu'il la risquait en compagnie de leurs amis. Soudain, il envoya une pensée amusée à Tara. Celle-ci gémit.

— Ce n'est pas drôle, Galant, et non, je ne sais pas comment je vais gérer Cal et Robin dans une même mission. S'ils ne s'entretuent pas avant la fin, ce sera déjà une sorte de miracle.

L'antagonisme entre les deux garçons n'était pas apparent, mais Tara sentait une crispation certaine lorsqu'ils étaient en présence l'un de l'autre. Le fait qu'elle ait commis l'erreur de confirmer à Robin qu'elle gardait son amour pour lui, même si elle aimait Cal, l'avait mise dans une situation extrêmement inconfortable, juste parce qu'elle n'avait pas voulu mentir.

Argh.

C'était quand même un comble d'être dans cette situation parce qu'elle était honnête !

Elle regarda son hor. Selenba devait être dehors, en train de l'attendre. Là aussi, il y avait un problème. La vampyr était nerveuse, agitée. Elle avait failli décapiter un pauvre type qui avait trébuché et s'était approché un peu trop près de Tara. Ils avaient dû lui présenter de plates excuses (enfin pas Selenba, qui s'était contentée de le foudroyer de son regard sanglant) et lui offrir un dédommagement pour son étranglement « accidentel ».

Les scoops, qui étaient bien entendu présentes, comme toujours lorsque Tara se déplaçait, avaient titré « La garde du corps vampyr perd son sang-froid », ah, ah ! Hilarant.

Cela dit, Tara avait l'impression de vivre aux côtés d'une grenade dégoupillée. Déjà que la jeune fille blonde était un tantinet sur les nerfs, ça n'arrangeait pas sa vie, tout ça.

Elle soupira et ordonna à la changeline de la vêtir.

Celle-ci savait que la soirée allait être très habillée et transforma la souple silhouette de la jeune fille en une spectaculaire robe d'or au jupon gonflé, travaillée comme du tissu (la magie, ça avait du bon quand même), support d'images ravissantes qui défilaient dessus, transformant Tara en une fresque animée. Cela l'amusa. Elle avait aimé la robe couleur de temps de Peau d'Âne et cela lui faisait tout à fait penser au film. Avec sa petite couronne sur la tête, elle se sentait très princière. Qui avait dit que l'habit ne faisait pas le moine ? En jean et tee-shirt, elle se sentait Tara. En robe de princesse, elle se sentait l'Héritière. Bizarre comme les vêtements pouvaient transformer l'humeur de celui ou celle qui les portait.

Lorsqu'elle franchit la porte, Selenba, qui était de garde ce soir-là puisque Tara allait être en contact avec un démon, écarquilla les yeux. Puis un sourire ironique retroussa ses lèvres.

— Très... spectaculaire, laissa-t-elle tomber d'un ton sarcastique. Et nous devons impressionner qui ce soir ? Le très beau prince démon Gabriel ? Je croyais que c'était la mission de Mara de le séduire ?

Tara éclata de rire.

— Je crois plutôt que Gabriel essaye de séduire Mara, pas le contraire. Non, c'est pour MontagneCristaux. Il aime particulièrement tout ce qui brille et je l'aime bien. Alors je fais en sorte de satisfaire son sens du spectaculaire et, en échange, il me fournit tout un tas de très intéressants ragots. J'ai rarement vu un pirate aussi bien renseigné que lui. Je sais qu'il a abandonné son passé sulfureux, mais les bonnes habitudes restent. Il est toujours très bien informé de ce qui se passe dans la capitale... et ailleurs.

Selenba hocha la tête et incanta. Son uniforme rouge passa au noir, mais laissa les boutons et les surpiqûres en or, spectaculaire contrepoint à la splendeur dorée de Tara. Celle-ci approuva. Oui, c'était parfait. Elles descendirent les escaliers vers leur escorte qui attendait.

Tara vit les yeux des thugs s'écarquiller eux aussi. Ah ! Spectaculaire, oui, indéniablement.

Pour l'occasion, elle avait aussi transformé le pelage argenté de Galant, en l'éclaboussant d'or et d'argent, si bien que le pégase ressemblait à un joyau vivant. Il n'aimait pas spécialement qu'on touche à sa couleur immaculée et grognait un peu.

Les imposants tapis volants or et pourpre du Palais Impérial, escortés par les tapis des thugs sur le qui-vive, ne mirent pas très longtemps à arriver jusqu'au palais de Montagne-Cristaux.

C'était une imposante bâtisse d'un bleu pastel doux, comme une mer du Sud, presque une forteresse, héritage sans doute du passé du redoutable pirate. Celui qui avait vaincu les Salterens et volé leur précieux trésor, en dépit de tout ce qu'ils lui avaient fait subir. Celui qui, petit à petit, parvenait, grâce à sa nouvelle et immense fortune, à abolir l'esclavage abject qui attendait ceux qui tombaient entre les pattes des Salterens, avides d'exploiter leurs mines.

Le mi-elfe, mi-triton, vêtu de vert, les accueillit à la porte lorsqu'ils se posèrent. Ses yeux s'arrondirent de stupeur face à la splendeur de Tara devant qui il s'inclina en une profonde révérence. En revanche, V'ala, la somptueuse elfe violette, qui même si elle avait conservé MontagneCristaux comme ami continuait à loucher vers Robin, réprima de justesse un grognement agacé. Pourtant, elle était magnifique dans sa robe améthyste presque transparente qui laissait peu de place à l'imagination.

Ce qui était amusant, c'était que Tara se sentait jalouse de V'ala. C'était un être assez simple, finalement. Elle aimait la violence, les armes et s'emparer de ce qui lui faisait envie. Elle était assez maligne pour éviter les dangers de la cour des elfes, dont sa mère était l'une des plus importantes composantes. Elle avait raté sa mission de séduire Robin, mais ne renonçait pas.

Et elle était bien plus belle que Tara, ce qu'elles savaient parfaitement toutes les deux. Du coup, Tara se sentait en position de faiblesse par rapport à V'ala, qui se sentait en position de faiblesse par rapport à la puissante magie de la jeune sortcelière – ce qui n'arrangeait pas les choses entre les deux jeunes filles.

Elles se saluèrent sèchement de la tête.

Puis V'ala vit Selenba derrière Tara et ses yeux d'un vert parfait se plissèrent. Elle reconnaissait un terrible prédateur lorsqu'elle en avait un devant elle. Amusée par sa réaction, Selenba planta ses yeux rouges de buveuse de sang humain dans ceux de V'ala et la défia. La jeune elfe aurait bien relevé le défi, mais MontagneCristaux prenait déjà galamment le bras de Tara et elle n'eut pas d'autre choix que de le suivre tandis qu'il leur faisait les honneurs de sa maison.

Bon, ce n'était pas comme si Tara n'était jamais entrée, mais elle fut suffoquée lorsqu'elle vit la décoration mise en place par l'ingénieuse V'ala.

Celle-ci avait recréé le fond des océans. Partout des murs d'eau retenaient des poissons magnifiques, de toutes les formes et de toutes les couleurs, qui passaient dans des courants reliant les différents murs, au-dessus, au travers et au-dessous des invités. L'effet était tout simplement somptueux. Le mi-triton sourit avec satisfaction en voyant sa surprise.

— C'est joli, n'est-ce pas ? Pour vous, les rampants, c'est toujours un peu difficile d'imaginer le fond de nos mers, parce que vos yeux ne sont pas formés pour discerner les nuances aussi bien que les nôtres. Alors V'ala a eu l'idée de recréer ce que nous étions capables de voir, nous.

Grinçant des dents parce que c'était vraiment réussi, Tara acquiesça aussi aimablement que possible. Mais le mi-triton avait raison, l'effet obtenu était splendide.

Partout, des sirènes et des tritons, suspendus dans des bulles d'eau, faisaient le service, tenant au bout de leurs longs doigts palmés des plateaux emplis de fruits de mer, glacés, bouillants, crus, cuits, épicés, nature, cuisinés de toutes les manières possibles et imaginables et dont certains gigotaient encore. Tara fit la grimace. La manie qu'avaient les AutreMondiens de manger des trucs encore vivants était une habitude qu'elle, elle avait le plus grand mal à digérer, sans mauvais jeu de mots.

Et elle ne parlait même pas du régime alimentaire des vampyrs…

— Comme vous me l'avez demandé, j'ai fait préparer de nombreuses boissons, glissa MontagneCristaux discrètement à son oreille, et notre invité d'honneur y a largement… eh bien, fait honneur justement. Comme on m'a expliqué que les démons étaient sans doute immunisés contre l'alcool, j'ai dit aux serveurs de lui donner des mélanges à rendre soûl le dieu terrien de la vigne, Bacchus en personne. Je crois que cela a fonctionné, parce qu'il vacille un peu. À vous de jouer maintenant, Votre Altesse Impériale.

Ils échangèrent un sourire malin. Et Tara se dirigea nonchalamment vers le beau démon qui tendait un verre à une Mara renfrognée. Il dit quelque chose avec un grand sourire, mais elle le foudroya du regard. Tara réprima un sourire. Sa petite sœur lui avait fait un rapport précisant que le démon tentait de la séduire de toutes ses forces et qu'elle n'avait pas du tout l'intention de lui faciliter la tâche. Elle pouvait constater de visu que c'était le cas. Mara se détourna pour poser son verre et, l'espace d'un instant, un masque se déposa sur le visage de Gabriel, laissant pour une fois apparaître, sans doute grâce à l'alcool, ce qu'il ressentait vraiment, pour disparaître aussitôt lorsque la jeune fille lui fit face de nouveau.

Et ce visage que Gabriel venait de dévoiler était plein de haine…

Chapitre 18

Angelica

Ou comment faire une entrée spectaculaire,
quelque peu gâchée par un terrible mal des transports...
ça le fait moins quand on est verdâtre...

Alarmée, Tara s'avança. Mais elle n'était pas la seule à avoir vu ce que cachait le démon, Galant aussi. Et son hennissement inquiet résonna dans la tête de Tara. Tout comme elle sentit que Selenba se rapprochait légèrement.

— Hello, fit Tara d'un ton léger, comment allez-vous, Prince Gabriel ?

Gabriel pivota et lui aussi fut impressionné par sa robe. Il sourit et ses yeux violets scintillèrent.

— Vous êtes magnifique, Votre Altesse Impériale. C'est un plaisir de vous revoir. Comment allez-vous depuis l'explosion ?

Tara maudit la rougeur qui monta immédiatement à ses joues.

— Très bien et vous ? répondit-elle néanmoins poliment.

— Je m'ennuie affreusement, fit le démon d'une voix languide en se penchant vers elle au point qu'elle put sentir son haleine alcoolisée. Sur ma planète, j'avais l'habitude d'être occupé du matin jusqu'au soir, mais ici, je n'ai rien à faire. Ma qualité de mi-prisonnier, mi-invité ne me permet pas de m'intéresser aux affaires. Déambuler toute la journée dans Tingapour, pour exotique qu'elle soit, a un intérêt limité au bout de la quinzième fois.

Tara lui fit un sourire à fossettes.

— Oui, j'imagine. Mara n'a pas trouvé de quoi vous distraire ? Nous avons d'excellentes équipes de polo céleste et je sais, pour y avoir joué avec vous, que vous aimez cela, non ?

— Oui, si j'avais mon équipe, soupira le Prince en brandissant son verre plein d'un liquide verdâtre au milieu duquel flottait un petit drapeau, comme s'il donnait un toast. Mais je doute que mon père accepte de me les envoyer. Il tient bien plus à ses joueurs préférés qu'à son fils.

Tara profita de l'occasion.

— Vous n'allez pas rester éternellement ici. Comme vos compatriotes ont l'air de ne pas vouloir nous exterminer de nouveau et qu'il n'y a absolument aucune raison que nous soyons en guerre, puisque vous n'avez plus besoin de nous manger pour survivre, peut-être serait-il temps de nous dire franchement ce que vous êtes venu faire ici ?

En une semaine, Mara n'avait pas réussi à faire parler Gabriel. Peut-être une attaque frontale y parviendrait-elle mieux ? Alors qu'il venait encore une fois d'exprimer l'amertume qui le rongeait ?

Il fixa Tara.

— Vous voulez la vérité ?

— Ce serait bien, oui.

— Non. Vous nous êtes tellement inférieurs, glissa-t-il, l'hostilité flambant soudain dans son regard vitreux. Vous êtes arrogants, sûr de vous, mais, en fait, vous ne savez rien de l'univers et de ce qui s'y passe.

Il se pencha vers elle et lui postillonna au visage :

— Vous êtes pathétiques.

Puis avant que Tara, stupéfaite, n'ait le temps de réagir à son insulte, il la salua de la tête et s'éloigna vers le buffet. Tara fit signa à Selenba de le suivre discrètement. La vampyr obéit et se glissa dans la foule afin de ne pas perdre le démon de vue, tandis que son visage se transformait, que ses cheveux devenaient d'une banale couleur brune et que son uniforme devenait une discrète et anodine robe marron.

Mara, qui mine de rien n'avait rien perdu de l'échange, se glissa vers sa sœur et sourit comme un chat qui vient de manger le canari de la voisine.

— Waouh, je ne pensais pas assister à ça un jour.

— À quoi ? fit Tara en essayant de reprendre ses esprits, encore un peu ébranlée de voir que son plan avait fonctionné bien mieux que ce à quoi elle s'attendait.

— Au spectacle d'un type séduisant à qui tu ne fais strictement aucun effet. Alors, ça te fait quoi ? Qu'on ne succombe pas à ton charme légendaire ?

Tara fit la grimace.

— D'abord, il y a des tas de gens qui ne succombent pas à mon charme légendaire. D'ailleurs, je n'ai pas de charme légendaire. Ensuite, ce démon vient de dire que nous sommes inférieurs et arrogants en même temps, ce qui s'oppose quelque peu. Enfin, tu as fait quoi pour qu'il soit tellement en colère contre nous ?

Le sourire de Mara s'accentua.

— Il a essayé de m'embrasser. Et quand j'ai refusé, il m'a demandé pourquoi, vu que toi tu as laissé Archange t'embrasser. Ce qu'au passage tu n'avais pas mentionné dans ton rapport, grande sœur.

Aïe ! Tara sentit la maudite rougeur revenir de plus belle.

— Euh... fit-elle, horriblement gênée. C'était... c'était... c'est compliqué.

Mara, ravie, enfonça le clou.

— Oh oui, je n'en doute pas un seul instant. Vu que compliqué est ton second prénom. Et puis laisser un démon t'embrasser, c'est compliqué à expliquer, je confirme. Et au moins, il embrasse bien ?

— Euh... très bien... balbutia Tara qui ne savait plus où se mettre. M'enfin moins que Robin.

Au moment où elle disait cela, elle sut qu'elle avait commis une énorme erreur. Mara ne rata pas l'occasion.

— Ça alors ? fit-elle en pêchant le morceau de miam rouge qui flottait dans son cocktail de fruits et en le dégustant avec des mines de chatte satisfaite. Tu trouves que Robin embrasse mieux que Cal ? Non parce que moi j'aurais plutôt cité mon actuel petit copain à titre de comparaison, que mon ancien. M'enfin tu fais comme tu veux.

Ses yeux verts dorés ne quittaient pas le visage empourpré de Tara. Qui pour une fois n'avait aucune idée de la façon de se sortir du bourbier dans lequel elle venait de se mettre toute seule.

Et aucune explosion, aucun événement rien du tout pour la tirer de ce sale pas. Elle soupira.

— Je n'ai pas cité Cal parce que je ne voulais pas te faire de peine. Et ils embrassent divinement bien tous les trois, je te confirme.

Mais Mara n'avait pas l'air triste. Juste amusée.

— Tu sais, Cal était un béguin de jeunesse, dit-elle franchement en rajustant une longue mèche qui avait eu l'audace de s'échapper de son élégant chignon. En fait, je sais très bien qu'il ne s'est jamais intéressé à moi. Mais pour moi, il était comme un héros. Le meilleur des Voleurs Patentés alors qu'il n'était même pas encore diplômé et déjà une légende à l'académie. Il t'a sauvé la vie un nombre incalculable de fois et il m'a prise sous son aile lors de mon entraînement. Là où il n'y avait que camaraderie, j'ai vu de l'amour qui n'existait pas. Mais, aujourd'hui, je me rends compte que vous êtes faits l'un pour l'autre.

Elle marqua une seconde de silence et finit tout bas :

— Mais j'espère trouver un jour un garçon qui fera pour moi ce qu'il a fait pour toi. Mourir pour te sauver.

Très émue, Tara enlaça sa petite sœur qui posa sa tête brune sur son épaule. Les scoops cliquetèrent, enregistrant l'émotion de la scène, sans bien savoir ce qui la motivait.

— Merci, fit Tara tout bas, je pensais que tu allais m'en vouloir jusqu'à la fin de tes jours.

— Non, souffla Mara, amusée, pas aussi longtemps. Je me demande d'ailleurs si je ne vais pas m'intéresser à Robin.

Elle sentit Tara se raidir et éclata de rire.

— Ah, ah. Pas aussi indifférente que ça, hein ?

Mais Tara sourit.

— Mara, Robin a proposé à Cal de me partager, à la mode elfe. Alors, crois-moi, si tu sortais avec lui, tu me rendrais un énorme service.

Mara la regarda, bouche bée.

— Non, tu rigoles ! finit-elle par articuler, médusée. Un ménage à trois ? Tu sais que tu as le droit d'avoir jusqu'à cinq maris dans leur culture, tu as d'autres noms en tête ?

Tara éclata de rire à son tour.

— Oh, là, là, Mara, tu es bien trop AutreMondienne pour moi. Et non, je vais me « contenter » de Cal, c'est déjà bien assez à gérer pour une petite Terrienne.

Mara hocha la tête. Puis repéra un joli garçon qui s'approchait du buffet et sourit.

— Bon, vu que le démon vient de dévoiler ce qu'il pensait réellement de nous, j'ai le droit d'aller draguer un peu ?

— Mara ! s'exclama Tara. Tu n'es pas un peu jeune pour ça ?

La jeune fille eut un sourire impudent sur le visage.

— Tss, tss, tss, il n'y a pas d'âge pour apprécier un joli garçon ! Et puis avoir supporté ce type arrogant et désagréable, qui a essayé de nous tuer, pendant toute une semaine, ça mérite un petit divertissement quand même !

Vaincue – après tout, c'était elle qui lui avait refilé la corvée –, Tara la laissa fondre sur sa proie comme un faucon sur un pauvre lapin. Le garçon qui allait avaler un gros canapé plein de crème et de slice[1] faillit s'étouffer lorsqu'il se rendit compte qu'une jolie fille en robe bleue s'adressait à lui et encore plus lorsqu'il comprit que c'était Mara Duncan, l'Héritière de l'Héritière. Il s'étouffa en essayant d'avaler plus vite et Tara dissimula son rire tandis que Mara tapait gentiment dans le dos de sa victime, écarlate.

Tara croisa Jeremy. Cela faisait quelques jours qu'elle ne l'avait pas vu et elle lui expliqua ce qu'elle comptait faire.

Jeremy, héritier de la science des gènes des dragons, avait été « trafiqué » afin d'être le plus puissant des sortceliers et Hauts Mages et était son pendant masculin, même s'ils avaient pu constater (à son grand dépit) qu'il était un peu moins fort que Tara. Associés tous les deux, comme ils l'avaient été à deux reprises, ils devenaient tellement puissants que cela devenait presque effrayant. Donc, il devait être tenu au courant de tout ce que faisait son binôme, c'était trop important.

Le jeune homme aux cheveux bruns savamment ébouriffés, très brièvement fiancé à Moineau, était une véritable gravure de mode, dans un magnifique costume de soie argentée. Mais, contrairement à son habitude, ce soir, il était sobre.

— Je pars sur Terre, expliqua-t-il à son tour. Les dragons m'ont demandé de rester près de la machine de Stonehenge qu'ils sont en train de restaurer.

Tara fronça les sourcils, surprise. La machine de Stonehenge avait été inventée par le roi des dragons afin de détruire l'espace et de franchir les univers pour frapper les

1. Sorte de petit oignon vert très fort. Qui donne une haleine… remarquable… dans le sens qu'on ne peut pas éviter de la remarquer… à moins d'avoir le nez extrêmement bouché.
P.-S. : Et encore…

démons et les détruire à jamais. Sauf qu'il n'avait pas pu la faire fonctionner parce que Tara avait refusé de participer à un xénocide. Aussi sa question suivante fut-elle très logique :

— Mais nous devons être deux pour faire marcher la machine, non ?

— Pour franchir l'espace sur des millions d'années-lumière, oui, répondit Jeremy avec un sourire tellement étincelant que l'espace d'un instant, Tara fut tentée de mettre des lunettes de soleil. Mais pas pour frapper des cibles plus proches. Les dragons sont prudents. Ils ont mis quelques vaisseaux en orbite autour de la planète Terre, et avec moi à terre, ah, ah, on devrait arriver à la protéger tous ensemble...

Tara grimaça intérieurement. Elle aussi aurait préféré aller sur Terre pour défendre la planète, sauf que pour l'instant personne ne l'attaquait, cette planète. Elle espérait fermement que ça continuerait comme ça, d'ailleurs. Elle sourit à son tour et Jeremy, qui était plus ou moins attiré par elle, vacilla un peu sous l'impact, puis elle le laissa, après lui avoir souhaité bon voyage.

Le reste de la soirée se déroula sans autre événement significatif. Gabriel boudait dans un coin, surtout depuis qu'il avait vu que Mara flirtait sans vergogne avec un autre que lui, Selenba le surveillait, Tara faisait son devoir d'Héritière en saluant gracieusement les courtisans habiles et en écoutant attentivement ce que lui disait MontagneCristaux sur la situation économique et politique vue de la rue, et V'ala séduisait à peu près tout le monde en exhibant son corps magnifique, ce que Tara trouvait particulièrement agaçant.

D'autant que son ventre lui faisait mal, avait un peu gonflé et qu'elle avait beau le rentrer de toutes ses forces, elle avait l'impression d'être enceinte de trois mois. Enfin supposait que c'était ce qu'on ressentait lorsqu'on était enceinte de trois mois.

Elle venait de terminer ce qu'elle voulait organiser avec MontagneCristaux lorsque, soudain, les alertes antidémons se mirent à hurler, juste devant la porte de la forteresse. Sa changeline réagit aussitôt, habillant Tara d'une armure avant même que la jeune fille n'ait le temps de sursauter. Selenba revint en courant, se transformant de nouveau en vampyr, prête à protéger la jeune fille.

Mais Tara avait déjà assisté à une scène similaire, elle fila donc vers la porte d'entrée où deux tritons extrêmement mal à l'aise tenaient en joue deux séduisants démons, habillés d'uniformes brun et noir, encadrant une jeune fille brune à l'air hautain... et un peu vacillant... qui tentait visiblement de ne pas vomir son dîner.

Stupéfaite, Tara freina des quatre fers en reconnaissant la jeune fille.

Angelica Brandaud.

Angelica était donc bien vivante ! Tara se rendit compte avec surprise qu'elle était soulagée. Elle n'aimait pas la grande fille brune qui lui avait pourri la vie suffisamment souvent dans le passé et l'avait trahie, mais elle ne souhaitait pas sa mort. Gabriel avait bien dit qu'elle n'avait pas souffert, mais Tara était contente de constater que c'était vrai.

Les deux gardes démons s'inclinèrent lorsque Gabriel fit irruption juste derrière Tara.

— Notre Seigneur vous envoie l'humaine Angelica, fit l'un des deux en reculant d'un pas et en lâchant Angelica. Il souhaite que vous raccompagniez l'humaine Angelica chez son père afin de montrer à nos futurs alliés humains que nous respectons leurs concitoyens.

Il salua de nouveau et, avant que Gabriel n'ait le temps de réagir, un puissant rayon jaillit du ciel et dématérialisa les deux gardes.

Très Darts des Wraiths[1], très Stargate Atlantis. Ils étaient bons pour les entrées et les sorties spectaculaires ces démons.

Angelica déglutit.

— Je déteste ça, grogna-t-elle. Mais pourquoi ça me rend malade comme ça ?

Gabriel soupira. Et s'avança afin de soutenir la jeune fille. Qui s'appuya contre lui d'un air reconnaissant. Tara vit qu'elle faisait un mouvement bizarre de la main, comme si elle voulait la glisser dans celle de Gabriel qui lui demandait :

— Pourras-tu faire le voyage demain ? Ton père doit être fou d'inquiétude !

Angelica hocha la tête, puis se redressa.

— Oui, ça va aller.

— J'ai loué une maison, fit Gabriel. Qu'est-ce que tu préfères ? Rester au Palais, aller dans la nouvelle ambassade où logent mes compatriotes (et qu'il avait soigneusement évitée depuis que ses sœurs et les ambassadeurs étaient arrivés sur AutreMonde) ou venir chez moi ?

Angelica lui jeta un regard en coin, puis, se rendant compte que tout le monde la regardait, les yeux ronds, comme si elle était une héroïne de sitcom, murmura :

— Chez...

Mais elle n'eut pas le temps d'en dire plus. Les gardes de l'escorte de Tara, qui s'étaient fait discrets pendant la soirée, avaient dû recevoir des ordres du Palais immédiatement après l'apparition des démons, parce que deux d'entre eux encadrèrent la jeune fille brune.

— Damoiselle Brandaud, Sa Majesté Impériale demande à vous voir, fit l'un des thugs.

Ce n'était pas une requête. Angelica pinça les lèvres et Tara, qui connaissait l'arrogance de la jeune fille, crut qu'elle allait refuser, mais, à sa grande surprise, Angelica hocha la tête. Et monta sans protester sur le tapis qu'un autre garde venait de faire avancer.

1. Les Darts utilisent un rayon de lumière qui dématérialise leurs proies et les rematérialise dans le dart jusqu'au transfert au vaisseau ruche. Tara est une grande fan de Stargate, même si elle préfère le colonel O'Nell au séduisant major Shepard.
P.-S. : Suis assez d'accord avec elle : même si le second est plus mignon, il est moins rigolo.

Elle avait l'air... perdue. Quelque chose n'allait pas du tout... enfin allait encore moins bien que depuis que les démons avaient débarqué.

— Attendez ! fit soudain Tara. Je vais aller avec elle.

Vu la tête de Gabriel, il mourait d'envie de les accompagner, mais il n'eut pas le choix. Personne ne l'invita. L'air morose, il les regarda partir, après que Tara eut salué ses hôtes et pris congé.

Une fois assises l'une en face de l'autre, Tara se pencha, imposante dans son armure or et rouge, et ordonna :

— Très bien, Angelica Brandaud, je ne sais pas quelles magouilles tu as préparées avec ton père, mais lorsque tu es venue sur Tadix sans aucune raison valable, j'ai immédiatement identifié une mission télécommandée. Alors je vais te poser la question et je veux une réponse franche : qu'est-ce que tu es allée faire chez les démons ! Non mais, ça va pas la tête ? Et qu'est-ce qu'ils mijotent ?

La grande fille brune se frotta le front d'une main tremblante.

— Ça fait deux questions, répliqua-t-elle avec un manque de mordant certain pour elle.

— Réponds à la seconde, la première est moins importante.

Angelica la regarda avec un air bizarre. Comme si elle avait une folle envie de lui dire quelque chose, mais qu'elle ne pouvait pas.

— Je n'ai pas fait exprès, finit-elle par avouer. C'était la panique, la planète risquait d'exploser, je n'ai pas eu le choix. Je n'étais pas du bon côté du satellite pour m'enfuir avec vous, alors je suis partie avec eux. Fin de l'histoire. Je n'étais pas prisonnière, mais pas libre non plus, même si je ne sais pas très bien où je serais allée sur leur planète. Ils ont transféré leurs planètes ici. Et depuis, Archange essaye de convaincre tout le monde de faire la paix, pendant que leur père, l'ex-roi des démons, a neutralisé Gabriel en l'envoyant ici, histoire qu'il ne gâche pas les chances de son frère d'éviter une guerre sanglante.

Ah ! Tara n'avait pas pensé que l'ex-roi pouvait vouloir la paix, lui aussi. Et cela se tenait. Même si elle avait un peu de mal à croire à tant d'altruisme de la part du gros démon velu.

— Qu'est-ce que vous avez donné au prince démon ? demanda froidement Selenba, faisant sursauter Tara, toute concentrée sur Angelica.

La jeune fille brune eut l'air tout à fait égarée, comme si elle ne comprenait pas la question.

— J'ai fait quoi ?

Selenba la fixa de ses glaciaux yeux rouge sang. Elle détacha sa ceinture de sécurité et se pencha vers la jeune fille brune, menaçante.

— Lorsque vous vous êtes accrochée à lui, j'ai vu que vous lui glissiez quelque chose dans la main. Qu'est-ce que c'était ?

Angelica grimaça comme si une intense douleur lui traversait le corps, puis haussa les épaules.

— Je ne sais pas de quoi vous parlez. Je n'ai rien fait.

Selenba s'approcha encore, la flaira tandis qu'Angelica se recroquevillait sur son siège, et eut l'air songeur.

— C'est curieux. Pour nous les BSH, il est facile de dire si un humain ment ou pas. Et là, je ne sens rien. Comme si elle disait la vérité.

— Ah ! fit Tara. Peut-être qu'elle dit la vérité, justement ?

— Non ! trancha Selenba. Je l'ai vue donner quelque chose au Prince. Je le lui aurais subtilisé si vous n'aviez pas décidé de partir avec cette fille.

Tara fut prise d'un frisson.

— Selenba, vu votre état, je ne veux pas que vous fassiez les poches d'un prince démon, parce qu'on ne sait jamais ce qui peut s'y cacher. Soyons raisonnables. De toute façon, il est trop tard pour réparer. Je dirais aux thugs de fouiller minutieusement sa maison lorsqu'il sera absent.

Elle obligea la vampyr à se rattacher, ce qui la fit siffler de contrariété, puis cuisina Angelica pendant tout le trajet de retour, qui hélas était bien trop court pour la piéger. Mais sa tante, l'Impératrice, allait certainement s'y prendre beaucoup mieux. Angelica n'avait pas peur de Tara.

Alors que quasiment tout le monde avait peur de Lisbeth. Avec raison d'ailleurs.

La nuit était douce, éclairée par Tadix en reconstruction et Madix. Les tapis volants frôlaient les gens qui déambulaient dans les rues animées de la capitale, mais Tara ne faisait pas attention aux parcs et aux superbes allées. Elle était bien trop occupée à essayer d'obtenir la vérité.

À leur arrivée au Palais Impérial de Tingapour, Angelica, comme Gabriel ou les ambassadeurs démons, fut soigneusement déshabillée par les chamans, sondée et scannée sur chaque pouce de sa peau. On lui donna d'autres vêtements et ceux qu'elle portait furent confisqués et analysés. Mais il n'y avait aucune magie démoniaque en elle.

Malheureusement, le débriefing avec l'Impératrice, dans la spectaculaire salle d'audience or et rouge où elle se trouvait encore, en dépit de l'heure tardive, fut tout aussi frustrant. Angelica n'avait apparemment pas vu grand-chose. Quelques vaisseaux, Boulimi-Lemi, la planète principale des démons et le Palais du roi, mais elle avait été enfermée la plupart du temps et Archange, apparemment, ne lui avait pas accordé beaucoup d'attention.

Enfin, c'était ce qu'elle prétendait.

Lisbeth, comme Tara, sentait qu'Angelica dissimulait quelque chose, mais ni l'une ni l'autre ne purent arracher ce quelque chose à la jeune fille brune, qui, inlassablement, répétait la même chose.

Et les Diseurs de Vérité ne parvinrent pas à percer son esprit, ce qui ne fit que redoubler la méfiance de l'Impératrice.

Xandiar, un rictus aux lèvres, obéit à Lisbeth lorsque celle-ci, peu convaincue, lui fit signe d'emmener Angelica se reposer. Ils savaient tous que les récits des gens qui n'avaient rien à cacher variaient. Parce que des détails, de nouveaux souvenirs revenaient lorsqu'on fouillait.

Sauf que là, Angelica avait répété la même chose. Exactement. Chaque fois.

Bien qu'il soit déjà plus de quart nuit, l'équivalent de minuit sur Terre, Lisbeth quitta la salle d'audience afin de se rendre avec Tara dans son bureau où les papillons s'étaient posés pour la nuit. Tara ordonna à Selenba de retourner se reposer. La puissante vampyr leva les yeux au ciel et obéit, frustrée.

Au moins, Magister, lui, l'autorisait à torturer les gens...

Dans le bureau, Lisbeth se mit à marcher de long en large, l'air troublé, tandis que sa robe imposante laissait place à un confortable pyjama d'intérieur et que sa couronne et son maquillage disparaissaient, la rajeunissant encore.

— Je ne comprends pas ! finit-elle par s'exclamer, furieuse. Angelica est en train de nous mentir sciemment. Elle fait le jeu des démons, contre sa propre race ! Elle est folle !

Tara aussi était perturbée. L'arrogance habituelle de la grande fille brune semblait s'être évaporée. Angelica ne paraissait que désorientée et malade. Même ses magnifiques cheveux semblaient tristes et ternes. C'était très étrange.

— Je ne sais pas ce qui se passe, mais, justement, je pense avoir trouvé une façon de découvrir ce qu'ils essayent de nous cacher. Je veux aller sur Xephrodie.

Et Tara lui expliqua ce qu'elle avait remarqué à propos de la planète à moitié grise.

— Tu veux aller sur cette planète bizarre ? s'exclama Lisbeth. Mais pourquoi ? Nous avons posé la question de savoir pour quelle raison la moitié de la planète se trouvait dans ce curieux état et ils ont dit qu'ils avaient fait une tentative de terraformation qui n'avait réussi qu'à moitié.

Tara secoua la tête.

— Mon instinct me dit qu'ils mentent. Que tout ce qui s'est passé, la raison pour laquelle ils ont débarqué ici, a un rapport avec cette planète. C'est pourquoi je te demande l'autorisation d'y aller avec le magicgang. Incognito. Il ne faudra prévenir personne.

Lisbeth fit la moue. Son pyjama d'intérieur était en soie noire, assorti à ses cheveux noirs pour l'instant, sa mèche blanche se détachant comme si elle était illuminée de l'intérieur.

— Je ne sais pas, hésita-t-elle, te risquer, sur une planète remplie de démons, qui a été le siège d'expériences bizarres… cela ne me plaît pas du tout.

Elle ne précisa pas ce qu'elles pensaient toutes les deux. Que si Tara se faisait tuer, elles perdaient l'une des meilleures armes qu'elles avaient contre les démons.

— Tu as Jeremy, contra Tara. Il n'est pas aussi puissant que moi, mais suffisamment pour être très utile si les choses vont mal.

Lisbeth fronça le nez, comme si elle sentait une mauvaise odeur.

— Tara ! protesta-t-elle, je ne parlais pas de toi en tant qu'arme, mais en tant que ma nièce et un membre de ma famille. J'ai perdu beaucoup de gens au long de ma vie et souvent de façon brutale. Je n'ai pas envie de te perdre, toi aussi, quelle qu'en soit la raison.

Tara ne dit rien, mais se sentit émue. Elle s'était tellement confrontée à la politique froide et implacable de l'Impératrice, qu'elle en oubliait parfois qu'elle était aussi la sœur de son père.

— Merci, Lisbeth, fit-elle sincèrement. Mais si nous découvrons ce qui s'est passé, peut-être pourrons-nous aussi découvrir ce que mijotent les démons. Parce que Gabriel a eu une réaction alcoolisée très étrange tout à l'heure.

Elle décrivit à Lisbeth ce qu'avait dit Gabriel et comment elle l'avait soûlé avec la complicité de MontagneCristaux.

— Il nous déteste toujours autant. Et je suis sûre qu'il est ici pour une raison, même si je n'arrive pas à voir laquelle, vu qu'il avait l'air fou de rage à cause de la façon dont son père l'a envoyé chez nous.

— Mais, fit Lisbeth, pensive, peut-être est-ce là toute l'histoire. Peut-être Gabriel pensait-il être envoyé comme ambassadeur, pas comme prisonnier, et le plan peut-il fonctionner quelle que soit sa position ?

— Oui, fit Tara, c'est aussi ce que je pense. C'est la raison pour laquelle il est vital que je me rende sur ce monde. Avant que ce mystérieux plan, quel qu'il soit, ne nous explose à la figure. Parce que je ne pense pas qu'Angelica nous révèle quoi que ce soit...

Lisbeth regarda sa nièce. Elle avait beaucoup changé, la petite fille timide et perdue qu'elle avait découverte il y avait quelques années. À présent, c'était une jeune femme déterminée qui avait affronté la mort, la torture et l'horreur et y avait survécu. Alors, si elle sentait qu'elle devait aller sur cette fichue planète, Lisbeth ne l'en empêcherait pas. Même si elle détestait cela.

— Comment comptes-tu faire ? demanda-t-elle néanmoins, histoire de voir si sa nièce avait préparé son voyage.

Mais Tara s'en était occupée. Avec la Pierre Vivante, et grâce à MontagneCristaux qui avait eu le courage de vaincre sa peur des démons afin de commercer avec eux, elle avait une liste des navires en partance pour les différentes planètes. Comme le commerce était vigoureusement découragé sur cette planète en particulier, c'était plus difficile d'y poser l'orteil. Mais Tara avait vite découvert que certains contrebandiers, qui n'avaient pas l'intention de payer des taxes à l'Empire d'Omois... ou à quelque gouvernement que ce soit d'ailleurs... avaient entassé des tas de marchandises non déclarées à destination de cette planète en particulier, justement parce que, du fait des difficultés, il y avait bien moins de concurrence.

MontagneCristaux avait donc passé quelques coups de cristal et l'un des vaisseaux était prêt, en échange quasiment du poids en or de son... imposant... capitaine, à prendre une demi-douzaine de passagers.

Lisbeth hocha la tête, approbative. C'était bien préparé.

Tara s'était aussi renseignée sur les habitants de la planète en question. Ils étaient séparés en trois groupes.

Le premier, sorte d'étrange mélange de termites et de fourmis à fourrure géantes rouges, formait les habitants originels, conquis par les Boulimi-Lema et transformés souvent contre leur gré, bien qu'ayant pour la grande majorité conservé leur forme initiale. Ils vivaient sous terre, dans d'immenses terriers tumulus, chaque « nid » dirigé par une reine.

Les seconds étaient des Boulimi-Lema sous leur forme démoniaque, à crocs et tentacules, qui géraient la planète, le troisième était composé des Boulimi-Lema sous leur forme humanisée, bien moins nombreux, mais suffisamment pour que six de plus dans la ville ne soient pas repérés.

C'était ce qui allait rendre leur petite expédition possible. La présence des démons humains. Et des démons elfes, dans le cas de Robin.

— Très bien, finit par dire Lisbeth, convaincue. Je vois que tu n'as rien laissé au hasard.

Elle tendit la main vers Galant qui s'envola et se posa sur son avant-bras.

Elle le caressa et lui souffla :

— Tu me préviendras si ta sœur d'âme a besoin d'aide, n'est-ce pas ?

L'intelligent petit pégase hennit pour montrer son approbation. Puis il eut l'air de réfléchir. Soudain, il s'envola et se posa sur le bureau, puis se mit à marcher pour tomber sur le flanc, une aile dressée.

Lisbeth sursauta.

— Galant ? Ça va ?

Tara se mit à rire, alors que Galant lui expliquait ce qu'il faisait.

— Comme tu n'as pas de Familier avec qui il pourrait communiquer et qui te transmettrait ses pensées, il me fait comprendre que ce sera le signal pour te prévenir que je suis blessée. Il fera semblant d'être blessé lui aussi. En fait, si je suis blessée, il ressentira la douleur, mais ma blessure ne se verra pas sur lui. Donc, il doit mimer pour que vous compreniez ce qui se passe.

Le pégase ne précisa pas ce qu'il ferait si Tara mourait, parce qu'ils savaient tous que le choc en retour le tuerait instantanément. Ce serait la seule indication que Lisbeth recevrait. Galant tombant soudain. Pour ne plus se relever. La tante de Tara fit une grimace.

— Très bien, soupira-t-elle pourtant. Primitive communication, mais efficace. Que Galant me rejoigne après ton départ.

Elle se tourna vers Tara et d'un seul coup l'étreignit. Tara, qui ne s'y attendait pas et était toujours en armure, lui rendit maladroitement son étreinte. Des larmes brillaient dans les yeux de Lisbeth.

— Fais bien attention à toi, d'accord ? Allez, file, j'ai encore du travail.

Et avant que Tara, émue, ne puisse lui répondre, elle était retournée derrière son bureau et semblait s'absorber dans des tas de plaquettes de cristal et de papiers, semblant presque mal à l'aise de son bref instant de faiblesse.

Tara sortit en ayant l'étrange sentiment que le monde tournait à l'envers. Angelica n'était plus arrogante et sa tante n'était plus implacable. Ça n'allait pas du tout.

Pourtant, elle était touchée par la sollicitude de Lisbeth. Elle rentra dans sa suite en espérant que le magicgang réponde rapidement à son appel.

Son souhait fut comblé lorsqu'elle pénétra dans la maison au creux de la forêt.

Cal l'attendait dans le salon, un tendre sourire sur le visage et une étincelle canaille dans son regard gris, son renard roux à ses pieds.

— J'ai reçu ton appel, dit-il. Alors ? On ne peut plus se passer de moi plus d'une demi-journée ?

Tara rit et courut dans ses bras, toute fatigue soudain envolée, tandis que la changeline faisait disparaître son encombrante armure en une fraction de seconde, pour la remplacer par une petite robe courte, verte, rebrodée de surpiqûres blanches, très Prada et légère. Cal l'embrassa passionnément, dévorant la jolie bouche rouge comme un fruit succulent, au point que Tara dut reculer pour pouvoir respirer parce que ça devenait un peu trop intense.

— On... on devrait avoir un code, fit-elle, essoufflée. Tu sais, quand je sens qu'on est en train de perdre le contrôle ?

Cal n'avait qu'une seule envie, reprendre Tara dans ses bras, ce qu'il fit, serrant fort le corps chaud de la jeune fille contre lui.

— Un code ? Tu aimes bien les codes, dis donc, tu veux dire comme « concombre » ?

Tara éclata de rire.

— Non, concombre est déjà réservé. Plutôt un truc du genre « bébé » ?

Le visage de Cal se plissa et il prit un air malheureux.

— Tout ce que tu veux, mais pas ce mot, d'accord ? Il me flanque des frissons. Brrrr.

— D'accord. Courgette ? Sauce soja ? Ketchup ? Miam ?

Ce fut au tour de Cal d'éclater de rire.

— Si tu me dis miam, je ne comprendrais pas qu'il s'agit du fruit. Et pour le reste, si on se disait tout simplement « stop », ça me semble bien comme mot, « stop », simple, élégant, précis.

Tara sourit et lui tendit sa bouche de nouveau tout en murmurant :

— Va pour stop, alors.

Cal l'embrassa de nouveau et Tara eut juste le temps de penser que pour pouvoir prononcer le mot stop, il faudrait déjà qu'elle arrive à aligner deux neurones, ce qui pour l'instant n'était pas possible tant les sensations étaient intenses, lorsque, soudain, une voix froide retentit derrière eux.

— Eh bien, bravo ? Je vois qu'on ne peut pas te laisser seul un instant !

Ils sursautèrent avec un bel ensemble et se retournèrent, cherchant qui venait de parler. Mais il n'y avait personne, à part Blondin qui grondait, sa fourrure de renard roux tout hérissée, et Galant qui s'envolait, tout aussi déconcerté.

La voix reprit :

— En haut !

Tara et Cal levèrent les yeux et étouffèrent un petit hoquet de surprise.

Eleanora, l'amour défunt de Cal, les regardait d'un air goguenard en tapant le vide du bout de son pied.

Enfin pas tout à fait Eleanora.

Mais son fantôme.

Chapitre 19

Les fantômes

Ou, parfois, s'ils pouvaient rester dans l'au-delà, ce serait nettement mieux.

— Eleanora ? fit Cal, complètement incrédule.

Devant eux flottait le joli fantôme d'une jeune femme brune, aux yeux gris étincelants, sanglée dans un uniforme de Voleuse Patentée en cuir de spalendital noir gainant ses longues jambes.

— En chair et en os… répondit-elle, moqueuse. Enfin pas exactement, mais tu vois ce que je veux dire. Dis donc, tu ne m'avais pas juré l'amour éternel ? Je meurs, quoi ? Deux, trois petites années ? Et je te retrouve dans les bras d'une autre ? Une blonde en plus, bonjour le cliché !

— Eleanora ? refit Cal dont le cerveau restait bloqué.

Tara prit les choses en main.

— Salut, El, fit-elle, c'est Elseth[1] qui t'envoie ?

— Ouaip, répondit Eleanora. Dis donc, tu lui as fait quoi à mon amoureux, il a l'air d'avoir du fromage blanc à la place du cerveau, là.

L'insulte fit glapir Blondin, qui n'avait jamais aimé Eleanora, et reprendre contenance à Cal. Il inspira profondément et croisa les bras.

— Eleanora.

— Waouuuh, tu as trouvé mon prénom trois fois de suite. Je suis impressionnée ! railla le fantôme. Tu as gagné un nounours en chocolat pour la peine.

Mais Cal n'avait pas du tout envie de rire.

1. Ancienne Impératrice, mère de Danviou et Lisbeth. Son second prénom pourrait être implacable…

— J'ai tué tous ceux qui ont été impliqué dans ton meurtre, fit-il d'une voix basse et terrible, empreinte de la culpabilité de n'avoir pas pu protéger son amie.

Cela fit reprendre son sérieux à Eleanora.

— Pas exactement, fit la jeune fille. Tu n'as pas tué celui qui a commandité le meurtre. Ce n'était pas Tyrann'hic. J'ai fait mon enquête de mon côté. OutreMonde est immense, d'autant que les sortceliers se créent souvent des planètes personnelles, mais j'ai fini par retrouver ceux que tu as tués.

Elle fit craquer ses doigts d'un air sinistre, enfin elle tenta de faire craquer ses doigts, parce que cela ne produisit aucun bruit.

— Ils pensaient qu'on ne pouvait pas souffrir en Outre-Monde.

Elle sourit.

— Ils avaient tort.

— Waouh ! fit Tara. Attends une seconde. Je croyais qu'Elseth n'autorisait pas le passage de fantômes assoiffés de vengeance ?

Eleanora prit un air angélique. C'était tout juste si on ne voyait pas une auréole au-dessus de sa tête. Elle leur fit un ravissant sourire plein de fossettes.

— Moi ? Assoiffée de vengeance ? Meuuuuh pas du tout ! Je suis une Pacis, tu t'en souviens ? Si adorable, tellement contente de pouvoir rendre service à l'Empire d'Omois pour lui confirmer que les fantômes sont prêts à venir défendre nos races si les démons attaquent, même si moi, personnellement, je suis pour la paix et l'amour. Ce sera une pure coïncidence si je tue quelqu'un au passage… mais un peu d'aide ne sera pas de trop.

Son visage se rembrunit et elle redevint sérieuse.

— Je ne suis pas matérielle et je ne veux posséder aucun innocent pour obtenir ce dont j'ai besoin, ce ne serait pas juste pour lui. Alors, pour manipuler les indices physiques qui vont me permettre de retrouver mon assassin, j'ai besoin de mains solides. Puisque ce n'est pas Tyrann'hic, c'est que c'est quelqu'un d'autre.

Oui, ça, on s'en doutait, songea irrévérencieusement Tara.

— Sauf que je ne comprends pas le motif. À part le ministre, personne d'autre n'avait besoin que je meure. C'est donc totalement illogique tout ce qui s'est passé. Et je veux… je *dois*… comprendre.

C'était ce qui avait séparé Cal d'Eleanora. Cette obsession d'El pour la vengeance. Qui, apparemment, ne l'avait pas quittée une fois morte. Elle ne se reposerait que lorsqu'elle aurait éliminé celui qui l'avait tué.

Bon. Enfin pas bon, plutôt.

Il ne restait plus qu'à le trouver pour être débarrassé d'elle. Même si Cal pensait que le procédé était moralement indéfendable – après tout, ils traquaient un tueur.

— Pas maintenant, décréta Tara fermement. Après la menace fantôme, nous avons la menace démone. Et crois-moi, si nous ne trouvons pas ce qui se passe, OutreMonde risque d'être bientôt surpeuplée !

El fit la grimace. Même vivante, elle n'aimait pas lorsqu'on la contredisait.

Puis elle attaqua :

— Tu as volé mon petit ami, Tara. Tu me dois quelque chose.

Tara rit, mais son cœur était lourd. Elle se sentait triste de voir qu'Eleanora, encore et toujours, ne vivait que pour se venger, ne vivait pas, en fait, même dans sa mort.

— Bien essayé, dit-elle doucement, mais non, je ne te dois rien. Tu étais morte depuis longtemps lorsque nous sommes tombés amoureux.

Eleanora ne broncha pas. Tara décida d'être plus ferme.

— De plus, obsédée par ta vengeance, je n'ai pas le souvenir que tu aies jamais été amoureuse de Cal. Tu aimes trop la mort, El, pour savoir vivre.

Le visage d'Eleanora se ferma. C'était un coup bas et elles le savaient toutes les deux.

— Dis donc, tu frappes en dessous de la ceinture, railla le fantôme. Tu as changé depuis la dernière fois que je t'ai vue.

— Contrairement à toi ! contre-attaqua Tara. Mais une fois que tu auras tué ton assassin, Eleanora, franchement, ça va te rapporter quoi ?

— Une infinie satisfaction.

— Je n'en suis même pas sûre. Mais si c'est ce que tu veux, libre à toi. Nous, nous avons une mission un peu plus importante qu'une mesquine vengeance personnelle…

— Touchée, fit El. Deux fois. Tu es devenue bonne en rhétorique, l'Héritière. Très bien. Transmettez mon message à l'Impératrice. Sa chère moman va venir lui donner un coup de main fantomatique si nécessaire. Moi, je vais me trouver quelqu'un qui pourra m'aider.

— Attends ! cria Tara, tu dois essayer de posséder Gab...

Mais avant que Tara et Cal ne puissent réagir, le fantôme disparut.

— Waouh ! fit Cal en s'ébrouant comme s'il sortait de l'eau... du bourbier émotionnel plutôt... Ça, pour une surprise, c'est une sacrée surprise. Et je crois que j'ai trouvé un mot encore plus fort que « bébé » ou « stop » pour m'arrêter si je vais trop loin avec toi : Eleanora !

Tara relaxa ses muscles tendus. Les fantômes acceptaient d'intervenir dans la sphère d'existence des vivants, c'était déjà beaucoup. Tara ne savait pas s'ils étaient capables de posséder les démons, mais cela valait le coup d'essayer.

— Elle ne m'a pas écoutée. Je voulais lui dire qu'elle devait essayer de posséder discrètement Gabriel, ou l'un des démons de la suite des ambassadeurs, histoire de voir si c'est possible, mais elle a filé trop vite. Slurk !

— De toute façon, philosopha Cal, c'est un peu tard maintenant.

Tara le regarda. Était-il encore amoureux de la jolie tueuse ? Mais l'air sombre de Cal la rassura.

— Je n'arrive pas à croire que tu aies pensé à faire appel aux fantômes pour combattre les démons... même si je reconnais que c'est une excellente idée, pourquoi ne m'en as-tu pas parlé ? Ça m'aurait évité d'avoir une crise cardiaque tout à l'heure quand elle est apparue !

— Je suis désolée, s'excusa Tara, mais nous étions convenues avec Lisbeth de ne pas en parler avec qui que ce soit, c'était absolument secret. Évidemment, je ne m'attendais pas à ce que ce soit El qui soit choisie pour cette mission.

Il respira profondément et chassa son agacement d'un revers de la main.

— Bon, excuse-moi, fit-il, mais tout cela m'a un peu secoué. Il est tard, mais j'ai faim. Tu veux quelque chose ?

— Non merci, répondit Tara, soulagée de voir qu'il n'était pas fâché contre elle.

Elle le suivit dans l'immense cuisine de marbre noir, aux placards laqués de blanc et aux machines en aluminium brossé, sous deux grands lustres de cristal noir.

— J'ai grignoté des tas de trucs chez MontagneCristaux, continua-t-elle. Mais les cuisiniers pensent que je ne mange pas assez et ils laissent tout le temps de quoi nourrir un régiment dans le conservateur[1] .

Elle ouvrit la grande porte grise et dévoila des plats en stase, soigneusement rangés par catégories. Cela couvrait un mur entier. De quoi nourrir deux régiments plutôt. Cal siffla, admiratif.

— Ah ! ajouta Tara, malicieuse, en le regardant chercher et sortir ce dont il avait besoin pour se confectionner un sandwich. El n'est pas la seule, une autre de tes admiratrices a refait son apparition ce soir.

Cal ne fit pas le lien.

— Ah bon ? Qui ? demanda-t-il, méfiant, en se retournant, les mains pleines de nourriture.

— Angelica Brandaud. Je viens de la laisser aux bons soins de Xandiar.

Il y eut un petit moment de silence. Le jeune homme aux épais cheveux noirs posa les aliments sur le plan de travail en métal.

— Eh bien, finit-il par dire sombrement, parce qu'il n'avait pas pardonné ses trahisons à sa meilleure ennemie. Je vois que comme les mauvaises herbes, elle s'accroche à la vie !

Tara fut surprise.

— Tu pensais qu'elle était morte ?

— Disons plutôt que c'était un vœu pieu, fit Cal en mettant du pain à griller avant de le tartiner de mayonnaise et d'ajouter une épaisse tranche de viande de traduc cuite, du bacon, du fromage de balboune, du sel et du poivre et une tranche de tomate pour faire genre « je mange des légumes, si, si ». M'enfin bon, dommage. Elle a donné des indications sur son séjour chez les démons ? Même si je

1. Comme un réfrigérateur sur Terre, mais plus efficace parce que les aliments posés à l'intérieur sont figés dans une stase et ne peuvent plus changer d'état. Donc pas de décomposition. S'il a de la magie pour fonctionner, un conservateur pourrait conserver de la viande pendant un million d'années et la viande serait parfaite…

suppose qu'ils ont dû prendre des précautions pour l'empêcher de parler ?

Tara le regarda puis se frappa le front.

— Non mais quelle gourde !

— Angélica est une gourde, je suis bien d'acco…

— Non, pas Angelica ! Moi ! Bien sûr, un sort de contrainte ! C'est pour ça qu'elle paraissait tellement bizarre ! Tu sais, dans les films, tout le monde voit les indices avant le héros et on se demande toujours pourquoi, mais on a tellement de choses à gérer qu'on finit par passer à côté de l'essentiel.

Tara fronça les sourcils et se mit à marcher de long en large comme toujours lorsqu'elle cogitait. La cuisine impeccable était immense et Cal s'adossa contre la table de marbre noir veiné de blanc pour suivre tranquillement l'évolution de Tara, tout en dégustant son énorme sandwich. Depuis que la Reine Noire l'avait transformé et qu'il avait grandi d'un seul coup, à son grand désespoir, il avait tout le temps faim.

— Pourtant, ronchonna Tara, au Palais, ils ont dit qu'Angelica ne présentait pas de traces de magie démoniaque ni de sorts…

— Il chuffit de lui injecter un produit qui effache une partie de cha volonté pour qu'elle ne puiche pas parler, fit Cal, la bouche pleine de viande et de pain.

Tara décrypta ce qu'il venait de dire, puis répondit :

— Tu veux dire de la science plutôt que de la magie ?

— Oui.

Tara se connecta à l'ordimagique de la cuisine. L'écran de cristal descendit du plafond. Elle eut très vite en ligne Xandiar, qui n'était pas encore couché lui non plus. Parfois, elle se demandait si le grand chef des gardes savait ce que le mot « repos » voulait dire.

— Des traces d'injection ? Laissez-moi regarder sur le rapport des chamans, Princesse, répondit le thug en insérant une plaquette de cristal dans le lecteur.

Un défilé de données est apparut. Puis Xandiar releva les yeux vers Tara.

— Dans le cou, oui, une trace d'injection. Mais nous n'avons rien relevé de particulier dans le sang de damoiselle Angelica. À part une forte augmentation des globules blancs, que nous avions attribuée à une petite infection. Ce serait autre chose ?

— Il existe de nombreux produits sur Terre qui permettent de manipuler l'esprit des humains, la scopolamine notamment, ou le penthotal. Les effets secondaires sont souvent une augmentation des globules blancs.

Xandiar passa une de ses quatre mains dans ses très courts cheveux noirs.

— Damoiselle Brandaud a subi un lavage de cerveau ? Chimique ?

— Oui.

— Ces démons m'inquiètent de plus en plus.

— Xandiar, ils nous inquiètent depuis cinq mille ans, ironisa Cal en essuyant les derniers débris de son sandwich et une trace de mayonnaise au coin de sa bouche. Bon, maintenant qu'on sait ce qui se passe, et que, bien évidemment, les démons nous dissimulent quelque chose, qu'est-ce qu'on fait de la peste ? On la désintoxique ?

— La peste ? demanda Xandiar qui ne suivait plus.

— Angelica, précisa Cal.

— Oh ? Eh bien, cela va être difficile. Une délégation du Lancovit vient d'arriver à Omois. N'étant pas ressortissante de notre Empire, son père a fortement insisté pour que sa fille rentre tout de suite chez eux. Damoiselle Brandaud vient de quitter le Palais. J'allais d'ailleurs vous appeler pour vous en informer. (Il consulta une autre plaquette de cristal.) Le prince démon Gabriel a également émis l'intention de se rendre avec damoiselle Brandaud au Lancovit afin de la soutenir et de l'accompagner d'après la note que nous avons reçue. L'Impératrice a autorisé ce déplacement. Elle est curieuse de savoir pourquoi le Prince Gabriel semble soudain tellement friand de voyages.

La même inquiétude luisait dans leurs regards. Le plan des démons, quel qu'il soit, avançait et ils étaient dans le noir.

— Xandiar, vous surveillez tout ce petit monde ?

— Hélas, je dois laisser ce travail à mon homologue du Lancovit. Mais il dépend de Maître M'angil, le père de Robin. Il me tiendra au courant.

Ah, oui, la souveraineté. Tara oubliait souvent ce léger détail. Pour elle, un criminel devait être poursuivi quel que soit l'endroit où il se trouvait. Mais bien sûr, elle ne gouvernait pas. Pas encore. Peut-être jamais si Lisbeth se décidait enfin à faire des tas et des tas de bébés, espérait-elle du fond du cœur.

— Merci, Xandiar. À demain.

Elle coupa la communication et se tourna vers Cal qui venait de se servir un tzinpaf à l'orange.

— Nous partons. Dès demain... dès ce matin rectifia-t-elle en se rendant compte qu'il était déjà très tard.

Cal sourit et leva son verre.

— Moi, je veux bien, mon cœur. Mais nous partons où et pourquoi ?

Tara se mit à rire en se souvenant qu'elle n'avait rien eu le temps de dire à Cal vu qu'El leur avait sauté... flotté... dessus. Elle lui expliqua donc son plan. Le visage du jeune Voleur se plissa alors qu'il faisait la grimace.

— Des fourmis rouges géantes à fourrure ? J'aime beaucoup Drrr, ma copine aragne, mais franchement, les insectes, en régle générale, c'est pas trop mon truc. D'autant que je déteste partir sur le terrain sans préparation. Un Voleur mal préparé est un Voleur mort... ou suffisamment endommagé pour ne plus porter ce nom.

Tara lui sourit tendrement et se coula au creux de ses bras.

— Caliban Dal Salan, tu es la personne dans mon entourage certainement le plus incroyablement douée pour l'improvisation que j'aie jamais rencontrée de ma vie. On va y aller, juste interroger les fourmis pour savoir ce qui s'est passé et ensuite, on rentre illico. En fait, j'envisageais d'y aller toute seule (elle sentit les muscles fermes de Cal se raidir contre elle et se dépêcha de continuer), mais je sais que tu m'aurais assassinée à mon retour. Alors je préfère qu'on y aille tous.

— Hum. Tu as donc demandé aussi à Robin de venir ?

— Oui, répondit fermement Tara. Le magicgang au grand complet. Plus Sylver.

À ce moment, la porte intérieure de la cuisine chantonna gaiement :

— Ding dong ! Message de la porte principale ! Dame Naine Fafnir Forgeafeux et sieur demi-dragon Sylverchirouchivu Étoile d'Argent demandent à vous voir en dépit de l'heure extrêmement tardive !

Cal éclata de rire.

— Tara ? Dis-moi, c'est toi qui as demandé à la porte de t'informer de cette façon ?

— Les objets, les gens de ce monde ont tendance à prendre ce que je dis au pied de la lettre, grimaça Tara. J'ai juste dit que je voulais qu'elle me prévienne avec un ding dong quelconque, mais, précisa-t-elle en se tournant vers la porte de la cuisine, je voulais dire une sonnerie ! Pas qu'elle dise « ding dong » !

— Oh ! fit la porte, désolée. Quelque chose comme cela vous convient ?

Un léger carillon retentit dans la cuisine.

— C'est parfait, sourit Tara.

— Ah, non, rigola Cal, ça, c'est le pain de mon second sandwich qui est prêt.

En même temps retentit une énorme cloche qui les assourdit. Fafnir et Sylver, qui pénétraient dans la cuisine, où la porte leur avait signalé la présence de Tara, s'arrêtèrent sur le seuil, stupéfaits.

— Ding dong, vos invités sont là ! claironna la porte malgré le gong.

Tara soupira.

— Mon Dieu, j'ai l'impression que la porte de la cuisine a la mémoire d'un poisson rouge. (Elle éleva la voix.) Porte, pour la prochaine fois, un petit carillon discret, cela sera suffisant et inutile de redire ding dong. Fafnir, Sylver, salut ! Contente de vous revoir.

Elle étreignit ses amis. Sylver sentait une odeur bizarre que Tara identifia comme l'air du Dranvouglispenchir. Fafnir, pour la première fois depuis que Tara la connaissait, n'avait pas tressé ses magnifiques cheveux roux qui tombaient comme une vague glorieuse jusqu'à ses pieds bottés de fer et de cuir, et paraissait en pleine forme, ses yeux verts étincelants d'excitation, tandis que Belzebuth, son chat rose démoniaque, miaulait des bonjours à tout le monde.

— Alors ? s'exclama la naine rousse, toute joyeuse, en désignant les deux haches qui ornaient son dos. Tu as appelé ? Tu as besoin de nous ? On va hacher quelqu'un ?

Ils éclatèrent de rire. Très vite, Moineau, toujours aussi ravissante, arriva, accompagnée de Sheeba, sa panthère argentée, suivie de près par son petit copain humain loup-garou, Fabrice, tout juste débarqué de Terre, et Robin, le demi-elfe, avec Sour, son hydre, sifflant de joie autour de son cou. Tara avait été inquiète de cette réunion, la première entre Cal, Robin et elle, mais la chaleur des retrouvailles du magicgang et tout ce qu'ils avaient à se dire firent que très rapidement la cuisine se retrouva remplie de chaleur, de joie et de gens affamés qui se préparaient des sandwichs ou des salades en échangeant souvenirs et informations.

Tara était heureuse. De plus en plus, elle apprenait à apprécier le moment présent, pour faire provision de bons souvenirs lorsque les mauvaises choses lui tombaient dessus. Pour l'instant, elle ne parlait pas encore de la mission, se contentant plutôt d'écouter les aventures de ses amis.

Sylver leur raconta ses démêlés avec sa chère grand-tante, tout en découpant un morceau de fromage crémeux.

— Non ? s'exclama Moineau, stupéfaite. Elle t'a planté un couteau dans le cœur ? Mais elle aurait pu te tuer !

Fabrice éclata de rire en écartant les cheveux blonds qui tombaient sur ses yeux noirs, après avoir avalé un morceau de spatchoune bien épicé.

— Euh… chérie, je crois que c'était un peu le but.

— Oui, s'amusa Sylver. Les dragons sont des gens assez simples, finalement. Comme nous, les nains, ils aiment l'or, bien manger et se débarrasser des gens qui les ennuient de façon radicale. Les deux races sont bien plus proches qu'elles ne le soupçonnent.

Sylver n'était pas plus nain que Tara, mais le magnifique jeune hybride aux longs cheveux multicolores, fils de Magister et d'Amava la dragonne, élevé par les nains, se considérait comme tel. Fafnir grogna.

— Ce sont des saletés de bestioles. Comprends même pas comment tu fais pour les supporter !

— Tss tss, ne sois pas raciste, Fafnir Forgeafeux, fit sévèrement Moineau, ses yeux noisette étincelants de réprobation. Les dragons sont des gens comme les autres.

Fafnir allait répliquer vertement, mais Sylver continua :

— Ma Douce Fafnir, je sais que les nains n'aiment pas les dragons et réciproquement, mais je m'y suis fait des amis, particulièrement grâce à mon avocat, Voluchironchivu. Il m'a été conseillé par la Reine Charm. Volu fait, comme elle, partie de la faction pacifiste qui n'a pas l'intention d'attaquer les démons. (Le jeune homme se rembrunit.) Contrairement à Gravouterichivu. Il est extrêmement dangereux, celui-là. Je sais me battre, j'ai été formé pour tuer. Mais celui-là, il est comme Gabriel, le prince démon. Mettez-les l'un en face de l'autre et ils feront tout pour embraser l'univers pour satisfaire leur soif de sang.

Tara ne connaissait pas ce fameux dragon, mais ce que lui en avait dit sa tante était suffisamment éloquent. Sylver avait raison.

Elle le regarda pensivement.

— Tu ne vas pas venir avec nous finalement, fit-elle. J'ai changé d'avis. Et toi non plus, Fafnir.

— Quoi ? se hérissa la naine. Et pourquoi je te prie ?

— Je n'y ai pas pensé, mais les démons ont utilisé des modèles humains et, comme j'ai pu le constater avec les ambassadeurs, elfes, ce qui permet à Robin de venir, ou vampyrs, mais, hélas, pas nains pour leurs rejetons.

— C'est normal, nous sommes inimitables, se rengorgea Fafnir.

— Certes. Tu es belle, mais tu es petite, dit Tara très diplomatiquement. Tu vas te faire repérer immédiatement. Et maintenant que j'ai entendu le rapport de Sylver, je préfère qu'il reste au Dranvouglispenchir, surveiller ce dragon agressif.

Pendant que Fafnir pestait vigoureusement d'être écartée de cette façon, Tara demanda à Sylver :

— Penses-tu que tu pourrais te rapprocher de la faction guerrière, puisque tu es un combattant ? En utilisant non pas ta forme humaine, mais ta grande forme dragon. Je crois bien que tu es l'un des plus impressionnants dragons que j'aie jamais vus, même si tu n'es pas aussi gros que Sal – mais Sal est une exception parmi les siens, seuls les dragons de combat sont plus gros que lui.

Sylver et Fafnir échangèrent un long regard. Puis Fafnir interrompit sa litanie de très inventifs jurons et soupira.

— Tara a raison. Et moi je ne peux pas venir au Dranvouglispenchir : au premier dragon que je découperai en morceau, ça ruinerait ta couverture.

Elle se tourna vers Tara et soupira.

— Mais je vais venir avec vous, même si cela me force à vous montrer quelque chose qui est normalement exclusivement réservé à notre sphère la plus privée.

— Waouh ! fit Cal en se redressant tout à coup, une lueur intéressée dans son regard gris, qu'est-ce que tu veux dire par « sphère la plus privée » ?

— Notre chambre à coucher, répondit Fafnir en rosissant un peu.

Un grand silence se fit dans la cuisine.

Fabrice, qui semblait avoir un peu de mal à respirer tout à coup, s'éclaircit la gorge :

— Euuuh, Fafnir, tu peux peut-être nous *expliquer* ? plutôt que de nous *montrer* ?

— Non, répondit Sylver, vous ne comprendriez pas, c'est mieux que Fafnir vous montre.

Cinq paires d'yeux stupéfaits se fixèrent sur lui.

— Euh… euh, bredouilla Moineau, tu veux dire que tu es d'accord ?

— OK, on se calme ! fit Cal, mort de rire. Quelqu'un peut-il m'expliquer pourquoi j'ai soudain l'impression de me retrouver dans les prémices d'un film interdit aux moins de dix-huit ans ?

Fafnir le regarda sans comprendre, puis soudain éclata de rire en commençant à se déshabiller.

— Quoi ? Vous pensiez que nous allions vous montrer ce que nous faisons, Sylver et moi, dans notre chambre à coucher ?

— Ben, on a quelques raisons de penser à ça, non ? Et tu fais quoi, là ? demanda Fabrice, de plus en plus mal à l'aise, alors qu'après avoir déposé ses armes Fafnir commençait à retirer ses bottes ferrées.

Fafnir désengagea ses haches de ses harnais et répondit :

— Ben, je me déshabille, je n'ai pas envie d'abîmer mes affaires. Tara, tu as une serviette à me prêter, sinon je crois bien que notre ami va tomber dans les miams[1] là…

La changeline fournit une grande serviette moelleuse verte, assortie à la couleur des yeux de la naine. Celle-ci s'en enveloppa, cachant sa nudité, même si à un moment Fabrice dut

1. Pareil que dans les pommes, mais plus confortable, parce que les miams amortissent mieux et sont moins dures. Mais plus salissantes…

s'asseoir, tandis que Moineau, amusée, levait les yeux au ciel… enfin vers le plafond.

Fafnir ferma les yeux, puis dit :

— Voici la raison pour laquelle la foutue Reine Noire a pu faire de moi une Géante. Vous ne l'aviez pas remarqué, mais elle s'est emparée de ce qui était notre nature profonde. Le dragon pour toi, Sylver, les bêtes pour Moineau et Fabrice, l'elfe parfait pour Robin, le Voleur Suprême pour Cal. En moi, elle a puisé… cela.

Soudain, alors qu'elle parlait, elle se mit à grandir. En quelques secondes, sous les yeux absolument stupéfaits de ses amis, elle mesurait un mètre quatre-vingts de splendide musculature dorée et de cheveux roux. Elle rouvrit ses yeux verts. Sylver la regardait avec une telle intensité qu'elle en rougit de plaisir.

Avant de la rencontrer, il connaissait, bien sûr, cette particularité des nains, qui leur permettait d'ajuster leur taille en fonction du travail qu'ils avaient à fournir dans les mines. Petits afin de passer facilement dans des tunnels étroits. Grands lorsqu'ils avaient besoin de pouvoir accéder à des veines de métal hautes. Les nains détestant la magie, même si ce n'était pas à proprement parler de la magie, mais plutôt une caractéristique de la race naine, cette faculté s'était un peu perdue pour ne plus être utilisée, finalement, que dans les cas extrêmes ou lorsque, comme dans le cas de Fafnir et Sylver, la naine avait envie de compenser leur différence de taille.

En revanche, les nains ne l'utilisaient jamais pour combattre, parce que, curieusement, cette forme était moins forte et moins résistante que leur forme originale.

Fabrice déglutit. La serviette, bien trop grande l'instant d'avant, devenait soudain très riquiqui, masquant à peine les très longues jambes musclées de Fafnir. Elle était… glorieuse. Carrée, musclée, puissante. Impressionnante.

Cal s'inclina.

— Fafnir, les démons n'ont qu'à bien se tenir, il te suffira de te montrer et ils déposeront les armes immédiatement à tes pieds. Surtout si tu ne gardes que cette petite serviette.

Morte de rire devant la tête des garçons, y compris celle de Robin qui avait du mal à cacher sa stupéfaction, Tara incanta afin d'agrandir les vêtements de Fafnir, qui rendossa sa tenue de cuir et de camelin rouge. Ils durent passer un peu de temps afin de trouver le bon équilibre pour ses haches, parce que juste faire grandir les armes de Fafnir n'était pas suffisant, mais, en quelques minutes, la naine était de nouveau équipée de pied en cap.

— Cette planète est vraiment incroyable, ronchonna Fabrice en parfait Terrien. On croit qu'on connaît et qu'on comprend tout, et paf ! y a un truc comme ça qui vous tombe sur la tête. Moineau, tu as vécu avec les nains à Hymlia. Tu étais au courant ?

— Non, répondit Moineau, tout aussi fascinée. Les tunnels étaient trop étroits pour que nous y allions avec mes parents et la magie ne fonctionne pas bien dans les montagnes d'Hymlia à cause de la présence du fer annihilateur de magie. Nous ne pouvions courir le risque de rester coincés. Donc je n'ai jamais eu l'occasion d'assister à cela. Mais j'avais entendu des bruits, des rumeurs. Fafnir, tu es magnifique quelle que soit ta forme.

— Merci, s'inclina la jeune naine. Bon, maintenant que ce léger détail est réglé, quelqu'un peut-il me dire ce que nous faisons ici et quelle est la mission ?

Tara inspira. Et leur expliqua ce qu'elle avait trouvé et ce qu'elle voulait faire.

Fabrice poussa un long sifflement.

— D'accoooooord. Tu veux aller sur une planète remplie de fourmis rouges pour leur demander pourquoi leur planète est à moitié détruite. Et qu'est-ce qui te prouve qu'elles ne vont pas faire ce qu'elles font sur Terre, te découper en petits morceaux avec leurs mandibules, t'emporter dans leur fourmilière, et te donner à leurs larves qui vont t'avaler tout cru[1] ? D'autant que, arrête-moi si je dis des bêtises, mais aucun d'entre nous ne pourra utiliser la magie là-bas, vu que les planètes démoniaques en sont totalement dépourvues ?

C'était là qu'on en venait aux choses compliquées.

— Euh... en fait, si, expliqua Tara. Moi, je pourrai. Et vous aussi. Enfin, si vous acceptez. Ceux d'entre vous qui refuseront ne pourront pas nous accompagner.

---

1. En fait, les fourmis à fourrure sont des êtres civilisés. Contrairement à ce que croit Fabrice, elles auraient fait cuire Tara avant de la donner à leurs larves...

— Qui refuseront quoi, Tara ? fit Robin, parlant pour la première fois.

Tara planta ses yeux bleu marine dans les yeux de cristal de son ex-petit ami et déclara :

— Ceux qui refuseront de porter un objet démoniaque !

Chapitre 20

Le départ

Ou comment savoir comment partir,
mais sans avoir aucune idée de si on va revenir
et surtout en combien de morceaux.

À part Sylver et Fafnir, ses amis eurent un même reflexe de recul.

— Tu... tu veux dire que... que tu vas pa... par... tager tes objets ? bégaya Moineau qui de temps en temps était rattrapée, à sa grande fureur, par son ancien défaut d'élocution.

Tara hocha sa tête blonde.

— Oui. J'en ai sept. Un pour chacun et j'en garde deux sur moi. Avec leur accord, sans les épuiser, vous pourrez puiser dans leur pouvoir. Et les démons vous reconnaîtront comme un des leurs, puisque vous porterez la signature démoniaque. Sans les objets, nous ne pourrions pas remplir cette mission. Mais avec eux, tout devient possible. Ils sont nos alliés. Ces âmes qui sont prisonnières sont innocentes. Elles ne sont pour rien dans la soif de conquête des Boulimi-Lema. Elles ont confiance en moi et j'ai confiance en elles. Alors vous, vous devez avoir confiance en moi, vous aussi.

Robin s'avança, le visage crispé de révulsion, mais volontaire. Il savait à quel point Cal était phobique des objets démoniaques. C'était un excellent moyen de marquer des points. Il tendit sa main aux longs doigts fuselés, après avoir déposé Sour, très inquiète, au cas où.

— Donne-m'en un, Tara, voyons si la magie démoniaque me rend fou ou pas.

Crispés, ses amis firent cercle autour de lui, dans la cuisine soudain silencieuse.

Tara détacha l'un de ses bracelets et le passa à Robin. Dès qu'il toucha sa main, le bracelet se transforma en un bracelet d'argent, large et ciselé, parfait pour son poignet bien plus large que celui de la jeune fille. Fronçant les sourcils, il le passa à son bras.

Puis vacilla et faillit tomber. Tara bondit, ce qui cette fois-ci fit froncer les sourcils à Cal. Elle passa le bras sous l'épaule du demi-elfe et Robin se laissa aller avec délice contre le corps chaud de la jeune fille.

Mais pour une fois, ce n'était pas pour tenter de la séduire, mais parce que l'irruption des voix démoniaques dans son esprit l'avait vraiment pris par surprise. Elles n'étaient pas violentes ou vicieuses comme il le redoutait. Il avait plutôt l'impression d'une énorme compagnie de petits chiots, avides de plaire et gigotant dans tous les sens en explorant sa cervelle, laissant des empreintes de leurs petites pattes un peu partout.

D'accord. Des chiots noirs avec des yeux rouges et brûlants et un fumet démoniaque, mais quand même.

C'était... très déconcertant.

Et n'avait absolument rien à voir avec ce à quoi il s'attendait.

Lorsqu'il avait été transformé par la Reine Noire, il avait été englouti dans une immense vague malveillante et corrompue. Mais ces âmes, elles, si elles souffraient encore intensément de leur emprisonnement, étaient prêtes à tout pour être délivrées sans disparaître à jamais. Alors elles étaient joyeuses, parce qu'elles pensaient qu'en aidant Tara, elles allaient réussir à s'évader et qu'en même temps, elles causaient du tort à leurs pires ennemis, les Boulimi-Lema...

— Waouh ! finit-il par dire, c'est... c'est intense !

— Tu veux dire que tu n'es pas devenu fou ? demanda Cal d'une voix désolée.

Robin rouvrit les yeux et les planta dans ceux de Cal, tout en s'appuyant de plus belle sur Tara, épousant étroitement son corps svelte.

— D'une certaine façon, si, je suis fou, ironisa-t-il, mais pas exactement de la façon que tu espères.

Fabrice haussa un sourcil ironique.

— Dites, les gars, pourquoi j'ai l'impression d'assister à une conversation à double sens ?

— Parce que c'est exactement ça, grogna Tara, agacée, en se dégageant de l'étreinte un peu trop insistante de Robin. Chaise, derrière Robin je te prie.

Les chaises qui attendaient dans la cuisine ou étaient occupées par les amis de Tara se précipitèrent afin de satisfaire Tara, deux d'entre elles se percutèrent dans leur précipitation et, après un peu de chaos, Robin fut assis et Tara put reculer.

Cal l'entoura d'un bras possessif, provoquant Robin du regard. Mais celui-ci était trop occupé à rassurer Sour qui tentait de lui lécher tout le visage avec ses sept langues d'hydre pour y prêter attention.

Tara soupira. Ce voyage allait être nettement plus compliqué que prévu. Mais qu'est-ce qu'elle racontait. Elle savait déjà que ce serait compliqué. Ce qu'elle n'avait pas mesuré, c'était que les deux garçons semblaient se couler dans l'éternel trio et que cela ne lui plaisait pas du tout.

Fafnir n'aimait pas que d'autres qu'elle montrent leur courage en premier. Fronçant le nez mais décidée, elle tendit la main.

Suivie par tous les autres. Qui ensuite s'assirent, après avoir vu l'exemple de Robin. Ils n'avaient pas envie de tomber.

Tara, soulagée, regarda chaque objet se transformer en bijou, en arme ou en ornement discret. Elle se doutait bien qu'ils accepteraient tous, mais savait aussi à quel point toute la culture des AutreMondiens était basée sur leur répulsion des démons et de la magie démoniaque.

Le dernier fut Fabrice. Il avait été contaminé par la magie démoniaque de Magister et savait à quel point celle-ci était dangereuse. Mais, comme Robin, il découvrit avec surprise que les âmes étaient soucieuses de l'aider, pas de le plonger dans la folie.

Il mit le stylo dans sa poche, la Lance de R'oar.

À présent, ils étaient tous équipés. Mais leur air absent montrait qu'ils étaient encore en train de digérer l'impression laissée par les âmes démoniaques.

— Dites donc, finit par marmonner Moineau au bout d'un moment, est-ce que quelqu'un peut me dire pourquoi personne n'a eu cette idée avant ?

— Parce que Magister était le seul humain à avoir de la magie démoniaque et qu'il est complètement dingue ? suggéra Fafnir, toujours pragmatique.

— Hum, tu as raison, ça a dû décourager les tentatives. Mais enfin, Tara, s'exclama Moineau, émerveillée, tu te rends compte que tu as accompli un exploit incroyable en allant sur la Lune terrienne passer ce pacte avec les objets démoniaques ?

Tara avait surtout eu l'une des plus grosses peurs de sa jeune vie et ne voyait pas bien en quoi c'était un exploit.

— Tu sais, moi, je leur ai juste parlé. Elles étaient tellement seules et le fer empoisonné les fait tellement souffrir ! Je veux trouver un moyen de les délivrer, c'est tout. Si en plus cela prive les démons d'une arme redoutable, eh bien, disons que c'est un avantage secondaire.

Elle regarda son hor.

— Nous partons dans cinq heures. Il va falloir vous débarrasser de vos robes de sortcelier et de tout ce que vous avez de magique, y compris vos hors. J'ai fait préparer des vêtements et des sacs en fonction des informations que m'a données le contrebandier. Ce sont des copies parfaites de ce que portent les démons. Heureusement pour nous, ceux qui ont été humanisés n'ont pas de tentacules et les démons n'utilisent pas autant que nous de poches tridimensionnelles, donc, ils ont des sacs et des sacs à dos. Nous ne nous ferons pas remarquer. Tout ce dont vous avez besoin est dans le dressing principal, les portes vous indiqueront où il se trouve, servez-vous. Comme vous le savez, il y a des dizaines de chambres un peu partout dans cette baraque. Je vous laisse et on se retrouve dans quatre heures et demie, ça vous va ? Ah, et un dernier truc : entraînez-vous avec les objets démoniaques afin de voir comment utiliser leur pouvoir sans les affaiblir trop. Faites attention : ce n'est pas comme avec notre magie. Le temps que vous leur demandiez de vous prêter leur pouvoir et que leur pouvoir soit à votre disposition, il y a un peu de délai, ce n'est pas aussi rapide que d'habitude, vous risquez de perdre quelques secondes.

Dubitatifs, les autres acquiescèrent et sortirent de la cuisine, laissant les ustensiles se laver et se ranger tout seuls. Parfois, en voyant la vaisselle s'envoler pour reprendre sa place, après s'être essuyée, Tara avait l'impression de vivre dans le château de Belle.

Si Robin partit se reposer sans broncher, Cal, lui, raccompagna Tara jusqu'à sa chambre. Où il entra derrière elle, tandis que le cœur de la jeune fille battait soudain plus vite.

Il regarda le grand lit avec énormément de regret.

Puis embrassa férocement la jeune fille et sortit avant de perdre tout contrôle, son renard sur les talons.

Tara effleura sa bouche rougie par les baisers de Cal, puis appela sa tante afin de la prévenir que les fantômes avaient envoyé un messager en la personne d'Eleanora. Et qu'ils étaient d'accord pour venir en aide aux vivants. En dehors du fait que le messager était un peu particulier, c'était une bonne nouvelle. Elles n'étaient pas sûres que les fantômes, au non de la non-ingérence, allaient accepter de revenir sur AutreMonde.

Tara donna l'heure de leur départ à sa tante et celle-ci lui confirma qu'elle l'appellerait juste avant, afin de lui souhaiter bonne chance.

Tara coupa la communication, soupira et caressa Galant qui venait de se poser sur son épaule.

— La seule chose qui m'ennuie, c'est que tu ne peux pas venir avec nous, Galant. Tu vas horriblement me manquer.

Le pégase lui transmit un sentiment similaire. Le Familier était déchiré entre le fait qu'il allait pouvoir aider Tara en informant l'Impératrice de ce qui arrivait à la jeune fille et l'idée de la laisser partir toute seule, sans être avec elle pour combattre à ses côtés. En dépit de sa fatigue, Tara le déminiaturisa, puis passa un bon moment à s'occuper de lui, lissant son beau pelage argenté, démêlant sa crinière et sa queue, jusqu'à ce que le pégase resplendisse.

— Voilà, soupira-t-elle, tu es parfait pour l'Impératrice, évite de te salir, hein !

Ils savaient tous les deux qu'un peu de magie aurait pu le nettoyer tout aussi efficacement, mais Tara comme Galant avaient besoin de ce moment de partage avant leur séparation.

Soudain, un « boum » retentissant les fit sursauter tous les deux.

Instinctivement, Tara activa sa magie, mais, pour une fois, ce n'était pas une attaque.

Interrogée, la porte les informa qu'apparemment, l'un des jeunes sortceliers avait mal estimé la distance entre le mur et sa tête, lors d'un essai de vol avec le pouvoir des objets démoniaques... mais qu'il s'était relevé et que, même s'il jurait beaucoup, il n'avait pas l'air blessé.

Tara grogna et désactiva sa magie, se faisant la réflexion qu'elle était un peu comme un pistolero de l'ancien Ouest américain. Elle dégainait d'abord et elle posait des questions ensuite. Bon, cela dit, c'était mieux que de faire comme la majorité des Omoisiens : tirer d'abord et de ne pas poser de questions ensuite...

Puis elle fit la liste de ce qu'elle devait terminer. En commençant par l'indispensable, hélas !

— Changeline, fit Tara à haute voix, je suis désolée, mais je ne vais pas pouvoir t'emmener. Peux-tu te détacher s'il te plaît ?

L'entité, qui se trouvait accrochée sur sa nuque et se nourrissait de son sang en échange de ses précieux services, grogna mais obéit. Elle se transforma en une sorte d'épaisse fourrure noire qui glissa sur le lit.

D'une certaine façon, Tara se sentit soudain toute nue. La changeline était à la fois sa garde-robe, son garde du corps et son armurerie personnelle, tout aussi capable de lui fournir une délicate couronne qu'un bazooka. S'en défaire, c'était un peu comme de s'exposer à tous les dangers, alors qu'on a été protégée pendant des années.

La changeline avait l'air de partager ce sentiment, car, s'il était difficile pour une couverture de fourrure noire de bouder, en enfilant une légère chemise de nuit de coton après s'être lavé les dents, Tara ressentit que c'était précisément ce que faisait la changeline.

La jeune fille avait envie d'en rire, mais elle ne voulait pas la vexer. Elle la caressa gentiment et lui dit :

— Alleeeez, ce n'est que pour quelques jours ! Je vais vite revenir, ne t'inquiète pas. Et si je ne reviens pas (la changeline frémit et Tara ajouta très vite :)... ce qui n'arrivera pas, j'ai déjà vu avec Lisbeth, elle sera ravie que tu t'occupes d'elle et la protèges.

La changeline se ramassa en boule, refusant de se laisser consoler. La pensée ironique de Galant fusa dans l'esprit de Tara. Il était content de constater qu'il n'était pas le seul à trouver que cette idée était extraordinairement mauvaise.

Mais ce ne fut rien à côté de la réaction de la Pierre Vivante. Elle refusa tout net.

Si elle avait eu une bouche, Tara pensait qu'elle en aurait postillonné d'indignation à l'idée de l'abandonner. Cela dit, ses arguments n'étaient pas mauvais. Effectivement, sur les planètes des démons, Tara ne pourrait pas utiliser son énorme pouvoir, puisqu'elle n'était qu'un moteur. Sans essence… enfin sans fluide magique, impossible de fonctionner. Et le seul réservoir qu'elle aurait avec elle était la Pierre Vivante, étrange citerne de la magie d'AutreMonde.

— Mais le problème, argua Tara, c'est que tu vas te faire repérer. La magie d'AutreMonde n'a rien à voir avec celle des démons. Je ne peux pas risquer de mettre cette mission en danger, juste parce que je ne pourrais plus utiliser mon pouvoir, sans compter que je te rappelle que les objets démoniaques seront là pour me venir en aide !

— Pfff ! cracha la Pierre Vivante. Objets puissants oui (on sentait qu'elle leur accordait cela à contrecœur), mais si tu utilises trop objets, tu tues objets. Si tu utilises trop Pierre Vivante, je dors, on revient ici et je réveille. Juste stase. Tara doit emporter Pierre. Trop dangereux sinon. Pas prendre le risque, Tara !

— Mais…

— Tara et ses amis et joli Cal et joli Robin pourront pas utiliser magie, comme sur planète des démons la dernière fois, Pierre devra prêter magie mais sans utiliser grand Quartz Vivant.

Tara en resta bouche bée. Puis, tout à coup, elle comprit ce que disait la Pierre Vivante.

— Mais quelle andouille je suis, bien sûr ! Nous n'aurions pas dû pouvoir utiliser la magie d'AutreMonde sur la planète des démons !

— Non.

— C'est toi qui nous as fourni le pouvoir ? À tous les sept ?

— Oui.

— En tirant sur le Quartz Magique que nous avons délivré lorsque tu n'étais pas assez puissante ?

— Oui.

— Mais pourquoi tu ne me l'as pas dit plus tôt ?

— Tara pas demandé...

Tara en perdit la voix pendant quelques secondes. Puis croisa les bras et tapota la moquette moelleuse du bout du pied, ce qui, amortissant le son, le rendit tout de suite nettement moins impressionnant.

— Bon sang, Pierre Vivante, tu aurais dû me prévenir !

— Pourquoi ? Tara besoin magie, joli Cal, joli Sylver, joli Fabrice, joli Robin, Moineau, Fafnir avaient besoin magie, je donne magie.

Tara renonça. L'esprit de la Pierre était bien trop bizarre pour qu'elle la comprenne. Et à sentir son amusement, de temps en temps, Tara soupçonnait qu'elle faisait exprès, juste histoire de la dérouter... mais cette fois-ci, c'était différent. Tara sentait que la Pierre Vivante ruminait une sorte d'énorme colère, soigneusement controlée, même si la jeune fille n'avait aucune idée de la raison pour laquelle la Pierre Vivante en voulait tellement aux démons. On avait l'impression qu'un peu comme les âmes damnées, sa seule volonté, à présent, était de les détruire.

Ce qui était une raison supplémentaire de ne pas l'emporter, d'ailleurs...

— Je suis désolée, fit Tara fermement, mais cette fois-ci ce n'est pas possible. Sois raisonnable ! Ta signature magique est bien trop reconnaissable. Je te parie tout ce que tu veux qu'ils ont fait avec nous ce que nous avons fait avec eux et que dès qu'un sortcelier met le pied sur leurs mondes, il y a une alarme qui les prévient. Nous allons déjouer ce problème, enfin, je l'espère, grâce aux objets démoniaques. Mais toi, tu es bien trop puissante pour être masquée comme ça !

Soudain, Tara sentit une pression dans son cerveau. La Pierre Vivante était passée en communication mentale avec elle, et avait invité quelqu'un. La partie de l'armure que Tara avait conservée pour elle et qui enserrait sa taille en une confortable ceinture dorée et souple.

— La Pierre Vivante est puissante, elle aussi, murmurèrent les âmes damnées. Mais nous pouvons masquer sa présence.

Et elle a raison. Si tu nous utilises trop, tu vas nous faire disparaître. Et tu as besoin de puissance pour réussir cette dangereuse mission. Alors oui, nous pouvons faire cela.

— Vous êtes sûres ? s'inquiéta Tara.

— Absolument. Cela n'a rien de compliqué. Ne sous-estime pas non plus notre pouvoir. Nous allons t'aider, même si nous sommes d'accord avec les autres, c'est une très mauvaise idée de nous rapprocher ainsi des démons. Mais notre aide a un prix.

— Vous savez que Mourmur est en train de travailler pour vous déli...

— Oui, nous savons. Mais nous ne parlons pas de cela. Nous avons décidé de te prévenir, Tara Duncan, fille d'Autre-Monde : si les démons nous capturent, nous te détruirons !

Tara déglutit. Puis, pas tout à fait sûre d'avoir compris, chevrota :

— Pardon ?

— Nous te détruirons, répéta l'armure, et nous capturerons ton âme. Nous en avons été victimes. Nous savons comment reproduire le processus. Sachant que ton âme est retenue prisonnière, tes proches feront tout pour te délivrer. Et ils nous délivreront aussi par la même occasion. Voici quel est notre proposition en échange de notre aide.

Tara sentit de la sueur couler dans son dos en dépit de la brise fraîche qui aérait sa chambre.

— C'est un peu... définitif comme mesure, non ? objecta-t-elle.

— Si nous sommes capturées, tu le seras aussi, répondirent les âmes. Peut-être qu'Archange t'épargnera, il n'est pas comme les autres démons, nous te l'accordons. Mais nous, nous serons de nouveau les esclaves des démons. Alors, ou tu subis le même sort que nous, ou nous ne t'aidons pas.

Tara ferma ses yeux bleu marine pour mieux se concentrer.

— Non, répondit-elle.

Les âmes furent surprises.

— Non ?

— Une fois mon âme prisonnière du fer, je serai aussi impuissante que vous. Et je ne suis pas une victime. Je suis une combattante, même si, soyons honnête, je n'ai aucun goût pour ça. Me retirer tout pouvoir, toute possibilité d'action, est stupide. Alors, si vous ne voulez pas nous aider, je comprends votre point de vue. Il se tient. Sans vous, je ne peux pas effectuer cette mission. Mais si avec vous, cela signifie que vous me tenez en otage de ce qui pourrait arriver, ma réponse est non.

Ce n'était pas du bluff. Tara pensait sincèrement ce qu'elle disait. Pas par peur d'être emprisonnée – après tout, ce ne serait qu'une prison de plus, quoique un peu différente –, mais plutôt parce qu'elle refusait de rester passive. Ce n'était tout simplement pas dans sa nature. Et puis sa tante et son demi-oncle, l'Imperator, l'avaient formée pour l'action tout autant que pour la réflexion.

Il ne lui restait plus qu'une seule chose à faire.

— J'annule la mission, annonça-t-elle.

Dire que les âmes furent stupéfaites était en dessous de la réalité. Elles pensaient commencer à comprendre Tara à force de la côtoyer et croyaient qu'elle accepterait leur proposition sans hésiter. Qu'elle la refuse était une vraie surprise pour elles. Mais elles voyaient bien que Tara était à la fois sincère et sérieuse. Dans sa tête, elles pouvaient lire le nombre incalculable de fois où la jeune fille s'était retrouvée dans une situation désespérée mais avait réussi à s'en sortir, par chance, par volonté ou par débrouillardise. Être privée de tout moyen d'action était tout simplement inacceptable pour elle.

Cela lui était déjà arrivé, lorsqu'elle avait été prisonnière de son propre corps, incapable d'agir, de faire quoi que ce soit. Les âmes avaient sous-estimé le traumatisme que cela avait causé à Tara. Plus jamais elle n'accepterait d'être réduite à ce point à l'impuissance. Elle préférait mourir. Ou renoncer.

Pendant quelques secondes, Tara eut l'impression d'avoir un essaim de guêpes furieuses dans la tête. Un peu inquiète (après tout, il n'y avait pas encore longtemps, les âmes étaient complètement dingues et tentaient de rendre fou ou de tuer tout ce qui s'approchait d'elles), la jeune fille tendait la main vers la ceinture pour la détacher lorsque le tumulte s'apaisa dans son cerveau.

— Non, firent les âmes, c'est inutile de nous détacher. Nous comprenons. Et tu as raison. Pour toutes nous sauver, tu vas avoir besoin de ton âme, de ton corps et de ton pouvoir. Nous t'aiderons. Sans condition.

— Merci, fit Tara, sincère. Mourmur est un génie incroyable, je suis sûre qu'il va trouver un moyen de vous délivrer sans que les démons puissent vous récupérer. Et je suis vraiment heureuse de vous avoir comme alliées, parce que sans vous, je ne pourrais rien faire. Alors, vraiment, merci.

Les âmes lui renvoyèrent un sentiment de satisfaction. Tara savait renoncer lorsque les risques l'emportaient sur les chances de succès, c'était aussi ce qui faisait sa force.

Mais elle dormit mal. Comme toujours avant une mission où elle savait qu'elle allait risquer sa vie, évidemment, et encore plus celle de ses amis, mais surtout parce qu'elle fit d'affreux cauchemars où elle était enfermée et ne trouvait pas la sortie.

Son hor la réveilla, pantelante. À regret, elle s'en débarrassa après avoir posé la couleur provisoire qui teinta ses cheveux en un marron banal, puis elle prit une douche chaude, encore tout endormie. L'Élémentaire d'air de la salle de bains se contenta, sur son ordre, de sécher ses épais cheveux, sans plus. Elle posa les lentilles, importées de Terre, qui masquaient le bleu étincelant de ses yeux.

Elle sortit les vêtements préparés. Ils avaient observé les démons. Les membres « officiels » étaient toujours habillés très élégamment, mais ceux des humanoïdes d'un rang inférieur se contentaient de vêtements plus pratiques, exactement comme les humains.

Et puis Tara ne se voyait pas bien combattre en petite robe serrée haute couture et talons hauts.

Elle enfila donc un pantalon marron, passe-partout, enfoncé dans des bottes souples, un sweat-shirt assorti, bordé d'un liseré crème, et un caban bleu par-dessus. Les tenues qu'elle avait fait préparer pour ses amis étaient toutes à peu près dans le même genre. Discrètes.

Tout en bâillant, elle se dirigea vers la cuisine. Fafnir et Sylver y étaient déjà et la cuisine leur avait préparé un petit déjeuner.

Comme elle, Fafnir avait atténué la couleur flamboyante de ses cheveux, mais pas au point de devenir marron, elle restait une rousse glorieuse. Sylver, qui repartait au Dranvouglispenchir, n'avait rien changé et regardait Fafnir comme s'il allait la perdre à jamais.

Le cœur serré de les séparer, Tara s'assit devant ses œufs brouillés à la ciboulette, une herbe qu'elle aimait bien et qui avait été importée de Terre. Elle se versa son thé, y ajouta du citron et du sucre, et attrapa un morceau de fromage et du pain chaud avec du beurre de balboune salé. Le matin, elle était nettement plus salé que sucré, même si elle ne crachait pas sur un bon croissant de temps en temps.

Les autres arrivèrent petit à petit, pas vraiment mieux réveillés. Mais quelques tasses de café/thé/chocolat plus tard, ils étaient tous prêts. Les soleils n'étaient pas encore levés, mais on sentait que l'aube n'était pas loin. Les grandes fenêtres de la cuisine, qui donnaient sur le parc coloré, s'éclairaient petit à petit.

Ils se lavèrent les dents puis passèrent tous en revue les différentes armes qu'ils emportaient, afin de vérifier qu'il n'y avait pas de magie d'AutreMonde à part la Pierre Vivante. Comme elle, ses amis furent un peu inquiets que la Pierre ne veuille pas rester avec leurs familiers (enfin à part Belzebuth, ravi d'être l'exception et un excellent alibi pour Fafnir), mais concédèrent qu'ils se sentaient quand même plus rassurés à l'idée que Tara était capable d'utiliser son pouvoir et de les sortir d'affaire s'ils étaient démasqués.

Soudain, alors qu'ils étaient en train de faire les dernières vérifications, la comconsole de Tara s'alluma. L'Impératrice, vêtue d'une légère armure d'apparat dorée, frappée d'argent et de pourpre, apparut dans le grand salon où ils se tenaient. Elle avait l'air extrêmement inquiète et Tara sentit son cœur se serrer. Que s'était-il encore passé ?

— Je voulais vous saluer avant votre départ, fit Lisbeth, mais, hélas, j'ai une très mauvaise nouvelle à vous annoncer.

Elle fixa ses yeux bleus sur Tara et dit d'un ton grave :

— Cette nuit, une fois rentrée chez elle, Angelica a trompé la surveillance de son père. Nous ne savons pas qui l'a aidée, parce qu'il est impossible qu'elle ait pu neutraliser les gardes de son père seule, et nous pensons évidemment à la complicité de Gabriel qui se trouvait avec elle, même si celui-ci jure qu'il n'est au courant de rien.

Elle marqua une pause.

— Tout le monde ne le sait pas, mais lors de l'invasion fantôme, ce n'est pas nous qui avons déclenché la machine anti-fantômes afin de tuer ceux qui nous avaient possédés. C'était Angelica qui l'avait prise à Tara, la trahissant pour son père, qui, depuis, la conservait dans un Incadenassus quasiment inviolable. Qui ne répondait qu'à deux personnes. Lui et sa fille.

À part Cal qui l'avait découvert un peu plus tôt la veille, tout le monde s'exclama de stupeur. La machine anti-fantômes ? Mais pourquoi les démons auraient-ils besoin de la machine anti-fantômes ?

Lisbeth leur expliqua le plan de Tara. Lorsqu'ils apprirent que les fantômes étaient prêts à les aider en possédant les démons, mais que, si la Machine était entre les griffes des démons, les choses venaient brusquement de se compliquer, les amis de Tara se rendirent compte à quel point il devenait urgent de connaître les plans des démons. D'importante, la mission venait brusquement de passer à cruciale.

— Que dit Angelica ? demanda Robin. Il faut l'interroger, elle ne sera pas capable, comme les démons, de résister aux Diseurs !

— Angélica et la machine ont disparu, ainsi que Gabriel. Il a déjoué notre surveillance avec une facilité qui implique de nombreuses et puissantes complicités. Nous avons envoyé un message de protestation à Archange. Qui a répondu qu'il ne pouvait parler au nom de son frère, mais allait mener une enquête.

Une enquête. Ben voyons.

— Mais cela pose un autre problème, ajouta Lisbeth. Tara, seules toi et moi étions au courant pour les fantômes. Je n'en ai parlé qu'au mage qui est mort pour porter le message et je sais que tu as été tout aussi discrète.

Elles se regardèrent, conscientes toutes les deux du problème.

— Cela signifie que nous avons un gros problème de sécurité, conclut Tara.

— Exactement, fit amèrement Lisbeth. En ce moment, on est en train de mettre mon bureau sens dessus dessous afin d'essayer de comprendre ce qui s'est passé, mais si les démons ont eu accès à des informations aussi confidentielles, alors cela signifie qu'ils connaissent sans doute des tas de choses sur notre système de défense. Il va falloir que nous travaillions dur afin de tout changer.

Tara savait à quel point cela allait être l'enfer pour modifier les ordres des vaisseaux et des armées d'AutreMonde si la sécurité avait été à ce point compromise. Mais ils n'avaient pas le choix. Même si les démons n'avaient pas ces informations, ils devaient faire comme s'ils les possédaient.

Slurk.

— Je vous souhaite bonne chance, termina Lisbeth. Découvrez ce qui se passe et revenez entiers. AutreMonde a besoin de vous !

Elle les regarda tous longuement, les salua puis coupa la communication alors qu'ils lui disaient également au revoir.

— Eh bien, fit Cal d'un ton léger pour dissiper l'atmosphère lourde d'inquiétude, cela ne change pas grand-chose à notre plan. Nous avons toujours rendez-vous avec des fourmis rouges géantes…

Il fit une affreuse grimace qui fit rire Tara. Cela dissipa la paralysie qui s'était emparée de ses amis, et ils se secouèrent pour terminer les derniers préparatifs.

Moineau, leur grande spécialiste en linguistique, leur fit assimiler le langage des démons, grâce au sort que l'Impératrice avait remis à Tara. Ainsi, même sans aucune magie, ils étaient capables de le parler. Comme tous les langages qu'ils avaient emmagasinés depuis des années.

Enfin tout fut prêt. Ils dirent adieu à leurs Familiers, à part Fafnir, dont le chat rose trônait fièrement sur l'épaule musculeuse, bien plus confortable pour lui maintenant qu'elle avait grandi, et sortirent sous les trompettes indignées et désolées de Sour, l'hydre de Robin qui ne se consolait pas de quitter son frère d'âme. Sheeba, la panthère de Moineau, et Blondin, le renard de Cal, les regardèrent partir avec nettement plus de dignité mais pas moins d'inquiétude. Galant, lui, accompagna Tara, puisqu'il partait rejoindre l'Impératrice.

Lorsqu'ils sortirent dans le parc, leur escorte se mit au garde-à-vous. Mais Tara leur ordonna de ne pas les suivre. Les tapis anonymes qu'elle avait commandés arrivèrent et ils montèrent dessus. Tara, comme Fabrice et les autres, avait passé son permis tapis afin de ne pas dépendre d'un chauffeur lorsqu'elle voulait se déplacer discrètement.

À regret, après avoir serré Fafnir de toutes ses forces contre lui, Sylver partit de son côté. La maison allait prendre soin des Familiers, tandis que Galant, après un dernier câlin à Tara, suivant les ordres, filait vers la chambre de l'Impératrice pour la tenir informée de ce qui arriverait à Tara, comme convenu.

Les tapis noirs s'élevèrent, franchirent la barrière invisible du Palais et foncèrent dans la nuit qui se colorait lentement de lumière rose, alors que les deux soleils d'AutreMonde se levaient lentement.

Une heure plus tard, ils se posaient dans une clairière isolée, cernée de somptueux arbres Déjangir[1], dont les fleurs formaient un écrin coloré, à l'écart de toute habitation. Tara brandit la plaquette de cristal portant le sceau de MontagneCristaux, un trident noir et, soudain, devant eux, l'air ondula, dévoilant un vaisseau taillé dans un curieux métal doré et chatoyant et profilé comme un krok-requin.

Cal siffla, impressionné.

— Ça, c'est tout pour la vitesse. Je te parie que cette petite merveille est capable de distancer n'importe lequel des vaisseaux de l'Impératrice ou des dragons. Où est-ce que ton copain triton a trouvé un truc pareil ?

---

1. Les arbres Déjangir sont couverts de fleurs de toutes les couleurs et de toutes les formes pendant toute l'année, qu'il fasse beau, mauvais, chaud ou qu'il gèle, un peu comme si l'arbre ne savait pas très bien comment se décider pour telle ou telle fleur ou telle ou telle saison. Lorsqu'un courtisan abuse et met trop de bijoux ou des vêtements trop ostentatoires et décalés, on dit de lui qu'il est un Déjangir.

— Il a dit : pas de questions, déclara fermement Tara. Ils nous prennent à bord, ils nous déposent, ils ne nous ont jamais vus et nous ne les avons jamais vus. Alors, Cal, garde ta curiosité pour toi et ne commence pas à farfouiller partout, OK ? Ils n'hésiteront pas à nous balancer dans l'espace et il paraît que c'est difficile de respirer, sans oxygène.

Cal fit une petite grimace mais ne répliqua pas, fasciné par le vaisseau.

Une rampe dorée se déploya devant eux. Tara composa l'ordre automatique de renvoi, brouillant l'adresse où ils venaient d'être déposés, afin que les tapis rentrent d'eux-mêmes. Puis, le cœur un peu serré, ils s'avancèrent vers le vaisseau.

La langue de métal forma des escaliers roulants qui les amenèrent dans la soute. Un peu partout, des tas de marchandises soigneusement emballées dans des caisses, frappées d'une fleur rouge, occupaient le moindre centimètre disponible. Les yeux brillants, Cal observait tout avec un peu trop d'attention jusqu'au moment où Tara lui colla son coude dans les côtes.

— Arrête, siffla-t-elle. Tu vas nous attirer des ennuis. Ce qu'ils font ne nous regarde pas, c'est compris ?

Cal se frotta les côtes mais obéit.

Juste à temps, parce que le capitaine du vaisseau descendait à leur rencontre.

Tara comprit alors pourquoi il avait demandé son poids en crédits-mut d'or. C'était un véritable géant, incroyablement musclé, habillé d'une combinaison grise tachée qui avait vu des jours meilleurs, portant un petit bouc noir très pirate des Caraïbes et des cheveux épais et noirs attachés dans le dos par un lacet de cuir noir, au teint blanc de celui qui voit plus souvent la lueur des néons que celle des soleils.

Il se déplaçait avec une grâce étonnante pour une masse pareille, comme une sorte de grand chat bosselé de muscles. Il marqua un temps d'arrêt appréciateur devant la magnifique et tout aussi imposante Fafnir, la fixant avec une mine gourmande qui fit rosir la naine, nettement plus habituée à susciter de l'inquiétude plutôt que de l'intérêt.

— Salut les touristes, fit-il joyeusement une fois l'étude de leur petit groupe terminée. Je m'appelle Personne.

Allons bon, voilà qu'il jouait les Ulysse. Manquait plus que ça. Retrouver un disciple d'Homère[1] sur cette planète, voilà qui expliquait soudain beaucoup de choses sur ce qu'avait inventé le vieux conteur...

Tara allait ouvrir la bouche pour présenter sa fausse identité, lorsque le pirate l'interrompit.

— Houlà, pas besoin d'inventer un faux nom pour moi. Je vais vous baptiser. Toi là, la magnifique rousse avec les haches (Tara faillit lui demander s'il avait besoin d'un bavoir tellement il salivait devant Fafnir), tu seras Rouge. Et ta copine aux yeux dorés, sera... ben, Dorée. Le garçon blond sera Blond et celui aux cheveux noirs qui s'intéresse un peu trop à notre cargaison pour sa santé sera Noir.

Il désigna Tara.

— Brune pour la jolie brune et Argent pour l'elfe. OK, les gars, quelques règles. On va avoir pour deux jours de navigation, parce qu'on doit être discrets. On quitte la planète doucement, on se planque derrière les plus gros astéroïdes du coin, on joue à cache-cache avec les vaisseaux des démons, des dragons et d'AutreMonde. Si jamais on se fait aborder, ce qui est toujours possible, vous êtes en vacances, vous avez loué ce joli vaisseau pour vous balader et découvrir l'univers et je suis votre humble serviteur.

— Et votre cargaison ? demanda Cal, incapable de cacher sa curiosité. Parce que des gens en vacances n'ont pas besoin de plusieurs tonnes de safran, qui, si mes souvenirs sont exacts, est la monnaie utilisée par les effrits, non ? Vous en ferez quoi en cas d'abordage ? Vous la larguerez ?

Le visage du capitaine se durcit.

— Ce qu'on fait de notre cargaison ne te regarde pas, mon gars, c'est compris ?

Tara foudroya Cal du regard et le garçon soupira et renonça, baissant la tête.

1. Dans l'*Odyssée*, Ulysse et ses compagnons se réfugient dans une grotte habitée par un cyclope géant et les moutons qui lui servent de nourriture. Le cyclope demande à Ulysse comment il s'appelle et celui-ci répond qu'il se nomme « Personne ». Le cyclope, qui n'a qu'un œil, comme tous les cyclopes, décide de les manger, mais Ulysse parvient à lui crever l'œil, puis à s'enfuir en se cachant sous le ventre des moutons géants du cyclope. Lorsque les amis du cyclope, attirés par ses hurlements, arrivent pour l'aider et lui demandent qui lui a fait cela, il répond : « Personne ! C'est Personne qui m'a fait ça ! » Le temps que les cyclopes comprennent la ruse d'Ulysse, celui-ci a réussi à s'échapper.

C'est alors que le Capitaine prononça une phrase incroyablement étrange.

— Bien, continua-t-il, votre copine Rose est déjà arrivée, donc on peut partir, le temps de faire chauffer les moteurs et on est bons.

— No… notre copine R… Rose ? bégaya Moineau, qui comme les autres avait senti que quelque chose n'allait pas. (Elle utilisa le nouveau prénom de Tara.) Brune, tu as inclus quelqu'un d'autre à notre expédition.

— Pas du tout ! s'exclama Tara qui ne comprenait plus rien du tout. Qu'est-ce que c'est encore que cette…

À ce moment-là, une voix qu'elle reconnut tout de suite l'interrompit.

— Oh, là, là, mais ça va être follement amusant tout ça ! J'adore, j'adore, on va vivre une aventure ensemble !

Derrière le capitaine qui s'était raidi, voyant bien à l'attitude des jeunes gens que quelque chose n'allait pas du tout, apparut une ravissante silhouette blonde et rose.

Une démone. Sanhexia. L'une des sœurs d'Archange, arrivée avec les ambassadeurs.

Et elle tapait dans ses mains comme une petite fille de cinq ans, les joues roses et l'air follement excitée.

Chapitre 21

Xephrodie, la planète des fourmis rouges

Ou comment regretter de ne pas avoir emporté une bombe insecticide géante avec soi…

Tara sentit ses épaules s'affaisser.

Leur plan venait de sombrer, mais bien profond.

Un vilain magicolaser à la gueule noire, qui envoyait des salves de magie mêlées d'un rayon déstructurant – une arme qui selon ce que savait Tara était tout juste en production à Omois –, apparut dans la main du capitaine.

On voyait qu'il hésitait entre le braquer sur Tara et ses amis ou sur la jolie Sanhexia. Il finit par viser Sanhexia. Après tout, c'était Tara qui était sa cliente et celle qui réglait les factures… enfin jusqu'à présent.

— Je veux des explications et vite ! ordonna-t-il. Et vous avez intérêt à ce que ce soit limpide ou je débarque tout le monde et c'est uniquement parce que je bosse avec MontagneCristaux que je ne vous élimine pas tous avant…

Sanhexia fit la moue.

— Oh, là, là, beau capitaine, inutile de t'énerver ! Tara et ses très mignons copains ne savaient pas que j'allais venir, j'ai préféré leur faire la surprise.

— Et vous pouvez nous débarquer, fit Tara, amère, au capitaine. La mission est annulée.

— Oh ! mais non, protesta Sanhexia en faisant voler sa jolie robe rose dans sa hâte à descendre pour les rejoindre. Pas du tout ! Je suis là pour vous aider !

Cal la considéra d'un œil noir.

— Nous aider ? persifla-t-il, et pourquoi une démone nous aiderait-elle pour contrer les plans des démons ?

Sanhexia les considéra un instant, puis son expression de joie un tantinet débile disparut brusquement et son visage se durcit.

— Mais parce que celle-ci n'est pas une démone. Enfin si, mais pas tout à fait.

Ils ne comprenaient plus rien.

Sanhexia se colla soudain contre Cal qui fut si surpris qu'il ne songea pas à reculer.

— Roohhh, roucoula la jeune démone, j'ai cru comprendre que tu avais un faible pour les blondes, donc je me suis dit qu'en posséder une, serait une bonne idée. Alors, on n'embrasse pas sa petite amie, mon amour ?

Elle levait les bras pour enlacer Cal lorsque le jeune homme aux cheveux noirs les attrapa et l'immobilisa fermement, le visage fermé. Il venait de comprendre.

— Eleanora ?

Sanhexia éclata de rire et se dégagea sans peine de l'étreinte de Cal, utilisant sa force de démone. Elle s'inclina dans une révérence moqueuse et répondit :

— En chair et en os cette fois-ci, mon amour, en chair et en os.

Cal croisa le regard de Tara et, devant ses yeux plissés de contrariété, se dit que là, il était vraiment dans la bouse de traduc, mais à des profondeurs inexplorées...

Tara se tourna vers le capitaine et détendit ses muscles crispés par le choc en disant :

— C'est bon, elle est des nôtres, il n'y a pas de danger... enfin presque pas. Mais nous devons parler entre nous, capitaine. Pendant que vous faites chauffer les moteurs, comme vous dites, serait-il possible de nous indiquer un endroit dans le vaisseau où nous pourrons parler tranquillement ? Ensuite nous vous dirons si, oui ou non, vous devez débarquer notre amie... Rose.

Cal avait prononcé le véritable nom du fantôme, mais ce n'était pas le nom de Sanhexia. Tara voyait bien que le capitaine savait à qui il avait affaire : à une démone, et comme l'ambassade démone était passée aux infos de nombreuses fois, elle ne doutait pas un instant qu'il l'avait reconnue. Et qu'il se demandait bien pourquoi Cal n'avait pas donné son vrai nom.

Le Capitaine la regarda d'un air contrarié, mais rangea sa vilaine arme noire.

— C'est vous le client, grogna-t-il, mais je n'aime pas du tout cela et je vous préviens qu'à la nouvelle moindre surprise, je vous débarque illico et que je ne rembourse pas les avances...

Puis, toujours grincheux, au point de ne plus faire attention à Fafnir, il leur montra une petite salle de réunion où les chaises et la grande table de métal étaient fixées au sol devant un immense panneau de cristal. Ils s'y entassèrent autour de Sanhexia, très à l'aise dans sa robe rose à corolle, puis le capitaine s'éloigna en marmonnant qu'il n'aurait jamais dû accepter cette mission.

Robin, qui avait cogité pendant leur bref voyage dans les coursives d'acier du vaisseau, ouvrit le feu en éclatant soudain de rire.

— Eleanora ? Aurais-tu un rapport avec cette histoire de fantômes qui viennent nous donner un coup de main pour combattre les démons en cas d'attaque ? Mais je ne savais pas que vous aviez comme plan de les posséder, c'est brillant ça !

Sanhexia s'inclina de nouveau.

— Oui, répondit-elle, je suis le messager d'Elseth.

Le sourire de Robin s'élargit et on aurait dit un chat qui venait tout juste de croquer le canari de la voisine.

— Quel plaisir de te retrouver, ta mort nous a tous bouleversés. Bon retour parmi nous, tu as beaucoup manqué à Cal !

Caliban soupira. Évidemment, il pouvait compter sur Robin pour saisir toutes les occasions de briser sa relation avec Tara. Et l'apparition d'El venait de lui en donner une excellente, vu la tête que faisait Tara.

Argh.

— Elseth ne savait pas si nous pouvions posséder les démons, expliqua Eleanora. Alors, j'avais deux missions. Transmettre le message d'Elseth à sa fille, Lisbeth, disant que nous étions d'accord pour aider les vivants contre les démons, et en posséder un, afin de voir si nous en étions capables ou pas, ou si nous allions devoir les combattre.

Elle désigna son nouveau corps.

— Cette nana a bien lutté. Ils sont forts, ces démons. Mais je suis plus forte et je l'ai emporté. En revanche, impossible d'avoir accès à ses souvenirs. Donc les posséder ne nous permettra pas de savoir ce qu'ils mijotent.

Ah, c'était justement la question que Tara allait poser.

— Lorsque je suis venue demander à Cal et à Tara de m'aider à retrouver mon ou mes assassins, continua Eleanora avec une petite grimace, et qu'ils ont refusé à cause de cette... mission de reconnaissance sur la planète démoniaque, j'ai compris que si je n'apportais pas quelque chose d'important en échange, ils ne me viendraient pas en aide. Je suis restée un peu au-dessus de vous, invisible, et j'ai appris tous les détails de votre mission. Ensuite, j'ai filé au Palais afin de posséder l'une des démones. Puis j'ai fabriqué une plaquette de cristal identique à celle qu'avait Tara afin d'avoir un sauf-conduit et je suis venue ici directement. Le capitaine m'a très gentiment accueillie.

Elle leur sourit, d'un magnifique sourire à fossettes.

— Et me voilà, prête à vous assister, en échange de votre aide lorsque tout ceci sera terminé !

C'était diablement malin. Effectivement, avoir une vraie démone avec eux, qui plus est une princesse démone, fille de l'ex-roi des démons et sœur de l'actuel roi des démons, venait de considérablement accroître les chances de succès de leur mission. À contrecœur, Tara admit qu'elle ne pouvait pas refuser l'offre de Sanhexia. Enfin d'Eleanora.

— Très bien, fit-elle sèchement, tu viens avec nous. Tu vas nous servir de sauf-conduit.

Sanhexia battit des mains comme une petite fille et Cal leva les yeux au ciel. Il avait essayé de faire mentalement passer à Tara le message de ne pas prendre Eleanora avec eux, mais il ne devait pas être très doué en communication mentale, parce que Tara n'avait pas l'air d'avoir entendu.

Il soupira intérieurement. Un savant, Einstein, avait dit un jour qu'une minute était une estimation relative. Une minute en compagnie de l'amour de sa vie donnait l'impression de passer en une seconde, alors qu'une minute la main dans le feu était une éternité de douleur. Cal avait la glaçante certitude que ces deux jours enfermé avec son ex-petite amie et sa présente petite amie allaient lui sembler une éternité d'angoisse.

Fafnir regardait Sanhexia avec la tête d'un bouledogue avide de planter ses crocs quelque part. Aucun des amis de Tara n'avait vraiment aimé Eleanora, parce qu'elle avait fait souffrir Cal, à l'époque où il était raide dingue amoureux d'elle. Fafnir, particulièrement, l'avait trouvée pénible. Aussi fut-elle surprise lorsque Sanhexia désigna Belzebuth qui reniflait un peu partout, maintenant que la tension était retombée.

— Il va falloir faire quelque chose pour ton Familier, Fafnir. Il a les yeux dorés et tous les démons savent que les familiers ont les yeux dorés, raison pour laquelle tous les animaux bio-ingénierés ont les yeux roses, rouges, bleus, verts ou bruns, mais jamais dorés. Tu vas te faire repérer immédiatement.

— Je croyais que tu n'avais pas accès à la mémoire de la démone, répliqua sèchement Fafnir. Comment sais-tu cela ?

— Je n'ai effectivement pas accès aux informations ou souvenirs importants qu'elle veut me cacher, en revanche, je ressens ses réactions. Et là, elle a pensé, et j'ajouterai qu'elle l'a pensé avec jubilation, que vous alliez vous faire démasquer à cause du chat.

Fafnir grimaça. Ils avaient pensé que c'était une bonne idée qu'elle emmène son chaton démoniaque rose, à la base. Et finalement, non.

— Très bien, je vais modifier la couleur de ses yeux, intervint Tara. En utilisant la magie des objets démoniaques, comme cela, personne ne pourra sentir mon intervention.

L'instant d'après, les yeux du chaton viraient au même rose que ses poils. Les âmes damnées avaient entendu la remarque de Tara et avaient agi avant qu'elle ait eu le temps de leur en donner l'ordre. Fafnir sursauta, d'autant que, contrairement aux autres objets, l'armure ne lançait pas une sorte de rayon noir. Le fluide qu'elle utilisait était invisible. Les yeux de Bel avaient changé sans qu'ils soient capables de voir comment.

Le petit chat miaula et se frotta les yeux de la patte, transmettant à Fafnir une bordée de jurons nains qu'il avait appris à son contact. Apparemment, ça piquait.

Il y eut une sorte de sifflement sourd qui les fit sursauter. Le capitaine venait de démarrer les moteurs. Tara sentit que son cœur se mettait à battre un peu plus vite. Ils sortirent de la pièce pour trouver le géant qui les attendait dans la coursive et les regardait avec méfiance.

— Alors, fit-il d'un ton hargneux, la petite Rose, on la débarque ou on la garde ?

— On la garde, soupira Tara, sincèrement désolée d'avoir à faire ce choix. Elle peut nous être utile.

— OK les civils, grogna le capitaine en caressant son petit bouc noir, voici le deal. Vous restez dans vos quartiers. Ils sont suffisamment grands pour que ce soit confortable. Je ne veux pas vous voir près du poste de commandement ou près de mes moteurs. En fait, si vous pouviez rester enfermés, ça m'irait très bien. En cas d'alerte, d'avarie, d'attaque ou de problème, vos quartiers forment une section indépendante. Nous pouvons les larguer facilement. Ils se mettront immédiatement à émettre une fréquence d'urgence et les secours ne tarderont pas. Il y a beaucoup de vaisseaux qui croisent dans le coin et spécialement depuis que les démons ont débarqué, donc, à mon avis, il suffira de quelques heures pour que vous soyez secourus.

— D'attaque, capitaine ? demanda Moineau, un peu inquiète. Pourquoi quelqu'un nous attaquerait-il ?

— Chuis un contrebandier, petite fille, grasseya le pirate. J'ai pas que des amis. Ça m'est arrivé de me faire tirer dessus alors que je ne demandais rien à personne. Je vous dis juste ça pour que vous vous précipitiez dans vos quartiers si la sirène d'alarme retentit, compris ? Et si vous n'obéissez pas, je me ferai un plaisir de vous attraper par la peau des fesses et de vous balancer dedans.

Moineau le regarda pensivement puis, soudain, sans crier garde, se transforma, bondit, attrapa le géant à la gorge. Il était grand, mais bien plus petit que la Bête du Lancovit. Stupéfait, il se retrouva suspendu par la gorge par une énorme main griffue, face à un mufle effrayant et ouvert sur bien plus de crocs qu'il n'en avait contemplé de toute sa vie, pourtant bien remplie.

— Je ne suis pas une petite fille, fit le monstre en face de lui, presque gentiment. Et je n'aime pas qu'on me prenne pour une imbécile. Si le vaisseau est sous le feu de l'ennemi, je préfère encore me retrouver dans la partie qui ne sera pas totalement sans défense face à une destruction inévitable. Détacher nos quartiers ne servira qu'à vous permettre de vous enfuir en vous abritant derrière nous. N'essayez pas de jouer à ces petits jeux avec nous, *petit* contrebandier, ils ne fonctionneront pas. Nous avons avalé tout cru des gens qui vous feraient pleurer rien qu'en vous regardant.

Elle recula et le lâcha. Il glissa le long de la paroi, le visage rouge de n'avoir pas pu respirer pendant tout le petit laïus de Moineau. Encore stupéfait, il regarda le monstre recouvert de lambeaux de vêtements (Moineau avait oublié qu'elle n'avait plus sa robe de sortcelière qui s'adaptait à ses transformations, mais de simples vêtements non magiques en coton), incapable d'articuler un mot.

Il se releva d'un bond, froissé dans sa fierté, mais il était clair qu'il se sentait surtout ennuyé d'avoir été percé à jour. Cela dit, Tara avait gobé son discours sans penser un seul instant à ce que venait de dire Moineau. Comme quoi, lorsqu'on travaille avec un escroc, il faut toujours garder à l'esprit que les escrocs chevaleresques des séries télé et des films n'existent que dans l'imagination de scénaristes hollywoodiens. Dans la réalité, ils se foutent que vous mouriez, du moment qu'ils peuvent sauver leur misérable carcasse.

Elle fourra la leçon dans un coin de son cerveau.

Le capitaine les dévisagea longuement, faillit dire quelque chose, puis renonça. Il s'éloigna en claquant rageusement ses bottes contre le revêtement métallique de la coursive.

Fabrice éclata de rire.

— Ma chérie, ça, c'était bien joué ! J'avoue que je n'y avais pas pensé.

Moineau haussa ses énormes épaules velues et brunes.

— J'ai lu beaucoup de livres sur les batailles interstellaires entre les dragons et les démons, ou entre les humains. Ce genre de tactique est courant. Sauf que d'habitude, on évite de mettre des gens vivants dans les quartiers qu'on largue, justement parce que cela sert de bouclier, le temps de s'évader. Lorsqu'il a commencé à parler, j'ai tout de suite compris ce qu'il voulait faire. D'une pierre deux coups. Il se débarrasse de témoins gênants et il prend la fuite en s'abritant derrière notre masse. Comme je l'ai dit, je n'aime pas qu'on nous prenne pour des imbéciles.

— Crois-moi, rit Fabrice, ce type va te prendre tout à fait au sérieux à partir de maintenant ! Cela dit, lorsque tu veux te transformer, il vaudrait quand même mieux que tu te souviennes que tu n'es plus en mode sortcelière, mais en mode simple humaine... enfin simple humaine fichtrement améliorée, et que ta garde-robe ne suit pas. On a apporté un sac de vêtements, mais ça risque de faire un peu court si tu les déchires tous. Alors mollo sur les « je me transforme en bête du Lancovit et j'accroche aux lampadaires tous ceux qui me déplaisent ».

Moineau éclata de rire à son tour. Fabrice avait des expressions qui la ravissaient. Et surtout, étant un loup-garou, il comprenait parfaitement le concept de sauvagerie.

— Mais nous nous sommes mis le capitaine à dos, fit pensivement Robin, plissant ses yeux de cristal. Ce n'est pas très bon non plus. Nous aurions dû faire comme si nous le croyions plutôt que de le défier ainsi.

Moineau se tourna vers Robin, surprise.

— Tu crois ? fit-elle, pensive.

Robin haussa les épaules en un geste très humain, probablement hérité de sa mère, Mévora.

— J'ai déjà travaillé avec des capitaines de bateau, sur AutreMonde, notamment lorsque nous enquêtions sur la sortcelière qui capturait les navigateurs afin de leur voler leur jeunesse et de rester éternelle. Leur faire savoir que vous connaissez leurs petites combines n'est jamais une bonne idée. Enfin bon, c'est fait maintenant. Mais toi et Fabrice, il va vraiment falloir que vous maîtrisiez votre tempérament sauvage, sinon on va se faire capturer à la moindre erreur.

Moineau soupira en baissant les yeux vers ses vêtements en lambeaux.

— Slurk, tu as raison, Robin, j'ai cédé à la facilité et à la colère lorsque j'ai vu qu'il se moquait de nous ainsi. Et double slurk, j'aurais dû faire attention à mes habits, ça va être un tantinet pénible, cette histoire.

Tara se tourna vers Sanhexia.

— À propos de vêtements, fit-elle à la jeune fille possédée par Eleanora, tu as tout ce qu'il te faut ?

— Ce n'est pas une valise qu'elle voulait emporter, mais un semi-remorque, grogna Eleanora en désignant le corps élégant de Sanhexia. Je la possède, mais elle peut se montrer particulièrement pénible si je ne cède pas sur un ou deux trucs. Alors nous avons emporté une partie des bagages de la *princesse* (le ton sur lequel elle prononça ce mot avait l'air frotté au citron vert), parce qu'elle refusait ca-té-go-ri-que-ment de partir sans. Bon sang, c'est une vraie *fashion victim* cette fille, elle connaît tous les *it bags* de Terre ou d'AutreMonde par cœur, une véritable base de données !

Effectivement, Tara n'avait pas fait attention, parce qu'elle avait été d'abord surprise et choquée, mais la jolie démone portait une robe rose en cloche rebrodée de fleurs blanches qui ressemblait furieusement à du Dior, ses chaussures roses ouvertes à lanière possédaient une semelle rouge, très Louboutin, sa montre était une ravissante Breguet sertie de diamants roses, bref, question sigles, elle avait l'air de porter la moitié de l'alphabet sur elle.

Distraitement, Tara se demanda si les démons faisaient leurs courses sur Terre et si oui, comment ? Ou alors ils copiaient et les créateurs avaient du souci à se faire...

— Alors il va falloir que tu fasses comprendre à la *princesse*, grogna Fafnir, vindicative, qu'elle ne va emporter qu'un petit sac avec le minimum, vu que si on doit se rendre dans une fourmilière, même géante, je crois pas que des stilettos de 12, ça va le faire...

Le beau visage de Sanhexia prit une expression consternée. Puis Eleanora éclata de rire.

— Ah, Fafnir, elle n'avait pas envisagé cela et elle est en train de se demander ce qu'on doit porter devant une reine fourmi !

Dégoutée, Fafnir se détourna. Il y avait des cas irrécupérables et il semblait bien que, malheureusement, ce soit tombé sur eux.

Soudain, il y eut une petite secousse. Ils regardèrent par les hublots, disposés un peu partout dans le vaisseau. En dessous, AutreMonde, bleue, rose, brune, s'éloignait à une effarante vitesse. Quelques secondes et ils pénétraient déjà dans la stratosphère, le ciel virant rapidement au noir.

Le petit vaisseau était confortable et ses efforts pour échapper à la gravité ne se ressentaient pas.

Une femme corpulente et musclée, Sasha, moulée dans une sorte de débardeur noir et un court short noir qui laissait à découvert des muscles puissants maculés d'une sorte de graisse de machine brune, leur fit signe de la suivre. Elle les conduisit, sans un mot, à une série de grandes chambres, dans lesquelles des couchettes blanches avec des sangles, probablement destinées à un équipage plus important que celui qu'avait le vaisseau pour l'instant, les attendaient.

Sasha leur montra les installations sanitaires, puis, sans rien prononcer de superflu ni leur donner son faux nom, elle les laissa.

Tara se laissa tomber sur son lit et faillit laisser échapper un grognement, tant il était dur. Mais au bout d'un moment, il prit la forme exacte de son postérieur et elle comprit qu'il était composé de mousse à mémoire de forme.

Ses amis s'installèrent aussi, bien contents de pouvoir dormir un peu pour récupérer après leur trop courte nuit.

Puisqu'il n'y avait rien de particulier à faire, ils décidèrent de faire une petite sieste. Le commandant avait clairement spécifié qu'il ne voulait pas les avoir dans les pattes et, comme ils n'avaient pas spécialement envie de le défier (du moins pour l'instant, comme le fit remarquer Fafnir), ils posèrent leurs sacs, s'allongèrent et, après avoir discuté de plans de stratégie et d'autres manœuvres et visualisé les quelques très rares films que les contrebandiers avaient pu faire de la planète des fourmis Xephrodie, ils s'endormirent tandis que Belzebuth, qui dormait par envie et jamais par besoin, montait la garde.

Le premier jour de navigation se passa, heureusement, sans beaucoup de frayeurs. Ce qui surprit beaucoup Tara, habituée à ce que la moitié de l'univers lui tombe dessus régulièrement.

D'autant que, mystérieusement, même si Robin lançait de petites allusions fines sur Cal et Eleanora, il ne tentait plus, pour l'instant, de se rapprocher de Tara. Et ça aussi, la jeune fille trouvait cela bizarre.

— C'est très très calme, disait-elle à Cal, beaucoup trop calme.

Mais cela faisait rire le jeune Voleur Patenté qui, lui, trouvait ça très bien d'avoir un peu Tara pour lui et personne pour les interrompre toutes les trente secondes. Même si, du fait de la proximité et des couchettes-dortoirs, il ne pouvait pas se rapprocher autant d'elle qu'il le voulait. Elle n'eut donc que très peu l'occasion de lui murmurer « Eleanora » au creux de l'oreille lorsqu'elle sentait que les choses dérapaient un peu.

Cela dit, si la frustration était capable de produire de l'énergie, à eux deux, ils auraient pu illuminer une petite ville.

Pour l'instant, la puissante influence d'AutreMonde les touchait encore. Tara savait que le fluide magique s'étendait loin dans l'espace, puisqu'il touchait Tadix et Madix, même si la magie y était un peu moins forte que sur AutreMonde. Mais au fur et à mesure que le vaisseau s'éloignait, afin de pouvoir « sauter » suffisamment loin de la planète, elle sentait que la magie se faisait moins présente. Mais uniquement parce qu'elle y prêtait attention parce que la Pierre Vivante lui permettait de continuer à l'utiliser si elle en avait besoin. Ce qui, heureusement, n'était pas le cas à bord du vaisseau.

Quelques heures après le décollage, après une bonne sieste et une bonne douche, ils étaient tous dans le salon principal du vaisseau, tout de bois et cuir havane, très masculin et élégant, autour de boissons fruitées, après un dîner sans prétention mais pas aussi mauvais que Cal l'avait redouté. Le capitaine du vaisseau, une sorte de cigare noir et nauséabond (heureusement, l'aération était très efficace) dans une main et un ballon d'excellent cognac dans l'autre, philosophait sur son métier tandis que son vaisseau taillait la route dans le noir de l'espace.

Sans lui aux commandes, ce qui avait rendu un peu nerveux les jeunes sortceliers.

Pour un homme (enfin, Tara supposait que c'était un homme : avec ces sortceliers, ce n'était pas si facile de deviner à quelle race les gens appartenaient) qui les avait tous surnommés et s'appelait lui-même « Personne », il était assez curieux de leurs motivations. Surtout sur ce qui les amenait sur Xephrodie. Il procédait par petites touches, au milieu d'anecdotes plus amusantes les unes que les autres et où il se tirait d'incroyables aventures de justesse, mais Tara, sensible, voyait bien qu'il allait à la pêche aux renseignements, particulièrement depuis que Moineau, qu'il regardait du coin de l'œil, s'était transformée en Bête monstrueuse.

Voyant que ses manœuvres subtiles ne menaient nulle part et que ses passagers ne réagissaient pas, il finit par craquer :

— Dans mes souvenirs, fit-il d'une voix melliflue, et aussi parce que nous sommes encore dans la « banlieue » d'AutreMonde, ce qui fait qu'on capte encore ce qui s'y passe et que j'ai pu faire quelques recherches, il n'existe qu'un seul exemplaire de Bête du Lancovit.

Il ne suggérait pas que Moineau était Gloria Daavil, princesse non héritière du Lancovit, mais on sentait qu'il mourait de curiosité. La jeune fille se contenta de le dévisager de son regard vert doré mais ne répondit pas. Après tout, il ne lui avait pas posé la question directement...

— Et je sais, continua-t-il en braquant son regard noir sur Fabrice, qu'elle est sortie avec l'héritier T'ril Vantril, mais il semble qu'elle soit depuis retournée avec son ancien petit copain loup-garou.

Fabrice lui retourna un sourire de... loup.

— Lequel est un Terrien, meilleur ami de l'Héritière d'Omois (il contempla les cheveux bruns de Tara avec un sourire amusé), qui est une jolie blonde aux yeux bleus.

Il posa son verre d'alcool ambré sur la table recouverte de cuir havane surpiqué de blanc et posa les avant-bras sur ses cuisses musculeuses.

— Alors, je me demande vraiment ce qui peut pousser l'Héritière à venir, déguisée, dans mon vaisseau, voyageant incognito vers une planète démoniaque qui n'est même pas la planète principale de nos... visiteurs ?

Soudain, alors que Tara allait répondre vertement qu'il pouvait s'occuper de ses affaires, puisque c'était ce qu'il leur avait conseillé au début de leur rencontre et qu'elle se demandait bien pourquoi, d'un seul coup, il avait changé d'attitude, une sonnerie stridente les fit tous sursauter.

Le capitaine se leva en jurant, tandis qu'une image de sa seconde, Sasha, la fille musclée et ronde, s'affichait devant eux, l'air passablement affolée.

— Une attaque ? rugit le capitaine, allant au fait directement afin de pouvoir réagir plus vite.

— Pas exactement, répondit la fille, une attaque, oui, mais pas contre nous.

Le capitaine allait répondre lorsque l'image de la fille s'effaça et fut remplacée par une vue de la Terre, que Tara reconnut immédiatement.

Mais là où son cœur menaça de s'arrêter sous le choc, c'était que tout autour de la planète bleue, comme autant de vautours métalliques, une cinquantaine d'énormes vaisseaux venaient de se positionner.

— Ce sont probablement les démons, confirma la voix de la seconde. Les images que vous avez sous les yeux ont quelques secondes de retard, parce que nous sommes déjà loin d'AutreMonde, mais tout est retransmis en direct ou presque par les scoops qui ont été mises en orbite haute et basse tout autour de la planète, mais aussi autour de leur Lune unique.

Tara échangea un regard épouvanté avec Fabrice.

Les démons étaient en train d'attaquer la Terre !

Chapitre 22

Terre en danger

Ou comment se débrouiller pour se mettre tout le monde à dos… et s'en ficher totalement.

Les dragons n'avaient pas été suffisamment prudents. Ils pensaient que les démons attaqueraient d'abord Autre-Monde, principale source de danger pour eux, bien plus que la Terre. Aussi n'avaient-ils posté qu'une dizaine de vaisseaux qui, courageusement, engagèrent une bataille désespérée contre les vaisseaux des démons.

Ils n'avaient aucune chance. Tandis que les vaisseaux ennemis se mettaient à deux contre un, la trentaine de vaisseaux des démons restants se positionna autour de la planète.

Horrifiés, ils virent des rayons descendre des vaisseaux et toucher la Terre. Contrairement à *Independance Day*, les rayons n'étaient pas bleus, mais noirs et ils n'explosaient rien du tout. En fait, il ne se passait rien de particulier, à part que les rayons se coloraient de blanc au fur et à mesure que les secondes passaient.

Mais très vite, les caméras sur Terre se mirent à filmer, alors que les journalistes affolés commentaient l'arrivée impromptue des vaisseaux et la bataille spatiale en train de s'engager.

Et elles capturaient des scènes d'horreur. Partout où les faisceaux touchaient des êtres humains, ceux-ci tombaient comme des mouches. Ceux qui se trouvaient dehors, du moins, parce que les rayons ne pénétraient ni la pierre ni les voitures.

— Grand-mère ! cria Tara. Manitou, Jar ! Betty, Sal, mon Dieu, ils sont en train de décimer la Terre ! Capitaine ! Nous devons faire demi-tour, je dois me rendre sur Terre, tout de suite !

Le capitaine allait répondre sèchement lorsque soudain des fusées surgirent d'un peu partout et s'élancèrent dans l'atmosphère. Apparemment, les dragons avaient travaillé sur les fusées terriennes, parce qu'au lieu de prendre des minutes pour arriver dans l'espace, celles-ci, boostées par la technologie dragonienne, arrivèrent très vite au contact des vaisseaux ennemis.

Sauf que les vaisseaux n'avaient pas attendu pour bouger. Ils les évitèrent aisément, car elles étaient lourdes, compliquées à bouger et massives. La totalité de la première salve se perdit dans l'espace où elle finit par s'immobiliser, à court de carburant. Aucun des vaisseaux ne fut touché. Mais, pour les éviter, ils durent couper leurs rayons de la mort, et c'était déjà ça.

À la grande surprise de Tara et de ses amis, aucune seconde salve ne partit et, après un instant d'hésitation, comme s'ils se demandaient ce que leur réservaient les Terriens, les vaisseaux reprirent leurs positions et recommencèrent à traquer leurs proies.

Tara hurla encore qu'ils devaient faire demi-tour. Le capitaine ne refusa pas. Même s'il se fichait de l'avenir de la Terre, il comprenait très bien que ce n'était probablement qu'une première étape.

Soudain, un rayon d'une incroyable puissance traversa l'atmosphère, mais, à la grande surprise des sortceliers, il ne venait pas des vaisseaux. Mais bien de la Terre. Et lorsque Tara vit la localisation, elle frissonna. Elle avait failli y laisser la vie.

Stonehenge.

— Jeremy ! cria la jeune fille, comprenant tout de suite. C'est Jeremy ! Vas-y ! Vas-y Jeremy !

Comme s'il l'avait entendu, le rayon frappa l'un des vaisseaux et ils le virent distinctement vaciller. Son rayon de la mort s'éteignit, il activa ses moteurs et s'éloigna, mais cela ne fut pas suffisant. Il frissonna et, soudain, explosa comme une noix, laissant échapper vie et chaleur dans le vide de l'espace. Les sortceliers hurlèrent, tout autant que le capitaine. Le faisceau brûlant se déplaça et frappa un autre vaisseau qui subit le même sort que le premier, puis le faisceau s'éteignit, sans doute pour permettre à Jeremy de se reposer un peu. Pour l'avoir vécu, Tara savait que l'effort était terrible.

Un autre vaisseau ennemi tomba, frappé cette fois-ci par l'un des vaisseaux des dragons, mais pour un qui tombait deux le remplaçaient et les dragons perdaient leurs navires les uns après les autres. Ce fut à leur tour d'exploser et de laisser des corps sans vie dériver dans l'espace.

Cette fois-ci, un lourd silence tomba sur les sortceliers. La gorge serrée, ils voyaient les vaisseaux alliés disparaître un par un, fauchés par leurs ennemis.

Jeremy relança le rayon de Stonehenge qui fit quelques dégâts. Mais les vaisseaux ennemis, à présent avertis, se méfiaient et réagissaient suffisamment rapidement pour l'éviter. Il finit par s'éteindre, Jeremy et les dragons comprenant sans doute qu'il était inutile d'épuiser le jeune homme pour rien.

— Bon sang, murmura Tara, nous aurions dû les attaquer les premiers. Les dragons avaient raison !

Elle ferma les yeux un instant, laissant les larmes couler sur ses joues, déchirée par les scènes de mort et de chaos. Mais comment aurait-elle pu deviner ? Archange avait tellement l'air de vouloir faire la paix ! Elle pria pour que sa famille, tellement frappée depuis des années, ait été épargnée.

Puis elle rouvrit les yeux et un sentiment furieux naquit dans son cœur. Jusqu'à présent, elle avait joué le jeu d'Archange. Mais à présent, tout venait de changer.

Aller sur Terre prendrait trop de temps, elle ne pourrait sauver personne. Mais elle pouvait faire quelque chose de plus intelligent. Et surtout, elle n'était pas très loin.

— Nous avons changé d'avis, dit-elle d'un ton sépulcral. Nous n'allons plus sur la planète des fourmis, c'est inutile, les démons n'ont aucun plan à part notre destruction.

— Qu'est-ce que vous voulez que je fasse ? demanda le capitaine, sincèrement troublé.

— Je veux, fit Tara en détachant ses mots avec une froideur glaçante, une terrible colère envahissant son esprit, que vous vous mettiez en orbite au-dessus de la planète des démons, à l'aplomb de leur capitale, là où se trouve le Palais du roi des démons. (Elle fit craquer ses doigts en les assouplissant, tandis que les âmes damnées hurlaient de peur à l'idée d'attaquer leurs tortionnaires.) Il paraît qu'il est impossible de traverser leur bouclier. Sauf que moi, je n'ai pas essayé.

Archange va voir que ce n'est pas si facile de s'en prendre aux sortceliers !

— Génial ! hurla Fafnir en se levant d'un bond. On va enfin se battre, ce n'est pas trop tôt !

Le contrebandier en resta bouche bée, dévisageant la magnifique rousse qui brandissait ses haches.

Puis il se ressaisit.

— Voyons voir si j'ai bien compris. Vous voulez que je me positionne au-dessus de leur capitale et vous allez les attaquer, c'est ça ? Vous, vos gentils copains et moi, contre toute une planète remplie de démons et probablement protégée par quelques milliers de vaisseaux super-blindés ?

— Oui ! répondit calmement Tara.

— OUI ! hurla Fafnir avec enthousiasme.

— C'est bien ce que je pensais, sourit le capitaine. Alors, comment vous dire... mais ce sera sans moi.

Fafnir laissa retomber ses haches et fronça les sourcils.

— Je vous paierai, rétorqua Tara.

— Ma jolie, tout les crédits-mut d'or de l'univers ne me serviront à rien si je suis mort répondit-il, ironique. Et là, on sera tous morts environ deux secondes après être arrivés près de chez eux, surtout maintenant qu'ils ont ouvert les hostilités.

Tara ouvrit la bouche, mais il leva la main et l'interrompit :

— Une seconde. Je n'ai pas dit que je n'allais pas vous aider. Je vais vous déposer, comme convenu, sur la planète Xephrodie. Elle n'est pas protégée comme les autres, les démons ne semblent pas s'en préoccuper. Mais il existe une sorte de navette entre les différentes planètes, que vous pourrez prendre, ou dont vous pourrez vous emparer pour faire ce que vous voulez faire. D'une part, cela fera un excellent camouflage, d'autre part, les navettes se positionnent sur une plate-forme spatiale, juste au-dessus de la capitale de chaque planète. De là, vous pourrez les frapper facilement, sans qu'ils s'y attendent. Ce sera bien plus efficace. Et si vous n'y arrivez pas, je vous attendrais gentiment pour vous raccompagner sur AutreMonde, exactement comme le stipule mon excellent contrat.

Tara dut maîtriser l'instinct qui la poussait à réduire le pirate en pâtée pour chat et comprit qu'elle était tellement en colère que si elle continuait à laisser ses émotions l'influencer ainsi, elle allait finir par devenir une folle furieuse, genre Fafnir en pire.

L'image la fit sourire intérieurement et elle parvint à se calmer.

— Très bien, c'est une bonne idée, admit-elle. Voler une navette. Ça fait très *Guerre des Étoiles.* J'espère que les démons n'ont pas vu le film...

Le contrebandier la regarda comme si elle était devenue dingue. Il n'avait sans doute aucune idée de ce dont elle parlait. Fabrice grogna :

— Je te préviens, Tara, si un type avec un masque, une cape noire un sabre laser rouge et qui parle grâce à un synthétiseur en respirant bruyamment se pointe, moi, je me casse, mais alors, à toute vitesse.

Moineau leva les yeux au ciel. Fabrice l'avait obligée à regarder l'intégralité de la série *Star Wars* et elle était la seule du groupe à comprendre, avec Tara, de quoi Fabrice et elle parlaient...

— Certes, répondit le capitaine avec le sourire un tantinet crispé de celui qui se dit qu'il est perdu au milieu de fous furieux. Mais permettez-moi quand même de vous donner un conseil de vieux marin. Pour l'instant, Brune, vous êtes ivre de rage et vous voulez vous venger, je suppose que les noms que vous avez criés tout à l'heure appartiennent à votre famille. Mais posez-vous la question : l'Héritière est l'arme la plus puissante que nous ayons contre les démons et vous ne pourrez pas utiliser votre magie en orbite au-dessus de leur monde, ce sera trop loin d'AutreMonde. La navette n'est pas armée et même si elle l'était, comme tout le monde le sait, ils ont des foutus boucliers imperméables. Alors que si vous étiez sur AutreMonde, là, vous pourriez être utile. En la défendant contre eux lorsqu'ils vont attaquer. Avec la pleine puissance de votre pouvoir.

Bien sûr, il ne savait pas que Tara était quasiment à sa pleine puissance, d'autant plus que la jeune fille avait une petite idée de comment l'accroître exponentiellement. Ils étaient en train de martyriser sa planète d'adoption, ces sales démons. Elle allait leur rendre la monnaie de leur pièce.

Avec de lourds intérêts.

Et elle se demandait pourquoi le contrebandier s'obstinait à les appeler par leurs surnoms alors qu'il savait très bien qui ils étaient. Bon, ben, elle allait faire de même.

— « Personne », fit-elle en utilisant son faux nom, il m'a semblé que vous ne vouliez pas que nous nous intéressions à vos affaires, n'est-ce pas ?

Le contrebandier lui jeta un regard méfiant, ce qui prouvait qu'il n'était pas bête.

— Effectivement.

— Eh bien, pour nous, c'est la même chose. Puisque vous ne voulez pas risquer votre peau, contentez-vous de nous amener sur la planète Xephrodie comme prévu. Est-ce que vous pouvez aller plus vite ?

Un instant interloqué par la sèche fin de non-recevoir de Tara, le capitaine secoua la tête à regret.

— Croyez-moi, le temps, pour un contrebandier, c'est de l'argent. Notre itinéraire est sûr... enfin à peu près sûr et nous allons aussi vite que possible. Dès que nous serons suffisamment loin d'AutreMonde et hors de portée de détection des vaisseaux des uns et des autres, nous sauterons pour arriver quelques secondes après aux alentours de Xéphrodie. Ensuite, il y aura encore quelques heures pour naviguer jusqu'à la planète. Là, le temps d'atterrir, de vous remettre entre les mains de mon contact et que vous repartiez par la navette, puis le temps d'arriver sur leur planète principale, je dirais que vous allez en avoir pour au moins deux jours de plus.

Tara déglutit, au bord de la nausée. Les rayons étaient en train de massacrer les Terriens et elle ne pouvait absolument rien faire. Ses amis restaient muets et sidérés devant l'atroce spectacle, tandis qu'elle cogitait furieusement pour trouver une solution.

Mais le contrebandier lui montra le chemin qu'ils avaient à parcourir, les vaisseaux des démons, des dragons et des Omoisiens qui patrouillaient un peu partout, s'ignorant soigneusement, et tous les tours et les détours qu'il devait accomplir pour ne pas se faire arrêter. Malheureusement, foncer droit devant à toute vitesse n'était pas une option. Tara en serrait les poings de frustration en regardant la fin de la bataille.

Les derniers vaisseaux dragons qui défendaient la Terre furent engloutis par les démons et recrachés comme des coquilles vides et brisées. Tara ne voulait pas imaginer le désarroi et la violence qui devaient régner sur Terre en ce moment.

Rapidement, cependant, les Terriens se rendirent compte que les rayons ne passaient pas à travers les choses inertes. Une alerte internationale fut lancée : « Ne vous éparpillez pas aux quatre coins de la planète, ça ne sert à rien de fuir, restez cachés, chez vous. Nous allons trouver une solution. Nous ne laisserons pas les envahisseurs nous détruire sans réagir. »

Un à un, les rayons de la mort cessèrent. Tara avait l'impression que cela avait duré des heures, alors qu'en fait, cela représentait moins d'une vingtaine de minutes.

Puis les premiers chiffres tombèrent, accablants. Des dizaines de milliers de personnes avaient été touchées et tuées, sans compter les accidents dus aux Terriens qui disparaissaient en conduisant des cabriolets, des motos, des véhicules ouverts ou tout simplement tombant, foudroyés, devant une voiture ou un camion roulant à vive allure. Les hôpitaux furent débordés en quelques instants et les morgues ne voulaient pas envoyer leurs employés pour débarrasser les cadavres dehors, parce que, si les rayons reprenaient, cela était trop risqué.

Au bout d'un moment, Tara se tourna vers Eleanora. La fantôme avait été étrangement silencieuse, comme si, soudain, elle comprenait que sa petite guéguerre personnelle n'était rien à côté de ce qui se passait.

Là, c'était la vraie guerre. Et sa violence était inouïe.

— El, fit Tara, qu'est-ce que ressent ton hôtesse ?

Le joli visage de Sanhexia se fit introspectif. Puis Eleanora eut l'air surprise.

— C'est bizarre, elle est triste. Et très ennuyée.

Oui, effectivement, c'était bizarre.

Puis Eleanora émit un petit son, mélange de surprise et de résignation.

— Ah ! continua-t-elle, agacée. Je me disais aussi. Bon sang, cette fille est encore plus égocentrique que moi. En fait, elle est triste en pensant que les rayons ont tué des tas de super créateurs de sacs, chaussures, bijoux, vêtements et que les démons pourraient être un peu plus sélectifs et éviter d'abîmer ceux dont elle pourrait avoir besoin.

Une idée passa, mais elle était trop nébuleuse pour que Tara la saisisse et elle s'éloigna à tire-d'aile.

— Tu es sûre que tu n'as aucun moyen d'arriver à comprendre ce qui se passe ? Et pourquoi ils attaquent alors qu'ils n'arrêtent pas de clamer leur volonté de paix ?

— Non, grogna Eleanora, aussi frustrée que Tara. Sanhexia me bloque l'accès à sa mémoire et à ses informations les plus profondes. Je vais essayer de creuser, mais ces démons sont malins. Ils ont implanté un dispositif qui leur permet d'arrêter leur cœur et leur cerveau à volonté. Si je pousse trop, elle meurt. Pour l'instant, elle ne l'a pas fait, parce qu'elle pense qu'elle va arriver à reprendre le contrôle, à m'éjecter, et qu'elle n'a pas envie de mourir. Mais si j'arrive à pénétrer, elle n'hésitera pas, elle se suicidera.

— Et alors ? fit Robin, implacable. Si tu as l'information, il te suffira de ressortir de ce corps et de nous la donner. Tant pis si elle meurt, c'est une démone, tu vois ce qu'ils nous font ?

L'elfe était très touché par ce qu'il voyait. Il comprenait la guerre, avait déjà combattu de nombreuses fois, mais cette mort qui tombait du ciel et contre laquelle on ne pouvait rien faire le révulsait profondément.

Mais Eleanora secouait la tête.

— Hélas, comme je dois creuser, elle sentira dès que je m'approcherai un peu trop près du but et elle se tuera. J'aurais perdu mon corps d'emprunt pour rien. Ce serait dommage, surtout pour un résultat nul. D'autant que j'ai l'impression qu'en réalité, elle ne sait pas grand-chose. Elle ne s'intéresse pas beaucoup à la politique, elle, ce qu'elle voulait, c'était aller sur Terre et devenir une sorte de star. Les histoires de guerre et de conquête, ça l'ennuie disons... à peu près autant que moi.

Tara haussa les épaules. Puis se mit à marcher de long en large dans le grand salon havane. Elle avait besoin de bouger pour réfléchir.

— Nous avons tellement de questions ! Ils ont activé les rayons, puis ont arrêté, pourquoi ? Les renforts des dragons ne vont pas tarder à arriver. Ils ne sont que cinquante vaisseaux, ce n'est pas énorme, je suis sûre qu'ils en ont beaucoup plus que ça. Est-ce que c'est parce que ces vaisseaux ont quelque chose de spécial ? Que n'auraient pas les autres ? Peut-être que tous les vaisseaux ne sont pas équipés de ces rayons mortels et que, du coup, ils n'en ont pas envoyé plus ? Mais dans ce cas, pourquoi ne pas avoir dépêché une flotte entière afin de les protéger ? Qu'est-ce qu'ils sont en train de faire ? Pourquoi la Terre plutôt qu'AutreMonde, nous sommes la menace la plus sérieuse pourtant ?

Eleanora écarta les mains, impuissante.

— Je n'en sais rien. Et aucune de tes questions n'a éveillé d'écho en elle. À part qu'elle va exploser la tête de celui qui a braqué un rayon sur New York, Londres, Paris, Milan… bref, ses capitales préférées de la mode.

Ils cogitèrent intensément afin d'essayer d'apporter des réponses, mais en l'absence totale d'informations, c'était pour le moins difficile. De plus, au fur et à mesure qu'ils s'enfonçaient dans l'espace, les nouvelles mettaient de plus en plus de temps à leur parvenir, mais une chose était sûre.

La Terre était vaincue.

Le voyage se poursuivit lentement. Ils recevaient des nouvelles, mais c'était toujours un peu la même chose. Les démons continuaient à envoyer des rayons sur Terre et tuaient des gens. Ils frappaient au hasard, sans schéma précis, ce qui rendait très difficile toute prévention, même si, très logiquement, ils s'attaquaient essentiellement aux grandes villes de la planète. Ce qui rassura un peu Tara sur le sort de sa famille qui se trouvait dans un petit village et par conséquent n'était pas la cible des rayons. Les gens se terraient, terrorisés, et les gouvernements, en dépit de grandes déclarations, ne pouvaient pas faire grand-chose.

La planète entière était paralysée.

De leur côté, les dragons étaient en train de faire bouger leur flotte. Tara regrettait amèrement que sa tante et elle les aient empêchés d'attaquer les démons plus tôt, comme ils voulaient le faire.

Et surtout, Tara ne comprenait rien à ce qui se passait. Pourquoi les démons attaquaient-ils et tuaient-ils les Terriens, sans même les manger, en totale contradiction avec tout ce qu'ils avaient fait jusqu'à présent ? Les vaisseaux des dragons étaient déjà en alerte, aussi, mobiliser leur flotte n'était pas très long. Hélas, il leur fallait quand même presque une semaine pour arriver jusqu'à la Terre, terriblement éloignée de leur planète du Dranvouglispenchir. Les temps d'accélération et de décélération étaient doublés.

Alors, les démons s'en donnaient à cœur joie.

Puis, une fois assurés que les gens restaient bien cachés dans leurs immeubles, où ils étaient bien moins éparpillés qu'au-dehors, les rayons changèrent.

Ils frappèrent de nouveau.

Et cette fois-ci, les murs et le métal ne les arrêtaient pas...

Sous les yeux effarés du magicgang, les rayons noirs provoquèrent un terrible carnage et soudain, en voyant les rayons devenir blancs comme s'ils se nourrissaient de la Terre, Tara et les âmes damnées comprirent ce que faisaient les démons.

— Ils aspirent les âmes ! cria-t-elle, faisant sursauter tout le monde, alors que Moineau pleurait silencieusement, tétanisée par le spectacle. Ils ne tuent pas les gens... enfin si, ils les tuent, mais ils leur font exactement ce qu'ils ont fait à mes âmes damnées ! Elles n'ont pas compris tout de suite, parce que mes émotions les ont bloquées et qu'un processus différent a été utilisé sur elles, mais maintenant, c'est clair. Ils sont en train de recréer de nouveaux objets démoniaques.

Cal, ses yeux gris écarquillés d'horreur, regardait les scènes de dévastation.

— Mais ce sont des nonsos ! Ils n'ont pas de magie !

— Ceux qu'ils ont tués il y a des milliers d'années non plus, répliqua Moineau en essuyant ses larmes et en forçant son cerveau tétanisé à se remettre à réfléchir. Ils ont utilisé leurs âmes pour *faire* de la magie, *pas* parce qu'elles étaient magiques ! C'est très différent ! Tara, combien d'habitants y a-t-il sur Terre ? Je ne me souviens jamais du chiffre.

Tara serra les dents.

— Sept milliards, répondit-elle.

Un silence terrible tomba sur eux pendant qu'ils digéraient le chiffre.

— S'ils capturent les sept milliards d'âmes de la Terre, murmura Moineau, personne dans l'univers ne pourra leur résister !

Tara prit une décision. Dont elle savait très bien qu'elle n'allait pas faire l'unanimité.

— Alors, nous devons faire exactement ce qu'ils ont fait avec les vampyrs, martela-t-elle.

Ses amis se retournèrent vers elle, attentifs.

— Ce n'est pas uniquement leur capitale que nous devons frapper. Ce ne sera pas suffisant.

La sentence tomba de ses lèvres blanchies par la peur et une implacable résolution.

— Nous devons détruire leur planète mère !

Chapitre 23

L'attaque

Ou lorsqu'on s'en prend à quelqu'un, ça surprend toujours si le gringalet qu'on provoque répond : « Avec plaisir. Et maintenant bats-toi... avec lui... » et s'efface devant le gros type tatoué plein de muscles et de deux mètres de haut qu'on n'avait pas vu dans l'ombre...

Cal émit un sifflement prolongé, tandis que le capitaine, qui se trouvait avec eux à ce moment-là, s'étouffait dans son café. Le capitaine toussa pour expulser le liquide et se redressa, le visage cramoisi, épongeant son petit bouc noir et sa chemise pleine de taches brunes.

— Quoi, quoi ? bafouilla-t-il. Qu'est-ce que vous venez de dire ?

Tara répéta froidement.

— Par les tripes de Bendruc le Hideux ! s'exclama le capitaine. Vous ne savez pas ce que vous dites ! Ce n'est pas possible ! On ne peut pas faire exploser une planète comme ça ! Surtout aussi grosse !

— Je l'ai déjà fait, fit platement Tara. Enfin, du moins, j'ai empêché qu'une petite planète ne devienne un gros trou noir. Ce qui, croyez-moi, était un peu plus compliqué que de faire exploser le noyau ferro-nickel de la planète dont nous parlons.

Là, le capitaine était en train de regretter intensément d'avoir donné l'idée de détourner une navette des démons à Tara. Même s'il n'arrivait pas bien à voir comment on en était arrivé de « voler une navette spatiale » à « faire exploser une planète ».

— Mmmm... mais... mais il faut une incroyable quantité d'énergie ! Vous n'aurez pas de magie là-bas, vous ne pourrez jamais...

Le capitaine s'étrangla de nouveau en voyant la brillante boule d'énergie illuminer soudain la main levée de Tara. À cette distance d'AutreMonde, c'était tout juste s'ils pouvaient encore sentir le fluide magique, alors que Tara soit capable d'illuminer le pont entier était juste... impossible.

Le capitaine n'était pas idiot. Il plissa les yeux, attentif. Très attentif.

— C'est... c'est un gadget, c'est ça ? Quelque chose qui permet de garder de la magie en réserve ? Ça peut s'acheter ? j'ai des gars qui...

— Non, répondit froidement Tara. Ça ne s'achète pas. (Elle l'aiguilla sur une fausse piste.) Je suis une mutante, je vous rappelle. Les dragons ont bidouillé mes gènes afin de faire de moi la plus puissante sortcelière jamais vivante. Je peux faire des choses qui n'existent que dans vos rêves... ou vos cauchemars. Et à propos de cauchemar, des millions de gens sont en train de mourir en ce moment. Le seul moyen d'arrêter ça, c'est de couper la tête du serpent. Et c'est ce que j'ai l'intention de faire.

— Attendez ! cria le capitaine alors qu'elle allait quitter le salon, pleine de fureur et de désir de vengeance, après avoir éteint sa magie à regret, tant elle avait envie de fracasser quelque chose, ce qui était une mauvaise idée dans un vaisseau spatial. Attendez !

Tara allait répliquer vertement lorsqu'elle vit que le capitaine ne la regardait pas, mais fixait son attention sur l'écran.

Et ce qu'elle découvrit la paralysa.

Parce que des dizaines de vaisseaux noirs, surgis de nulle part, attaquaient les vaisseaux des démons.

Fafnir poussa un long hululement enthousiaste. La naine guerrière avait été pétrifiée par l'attaque des démons, parce que, comme les autres, elle n'avait pas imaginé qu'Archange allait faire volte-face comme ça. De la part de Gabriel, dont elle avait senti qu'il était un salopard intégral, elle n'aurait pas été étonnée. Mais Archange ?

Son radar interne n'avait pas détecté qu'Archange était un ennemi, enfin si, mais pas à ce point et cela l'ennuyait beaucoup. Le fait d'être amoureuse de Sylver signifiait-il qu'elle allait être moins efficace comme guerrière ? Alors ça, même pas en rêve. Elle se pencha, avide. Pourvu que les assaillants mettent une pâtée aux démons !

Devant eux, les vaisseaux en relief coupèrent brutalement les rayons de la mort et commencèrent à faire face à ce nouvel ennemi.

Même si Tara savait que la bataille avait déjà eu lieu plusieurs heures auparavant du fait du décalage, elle finit par sortir de sa stupéfaction et s'assit, les jambes coupées. Ce n'était pas la flotte des dragons parce qu...

Soudain, elle se releva d'un bond. Tous les vaisseaux portaient un cercle rouge sanglant sur leurs flancs. Et ils n'étaient pas noirs, mais d'un gris si sombre qu'elle avait confondu.

— Magister ! s'exclama-t-elle en même temps que ses amis qui avaient reconnu le sigle du Maître des Sangraves. C'est Magister !

Les vaisseaux de Magister n'étaient pas très nombreux. Mais néanmoins plus que les vaisseaux des démons et ils possédaient apparemment une technologie tout aussi avancée, parce que leurs boucliers résistaient de leur mieux aux missiles et aux rayons que commencèrent à leur envoyer les vaisseaux des démons.

Pourtant, le cœur serré, ils virent que, très vite, beaucoup des nouveaux venus se faisaient littéralement déchiqueter par les plus gros vaisseaux.

En dépit de leurs lourdes pertes, ils étaient petits et agiles. Ils arrivaient à deux ou à trois, harcelant et blessant les gros mastodontes plus lents et moins manœuvrables.

Au même moment, maintenant que les vaisseaux des démons ne pouvaient pas à la fois s'occuper des petits vaisseaux de Magister et de ce qui venait de Terre, Jeremy réactiva le rayon de Stonehenge. Et cette fois-ci, il ne rata pas ses cibles.

Les vaisseaux des démons explosèrent l'un derrière l'autre, livrant au vide leurs équipages en un long hurlement silencieux.

Mais Magister n'en avait pas fini avec eux. Les vaisseaux survivants voulurent s'enfuir et peut-être se regrouper afin de réattaquer en masse, et c'est alors qu'ils se heurtèrent à la seconde partie de son plan.

Les fusées qui avaient apparemment raté leurs cibles se réactivèrent. Elles ne bougèrent pas. Si elles avaient bougé, les vaisseaux des démons se seraient méfiés. Simplement, le long des museaux agressifs, des lumières se mirent à clignoter, comme si les fusées se réveillaient brusquement.

Les vaisseaux des démons étaient en train de passer au milieu d'elles lorsqu'elles explosèrent d'un seul coup, en un magnifique feu d'artifice qui aveugla les scoops et les caméras spatiales.

Le cœur battant, ils essayaient de voir ce qui se passait.

Et enfin, lorsque la lumière violente des explosions se dissipa, les caméras montrèrent des carcasses éventrées un peu partout.

Il ne restait pas un seul vaisseau des démons survivant.

Dans la salle du petit vaisseau du contrebandier, Tara, ses amis, le capitaine, la seconde, tous se mirent tous à sauter et à hurler de joie, s'embrassant et se félicitant, merveilleuse victoire de la vie sur la mort et la déchéance. Cal l'embrassa avec passion, ce qui fit grogner Robin, qui la fit valser dans les airs, ce qui fit grogner Cal.

Les âmes damnées ne hurlaient pas moins fort que les autres et le capitaine, totalement soulagé de ne pas se retrouver embarqué dans une croisade contre une planète démoniaque entière alors qu'il devait juste convoyer quelques passagers, fit ouvrir trois bouteilles de champagne terrien (qui valaient une fortune, ce qu'il fit remarquer trois fois) et autres boissons diverses pour fêter l'événement.

Tara se contenta sagement d'un jus de miam, parce qu'elle n'aimait pas le champagne, et regarda ce qui se passait à présent.

L'image de Magister apparut sur les écrans. Il luisait du bleu de la satisfaction intense.

— Peuples de l'univers, tonna-t-il (oui, évidemment, juste peuples de la Terre, c'était un peu trop réduit pour son ego surdimensionné), comme vous n'avez pas voulu me donner le contrôle de vos armées, il a fallu que je me débrouille autrement.

On eut l'impression que son masque était en train de sourire.

— Je l'ai pris sans votre autorisation.

Il marqua une petite pause. Tara pouvait imaginer la stupéfaction des gouvernements terriens. M'enfin bon, il leur avait sauvé la peau, alors cette stupéfaction allait être tempérée par la reconnaissance.

Pendant quelque temps du moins.

— Mes Sangraves se sont fait passer pour vos généraux, présidents, etc., et j'ai pris le contrôle de vos fusées, puis, avec l'aide du jeune Jeremy, j'ai organisé ce qu'il fallait faire afin que les démons pensent que vous… que nous… étions totalement vaincus, le temps d'amener discrètement ma flotte à portée de rayons. Et cela a fonctionné.

Sa voix se renfrogna légèrement.

— Évidemment, j'avais affrété cette flotte pour prendre le contrôle d'AutreMonde, je trouve donc particulièrement pénible que les démons aient choisi juste ce moment pour foutre tous mes plans par terre. Mais je ne pouvais pas les laisser prendre toutes ces âmes (ah oui, évidemment, lui aussi avait compris) et devenir tellement puissants qu'ils auraient été impossibles à vaincre. J'ai donc dû faire un choix. J'espère que je ne le regretterai pas.

Le masque se colora d'un gris dédaigneux.

— La flotte des dragons est en route pour la Terre. Elle va pouvoir faire le ménage après moi et vous protégera d'une nouvelle attaque, enfin si elle arrive à temps. En attendant, je vais me rendre sur votre Lune, où je vais faire réparer mes vaisseaux. Et comme remerciement pour mon travail, je veux bien la présidence de votre planète…

Il laissa passer un petit moment et de nouveau on eut l'impression que son masque souriait, revenant au bleu.

— Et le remboursement de mes frais. Ce serait bien la moindre des choses…

Et il coupa son image, tandis que les caméras revenaient sur les carcasses démantibulées.

Magister avait peut-être sauvé la Terre, mais sa propre flotte en avait payé le prix. Ses vaisseaux avaient bravement combattu, mais les trois quarts de sa flotte étaient dévastés. D'où, sans doute, son peu discret sous-entendu.

D'une certaine façon, Tara trouva ironique que les démons leur aient évité une invasion de Sangraves sur AutreMonde. Magister ne pourrait pas reconstituer sa flotte avant longtemps. Même si les Terriens le payaient le prix fort.

Deux menaces écartées s'un seul coup, pour une fois l'univers était gracieux, ça changeait. Lentement, les vaisseaux Sangraves survivants firent le tour de ceux qui avaient péri afin de récupérer les équipages encore vivants et les corps, puis ils firent sauter ce qui restait, sans doute pour continuer à protéger l'identité des Sangraves disparus.

Tara remarqua qu'ils emmenaient certains des vaisseaux des démons avec eux, les remorquant avant de disparaître. Malheureusement, personne ne pouvait les en empêcher.

Sur Terre, c'était l'hystérie totale. Les caméras et les scoops placées par les Hauts Mages montraient les scènes de liesse un peu partout. Petit à petit, les habitants sortaient, encore incrédules, stupéfaits d'être toujours vivants.

Mais le bilan était lourd. Les démons avaient prélevé des millions de vies, même si le résultat final était faible eu égard aux dégâts qu'ils auraient pu causer et du fait qu'il y avait sept milliards d'individus sur Terre. Mais plus de dix millions de personnes avaient perdu leur âme. Et des millions d'autres avaient été blessées dans la panique ou dans les explosions et les incendies.

Maintenant que les vaisseaux des démons étaient détruits, Tara espérait du fond du cœur que les âmes terriennes avaient été libérées et avaient trouvé la paix.

Petit à petit, la planète recommençait à vivre. Mais les regards se tournaient souvent vers le ciel et tous avaient la même interrogation : ils avaient été sauvés cette fois-ci. Mais pour combien de temps ? Les démons allaient-ils attaquer de nouveau et la flotte des dragons serait-elle capable de les défendre ?

Les gouvernements s'interrogeaient aussi sur Magister. Bien qu'aucun politique n'accepte de gaieté de cœur de laisser sa place à un autre, ils reconnaissaient que, sans lui, cela aurait été bien pire. Et que, en dépit du sacrifice héroïque de leurs dix vaisseaux, les dragons, trop lents à réagir, ne les avaient pas beaucoup aidés. Certes, les vaisseaux survivants de Magister n'étaient pas nombreux, surtout après ce qu'ils venaient de subir, mais c'était tout de même mieux que pas de vaisseaux du tout...

Les Terriens avaient peur. Ils avaient été si totalement impuissants face aux démons que c'en était risible. La Terre ne possédait pas de vaisseaux spatiaux autres que les vieilles navettes ou les fusées porteuses de satellites. Tara pouvait parier que les gouvernements étaient soudain en train de repenser le montant de leurs investissements spatiaux, mais c'était un peu tard.

Ils eurent les résultats de la délibération mondiale alors qu'ils allaient sauter vers la planète Xephrodie.

Les gouvernements avaient accepté. Pas à l'unanimité, mais avec suffisamment de voix pour que la motion passe. En échange de la protection de Magister, la Terre acceptait qu'il gouverne la planète, du moins tant que la menace démone existerait.

Tara frissonna. Elle connaissait très bien le manque de scrupules absolu de Magister. S'il avait besoin de la menace démone pour continuer à régner, il ferait tout pour que celle-ci perdure...

Argh.

Mais Tara allait lui couper l'herbe sous le pied. Que ce soit pour la Terre ou parce qu'elle était furieuse d'avoir été bernée par Archange, ce qui avait coûté dix millions de vies aux Terriens, elle allait détruire cette planète et faire ce que les dragons essayaient d'accomplir depuis des milliers d'années.

Éradiquer la menace démone.

Une sonnerie stridente annonça le saut prochain. Ils se sanglèrent, comme le capitaine l'avait conseillé, et le petit vaisseau activa ses moteurs intergalactiques. Ils sautèrent. La sensation n'était pas très agréable. Pendant quelques secondes, Tara eut l'impression qu'on la retournait comme une sorte de gant géant.

Mais ce fut bref et bientôt une seconde sonnerie indiqua la fin du saut. Ils pouvaient se détacher, ils étaient à proximité de la planète qu'ils allaient atteindre un peu moins d'une dizaine heures plus tard.

Cal se détacha, s'assit et se tourna vers la couchette de Tara à côté de la sienne. Il adorait la jeune fille, il était prêt à tout faire pour elle, mais là, elle y allait un peu fort. Sagement (il apprenait avec le temps), il n'avait rien dit lorsqu'elle avait annoncé qu'elle allait détruire la planète d'Archange. Il avait d'ailleurs remarqué que, prudents, les autres n'avaient rien dit non plus, y compris Fafnir, pourtant la première à aimer les belles bagarres. Mais il avait bien senti qu'ils étaient tous très mal à l'aise avec ce concept... définitif.

Le plus remarquable, c'était qu'ils ne doutaient pas un instant que Tara pouvait réussir. Ils avaient tous pu constater à de multiples reprises à quel point la jeune fille était incroyablement puissante. Mais cette puissance l'autorisait-elle à se positionner comme juge, jury et surtout... bourreau ? De plus, sacrifier une planète entière pour la faute de ses gouvernants, c'était, là aussi, quelque chose qui gênait beaucoup le jeune Voleur Patenté.

Enfin, dans quelle mesure les âmes damnées influençaient-elles Tara ? Cette terrible décision ne lui ressemblait pas. Il se positionna devant Tara et lui sourit. Elle lui rendit son sourire, ses yeux provisoirement noirs du fait des lentilles, le scrutant gravement. Il se plongea dans ce regard qu'il aimait tant. C'était difficile, parce que là, la seule chose dont il avait envie, c'était de célébrer la victoire d'une façon un peu plus... intime... et qu'au lieu de cela, il s'apprêtait à l'affronter.

— Ma chérie, dit-il doucement. Tu ne crois pas que c'est un peu... extrême ?

La jeune fille était vêtue d'un pantalon noir et d'un débardeur qui moulait sa poitrine d'une façon qui faisait saliver Cal. Elle inspira profondément et Cal perdit un peu le fil de son discours.

— Un peu extrême ? demanda-t-elle.

Cal détacha son regard et reconnecta ses neurones.

— Oui. Tuer des millions de gens. C'est ce que font les démons. Nous ne sommes pas des démons. Nous sommes des humains. Tu ne pourras pas vivre avec ça sur la conscience, Tara. Ça va te rendre folle.

La jeune fille tordit sa jolie bouche rouge et Cal se retrouva à la fixer comme s'il était en manque. Mais bon sang, qu'est-ce qui lui arrivait ? Bon, cela dit, effectivement, il était en manque et gravement.

— Non, répondit-elle fermement. Cela fait des milliers d'années que les démons veulent nous éliminer. Ils ont essayé. Ils ont voulu voler la NA. Ils manigancent sans cesse de nouvelles monstruosités. Je ne peux plus les voir comme des gens et les laisser nous manipuler en nous faisant croire qu'ils sont humains. Ils ne le sont pas, Cal. Ils n'ont rien de cela. Ils sont froids et sans pitié. Ils sont comme des sauterelles qui dévastent tout sur leur passage.

Elle voulut continuer, mais les mots se bloquèrent dans sa gorge.

— Et toi, tu es une sorte d'insecticide, c'est ça ? tenta de plaisanter Cal. Mais un insecticide n'a pas de conscience, alors que toi, oui.

Il devint grave.

— J'ai tué, Tara, je sais ce que cela représente. Et ce que tu envisages est pire. Des millions de fois pire... et là, j'ai l'impression que les objets démoniaques sont en train de t'influencer, parce que je n'arrive pas à croire que tu puisses penser que la seule solution, c'est de détruire une planète pour obtenir la paix...

Mais la vision des vaisseaux prélevant les âmes comme s'ils pêchaient des poissons avait abîmé Tara. Son esprit ne cessait de se fixer sur les scènes qu'elle avait vues, incapable d'intervenir ou d'aider. Elle se sentait coupable. Si elle n'avait pas été aveuglée par Archange, elle aurait peut-être conseillé à Lisbeth de laisser les dragons attaquer les démons, histoire d'en finir une bonne fois pour toutes. Peut-être Lisbeth aurait-elle refusé, peut-être le résultat aurait-il été encore pire et les démons les auraient-ils vaincus facilement. Mais au moins, Tara aurait eu la conscience tranquille.

Au lieu de cela, elle avait laissé un démon l'embrasser et lui faire croire qu'il était comme elle.

Qu'il voulait la paix.

Non mais quelle idiote elle avait été !

Tout cela formait un amalgame empoisonné dans son âme. Mais contrairement à ce que pensait Cal, les âmes damnées n'y étaient pour rien. C'était la décision de Tara, et d'elle seule. Son regard noirci par les lentilles revint vers Cal. Elle se sentait déchirée. Allait-elle perdre aussi Cal parce qu'elle voulait débarrasser l'univers d'une menace terrifiante ?

Mais Cal était bien plus intelligent que cela. Il lui sourit tendrement et haussa les épaules.

— Quoi que tu fasses, je suis avec toi, Tara. Nous verrons lorsque nous serons face à ce choix et, pour l'instant, il faut déjà qu'on arrive jusqu'à Xephrodie, ensuite qu'on embarque sur la navette et enfin qu'on s'en empare pour arriver au-dessus de la capitale et que tu aies assez de pouvoir pour faire… ce que tu veux faire. Et surtout qu'on s'en sorte, parce que si tu es assez près pour faire exploser un monde entier, je ne pense pas que nous survivrons aux débris. La dernière fois, avec l'aide de Jeremy, ça a été super juste, et là, tu es toute seule. Face à une bien plus grosse planète…

Tout le monde se détendit légèrement. Dit comme cela, effectivement, il y avait tellement d'obstacles que cela semblait presque impossible à réaliser.

Presque. Parce que Cal connaissait les ressources du magicgang. Et était en train de se demander avec angoisse s'il allait devoir saboter leurs propres efforts pour que Tara ne soit pas en position de devoir choisir.

Sans compter qu'il n'avait pas envie de mourir. Se battre, oui, se défendre, mais la perspective de passer en OutreMonde après avoir été écrasé par un bout de planète ne le tentait que très moyennement.

Qui avait dit que la vie était un long fleuve tranquille ? En ce qui le concernait, Cal aurait bien aimé de temps en temps qu'il y ait un peu moins de rapides écumants et de chutes hérissées de rochers et un peu plus de plages ensoleillées sur la rive…

— Cal a raison, fit gravement Moineau, tout aussi touchée que Tara. Ce que font, ce que sont les démons est monstrueux. Je comprends ta réaction. Ces millions d'âmes torturées juste pour servir de carburant magique à ces monstres, c'est… c'est abominable. Mais je comprends aussi Cal. Et je partage son avis. Tu ne peux pas être juge et bourreau, Tara. Les démons doivent être contenus. Mais exterminés ? Sans compter qu'ils sont disséminés un peu partout sur les six planètes. Que crois-tu qu'il va se passer ? Tu vas détruire une seule planète. Et les survivants ne vont vivre que pour se venger. Cela va former un cercle vicieux, alimenté par le sang et la haine.

Tara se leva d'un bond, frustrée de ne pas arriver à faire comprendre à ses amis à quel point ils avaient tort de considérer les démons comme des gens innocents.

Soudain, alors qu'elle ne s'y attendait pas, Cal bondit et détacha la ceinture d'or autour de sa taille. Les âmes, prises par surprise, n'eurent pas le temps de se transformer pour résister et même si la ceinture se tordit, les âmes avaient juré de ne pas faire de mal aux amis de Tara. Elles se contentèrent donc d'émettre un sifflement strident de protestation.

Tara, stupéfaite, regardait le Voleur.

— Ehhhhh, Cal ? Qu'est-ce que tu fais ?

— Ah, ah, fit triomphalement son petit ami, je viens de te soustraire à l'influence des âmes damnées qui veulent t'obliger à détruire leurs ennemis aux dépens de…

— Pas du tout ! l'interrompit Tara, les sourcils froncés. Les âmes trouvent que c'est une très mauvaise idée et elles sont terrifiées. Si elles pouvaient s'enfuir à des milliers d'années-lumière d'ici, elles le feraient avec plaisir.

— Ah bon ? s'exclama Fabrice, parce que te connaissant comme je te connais, j'avoue que j'allais justement faire la même chose que Cal et te piquer ta ceinture. Ma vieille copine, pardon de te dire ça, mais tout ça ne te ressemble pas. Faire exploser une planète ? Et depuis quand tu te prends pour l'étoile de la mort à toi toute seule ? Tu sais Tara, peut-être que l'Empereur, lui aussi, au début, pensait bien faire…

Tara leva les yeux vers le plafond et souffla par le nez pour chasser son agacement.

Elle arracha la ceinture de la main de Cal, pétrifié, et ajouta en la bouclant d'un geste ferme :

— Fabrice, on n'est pas dans un film, là. Les figurants ne vont pas se relever en rigolant, parce que pardon de te dire ça, mais ils sont tous morts. (Elle se tourna vers Cal.) Tu ne comprends pas ? Je n'ai besoin d'aucune influence démoniaque ou pas, d'aucune justification autre que ce que les démons ont fait. Je vais leur faire payer, c'est tout. Et Moineau ?

— Oui ?

— Tu parlais de cercle vicieux. Mais à ton avis, tous ceux qui ont perdu des êtres chers hier et aujourd'hui, sur Terre, que crois-tu qu'ils vont faire ?

Moineau se mordit la lèvre. Elle persistait à considérer les Terriens comme quantité négligeable, parce qu'ils n'avaient pas de magie et que leur technologie n'était pas aussi avancée que celle des dragons.

— Ils vont développer toutes les armes possibles et imaginables, soupira-t-elle.

— Et ?

— Et considérant que les démons ont attaqué les premiers, dès qu'ils seront prêts, ils les attaqueront en retour. Ils n'oublieront pas. Ils ne pardonneront pas. Tu as raison. Ce sera sans fin.

— Mais si c'était une autre faction, fit Fabrice, essayant d'être raisonnable. La faction de Gabriel, par exemple. Ou de l'ex-roi des démons. Et que tu élimines Archange sur la planète et que les vrais responsables n'y sont pas. Tu vas tuer un type qui n'est peut-être absolument pour rien dans toute cette histoire et qui serait éventuellement le seul moyen d'arriver à faire la paix ? Après tout, Tara, il y a des criminels partout. Des criminels dans des gouvernements, ça n'a rien de nouveau ou de bizarre, cela arrive, aussi.

Le cerveau de Tara recommença à fonctionner en réaction à ce que lui disaient ses amis. Et ce qu'elle avait vu était tout de même fichtrement curieux. Elle posa la question qu'elle avait déjà posée. Qu'ils avaient tous posée, mais sans s'y attarder.

— Il n'y avait que cinquante vaisseaux. Pourquoi ?

— Parce qu'ils n'ont pas mobilisé toutes leurs forces, répondit Moineau après un petit temps d'hésitation dû au changement brutal de sujet.

— Pourtant, c'est primordial pour eux, réfléchit Tara, vu l'obstination avec laquelle ils ont tenté de récupérer les objets démoniaques depuis des millénaires. Et là, ils vont faire une nouvelle moisson d'âmes et pourtant, ils n'envoient que cinquante vaisseaux ? D'accord, ils ont écrasé les vaisseaux des dragons, mais ce n'est pas beaucoup.

— Tu as raison, fit Cal, réfléchissant furieusement. Ce n'est pas logique.

Ils relevèrent les yeux en même temps et s'exclamèrent :

— Parce qu'ils n'en avaient pas plus !

Ils se sourirent.

— C'est une faction, conclut Cal. Une faction dissidente, Fabrice a raison. Peut-être pas des criminels, mais des tueurs, oui. Un peu comme la faction des dragons qui voulait attaquer les démons, sauf qu'eux ont réussi leur coup. Ce n'est pas Archange. Si cela avait été lui, il aurait balancé toute sa flotte pour protéger ses vaisseaux extracteurs.

— Extracteurs ? demanda Fabrice.
— Qui extraient les âmes.
— Beuh !
— Ouais, je sais, le concept est dégueulasse, mais c'est tout ce que j'ai trouvé. Et puis butineurs, ça faisait un peu trop gentille abeille. Bref. Tara, avant de lui carboniser la planète d'Archange, je crois que tu ne vas pas avoir le choix.
Tara et lui se regardèrent gravement. Et conclurent ensemble.
— Je vais devoir lui parler.
— Tu vas devoir lui parler.
Moineau et les autres se détendirent un peu. La crise était passée. Mais ils venaient de mesurer à quel point il était dangereux pour une seule personne d'avoir autant de pouvoir. Sur Terre, comme sur AutreMonde, le pouvoir des gouvernants était plus ou moins contrebalancé par celui de leurs ministres ou de leur entourage, qui les empêchaient de presser les mauvais boutons, ceux qui balançaient les bombes atomiques sur les voisins, les jours de mauvaise humeur. Mais avec Tara, qui serait son garde-fou pour l'empêcher de tomber ? Déjà, ce n'était pas passé loin.
Même si Fafnir, tout tout au fond d'elle-même, regrettait un peu de ne pas pouvoir assister à l'explosion d'une planète, elle reconnaissait qu'elle n'aurait pas aimé que des millions de « gens » meurent en même temps.
— Bon, fit-elle, toujours pragmatique, Maintenant qu'on sait qu'on ne va pas faire tout sauter, c'est quoi la prochaine étape ?
Elle sortit ses deux haches, un chiffon et de l'huile pour les nettoyer amoureusement après s'être laissée tomber sur le lit, qui avait grincé affreusement sous son poids ultra-dense.
Eleanora s'avança, tout le corps de la démone blonde tendu et crispé.
— Je crois que Sanhexia vient de comprendre que Tara était probablement la seconde chose la plus dangereuse de l'univers – pardon pour l'appellation « chose », mais c'est le terme qu'elle a employé. Et tu lui as collé une trouille monstre, Tara. Cela dit, c'était intéressant, parce que cela signifie qu'il y a une chose qui la terrifie encore plus que toi. Et je n'arrive pas à savoir pourquoi au juste, mais tout cela

a un rapport étroit avec la collecte des âmes. C'est ce que j'ai ressenti. Lorsque les vaisseaux ont été détruits, sa seule pensée était que tout était perdu. Mais pas dans le sens « merde, on s'est fait battre », mais « merde, on va tous y passer parce qu'on a pas réussi notre mission ».

Fafnir retroussa les lèvres.

— Eleanora, je ne comprends rien du tout à tout ce que tu viens de dire.

— Je suis désolée, s'excusa Eleanora, je ne peux pas lire ses pensées, juste ce qui filtre et surtout je me fie à ce que je ressens de ses émotions. Ah ! et elle aussi pense qu'Archange n'a rien à voir avec tout ça. Elle dit que c'est bien plus le style de son père ou de Gabriel. Archange, lui, veut trouver une solution pour... sauf que je ne sais pas quelle solution il veut trouver. Ni pourquoi.

Soudain, Tara se sentit épuisée. Ils n'avaient pas beaucoup dormi, scotchés aux écrans afin de suivre ce qui se passait sur Terre. Et ce que venait de dire Eleanora ne les aidait en rien. Une mission ? Ils voyaient l'extraction des âmes, comme l'appelait Cal, comme une mission ? Pas comme une conquête ? Tout ceci devenait de plus en plus bizarre.

— Bon, comme le dit Fafnir, notre prochaine étape, c'est de nous reposer en attendant d'arriver sur Xephrodie. Une fois là-bas, nous essayerons à la fois de comprendre pourquoi les démons ont mis la planète en quarantaine et de prendre une navette pour la planète capitale. Ensuite, plutôt que de la détourner, nous descendrons sur la planète principale et tenteront de nous infiltrer discrètement dans le Palais pour parler à Archange. S'il est sincère, nous l'aidons. S'il est un ennemi (son visage se durcit), nous l'éliminons ainsi que tous ceux que nous trouverons dans le Palais afin de couper le plus possible de têtes de décideurs.

— Brrrr, fit Moineau, tu parles au figuré j'espère, parce que c'est très salissant de couper des têtes !

Tara ne voulut pas savoir comment Moineau savait ce genre de choses.

— Oui, métaphoriquement parlant, bien sûr. Un jet de magie est aussi efficace qu'un coup de griffes ou de couteau. Donc, on ratisse et on élimine. C'est moins radical que de faire exploser la planète et ça a le mérite de leur causer du tort quand même. Ensuite, on fonce vers la navette et cette fois-ci, on la vole avant que l'alarme ne soit donnée.

Cal eut un air ironique.

— Tara, à la seconde où nous nous débarrasserons d'Archange, tout le Palais sera en alerte. Et de nouveau, je ne te comprends pas, tu n'es pas un assassin, bon sang !

Tara lui lança un regard glacial.

— J'ai renoncé à faire disparaître une planète entière pour venger les dix millions de personnes qu'ils viennent de tuer, Cal.

Caliban était tellement énervé qu'il s'en agitait dans l'étroit dortoir, sa silhouette musclée particulièrement mise en valeur par les vêtements choisis par dame Téoclis. Un instant distraite par ses larges épaules, Tara, elle ne savait pas très bien pourquoi, se dit qu'avec son visage d'ange déchu et ses yeux d'argent, Cal était fichtrement séduisant.

Elle dut se concentrer pour écouter ce qu'il disait.

— Et ce n'est pas une raison pour tuer des gens ! Je sais qu'ils sont coupables, je sais que c'est monstrueux, je sais que ce sont nos ennemis. Mais laisse faire ça par des professionnels, bien entraînés, et après que nous saurons exactement qui sont nos cibles et pourquoi nous les tuons. Entrer dans ce Palais et éliminer les gens juste parce qu'ils sont là, pardon de te dire ça, mais c'est... (il hésita, il ne voulait pas la blesser)... irresponsable. Tu vas tous nous faire tuer, conclut-il, lamentablement conscient qu'il ne s'était pas exprimé comme il l'aurait voulu tellement il se sentait perturbé par cette Tara assoiffée de sang qu'il ne reconnaissait pas.

Moineau se leva et se plaça entre les deux.

— Waouh ! fit-elle en plaçant les mains comme un arbitre. Temps mort comme vous dites sur Terre. Avant d'aller tuer qui que ce soit, où que ce soit, il faut que nous ayons des plans. Que nous sachions où nous allons mettre les pieds et surtout, comment en sortir. Alors, moi, je voudrais que vous partagiez les souvenirs que vous avez des différentes pièces du Palais, histoire qu'on reconstitue le tout. Ça nous donnera déjà une bonne base de travail. Pour les « détails », on verra plus tard.

— Mais !... s'exclamèrent ensemble Tara et Cal, pressés de retourner à leur discussion.

— Non ! fit Moineau inflexible en levant les mains pour bien montrer qu'elle n'écoutait pas. Je ne veux rien savoir de qui a raison ou qui a tort. Pour l'instant, soyons raisonnables. Nous sommes tous fatigués et très inquiets. Restons concentrés sur ce qui est réalisable plutôt que de nous chamailler sur le pourquoi potentiel du comment.

Tara et Cal échangèrent un regard, un peu penauds tous les deux. Robin les regardait pensivement. Lorsque Cal et Fabrice avaient réussi à faire changer Tara d'avis, il s'était bien gardé de donner son opinion, parce que son sang d'elfe lui criait d'accomplir une vengeance, tandis que son sang humain, lui, le poussait à plus de tempérance. Mais il était satisfait. En restant neutre, il ne s'exposait pas à la colère de la jeune fille. Si celle-ci se fâchait avec Cal, Robin se disait qu'il aurait alors peut-être une chance de la reconquérir.

Il se rapprocha d'elle et murmura, alors que Cal discutait avec Moineau :

— Quel que soit ton choix, Tara, je resterai avec toi. Et je mourrai pour toi si cela est nécessaire.

Un peu surprise par cette solennelle déclaration, Tara lui adressa un sourire hésitant.

— Euh, merci, Robin, chuchota-t-elle en retour.

En se détournant, elle surprit le regard d'Eleanora, plein de curiosité. Puis la jeune fille fit se lever la démone afin qu'elle se prépare pour la nuit, tandis que les autres se mettaient tout autour de la table et sortaient de grandes feuilles de papier et des crayons que dame Téoclis, très prévoyante, avait joints aux paquetages.

Tara et ses amis avaient passé du temps dans le Palais d'Archange et grâce à leurs observations, surtout celles de Cal, qui comme tous les Voleurs notait minutieusement tout ce qui pouvait leur être utile dans chaque endroit où ils se trouvaient, Moineau retraça les plans. Son esprit, entraîné par de longues heures d'étude avec ses parents et son goût pour la lecture, avait lui aussi retenu des tas de détails que les autres n'avaient pas forcément remarqués. C'était impressionnant, car, lorsqu'elle leur dessina la carte en trois dimensions du Palais, on y voyait quasiment tout, y compris la Salle du Juge et celle du Conseil, sans oublier la salle de Vision, là où Tara avait délivré le grand Quartz Vivant.

La Pierre Vivante, qui était entrée en contact avec le Quartz Vivant avant que Tara ne le délivre et qui, grâce à lui, connaissait le Palais comme sa p... euh, parfaitement... ajouta tous les endroits où aucun d'entre eux n'était jamais allé. Enfin, une fois tout terminé, Belzebuth, qui connaissait lui aussi le Palais assez bien, même si les jeunes démones avaient tendance à l'enfermer dans leurs chambres pour qu'aucun gros démon ne l'écrase, ajouta des détails intéressants, notamment sur l'endroit où dormait Archange et que ni le Quartz ni personne ne connaissait.

Enfin, en espérant que, devenu roi, le démon n'avait pas changé ses habitudes et ne s'était pas installé dans la suite de son père. Mais Belzebuth en doutait. Il pensait qu'Archange avait laissé la place à Vash.

De plus, il put leur donner une assez bonne idée des systèmes de sécurité. Les démons n'en avaient pas beaucoup, parce que personne ne songeait à attaquer le roi ou sa famille sur leur planète. Ils se contentaient de quelques gardes et c'était tout. Fafnir, qui leur communiquait ce que lui transmettait le petit chat rose démoniaque, était très fière de son compagnon. Celui-ci les aidait de son mieux. À un moment, Fabrice, curieux, finit par poser la question :

— Mais Bel, tu es un chat démoniaque. Tu as été créé par les démons. Tu n'as aucune loyauté envers eux ?

Cela fit beaucoup rire le petit chat.

— Ma loyauté va à ma sœur d'âme, répliqua-t-il par l'intermédiaire de Fafnir. Je ferai n'importe quoi pour la protéger. Et si vous donner tous les codes de sécurité de la planète me permet de lui sauver la vie, ça me va.

Bon, ça au moins, c'était clair. Fabrice n'insista pas.

À la fin, ils avaient plusieurs cartes qui pouvaient les amener à peu près n'importe où.

Sanhexia, revenue de la salle de bains, papillonnante, se mit à bâiller avec tellement d'insistance qu'au bout de quelques minutes, tout le monde l'imitait.

Moineau, trop longtemps penchée sur la table pour dessiner les plans, s'étira, faisant craquer son dos.

— Ouf, soupira-t-elle, une bonne chose de faite. Tout cela m'a mise à plat. Je vais prendre une douche et me coucher, puisque pour l'instant il n'y a rien de spécial à faire. Le capitaine a dit que nous arrivions dans combien de temps ?

Tara consulta la montre qu'elle avait au poignet. Cela lui faisait bizarre de ne plus avoir son hor avec ses différentes accréditations, mais ils avaient, bien évidemment dû s'en débarrasser.

— Dans une dizaine d'heures.

— Ah, je n'arrive pas à me faire à cet objet minuscule, fit Fafnir en ronchonnant et en tirant sur le bracelet de cuir de son élégante montre. Et pourquoi y a-t-il des brillants partout dessus ? une hor… enfin une montre comme vous dites, c'est fait pour être solide et indesctructible, pas un espèce de machin tout riquiqui et fragile !

— Sanhexia dit qu'ils se sont beaucoup inspirés de la Terre, qu'ils trouvent bien plus sophistiquée en termes de mode qu'AutreMonde, répondit Eleanora. Tous leurs vêtements, objets, etc., sont des copies ou des objets importés de Terre. La beauté, l'élégance, ce sont les armes principales des démons pour empêcher les Terriens et les AutreMondiens de les attaquer. Cela dit, elle précise qu'elle aime beaucoup les joyaux incrustés dans ta peau, Tara, elle trouve que c'est très original.

Tara fit une petite grimace. Effectivement, la seule chose qu'elle n'avait pas pu retirer, c'était l'étrange joyau des couleurs qui ornait le creux de son cou, incrusté à même la peau, mais elle avait demandé à dame Téoclis de lui fournir des vêtements suffisamment couvrants, lorsqu'ils seraient sur la planète, pour que personne ne puisse le voir.

Tara ne savait pas quel signalement les démons avaient d'eux, mais ils étaient passés plusieurs fois à l'équivalent de la télévision chez eux, notamment lors des combats qui avaient sacré Sylver champion des champions. Même si, brune aux yeux noirs et peu reconnaissable, Tara se savait bien déguisée, son joyau était suffisamment caractéristique pour qu'elle se fasse démasquer. Autant ne pas courir le risque.

Ils se douchèrent, se changèrent et se glissèrent avec satisfaction dans les lits frais qui sentaient la lavande, ce que Tara trouva particulièrement agréable.

Cal, lui, eut du mal à trouver le sommeil. Plusieurs fois dans la journée, il avait été incroyablement attiré par Tara, sans aucune raison particulière. Soupçonneux, il interrogea les âmes damnées.

— Dites donc, ce n'est pas vous qui êtes en train de manipuler mes sentiments pour Tara ?

Un sentiment d'innocence outragée monta de son cerveau. Les âmes se déclaraient non coupables. Mais Cal sentit une certaine gêne lorsqu'elles répondirent.

— Dites-moi la vérité, exigea-t-il, ou sinon je ne vous porte plus et tant pis pour ma sécurité sur Xéphrodie. Tara sera bien sûr très inquiète si je fais cela.

Le chantage fut efficace. Il se trouvait que plusieurs des âmes avaient remarqué que Robin tentait de se rapprocher de Tara. Et qu'elles aimaient bien Cal. Alors, elles l'avaient un peu poussé, en coordination avec les âmes portées par Tara, afin qu'il se rapproche d'elle et lui fasse un câlin. Cal se sentit rougir lorsqu'elles lui firent une description interdite aux moins de dix-huit ans dudit câlin.

— Waouh, on se calme, dit-il, sentant que la situation était en train de déraper sérieusement. OK, vous nous avez influencés pour l'amour. Certaines d'entre vous nous ont-elles influencés pour autre chose ? En dépit de ce que pense Tara, moi, je dis que ses réactions ne sont pas normales.

Cette fois-ci, les âmes furent absolument honnêtes. Non, elles n'avaient absolument influencé Tara, pour la simple et excellente raison qu'elles ne souhaitaient qu'une seule chose, c'était retourner sur AutreMonde vite fait et que Mourmur trouve une solution pour les délivrer du fer empoisonné, solution qui ne passerait pas par leur dissolution complète dans le néant. Alors, plutôt que de pousser Tara vers la planète capitale d'Archange, les âmes, bien au contraire, espéraient très fort qu'elle allait rebrousser chemin.

Cal les crut. Il voyait bien à quel point cela leur faisait horreur. Il leur passa cependant un savon et leur ordonna de les laisser tranquilles, Tara et lui. Ils avaient bien assez de problèmes comme ça, sans en ajouter d'autres par-dessus.

Penaudes, les âmes obéirent. Tara ne s'en rendit pas compte, mais le vif désir qui l'avait saisi se dissipa alors qu'elle plongeait dans le sommeil. Cal grommela qu'il n'était pas aidé et se laissa sombrer lui aussi.

La lumière baissa peu à peu. Elle ne s'éteignait jamais, parce qu'il était important que les gens soient capables de voir dans le vaisseau, quoi qu'il arrive, mais était suffisamment douce pour ne pas gêner le sommeil des dormeurs.

Cal ne sut donc pas très bien ce qui l'avait réveillé.

Sans doute le fait qu'il sentait deux petites mains caresser tendrement son corps encore endormi.

Chapitre 24

Xephrodie

Ou comment débarquer sur une planète et n'avoir qu'une seule envie, en partir et vite.

Mmhh, c'était trop bon. Un corps chaud se pressa contre Cal. Les mains descendirent vers son ventre, le jeune homme sentit une douce odeur de…

Soudain totalement réveillé, il saisit les mains et se leva d'un bond.

— Eleanora, chuchota-t-il furieusement, alerté par l'odeur épicée du corps de la démone. Par tous les démons d'Autre-Monde, mais qu'est-ce que tu fais ?

El humecta ses lèvres gonflées et tenta de se rapprocher de Cal.

— Sanhexia et moi, on avait très envie de passer un moment avec toi, mon amour, susurra-t-elle tout doucement afin qu'on ne les entende pas. Moi parce que ça fait une éternité que je n'ai pas… tu sais quoi et elle parce qu'elle n'a jamais eu d'amant humain. Elle se demande s'ils sont aussi résistants que les démons.

Cal faillit s'étouffer.

— Quoi ? crachota-t-il, mais ça va pas la tête ?

— Ne t'inquiète pas, tout le monde dort, chuchota Eleanora. Si on s'éclipse discrètement, on peut aller dans le salon. (Elle prit un air espiègle.) Ici, les autres risquent de nous entendre si tu me fais crier.

Cal rata une respiration et devint tout rouge. Il voulut éloigner Sanhexia de lui, mais la démone était, oh humiliation, plus forte physiquement. Elle se dégagea sans effort et, avant qu'il n'ait le temps de réagir, l'avait fait basculer sur le lit et se laissait tomber sur lui.

Elle aurait pu réussir si elle avait été un peu moins violente. Mais elle poussa Cal vraiment fort. Son entraînement de Voleur reprit instantanément le dessus et il utilisa l'élan acquis pour basculer sur le côté et se retrouver de l'autre côté du lit, le visage sombre et furieux.

Sanhexia laissa échapper une petite exclamation consternée.

— Ehhh, chuchota-t-elle, qu'est-ce que tu fais ?

— Je ne veux pas… mais comment as-tu pu croire… espèce de…

Il était tellement furieux qu'il n'arrivait même plus à terminer ses phrases. Eleanora fit bouger le corps de la démone, se releva et commença sournoisement à contourner le lit, tandis que le Voleur, toujours aussi remonté, la regardait venir vers lui sans bouger. Elle crut qu'elle l'avait convaincu lorsqu'il bondit, passa sur le côté, saisit soudain l'une de ses mains et, la faisant passer dans son dos, la tordit jusqu'à ce que Sanhexia, surprise et endolorie, n'ose plus bouger de peur qu'il ne lui déboîte l'épaule. Dans cette position, elle ne pouvait pas utiliser sa supériorité physique contre lui.

— J'ai souvent affaire avec des adversaires bien plus forts ou bien plus grands que moi, tout n'est pas une question de force, grogna-t-il dans son oreille. Il suffit juste de savoir où appliquer la bonne pression. Alors maintenant que tu n'as pas d'autre choix que de te tenir tranquille, mettons les choses au point : Eleanora, tu es complètement détraquée si tu imagines que je vais vous faire l'amour à toutes les deux pour satisfaire vos fantasmes. Et non, ce n'est pas parce que j'aime Tara et qu'elle m'aime, mais parce que le principe même me dégoûte. Est-ce que c'est clair ? Alors, comme en plus je suis totalement dingue de cette fille, le seul moyen que cela, toi, Sanhexia et moi, arrive, serait dans un affreux cauchemar…

Sanhexia eut un sursaut. Cal ne savait pas si c'était la démone qui était vexée ou si c'était Eleanora qui réagissait, mais l'instant d'après, elle se détendit et cessa de lutter.

— Ce n'est pas très gentil, fit-elle d'une voix rendue rauque par la colère.

— Je ne suis pas gentil, répondit Cal. Tu as vu le Cal amoureux. Le Cal furieux n'a rien d'aimable. Et ce que tu viens d'essayer de faire, c'est inacceptable. Bon sang, El, ce n'est pas parce que tu es un fantôme que tu peux te permettre tout ce que tu veux !

— Ah ! mais si justement, répliqua Eleanora, boudeuse. Sinon, où serait l'intérêt ?

Cal grogna de plus belle, agacé.

— Si tu ne comprends pas ça, alors c'est inutile que j'essaye de t'expliquer. Je vais te lâcher et tu vas gentiment retourner dans ton lit, c'est compris ?

Elle ne répondit pas et il lui leva le bras un peu plus haut, la faisant gémir de douleur.

— Ça va, ça va, finit-elle par glisser, vaincue. Tu peux me lâcher, je ne te toucherai plus.

Cal défit son emprise et recula d'un bond, méfiant. La jeune démone se frotta le poignet avant de lui lancer un regard maussade. Puis elle haussa les épaules.

— Sanhexia regrette que tu sois aussi têtu, parce qu'elle te trouve mignon. Pas autant que l'elfe, mais mignon quand même. Et elle ajoute que tu n'as aucune idée de ce que tu viens de rater. D'après elle, les démones sont de merveilleuses amantes. Très résistantes...

Et sur cette dernière pique, elle retourna dans son lit, pendant que Cal, encore furieux, se rasseyait lourdement puis se prenait la tête dans les mains.

Une petite voix chuchota derrière lui. Il fit un bond, croyant que c'était Sanhexia qui était revenue pendant qu'il pestait à mi-voix, mais en fait, c'était Tara.

— Alors, comme ça, tu es dingue de moi ?

Il sourit dans la pénombre.

— Bien trop pour ma santé mentale et physique.

— J'adore.

— Mmmmh.

— Pas toi ?

— Si, mais ça ne me facilite pas la vie, crois-moi.

— C'est ça, l'amour. Ça complique les choses, mais d'un autre côté, si on ne l'avait pas, qu'est-ce qu'on s'ennuierait !

Cal faillit éclater de rire et se retint de justesse pour ne pas réveiller les autres.

Il se déplaça, poussa Tara pour qu'elle lui fasse une petite place dans le lit tout juste assez grand pour les accueillir tous les deux et la prit dans ses bras, son nez dans les doux cheveux parfumés.

— Ma douce, ma beauté, ma légende, crois-moi, l'ennui me paraît chaque jour un peu plus séduisant comme concept. Même si je n'échangerais l'amour que j'éprouve pour toi pour rien au monde, tu as raison, il me complique sérieusement la vie.

Elle remua pour mieux se couler contre lui et... il dut reculer parce que son corps, le traître, était vraiment, vraiment content qu'elle soit tout contre lui.

Il serra les dents. Tara, qui avait parfaitement conscience de ce qui se passait, soupira et se dégagea un peu. Elle aussi mourait d'envie mais... ce n'était pas le bon moment, là, au milieu de leurs amis et alors qu'elle allait avoir besoin de tous ses pouvoirs.

Et puis, même si elle se trouvait loin du fluide magique, on ne savait jamais, après ce qui s'était passé lors de leur dernier baiser... Risquer de faire exploser le vaisseau n'était pas une très bonne idée.

Mais la vache, comme aurait dit Maître Chem, ce que c'était frustrant !

— Ça faisait longtemps que tu étais réveillée ? demanda Cal, un peu inquiet quand même.

— À peu près au moment où tu es sorti du lit pour l'arrêter. Ton indignation m'a tirée du sommeil.

— Tu n'es pas intervenue, demanda Cal, curieux. Pourquoi ?

Tara rit un peu, tout bas.

— Je voulais savoir comment tu allais t'en sortir. Jolie clef au bras en passant.

— Ben, ou c'était ça ou je lui mettais mon poing dans la figure. J'ai opté pour le plus galant. Et je constate que tu es moins agressive que moi, sourit Cal. Si un autre avait fait la même chose avec toi, je l'aurais transformé en papillon en deux minutes.

— En papillon ?

— Oui, tu sais, épinglé à son lit par mon poignard !

— Yerk.

Il la serra plus fort contre lui et murmura :

— Tu es à moi. Je suis à toi. Il n'y a rien d'autre à dire.

Tara se sentit fondre. Quand il lui disait des choses comme ça, elle avait l'impression de devenir toute… toute molle, comme s'il retirait toute tension pour ne laisser derrière que de l'amour.

Cal soupira aussi, puis, à regret, sortit du lit avant que les choses n'empirent. Il allait regagner son lit après avoir dit bonsoir à Tara lorsqu'une ombre se matérialisa derrière lui.

Surpris, il fit volte-face, mais c'était Robin.

— Bon sang ! chuchota Cal avec véhémence, ne me dis pas que toi aussi tu veux un câlin ?

Le demi-elfe le regarda un instant, totalement stupéfait.

— Pardon ?

— Non, rien, soupira Cal de nouveau, j'ai eu une longue soirée. Qu'est-ce que tu veux ?

Robin se dandina un instant, gêné. Cal s'assit et le regarda avec curiosité.

— Eh bien, se décida Robin, je voudrais savoir comment tu fais.

— Euh, comment je fais quoi ?

— Comment tu fais pour séduire les filles. J'ai bien vu Sanhexia et Eleanora, bon sang, elles voulaient… elles *te* voulaient, toutes les deux ! (Il avait un peu de bave au coin des lèvres en disant cela et Cal faillit lui proposer un mouchoir.) Et toi tu as dit non. (Ah, les elfes et leurs oreilles fines ! il avait donc tout entendu, slurk !) Et ne me donne pas de réponse idiote ou de conseil stupide comme cette histoire de concombre. Je veux juste la vérité. Si je veux conquérir, disons… (Il hésita un instant.) V'ala, qu'est-ce que je dois faire ?

Commencer par l'attacher fut la seule pensée qui traversa l'esprit de Cal, qui à cette idée fut soudain submergé par des tas d'idées décadentes. Bon, il fallait dire que l'elfe violette était tout aussi somptueuse qu'elle était effrayante. Rien que l'idée de poser le doigt sur elle le faisait se recroqueviller de frayeur.

Mais Robin attendait une réponse sérieuse, pas une boutade. Alors, Cal répondit sincèrement :

— Je les fais rire.

Il y eut un petit silence.

— Tu les fais rire ?

Robin était incrédule. Genre « mais qu'est-ce qu'il est encore en train de raconter ? ».

— Oui, répliqua fermement Cal pour bien montrer qu'il était sérieux. Les filles aiment qu'on les fasse rire. Qu'on soit spirituel, drôle, galant, charmant, tout cela va ensemble.

Le demi-elfe rumina la réponse et répliqua :

— Et honorable, courageux, vaillant ?

Ah, il se décrivait. Cal se sentit désolé d'avoir à le contrarier.

— Nan, ça, elles s'en fichent. Si tu les fais rire, tu as tout gagné.

Robin le regarda attentivement, mais son ami était franc. Ainsi, c'était comme ça qu'il faisait !

Faire des blagues. Hmm. Ce n'était pas si difficile.

— Merci beaucoup, Cal, merci.

Au grand embarras de Cal, Robin lui saisit la main, la secoua avec vigueur et retourna dans son lit.

Cal se recoucha avec le sentiment étrange d'avoir raté quelque chose… et fit des rêves parfaitement indécents pendant le reste de la nuit…

Lorsqu'ils furent réveillés par les alarmes programmées de la cabine, ils étaient bien reposés – enfin à part Cal qui, en plus, avait mal au crâne. Même si presque sept heures de sommeil, c'était toujours bon à prendre. Ils se préparèrent puis allèrent avaler leur petit déjeuner en compagnie du capitaine pour un dernier débrief.

Celui-ci était attablé face à une quantité impressionnante de nourriture, beurre de balboune et crème fraîche, confiture de miam et de pêches terriennes, steak de traduc et côte de moouus, œufs de spatchounes aux pommes de terre et oignons. Il les salua et ouvrit le bouchon d'un sac en plastique imposant qui reposait à côté de lui. Une incroyable odeur fleurie et sucrée se répandit dans la petite coquerie.

— Waouh ! fit Fabrice en se léchant les babines. Qu'est-ce que c'est que ce truc-là, ça sent terriblement bon !

— Du miel de xel, soupira Moineau, c'est du miel de xel. Les xels sont des fleurs qui ne poussent qu'une seule fois par siècle sur AutreMonde et exclusivement dans les glaces des pôles. Peu de temps avant leur apparition, une race très spéciale de bizzz entièrement blanche naît dans les glaces, comme si les insectes savaient que les fleurs allaient fleurir.

Nuit et jour, pendant les deux mois où les fleurs sèment leur pollen, elles passent de corolle en corolle et font leur travail de pollinisatrices, puis récoltent le pollen pour en faire le miel le plus précieux, le plus extraordinaire d'AutreMonde. On dit que manger du miel de xel, c'est comme monter tout droit au paradis. J'en ai goûté, une fois. Et j'ai mis des années à me défaire de l'envie d'en manger de nouveau. Avec ce que vous avez là, capitaine, vous pourriez payer une rançon de roi.

— C'est un paiement, sourit largement le contrebandier. Je pensais le revendre, mais j'ai commis l'erreur d'en goûter. Maintenant, je suis incapable de m'en passer. Alors j'en mange une fois par mois, en essayant de me limiter, parce que je sais que ce sera difficile d'en avoir encore. Vous voulez goûter ?

— Certainement pas, fit sévèrement Moineau. Personne ne va goûter ce truc-là. Nous n'avons pas besoin d'addiction dans ce groupe.

Le contrebandier haussa les épaules et déposa très précautionneusement un peu de la gelée translucide sur un couteau puis sur le croissant qu'il brandissait, avant de reboucher le gros sac plastique avec précaution, puis d'avaler son croissant avec un bonheur éclatant sur le visage.

— Je ne sais pas à quoi ressemble l'OutreMonde, mais ça, je vous le confirme, Dorée, c'est le paradis...

Il les laissa se servir et engloutit une omelette au beurre en quelques minutes, puis attrapa un autre croissant. Qu'il tartina de confiture après un regard désolé vers le miel de xel.

— Bon, fit-il, en agitant son croissant dégoulinant de beurre et de confiture de miam au-dessus d'un café si noir qu'il paraissait solide, voici le topo. Je vais vous déposer près de l'une de leurs termitières. Enfin moi, j'appelle ça comme ça, eux, ils appellent ça des Combus. Me demandez pas pourquoi, j'en sais rien. Toutes leurs villes sont souterraines, du moins les villes des termites, fourmis ou comme vous voulez les appeler. En revanche, les démons se sont fait construire des maisons, palais et autres machins du même genre autour des Combus afin de pouvoir travailler, commercer ou menacer, que sais-je. D'après ce que je sais, chaque reine est indépendante. Elles sont parfaitement pacifiques. À moins que ce ne soit pour se défendre, la notion même de guerre leur est étrangère. Mais d'après ce que j'ai appris, ce sont d'extraordinaires scientifiques, d'un point de vue strictement mental, parce qu'elles ne s'intéressent guère aux applications physiques. Les démons ont été malins. Ils utilisent leurs découvertes pour les transformer en objets utilitaires. Les fourmis sont à la base de beaucoup de choses, gadgets, etc., des démons et, du coup, elles sont très estimées et respectées. Contrairement aux effrits qui n'ont pas la cote du fait de leur trahison.

Ah, ça, c'était une information que Tara voulait développer.

— À ce sujet, fit-elle en s'emparant d'un petit pain aux raisins et en se servant une seconde tasse de thé brûlant où elle pressa un citron et plongea quatre sucres, ce qui fit grimacer le pirate, savez-vous pourquoi les effrits ont quitté AutreMonde comme ça, brutalement ?

— Aucune idée, répondit le capitaine en avalant son second croissant et en commençant à en beurrer un autre. Les autres démons en parlent comme s'ils étaient devenus des sortes d'esclaves, corvéables à merci, afin de se faire pardonner. Alors si la guerre continue, ne vous attendez pas à ce que les effrits se retournent contre leurs ennemis cette fois-ci. Ils semblent bien tenus...

— Les effrits sont cuites, déclara Robin avant d'éclater de rire.

Les autres le regardèrent, un peu décontenancés.

— Eh bien, oui, fit-il, voyant qu'ils ne comprenaient pas. Les frites cuites !

Cal sentit un petit frisson lui parcourir l'échine. Robin avait pris son explication au pied de la lettre et s'efforçait d'être drôle. Que les dieux d'AutreMonde aient pitié d'eux...

— C'est... c'est... euh, amusant, fit Moineau gentiment.

— Ah ! ah ! renchérit poliment Fabrice à Robin, qui se rengorgea.

— Pitié les gars, gémit Cal, ne l'encouragez pas. On a déjà réussi à échapper aux charades de Fabrice La Palice, si on pouvait échapper aux blagues de Robin le petit malin, ce serait formidable.

Tara réprima un sourire devant l'air dépité de Robin et se concentra sur ce qu'avait dit le capitaine. Ce n'était pas une bonne nouvelle. Ils avaient besoin de tous les alliés possibles, qu'ils soient effrits ou pas.

— Bref, reprit le capitaine après un regard méfiant vers Robin, donc, les démons circulent aussi bien en surface qu'en dessous. Si vous avez des gens à interroger, il vous faudra ceci.

Il avala son second croissant d'un seul coup et leur montra un petit appareil rougeâtre muni de deux sangles.

— C'est un vocodeur. Il est capable de restituer non seulement le langage des fourmis, qui se situe dans les infrasons, si bien qu'il est inaudible à nos oreilles, du moins sans magie, mais également leurs phéromones. Qui sont un second langage, complétant le premier. En fonction des sons *et* des phéromones qu'elles sécrètent, les fourmis communiquent très subtilement. Sans ces petites machines, vous seriez incapables de les comprendre. Ne les abîmez donc pas. Une fois que vous aurez vos informations, voici l'endroit où se trouve le spatioport, à l'écart de la ville des démons. Nous n'allons pas atterrir là, parce que notre arrivée n'est pas... disons... officielle, mais mémorisez le chemin, parce que c'est là que vous trouverez toutes les navettes en partance pour les autres planètes. Pour nous, le vocodeur est également capable de traduire ce que disent les démons, ce dont vous n'aurez pas besoin puisque vous m'avez dit que vous aviez assimilé leur langage - d'ailleurs, si vous pouviez me passer le sort qui vous a permis cela, je serais très intéressé.

— C'est très cher, fit Moineau avec un délicieux sourire. Nous pourrons en discuter lors de notre prochaine rencontre, capitaine Personne, et nous mettre d'accord sur un prix.

Le capitaine fit la grimace, il avait espéré récupérer le truc gratuitement.

— Nous allons rester environ quatre heures ici, le temps de charger les instruments scientifiques que nous devons transporter, je vous demanderai donc de ne pas utiliser votre magie avant. Si vous le faites et que vous *me* faites capturer, croyez-moi si je vous dis que vous allez vraiment le regretter...

Tara ne releva pas. Si elle était capturée, elle n'aurait sans doute pas le temps de regretter grand-chose de toute façon.

— Ensuite, je ne resterai pas sur la planète, je préfère croiser dans l'espace.

Il ne précisa pas pourquoi, mais le sous-entendu était clair. Il était plus facile pour lui de s'échapper dans l'espace qu'en étant coincé à terre.

— Xephrodie est une planète dont le noyau central est ferreux, donc les ondes électromagnétiques fonctionnent, continua-t-il. Sur le côté du vocodeur (il leur montra un petit poussoir noir), vous avez un clip qu'il faut enfoncer. Ainsi, cela nous indiquera votre localisation et nous viendrons vous chercher.

— Sauf si nous parvenons à prendre la navette, rectifia Cal. Dans ce cas, nous partirons de notre côté.

Le capitaine prit un ton vertueux :

— J'ai été payé pour vous amener ici, vous attendre deux jours et vous ramener. C'est exactement ce que je vais faire, sauf si vous m'indiquez clairement que vous avez décidé d'agir autrement. Mais en attendant, moi, je respecte les consignes de MontagneCristaux. (Il marmonna :) Je n'ai pas envie qu'il m'écorche et accroche ma peau comme trophée dans son château...

Ils posèrent toutes les questions qu'ils avaient listées. Malheureusement, le contrebandier, prudent, n'avait pas tenté de se renseigner sur la planète plus que ça. Lui, il savait tout ce dont il avait besoin pour son business. Qui étaient ses clients, qui vendait et achetait. Le reste, il s'en fichait.

Cependant, il considérait que ses clients, en l'occurrence Tara, pouvaient avoir encore besoin de lui... et lui de leurs crédits-mut d'or. Aussi obligea-t-il les jeunes sortceliers à se vacciner contre à peu près toutes les bactéries et tous les virus qui pourraient les agresser sur cette planète étrangère et leur transmit-il absolument tout ce qu'il savait. Puis il leur fit accorder leurs montres. Les heures Xephrodiennes étaient plus courtes que les heures AutreMondiennes, presque équivalentes aux heures terriennes, vu la rotation plus rapide de Xephrodie.

Le capitaine, à force de menacer Tara si elle le faisait capturer par les démons et le mettait en danger, lui et son précieux vaisseau, finit très sérieusement par agacer Cal. Au point que Tara, inquiète, le surveilla de près histoire que le capitaine ne connaisse pas quelques accidents impliquant un ou deux os cassés. Même si elle était assez d'accord avec Cal.

Une remarque, elle pouvait comprendre, trente, ça commençait à bien faire.

La planète se profila enfin derrière les épais hublots. De plus près, la dévastation était encore plus impressionnante. On avait l'impression que la moitié de Xephrodie avait été passée au chalumeau. Tout était gris et comme brûlé. Tara déglutit. Qu'est-ce que les démons avaient bien pu fabriquer pour réussir à abîmer une planète comme ça ?

Celle-ci était plus petite que la Terre et nettement plus petite qu'AutreMonde ou la planète des démons principale. De fait, la gravité y était légèrement plus faible. Cela n'allait pas leur permettre de faire des bonds de géant comme sur la lune terrienne ou encore sur Tadix et Madix, mais, de fait, ils auraient le pied léger. Les démons, dont la structure était plus dense, n'avaient pas ce problème et Fafnir non plus. Le contrebandier conseilla aux sortceliers de s'équiper de petits poids d'acier dissimulés dans leurs poches afin de compenser. Rien ne devait les différencier des autres démons.

L'atterrissage fut impeccable. Au centre d'une grande clairière à l'herbe rousse, sous un ciel aussi bleu que le ciel terrien. Les deux soleils étaient un peu plus éloignés que sur AutreMonde, comme si les démons avaient préféré « garer » leurs planètes afin de n'avoir pas trop chaud. Ce qui conférait à la planète une température plutôt agréable.

Lorsque le contrebandier ouvrit la porte de déchargement, l'air sec et tiède envahit la salle où ils se trouvaient. Tara huma précautionneusement. Les parfums des herbes et des fleurs chauffées par les soleils étaient plutôt agréables. Il y avait dans l'air comme un soupçon de musc, une odeur pas désagréable, mais assurément étrangère.

Le capitaine Personne les salua en fronçant les sourcils alors qu'ils attrapaient leur barda et descendaient. On sentait qu'il était inquiet pour sa sécurité. Dès qu'il activa le signal qu'il était arrivé, une demi-douzaine de véhicules crème frôlant le sol, un peu comme les tapis volants d'AutreMonde, mais plus proches dans la forme des voitures terriennes, sans les roues, foncèrent vers le petit navire doré.

Ils se raidirent, prêts à réagir s'il y avait le moindre problème.

Les véhicules s'arrêtèrent en ordre impeccable devant la porte. Un jeune démon brun souriant, aux cheveux bouclés et aux yeux bleus, en sortit et soudain, son sourire s'accentua.

— Sanhexia ! s'exclama-t-il en langage démon. Mais qu'est-ce que tu fais là ?

Cal se tendit, les mains posées sur ses dagues. Eleanora ne connaissait sans doute pas ce démon, et vu qu'elle n'avait pas accès aux souvenirs de Sanhexia, elle allait forcément se trahir.

Slurk, ils venaient à peine de débarquer et ils avaient déjà un problème. Le capitaine se raidit. Il voyait bien à l'attitude du magicgang qu'ils étaient prêts à éliminer le démon et ses quatre chauffeurs. Il songea que c'était la course la plus pourrie qu'il ait jamais acceptée, vu que ses clients étaient sur le point de s'entretuer. S'il survivait, il se jura d'être plus prudent à l'avenir.

— Salut, fit Eleanora sans se démonter. Je suis venue parce qu'il paraît qu'il y a des gadgets de folie ici, j'ai entendu parler d'un hologramme qui superpose tous les vêtements qu'on veut tout autour du corps. C'est trop top ! Je veux ça avant tout le monde pour les rendre toutes plus jalouses les unes que les autres. (Elle marqua une pause et arqua ses lèvres roses.) Et puis, je m'ennuyais sur AutreMonde. Que des bla-bla-bla et des parlottes et pas le temps de faire un seul magasin sans avoir deux armées entières comme escorte. Ils sont stupides ces humains, qu'est-ce qu'ils pensent que je vais faire en robe Versace ? Conquérir leur planète à moi toute seule ?

Le démon eut un sourire entendu.

— La conquérir, je ne sais pas, l'acheter, ça ne m'étonnerait pas. Bon, je suppose que tu n'as pas prévenu père de ta petite escapade ?

Le sourire à fossettes de Sanhexia s'accentua, même si de son côté Cal et les autres cessaient de respirer en comprenant qu'ils avaient affaire à l'un des enfants de l'ex-roi.

— Oppps, roucoula-t-elle, comme ce n'était que pour quelques jours, j'ai oublié.

Le jeune démon soupira.

— Bon, je suppose donc également que tu aimerais que j'évite d'en parler ?

— Tu ne m'as pas vue, répondit fermement Sanhexia, je ne suis pas là.

Le jeune démon leva les yeux au ciel.

— Conquérir l'univers avec toi, ça va pas être facile. Bon, il y a plusieurs marchands ici qui seront ravis de te voir. Ne ruine pas notre planète en achetant n'importe quoi quand même, hein !

Sanhexia se contenta d'un rire de gorge. Puis désigna les espèces de voitures volantes crème.

— Dis, ça t'ennuie de nous passer un de tes véhicules ?

Elle tendit un pied ravissant chaussé de hauts talons dorés.

— Je ne suis pas équipée pour marcher.

Le jeune démon soupira de nouveau et fit signe à l'un de ses chauffeurs de terminer de débarquer les appareils qu'il apportait.

Le cœur battant, ils attendirent tandis que le démon discutait avec le capitaine et que des caisses sortaient du vaisseau pour être échangées contre d'autres caisses.

Enfin, le véhicule fut prêt. Ils durent accepter un chauffeur, parce qu'aucun d'entre eux ne connaissait le maniement de l'engin.

Le jeune démon salua joyeusement sa sœur tandis qu'ils s'éloignaient en direction de la petite ville proche.

— Où est-ce que je vous dépose ? demanda le démon humanoïde musclé, à la peau chocolat clair et aux beaux yeux bruns.

— Je vais faire le tour de la ville, sourit joyeusement Sanhexia. Mais je ne peux pas rester très longtemps, je vais me faire gronder sinon. Ensuite, j'irai au spatioport et je prendrai une navette pour rentrer au Palais. Papa ne sera pas très content, mais je l'avais prévenu que je ne voulais pas faire partie de cette fichue ambassade.

Le démon chauffeur réprima un sourire. Tara soupira intérieurement. En possédant Sanhexia, Eleanora venait de leur donner un énorme coup de main et elle allait sans doute le leur faire payer très cher.

Argh.

Après ce qu'elle avait fait cette nuit en essayant de séduire Cal, Tara avait eu la très forte envie de la transformer en crapaud. Hélas, elle aurait juste transformé le corps physique de

Sanhexia et Eleanora en serait probablement sortie pour posséder quelqu'un d'autre. Cal par exemple. Alors, pour ne pas lui donner de mauvaises idées, Tara avait décidé de ne rien dire.

Mais ça avait été difficile, alors que la seule chose qu'elle voulait, c'était flanquer sa main sur la figure de sa rivale. Ce qui, lorsqu'on affrontait un fantôme, n'était pas super facile.

Elle regarda autour d'elle avec curiosité. Comme la gravité était un peu moins forte, les arbres, ici, étaient tout simplement immenses et incroyablement larges. La végétation était assez uniformément rousse ou rouge, ce qui était assez monotone. De temps en temps, ils survolaient de grandes étendues d'eau bleue qui reflétaient le ciel et ils purent voir des poissons géants d'un gris métallique terne nager paresseusement en dessous d'eux. Soudain, ils sursautèrent. Devant eux, une montagne poilue et verte était en train d'avancer. Les voitures prirent un peu de hauteur et ils constatèrent qu'il s'agissait de sortes de limaces processionnaires qui avançaient à la queue leu leu.

Sauf qu'ici, les limaces faisaient un mètre de long et non pas quelques centimètres.

Cal, qui n'aimait pas les insectes, déglutit. Mais ne dit rien. Il ne voulait pas risquer de se trahir. Ils furent aussi survolés par d'énormes papillons et toute une nuée d'abeilles ou de choses qui leur ressemblaient bigrement.

Et qui étaient aussi grosses que de petits avions de chasse.

— Je ne connais pas bien la planète, fit Sanhexia d'un ton un peu tremblant, mais je me demandais, y a-t-il des insectes dangereux pour nous ? Ils sont fichtrement gros.

Le démon sourit.

— Non. Les fourmis ont éliminé tout ce qui pouvait les concurrencer. Il y a bien quelques guêpes et deux trois araignées qu'elles ont conservées parce qu'elles pouvaient leur être utiles, et, bien sûr, les abeilles qui produisent le miel que les fourmis mangent, mais tout ce qui était nuisible a été détruit. Nous ne risquons rien. Sauf si nous renversons ou attaquons une ruche, mais, bien évidemment, nous évitons.

Ni Tara ni Moineau ne bronchèrent non plus, mais elles n'en pensaient pas moins. Pas plus que Cal, elles ne se sentaient à l'aise avec des bestioles géantes munies de dards tout aussi géants.

— Tant qu'ils n'ont pas de puces géantes, grommela Fabrice, moi, ça me va.

Tara dut se mordre la lèvre pour ne pas éclater de rire. Oui, pour un loup, se faire agresser par d'énormes puces assoiffées de sang, elle pouvait comprendre que ce n'était pas très agréable.

— Juste un petit conseil. Les fourmis n'autorisent aucun étranger dans leur Combus, indiqua le chauffeur. Leurs revendeurs spécialisés sont chargés de proposer les appareils qui sont créés à partir de leurs idées. Mais elles considèrent toute intrusion comme une invasion et tuent les envahisseurs sans pitié. Donc, ne vous aventurez pas du côté des Combus. Ce sera plus sûr.

Sanhexia hocha sa jolie tête.

— Hou, pas de souci, je n'ai pas l'intention de poser un orteil dans leurs affreuses fourmilières puantes !

Mais Tara et les autres faisaient grise mine. S'ils ne pouvaient pas entrer dans les fourmilières, comment allaient-ils obtenir les renseignements dont ils avaient besoin ?

Ils échangèrent des regards soucieux.

Ce ne fut pas très long. Ils eurent juste le temps d'admirer de magnifiques papillons géants qui butinaient d'énormes fleurs dégoulinantes de suc et bientôt la petite ville, nichée au creux de l'énorme Combus qui la dominait de toute son ombre, se profila devant eux…

Chapitre 25

Le papillon espion

Ou comment être en très mauvaise posture et ne pas du tout être au courant.

Les papillons-joyaux voletaient au-dessus des superbes fleurs dans le bureau de l'Impératrice d'Omois, dérangés par Xandiar qui s'excitait au milieu. C'était le branle-bas de combat. Ivre de rage que l'Impératrice l'accuse d'incompétence (ce n'était pas du tout ce qu'elle avait dit, mais c'était ce que Xandiar avait compris), le grand chef des gardes essayait de comprendre comment les démons parvenaient à apprendre ce qui se passait dans ce bureau utltra-défendu...

Il aurait juré que rien ni personne ne pouvait échapper aux recherches minutieuses menées après que les démons avaient essayé de voler la NA.

Qui depuis, pour ce qu'il en savait, reposait ailleurs, dans un endroit uniquement connu de l'Impératrice.

Enfin, les mouvements des papillons attirèrent son attention. Les immenses fenêtres du bureau étaient ouvertes afin de laisser passer l'air oxygéné et frais de la forêt en plus de la climatisation générale du Palais qui évitait à plusieurs espèces fragiles de mourir de chaleur sous les puissants soleils d'AutreMonde. Xandiar regarda les joyaux vivants, merveilleux papillons en train de butiner les fleurs fraîches récoltées tous les jours pour l'Impératrice. Il fronça les sourcils. Ses équipes et lui avaient aussi vérifié les papillons. Ils n'étaient pas idiots, les démons pouvaient parfaitement imiter la vie réelle. Mais cela n'avait rien donné. En voyant l'un des papillons s'envoler par la fenêtre, ses sourcils se froncèrent de plus belle. Ah, mais lorsqu'ils avaient fait leurs vérifications, ils les avaient effectuées sur les choses et les êtres présents. Mais... et si son espion n'avait pas été là, à ce moment précis ? Si ces inoffensifs papillons étaient programmés afin de s'enfuir dès qu'un appareil de détection entrait dans la pièce ?

Il réfléchit un moment, puis, sifflotant comme si de rien n'était, ressortit d'un pas nonchalant avant de refermer tranquillement la porte.

Puis il se retourna brusquement vers son lieutenant, qui l'attendait devant la porte et sursauta, pour lui donner des ordres.

L'instant d'après, les fenêtres du bureau de l'Impératrice se fermaient. Les papillons ne s'en préoccupèrent pas. Xandiar entra dans la pièce, un détecteur de micros et de caméras dans la main, et le braqua brusquement sur les lépidoptères.

Les papillons s'envolèrent dans un tourbillon de couleurs étincelantes, rouge, bleu, vert, orange, argent, doré. Très surpris, Xandiar jura. C'était quoi ce brolk ? Tous les papillons étaient des espions ? C'était impossible.

Puis, en observant ce qui se passait, alors que les papillons cherchaient à sortir et restaient bloqués par les fenêtres fermées, Xandiar vit un schéma. Ah ! Ce n'étaient pas tous les papillons. C'était clairement trois d'entre eux qui fonçaient sur les autres et les poussaient à s'envoler dans un grand tourbillon affolé qui les cachait.

— Saletés, murmura-t-il, je vais vous apprendre, moi.

Il invoqua sa magie et un jet fusa. Trois papillons tombèrent, mais il avait raté celui qu'il visait. Méthodique, patient, il cibla tous les papillons, l'un derrière l'autre. Trois d'entre eux étaient rapides. Vraiment rapides. Bien plus que ne le seraient de véritables animaux. Deux jaunes et un bleu magnifique. Soudain, alors qu'il ne restait qu'eux, l'un d'entre eux braqua un mince jet de lumière sur la fenêtre et, soudain, celle-ci se brisa avec un bruit de tonnerre.

Libérés, les papillons foncèrent tandis que Xandiar, fou de rage, hurlait à la garde. Les tapis qui stationnaient dehors se posèrent devant la fenêtre. Il la franchit d'un bond, se rétablit de justesse et ordonna aux thugs de foncer.

— Oui, chef ! hurla le conducteur, on pourchasse quoi, chef ?

— Ces papillons, hurla Xandiar en montrant les petits lépidoptères qui s'éloignaient à toute vitesse, fonce ! Ils sont terriblement rapides !

Un instant, on vit sur le visage surpris du thug qu'il se demandait si son chef n'avait pas perdu l'esprit, mais il était bien dressé. Il obéit sans poser plus de questions. Lorsqu'il accéléra au point de devoir rabattre le toit du tapis afin de dépasser Mach 1, il se rendit compte qu'aucun papillon au monde ne pouvait voler aussi vite.

Xandiar visa soigneusement avec les canons du tapis. Les papillons avaient déjà franchi le dôme invisible qui surplombait la totalité du Palais à deux cents mètres de hauteur, sommet du plus haut des Géants d'Acier du parc, et volaient audessus de la ville.

Le jet de magie fusa et l'un des papillons, foudroyé en plein vol, explosa.

— Slurk, ils ont un dispositif d'autodestruction intégré, gronda Xandiar qui avait réglé les canons pour paralyser ses proies.

— Qu'est-ce qu'on fait, chef ?

— Tant pis. Je ne sais pas quelles informations ils ont pu récolter, je ne vais pas courir le risque. Détruisons-les. Avertis les autres tapis.

Ce ne fut pas facile. Mais en quelques minutes, ciblés par les cinq tapis et les jets de magie brûlants des canons, les deux autres papillons étaient détruits.

Xandiar fit ramasser les débris afin qu'ils soient soigneusement étudiés, même s'il avait peu d'espoir. Et, très inquiet, il rentra faire son rapport à l'Impératrice.

Puis il se mit en chasse, partant du principe qu'il y avait sans doute eu d'autres papillons que ceux qu'il avait détruits. S'il arrivait à retracer leurs itinéraires, grâce aux scoops placées un peu partout dans la ville, il parviendrait sans doute à trouver où et à qui ils avaient délivré leurs informations.

Il aurait été encore plus inquiet s'il avait su que le quatrième papillon était déjà parti depuis plusieurs heures.

Et qu'il avait déjà fait son rapport. Notamment sur le fait que Tara se rendait sur Xephrodie…

Chapitre 26

Comment rejouer Star Wars,
mais sans Obi Wan
pour donner un coup de main...
ce qui fait que la situation
devient vite compliquée.

La petite ville aux immeubles bas et bruns bruissait de vie et d'animation. Leur chauffeur leur indiqua un hôtel où ils pouvaient dormir s'ils ne prenaient pas la navette tout de suite. Pas un instant il n'avait demandé à Sanhexia qui étaient les démons qui l'accompagnaient. Être avec l'une des filles de l'ex-roi des démons était apparemment le meilleur des passeports.

À peine les eut-il déposés devant l'hôtel et son véhicule eut-il redécollé qu'Eleanora se tournait vers eux, le visage triomphant.

— Alors ! se vanta-t-elle, vous devez convenir que sans moi, ça aurait été bien plus difficile !

— Absolument ! confirma Tara avant que Fafnir, serrant ses énormes poings, ne fasse disparaître le sourire suffisant de Sanhexia de son joli visage. En possédant cette démone, tu as eu une idée de génie, bravo, Eleanora !

Elle le pensait sincèrement, même si elle n'aimait pas plus la fantôme. Et encore moins depuis que celle-ci avait tenté de séduire son petit ami.

— Très bien, fit Moineau d'un ton léger afin de dissiper la tension, qu'est-ce qu'on fait maintenant ?

— Maintenant, il faut que nous parlions à ces fourmis sans aller dans un Combus, répondit Tara. Il faut absolument que nous trouvions les questions à nos réponses. Et si, comme je l'espère, cette race est tellement avancée, je serais surprise qu'elle ne sache pas exactement ce qui s'est produit dans les terres détruites. On va se diviser en deux groupes. Sanhexia, Moineau, Fabrice, vous allez au bureau des navettes pour réserver nos places sur celle qui part… disons dans les quatre heures qui viennent. Si nous ratons celle-là et devons rester plus longtemps, nous prendrons celle de demain matin. Fafnir, Robin, Cal et moi, on essaye de parler avec une fourmi. On se retrouve tous dans cet hôtel dans trois heures Xéphrodiennes.

Elle sortit une liasse de plaquettes souples, l'argent des démons.

— Eleanora, le capitaine m'a donné, comme prévu, de l'argent.

Mais El agita la main et refusa.

— C'est inutile. Tous les enfants du roi ont un crédit illimité, il me suffit de me présenter et ce sera prélevé sur le compte qui m'est alloué. Comme les démons savent que je suis ici, puisque l'un de mes « frères » m'a reconnue, ils trouveraient ça curieux si je ne l'utilisais pas. Je vais aussi en profiter pour faire un peu de shopping pour Sanhexia. Ce dont j'ai parlé tout à l'heure existe vraiment et elle meurt d'envie d'en avoir un.

— Tu parles de l'Hologramme qui habille les gens ?

— Oui. Ce sera la justification de ma présence. Ensuite, si je retourne sur Boulimi-Lemi avec mes emplettes avant de repartir sur AutreMonde épater les autres démones, cela sera considéré comme tout à fait normal de ma part.

Fabrice et Moineau, eux, n'aimaient pas beaucoup se séparer de Tara, mais elle avait raison. Ils devaient préparer leur départ et Sanhexia était la mieux placée pour obtenir ce dont ils avaient besoin.

À regret, ils obéirent. Et tous les trois s'éloignèrent vers les boutiques et l'office des navettes spatiales.

Tara se tourna vers l'énorme colline artificielle qui les surplombait et serra les dents.

— Je n'aime pas les insectes, marmonna-t-elle, et encore moins les insectes géants.

Robin rit.

— Bah, du moment que tu ne rentres pas dedans.

— Pardon ?

— Oui, dans une secte !

Il la regarda, un grand sourire sur le visage.

Tara lui rendit un sourire crispé en se disant qu'elle allait tuer Cal.

Puis se tourna vers le coupable et lui fit signe d'avancer, pendant que Fafnir éclatait de rire. Bon, au moins, l'un d'entre eux aimait les blagues de Robin.

— Dis-moi, murmura Tara, c'est toi qui as eu cette idée géniale de lui dire de faire des blagues ?

— Ehhh, moi, j'ai juste été honnête, se défendit Cal, blessé. Il voulait savoir comment je séduisais les filles, j'ai répondu que je les faisais rire.

— Ben, c'était une très mauvaise idée...

Cal soupira.

— Ouais, je sais.

Ils se regardèrent et éclatèrent de rire à leur tour. Puis, voyant que les démons autour d'eux se retournaient parce qu'ils riaient, ils reprirent leur sérieux.

Ce n'était pas le moment de se faire repérer.

Heureusement, la petite ville grouillait de monde. Comme Tara l'avait remarqué, les démons avaient « copié » à peu près toutes les races qui existaient sur AutreMonde, à part les tatris, les gnomes, les fées, les aragnes, les lutins et les nains. Mais ils croisèrent des elfes qui retirèrent à Robin toute envie de rire, des vampyrs et bien entendu beaucoup d'humains.

L'avantage, c'était que personne ne faisait attention à eux.

Puis ils croisèrent leurs premières fourmis rouges géantes et là, ils se tendirent, soudain très attentifs.

La petite ville était formée par de petits immeubles bruns de trois étages maximum et de quelques grandes maisons. De larges rues recouvertes d'une sorte de goudron vert élastique permettaient une intense circulation et, lorsqu'ils croisèrent leur première fourmi, ils comprirent pourquoi. Ils avaient vu, bien évidemment, des vidéos des Xephrodiens. Mais se retrouver à côté de ces immenses fourmis dont les mandibules pouvaient les couper en deux sans même y penser, c'était tout à fait différent.

Cal déglutit, mal à l'aise. Puis, comme les autres, il se mit à la détailler, repérant les points faibles et les défauts des épaisses cuirasses de chitine.

Comme sur Terre, la fourmi possédait un exosquelette, formé par sa carapace. Celle-ci était entièrement couverte par une fourrure d'un rouge terne, presque marron. Elle possédait six pattes, mais en plus deux membres un peu semblables à des sortes de bras sortaient de son thorax. Ils étaient visiblement des membres manipulateurs, pas de locomotion, contrairement à ses solides pattes aux épines acérées.

— Si cette race est pacifique, murmura Fafnir agrippée à ses haches, pourquoi est-ce que cette bestiole ressemble à une forteresse sur pattes ?

— Elles ne se battent peut-être pas entre elles, répondit Robin, leur spécialiste de la nature, mais toutes les races d'insectes ont d'autres ennemis naturels, des prédateurs contre lesquels elles doivent se défendre. Les scolopendres, les araignées, les termites, les oiseaux bien sûr, les fourmiliers comme sur ta planète d'adoption, la Terre, Tara, les guêpes, etc. Cette fourmi devant nous est une guerrière. Je pense que si nous voulons parler à l'une d'entre elles, les ouvrières sont plus adaptées parce qu'une guerrière est très spécialisée, elle est là pour défendre le nid, et ne doit rien y connaître en politique. Bien sûr, l'idéal, si nous voulons obtenir les meilleurs renseignements, serait d'arriver à parler à la reine. Elle est le centre de la vie du nid dans une fourmilière, tout tourne autour d'elle. Elle fait environ dix fois la taille de la plus grande de ses ouvrières ou guerrières, au point qu'elle ne peut plus bouger et est constamment entourée d'ouvrières qui la nourrissent et s'occupent des œufs qu'elle pond sans arrêt. Sauf que, comme nous ne pouvons pas pénétrer dans un Combus, on va devoir se débrouiller autrement, dommage.

Soudain, une demi-douzaine de jeunes démons entourèrent la fourmi guerrière. Ils agitaient d'étranges lanières terminées par des sortes de boules.

— On dirait des bolas, dit Tara, comme sur Terre, ce que les gauchos de la pampa utilisent pour attraper le bétail.

— Ouais, fit Fafnir en fronçant ses épais sourcils, sauf que là, j'ai l'impression qu'ils ont en vu une autre sorte de bétail.

Effectivement, les jeunes démons avaient l'air ivres. Ils criaient et tournaient autour de la fourmi tout en pariant sur celui qui réussirait à monter sur son dos.

Mais la fourmi n'avait pas l'air de trouver ça drôle du tout.

— Oh, oh, fit Robin.

— Je n'aime pas quand tu dis « oh, oh », grimaça Cal.

— Regardez bien sa posture. Elle a claqué des mandibules puis a ramassé ses pattes. Ces idiots pensent qu'elle va reculer, mais ça, c'est une posture qui annonce que l'animal va charger.

À peine Robin avait-il terminé sa phrase que la fourmi bondissait sur le démon le plus proche.

Il ne s'y attendait pas du tout. Il fut coupé en deux avant d'avoir eu le temps de comprendre.

Tara détourna les yeux, dégoûtée.

Les autres démons furent instantanément dégrisés. Furieux, ils attaquèrent la fourmi, utilisant les bolas pour immobiliser ses jambes. Très vite, elle fut réduite à l'impuissance, ses mandibules claquant alors qu'elle émettait un crissement déchirant.

— Oh, oh, refit Robin.

— Toi et moi, il va falloir qu'on parle, grogna Cal. Arrête avec tes « oh, oh » !

— Il faut qu'on file d'ici, dit Robin en reculant à la hâte et tout de suite ! Ce qu'elle émet, c'est un signal de détresse !

L'urgence dans la voix de Robin fit réagir Cal et Fafnir. À toute hâte, ils coururent se réfugier dans l'hôtel que leur avait indiqué le chauffeur. Une fois à l'abri dans la bâtisse, ils firent comme tous ceux qui se trouvaient à l'intérieur et regardèrent au travers des épaisses baies vitrées ce qui se passait sur la place devant eux.

Pour voir Tara qui ne les avait pas suivis et essayait de protéger la fourmi !

Elle n'utilisait pas sa magie, mais ses poings et ses pieds pour désarmer les démons les uns derrière les autres.

Car les jeunes démons avaient des couteaux sur eux et ils les plantaient dans les points faibles de la carapace de la fourmi, la dépeçant petit à petit, tandis qu'un ruisseau de sang s'écoulait lentement et que la fourmi se débattait de toutes ses forces pour se libérer.

L'un des démons parvint à sectionner une patte et la brandit laborieusement au-dessus de sa tête.

Comme ils étaient plus ou moins ivres, ils ne se rendirent pas compte que Tara était en train de les attaquer, cachée par la masse de la fourmi qu'ils entouraient.

Cal, Fafnir et Robin allaient se précipiter, mais s'arrêtèrent brusquement.

Car c'est alors que ceux qu'appelait la fourmi apparurent. Une marée rouge de fourmis soldats, conduite par plusieurs autres fourmis à la carapace curieusement jaune et à la tête noire.

Avant d'avoir compris ce qui se passait, les jeunes démons que Tara n'avait pas assommés furent attaqués et désarmés, puis ligotés à l'aide de liens solides qui ressemblaient furieusement à d'épais et collant fils d'araignée.

Les fourmis les obligèrent à s'agenouiller.

Le seul tout petit problème, c'était que les fourmis ne firent pas la différence avec les autres démons. Elles attachèrent Tara comme les autres. Tara fit un signe vers l'hôtel et Cal arrêta Fafnir et Robin.

— Attendez. Tara dit de ne pas bouger pour l'instant.

— Et comment tu sais ça, toi ? grogna Robin.

— Nous sommes convenus d'une série de signes si nous sommes attachés ou impuissants et que l'autre est libre. Là, elle ne veut pas que nous intervenions.

Fafnir gronda.

— Si ces bestioles font du mal à Tara, je vais les découper en rondelles, moi, carapaces ou pas carapaces !

Mais ils n'étaient pas les seuls à être inquiets.

Une délégation de démons se précipita, sortant de l'une des plus grosses maisons blanches. Ceux-là n'étaient pas des humanoïdes, mais des démons bien plus âgés. Composés de griffes, de dents et de tentacules pour la majorité, c'étaient de vivantes machines à dévorer. Et là, ils avaient l'air bien embêtés, pour autant que Tara puisse déchiffrer leurs étranges et monstrueux visages.

Comme ils comprenaient le langage démon, ils purent entendre ce qui se disait. Même si les vocodeurs se trouvaient trop loin pour capter les phéromones des fourmis, la conversation restait claire.

— Veuillez pardonner à nos jeunes, Honorable, plaidaient les vieux démons. Ils voulaient juste jouer, la guerrière n'a sans doute pas compris qu'ils ne lui voulaient aucun mal.

Les fourmis stridulèrent quelque chose et le démon qui portait un vocodeur au milieu du thorax recula, agitant ses tentacules noirs.

— Oui, oui, dit-il, nous comprenons que planter des armes dans un être ou lui couper une patte est un acte barbare. Mais prenez en considération que la guerrière a attaqué la première et a tué l'un de nos jeunes. Les autres ont seulement voulu le venger.

La fourmi jaune s'avança vers la guerrière et lui posa des questions. Une fois obtenues les réponses, elle se tourna vers les vieux démons et stridula quelque chose, tandis que les autres fourmis guerrières délivraient la fourmi blessée des bolas qui l'immobilisaient encore et l'emportaient.

— Oui, oui, nous comprenons, fit le vieux démon alors que la fourmi jaune s'adressait à lui. Une vie pour une vie. La guerrière est grièvement blessée et va sans doute succomber à ses blessures, nous vous présentons toutes nos excuses. Si l'Honorable pouvait épargner nos jeunes larves, nous lui serions grandement reconnaissant.

Vu les regards meurtriers qu'il lançait vers les jeunes démons qui frissonnaient devant lui, on sentait à quel point cela coutait au vieux démon d'avoir à s'humilier devant les fourmis de cette façon.

Au grand soulagement de Tara, qui avait vu assez de sang pour le reste de la journée, les fourmis parurent se ranger à l'avis de leur Honorable. Elles libérèrent les jeunes démons de leurs liens, puis reculèrent et repartirent vers la fourmilière.

En emmenant Tara avec elles.

Apparemment, la fourmi guerrière avait compris que Tara avait voulu l'aider. Ou alors ils allaient la dévorer vivante ou la donner à leurs larves...

Cal se crispa, mais, de nouveau, Tara lui fit signe de ne pas intervenir. Et ils virent, impuissants, leur amie disparaître portée par les fourmis jusqu'au cœur de leur fourmilière.

Les jeunes démons se relevèrent, à la fois soulagés et fous de rage.

— Vous auriez dû... commença à crier l'un d'entre eux, un jeune blond aux yeux verts, avant de s'écrouler dans la poussière, proprement assommé par un coup cinglant de tentacule.

— Emmenez-moi tout ce petit monde et réexpédiez-les par la navette la plus proche, fit le vieux démon avec dégoût.

Dites au roi que ses frères et sœurs commencent à m'irriter sérieusement et que la prochaine fois je laisse les fourmis les exécuter. J'ai autre chose à faire qu'à m'occuper des produits d'une expérience qui n'aurait jamais dû avoir lieu.

Ses soldats obéirent, en dépit des cris furieux des jeunes démons, ramassant les corps inconscients au passage.

Cal, Fafnir et Robin se regardèrent.

— Slurk slurk et brolk de slurk, fit Cal à voix basse après avoir vérifié que les autres clients de l'hôtel ne pouvaient pas les entendre, je vais la tuer ! je vous jure que je vais la tuer !

— Qui ? demanda Robin, surpris.

— Tara ! Elle se met tout le temps dans des situations pas possibles. Qu'est-ce que ça lui aurait coûté de nous suivre, hein ? Mais non, mademoiselle a voulu faire du zèle, mademoiselle est allée risquer sa vie pour une... bestiole !

Il était si furieux qu'il en postillonnait.

— Mais, fit Fafnir, ça a fonctionné. Robin a dit qu'il fallait avoir accès à la reine pour obtenir des renseignements et à mon avis, c'est exactement ce qu'a fait Tara. Elle est maligne, moi, je n'y aurais pas pensé.

Cal se calma un peu.

— Oui, je sais. Elle a eu raison. Mais dieux que je déteste quand elle fait ça ! Bon, on n'a pas trop le choix, là, faut qu'on y aille.

Robin frissonna.

— Je n'aime pas être dans des endroits clos.

Fafnir eut un grand sourire.

— Moi si. Ne t'inquiète pas, si tu as trop peur, je te tiendrai la main.

— Ah, ah, très drôle.

Ils sortirent dans la rue. Les habitants s'étaient regroupés afin de gloser sur ce qui venait de se passer. Les commentaires n'étaient pas très obligeants pour les jeunes démons. « Arrogants », « impudents », « mal élevés » étaient les mots qui ressortaient le plus. Apparemment, les autres démons appréciaient peu les rejetons de l'ex-roi des démons. Enfin, ceux qui n'étaient pas humanoïdes du moins. Les autres, ceux qui ressemblaient à des elfes, des vampyrs ou des sortceliers, ne disaient pas grand-chose, mais on sentait qu'ils se crispaient.

— Ah, murmura Cal, ils ne s'entendent pas si bien que ça, tous ces démons, finalement...

— C'est bon à savoir, mais en attendant, à propos de démons, on ne prévient pas Sanhexia qu'on va dans le Combus ? Sans compter que Moineau et Fabrice vont s'inquiéter.

— Pour l'instant, on est dans les temps. On verra plus tard si Tara ne fait pas exploser la moitié de cette ville, là ce sera un signal fort pour nos amis...

Ils échangèrent un regard mi-amusé mi-inquiet. L'unique raison pour laquelle ils n'avaient pas paniqué, c'était parce que lorsque les fourmis avaient emporté Tara, elles avaient aussi emporté la Pierre Vivante avec son sac à dos. Donc, la jeune fille, en plus des objets démoniaques, pouvait compter sur la magie AutreMondienne. Elle n'était pas sans défense. Cependant, Cal sentait des frissons d'appréhension dans le dos alors qu'il imaginait Tara descendant lentement dans les profondeurs obscures de la fourmilière...

En fait, il ne faisait pas sombre du tout. Ce fut la première chose que constata Tara. Au contraire, les tunnels étaient bien éclairés et frais. On sentait une aération continue renouveler l'air.

Ce fut sa première surprise.

La seconde fut de découvrir toutes les machines. Il y en avait absolument partout. Des machines pour creuser, des machines pour aérer, des machines pour cultiver, des machines pour se déplacer, des machines pour éclairer, des machines pour soigner.

Et toutes ressemblaient à des insectes. Comme les hommes avaient tendance à utiliser le modèle bipède pour leurs robots, les fourmis avaient utilisé le modèle insecte pour les leurs. Mais elles avaient fait des machines de précieux joyaux et chacune était merveilleusement laquée, sculptée et travaillée comme une œuvre d'art. Presque toutes étaient lumineuses, si bien que Tara avait l'impression d'être entourée de merveilleux vers luisants de toutes les couleurs.

C'était magnifique. Là où elle pensait trouver un monde obscur et renfermé, elle évoluait au milieu de beauté et d'une intense lumière.

Au fur et à mesure qu'ils s'enfonçaient vers le cœur de la fourmilière, qui s'étendait sur des milliers d'hectares, Tara fut surprise de constater qu'ils se déplaçaient souvent sur des tapis roulants, voire sur des tapis volants, un peu comme sur AutreMonde, sauf qu'ici, les tapis n'étaient pas mus par de la magie, mais par de l'énergie. Si Mourmur avait été là, il aurait probablement sauté partout et commencé à tout démonter afin de comprendre comment les fourmis fonctionnaient.

Et il se serait sans doute fait tuer.

Car, partout, des fourmis guerrières aux énormes têtes et mandibules monstrueuses montaient une garde vigilante.

C'était un flot incessant de fourmis pressées. Si les plus communes étaient effectivement d'un brun rougeâtre à fourrure, les Honorables, comme les avait appelées le démon, étaient jaunes avec des têtes noires ou rouges. Celle qui l'accompagnait avait une tête noire et les autres cédaient le passage sur son chemin dès qu'elles entendaient la stridulation qu'elle émettait en continu. Le vocodeur ne traduisait pas, Tara en déduisit que c'était l'équivalent des gyrophares de la police sur Terre, genre « place place, courrier important, on se bouge ! ».

Au bout de ce qui lui sembla des heures (ce n'était pas très confortable de se faire trimballer lorsqu'on était ligotée), la fourmi rouge qui portait Tara la déposa par terre dans une confortable et immense... cellule.

Elle la libéra de ses liens collants puis referma la porte à barreaux et disparut en même temps que la fourmi jaune.

— Je le crois pas ! pesta Tara en frottant ses membres douloureux où le sang revenait. Bon sang, même les fourmis ont des prisons, mais c'est dingue ça ! Qu'est-ce que j'ai fait pour me faire enfermer dedans dès que je mets le pied sur une autre planète !

Elle se releva pour faire circuler le sang, puis, après avoir fait le tour de la cellule clairement conçue pour contenir des captifs de grande taille, voulut s'asseoir sur l'immense couche recouverte d'une sorte de drap rouge.

Et l'instant d'après se retrouva plaquée au plafond.

Le cœur battant à deux cents pulsations-minute, Tara mit quelques secondes à comprendre que ce n'était pas une attaque. Mais que le lit émettait une sorte d'onde anti-gravitationnelle qui permettait à ses occupants de planer au-dessus pour plus de confort et était programmé pour supporter le poids d'une fourmi. Pas d'une petite humaine maigrichonne. Du coup, l'onde avait bien trop compensé et l'avait envoyée jusqu'au plafond.

Où elle restait scotchée comme une absurde étoile de mer, les bras en croix.

Elle ne put s'empêcher de rire tellement la situation était ridicule. Puis, avec l'aide des âmes damnées, elle utilisa une infime fraction de son pouvoir afin de se rendre bien plus lourde et de redescendre, puis roula sur le côté afin d'échapper au champ anti-gravité.

Et prudemment, une fois à la verticale, s'assit par terre puisqu'il n'y avait rien d'autre dans la pièce que le lit et le sol.

Puis se mit à jurer et à râler jusqu'au moment où elle se rendit compte, en relevant la tête vers les barreaux, qu'elle avait un spectateur. Une spectatrice plutôt. Une fourmi jaune à tête noire. Était-ce l'Honorable de tout à l'heure ? Tara était absolument incapable de les reconnaître les unes des autres si elles n'avaient pas des couleurs ou des caractéristiques différentes.

La fourmi jaune semblait surprise… enfin, pour autant que Tara soit en mesure d'analyser l'agitation de l'insecte géant. Lorsque, soudain, Tara se mordit les lèvres en se souvenant qu'elle ne s'était pas exprimée en langage démon, mais en omoisien.

Et slurk.

— Vous n'êtes pas une Boulimi-Lema, fit le vocodeur soudain sur sa poitrine, ce qui le fit sursauter, vous êtes une humaine. De cet univers.

Elle leva les yeux vers la grosse tête noire qui la regardait avec curiosité.

— Pourquoi dites-vous cela ? répondit-elle, méfiante.

— Ni votre odeur ni votre langage ne correspondent. Et pourtant, vous avez utilisé de la magie visqueuse. Les autres bipèdes de cet univers n'en sont pas capables. Qu'êtes-vous ?

Ah, re-slurk. Évidemment, chez une race qui discutait en émettant des hormones, Tara aurait dû se douter que leurs antennes ultrasensibles détecteraient la différence avec les démons. Et re-re-slurk, elle l'avait vue redescendre du plafond.

— De la magie visqueuse ?

— La magie des âmes volées des Boulimi-Lema. Certaines de nos reines et tous leurs sœurs et filles et fils ont été volés pour servir les Boulimi-Lema. Des millions d'entre nous. Les habitants de cet univers se sont-ils alliés déjà avec les Boulimi-Lema ? Sans même les combattre ? Nous avons des ennemis communs, bipède... et je répète ma question : Qu'êtes-vous ?

Waouh. Ça, c'était vraiment franc. Tara avait soudain l'impression d'entrer dans une périlleuse discussion politique dont elle ne comprenait pas les tenants et les aboutissants. Ce qui était horriblement dangereux.

Car si la fourmi parlait si ouvertement, c'était parce qu'elles savaient toutes les deux qu'il lui suffisait de tuer Tara pour que cette conversation reste secrète. Enfin, d'essayer de tuer Tara. Parce que ni la jeune fille, ni les âmes, ni la Pierre Vivante qui commençait à s'échauffer doucement n'avaient l'intention de la laisser faire.

— Non. Nous ne sommes pas des alliés des Boulimi-Lema. Et oui, je peux utiliser la magie visqueuse comme vous dites. Mais nous sommes très peu nombreux à avoir ce... pouvoir.

La fourmi jaune digéra l'information. Puis reprit :

— Qu'êtes-vous venue faire sur notre planète ?

Sous-entendu : êtes-vous des ennemis, des amis potentiels ?

— Disons que, *pour l'instant*, nous sommes venus discuter un peu en dehors des voies officielles, fit prudemment la jeune fille.

La grosse tête noire inclina ses antennes, comme si elle « goûtait » Tara.

— Discuter ? De quoi ? Du fait que nos... conquérants, les Boulimi-Lema, viennent de vous déclarer la guerre ? En prélevant des âmes sur vos planètes, comme des araignées attrapant des papillons ?

Le vocodeur ne pouvait pas retransmettre la raillerie, mais Tara eut nettement l'impression que c'était ce qu'exprimait la fourmi jaune.

Soudain, l'insecte géant ajouta quelque chose qui surprit totalement Tara.

— Même si ce nouveau Roi, Archange, vient de faire une déclaration indiquant que cette attaque contre votre planète était le fait d'une faction dissidente et non pas du gouvernement des Boulimi-Lema et qu'il était prêt à faire ce qu'il fallait afin de rembourser les dommages causés par les siens. Sachez qu'il ne le fera pas.

Tara sentit que la tête lui tournait. Elle recula, faillit s'asseoir sur le lit, se souvint juste à temps qu'il ne fallait pas et bloqua les genoux pour ne pas s'écrouler de stupeur.

— Je... je ne savais pas qu'il... (Elle lutta pour reprendre ses esprits.) Ah bon ? Et pourquoi ne le ferait-il pas, si c'est ce qu'il a dit ?

— Ils ont fait de même pour nous (Ah, cette fois-ci, en dépit du manque d'intonation du vocodeur, c'était de l'amertume, indéniablement.) Disant qu'ils ne nous voulaient pas de mal, mais ils ont éliminé beaucoup de Combus juste pour nous montrer que nous avions intérêt à coopérer. Des informations inestimables n'ont pu être retransmises aux filles de celles qui sont mortes. C'est inacceptable. Nous devons retrouver et libérer les âmes des reines...

De tout cela, Tara ne voyait qu'une seule chose : des alliées ? Les fourmis pouvaient-elles être des alliées ?

La mission de Tara venait de connaître un changement de cap important. La jeune fille rejeta ses longs cheveux bruns en arrière, croisa les bras sur la poitrine et déclara :

— Honorable, je désire parler avec votre reine. Nous avons des... intérêts en commun, elle et moi. Toute cette planète et moi en fait.

La fourmi jaune tressaillit. Puis posa une autre question. Très différente.

— Pourquoi avez-vous défendu la guerrière ?

Tara répondit sincèrement :

— Les jeunes démons... enfin nous les appelons comme ça, les Boulimi-Lema, avaient commencé, elle n'a fait que réagir. Je n'aime pas que l'on torture des gens devant moi, surtout qu'ils l'ont réduite à l'impuissance rapidement. À sept contre une, j'ai trouvé que ce n'était pas très juste. J'ai donc décidé d'équilibrer les chances.

— Ce n'était donc pas une tentative pour vous introduire dans notre nid ?

— Non. Enfin, je n'y ai pas réfléchi sur le coup, répondit Tara, qui n'y avait pensé que lorsqu'elle s'était retrouvée à genoux devant les fourmis. Je n'ai vu qu'un être qui souffrait. Je n'ai voulu que la défendre, c'est tout. D'ailleurs, pour être franche, je ne m'attendais pas du tout à ce que vous m'emmeniez. Mais je suis heureuse que vous l'ayez fait. Je désire vraiment parler à votre reine.

Là aussi, c'était la stricte vérité, même si la colère qui avait saisi Tara en voyant les démons s'attaquer à la fourmi l'avait fait agir avec une impulsivité qu'elle pensait avoir perdue à force de prudence.

La fourmi ne dit plus rien. Puis, soudain, recula et disparut.

Tara se détendit légèrement. Elle espérait que Cal et les autres comprendraient qu'ils devaient rester en dehors de tout ceci. Puis elle se mit à réfléchir à ce que venait de lui dire la fourmi jaune. Les Xephrodiennes en voulaient aux Boulimi-Lema qui les tenaient par la peur. Elles étaient à la recherche d'alliés, d'une très prudente façon d'après ce que Tara pouvait décrypter à partir de la traduction d'un appareil qui ne retransmettait pas les inflexions des voix, ce qui n'était pas pratique du tout. Elles voulaient que les âmes de leurs reines soient libérées, cela aussi, c'était clair. Et elles n'utilisaient clairement pas la magie démoniaque pour faire fonctionner leurs appareils.

Toutes ces informations étaient extrêmement précieuses et Tara espérait qu'elle allait pouvoir les retransmettre à Lisbeth très rapidement. Si avec les effrits, les Fourmis se retournaient contre les Boulimi-Lema, que les Zadorien géants étaient neutralisés grâce à Mourmur, ce n'étaient plus six planètes qu'ils allaient devoir affronter, mais trois... Cela pouvait totalement changer le cours de la guerre...

Mais les fourmis avaient une notion du temps qui était légèrement différente des humains. Il s'écoula deux longues heures avant qu'un bruit ne signale qu'elles étaient en train de s'approcher de sa cellule.

Ils portaient des prisonniers. Tara pâlit lorsqu'elle découvrit Cal, Fafnir et Robin, soigneusement ligotés.

— Tara ! s'exclama Cal avec soulagement. Tu vas bien ?

Tara s'avança jusqu'aux barreaux et les saisit.

— Cal ? Fafnir ? Robin ? Mais qu'est-ce que vous faites là ? Je vous avais dit d'attendre dehors !

— On a pas pu, répondit gaiement Cal, très conscient que les vocodeurs retransmettaient en langage fourmi tout ce qu'ils disaient. On ne laisse pas un camarade derrière soi, c'est la devise. Donc, nous sommes venus te chercher. Évidemment, ça n'a pas été facile, parce que la seule chose que ces trucs savent dirent, c'est « pas entrer ».

— Comment vous avez fait alors ?

— On allait utiliser la magie des objets démoniaques pour convaincre les gardes. Mais une fourmi jaune avec une grosse tête noire est venue et leur a dit de nous laisser entrer parce que, comme l'autre, « ils savent utiliser la magie visqueuse et ne sont pas des démons », et de nous emmener ici. Alors hop, nous voici !

Ils n'avaient même pas retiré ses haches à Fafnir qui ne savait pas très bien si elle devait être vexée d'être tenue en quantité négligeable, ou soulagée de n'être pas désarmée. Comme pour Tara, ils ouvrirent la porte de la cellule, puis les déposèrent et retirèrent les liens avant de ressortir.

Robin sourit chaleureusement à Tara en se relevant et en se frottant les bras et les cuisses.

— Waaah, fit-il, j'ai des fourmis dans les jambes !

Cette fois-ci, Tara éclata de rire, d'une part parce que c'était réellement drôle, le demi-elfe faisait des progrès, mais aussi parce qu'elle était soulagée qu'ils aillent bien. Cal fronça les sourcils. Il n'aimait pas lorsque le trop beau demi-elfe faisait rire sa petite amie.

Fafnir grogna et voulut s'asseoir sur le lit.

— Non ! cria Tara.

Trop tard. Avec un glapissement étranglé, la naine s'envola. Comme elle était plus dense que Tara, elle ne termina pas collée au plafond, mais flottant un peu en dessous, totalement affolée.

— Ça va, ne t'inquiète pas, lui dit Tara, c'est un lit automatique, il est programmé pour faire léviter les fourmis, alors pour nous il est trop puissant. Je vais te…

Mais Fafnir avait assez perdu la face en glapissant comme une gamine devant ses amis. Elle lança un poignard attaché à un long fil qui alla se ficher dans la paroi de la cellule avant la fin de la phrase de Tara et se hala en dehors du champ antigravitationnel.

Sauf que, bien sûr, dès qu'elle fut en dehors, elle s'écrasa par terre comme une crêpe. Le « baoum » fit résonner toute la prison et Fafnir gémit.

Robin se précipita.

— Fafnir, ça va ?

— Ouch, mes côtes, grogna la naine, ça fait mal !

— Je suis désolée, fit Tara, j'ai essayé de t'aider mais tu as réagi trop vite.

— Ouais, eh bien, la prochaine fois, empêche-moi, d'accord ? Aïe, ouille, aïe ! Bon sang, ça me rappelle la fois où j'ai fait la course avec les frères Dendure ; ils m'avaient tendu une embuscade et m'étaient tombés tous dessus pour m'immobiliser pendant que leur frère aîné fonçait vers la ligne d'arrivée.

Elle se releva avec l'aide de Robin et se tâta précautionneusement les côtes.

— Ils pensaient que cela allait me ralentir, mais j'ai ignoré la douleur et je les ai assommés. Ensuite, j'ai rattrapé Roric et je lui ai fait comprendre avec mes haches à quel point je n'aimais pas les tricheurs...

Elle affichait un beau sourire à ce souvenir. Tara se mit à rire.

— Fafnir, si tu n'existais pas, il faudrait t'inventer. Mais sérieusement, ça va ? Nous aurons peut-être à nous battre et je veux être sûre que tu es au mieux de ta forme.

— Bon, admit la naine un peu gênée, j'ai percuté le sol un peu fort. Peux-tu m'envoyer un petit Reparus ? Avec la magie d'AutreMonde ? Je n'aime pas ces trucs d'âmes emprisonnées et tout et tout.

— Je ne sais pas, hésita Tara, si j'utilise la magie d'AutreMonde, les démons risquent de la sentir, non ?

— Si loin sous terre ? fit Cal, sceptique. Non, je ne pense pas. D'autant que j'ai l'impression que ces fourmis ont disposé des tas de champs restrictifs un peu partout. Je pense que les démons n'ont aucune idée de ce qui se passe ici.

Ils échangèrent un regard, puis Tara, voyant que Fafnir souffrait vraiment, incanta délicatement, puisant dans la Pierre Vivante.

Ce fut comme si elle ouvrait une porte sur un abîme sans fond de rage et de colère brûlante.

Elle eut tout juste le temps d'émettre un soupir et tout s'éteignit…

Chapitre 27

Le satellite

Ou comment construire quelque chose
et sauver le monde en même temps…

Après avoir quitté le Palais Impérial de Tingapour, le papillon-espion était arrivé à bon port dans la petite maison de Voris Vagual, empli d'informations cruciales pour les démons. La jolie mercenaire n'était pas là, mais le papillon savait ce qu'il avait à faire. Il se connecta directement sur l'ordimagique et commença à transmettre vers le satellite-espion en orbite.

Sur son vaisseau, Gabriel attendait avec impatience. Ils avaient laissé les ambassadeurs démons sur AutreMonde se débrouiller comme ils le pouvaient avec la déclaration d'Archange expliquant, de nouveau, que ce n'était pas son gouvernement qui avait attaqué les humains, mais une faction indépendante.

Gabriel ne pouvait pas le dire, mais c'était une catastrophe. Les vaisseaux détruits par Magister étaient vitaux pour les démons. Son père, Vash, avait été anéanti lorsqu'il avait vu ce qui se passait. Mais, du coup, cela remettait en place le plan que Gabriel avait préparé au cas où les autres ne fonctionneraient pas.

L'échec de son père était dramatique, mais, de fait, Gabriel devenait indispensable, ce qui n'aurait pas été le cas si la collecte des âmes avait eu lieu comme prévu.

Le jeune démon aux cheveux violet et blanc eut une moue froide derrière l'immense baie le protégeant du vide de l'espace. Il préférait être à sa place plutôt qu'à celle de son frère, pour une fois. Lui, la seule chose qu'il avait à faire, c'était de torpiller consciencieusement toutes les actions de l'autre. Et pour l'instant, Gabriel ne se débrouillait pas trop mal. Il avait réussi à récupérer l'arme anti-fantômes, comme prévu, et il s'était débarrassé d'Angelica en la laissant, inconsciente, sous la garde de plusieurs de ses démons, dans une maison pas très loin du manoir de son père au Lancovit. Lorsqu'elle se réveillerait, elle serait certainement folle de rage, mais il s'en fichait.

Ses plans suivaient exactement tout ce qui était prévu, même si son père était en train de mettre en chantier de nouveaux vaisseaux aussi vite que la technologie et la magie démoniaque permettaient d'en produire. Vash ne voulait pas renoncer à ses plans. Il restait encore des milliards d'âmes à prélever. Sauf que cela allait être bien plus difficile, maintenant que les dragons étaient prévenus.

Du coup, pour l'instant, Gabriel n'avait rien de spécial à faire à part attendre.

Ce qu'il regrettait, c'était de ne pas avoir enlevé Mara. Si elle était là, il pourrait la faire souffrir en lui racontant tout ce qui se passait, en lui retirant tout espoir. Il regarda l'hologramme qu'il avait pris à son insu à la soirée chez le triton. Elle riait, rejetant ses magnifiques cheveux en arrière, libre, vivante, heureuse.

Il la voulait à ses pieds. Il la voulait suppliante, il...

— Tout va bien, mon fils ?

Il sursauta. Et se maudit d'avoir sursauté. Perdu dans ses pensées, il n'avait pas entendu son père se glisser derrière lui. En dépit du fait qu'il était énorme, l'ex-roi des démons était capable de se mouvoir avec une grande discrétion.

— Tu as l'air... essoufflé, fit Vash d'une voix soucieuse.

Gabriel rangea l'hologramme l'air de rien et se tourna vers son père. Qui devait n'avoir rien raté, bien évidemment, de son geste.

— Tout est prêt. Nous attendons les dernières informations en provenance d'AutreMonde.

— Toujours pas de trace de Tara Duncan ?

— Non.

— C'est ennuyeux.

— Oui.

Bien sûr, leurs espions surveillaient Tara, mais depuis deux jours, impossible de la retrouver, quel que soit l'endroit où ils cherchaient. Et le pire, c'était que son fameux gang avait disparu avec elle. C'était la raison pour laquelle Gabriel était aussi impatient. Il voulait savoir où se trouvait Tara.

Après tout, elle était leur unique espoir.

Même si elle était condamnée à mort.

— Il y en a un second. Le fameux Jeremy'lenvir. Il a le même pouvoir. Et pour être très franc, à mon avis, n'importe lequel de ces sortceliers un peu puissant fera l'affaire.

— Mais nous n'en sommes pas sûrs, grinça Gabriel. Et après tout, c'est elle qui a fait, avec sa stupide sœur, échouer notre plan. Non, il nous faut la plus puissante. Nous devons la retrouver.

À ce moment-là, le transmetteur commença à émettre.

Les Tadixiens étaient très soucieux. La construction de la lune artificielle avançait bien, mais depuis que les démons avaient attaqué la Terre, ils mettaient les bouchées doubles, voire triples, pour remettre en état un nouveau système de défense. Allant même jusqu'à demander l'aide des Madixiens, leurs ennemis jurés, houppettes rouges et houppettes vertes travaillant côte à côte.

Ils faisaient feu de tout bois. Dès qu'un astéroïde était jugé digne d'attention, il était immédiatement incorporé à la masse en construction.

Aussi, le petit astéroïde que les démons avaient mis en orbite autour d'AutreMonde eut-il la malchance d'attirer l'attention des vaisseaux collecteurs des Tadixiens. Juste au moment où il transmettait les informations dont avaient besoin les démons, il fut saisi par une pince, écrasé sans pitié et incorporé à l'énorme masse qui prenait forme peu à peu.

Sur le vaisseau, Gabriel, fou de rage, faillit détruire le transmetteur lorsque celui-ci se tut. Mais la seule chose qu'il entendit fut que Tara voulait se rendre quelque part. La partie où elle disait où elle allait aller et pourquoi avait disparu avec le faux astéroïde.

Fébrile, Gabriel tenta de comprendre ce que Tara avait voulu dire, mais la transcription était trop courte. Impossible de deviner.

Et Tara était indispensable à leur plan. Si elle était allée se fourrer dans les problèmes, les démons ne pourraient pas la protéger.

C'était un comble.

Il lança un message d'alerte sur toutes les planètes des démons. Avec un hologramme de tous les membres du magicgang.

— Elle a dit qu'elle « voulait se rendre sur... », c'est tout ce que nous avons, fit-il à son père. Ça veut à peu près dire n'importe où, mais je suis persuadé qu'elle voulait parler de l'une de nos planètes.

— Tu crois qu'elle est allée parler à Archange ? Cela pourrait bouleverser tous nos plans, ton frère est incapable de résister à cette humaine.

Il y eut un silence songeur.

— Non, trancha Gabriel. Elle n'a pas besoin de le faire secrètement. Il lui suffisait de demander une audience officielle. Non, je suis sûr que c'est autre chose. (Il jura.) Ces humains sont vraiment agaçants.

Vash agita ses tentacules.

— Nous devons la retrouver. Fais circuler leur description et précise que ces humains sont précieux et ne doivent être blessés sous aucun prétexte, mais qu'ils doivent être neutralisés et amenés sur Boulimi-Lemi le plus rapidement possible. Nous n'avons pas les âmes, mais ton plan d'utiliser Tara va peut-être nous sauver.

Gabriel garda un visage impassible, mais, à l'intérieur, il jubilait.

Il venait de faire un grand pas vers le trône.

Les avis de recherche partirent dans la foulée.

Et quelques heures plus tard arrivèrent à Xephrodie.

Juste au moment où Sanhexia, Moineau et Fabrice achetaient leurs places sur la navette qui devait les amener sur Boulimi-Lemi, la planète principale des démons...

Chapitre 28

La reine des fourmis

Ou comment essayer d'amadouer une bestiole qui ne songe qu'à vous donner à manger à ses larves, ce qui, disons-le, est une mort pour le moins… exotique.

Tara cligna des yeux. Elle avait l'impression que quelqu'un avait piétiné son cerveau et s'en servait encore comme trampoline.

— Oh, là, là, fit-elle, j'ai maaaaal !

— Tu es tombée dans les miams et tu t'es cogné la tête, fit la voix de Cal. Ne bouge pas, tu as peut-être une commotion cérébrale et je ne veux pas que tu t'agites.

Tara referma les yeux. Tout tournait autour d'elle. Les âmes damnées s'agitaient, puis, sans que Tara leur demande quoi que ce soit (en fait, elle n'arrivait pas à aligner deux idées), elles lancèrent leur magie et soignèrent Tara.

Son mal de tête se dissipa instantanément. Comme le fluide n'était pas visible, Cal ne savait pas qu'elle allait nettement mieux et tenta de nouveau de l'empêcher de s'asseoir.

— Ça va, dit-elle en lui souriant, les âmes m'ont soignée, je n'ai plus mal.

Il la regarda d'un air soupçonneux. Et brandit trois doigts devant elle, la faisant un peu loucher.

— Combien de doigts tu vois là ?

Tara faillit répondre « six » juste pour le faire marcher, mais se retint en voyant qu'il ne rigolait pas du tout.

— Trois, répondit-elle d'une petite voix. Et je t'assure, je vais bien, Cal.

— Hum. Bon, redresse-toi, mais doucement. Même si elles t'ont soignée, il ne faut pas que tu bouges trop vite, sinon ta tête va tourner lorsque le sang va redescendre.

Tara obéit, heureuse d'avoir l'épaule solide de Cal contre elle pour se redresser. Mmh, ce qu'il sentait bon !

Il lui vola un baiser au passage, puis l'aida à se lever. Elle vacilla un instant sur ses pieds et finit par retrouver son équilibre. Robin, le visage fermé, les regardait tous les deux.

— Que s'est-il passé ? demanda-t-il brutalement.

— Je crois, fit lentement Tara, que je viens de comprendre pourquoi j'étais tellement en colère et prête à détruire carrément toute une planète il y a quelques heures.

— Ah bon ?

— Oui. Ce n'était pas moi.

Cal, Fafnir et Robin se tendirent.

— Ah, ah, fit le jeune Voleur, je le savais, c'étaient donc bien les âmes damnées qui…

— Pas du tout ! le coupa Tara. Ce n'étaient pas les âmes. Elles n'ont vraiment rien à voir dans cette histoire.

Ils ne comprenaient plus rien. Tara sortit la Pierre Vivante de son sac à dos et la posa devant elle. Puis elle croisa les bras et tapota le sol du pied d'un mouvement impatient.

— Très bien, fit-elle sévèrement, maintenant, Pierre Vivante, tu vas nous expliquer pourquoi tu t'es permis de manipuler mon cerveau jusqu'à me faire croire que j'avais envie de faire sauter une planète tout entière ?

Soudain, la Pierre Vivante se mit à léviter devant eux, étrangement lumineuse.

— Mauvaise, mauvaise planète, fit-elle d'une voix maussade. Dangereuse. Détruire.

Fafnir s'exclama :

— Quoi ? Tu veux dire que ce n'était pas Tara mais toi qui voulais détruire la planète des démons ?

Elle se tourna vers Tara.

— Et moi qui trouvais que pour une fois tu avais une bonne idée ! Ça me plaisait beaucoup de faire exploser une planète ! Bon, pas en étant à proximité, mais je suis sûre que tu nous aurais trouvé une solution.

Tara grimaça. Elle se sentait profondément furieuse et cette fois-ci, cela n'avait rien à voir avec une quelconque influence, que ce soient les âmes ou la Pierre.

— C'est inacceptable, dit-elle d'une voix frémissante de rage à la Pierre Vivante. Comment as-tu pu me manipuler ainsi ! Je croyais que tu étais mon amie !

La luminosité de la Pierre Vivante décrut instantanément.

— Tara amie, s'exclama-t-elle vivement. Tara très très amie. Démons très très dangereux ! Pour tout univers ! Détruire planète, détruire planète !

Tara se prit la tête entre les mains. Cal inquiet, s'avança, mais c'était plus un geste de rage que de douleur.

— Ahhhhh ! fit la jeune fille. Je commence à en avoir sérieusement assez de tous ces gens qui envahissent mon cerveau ! FICHEZ-MOI LA PAIX À LA FIN !

Nul n'aurait pu dire comment cela se serait terminé entre la Pierre et Tara, car à ce moment une voix froide précisa derrière eux :

— Ah, cela ne va pas être possible, humaine, de vous ficher la paix comme vous dites, parce que maintenant, vous êtes convoquée devant notre grande reine !

Ils les firent sortir pendant que Tara essayait de reprendre ses esprits. La Pierre Vivante ne connaissait pas la culpabilité, elle ne s'excusa donc pas à propos de ce qu'elle avait fait, mais envoya discrètement une dose de magie suffisante à Tara pour que celle-ci se sente gonflée à bloc.

Les gardes fourmis savaient comment faire avancer les humains rapidement sans les démembrer au passage, mais ce n'était pas très agréable et ils les poussaient sans cesse, les obligeant à trottiner pour conserver la même allure qu'eux.

D'après la conversation qu'elle avait eue avec la fourmi jaune, Tara avait cru comprendre que les fourmis à fourrure recherchaient des alliés.

Et là, ils n'étaient clairement pas traités comme des alliés.

Mais comme des prisonniers.

Elle en découvrit la raison lorsqu'ils arrivèrent à la chambre de la reine.

Partout, des machines lumière dorées étincelaient dans l'immense chambre somptueusement décorée. Des tapisseries, des peintures animées, des hologrammes incroyablement perfectionnés, au point qu'on avait l'impression de pouvoir toucher les objets, bref, tout était magnifique, avec une dominante rouge très nette. De grands piliers soutenaient la voûte merveilleusement décorée d'une sorte de mosaïque qui recréait l'ancien ciel où étincelaient les soleils noirs.

Tara et ses trois amis avalèrent leur salive avec difficulté. La reine devant eux était si énorme que cela défiait l'imagination. Bien plus grande qu'une balboune sur AutreMonde, qui elle-même était plus grande qu'une baleine terrienne. Elle s'étendait sur des mètres et des mètres, tandis que de son abdomen incroyablement développé sortaient, à intervalle régulier, des œufs roses, soigneusement réceptionnés par des ouvrières nurses spécialisées qui les calibraient, les séchaient, puis les expédiaient vers les couveuses.

Elle était couverte d'une fourrure extraordinairement rouge, presque fluorescente, très différente de la fourrure roussâtre et terne des autres fourmis.

Ils furent amenés jusqu'à la tête de la reine, qui, elle, était noir, jaune et rouge et dépourvue de fourrure.

Il était difficile de déterminer ce qu'elle pensait, mais Tara sentit, intuitivement, qu'elle était hostile.

— Nous n'aimons pas les étrangers, cracha le vocodeur. Et nous aimons encore moins les étrangers qui viennent chez nous en se cachant. Essayez-vous de nous piéger, humains, afin que nous nous retournions contre nos conquérants et que vous puissiez nous dénoncer ?

— Pardon, fit Tara en reprenant ses esprits, mais de toute façon vous êtes conquises et sous leur domination. Alors je ne vois pas très bien en quoi nous, les humains, nous pourrions vous mettre en danger. Ces gens ne sont pas idiots, ils se doutent bien que vous tentez de vous débarrasser d'eux par tous les moyens. Nous ne sommes pas du tout ici pour vous demander de vous battre ou de trahir qui que ce soit. Nous avons juste besoin de renseignements.

Un silence pesant tomba sur la salle, uniquement ponctué par le poc-poc régulier des œufs qui tombaient.

— Comment oses-tu me parler de cette façon, humain ?

— Humaine. Pas humain. Je ne suis pas un mâle, répondit Tara. Je suis une femelle. Une princesse. Bientôt reine de mon Combus. Je vous parle d'égale à égale.

La grosse tête noir, rouge et jaune s'agita, surprise.

— Une princesse, une future reine ?

— Oui, répondit fièrement Tara, revendiquant pour une fois son statut haut et clair, ce qu'elle n'avait jamais fait. Nous ne pouvions pas vous envoyer moins qu'une princesse pour venir parler avec vous. Princesse de l'Empire d'Omois. Mon nom est Tara Duncan.

La reine agita ses antennes rouges.

Obéissant à un ordre que le vocodeur n'avait pas perçu, une des fourmis jaunes fit quelque chose et, tout à coup, les images de Tara et de ses amis s'affichèrent tout autour d'eux.

Et c'était un avis de recherche. En couleur. Et en relief. Et animé. Et super super détaillé.

Les démons savaient que Tara n'était plus sur AutreMonde. La jeune fille sentit son cœur battre plus vite.

— Vous n'avez pas la même couleur de fourrure que sur l'hologramme, accusa la reine, qui, hélas, y voyait très bien. Est-ce un nouveau mensonge ? Un nouveau piège ?

Slurk ! Finalement, se teindre les cheveux n'était pas une si bonne idée.

Tara retira ses lentilles, laissant le bleu de ses yeux réapparaître, puis, utilisant non pas la magie de la Pierre Vivante, car elle était encore fâchée, elle puisa dans celle des âmes pour reprendre sa couleur naturelle.

Les fourmis agitèrent leurs antennes de plus belle.

— De la magie visqueuse, gronda la reine. L'Honorable 2365596 m'a dit que vous l'aviez utilisée. Est-ce là votre fourrure naturelle ? Jaune ? Comme nos Honorables ?

— Oui, Votre euh… Majesté, répondit Tara qui en fait ne savait pas très bien comment appeler la reine.

La reine rumina un instant puis se décida :

— Je n'aime pas les étrangers, je n'aime pas que l'on vienne dans mon nid et je n'aime pas que l'on change de couleur pour me tromper. Voici donc ma sentence : qu'ils soient mis à mort et servent de nourriture aux larves !

Les fourmis jaunes et les Guerrières se ramassèrent, exactement comme Tara l'avait vu faire par la Guerrière avant qu'elle ne coupe le démon en deux. La Pierre Vivante réagit aussi vite qu'elle. Elle lui fournit de la magie si rapidement que les poings serrés de la jeune fille s'illuminèrent de bleu avant même que Tara n'active sa magie volontairement. De leur côté, les âmes démoniaques se tendirent, prêtes à la soutenir, elles aussi.

Soudain, Cal se plaça devant Tara.

Ah non ! Il n'allait pas recommencer son truc de « je vais mourir pour toi ! ». La jeune fille blonde s'apprêtait à l'écarter sans ménagement lorsqu'il cria à la reine :

— Nous sommes venus porteurs d'un présent !

Et il ouvrit brutalement l'épais sac de plastique qu'il venait de sortir.

Une merveilleuse, incroyable, extraordinaire odeur de miel et de fleur se mit à embaumer autour d'eux.

La reine frissonna.

Mais les fourmis avaient reçu un ordre et elles s'apprêtaient à l'exécuter. Elles se détendirent, fonçant vers le petit groupe, fermement décidées à tuer.

Soudain la reine releva la tête.

— Arrétez ! Que personne ne les touche !

Si elle n'avait pas autant la trouille, Tara aurait ri de voir les fourmis se tortiller en plein bond, frappées par l'ordre impérieux de la reine, en essayant de ne pas retomber sur les jeunes gens.

Par un espèce de miracle dont Tara remercierait les dieux plus tard, aucune des fourmis ne les toucha, même s'il y eut beaucoup d'atterrissages forcés et douloureux. Ignorant les cris des fourmis qui s'étaient blessées en tombant, la reine agita ses antennes.

— Nous n'avons jamais senti une pareille odeur, finit-elle par déclarer. Qu'est-ce que c'est ?

Cal répondit en s'inclinant gracieusement :

— C'est un produit de notre planète, reine, si je peux m'approcher, je désire vous faire goûter, c'est un mets très rare qui est exclusivement réservé à nos reines.

L'une des Honorables se pencha vers la reine et lui dit quelque chose.

— L'Honorable 254552112 dit que cela pourrait être empoisonné.

— Et pourquoi voudrions-nous empoisonner une reine aussi belle et magnifique que vous ? Mais je peux goûter avant vous si vous le désirez.

Et sans attendre que la reine lui donne son autorisation, il prit une noisette du miel de xel volé au capitaine Personne et le mit dans sa bouche.

— Mmh, fit-il, c'est tout simplement délicieux.

Il agita le sac sous le nez… enfin le museau de la reine.

— Vous êtes sûre de ne pas vouloir goûter ?

Les palpes buccaux, situés derrière les mandibules, se dévoilèrent, bien visibles, d'autant que la fourmi était immense. Tara ne connaissait pas bien le métabolisme des insectes, mais si elle avait été humaine, elle aurait dit que la fourmi était en train de saliver.

— Nous désirons goûter, oui, finit par répondre la reine, vaincue par la merveilleuse odeur qui saturait son métabolisme.

Très docilement, Cal s'avança puis posa le gros sac devant la tête de la reine, comme une offrande.

Puis recula de deux pas.

La reine baissa la bouche et ses deux bras préhensiles attrapèrent le sac qui, du coup, faisait nettement plus petit que dans les mains de Cal. Puis elle le porta à sa bouche.

Soudain, alors que l'épais liquide doré coulait dans sa bouche, elle se mit à trembler d'extase. Elle pressa le sac et engloutit en quelques secondes ce qui était l'équivalent d'une rançon de roi. Puis ses palpes léchèrent délicatement l'intérieur du sac déchiré jusqu'à ce qu'il ne reste plus rien du miel de xel.

Elle le reposa devant elle, à regret.

— Encore ! exigea-t-elle. J'en veux encore !

Son élocution semblait pâteuse et elle vacillait un peu, même si le rythme de ponte des œufs derrière elle ne faiblissait pas.

Cal s'avança de nouveau.

— Ceci, fit-il, était un échantillon que nous avons apporté afin de vous témoigner notre amitié. Hélas, comme nous avons dû voyager léger, nous n'en avons pas apporté d'autre.

Il évitait soigneusement de regarder ses amis, sachant très bien que Fafnir comme Tara ou Robin lui en voudraient d'avoir volé le miel du contrebandier.

Tara soupira et rengaina sa magie… enfin, celle de la Pierre Vivante, à qui elle en voulait encore, danger ou pas danger. Puis se concentra sur ce que disait la reine.

— Donc, vous n'en avez plus ?

— Non, hélas, pas sur moi du moins…

La reine émit un son inaudible pour le magicgang, mais l'instant d'après les fourmis jaunes s'agenouillaient devant elle et, présentant leurs bouches, recueillaient un peu du divin nectar qui en coulait. Tara savait que les fourmis pratiquaient la trophallaxie, mais c'était impressionnant de le voir en réalité. Une fois nourrie, chaque fourmi fonçait, puis partageait un peu de ce qu'elle avait reçu avec une autre. À ce rythme, toute la fourmilière aurait goûté du miel de xel d'ici quelques minutes.

— Bravo, murmura-t-elle à Cal, j'ai réussi à intoxiquer toute une race en renversant de l'alcool sur les racines d'un Diseur, mais moi, je n'ai pas fait exprès ! Tu viens juste de rendre ces fourmis totalement accros au miel de xel !

— Ce n'est pas nocif, murmura Cal en retour, au contraire, je pense que ça va considérablement les détendre. Et puis, j'ai bien vu que tu étais prête à les griller et franchement, non seulement je ne suis pas trop adepte des fourmis grillées, mais en plus je n'étais pas sûr que nous aurions le dessus. J'ai donc préféré la voie… diplomatique… du miel de xel.

— Mais pourquoi as-tu volé son miel au capitaine ? souffla Fafnir qui les écoutait attentivement. Tu savais que nous en aurions besoin ?

Cal faillit se vanter, mais préféra être honnête.

— Pas du tout. Il m'a énervé et a menacé Tara plusieurs fois. Il méritait une petite leçon. Et puis j'avais envie de goûter ce fameux miel, c'est pas mal, mais un peu trop fleuri et sucré à mon goût…

Robin émit un petit rire contraint.

— J'étais prêt à mourir décapité par ces fourmis, j'avoue que je suis assez content de ton choix, Cal, pour une fois.

— Attendez avant de pavoiser, grogna Fafnir, ses haches toujours prêtes à hacher de la fourmi menu. Pour l'instant, elles sont encore sous le choc. Voyons ce qu'elles feront une fois remises.

La reine se tournait déjà vers eux. Enfin, braquait ses immenses yeux à facettes sur eux.

— Nous pourrions avoir un accord, déclara-t-elle avec réticence. Nous aimons vraiment beaucoup la douceur de ce miel. Nous sommes prêtes à vous aider en échange de ce produit.

— Je ne vais pas vous mentir, reine, les fleurs de xel ne poussent qu'une fois par siècle et les bizzz des neiges qui les butinent emmagasinent le nectar et le transforment en miel. Mais la quantité n'est jamais énorme, d'autant que nous devons en laisser aux bizzz afin qu'elles ne meurent pas de faim. Je ne peux pas vous garantir que vous en obtiendrez des quantités incroyables. Mais je peux en parler avec nos gouvernements afin de vous obtenir la plus grosse quantité que nous pourrons céder.

La reine parut apprécier la franchise de Cal et que le jeune humain se soucie du bien-être des bizzz. Elle inclina la tête.

— Cet échange. Que désirez-vous ? Des outils, des technologies ? Et si, dans un premier temps, nous aimerions avoir du miel de bizzz blanches en attendant, sur le long terme, il sera inutile de nous en fournir de grandes quantités, nous pouvons reproduire le processus ici, à partir du moment où vous nous fournissez des plans de xel, cette fameuse fleur.

— Elle ne pousse que dans les températures extrêmes des pôles de notre planète, répondit Cal, il faudra recréer un environnement particulièrement froid. Et je crois savoir que vos races craignent le froid qui ralentit vos organismes.

La reine agita les antennes.

— Dites-moi, humain, pensez-vous que nous sommes une société primitive ?

Cal répondit vivement :

— Certainement pas, reine, vous êtes au contraire une société extrêmement sophistiquée d'après ce que j'ai pu voir.

— Donc vous pouvez également imaginer que nous avons des combinaisons et tout ce dont nous avons besoin pour opérer en milieu subzéro ?

D'accord, Cal était en train de prendre une petite leçon. Très humblement, il s'inclina.

— Dans ces conditions, notre marchandage portera sur la fourniture de miel mais également de plantes de xel, avec plaisir, reine. Les spores encapsulées vous seront remises rapidement par nos gouvernements.

— Vous pouvez vous engager au nom de vos gouvernements ? interrogea la reine, méfiante.

— Lui non, mais moi oui, répondit Tara d'une voix claire. Ainsi que je l'ai dit, et que ces hologrammes de recherche vous confirment, je suis l'Héritière de l'Empire. Si je désire commercer avec vous, ma parole a force de loi.

Bon, elle s'avançait peut-être un peu, mais si les gouvernements ne voulaient pas, pour une mystérieuse raison, fournir le miel et les spores, elle se débrouillerait pour le faire toute seule. Et puis ce n'était pas comme si elle allait livrer de la technologie ultra-secrète à des ennemis.

— Que désirez-vous en échange, alors ? demanda la reine, sur ses gardes.

— Dans un premier temps, de simples renseignements, répondit Tara. Nous sommes venus sur votre planète parce qu'il s'est passé quelque chose ici qui a dévasté vos terres. La moitié de votre monde est gris et sans vie. Les démons nous ont dit qu'ils avaient pratiqué une sorte d'expérience qui a mal tourné. Mais nous avons appris, comme vous, que les démons mentaient constamment. Alors ma question est très simple, reine. Qu'est-il vraiment arrivé à vos terres ?

De nouveau, les antennes des fourmis s'affolèrent. Tout autant celles de la reine que celles des fourmis jaunes. Seules les guerrières restèrent impassibles, surveillant les intrus avec attention, prêtes à intervenir à toute menace.

La reine paraissait terriblement troublée par la question de Tara.

— Cette question… cette question peut nous mettre en danger.

La jeune fille ne la laissa pas se défiler :

— Vous voulez dire plus que ce que vous êtes en danger en ce moment ? Les démons ne vous tuent pas parce qu'ils ont besoin de vous et de votre science. J'avoue que je ne vois pas pourquoi le fait de me dire la vérité va changer cet état de fait. Sinon, cela fait longtemps que vous seriez prisonnières du fer empoisonné, comme vos sœurs les reines.

Les fourmis jaunes crissèrent des mandibules. Tara ne savait pas ce que cela signifiait, mais le bruit était très éprouvant pour les nerfs, comme des griffes démesurées passant sur un tableau noir...

Puis la reine eut une sorte de rot visqueux et le goût du miel de xel sur ses palpes dut la convaincre que rien ne devait se mettre entre elle et ce mets délicieux.

— Les démons n'y sont pour rien, répondit-elle avec réticence. Ils ont été tués avec nos sœurs...

Tara resta silencieuse, presque assommée par la confirmation de ce qu'elle pensait.

— Avez-vous vu ce qui vous a attaqués ?

— Non, répondit franchement la reine. Les vaisseaux autour de la planète ont soudain cessé de répondre, puis les satellites ont arrêté d'émettre. Nous étions aveugles. Les communications étaient comme brouillées. Celui qui a causé cela était très puissant pour parvenir à paralyser notre planète tout entière. Les démons étaient totalement paniqués. (Le vocodeur ne retransmit pas les inflexions de sa voix, mais Tara devina qu'elle était pleine d'une amère satisfaction.) Beaucoup des leurs sont morts. Et il y avait quelque chose qui suçait la vie mais que nous ne pouvions pas voir, même si, selon certains témoignages que nous avons retrouvés dans les Combus intacts, une sorte de soleil noir difficile à discerner planait juste au-dessus de la stratosphère.

Un soleil noir ? Comme ceux qu'ils avaient laissés derrière eux dans leur univers ?

— Mais vous n'avez aucune idée de ce que c'était ?

— Aucune, répondit franchement la reine, secouée d'un frisson. Cela nous mangeait. Mais c'était très différent de ce que nous avaient fait les démons avant de comprendre que nous leur serions bien plus utiles vivantes que mortes. Cette entité, ces entités, puisque nous ne savons pas ce que c'est, aspiraient toute vie, pas uniquement les âmes, mais les plantes, les animaux, tout. La seule chose qui nous a sauvés, c'est que notre dispositif de transfert était déjà prêt, du fait de l'instabilité des soleils noirs terraformés par les démons. Nous nous sommes enfuis et, heureusement, cette ou ces entités n'ont pas réussi à nous suivre, car le champ d'énergie n'allait pas au-delà d'une centaine de mètres autour de notre monde.

— Vous ne pensez pas que cela pourrait être une expérience des démons qui aurait mal tourné ? demanda Robin, prudent.

La reine dirigea sa tête vers le magnifique elfe aux longs cheveux d'argent et parut apprécier le spectacle. Peut-être était-elle sensible aux couleurs claires, comme beaucoup d'insectes.

— Non. Sinon, ils auraient pu réagir, maîtriser ce qui se passait. Nous avons bien vu qu'ils étaient totalement pris au dépourvu. Ils avaient autant peur que nous, si ce n'est plus.

Tara soupira. Ils avaient des renseignements, mais cela ne les avançait pas plus.

Elle échangea un regard navré avec Cal. Même sans la Pierre Vivante pour la pousser, elle n'avait plus trop le choix.

Elle allait devoir parler à Archange.

La reine ne put leur en dire beaucoup plus. Il fut établi qu'en plus de ces renseignements, les fourmis fourniraient leur technologie secrètement aux humains, en échange des semences de xel, mais également de plusieurs tonnes de miel en attendant que les fleurs soient amenées à maturité et traitées. Tara ne savait pas très bien ce qu'elle avait acheté, mais si les fourmis étaient suffisamment douées pour avoir inventé une machine capable de faire voyager une planète d'un univers à un autre, alors elle pensait qu'elle n'avait pas fait une mauvaise affaire.

Pour montrer sa bonne volonté, afin de les remercier pour le sac de miel de xel qu'elle avait consommé, la reine leur fit remettre un petit appareil, à porter en bracelet ou autour de la cheville. Cette petite machine devait rester en contact constant avec la peau, mais, si on entrait exactement les coordonnées de l'endroit où on voulait aller, elle vous dématérialisait et vous rematérialisait plus de trois cents tatrolls plus loin.

Sans limitation de poids. Elle pouvait emporter tout ce qu'elle englobait dans son champ. Dès qu'on l'activait, on était légèrement surélevé de quelques centimètres par une sorte de champ de lévitation afin de ne pas emporter toute la planète avec soi et ensuite la machine dématérialisait et rematérialisait à volonté.

Mais surtout, l'avantage, c'était qu'elle ne nécessitait aucune magie, se rechargeait une fois par an aux rayons des deux soleils d'AutreMonde et allait probablement causer la ruine des transporteurs AutreMondiens de tapis volants, qui se chargeaient des transports pour les nonsos.

Enfin, c'est ce que dit Tara, en bonne Héritière capable de se projeter bien plus loin que l'émerveillement immédiat de la technologie. Mais elle le dit tout bas, histoire de ne pas froisser la reine, et la remercia abondamment.

La reine leur précisa que le gros bouton rouge sur le côté était préprogrammé sur une clairière qui se trouvait en dehors de la ville.

Une fois sa signature apposée au bas du traité (enfin, ce n'était pas sa signature, mais son empreinte ADN sur une tablette holographique), et dupliquée afin qu'elle en ait plusieurs doubles, un peu étourdie, Tara ressortit comme une invitée de marque, escortée par quelques Honorables, dont peut-être celle qui l'avait amenée ici, et deux gardes fourmis.

Tara avait précisé qu'elle n'avait pas besoin d'escorte en dehors du Combus, mais la reine avait insisté. Elle n'avait pas du tout envie qu'il arrive quoi que ce soit aux fournisseurs du merveilleux miel de xel.

Ce fut donc la raison pour laquelle leur escorte lourdement armée de mandibules croisa l'escorte lourdement armée tout court des démons qui encadraient Sanhexia, Fabrice et Moineau.

Ces deux derniers menottés.

Et clairement prisonniers.

Les démons ne prêtèrent pas attention à eux, même si les yeux de Fabrice et de Moineau s'écarquillèrent et qu'ils firent des tas de signes bizarres. Tara les ignora. Tirer sur tout le monde en pleine rue au milieu des démons était une très mauvaise tactique de survie.

Ils devaient délivrer leurs amis avant qu'ils ne soient enfermés quelque part d'où il serait impossible de les sortir... Même si Tara ne doutait pas des capacités de Cal, elle préférait éviter d'avoir à courir avec une armée entière à ses trousses.

Aussi, son escorte et celle des démons se croisèrent-elles sans que les gardes prêtent attention à eux, même si Tara avait retrouvé sa couleur naturelle. Ils étaient bien trop excités d'avoir capturé une partie des AutreMondiens et ne pouvaient pas se douter une seconde que l'autre moitié était en train de les croiser, escortés par des Honorables, ce qui était une importante marque de faveur, au point qu'ils ne virent que les fourmis jaunes, pas les faux démons...

Fabrice, Moineau et Eleanora se raidirent, prêts à l'action, mais, voyant que Tara et les autres ne tentaient rien, ils se détendirent. Une fois qu'ils se furent croisés, Cal se rapprocha de Tara et murmura :

— Tu veux attendre qu'il y ait moins de monde ? Mais la ville est toute petite, ils ne vont pas aller loin à mon avis.

— Je sais où ils vont, dit Tara qui avait soigneusement noté la direction. Ils se rendent au spatioport. Je suppose qu'ils contacté leur planète et demandé des instructions – et l'instruction numéro 1 a dû être « ramenez-les ici et fissa fissa ». Il y a une route qui sort de la ville, là, ils seront vulnérables.

— C'est un piège, grogna Fafnir en touchant nerveusement ses deux haches.

— Pardon ?

— Elle a raison, renchérit Robin qui avait dû se séparer de l'arc de Llillandril et, là, le regrettait beaucoup. Nous sommes deux guerriers. Nous connaissons ce genre de choses. Pourquoi une escorte si faible ? Pourquoi sont-ils à pied ? Pourquoi ne pas prendre un de leurs engins pour s'y rendre s'ils sont si pressés ?

— Voilà, confirma Fafnir. Un piège.

Tara réprima un grognement agacé. Fafnir avait plus de cent ans et Robin aussi était plus âgé, sans compter qu'ils avaient l'habitude de se battre pour de vrai, dans de vraies batailles. Tara aussi, mais, là, elle n'avait pas compris. C'était un coup pour son amour-propre.

— Merci, dit-elle, je serais tombée dedans la tête la première et, bien sûr, vous avez raison, pourquoi leur escorte a-t-elle décidé de marcher ?

— Mais, fit Robin, raisonnable, nous avons toujours la seconde option : nous rendre, les laisser nous faire prisonniers. Monter dans la navette et les laisser nous amener voir Archange. Ils ne savent pas que nous avons passé une alliance avec les objets démoniaques et que nous pouvons donc utiliser leur magie. Ils penseront que nous sommes sans défense. Ce sera la meilleure façon d'obtenir de vraies réponses, non ?

Il avait raison. C'était sensé. Pragmatique. Intell...

— Nan, fit Fafnir. S'ils nous gazent, qu'ils nous déshabillent - et donc nous retirent les objets démoniaques - et nous isolent, on va se faire torturer et massacrer pour rien, parce que nous serons impuissants. Moi, à leur place et vu ta puissance, Tara, c'est ce que je ferais, juste par précaution. Et je te garderai bien groggy pour être sûre que tu n'utiliseras pas ta magie.

— Fafnir a raison, admit Robin à contrecœur, je n'avais pas pensé à ça. J'ai tellement l'habitude que tes ennemis te sous-estiment. C'est un risque que nous ne pouvons pas prendre.

— Surtout s'ils utilisent le Sparidam, frissonna Tara. La dernière fois qu'Archange a été invoqué, il m'a sauvé. Mais il a vidé l'anneau et l'a détruit, puis s'est approprié les âmes très facilement. S'il comprend ce qu'est la ceinture et s'en empare...

Ils se regardèrent. Cette option pouvait toujours se produire, quoi qu'il en soit. Mais Tara devait être en position de se défendre, Fafnir avait raison.

— Donc, on va se bagarrer ? demanda la guerrière rousse.

— Absolument, soupira Tara.

Leurs amis et leur escorte de démons venaient de disparaître derrière un groupe d'immeubles bas d'un brun rougeâtre lorsque Tara s'arrêta et s'adressa à l'un des Honorables, expliquant en quelques mots aux fourmis la conclusion à laquelle ils étaient parvenus.

Elle termina sur un message pour la reine.

— Nous devons rattraper et délivrer nos compagnons. Nous ne voulons pas que vous soyez impliqués, aussi, nous allons vous laisser ici. Dites à votre reine à quel point nous avons apprécié son hospitalité et que nous espérons la revoir très vite.

Sous entendu : *si on sort tous vivants de cette aventure.*

Si les vocodeurs ne retransmettaient pas les émotions et les inflexions des voix, il était cependant clair que les fourmis saisirent parfaitement que leurs nouveaux alliés allaient risquer leur vie.

— Comment allez-vous rattraper vos amis ? demanda l'un des Honorables par le biais du vocodeur.

— Nous allons marcher, répondit Tara, surprise, pourquoi ?

— Ils sont passés par la ville et, comme vous l'avez dit, c'est pour mieux montrer leurs trophées et vous inciter à les attaquer. Ils penseront donc sans doute que vous allez les assaillir par l'arrière. Mais si nous passons par la campagne et que nous les contournons, nous pouvons leur tendre une embuscade.

Tara s'éclaircit la gorge.

— Euh... c'est vraiment très gentil, mais comme je l'ai dit, nous ne voulons surtout pas vous impliquer...

Vu l'avance que les démons avaient prise, elle ne voyait pas bien en quoi les fourmis allaient pouvoir les aider.

Aussi fut-elle totalement prise par surprise lorsque les gardes les attrapèrent avec leurs avant-bras pour les soulever au-dessus de leurs dos, comme s'ils étaient des feuilles, les arrimant avec deux autres de leurs paires de pattes, et les transportant comme de vulgaires marchandises.

Fafnir allait vigoureusement protester, mais lorsque les fourmis se mirent en branle elle ne dit plus rien. Elles étaient vraiment, vraiment rapides, ces bestioles géantes. Rapides au point qu'en quelques minutes, la ville s'éloignait déjà derrière eux et que le spacioport se profilait devant. Un petit bois encerclait une partie de la route et Tara, un peu secouée par la vitesse de la course, leur demanda de les déposer là.

Fafnir reprit pied en grommelant beaucoup, ce qui amusa autant Robin que Cal.

Tara, elle, essayait de convaincre les fourmis de partir, afin que les démons ne sachent pas qu'elles les avaient aidés. Mais les Honorables jaunes avaient reçu des consignes. Veiller sur les nouveaux alliés jusqu'à ce qu'ils soient partis de la planète et elles ne voulurent pas en démordre. Elles restaient pour aider, point.

À moins de les endormir ou de les miniaturiser ou... bref, de trouver une solution afin de les obliger à lui obéir, Tara n'avait aucun moyen de pression, surtout face à des insectes quatre fois plus grands qu'elle et qui avaient l'air au moins aussi têtus que Fafnir, ce qui n'était pas peu dire. Agacée, elle s'éloigna pour discuter du plan d'attaque avec Cal, regarda son poignet et soudain fit demi-tour.

— Honorables, fit-elle pensivement en désignant le petit gadget à son poignet, j'ai une idée pour que nous puissions à la fois trouver une solution ne nous mettant pas en danger et nous permettre de délivrer nos amis.

Elle leur expliqua son plan. Les fourmis trouvèrent cela aussi élégant qu'audacieux. Ils entrèrent les coordonnées et tracèrent des croix dans la poussière de la route, puis se placèrent de chaque côté en embuscade.

Ils répétèrent plusieurs fois, histoire de ne pas se tromper d'endroit, surtout lorsque Fafnir se rematérialisa au sommet d'un arbre et fit une chute aussi imagée que bruyante et désordonnée. La Pierre Vivante dut la rafistoler en ricanant beaucoup, ce qui n'améliora pas l'humeur de la naine.

Ce ne fut pas très long. Ils entendirent d'abord le babillage de Sanhexia. Fidèle à son rôle, Eleanora faisait apparemment de son mieux pour rendre fou le chef des démons.

— Et alors, je lui ai dit « non mais bonjour quoi ! t'es une fille, t'as des pieds, et tu ne sais pas ce que sont des Louboutin ? »

— Je ne sais pas ce que sont des Louboutin, répondit le malheureux démon, dont on sentait la patience se fendiller sous les coups de ciseaux de la voix de Sanhexia.

La démone fit comme si elle n'en croyait pas ses oreilles.

Elle s'arrêta pile sur l'une des croix, les deux mains sur les hanches. Tara sourit. Eleanora était bien plus maligne qu'elle ne le pensait.

— Quoi ? piailla Eleanora en faisant encore plus de bruit, vous ne…

L'instant d'après, Tara donnait le signal en activant le bouton de son transmetteur. Ils apparurent au milieu des démons totalement pris par surprise, grâce à leur gadget, attrapèrent leurs amis et disparurent aussi sec.

Ils réapparurent tout entiers dans la clairière dont lui avait parlé la reine, tout près du spacioport.

Tara vérifia sous toutes les coutures, mais tout était bien là, en place. Moineau, le visage crayeux, paraissait sur le point de se trouver mal. Tara délivra son amie aux longs cheveux bouclés, ainsi que Fabrice qui se frotta les poignets d'un air sombre.

— Vous allez bien ? demanda Tara, anxieuse, tandis que Fafnir, elle aussi, vérifiait avec prudence qu'aucune de ses glorieuses mèches rousses n'avait été coupée par le transfert. La naine n'avait pas plus confiance en la technologie qu'en la magie, surtout lorsqu'il s'agissait d'un processus qu'elle ne comprenait pas.

Ils hochèrent tous la tête, puis Fabrice retrouva la parole.

— OK, c'était quoi ça ?

— Oh, répondit Cal avec légèreté, nous avons conclu un accord avec l'une des reines de cette planète en échange de deux trois trucs, elle nous a donné des Transmitus instantanés, sauf que ceux-là n'utilisent pas la magie. Et vous ? Vous avez fait quoi pour vous faire arrêter ?

— Les démons ont émis un foutu avis de recherche, grogna Fabrice, encore secoué par le voyage inattendu. Dès qu'ils ont vu les images s'afficher, les gars de l'agence de voyages ont donné l'alerte. Des tas de types armés ont fait irruption. Et on s'est fait arrêter.

Moineau se planta devant Tara, la mine orageuse.

— Dis donc, toi, tu ne vas pas nous refaire le coup des tireurs de far east hein !

— Euh, c'est far west.

Moineau écarta la correction d'un geste agacé de la main.

— On s'en fiche ! Sanhexia nous a demandé de ne pas nous transformer en Loup et en Bête, elle allait régler le problème et nous faire sortir en expliquant qu'elle avait besoin de nous amener sur leur planète principale, et que nous étions ses prisonniers volontaires. Tu n'as pas vu que nous vous faisions signe de ne pas intervenir ! Comme tu n'as pas attaqué, j'ai cru que tu avais compris !

— Ahhh, c'était ça les signes bizarres que vous faisiez ! comprit soudain Tara, penaude. Je suis désolée, vous étiez prisonniers et nous voulions vous délivrer rapidement.

— Je comprends, fit Moineau, ses yeux dorés s'adoucissant devant la réaction de Tara, mais là, tu viens juste de nous compliquer considérablement la tâche. Parce qu'au lieu de monter tranquillement dans la navette, il va sans doute falloir qu'on la vole...

Mais Fafnir lui expliqua ce qu'elle avait dit sur la neutralisation de Tara, et Moineau, qui n'y avait pas pensé non plus, faillit avaler de travers.

— Ah, fit-elle, penaude à son tour, évidemment, c'est une bonne raison. Excuse-moi, Tara, mais ça me semblait un bon plan sur le coup, de nous infiltrer. Donc, on en reste au plan B ? On vole la navette, on se fait passer pour des démons et on s'infiltre sur la planète ?

Soudain, une sirène se mit à sonner dans la petite ville, non loin de leur clairière. Les démons avaient fini par se remettre de leur surprise et avaient sonné l'alarme.

— Vite ! s'exclama Tara. Nous avons peu de temps. Ils ne s'attendront pas à ce que nous attaquions une navette maintenant et...

Soudain, l'air miroita devant eux et une énorme tempête bizarrement localisée les aveugla de poussière.

L'instant d'après, un vaisseau doré qu'ils connaissaient bien apparut devant eux. La langue de métal s'ouvrit et un capitaine particulièrement mécontent marcha vers eux.

— Toi, hurla-t-il en pointant un doigt vengeur vers Cal. Rends-moi mon miel de xel !

Chapitre 29

Boulimi-Lemi

Ou comment se dire que les choses sont beaucoup trop faciles... et avoir raison...

Ils se ramassèrent tous en position de combat, tandis que les canons du navire pointaient leurs vilains museaux vers eux.

Il devait y en avoir une bonne vingtaine, qui hérissaient chaque surface disponible du vaisseau, au point de le faire ressembler à un porc-épic agressif.

Ça, c'était de la force de frappe.

Bien sûr, Tara et ses amis avaient leur magie, que le capitaine ne possédait pas, mais se mettre à se battre alors que les démons étaient à leur recherche était une très mauvaise idée.

Trop bruyant.

Tara s'avança devant Cal, ce qui fit grogner celui-ci, à peu près autant que Tara lorsqu'il s'était mis entre elle et la reine des fourmis.

— Tara, bon sang ! Pousse-toi ! siffla-t-il.

Tara l'ignora.

— Capitaine, dit-elle d'une voix enjôleuse, ça vous dirait de gagner une fortune qui dépassera vos rêves les plus fous ?

Le capitaine, qui foudroyait toujours Cal du regard, se détacha du visage du jeune homme pour dévisager Tara.

— Vous n'avez aucune idée d'à quel point mes rêves sont fous, gronda-t-il, encore terriblement en colère.

— Disons qu'être l'un des transporteurs et distributeurs de miel de xel pour la planète plus dix pour cent des bénéfices pourrait vous mettre dans une position de gagner beaucoup d'argent et très rapidement. Si vous acceptez que je mette la main dans ma poche (elle était prudente, elle avait vu trop de films où les gens se faisaient descendre à cause de mouvements mal interprétés), je serais absolument ravie de vous montrer le très avantageux accord commercial que l'Empire d'Omois vient de signer avec l'un des plus importants Combus de cette planète.

Le capitaine pencha la tête comme un chat qui vient de repérer un canari particulièrement rigolo et qui se demande s'il ne va pas jouer un peu avec avant de l'avaler.

— Vas-y, Brune, même si maintenant tu n'es plus brune. Doucement, sans précipitation et si je vois la moindre lueur de magie, je vous descends tous, c'est compris ?

— Pas sans ta tête, mon grand, gronda Fafnir, agacée en assurant sa prise sur ses haches qu'elle avait dégainées.

Tara afficha le sourire le plus innocent, le plus « je suis une jolie fille inoffensive » qu'elle put trouver dans son répertoire, et sortit la copie de l'accord signé avec la reine des foumis.

Au fur et à mesure qu'il déchiffrait le texte, le capitaine écarquillait les yeux.

— Bouse de traduc ! finit-il par dire. C'est pour ça que vous m'avez piqué mon miel ? Vous saviez que les fourmis allaient adorer au point de nous céder leur précieuse technologie ? Contre un peu de liquide sucré !

Il éclata de rire.

— Non mais quel imbécile je suis ! Dix voyages que je fais et pas une seule fois je n'ai pensé à le leur proposer.

Il observa attentivement Tara.

— Donc, en échange du fait que je ne vous élimine pas pour m'avoir volé l'équivalent d'une rançon de roi, vous me donnez l'exclusivité du transport ?

— Non, répondit fermement Tara. En échange du fait que vous allez nous transporter dans l'espace et nous aider à nous emparer d'une navette des démons afin que nous débarquions tranquillement sur leur planète, puis de revenir nous chercher afin que nous puissions nous évader après avoir fait… ce que nous aurons besoin de faire, je vous donne la non-exclusivité du transport, plus dix pour cent des bénéfices à la revente de la technologie fourmi… pour le reste, à vous de vous débrouiller avec vos concurrents pour être le meilleur et le plus rapide.

Le capitaine faillit tomber par terre de saisissement.

— Quoi ?

Tara répéta obligeamment. Le capitaine secoua la tête. Mais Tara savait qu'elle l'avait appâté, vu la façon dont il ne quittait pas le document des yeux.

— Voler une navette ? Dans l'espace ? C'est complètement dingue !

— Peut-être, mais c'est le deal. Alors ?

— Vous êtes dure en affaires, Brune.

— Tara Duncan, corrigea sèchement Tara. Héritière de l'Empire d'Omois. Alors, contrebandier ? Prêt à rentrer dans le rang ? À devenir respectable et horriblement riche ?

Le capitaine fronça les sourcils, puis, alors que Tara se disait avec désespoir qu'elle allait devoir se battre contre lui, éclata de rire de nouveau, les faisant sursauter.

— Deal ! s'exclama-t-il. Nous allons préparer un contrat et sceller notre accord avec une bonne bouteille. Ensuite on discutera des détails, comme l'abordage d'une navette dans l'espace. Je suppose qu'aucun d'entre vous n'a jamais participé à un abordage dans l'espace ?

Ils secouèrent la tête négativement, même si Robin avait déjà abordé des bateaux lors de son travail dans la mer des brumes où il traquait les contrebandiers marins.

— Eh bien, il y a toujours un temps pour apprendre ! Vous allez voir, ça fouette le sang !

Il entoura Tara d'un bras amical et l'entraîna vers son vaisseau.

Il était temps. Les démons avaient fait décoller leurs sortes de voitures et on entendait du bruit qui se rapprochait. Ils montèrent tous en hâte dans le petit vaisseau qui réactiva son invisibilité et décolla rapidement.

— Comment avez-vous fait pour nous retrouver ? demanda Tara, méfiante, une fois qu'ils furent installés dans le petit salon doré. Nous n'avions pas activé le vocodeur pour vous appeler...

— J'ai mis un petit traceur dans le vocodeur, juste au cas où, répondit le capitaine sans la moindre gêne. Et quand j'ai compris que ce misérable voleur m'avait piqué mon miel de xel, j'ai foncé pour le récupérer. Vous avez eu de la chance d'ailleurs, parce qu'avec l'alarme donnée sur toute la planète, vous introduire à bord d'une navette aurait été chaud de chez chaud, c'est moi qui vous le dis.

Il avait raison. Ils avaient de la chance. Tara s'en était rendu compte à plusieurs reprises. Et commençait à croire un peu plus à cette histoire de papillon du chaos[1].

Sauf que dans son cas, le papillon agitait des ailes et ses ennemis se trouvaient dans la bouse de traduc. Ça lui allait très bien comme ça, d'ailleurs.

Ce fut Robin qui se chargea du contrat avec le capitaine. Qui essaya de filouter Tara d'un demi-million de manières différentes que le demi-elfe, habitué à travailler avec sa mère, grande spécialiste des traités sur AutreMonde, déjoua sans difficulté. Le résultat, c'est qu'à la fin, le capitaine haïssait nettement plus Robin que Cal. Ce qui allait très bien au Voleur qui essayait de se faire oublier.

Ils n'avaient rencontré qu'un seul autre membre de l'équipage du capitaine lors de leur voyage, Sasha, la grosse fille musclée qui s'occupait des moteurs. Ils rencontrèrent les autres à l'occasion de leur premier briefing sur « Comment aborder un navire, le dépouiller et filer vite fait avec la cargaison ». Lorsque Tara fit poliment remarquer au capitaine qu'elle n'avait pas l'intention de « filer avec la cargaison » vu qu'elle avait besoin de la navette, celui-ci lui répondit qu'il fallait qu'elle apprenne d'abord comment aborder sans se faire tuer et qu'une fois que ce serait fait, on verrait pour la suite.

Bon, cela dit, ils n'avaient pas vraiment l'intention de les faire aborder la navette. Ça, c'était le travail de son équipage. Tara et les autres seraient transférés après... ou si, pour une raison ou une autre, les choses tournaient horriblement mal, on ferait appel à elle pour les aider.

Cal grimaça lorsque le capitaine leur exposa son plan. Apparemment, le pirate n'avait aucune idée de la puissance de Tara et du fait qu'elle avait beaucoup de mal à contrôler ladite puissance. Dans un environnement planétaire, ce

---

1. Théorie assez intéressante, disant qu'il suffit qu'un papillon batte des ailes quelque part pour entraîner toute une série de cause à effet qui finit par provoquer une épouvantable tempête.

P.-S. des générations de paysans en colère ont cherché et cherchent toujours le foutu papillon qui a déclenché la tempête qui a ruiné leurs cultures...

n'était pas si grave. Dans l'espace, la moindre erreur leur serait fatale.

À propos d'équipage, c'était une assez belle collection de truands. Tara se disait que, pour une fois, l'habit faisait vraiment le moine. À aucun des types bosselés de muscles, le front bas et l'air féroce, elle n'aurait accordé un gramme de confiance.

Mais ça, pour être costauds, ils étaient costauds. Et pour porter les armures blindées qu'ils utilisaient pour razzier les vaisseaux, il fallait être fichtrement solide. Une fois que l'exosquelette était activé, ça allait. L'armure ne pesait presque plus rien, mais c'était très compliqué de bouger avec, parce que tout était démultiplié. Comme s'ils étaient soudain devenus des surhommes balourds et maladroits, mais avec une énorme puissance de feu.

Moineau et Fabrice résolurent le problème en se transformant en Bête et en Loup. Fafnir, elle, endossa l'armure comme si c'était une seconde peau et ce fut également celle qui en comprit l'utilisation le plus rapidement, à sa grande satisfaction.

Elle détestait la magie, mais la technologie, ça, c'était utile. Au point qu'elle proposa au capitaine de lui racheter les armures lorsqu'il n'en aurait plus besoin, pour les utiliser dans les mines où elles pourraient protéger les nains contre les éboulements, mais également décupler leurs forces.

Après la troisième fois où Tara, Cal et Robin s'effondrèrent sous le poids de l'armure et ne parvinrent pas à se déplacer correctement avec, Tara en eut assez et, utilisant la magie de la Pierre Vivante, les transforma en vampyrs buveurs de sang. Dès lors, ce fut nettement plus facile, d'autant que Tara avait mis triple dose, les transformant tous les trois en géants.

C'était la première fois que Robin se transformait de cette façon et, alors que Cal détestait ça profondément, le demi-elfe adora.

— Waouh, fit-il, ses yeux de cristal d'un rouge flamboyant, ses cheveux argenté d'un blanc cru, mais c'est génial ! J'ai l'impression que je peux croquer le monde entier.

Les flibustiers qui les traitaient tous comme de pathétiques et faibles clients se raidirent lorsque le regard du vampyr géant se posa sur leur cou avec insistance. Et plus d'un posa la main sur son ou ses pistolets, histoire de se rassurer, ce qui fit éclater de rire Robin.

Qui soudain, sans crier gare, s'empara de Tara et l'embrassa fougueusement sur la bouche.

— Ah, fit-il en la lâchant avant qu'elle n'ait eu le temps de comprendre ce qui se passait, ça fait un bon bout de temps que j'en avais envie !

Il y eut un mouvement flou et soudain, sans bien savoir comment, Robin se retrouva plaqué au mur par un Cal fou de rage.

— Écoute-moi bien, Robin, Tara et moi sommes ensemble. C'est compris ? Si tu t'approches d'elle, si tu la touches, je te tuerai. Je ne plaisante pas. Cela ne m'amuse plus tout ça. Et tu sais très bien que je le ferai sans hésiter, même si Tara en éprouvera sans doute beaucoup de chagrin. Est-ce que c'est clair ?

Robin regarda Tara, mais la jeune fille, tout aussi furieuse, le fixait froidement de ses yeux rouges. Il avait mal choisi son moment. Lorsqu'elle devenait vampyr, Tara voyait ses émotions se transformer. Et là, si Cal tuait Robin, elle serait contrariée, mais ne l'en empêcherait pas forcément.

Le demi-elfe se dégagea. Il était plus fort que Cal sous sa forme elfe et donc cette différence se retrouvait aussi dans sa forme vampyr. D'autant que Cal, tout à sa rage, ne l'avait pas totalement immobilisé ni paralysé avec l'une de ses prises dont il avait le secret. Maussade, Robin les fixa, puis croisa les bras lui aussi, sans rien dire.

— Robin, fit Fabrice en se retransformant parce qu'il n'aimait pas parler avec une gueule de loup (ce n'était pas super pratique), ce n'est pas vraiment le moment de mettre le brolk entre nous, tu ne crois pas ?

— Je voulais embrasser Tara une dernière fois, parce que je pense que cette fois-ci, comme dit si bien Cal, c'est vraiment une OMOVTM, répondit Robin avec un mauvais sourire. Et que, sous ma forme de demi-elfe, j'ai tellement peur de la perdre à tout jamais que je n'aurais jamais osé.

— C'est idiot, fit doucement Moineau, tu l'as déjà perdue.

— Tu as bien changé d'avis, toi, pour Fabrice, répliqua Robin, des éclairs de colère dans les yeux. Vous vous êtes remis ensemble ! Vous, les filles, vous changez d'avis tout le temps ! D'ailleurs, je sais que chez les nonsos, il y a plein de problèmes, parce que les garçons ne savent plus quand une fille dit non, si c'est vraiment non, ou si c'est non mais oui !

On sentait qu'il était exaspéré.

— Mais moi, je ne suis pas tombée amoureuse d'un autre ! répondit franchement Moineau. Si cela avait été le cas, jamais Fabrice n'aurait pu me reconquérir.

Fabrice hocha la tête avec conviction. Il avait une conscience aiguë de la chance qu'il avait eue de ne pas perdre Moineau avec toutes les imbécillités qu'il avait faites… dont la moindre avait été de s'allier à Magister et de se faire infecter par de la magie démoniaque afin d'avoir plus de pouvoir…

Robin regarda Tara avec désespoir.

— Mais moi je t'aime toujours ! Je t'aime à en mourir ! Au point de t'accompagner dans cette quête insensée !

Tara se raidit. Et choisit de ne pas répondre à sa déclaration en posant une question :

— Tu ne crois pas que nous allons réussir ?

Cette fois-ci, Robin n'essaya pas d'épargner la fierté de Tara.

— Non. Peut-être que dans les films ça se passe comme ça. Mais dans la vraie vie, on ne met pas de faux gardes dans les palais avec consigne de ne pas regarder passer les espions et de ne pas les capturer ou les tuer histoire que la caméra puisse faire un beau travelling sur la confrontation finale avec le méchant. Imagine, Tara, que des démons essayent de faire ce que tu veux faire avec l'Impératrice Lisbeth ? Xandiar les aurait attrapés et commencé à les torturer avant même qu'ils aient franchi le premier cercle du Palais. Franchement ? Tu crois que tu vas pouvoir approcher si facilement le roi des démons ? Qui a lancé une vaste offensive contre nous ? A commencé à prélever des âmes et n'a été arrêté que par ton pire ennemi ? Tu veux attaquer une navette spatiale ? Descendre jusqu'au Palais et parler avec Archange ? Tu ne vas pas y arriver. Je suis venu avec toi parce que tu vas mourir, Tara. Et que, comme je ne peux pas t'avoir, alors, je veux mourir avec toi, pire, je veux mourir pour toi.

Stupéfaits, ils regardèrent tous le demi-elfe vampyr qui les dévisageait avec arrogance. Il pensait sincèrement tout ce qu'il venait de dire.

— Waouh ! finit par soupirer Fafnir, c'était plutôt joli comme déclaration. Il faudra que je dise ça à Sylver si un jour on est vraiment dans la bouse de traduc à ce point.

Cal mit de côté la terrible colère qui le poussait à attaquer Robin à la gorge, toutes canines dehors. Il contempla ses doigts avec nonchalance, puis se mit à jouer avec ses poignards.

— Tu sais, Robin, je suis assez vexé, dit-il. Tu oublies sans cesse que Tara n'est pas seule. Elle a le plus Grrrrand Voleur de tous les temps (il s'inclina avec grâce) à ses côtés, Voleur qui s'est introduit dans plus de Palais outrageusement gardés que n'importe qui d'autre ici. D'accord, pour l'abordage d'une navette, je concède que je ne suis pas le plus qualifié. En revanche, pour ce qui est de nous introduire dans le Palais d'Archange, une fois que j'aurai observé leur système de sécurité, ça, oui, je sais faire. Ensuite, pour nous en sortir, nous avons ces petits gadgets (il montra son poignet) qui nous permettent de nous délocaliser sans utiliser de magie et donc de remonter à bord de ce vaisseau qui croisera en dehors de l'atmosphère. Si nous n'avons pas besoin de tuer qui que ce soit sur place, juste de neutraliser des gardes et de repartir après avoir « discuté » avec Archange, moi, j'estime nos chances de réussite à deux sur cinq.

Il surprit le regard noir de Fabrice.

— Eh, je ne suis pas infaillible non plus. C'est quand même super risqué !

— Quel gadget qui n'utilise pas la magie ? demanda le capitaine, soudain très intéressé.

Ils lui expliquèrent ce dont il s'agissait. Le capitaine fut extrêmement sceptique, jusqu'au moment où ils firent des essais dans l'espace avec le gadget des fourmis. À la grande satisfaction des flibustiers, il apparut que le gadget décomposait les atomes en une onde qui pénétrait absolument n'importe quoi et, en bout de course, les rematérialisait comme ils étaient au départ. C'était une prouesse technologique inouïe.

Le capitaine, les yeux luisants d'exultation, demanda à Tara de lui donner l'un des gadgets, une fois la mission terminée.

Tara répondit gentiment que ce n'était pas possible. Elle aussi voyait très bien toutes les utilisations potentielles du petit objet. Et sentait que lors du transport, certains d'entre eux seraient malencontreusement « égarés » de temps en temps par le capitaine. Du coup, elle se posta un mémo mental pour se souvenir de prévenir les gardes de l'Empire de bien vérifier les cargaisons, pièce par pièce.

Mais cette fois-ci, le capitaine refusa d'en démordre. Il voulait bien se planquer aux abords de la planète, il voulait bien attendre les sortceliers, mais hors de question qu'il le fasse juste pour le juteux contrat uniquement. Il voulait l'un des transmetteurs en plus, point barre.

Tara finit par céder. De toute façon, si les choses se passaient comme elle l'espérait, ces gadgets seraient bientôt sur le marché en vente libre et toute l'astuce des fourmis serait de créer des matériaux capables de résister à cette onde étrange.

Tara avait essayé de comprendre ce que lui avait expliqué la reine, qui avait parlé de bosons, de hicks et de quark qui n'allaient pas en ligne droite et pouvaient faire un petit aller-retour dans l'espace faire le tour des lunes et revenir pour terminer là où on avait besoin d'eux. C'était suffisamment étrange pour que Tara regrette sincèrement que Stephen Hawking[1] ne soit pas avec elle pour décrypter ce qu'elle lui avait dit.

Quoi qu'il en fût, ça fonctionnait.

Ils étaient à peu près sûrs de se rematérialiser exactement où ils voulaient.

Ils étudièrent les rapports qui avaient été donnés sur le champ qui protégeait la planète Boulimi-Lemi. Il s'arrêtait à trois cents kilomètres d'altitude, là où se trouvait la station spatiale où s'arrimaient les navettes. Ensuite, pour descendre, une sorte d'ascenseur géant arrivait en ville. Cal frissonna. Il n'aimait pas spécialement être enfermé dans une boîte de métal qui traversait l'atmosphère de la planète comme un couteau géant dans une motte de beurre. Ce serait là, à proximité de la station, que le contrebandier se posterait, afin de les récupérer si les choses tournaient mal. Ou même si elles tournaient bien, comme le fit remarquer sèchement Fabrice. Qui n'avait pas du tout aimé les statistiques de Cal.

1. Astrophysicien paralysé dont le QI doit avoisiner les 200 et dont j'ai lu deux des livres, dont j'ai compris à peu près une page sur six, ce qui paraît-il est déjà un énorme exploit. P.-S. : M'enfin bon, ce n'étaient pas les pages où il y avait les chiffres et les diagrammes hein...

Il avait envie de prendre Robin et de le secouer. Le demi-elfe allait leur porter la poisse avec son négativisme.

Ils se plièrent tous de bonne grâce à l'entraînement. Une fois qu'ils eurent compris comment les armures fonctionnaient, ce ne fut pas si compliqué.

Puis, comme des loups en embuscade, ils se postèrent derrière une petite planète sèche et déserte et attendirent que leur proie passe à proximité.

Les six planètes ne s'étaient pas beaucoup éloignées les unes des autres. Il ne fallait donc que quelques heures aux différents vaisseaux pour se rendre d'un monde démoniaque à l'autre. Comme la situation politique n'était pas encore très claire entre les humains, les dragons et les démons, le trafic entre les planètes n'était pas très fourni. Mais ils savaient qu'une navette allait décoller rapidement, puisque les jeunes démons qui avaient agressé la fourmi avaient été embarqués dans celle-ci.

Effectivement, deux heures plus tard, la navette décollait.

Ils l'étudièrent attentivement. C'était une sorte de grosse méduse aplatie de métal sombre, très loin de l'image que Tara avait des fins vaisseaux des films terriens. Elle ne paraissait pas posséder d'armes, mais depuis qu'ils avaient vu les ravages causés par les rayons dévoreurs d'âmes, ils étaient prudents. Ils allaient attaquer non seulement par surprise, mais surtout, vite et fort, histoire que personne n'ait le temps ou même l'idée de leur tirer dessus.

— Donc, pas de sommation, fit Fabrice que cela semblait troubler.

— Non ! répondit sèchement le capitaine. Nous leur tombons dessus grâce à vos gadgets, nous pénétrons dans la cabine de pilotage qui se trouve ici, on neutralise l'équipage et ensuite on fonce vers Boulimi-Lemi. Avec nos brouilleurs, ils ne pourront pas envoyer de message, ça devrait bien se passer de ce côté-là. Personne ne saura que vous les avez neutralisés. Et puis vous avez la jeune Sanhexia avec vous.

Il les observa un instant, puis fit une grimace ennuyée.

— Le seul truc, c'est que vos portraits ont été diffusés partout. Donc, il va falloir faire profil bas, vous redéguiser au maximum.

Tara et les autres opinèrent. Ils avaient déjà prévu de se transformer, évidemment.

— Une partie de mon équipage va piloter la navette et l'arrimer à la station, le temps de vous laisser sortir tous les six. Pendant que nous on gardera les autres, on la fera redécoller. C'est ce qu'elles font toutes, des rotations. Une fois que la mission sera terminée et qu'on aura filé, on relâchera les prisonniers.

Les préparatifs furent rapides. Ils donnèrent leurs quatre transmetteurs aux pirates chargés de s'emparer de la navette. A priori, cela n'allait pas prendre beaucoup de temps, parce que personne ne pouvait imaginer être attaqué au milieu de l'espace.

Puis ils se mirent en position.

Et l'attente commença.

Et, coincée dans son armure, Tara se rendit compte avec regret qu'elle ne pouvait ni se ronger les ongles ni machouiller sa mèche blanche...

La navette des démons fonçait vers Boulimi-Lemi.

Les deux pilotes étaient de jeunes humanoïdes. Les grands Anciens refusaient ces tâches quotidiennes qu'ils trouvaient dégradantes et les jeunes démons les comprenaient tout à fait. C'était comme de s'occuper d'un gros bus. C'était lent, ça transportait des gens sans intérêt et n'apportait aucune chance de promotion fulgurante.

Aussi, alors qu'ils bâillaient à moitié en regardant distraitement l'espace devant eux, furent-ils totalement stupéfaits de voir soudain surgir de nulle part un vaisseau doré qui leur tira dessus.

L'un d'eux, un petit brun aux yeux dorés, désactiva le pilotage automatique en catastrophe et stoppa net la navette, pendant que l'autre hurlait sur tous les canaux pour prévenir qu'ils étaient attaqués.

Sauf qu'à part des crachotements répétés, rien ne passait.

— Des brouilleurs ! hurla le second, un blond cendré aux cheveux longs, totalement paniqué. Ils ont des brouilleurs !

Vu l'aspect du vaisseau et le fait que des dizaines de canons étaient braqués sur eux, ils n'avaient aucun doute sur le fait que leur mystérieux agresseur pouvait les désintégrer en deux secondes.

Et ce, d'autant que la navette n'était armée que d'un micro-canon à particules, uniquement destiné à désintégrer les astéroïdes errants s'ils menaçaient le vaisseau. Mais hélas, leurs assaillants n'étaient pas idiots. Après leur coup de semonce, ils s'étaient placés au-dessus de la navette et hors de sa portée.

Les écrans se brouillèrent, puis des zébrures apparurent. Visiblement, les assaillants tentaient de les contacter. Fébrile, le brun tourna les boutons jusqu'à récupérer la fréquence sur laquelle les autres émettaient.

Il déglutit en voyant qui apparaissait sur l'écran.

Des humains. Ils étaient attaqués par des humains. Cela dit, à tout prendre, c'était mieux que par des dragons.

— Comment osez-vous !... bafouilla-t-il.

— La ferme ! le coupa le pirate. Nous prenons cette navette. Préparez-vous à l'accostage... dans trois, deux, un... maintenant.

Stupéfaits, ils virent une onde lumineuse partir du vaisseau et l'instant d'après quatre voix froides s'élevaient dans leur dos, les faisant violemment sursauter.

— OK, les p'tits gars. Les mains bien en vue, on ne touche à rien et on ne fait pas de bêtises. Vous seriez les seuls à le regretter. Pendant un très court instant.

Ils se retournèrent et contemplèrent, bouche bée, les humains monstrueux en combinaison de combat et casque opaque qui venaient de faire irruption dans leur cabine de pilotage.

— Mais... mais... mais..., balbutia le blond.

— Mééééé... méééé... méééé, s'amusa cruellement une voix féminine, on dirait un petit bééé, vous ne trouvez pas les gars ? (Elle actionna un communicateur et continua :) OK, capitaine, on est prêts à réceptionner les civils. Vous pouvez vous arrimer.

Puis elle baissa les yeux vers les pilotes toujours assis et toujours stupéfaits.

— Les gars, on va ouvrir le sas dès que notre vaisseau sera arrimé. Alors moi, à votre place, je dirais à vos gentils passagers de ne pas bouger, sinon ils vont avoir une très très mauvaise surprise, c'est compris ? Et pas d'entourloupe.

Elle s'adressa au démon brun.

— Toi ! Fais une annonce. Tu dis juste que tu avais envoyé un message parce qu'il y avait un petit problème sur l'un des moteurs et que les secours viennent d'arriver pour le régler. Que le vaisseau réparateur va accoster maintenant. Mais que la réparation ne va durer que quelques minutes, alors qu'ils ne seront pas vraiment très en retard, que tu vas rattraper en accélérant un peu, comme ça, ils n'appelleront pas leurs familles ou leurs copains pour leur dire qu'ils seront en retard et donc ne se rendront pas compte que nous avons brouillé les communication.

Comprenant que les humains avaient pensé à tout, y compris aux réactions logiques que pouvaient avoir les démons, le pilote brun obéit en tremblotant. Son annonce ne provoqua aucune réaction, comme ils purent le voir sur les écrans de contrôle. Les démons ne se doutaient de rien.

— Parfait. Combien de gars vous transportez aujourd'hui ?

— Quatorze, répondit le Blond.

La femme le frappa d'un revers de sa main d'acier. Il vola à l'autre bout de la cabine et s'écroula, inconscient, en sang.

— Je n'ai pas besoin de vous, fit très calmement la femme, dans un silence de mort. Je peux vous tuer tous les deux, là, maintenant, ça ne me fera ni chaud ni froid. Je sais lorsque quelqu'un me ment. Je le sens dans mes tripes. Alors la prochaine fois que vous essayez, je tue l'un d'entre vous, c'est clair ?

Le brun déglutit et lui tendit une plaquette qu'elle activa. Devant elle s'afficha une liste de noms. Une vingtaine de noms.

— Slurk, fit-elle, ils sont plus nombreux que ce que je pensais. Et je me méfie de la force de ces démons. OK, mon gars, voici ce que tu vas faire.

Elle lui tendit un petit cylindre noir en lui donnant ses ordres et le démon brun comprit qu'il n'avait pas d'autre choix que d'obéir. Parce qu'il avait bien senti à quel point ces humains se fichaient éperdument de les garder en vie ou pas.

Les systèmes d'air des deux parties de la navette étaient indépendants. Les démons, qui se demandaient ce qui se passait, mais n'étaient pas vraiment inquiets, incapables d'imaginer qu'on puisse les attaquer, sentirent une odeur bizarre, puis plus rien.

Lorsque Tara et ses amis débarquèrent de leur vaisseau sur la navette, la jeune fille fut prise d'un hoquet d'horreur.

La navette était emplie de cadavres.

Chapitre 30

La navette

Ou comment s'emparer d'un truc volumineux dont on n'a aucune idée de ce qu'on va en faire après.

Tara allait hurler lorsque l'un des cadavres se mit à ronfler et, au bord de l'hystérie, elle comprit que les pirates avaient endormi tout le monde.

— Par les entrailles de Bendruc le Hideux, murmura Cal dans le communicateur, j'ai cru qu'ils étaient tous morts !

Une voix railleuse éclata de rire. Apparemment, le communicateur transmettait dans toutes les armures.

— On a hésité. Après tout, moins on a de témoins, mieux c'est. Mais on s'est approvisionné en gaz soporifique auprès d'un des hôpitaux des démons de Xephrodie lors de l'un de nos voyages, histoire d'avoir de quoi les endormir au cas où. Z'avez du bol, si on avait trouvé du gaz empoisonné, on n'aurait pas hésité…

Tara remercia silencieusement la prévoyance des pirates. Tout allait être bien plus facile s'ils n'avaient personne pour les trahir.

Le pilote brun était totalement terrorisé. La façon dont Sasha avait puni le pilote blond en l'envoyant se fracasser le crâne sur la paroi du vaisseau l'avait définitivement convaincu de ne pas jouer aux héros. Le pilote blessé fut emporté dans la partie de la navette baignant dans le gaz soporifique et passa d'un semi-coma à un profond sommeil. Tous avaient gardé leurs armures, dont les casques avaient été opacifiés. Ils ne voulaient pas qu'on les reconnaisse.

Sous bonne escorte, ils remirent en marche la navette qui s'élança de nouveau vers Boulimi-Lemi. Le pilote brun réenclencha le pilote automatique.

Ils lui demandèrent de leur montrer comment s'amarrer. Le pilote pensa bien leur donner de fausses indications, mais la pirate femelle, celle qui avait failli tuer l'autre pilote, semblait vraiment avoir un sixième sens pour détecter les mensonges. La première fois qu'il essaya, il se prit une tape derrière la tête qui lui fit venir les larmes aux yeux. La seconde, elle lui écrasa la main, lui cassant deux doigts.

Il n'y eut pas de troisième fois. Il n'était qu'un petit pilote de navette. Il n'avait pas été formé pour autre chose. Il n'était pas un héros. Lui, ce qu'il voulait, c'était sortir vivant de cet horrible cauchemar.

Il leur donna tout. Contrairement à ce que les humains, visiblement très paranoïaques, pensaient, ils n'avaient pas de codes ou de mots spéciaux. Le pilote automatique arrimait la navette toute seule sans l'aide des pilotes vivants, les navettes étaient suffisamment nombreuses et les pilotes changeaient suffisamment souvent pour que les aiguilleurs ne fassent pas particulièrement attention. Mais par prudence, Sasha exigea les noms et les caractéristiques de tous les gens avec qui ils étaient susceptibles de parler.

Ils désenclenchèrent les brouilleurs. Il y avait peu de chances que les démons essayent de contacter la navette, mais on ne savait jamais. Cependant, à aucun moment, le pilote n'eut l'occasion d'activer le communicateur. D'une part parce qu'il savait que Sasha le descendrait immédiatement, d'autre part parce qu'ils lui avaient retiré son casque et que, pour accéder autrement au communicateur, il fallait qu'il passe par sa comconsole, qui était sous leur contrôle.

Une fois qu'ils eurent tous les renseignements dont ils avaient besoin, ils le firent passer dans l'autre compartiment, à son grand soulagement. Il serait endormi, alors quoi qu'il arrive, il ne le saurait jamais.

Avant de les laisser l'endormir, cependant, il leur fit désactiver ce qu'ils prirent pour un détecteur de fumée.

Mais c'était bien autre chose.

Un mangeur d'âmes. C'est ainsi que le pilote, frissonnant, le désigna. Il y en avait sur toutes les navettes, ainsi, en cas d'accident, leurs âmes étaient collectées et réutilisées pour la magie démoniaque.

Qu'il leur fasse desceller l'objet, puis l'écrase rageusement du talon jusqu'à en faire de la bouillie électronique, montrait à quel point les démons avaient peur de se retrouver emprisonnés dans le fer empoisonné. Tara nota la réaction avec beaucoup d'intérêt.

Puis le pilote retira le masque à gaz qu'ils lui avaient prêté et aspira une grande bouffée d'air soporifique, avant de s'endormir, un pauvre sourire crispé aux lèvres.

Les pirates gardèrent tous leurs combinaisons pour l'instant. Afin de ne pas distraire les pilotes, les communications ne se faisaient pas en visio mais en audio. Ils n'avaient donc pas besoin des deux démons, ce qui les arrangeait bien.

Tara et ses amis, eux, se changèrent, retirant leurs armures avant de reprendre leur forme normale. Ils allaient traverser la navette avec des masques, qu'ils retireraient avant de sortir. Puis ils transformèrent autant que possible leur apparence. Grâce à la magie démoniaque, Tara redevint brune, cette fois-ci Moineau teignit ses cheveux et sa peau dans un beau noir bleuté, Fabrice changea, à grand renfort de soupirs et de gémissements, la forme de son visage, grâce à son don de loup-garou, et Cal et Robin devinrent blonds aux yeux noirs, tandis que des tampons dans la bouche modifiaient et leur visage et leur diction.

Ainsi, ils ne ressemblaient plus du tout à leurs portraits. Fafnir ne changea rien, puisqu'elle était décrite comme une naine. Elle conserva donc sa taille de géante, mais laissa Moineau lui teindre les cheveux en blond… après lui avoir fait jurer que non, cela n'abîmerait pas ses cheveux et que non, ils ne resteraient pas de cette couleur et que oui, elle lui rendrait son glorieux rouge dès que la mission serait terminée.

Cela fit rire Tara et Cal. Ils n'avaient pas eu beaucoup l'occasion de rire depuis le début de cette aventure et leurs mémorables crises de fou rire leur manquaient. Après tout, lorsqu'on va vers une mort presque certaine, autant en rire, non ?

Le trajet fut bien trop court à leur goût.

Très vite, ils arrivèrent en vue de la planète Boulimi-Lemi qui roulait tranquillement dans l'espace, sous les rayons des deux soleils d'AutreMonde. Maintenant qu'elle avait l'occasion de l'observer de l'espace, Tara trouva que c'était une belle planète, colorée et pleine de vie.

L'accostage fut rapide. La navette était téléguidée à la fois par les ordinateurs de la station spatiale et par son pilote automatique. Personne ne leur parla, personne ne leur demanda rien. Tara comprit pourquoi lorsqu'elle se rendit compte que le trafic était bien plus intense que ce qu'elle pensait. Des centaines de navettes atterrissaient et redécollaient constamment et les contrôleurs avaient autre chose à faire qu'à tailler une petite bavette avec les pilotes, d'autant que la plupart étaient des machines.

La porte s'ouvrit et une odeur de métal chauffé et d'ozone envahit l'habitacle. Afin que Tara et ses amis puissent sortir par la porte centrale, ils avaient purgé l'atmosphère de la cabine de son gaz et l'avaient remplacé par de l'oxygène. Les démons ronflaient toujours, le capitaine leur avait assuré qu'ils dormiraient encore pendant au moins une journée. Ils ne risquaient rien de ce côté-là.

La curieuse écriture cunéiforme des démons flottait un peu partout, indiquant les aires de chargement. Celle qui descendait sur la planète était clairement mentionnée un peu partout. Tara avait cru, bêtement, qu'il n'y avait qu'un seul ascenseur. Mais en fait, il y en avait des dizaines qui montaient et descendaient sans cesse, franchissant les trois cents kilomètres en quelques minutes. Comme les cabines étaient très bien isolées, le pilote leur avait promis qu'ils ne sentiraient rien.

Des hôtesses les guidèrent poliment jusqu'aux ascenseurs. Une partie d'entre elles étaient humanoïde, une autre démone et une troisième machine. Mais tout autour d'eux, ils croisèrent les autres races que Tara ne connaissait pas encore.

Ils étaient craintifs. Ils évitaient les Boulimi-Lema comme la peste, levant des regards effrayés vers les avaleurs d'âmes qui scintillaient un peu partout dans les couloirs. Grands lémuriens aux yeux ronds, fourmis jaunes, sortes de limaces vertes géantes suintantes, effrits rouges, les races vaincues se pressaient dans la station en une foule compacte et animée, ce qui permit aux jeunes sortceliers de prendre place dans l'un des ascenseurs sans que personne se préoccupe d'eux.

— C'est un peu trop facile, murmura Robin, le visage crispé. Ils ne font aucun contrôle dans ce pays ?

— Tant mieux, répondit Tara. Moi, ça me va très bien comme ça !

La descente ne fut ni éprouvante ni brutale. En fait, ils ne sentirent quasiment rien. La technologie des Xephrodiennes était époustouflante. La porte se rouvrit sur un grand hall.

Ils venaient d'arriver sur Boulimi-Lemi.

Il était déjà tard et les soleils se couchaient. Partout, l'éclairage s'allumait, illuminant la ville qui entourait l'un des Palais du roi.

Dans les rues, des milliers de gens circulaient. Là encore, personne ne leur demanda rien. Les démons s'écartaient au passage des humanoïdes, prudents, car ils ne savaient pas qui était l'un des rejetons du roi ou pas. Et Sanhexia, avec son allure et sa façon de bouger, était comme un panneau vivant où il y aurait marqué « danger, surtout ne pas approcher ». Eleanora s'amusait beaucoup.

— Ah, fit-elle avec satisfaction, Sanhexia vient de laisser échapper une pensée. Elle dit qu'il y a des audiences publiques avec le Juge. De fait, le Palais est ouvert tard. Nous allons pouvoir entrer. Je vais prétendre que j'ai besoin de le voir pour un conseil.

Fafnir fronça les sourcils.

— Tu veux dire qu'on peut pénétrer dans le Palais juste en disant qu'on veut voir le Juge ?

— Apparemment, oui. Sanhexia dit qu'à part la Faction Bleue qui a essayé de tuer Vash il y a longtemps, aucun des peuples n'a eu le courage de se dresser contre les Boulimi-Lema. Donc, leur garde est réduite au minimum. Ils préfèrent conserver leurs soldats pour les conquêtes, mais aussi pour contrôler les autres planètes. Ici, il y en a peu.

Tara hocha la tête. La ville n'avait pas beaucoup changé depuis leur passage. Les maisons s'étendaient tout autour du Palais en cercles concentriques et les pelouses vertes se succédaient jusqu'à un lac d'un bleu azur. Très joli, très idyllique. Et parfaitement artificiel. Bon, cela dit, elle préférait cela à l'horrible Palais rose et à la plaine sans couleur qu'elle avait découverts lors de sa première visite dans les Limbes, alors que la planète baignait encore dans les rayons des soleils noirs.

Sanhexia avait raison. Le cœur battant, ils franchirent l'entrée largement ouverte où deux gardes vêtus de noir semblaient s'ennuyer à mourir. Les yeux écarquillés, ils pénétrèrent dans le Palais. Un peu partout, des petits chats roses s'ébattaient, poursuivis par de jolies démones qui gloussaient. Plusieurs d'entre elles reconnurent Sanhexia et la saluèrent, provoquant chaque fois une crise cardiaque à Fabrice, mais elles ne firent pas plus que de la saluer ou de l'embrasser amicalement.

La salle du Juge était pleine. En fait, personne ne leur avait non plus demandé ce qu'ils faisaient là et pourquoi.

— Moi, si j'étais le chef de leur sécurité, grogna Robin, je remettrais ma démission tout de suite. Mais c'est quoi ce Palais où on entre comme dans un moulin ?

Cal soupira.

— Je me dis que si tous les palais étaient comme ça sur AutreMonde, ça faciliterait énormément mon travail, moi.

— En attendant, fit Moineau, moi, je suis très contente que la sécurité soit laxiste. Essayons de trouver un endroit où nous pourrons rester sans que personne vienne nous déranger.

— Et pourquoi pas dans la chambre de Sanhexia ? proposa Tara. Les filles l'ont saluée tout à l'heure, elles vont s'attendre à ce qu'elle aille chez elle pour se rafraîchir et se changer. Cela sera donc considéré comme tout à fait normal, non ?

Eleanora se mit à rire discrètement.

— Ah, Sanhexia dit que tu la connais un peu trop bien. Elle ne voulait pas que je sache où se trouve sa chambre, mais je le sais à présent. Suivez-moi.

Ils obéirent et, très vite, arrivèrent dans les parties plus privées du Palais. Cette fois-ci, des soldats plus attentifs montaient la garde devant les appartements royaux. Mais lorsqu'ils virent Sanhexia, ils s'écartèrent sans mot dire.

Triomphante, Eleanora passa devant eux, puis, quelques portes plus loin, entra dans une pièce.

Tara eut l'impression de pénétrer dans un bonbon rose, ou dans une barbe à papa. Partout, des fanfreluches, des nœuds, des tissus roses et dorés, à en avoir un peu mal au cœur.

Sanhexia prit son élan et atterrit sur un énorme lit en gloussant de plaisir, sous le regard incrédule de Fafnir.

— Dis donc, Eleanora, grogna la naine, je trouve que cette démone déteint sur toi. Et ne me dis pas que c'est elle qui est en train de glousser, là.

El éclata de rire et se retourna, les yeux brillants.

— Vous savez, je crois que j'ai commis une erreur.

— Ah bon, s'exclama Fabrice, alarmé, comment ça une erreur, tu crois qu'on est repérés ? Que...

— Houlà, non, calme-toi Fabrice, ricana Eleanora. Moi, El, le fantôme. Au lieu de profiter de la vie, j'ai traqué ceux qui m'ont tuée. Et maintenant, je me rends compte qu'en fait, je m'en fiche. J'aime beaucoup cohabiter avec Sanhexia. Et elle aussi. Elle dit qu'elle n'a jamais eu de copine aussi proche d'elle.

Elle s'étira et sourit.

— Je crois que cette possession est la meilleure chose qui nous soit jamais arrivée à toutes les deux. Et puis elle est puissante, sous son apparence fragile. C'est agréable d'avoir un corps aussi résistant.

Elle prit un air taquin.

— Je suis curieuse de savoir comment ça va être avec les beaux démons...

Fabrice s'étouffa et Cal leva les yeux au ciel.

— Bon, je vais faire monter de quoi manger. Normalement, tout ce qu'ils avalent nous convient et...

— Non ! fit fermement Tara. Je suis ravie que tu t'amuses et que tout cela t'éclate, mais je préfère qu'on fasse profil bas. Soyons le plus invisibles possible. On n'appelle pas le service d'étage et on reste sur le qui-vive jusqu'au moment où tout le monde dormira.

El fit la grimace, mais dut admettre que Tara avait raison.

À leur grande surprise, personne ne vint les déranger. Au point qu'ils durent lutter pour ne pas s'endormir, vu qu'à part rester en alerte, ils n'avaient rien à faire.

Les heures passèrent lentement. Grâce au système de caméras du Palais (il y avait quand même un minimum de surveillance), que tous les enfants du roi pouvaient consulter à volonté (d'après Sanhexia, c'était surtout pour savoir qui allait flirter avec qui), ils purent voir que l'activité diminuait lentement et que le Palais sombrait dans le sommeil.

À plusieurs reprises, ils avaient aperçu Archange, l'avaient suivi jusqu'à repérer exactement où il dormait. Bel avait raison. Le jeune démon avait bien laissé ses appartements à son père et conservé les siens.

Enfin, il fut l'heure d'agir.

Silencieusement, ils se faufilèrent jusqu'aux appartements d'Archange, sans rencontrer quiconque.

— Vraiment, souffla Robin, je persiste à dire que c'est beaucoup trop facile.

— Pareil, grogna Cal. Tout ceci n'est pas du tout normal.

— Chuuuut ! fit Tara. Prenons la chance comme elle vient. Allons-y.

Elle retrouva son apparence normale, histoire qu'Archange n'essaye pas de la tuer en ne la reconnaissant pas, et poussa fermement la porte qui n'était ni fermée ni, comme l'avait fait si justement remarquer Cal, gardée.

Ce qui était quand même un peu curieux, elle devait bien l'admettre.

Tara entra silencieusement. Elle pensait que la pièce serait plongée dans le noir complet, mais Archange n'aimait apparemment pas dormir dans l'obscurité, car des sortes de lampes diffusaient une lumière douce. Les fenêtres ouvertes donnaient sur la ville qui encerclait le Palais mobile. L'avantage, c'était qu'il pouvait se déplacer où il le désirait. Du coup, il avait fait pivoter le Palais afin d'avoir vue sur le magnifique parc et le grand lac bleu. Tara fit signe aux autres de tirer les lourds rideaux noirs. Inutile d'attirer l'attention d'un garde à l'extérieur.

Pour l'instant, ils avaient eu beaucoup de chance, autant que cela continue.

Tara s'approcha du lit, prudente.

Mais Archange dormait profondément, étendu sur le dos, son torse magnifique émergeant des draps bordeaux, ce qui soulignait encore la perfection de sa peau dorée. Tara eut un sourire de chat, puis monta délicatement sur le lit, s'assit sur le torse d'Archange et posa son poignard sur son cou.

Puis elle se mit en devoir de l'éveiller…

Chapitre 31

Archange

Ou comment se réveiller d'un rêve très agréable qui se transforme en cauchemar dans la réalité…

Archange était en train de dormir. Il rêvait que quelqu'un pesait sur sa poitrine, ce qui l'empêchait de respirer, mais bizarrement, la sensation était agréable.

Puis une voix murmura à son oreille en omoisien, ce qui était tout aussi curieux :

— Reveille-toi, Archange, réveille-toi !

Puis ajouta :

— Et surtout ne crie pas, sinon tu risques de le regretter à peu près autant que nous.

Ensommeillé, Archange ouvrit ses yeux de quatre verts différents et plongea dans les merveilleux yeux bleu marine de Tara Duncan.

Qui était assise sur lui, le chevauchant comme un cheval, les deux cuisses de chaque côté de son torse, son corps séparé du sien uniquement par le très mince drap qui le couvrait.

— Mmmhh, fit le démon encore endormi, j'adore ce rêve. Retire ces vêtements, beauté, et ce sera encore mieux.

Le rêve grogna. C'était suffisamment bizarre pour qu'Archange lutte contre le sommeil et essaye de comprendre ce qui se passait. Et la sensation d'un truc froid contre son cou l'y aida. Soudain extrêmement réveillé, il se rendit compte qu'effectivement il était bien chevauché par Tara, mais qu'elle n'avait pas l'intention de lui faire un câlin, vu qu'elle tenait un poignard particulièrement aiguisé contre sa gorge.

— Je ne vais pas retirer mes vêtements, sourit l'apparition. Et nous avons quelques questions à te poser.

Tara faisait comme si elle maîtrisait parfaitement la situation, mais sa première impulsion de grimper sur le lit afin de mieux contrôler Archange avec un poignard n'était pas si bonne que ça.

D'abord, parce qu'elle avait une conscience très aiguë du corps chaud du démon sous le sien. Ensuite, parce que pour éviter qu'il ne la désarçonne d'un coup de reins, elle enserrait ledit corps chaud de ses longues jambes et que l'effet était un peu trop agréable. Enfin parce que le regard de Cal sur Archange était tout sauf amical.

— Tara ? murmura Archange en clignant des yeux, stupéfait. Mais qu'est-ce que tu fais là ? Comment...

— Archange, crois-moi, le pourquoi du comment n'est pas d'actualité. Et comme je te l'ai dit, nous sommes ici pour te poser des questions. Tu as déclaré que tu n'étais pas responsable de l'attaque contre la Terre, alors qui est derrière tout cela ?

Ce n'était pas la question qui les intéressait, mais ils avaient convenu de commencer par quelque chose de moins important afin d'en venir après au vif du sujet. Archange voulut machinalement se redresser, mais les longues cuisses de Tara se resserrèrent et le poignard s'enfonça dans sa peau dorée. Il se détendit et se radossa à ses oreillers.

— Mmmhh, fit-il, j'ai connu des réveils plus désagréables que d'être chevauché par une jolie fille. Même si j'avoue que le poignard est une première. Alors, comme ça, tu préfères être au-dessus ?

Tara rougit violemment et se le reprocha.

— Je ne suis pas venue jouer avec toi, Archange. Ne pousse pas notre patience à bout.

Un sourire paresseux s'étira sur le beau visage aux traits classiques.

— Ah bon ? Tu ne veux pas jouer avec moi ? Quel dommage.

— Réponds à la question ! ordonna Cal que ce libertinage insupportait.

Archange ne le regarda même pas, ses yeux verts plongés dans ceux de Tara.

— Je veux bien répondre, répliqua-t-il.

Puis, alors que Tara, soulagée, allait le presser, il ajouta :

— Mais uniquement si Tara fait l'amour avec moi avant...

D'une main ferme, Fafnir retint Cal qui allait sauter sur Archange et s'approcha du lit.

— Ah, ah, ah, très drôle, petit démon, railla la naine géante. Tara ?

— Oui ?

— Pousse-toi.

Tara obéit tout en gardant soigneusement le contact avec le cou du démon. Et avant qu'Archange n'ait compris ce qu'elle voulait faire, Fafnir avait pris la place de Tara et le démon se retrouvait soudain broyé par un poids inattendu. Et des cuisses d'acier. Il aurait pu essayer de faire basculer Tara, mais avec Fafnir, là, il n'avait aucune chance.

— Ouuuffff, expira-t-il, l'air sortant soudain de ses poumons avec brutalité.

— Alors mon grand, fit malicieusement Fafnir, tandis que le lit ployait sous son poids ultra-dense et que sa hache remplaçait le poignard que rengaina Tara, tu veux aussi jouer avec moi ?

— Gnnnn, fit le démon en essayant de faire rentrer un peu d'air dans ses poumons.

— Oui, c'est bien ce que je pensais. Donc, on t'a posé une question.

Seul le silence lui répondit tandis que le visage du démon virait au cramoisi.

— Euh, fit Tara, je crois qu'il voudrait bien répondre, mais qu'il ne peut pas.

Fafnir sourit puis se souleva légèrement. Éperdu, Archange respira à grandes goulées.

Puis se tourna vers Tara et soupira :

— Est-ce que ça veut dire que tu ne feras pas l'amour avec moi pour avoir des réponses ?

Fafnir resserra ses cuisses et Archange se crispa, pendant que ses côtes craquaient.

— Ça va, ça va ! finit-il par dire, j'ai compris. Je prends ça pour un non. Dommage, tu ne sais pas ce que tu perds. Nous les démons nous sommes très bien m…

— Réponds ! ordonna Tara en rougissant de plus belle.

Il soupira… enfin, il tenta de soupirer et renonça très vite.

— C'est mon père, évidemment, qui a lancé cette attaque. Les anciens démons ont une politique radicalement différente de la nôtre. (Il eut un sourire amer.) Dans votre civilisation humaine, on dit que pour qu'un homme devienne un homme, il faut qu'il tue métaphoriquement son père. Ici, j'ai bien peur que si cela continue, ce soit mon père qui me tue…

Ils échangèrent des regards surpris.

— Ce n'est pas qu'il préfère Gabriel, précisa Archange. En fait, il suit nos deux politiques et prendra celle qui lui conviendra le mieux. Mais il reste ce vieux démon assoiffé de sang et le sera jusqu'à sa mort. Il ne comprend pas le concept de cohabitation pacifique. Il nous a créés comme une armée que vous auriez bien plus de mal à combattre que si nous ressemblions à des monstres. Il ne s'attendait pas à ce que la partie humaine qu'il a insérée dans nos gènes nous pousse à chercher une solution pacifique. Pour lui, Gabriel est plus proche de l'ancienne race que moi. Même si notre père accepte le fait que je sois plus malin que mon frère, cela lui convient si mon intelligence l'amène à ce qu'il désire : annexer toutes les races et en faire nos esclaves. Je pensais que j'allais arriver à le faire changer, mais c'était stupide de ma part. Je n'ai de roi que le titre, le vrai pouvoir, c'est lui qui le détient…

Personne ne dit rien, mais ils avaient tous la même pensée.

— Et non, fit Archange d'une voix lasse et triste, je ne le tuerai pas. Nous ne tuons pas nos pères, même s'ils sont exaspérants et font tout pour détruire leur propre race. Parce que je ne doute pas un instant que les Terriens vont faire absolument tout ce qui est en leur pouvoir pour se venger.

Soudain, son œil s'arrondit en voyant qui se tenait dans les ombres de la chambre.

— Sanhexia ? Mais qu'est-ce que tu fais là toi aussi ?

Eleanora ne révéla pas son secret, autant conserver tous les avantages possibles au cas où. Elle secoua sa tête blonde et lâcha :

— C'est une longue histoire. Ne pose pas de questions.

Il allait tout de même en poser, évidemment, mais Fafnir le fit revenir à la réalité en prenant ses aises. Archange gémit lorsque le poids de la géante reposa un peu plus sur ses malheureuses côtes.

— Mais alors, demanda la naine rousse, si ton père sait que les Terriens vont s'armer à vitesse grand V pour débarquer chez vous et se venger, pourquoi a-t-il fait tout cela ? Pourquoi avoir collecté leurs âmes juste avec quelques vaisseaux ?

Archange releva vivement la tête. Si vivement que Fafnir eut tout juste le temps d'éloigner sa hache de la jugulaire du démon.

— Vous voulez dire que vraiment, vous ne savez pas pourquoi ?

Ils se regardèrent.

— On ne sait pas quoi ? demanda Moineau.

— Vous ne savez pas pour les âmes démoniaques ?

Là, il était en train de leur parler un langage qu'ils ne comprenaient pas. Tara se fit leur interprète.

— Écoute, Archange, il va falloir être un peu plus précis, là, parce que je suis perdue.

— Ouais, confirma Fafnir. Moi aussi, mon joli.

— Ah, fit Archange d'un ton singulièrement satisfait, j'avais raison ! Je savais que personne... enfin peut-être à part les dragons... ne pouvait faire quelque chose d'aussi monstrueux contre d'autres races, surtout d'autres races innocentes, vu que c'est d'abord arrivé sur Xephrodie.

Tara était en train de perdre patience, parce que le soliloque d'Archange les avait laissés loin derrière lui.

— Archange ! ordonna-t-elle, nous ne comprenons rien. Explique-nous de quoi tu parles, bon sang ! Nous n'avons pas que ça à faire !

Archange la regarda, touché dans son orgueil, puis perdit le combat. Il n'était pas de taille contre l'inflexible volonté de Tara. Il baissa ses magnifiques yeux verts et dit :

— Nous avons été attaqués.

Bien sûr, ils savaient de quoi il parlait, mais avaient décidé d'un commun accord de ne pas dévoiler ce qu'ils avaient appris sur Xephrodie. Plus les informations se recouperaient, plus ils seraient en mesure de dire si Archange était honnête avec eux ou pas.

Cal, qui aimait Archange de moins en moins, persifla, volontairement agressif :

— Dans votre univers où soi-disant il n'y avait que sept planètes possédant une vie consciente ? Je croyais que vous les aviez toutes conquises ? C'est celle qui manque qui vous a attaqués ? Vous l'avez détruite ?

Archange grimaça. Et tomba dans le piège.

— Non. Mon père a effectivement utilisé les âmes de cette planète afin de boucler notre programme de terraformation des nôtres. Cela n'a rien à voir. Et cette violente attaque venue de nulle part était la raison pour laquelle nous avons dû fuir notre univers.

— Mais alors, fit Moineau d'un air innocent, cette histoire de soleils au bord de l'explosion, c'était faux ?

— Pas exactement non plus. Effectivement, les soleils étaient en train de fluctuer, mais avec du temps, nous pensions pouvoir les stabiliser - même si nous avions prévu de nous enfuir de notre univers, grâce à la technologie de transfert des Xephrodiennes, au cas où nous n'y parvenions pas.

Leurs malheureuses victimes avaient sauvé leurs fesses oui, c'était tout ce que voyait Tara qui ne pouvait pas pardonner l'esclavage que les démons imposaient aux autres races.

Tout à ses souvenirs, le visage parfait du démon se plissa d'horreur.

— Et puis cette... cette *chose* a surgi de nulle part, une espèce de comète noire et brûlante, qui a attaqué la planète Xephrodie et... c'était incroyable, ça semblait... *pomper* la vie de la planète. Les plantes, les animaux, les insectes, tout disparaissait. La seule chose qui a sauvé Xephrodie, c'était que la *chose* n'était pas très rapide. Cela nous a permis de terminer notre installation et de transférer la planète dans votre univers, avec les autres.

— Une comète avaleuse de vie ? dit Cal du ton de celui qui n'en croit pas un mot, genre « et pourquoi pas un père Noël carnivore pendant qu'on y est ».

— Oui, répliqua fermement Archange. Une comète capable de se déplacer toute seule et qui a tué des millions de fourmis et des milliers de démons sur Xephrodie.

— Une comète, ce n'est qu'un bout de pierre en fusion. Il suffisait de la faire exploser non ? déclara fermement Fafnir, toujours en faveur d'une intervention musclée.

— Nous avons essayé, répondit Archange, jusqu'au moment où nous avons compris que nous ne pouvions pas la toucher et que, au contraire, elle absorbait absolument tout ce que nous lui envoyions. Aussi bien la magie démoniaque, qui semblait la nourrir, que les missiles ou les rayons. C'était effrayant. Un ennemi invincible.

Mince, pensa Fabrice avec ironie, et ils n'avaient pas de Cinquième Élément pour la détruire[1].

Archange releva ses yeux verts sur Tara.

— Nous avons perdu de nombreux vaisseaux contre cette chose. Mais les survivants ont cependant réussi à nous transmettre quelques relevés. Et c'était très étrange. Parce que la signature que nous avons détectée était celle d'objets démoniaques, confisqués par votre race il y a plus de cinq mille ans.

Tara sentit sa gorge se serrer. Une horrible prescience la saisit et elle eut envie de mettre la main sur l'appétissante bouche du démon pour l'empêcher de parler. Mais il continuait déjà :

— Deux objets en fait. L'épée de Grouig et l'anneau de Kraetovir.

Tara blêmit. Elle se souvenait très bien de la poubelle de Mourmur envoyant les deux objets en question prétendument dans l'espace profond, au milieu de nulle part, là où personne ne pourrait les trouver.

Et où, apparemment, quelque chose les avait pourtant récupérés.

Très doucement, Archange poursuivit :

— Alors, bien sûr, voici ce que nous avons pensé : que vous aviez créé une arme totalement destructrice, envoyée dans notre univers afin de nous annihiler, utilisant la soif de vengeance des âmes damnées pour retourner notre magie contre nous…

— C'est la raison pour laquelle vous avez tenté de vous emparer de la sphère de NA ? s'exclama Cal. Pas pour la déclencher chez nous en fait, mais pour détruire ce truc-là ?

— C'était ce que je voulais, oui, confirma Archange, mais mon frère Gabriel, lui, voulait l'utiliser afin de vous détruire

1. Film de Luc Besson, avec Bruce Willis, où le mot « green » est abondamment utilisé, ainsi que beaucoup d'hystérie, de bagarres et de négociations… musclées.

vous et de prendre votre univers, partant du principe qu'après tout, vous aviez rendu le nôtre inhabitable, avec ces esprits désirant se venger de nous...

— C'est vous qui avez commencé en les détruisant et en emprisonnant leurs âmes, protesta Moineau. Ne venez pas vous plaindre que les âmes viennent prendre leur revanche ensuite, j'aurais fait pareil à leur place !

Archange eut une expression incroyablement fatiguée sur le visage. En dépit de son extraordinaire résistance de démon, il devait supporter une pression considérable. Et ce, d'autant que son pacifisme ne trouvait pas d'écho parmi les anciens, pas plus qu'auprès du parti de son frère.

— Peu importe. Le résultat est là. Les âmes sont folles, vous le savez très bien. Elles ne veulent que vengeance et destruction. Nous avons tenté un Sparidam sur elles, mais cela n'a pas fonctionné. Elles sont solidement ancrées dans cette espèce de comète, comme si le fer et la pierre avaient fusionné, les protégeant de notre appel. Nous n'avons donc absolument aucun moyen de les obliger à nous obéir.

Tara avait la nausée.

Tout était sa faute !

En envoyant les objets démoniaques dans l'espace, elle avait déclenché l'apocalypse. Car elle savait bien qu'elle était l'unique responsable de cette catastrophe. Rien que d'imaginer toutes les reines et leurs sujets qui avaient péri, elle se sentait horriblement coupable. Mais cela lui avait semblé être une si bonne idée sur l'instant !

Archange vit la tête qu'elle faisait. Comme si elle allait se sentir mal. Il fronça les sourcils, le cœur battant plus vite soudain. Tara avait-elle quelque chose à voir avec ce cauchemar ?

La jeune fille déglutit et commença lentement, remontant au commencement :

— Lorsque je t'ai invoqué alors que j'allais mourir dans les prisons d'Omois, attaquée par ma tante possédée par le prototype de l'anneau de Kraetovir, tu as détruit le prototype en une seconde et récupéré les âmes démoniaques qu'il contenait encore, avoua-t-elle profondément désolée. J'ai réalisé que vous nous faisiez détruire les objets démoniaques afin de récupérer les âmes.

Archange garda le silence, mais ses lèvres se pincèrent. Oui, il se doutait bien que les humains allaient finir par se rendre compte qu'ils étaient en train de les manipuler.

— Qu'elles revenaient vers vous, comme si elles étaient assujetties. Lorsque Magister a failli détruire la Terre, trois objets avaient été placés sous l'océan, dans le temple où se trouvait le trône de Silur. La couronne, l'anneau et l'épée. La Reine Noire a détruit la couronne en s'emparant des âmes. Mais un savant et moi (elle évita de prononcer le nom de son parent par prudence) avons trouvé un moyen de… disons de neutraliser les objets, sans les détruire.

Elle planta résolument ses yeux bleu marine dans les yeux verts d'Archange.

— Nous avons envoyé les deux objets dans l'espace profond, loin de toute chaleur, de toute pression, à un endroit où nous pensions que personne, jamais, ne pourrait les trouver.

Archange hocha la tête. Il s'était bien douté que si les humains n'avaient pas créé ce monstre volontairement, c'était que quelque chose s'était produit de travers. Il venait d'en avoir la confirmation.

— C'est donc toi qui as déclenché tout cela ? Notre exil ? Et cette guerre ?

Tara, torturée, allait s'effondrer lorsque Cal intervint sèchement :

— Holà, elle a juste envoyé dans l'espace des trucs maléfiques et terriblement puissants, dont vous êtes les seuls et uniques créateurs. Où, apparemment, quelqu'un qui ne vous aime pas beaucoup les a trouvés et les a utilisés contre vous. Que ça se soit retourné contre vous n'est certainement pas sa faute ! Alors doucement sur les accusations, *roitelet.*

Archange, vexé par le terme, le foudroya du regard.

Mais le jeune roi avait pâli. Ils étaient persuadés que les humains, les dragons ou quelqu'un de cet univers étaient responsables de leurs problèmes. Sauf qu'ils n'avaient pas l'air d'être coupables.

Mais alors, qui avait transformé les âmes démoniaques en comète ? Quel était ce nouvel ennemi ?

Pire, était-ce l'un des peuples qu'ils pensaient sous leur coupe qui avait réussi cet exploit ? Il pouvait tout de suite éliminer les fourmis, elles avaient été frappées en premier. Mais les autres ? Tous les peuples qu'ils avaient conquis ou transformés avaient chèrement payé la perte de leur liberté.

Pendant qu'il s'inquiétait et reconsidérait tout ce qui s'était passé sous un nouveau jour, l'intervention de Cal avait permis à Tara de se ressaisir.

Les âmes dans son esprit lui soufflèrent quelque chose. Tara hésita. Ce qu'elle avait accompli était unique. Devait-elle révéler l'un de ses atouts majeurs à ce qui était, tout bien considéré, un ennemi mortel ?

Mais les âmes étaient catégoriques. Elles voulaient aider les âmes emprisonnées dans le fer empoisonné et dans la pierre brûlante de la comète. Ce n'était pas parce qu'elles attaquaient les démons et se nourrissaient d'eux qu'elles étaient libres.

— *Mais elles n'ont pas attaqué les démons,* fit remarquer silencieusement Tara. *Elles ont attaqué les fourmis qui n'y sont juste pour rien et sont aussi des victimes !*

Les âmes ne voulaient pas en démordre. Elles voulaient que Tara parle de ce qu'elle avait fait sur la lune.

— En dehors de mon père, vous et moi ne sommes pas ennemis, en dépit de tout ce que vous pouvez penser, insista alors Archange qui venait de comprendre qu'il devait absolument s'allier avec eux. Je ne vais pas vous arrêter ni vous dénoncer à mes gardes. (Il planta son regard dans le regard tout aussi vert de Fafnir.) Dame Fafnir, puis-je me lever ? Vous connaissez tout à présent. Nous devons travailler ensemble afin d'annihiler cette horrible menace, maintenant que nous savons que nous n'y sommes pour rien ni vous ni nous.

Fafnir hésita et consulta Cal du regard. Le Voleur hocha la tête. Il était capable de repérer les mensonges de loin et, même si son cynisme naturel le poussait à la paranoïa, il voyait bien que le démon était sincère.

Fafnir se dégagea, mais garda sa hache à la main. Au cas où le démon voudrait jouer au plus malin, il le ferait en étant séparé de sa tête. La naine étant excellente en lancer de hache…

Soulagé, Archange se leva. Il ne portait qu'un petit caleçon riquiqui et son corps superbe coupa un instant la respiration aux trois filles. Enfin, surtout à deux parce que Tara était bien trop occupée à discuter avec les âmes pour prêter attention au magnifique démon… ce que Cal interpréta à tort comme un total désintérêt de la part de sa petite copine, à son grand soulagement.

Cal savait qu'il était mignon, mais comme Robin ou Sylver – ce type-là boxait dans une autre catégorie. Heureusement que son estime de lui était inébranlable, parce que sinon jamais il n'aurait trouvé le courage de tomber amoureux de Tara, avec tous ces types somptueux dans les parages.

Machinalement, Archange tendit la main vers la sonnette qui lui permettait d'appeler ses domestiques, mais la hache de Fafnir suspendit son geste.

— Oh là, beau gosse ! fit la naine géante. Pas de ça. Et puis, moi, ça ne me gêne pas que tu restes à poil, tu es très bien comme ça.

— Dis donc, Fafnir, je croyais que tu étais amoureuse de Sylver ? fit Fabrice par pure solidarité masculine.

Fafnir rit, très amusée.

— Et d'un, ce n'est pas parce que je suis au régime que je ne peux pas regarder un plat appétissant et de deux, s'il reste à poil ou presque, il ne peut pas dissimuler d'armes sur lui.

Oui, évidemment, c'était un argument irréfutable. Moineau réprima un sourire tandis que Fabrice se renfrognait devant l'implacable logique de la naine.

Amusé lui aussi, en dépit de la situation inconfortable, Archange alla s'asseoir dans un fauteuil, la position mettant en valeur ses somptueux abdos.

— Bon, fit Tara. Pour résumer, par je ne sais pas trop quel miracle, les âmes démoniaques ont réussi à devenir une comète démoniaque qui vous traque afin de vous annihiler, c'est ça ?

— Oui, répondit sobrement Archange.

— Et vous n'avez aucun moyen de la détruire.

— Non.

C'est alors que Tara prononça une phrase qui fit sérieusement douter Archange de la santé mentale de la jeune fille.

— Et vous n'avez jamais pensé à lui parler ?

Il la regarda, bouche bée.

— Pardon ? fit-il, pensant avoir mal compris. Parler à qui ?
— À la comète... enfin aux âmes démoniaques.
Archange avait l'air tellement ahuri que Cal faillit éclater de rire avant de se souvenir qu'il fallait être discret.
— Leur... leur parler ? balbutia le démon. Comment ça, leur parler ?
— Comme ça, répondit Tara.
Elle porta la main à sa ceinture dorée et la posa devant elle sous le regard méfiant d'Archange. Et soudain celle-ci redevint le thorax de l'armure de Vrons.
Si Archange n'avait jamais vu l'armure, il en connaissait très bien les représentations illustrées. Il se leva d'un bond, le visage blême.
— L'armure de Vrons ! Tu portes l'armure de Vrons, mais... comment est-ce possible !
Il releva les yeux vers Tara, cherchant des signes de folie.
— Tu dois t'en débarrasser tout de suite, Tara ! Elle va te ronger, elle va te détruire !
— Mon prrrréciiiieuuux, siffla Fabrice.
Tara fronça les sourcils vers son ami. Ce n'était pas le moment de faire de l'humour.
— Non, répondit-elle fermement, parce que je leur ai parlé.
— Tu... tu as quoi ?
— Je leur ai parlé, répéta Tara. J'ai passé des heures, des jours devant elles, jusqu'à me faire entendre. Personne ne leur a jamais demandé leur avis, vous vous contentez de les utiliser comme des esclaves et nous nous contentons de les détruire. C'est injuste. Alors j'ai décidé d'essayer de les comprendre. Et avec l'aide de celles d'entre elles qui étaient encore un peu rationnelles, j'y suis arrivée. Nous portons tous des parties de l'armure. En fait, j'en portais sept, mais maintenant j'ai partagé avec mes amis et n'en ai gardé que deux.
Archange les regarda comme s'ils s'étaient soudain transformés en araignées géantes.
— Vous... vous quoi ? Vous avez partagé... que... quoi... comment ?
Tara perdit patience. Le cerveau d'Archange paraissait coagulé par la stupéfaction.
— Fabrice, dit-elle, montre-lui la lance.

Fabrice sortit docilement le stylo de sa poche. Qui sous le regard écarquillé d'Archange se transforma en énorme lance de fer noir sur lequel les âmes se découpaient, non pas hurlante de folie et de vengeance, mais paisibles et calmes.

— C'est... c'est impossible ! s'exclama Archange un peu trop fort. La... la lance de R'oar ! C'est impossible !

Les jambes coupées par la stupeur, il dut se rasseoir pour ne pas vaciller.

— Avec Tara, mon vieux, railla Cal, tu vas devoir bannir ce mot de ton vocabulaire, c'est un conseil. Et baisse d'un ton s'il te plaît, je n'ai pas envie que tes gardes viennent voir pourquoi tu parles tout seul.

Le jeune démon était passé de la stupéfaction à l'émerveillement.

— On peut communiquer avec les âmes ? Collaborer avec elles ?

Il observa attentivement les deux objets où, effectivement, les âmes ne se débattaient plus comme des forcenées.

— Oui, enfin *nous*, on peut, rectifia Tara, honnête. Parce que *vous*, comment te dire, vous êtes ceux qui les ont emprisonnées et les font souffrir depuis des millénaires, alors tout ce qu'elles veulent, c'est vous détruire. Un peu comme celles qui se trouvent dans la comète, en fait.

Archange se rembrunit.

— Mes ancêtres ont commis des actes monstrueux, mais je ne vais pas renier ma race, nous sommes ce que nous sommes. Leur magie nous a permis de...

— De nous combattre et d'essayer de nous manger, ouais, on sait, le coupa Fabrice. Depuis maintenant cinq mille ans. Et sans les dragons, nous ne serions pas là pour discuter. Toi non plus d'ailleurs, puisque les démons n'auraient pas eu besoin de créer des humanoïdes afin de nous séduire. (Il jeta un regard sévère vers Moineau qui s'efforçait de ne pas baver trop ostensiblement devant les abdos Photoshop d'Archange.) Donc oui, on peut collaborer avec elles et elles peuvent nous aider. Si nous arrivons à « parler » avec celles qui se trouvent dans la comète, peut-être que nous pourrons les convaincre de nous aider au lieu de nous attaquer... enfin, de vous attaquer vous. Nos savants travaillent sans relâche afin de trouver un moyen de les libérer du fer empoisonné dans lequel vous les avez emprisonnées... enfin, sans qu'elles reviennent automatiquement sous votre domination lorsque le fer est détruit.

Archange le regarda en clignant des yeux.

— Mais nous savons comment les libérer ! s'exclama-t-il.

Ils le regardèrent tous, incrédules.

— Les âmes avec qui je communique savent comment reproduire le processus, mais pas se libérer. Elles m'ont dit que vous aviez fait en sorte que ce soit impossible. Que même vous ne saviez pas comment faire.

Archange regarda l'armure d'un air quelque peu dédaigneux.

— Elles ont été emprisonnées il y a cinq mille ans, Tara ! En quelques milliers d'années, notre technologie a évolué, évidemment ! Au début, oui, nous ne savions pas... enfin, nous ne voulions pas savoir comment faire, puisque de toute façon, le but était de les utiliser pour faire de la magie et vous combattre. Puis la faction bleue, la faction pacifiste, a demandé à ce que des recherches soient mises en place afin de libérer les âmes prisonnières si nous le désirions.

— Par altruisme, railla Cal, ou parce que vous aviez peur que ne se produise exactement ce qui se passe aujourd'hui et que les âmes trouvent un moyen de se retourner contre vous ?

Archange n'aimait pas beaucoup le jeune Voleur, surtout que celui-ci mettait souvent le doigt sur les points sensibles. Il se contenta donc de le foudroyer de son regard vert, ce qui fit ricaner Cal.

— Bref, reprit Archange, nous pouvons les libérer sans les détruire et sans qu'elles nous restent inféodées. Je pense que cela change tout, non ? Si nous pouvons parler avec la comète...

Tara dévisagea le beau démon, qui, de fait, semblait soudain très content de lui. Les âmes dans sa tête hurlaient de joie, ce qui n'était pas facile facile pour se concentrer. Elle leur demanda de se calmer le temps qu'elle assimile ce qu'Archange venait de dire.

— Tu... tu veux dire que nous allons pouvoir leur proposer un échange ? Elles arrêtent de vous attaquer et vous les libérez ?

Archange éclata d'un rire sonore, ce qui fit se raidir Cal et Robin qui jetèrent un regard inquiet vers la porte. Le roi était un petit peu trop bruyant à leur goût. Il tourna vers Tara un sourire éclatant et dans ses yeux dansaient des éclats de joie.

— Ah, Tara ! tu es merveilleuse ! Nous étions presque totalement sans défense contre les âmes damnées, mais vous venez d'ouvrir de formidables perspectives ! Les plans de mon père n'auront plus lieu d'être, nous n'avons plus besoin d'attaquer les humains !

Ah, cela aussi faisait partie des questions qu'ils avaient à lui poser.

— À ce sujet, ce que je ne comprends pas, moi, déclara Fafnir, c'est pourquoi ton père a attaqué la Terre. Il a commencé à collecter des âmes pour nous combattre ?

— Non, répondit Archange, pour détruire la comète. Il pensait que la raison pour laquelle nous n'avions pas réussi, c'était parce que nous n'étions pas assez puissants. Alors il a envoyé les vaisseaux afin de collecter les âmes. Sans compter que nous étions formidablement en colère contre vous. Attaquer et dévaster la Terre était aussi un moyen de vous dire que nous n'allions pas nous laisser détruire sans nous battre... et que vous alliez le payer cher.

Personne ne dit rien et il finit par lâcher :

— Et s'il n'y avait pas plus de vaisseaux, cela n'a rien à voir avec le fait que sa faction est plus faible que la mienne, même si c'est la fable que j'ai dû vous servir afin que vous ne déclenchiez pas la guerre contre nous tout de suite. C'est tout simplement parce que nous n'en avons pas d'autres.

Ils le regardèrent. Et cette fois-ci, c'était leur tour d'être bouche bée.

— Comment ça, vous n'en avez pas d'autres ? s'étonna Moineau.

Archange garda le silence suffisamment longtemps pour qu'ils pensent qu'il n'allait pas répondre. Puis le jeune roi se décida.

— Nous avons d'autres vaisseaux, oui, bien sûr, mais de vaisseaux collecteurs, non. C'est une technologie vraiment très particulière, où nous devons isoler entièrement le vaisseau afin que le collecteur ne collecte pas nos âmes en même temps, cela coûte une véritable fortune et c'est extrêmement compliqué à mettre en place. La moindre fuite et nous perdons le vaisseau et les gens qui le pilotent. Mais le plus important, c'est que nous n'avons pas besoin de plus de cinquante vaisseaux pour collecter les âmes de toute une planète !

Moineau allait rétorquer qu'ils avaient « à peine » engrangé quelques millions d'âmes et que le processus n'était, dieux merci, pas si rapide, mais Archange continua :

— En attaquant sans prévenir, nous pensions que nous aurions assez de temps, une semaine, pour tout réunir.

Ils frissonnèrent.

— Co… comment ça une semaine ? balbutia Fabrice.

C'était très court ! Ils n'avaient absolument pas mesuré à quel point ils étaient passés près de la destruction.

— Au début, c'est assez lent, expliqua Archange, parce que nous devons calibrer nos rayons, mais au bout de deux jours, nous pouvons les étendre, les distendre afin de couvrir des tatrolls de distance. Avec plusieurs milliards d'âmes sous notre contrôle, ni la comète ni les dragons, aucune flotte de vaisseau nulle part n'auraient pu nous résister. Nous savions qu'il fallait du temps à la flotte des dragons pour arriver près de la Terre. Nos vaisseaux auraient eu le temps de préparer et d'intégrer les âmes dans nos canons de fer noir, puis les auraient attendus. Et leur flotte aurait été annihilée. Puis nous nous serions attaqués à la comète, réabsorbant les âmes pour les utiliser. À ce moment, ma race aurait gagné. Totalement.

Leur piège avait été astucieux. Sans Magister, ils auraient été les maîtres de l'univers en juste une petite semaine. Tara croisa les doigts pour que Magister n'apprenne jamais ce détail et pense que les démons avaient besoin de bien plus de temps pour collecter les âmes, sinon son ego ne connaîtrait plus de frontières – il avait sauvé non seulement la Terre, mais aussi l'univers tout entier.

Archange disait « nous ». Il n'était pas si détaché que cela de la politique de son père. Cela dit, Tara pouvait le comprendre. Affronter un ennemi que l'on ne peut pas vaincre, cela pousse au désespoir. Même si la collecte de milliards d'âmes était le crime le plus abominable, Tara savait que les démons étaient sans scrupules. Après tout, ils l'avaient déjà fait plusieurs fois...

— Ouais, sourit Cal, provocateur, c'est le problème avec les dictateurs. Ils pensent toujours qu'ils vont étouffer la vie et la liberté jusqu'au moment où ça leur saute à la figure. Devriez lire les cours d'histoire, mon vieux.

— *Notre* histoire, humain, répondit Archange, glacial, nous démontre au contraire que la loi du plus fort reste toujours la meilleure...

Soudain, il les regarda avec curiosité et demanda :

— Comment avez-vous fait pour arriver jusqu'à moi ? Vous avez tué les gardes ?

— Il y en avait très peu, répondit Cal un peu surpris du changement de sujet, nous n'avons pas eu besoin de tuer qui que ce soit.

Archange se leva brusquement, le visage crispé.

— C'est impossible, fit-il. La sécurité a été renforcée depuis que nous sommes arrivés dans votre univers, justement pour éviter les assassins. Si vous êtes arrivés ici, c'est que quelqu'un voulait que vous y arriviez. Et vous pariez combien que c'est mon père ? Il est le seul qui peut modifier les tours de garde afin de vous laisser passer.

— Ouais, grogna Cal, c'est aussi ce que je me disais. Que tout cela était bien trop facile. Personne qui nous contrôle à la station spatiale, pas de contrôle non plus en bas, les gardes super distraits. Slurk !

Tara, alarmée, allait réagir, lorsque des coups assenés à la porte que Cal avait bloquée les firent tous violemment sursauter.

Et avant qu'Archange n'ait le temps de répondre, la porte explosait sous l'assaut d'un des vieux démons, qui fit irruption dans la chambre suivi par un flot de gardes furieux.

Chapitre 32

Archange

Ou comment convaincre des gens qu'ils sont vos prisonniers alors que ce sont eux qui ont les armes et que vous êtes tout nu…

— Tout va bien ! hurla Archange avant que la bagarre ne devienne inévitable. Ils sont mes prisonniers !

La phrase était tellement absurde qu'elle figea les combattants.

Vu qu'il était presque nu et que ses « invités » étaient armés jusqu'aux dents.

Les tentacules de l'Ancien s'agitèrent avec inquiétude, tandis que les gardes vêtus de noir, dans la plus pure tradition de l'uniforme-sur-lequel-on-ne-voit-pas-les-taches-de-sang, braquaient des tas d'armes à l'aspect lugubre sur eux.

Tara et ses amis ne résistèrent pas. Très très lentement, ils levèrent les mains au-dessus de leurs têtes. Enfin, sauf Sanhexia qui fit un petit pas de côté histoire de se retrouver près d'Archange, comme une bonne petite sœur.

Mais de là où elle était, Tara voyait la petite dague que la démone était prête à plonger dans le dos d'Archange s'il les trahissait.

Ah, Eleanora était moins confiante qu'eux apparemment.

Et cela fonctionna parce que les démons ne se préoccupèrent pas de la sœur du roi.

Cela dit, le magicgang était docile, parce qu'ils ne voulaient pas provoquer un massacre alors qu'Archange semblait être de bonne composition. Et puis ils avaient tous regardé Tara et elle n'avait pas activé sa magie. Ce qui signifiait qu'elle n'avait pas l'intention de foudroyer tous ces gens.

Du moins pas dans l'immédiat.

L'armure de Vrons et la lance s'étaient métamorphosés et avaient repris leur place alors que les gardes enfonçaient la porte. Tara remercia silencieusement les âmes d'avoir réagi si vite.

— Bravo, Votre Majesté ! fit le commandant de ses gardes, le vieux démon à tentacules qui ressemblait à un croisement entre un crabe et un poulpe géant d'un noir luisant. Sans vous, nous n'aurions pas capturé ces intrus !

Flatteur, il passait sous silence qu'en fait, on avait plutôt l'impression que c'étaient les intrus qui avaient emprisonné le roi.

— En fait, dit lentement Archange, ils ne sont pas mes prisonniers à proprement parler. Tara Duncan, ici présente, est une amie. Et une représentante d'AutreMonde. Nous... nous avions des informations à échanger qui ne souffraient pas de délai. Je dois convoquer une réunion du gouvernement.

Il y eut un lourd silence. Du genre « ça y est, il a pété un plomb ».

— Maintenant ? fit le commandant avec précaution. Mais nous sommes au milieu de la nuit !

Archange se contenta de fixer ses yeux verts et glaciaux sur le vieux démon et celui-ci vira au gris sombre.

— Oui, oui, très bien, Votre Majesté. Je donne l'ordre de convoquer le gouvernement. Tout de suite. Votre père aussi ?

Archange n'hésita pas :

— À mon avis, grogna-t-il, il est parfaitement au courant et doit être en train d'attendre histoire de voir si je suis mort ou pas.

Sa déclaration bizarre ne rassura pas beaucoup le commandant sur la santé mentale de son roi.

— Bref, fit Archange, oui, nous avons besoin de lui, aussi. Et convoquez mon frère, Gabriel. Il est temps qu'il arrête ses petits jeux de pouvoir. Ou c'est moi qui commande ou c'est lui. J'en ai assez qu'il sabote tout ce que je fais. D'autant plus avec ce que je viens d'apprendre grâce à Tara Duncan.

Il eut un tendre sourire pour la jeune fille blonde.

Le commandant eut l'air incrédule, pour autant qu'un poulpe crabe puisse afficher ce genre d'expression, mais s'empressa d'obéir.

Il donna ses ordres et l'instant d'après tout le Palais se réveillait dans un brouhaha sonore. Il faut dire que le capitaine n'y était pas allé de main morte.

Il avait carrément activé les sirènes d'alarme.

En croisant le regard surpris d'Archange, il justifia :

— Certains de nos plus vieux ministres ont le sommeil un peu lourd. C'est tout ce que nous avons trouvé pour être sûrs qu'ils seraient réveillés.

— L'alarme incendie ? grogna Archange, agacé. Vous réveillez *mon gouvernement* avec une alarme incendie ?

— C'est peu conventionnel, je vous l'accorde, Majesté, mais là, vous serez sûr d'avoir votre quota, quel que soit ce que vous voulez voter.

Le roi fixa son commandant. Il était malin, ce vieux démon. Quoique pas aussi vieux que son père ou certains de ses ministres. Et Archange, avant de le nommer, s'était assuré qu'il n'était pas affilié aux partis les plus belliqueux, qui réclamaient l'annihilation des humains et des dragons le plus vite possible.

— Ils sont si sourds que ça ? soupira-t-il.

— En fait, expliqua le commandant avec précaution, c'est surtout qu'ils ont tendance à débrancher leurs aides acoustiques pendant la nuit. Ou leurs siestes. Ou les petits repos de l'après petit déjeuner. Bref, chaque fois qu'ils décident de piquer un petit roupillon. Comme l'alarme incendie est doublée d'une alerte visuelle suffisamment forte pour réveiller un mort, disons que même sourds, ils finissent par percuter qu'il se passe quelque chose d'anormal.

Beaucoup de vieux démons avaient des tas de tentacules, de griffes, de crocs, d'yeux dans tous les sens histoire de détecter proies et ennemis, mais c'était vrai que, niveau oreilles, ils étaient plus faiblement pourvus. Et beaucoup d'entre eux étaient effectivement très très vieux.

— Je vais me changer, fit aimablement Archange… ou plutôt m'habiller.

Il eut un sourire canaille

— Bien sûr, Tara, tu peux rester et même prendre ta douche avec moi. Si tu veux que je te frotte le dos, je suis à ta disposition.

Le commandant recula en entendant son roi. Il ne voulait rien savoir de sa vie privée, mais il était hors de question qu'il laisse des individus armés et dangereux dans sa chambre seuls avec lui. Et encore moins dans sa douche, même si, à l'expression de l'humaine blonde, il y avait peu de chances qu'elle accepte son étrange invitation. Comme souvent, le commandant se fit la réflexion qu'il ne comprenait pas bien cette nouvelle race de démons et que leurs codes étaient bien différents de ceux des Anciens.

Et qu'avant, c'était mieux.

— Bien, bien, fit-il, des invités donc. Des alliés. Amis. Oui, oui. Je vous laisse. Mes gardes vont s'assurer de votre protection, Majesté.

Mais Archange ne lui prêtait aucune attention, tout son être braqué vers Tara. Qui rougissait terriblement et semblait très essoufflée tout à coup.

— Archange, fit-elle fermement, surprise que Cal ne soit pas intervenu, arrête ce petit jeu entre nous. Je ne coucherai pas avec toi, même pour sceller la paix entre nos planètes, qui, soit dit en passant, n'ont pas besoin de ça. Et mon petit ami est Caliban Dal Salan, que tu affectes d'ignorer, mais c'est l'homme que j'aime et à qui j'ai donné mon cœur. (Cette fois, ce fut au tour de Robin de se raidir, frappé par la franchise de la déclaration de la jeune fille.) Je lui appartiens, tout comme il m'appartient. Et dans notre civilisation, il est considéré comme extrêmement mal élevé de draguer la copine d'une autre personne.

— Ah bon ? fit Archange, sincèrement étonné. Mais vous les humains, dans les films, les documentaires, les faits divers, vous le faites tout le temps !

— Certaines personnes le font, oui, reconnut Tara qui sentait une grosse migraine poindre maintenant que la pression commençait à retomber, mais pas moi. Tu comprends ? C'est mon caractère. Je suis loyale. À celui que j'aime.

Elle insista sur « celui », et se tourna vers Cal à qui elle sourit. Un merveilleux sourire, si plein de tendresse, d'amour et de passion qu'Archange comme Robin se renfrognèrent, agacés par sa démonstration.

— Ah ! s'exclama Fafnir, attendrie. Mon Sylver me manque.

Archange haussa les épaules.

— Nous sommes des démons. Nous ne sommes pas si humains, parce que ce que tu viens de dire, là, je m'en fiche complètement. Et je ne renoncerai pas à te mettre dans mon lit juste parce que tu viens de dire à cet humain que tu l'aimais. Ça, c'est ton problème, pas le mien. (Il lui fit un clin d'œil.) Ça ne me gêne pas de te partager !

Tara avait l'impression de rêver, mais ils avaient quoi, tous ces garçons avec cette idée débile de partage ! Toute cette histoire devenait totalement ridicule. Elle qui pensait que sa démonstration amoureuse allait fonctionner comprit un peu tard que ce genre de truc fonctionnait peut-être sur les humains[1], mais ni sur les elfes ni sur les démons.

Voyant qu'elle avait l'air furieuse, Archange n'insista pas :

— M'enfin bon, en attendant, je vais prendre ma douche et je reviens.

Robin croisa le regard de Tara et son sourire amusé la fit se renfrogner. Évidemment, tout ceci l'amusait d'autant plus qu'il ne s'était pas attendu à ce que ce soit aussi facile de pénétrer dans le Palais. Du moins pas sans se faire trouer la peau à de multiples reprises.

Au point qu'il se posait de sérieuses questions. Il n'était peut être pas un maître Voleur comme Cal, mais pas un mauvais guerrier quand même. Et le fait que personne ne se soit intéressé à eux à aucun moment depuis leur arrivée le rendait terriblement nerveux.

Ce n'était pas normal.

Ils attendirent sagement, se regardant dans le blanc des yeux avec les gardes humanoïdes qui faisaient de leur mieux pour ne pas fixer les armes qu'ils portaient ostensiblement, enfin surtout Fafnir. Elle semblait littéralement les fasciner. Peut-être n'avaient-ils jamais vu une naine géante musclée et splendide avec deux haches et des tas de poignards partout ?

Cela dit, les choses se passaient nettement mieux que prévu. Tara ne savait pas très bien ce qu'elle aurait fait si Archange avait été réellement son ennemi mortel. Aurait-elle été capable de faire exploser le Palais tout en protégeant ses amis puis de s'enfuir avec la navette comme prévu ? Cela marchait peut être dans les films, encore une fois, mais dans la réalité, les gardes savaient tirer… et ne rataient pas leurs cibles juste pour permettre au héros de s'en sortir de justesse.

1. Et encore…

En dépit des sirènes, réunir tout le gouvernement ne fut pas si rapide. Mais le Palais s'illumina enfin et, après de nombreuses explications et mises en place, tous les vieux démons, les jeunes et ceux dont ils avaient besoin furent enfin réunis afin d'écouter ce que leur roi avait à leur dire.

Lorsqu'ils pénétrèrent dans la salle du Conseil, Tara et ses amis se sentirent tout petits. Tout d'abord, parce que la salle était gigantesque, sorte d'hémicycle surplombant la scène où l'orateur principal se tenait.

Ensuite parce que derrière l'orateur, un colossal hologramme saisissant de réalité le doublait, projetant son image grandie dix fois afin que tout le monde puisse le voir.

Enfin parce que la masse grouillante des vieux démons était impressionnante et que l'on sentait la sauvagerie et la cruauté sans frein derrière les masques monstrueux, les crocs et les griffes. Ces êtres-là se fichaient de négocier. Eux, ce qu'ils voulaient, c'était le pouvoir et la destruction, à volonté. Ils étaient ceux que les dragons et les humains avaient combattus.

Et, l'espace d'un instant, Tara se dit qu'elle avait peut être horriblement tort de vouloir faire la paix avec ces dangereux envahisseurs.

Chaque parti était représenté par des fauteuils à ses couleurs. Rouge sang pour celui de l'ex-roi qui malheureusement possédait le plus grand nombre de membres. Sièges bleus pour la faction bleue, dont certains membres s'étaient même carrément coloré la peau ou la fourrure du même bleu foncé. Noirs pour une autre faction dont Tara ne connaissait pas l'obédience, peut-être le parti du Juge ? Enfin, pour autant qu'une statue vivante ait un parti ? Et enfin orange pour la dernière.

Dans l'un des coins de la salle, sans couleur particulière, se tenaient les représentants des planètes conquises. Bendruc le Hideux représentait Zavor, un effrit à la peau rouge représentait Sydri, un Honorable d'un jaune citron éclatant représentait Xephrodie, une sorte de lémurien géant aux grands yeux clignotants représentait Vagol et enfin, une sorte de limace verte dont les flancs suintaient bizarrement représentait Zllt[1]. Un quart de l'assemblée était constitué de démons

1. Oui, je sais, c'est imprononçable, mais ce peuple n'a jamais inventé de syllabes...

humanoïdes, sans doute les enfants de Vash, répartis un peu partout, mais quand même essentiellement chez les rouges, dont Gabriel, qui avait l'air de s'ennuyer et bâillait ostensiblement. Même s'il ne quittait pas Tara de ses yeux violets et attentifs.

— Que font ces humains ici ? cria l'un des vieux démons en désignant Tara et ses amis. Vash, tu as décidé de ne plus écouter ton fils et de nous faire livrer des apéritifs ?

Une vague de rire secoua l'assemblée. Le magicgang se figea.

Vash se leva. L'ex-roi des démons velu agita ses tentacules et éclata de rire lui aussi.

— Non, non, ce sont des... disons des invités. Je leur ai permis de pénétrer dans le Palais, parce que j'étais curieux de savoir ce qu'ils allaient faire. Négocier avec mon fils ou le tuer. Alors, avant de les manger, voyons un peu ce qu'ils ont à nous dire... Ensuite, nous déciderons.

Rien ne parut sur le visage d'Archange, si ce n'est qu'il sembla se glacer un peu plus. Et Cal fit la grimace alors que le vieux démon confirmait ce qu'il avait pressenti. Il les avait bien laissés atterrir sur la planète et entrer dans le Palais volontairement.

Et slurk.

Mais déjà Archange, vêtu d'un noir qui faisait ressortir sa peau bronzée et ses yeux clairs, montait sur l'estrade et dominait tout le monde. Les vieux démons se turent et écoutèrent ce qu'il avait à dire.

Lorsqu'il leur expliqua que Tara semblait être à l'origine de la création de la comète mortelle, un sourd grondement monta des rangs et Tara se recroquevilla. Oui, elle pouvait comprendre qu'ils ne soient pas très contents. Cal lui prit discrètement la main et pressa ses doigts. Elle se détendit. Après tout, il avait raison. Ce n'était pas elle qui avait déclenché tout ce brolk.

Soudain, un silence pesant tomba sur l'assemblée.

Archange venait de leur expliquer ce qu'elle avait fait. Parler, négocier et, finalement, apaiser les objets démoniaques, les poussant à travailler avec elle.

Sauf qu'il ne précisa pas qu'elle avait les objets maléfiques avec elle. Il dit juste qu'elle avait réussi à communiquer avec les objets et que les objets lui avaient répondu et étaient prêts à les aider.

Il fallut un peu de temps aux démons pour assimiler ce que cela voulait dire. Puis un gigantesque tohu-bohu éclata. Certains, furieux, voulaient mettre Tara à mort. D'autres voulaient savoir comment elle avait fait pour communiquer avec les âmes démoniaques et quelle preuve elle avait que ce n'était pas un énorme mensonge.

D'autres réclamaient plus d'explications à grands cris.

Archange fit émettre une alarme sonore bruyante qui interrompit les hurlements.

— Ça suffit, fit-il sévèrement. Nous ne sommes plus des sauvages qui pensent que celui qui hurle le plus fort a raison. Et non, je ne permettrais pas que notre seul espoir soit anéanti juste parce que ça vous amuse ou que vous voulez vous venger. Nous avons besoin que Tara Duncan parle aux âmes de la comète et, plus encore, nous avons besoin de les délivrer afin que plus jamais une pareille menace ne puisse nous atteindre. Parce que moi, je me pose la question : si Tara s'est contentée d'envoyer les objets dans l'espace, afin de les neutraliser, qui les a récupérés et les a rendus aussi dangereux ? Qui et surtout pourquoi ?

Cette fois-ci, il obtint le silence qu'il avait demandé. Les démons, stupéfaits, prenaient le même cheminement que ce qu'il avait déduit quelques heures plus tôt.

Ils avaient un féroce ennemi qui avait lancé contre eux une féroce vengeance.

— Qui cela peut-il être si ce ne sont pas les humains ? s'exclama l'un des vieux démons.

— Ce n'est pas nous, répondit fermement Tara. Personne d'autre que le savant et moi-même ne savait où se trouvaient les objets. Quelqu'un les a tracés. Et est parvenu à les retrouver et à les utiliser, parce que je ne pense pas que des objets fous et à moitié dotés de conscience soient capables de se transformer en une sorte de mini-soleil noir avide de vie et dévastant tout sur son passage.

— Les dragons ! cria un autre, cela ne peut être que les dragons !

Fafnir répondit cette fois-ci.

— Je n'aime pas ces bestioles à écailles, dit-elle posément, mais ils sont terriblement prétentieux. S'ils avaient quelque chose à faire avec la création d'une comète maléfique, tout l'univers serait au courant. Ils se seraient vantés jusqu'à l'écœurement, surtout si cela pouvait vous détruire définitivement. Non, je ne pense pas que ce sont les dragons non plus. Je ne sais pas au juste où Tara a envoyé les objets. Après tout, peut-être n'était-ce pas dans votre univers, puisque c'est là que vous avez été attaqués. Dans ce cas, cela voudrait bien dire que votre ennemi est l'un d'entre vous. Ou alors une autre race qui vous aurait déclaré la guerre sans que vous le sachiez.

— Il n'y a pas d'autres races que celles que nous avons trouvées dans notre univers, protesta Vash.

— Oh, vous rigolez ? railla Moineau. Il y a des milliards d'étoiles dans le nôtre. Rien que dans notre galaxie du pégase, nous n'avons même pas exploré un dixième des planètes. Vous n'en savez rien. Et si une race avait vu le mal que vous avez fait ? Et pour échapper à la conquête et au massacre avait décidé de vous attaquer avant que vous ne les attaquiez eux ?

De nouveau, le silence tomba sur l'assemblée.

— Il faut suivre le plan, dit gravement Vash. Et détruire cette menace. Je pense que nous n'avons pas le choix, Archange, n'est-ce pas ?

— Quel plan ? répliqua Archange, froidement décidé. Le plan débile de mon frère qui consiste à empoisonner et à contraindre nos alliés, ou le mien qui consiste à ce qu'ils nous aident afin de nous débarrasser de nos ennemis ?

Vash regarda Gabriel qui s'était levé et dévisageait son frère avec une joie mauvaise.

— Eh bien, fit l'ex-roi des démons, disons que je vais laisser le soin à notre honorable assemblée de décider.

— Comment ça, empoisonner ? murmura Cal à l'oreille de Tara. Empoisonner qui ? Qu'est-ce qu'il voulait dire ?

Archange, en tant que roi, fut prié de prendre la parole le premier.

Il fut clair et précis. S'allier avec les humains. Faire la paix et, surtout, trouver un moyen de communiquer avec les âmes démoniaques, puis les libérer. Il était suffisamment intelligent pour savoir que toute l'économie des démons reposait sur l'utilisation des âmes démoniaques pour faire de la magie. Il ne proposa donc pas de libérer toutes les âmes démoniaques, uniquement celles qui les avaient attaqués. Mais les démons se doutaient bien que sa seconde proposition, une fois la comète démantelée, serait de toutes les libérer afin de ne plus jamais risquer qu'elles se retournent contre eux.

Les démons écoutèrent avec attention.

Puis ce fut le tour de Gabriel.

Et là, Tara comprit beaucoup de choses.

Il expliqua ce qu'il avait fait. Piéger le bureau de l'Impératrice afin d'espionner les humains. Envoyer les vaisseaux prélever les âmes humaines afin de détruire la comète. Et comme ce plan-là avait été mis en échec par Magister, utiliser son plan B, ou plutôt P comme poison.

Empoisonner Tara Duncan.

Tara le dévisagea avec incrédulité.

— Vous… vous m'avez empoisonnée ?

— J'aurais préféré empoisonner Mara, vu que c'est cette peste qui m'a empêché de récupérer la NA, mais c'est toi qui possèdes le pouvoir. Et puisque tu es à l'origine de la création de cette comète, après tout, il est parfaitement logique que tu meures en la détruisant. Nous allons t'envoyer dans notre univers avec la NA. Dès que la comète détectera ton pouvoir, elle foncera vers toi, tu seras un succulent morceau à avaler, surtout si elle nous recherche depuis des semaines sans savoir où nous sommes passés. À ce moment-là, tu déclencheras la sphère NA. Et la machine anti-fantômes. Les âmes sont dématérialisées, nous ne savons donc pas si la NA les touchera. Mais en revanche, nous sommes à peu près sûrs que la machine que vous avez si judicieusement inventée les fera disparaître. Nous avons fait quelques tests. La machine les détruit. Totalement.

Il éclatait d'arrogance, tandis que, affolé, Cal regardait Tara, comme si elle allait tomber raide morte à ses pieds.

— ALORS ! hurla-t-il vers les démons, que préférez-vous ? Nous coucher aux pieds des humains comme de gentils toutous ou tout dévorer et vaincre la comète, prélever les âmes humaines et devenir enfin les maîtres de cet univers ?

Toute la salle, à part la faction bleue, se leva d'un seul bond, en un rugissement furieux.

Tara activa sa magie. Mais Gabriel avait gardé un œil sur elle. Avant qu'elle n'ait eu le temps de lancer sa puissance, il tendait une petite télécommande noire vers elle.

Et soudain Tara se plia en deux, terrassée par une terrible douleur.

— Tara ! cria Cal.

Tara eut un soubresaut et vomit du sang. Immédiatement, Cal voulut lancer un Reparus, mais les âmes de la ceinture et du bracelet ne l'avaient pas attendu, d'autant que sa magie ne pouvait pas fonctionner ici. Tremblante, Tara sentit la nausée s'éloigner, même si ses jambes ne la portaient pas très bien.

— Tss tss tss, fit Gabriel avec un vilain sourire. Ne joue pas à ça, humaine. Tu n'as pas bien écouté ce que j'ai dit, je crois ? Je t'ai empoisonnée. Et la télécommande que je tiens à la main est programmée pour trois phases. Intenses douleurs mais sans destruction majeure, juste une petite perforation de l'estomac. (Il continua sur le ton de la confidence :) Il paraît que c'est horriblement douloureux. Ensuite, destruction plus importante, portant sur plusieurs organes. Là, si on ne t'applique pas un soin rapidement, tu meurs. Enfin la dernière, ma préférée. Si je pousse ce bouton-là, tu exploses. En une fraction de seconde, bien plus vite que ta magie ne peut agir contre moi. Quoi qu'il arrive, Tara, tu mourras !

Ils s'étaient tous resserrés autour de Tara, comme s'ils pouvaient faire un rempart de leurs corps contre Gabriel.

— Dis un mot, gronda Fafnir. Et on fonce dans le tas.

Mais Tara ne bougeait pas, anéantie. Comment ? Comment tout cela était-il arrivé ? Empoisonnée ? Activant les âmes démoniaques, mais aussi la magie de la Pierre Vivante, le plus discrètement possible, elle regarda à l'intérieur d'elle-même, observant ses cellules. Mais elle ne vit rien. Si cela avait été de la magie, elle aurait sans doute pu trouver, mais là ? C'étaient de simples composés chimiques. Qu'on pouvait trouver partout, y compris dans les cellules qui étaient alimentées tous les jours par ce que Tara mangeait.

Elle était incapable de repérer le poison.

Elle était incapable de s'en débarrasser.

Elle était vaincue.

Gabriel triomphait. Devant le magicgang tétanisé, qui, pour la première fois, n'avait aucune idée de quoi faire, Archange fut destitué et Gabriel nommé nouveau roi des démons, sous les regards possessifs et fiers de son père.

La cérémonie ne fut pas compliquée. Ils retirèrent simplement la couronne de la tête d'Archange pour la placer sur celle de Gabriel. Puis ils acclamèrent le nouveau roi, qui se pavanait sur la scène, son image gigantesque les toisant avec arrogance.

Vash tapota l'épaule d'Archange qui s'était placé près de lui, dans les tribunes des Rouges.

— Bah, dit le vieux démon, ton plan n'était pas si mal. Mais ton côté humain est un peu trop développé. Tu as oublié qui nous étions, nous, les Boulimi-Lema. Des conquérants, des vainqueurs, pas des alliés. Nous commandons, nous ne demandons pas. Nous ordonnons, nous ne quémandons pas. Je pense que tu es un meilleur organisateur que ton frère. Mais il est un meilleur guerrier. Tu ne pouvais pas gagner, même si ton aide a été inappréciable.

— Qu'allez-vous faire de Tara ? demanda Archange, impassible, tandis que la jolie blonde regardait autour d'elle d'un air égaré, incapable, pour la première fois de sa vie, de réagir, anéantie.

— Exactement ce qu'a dit ton frère, répondit plaisamment Vash en lissant sa fourrure avec sa longue langue violette. Comme le plan le prévoyait. Nous allons l'envoyer dans notre univers détruire cette chose avant qu'elle ne comprenne comment venir ici pour nous traquer. Puis nous allons faire la guerre aux humains et nous allons gagner. Cinquante nouveaux vaisseaux seront prêts d'ici deux jours. La flotte des dragons est en route pour la Terre où elle ne trouvera personne. Elle fera alors route pour venir nous attaquer, si les humains la laissent faire, ce qui n'est pas encore sûr. Le temps de discuter, ils auront encore perdu une semaine, ce qui donnera à nos vaisseaux le temps d'arriver à leur tour. Ils ne laisseront pas beaucoup de vaisseaux sur place, nous n'aurons pas de souci pour les détruire. Nous collecterons les âmes. Lorsque les dragons arriveront ici, tout le gouvernement se sera déjà mis à l'abri sur une autre planète. Nos vaisseaux collecteurs reviendront, bourrés d'âmes démoniaques, et nous détruirons définitivement les dragons.

Il eut un sourire béat, tandis que sa longue langue violette s'agitait, excitée par l'idée du massacre.

— Et alors, conclut-il, nous serons les maîtres de l'univers et les délicieux océans de la Terre nous appartiendront tandis que les âmes des humains nous serviront. Pour l'éternité.

Ce fut exactement à ce moment que les alarmes se mirent à sonner, le tirant de sa béatitude.

— Commandant, sursauta Vash, arrêtez-moi ces fichues alarmes incendie, nous sommes tous réunis !

Le commandant, l'air totalement affolé, ses tentacules de poulpe s'agitant dans tous les sens, arriva en bégayant :

— Les dra… les dra… les dra… dra !

Vash haussa une multitude de sourcils.

— Quoi les draps ? Est-ce bien le moment ?

— Nooooon ! hulula le commandant. LES DRAGONS ! LEUR FLOTTE VIENT D'ARRIVER ET ILS ATTAQUENT NOS VAISSEAUX !

Chapitre 33

La Guerre dans les Étoiles

Ou comment se faire totalement prendre par surprise alors qu'on pensait avoir tout prévu...

Tout autour de la planète Boulimi-Lemi, la bataille faisait rage. Les vaisseaux des dragons ne faisaient pas de quartier. Totalement pris par surprise, les vaisseaux des démons explosaient l'un derrière l'autre. Puis, lentement, un commencement de résistance s'organisa. Une vingtaine de vaisseaux s'enfuirent, poursuivis par une escouade de vaisseaux de dragons, tandis que le gros de la flotte fonçait vers la planète.

Puis soudain, comme s'ils s'étaient rematérialisés grâce aux gadgets des Xephrodiennes, des milliers et des milliers de vaisseaux surgirent de nulle part.

Tara, Cal et les autres poussèrent des exclamations de surprise. Ils avaient tous lu les estimatifs que les dragons et les espions avaient faits des forces des Boulimi-Lema.

Mais là, c'était la catastrophe. Les démons avaient réussi à dissimuler une énorme flotte ! Bien plus importante que les pires estimations pessimistes des espions !

L'hologramme géant derrière la scène ne montrait plus l'orateur, mais des images de la bataille retransmises par les satellites.

Malheureusement, s'ils avaient été pris par surprise au début, une grande partie de la flotte démoniaque était prête à partir. Les équipages étaient déjà à bord.

Un millier de ces vaisseaux étaient commandés par des Zavoriens. S'ils étaient paresseux et n'aimaient pas la guerre, c'étaient d'excellents stratèges. Outre leurs corps monstrueux fabriqués pour tuer, leurs cerveaux, à force de jouer aux cartes et à des jeux de stratégie, étaient formés à la victoire. Très vite, ils comprirent ce qui se passait et organisèrent la contre-attaque.

Gabriel, méfiant, gardait le pouce sur le bouton qui tuerait Tara si elle bougeait, mais la jeune femme était bien trop fascinée par ce qui se passait pour essayer de faire quoi que ce fût.

Les vaisseaux des démons étaient signalés par des motifs rouges. Ceux des dragons par des motifs blancs.

Et il était extrêmement clair que les dragons avaient terriblement sous-estimé la science des Xephrodiennes et le nombre de vaisseaux ennemis.

Ils étaient à un contre trois.

Une fois l'effet de surprise passé, les vaisseaux ennemis avaient entamé une vigoureuse riposte et le fait était que les dragons étaient en train de se faire massacrer.

Le cœur serré, Tara sentit ses entrailles se retourner et, cette fois-ci, ce n'était pas à cause du maudit engin de Gabriel. Si les dragons perdaient ici, c'était tout l'univers qui perdait.

Petit à petit, sous les acclamations des démons, les signaux rouges traquaient et abattaient les signaux blancs. Tara savait que chaque vaisseau qui disparaissait, c'était autant de dragons qui mouraient, ensanglantés, suffoqués par le manque d'oxygène. Des images atroces défilaient dans sa tête.

Et elle ne pouvait rien faire.

Gabriel verrait immédiatement si elle activait sa magie. Et le fait de tuer tout le gouvernement maintenant ne ferait pas cesser la bataille. Les généraux qui se trouvaient sur les vaisseaux n'étaient pas dirigés à partir de la planète. Ils avaient pleine et entière autorité.

Ils iraient jusqu'au bout. Jusqu'à la destruction totale.

Tout était perdu. Gabriel, ou plutôt Gabriel et Vash l'avaient vaincue aussi bien dans sa chair en l'empoisonnant, que matériellement en réussissant à cacher aux dragons et aux humains à quel point leur flotte était immense.

Jusqu'au moment où l'image d'un humain ébouriffé à la crinière blanche apparut sur les écrans des vaisseaux des démons.

Et son message était étrange, mais très clair.

— À tous les Zavoriens qui combattez sur ces vaisseaux, voici la solution à votre problème.

Et l'humain ébouriffé brandit un petit morceau de tentacule gigotant que les Zavoriens reconnurent tout de suite comme un bout de Bendruc le Hideux, même si les Boulimi-Lema, eux, ne comprirent pas du tout ce dont il s'agissait. Cal se tendit aux côtés de Tara.

— J'ai eu du mal, admit l'humain, ce qui fit se crisper Cal un peu plus. Au début, je ne comprenais pas, chaque fois, ça explosait. Mais finalement, j'ai compressé, un peu comme l'habitude que Tara a de compresser, de miniaturiser son pégase – d'ailleurs, c'est l'Impératrice qui m'y a fait penser en venant me voir dans mon laboratoire avec Galant… Et qu'est-ce que je disais moi… (Une voix un tantinet agacé lui souffla quelque chose derrière lui :) Ah oui, c'est ça.

Il marqua une pause et soudain sourit largement, un sourire magnifique, ravi, comme celui d'un enfant à qui on a donné le plus beau jouet de l'univers.

— Bref, j'ai trouvé. Voici comment vous transformer et vous permettre de survivre dans notre univers en dégustant les meilleurs plats de la galaxie, sans avoir besoin de les manger vivants, mais cuits de toutes les façons possible, avec les sauces les plus délicates, les accompagnements les plus raffinés. Bon, le seul problème, c'est que je dois vous miniaturiser pour ça. Mais d'un autre côté, une vache pourra nourrir une centaine d'entre vous au lieu d'un seul.

Et il fit la démonstration de ce qu'il avançait en plaçant le bout de tentacule gigotant dans une sorte de vasque de verre, entourée d'un liquide visqueux, qui s'illumina sous l'effet d'une série de rayons, passant du noir au jaune, puis au bleu et au rouge, comme les deux soleils d'AutreMonde.

À la fin, le tentacule avait effectivement rapetissé, mais il gigotait tout autant et avait changé de couleur, passant d'un brun noirâtre à un très joli doré rosé.

— Et voilà, fit fièrement l'humain. Toujours vivant, mais prêt à profiter des bonnes choses de notre univers, comme ça.

Et pour achever son petit speech, l'astucieux Mourmur, puisque c'était lui, sur le vaisseau amiral (bon, l'idée lui avait été soufflée par Heagle 5), projeta des images de tas de plats plus appétissants les uns que les autres.

Les estomacs d'un millier de gigantesques Zavoriens rugirent à l'unisson.

Dans le vaisseau amiral, dirigé par Meludenrivachiralivendir, Bendruc le Hideux observait le message avec beaucoup d'intérêt.

— Continuez l'attaque ! hurla le roi des effrits, fou de rage, nous sommes en train de les massacrer ! À l'assa...

Il ne put pas continuer. Un énorme tentacule venait de se nouer autour de son cou, l'étranglant, tandis que les autres tentacules l'enserraient, l'empêchant d'utiliser ses griffes noires.

— Il se trouve, fit Bendruc d'une voix douce, que je n'aime pas les Boulimi-Lema, qui passent leur temps à nous utiliser, à nous menacer ou à nous massacrer. Il se trouve également que j'ai une folle envie de goûter tous ces plats délicieux. Et que j'aime bien les humains, ils sont assez amusants dans l'ensemble.

Et avant que Meludenrivachiralivendir ne puisse dire quoi que ce soit de plus, Bendruc lui arracha la tête[1].

Puis il donna ses ordres.

Et leurs vaisseaux rompirent le combat.

Hystériques, les autres vaisseaux commencèrent à leur tirer dessus, sur les ordres des démons, fous de rage qu'on les trahisse.

Mais les équipages aux ordres des Zavoriens étaient des effrits. Et les effrits haïssaient les Boulimi-Lema bien plus que les autres peuples, au point d'avoir été les seuls assez courageux... ou opportunistes... pour se battre contre eux, cinq mille ans plus tôt. Prudents, les Boulimi-Lema ne les avaient pas placés aux postes de commande. Sauf que bien sûr, ils ne pouvaient pas se douter que les Zavoriens se mutineraient.

Lorsqu'ils apprirent que Meludenrivachiralivendir, leur roi, venait, littéralement, de perdre la tête, les effrits, très pragmatiques, se mirent aux ordres des Zavoriens.

Et comme on leur tirait dessus, ils firent ce qui était logique.

Ils se retournèrent contre les vaisseaux qui les attaquaient.

Un peu surpris, les dragons réalisèrent qu'ils venaient de récupérer dans leur camp à peu près un tiers des vaisseaux ennemis.

---

1. Oui, je sais, c'est crade, mais bon, un effrit étranglé peut très bien survivre. Un effrit avec le cou brisé aussi. Un effrit sans tête, c'est plus compliqué...

Cela suffit à faire basculer la bataille. Parce que les Zavoriens étaient des tacticiens de génie et qu'ils connaissaient les manœuvres des Boulimi-Lema parfaitement. Ils étaient toujours là où les autres vaisseaux ne les attendaient pas.

Les dragons et les Zavoriens furent sans pitié. Les Boulimi-Lema comprirent très vite qu'ils n'avaient guère le choix.

Les vaisseaux commencèrent à se rendre.

— NON ! hurla Gabriel, fou de rage, NON !

Il était totalement pris par ce qu'il voyait. Cal en profita. Il bondit.

Gabriel se retourna alors que Cal sautait sur lui. Un coup de pied bien ajusté fit sauter la télécommande qui vola à quelques pas. Gabriel répliqua en frappant Cal, mais le jeune Voleur n'était déjà plus là. Il esquivait les coups de Gabriel à une vitesse insensée, sachant très bien qu'avec la force du démon, si celui-ci le touchait, il était mort. Il effectua une pirouette dans les airs et frappa la télécommande alors que Gabriel plongeait pour la récupérer. Les gardes fonçaient vers eux, alertés par la bagarre, bien que l'attention de tous les démons restât focalisée sur la bataille en cours. Soudain, Gabriel effectua un bond incroyable par-dessus la tête de Cal qui cherchait à l'empêcher de prendre la télécommande, tandis que Tara activait enfin sa magie, tirée de son hébétude par la vision de Cal en danger.

Stupéfait, Cal vit atterrir Gabriel pile à l'endroit où se trouvait la télécommande, l'attraper et la braquer sur Tara.

— Arrête, Caliban, fit le démon, furieux. Arrête ou comète ou pas comète, je jure que je la tue.

— Tara, fit Cal d'une voix claire, tu es prête ?

— Oui, répondit la jeune fille, glacée mais déterminée.

— Alors vas-y.

Tara puisa dans la Pierre Vivante et dans les âmes démoniaques et, soudain, son corps s'illumina de lumière bleu et noir.

Elle décolla.

Cette fois-ci, l'attention des démons fut détournée de l'écran. Il faut dire que la jeune fille irradiait comme une véritable étoile, au point que ceux des démons qui avaient beaucoup d'yeux, comme Vash, durent les détourner. Les gardes monstrueux convergèrent vers Cal, braquant leurs tentacules et leurs armes sur lui, prêts à tuer.

Moineau et Fabrice se transformèrent, mais tout s'était passé si vite, et leur ami ne les avait pas prévenus de ce qu'il allait faire. Ils n'arriveraient jamais à temps.

— Tant pis pour toi, Tara, grimaça Gabriel, un masque hideux de vengeance déformant son beau visage en braquant la télécommande sur la jeune fille blonde. Tu l'auras voulu. Meurs !

Et il pressa le bouton.

Tara ne vacilla pas. Pire, sa magie bleu-noir frappa les gardes qui allaient tuer Cal, les dispersant aux quatre coins[1] de la salle.

Puis sa magie se mit à frapper les gros démons qui répliquèrent avec de la magie démoniaque.

Tara n'était pas assez puissante, d'autant qu'elle ne se trouvait pas sur sa planète, pour résister à un tel déferlement de magie.

Elle fit donc ce qu'elle n'avait pas envie de faire.

Elle fit appel au Sparidam.

Aidée par les âmes démoniaques, ses alliées, elle draina le pouvoir des vieux démons.

Malheureusement, cela ne fut pas sans conséquence.

Horrifiés, ses amis reculèrent lorsque celle qu'ils redoutaient tous apparut.

La Reine Noire. Magnifique, glaciale, sanglée dans une armure noire vivante, métal et fourrure, épines et lames nues. Les yeux et les cheveux d'un noir de nuit à part sa célèbre mèche blanche. L'incarnation du mal et du désir, du pouvoir et de la mort.

— Slurk ! fit Fabrice. Elle n'était pas censée avoir disparu celle-ci ?

Les démons reculèrent à leur tour. Ils savaient ce qu'était la Reine Noire. Elle avait bien failli les vaincre à elle seule lors

1. Enfin, vu qu'elle était ronde, un peu partout dans la salle.

du dernier passage de Tara sur leur planète. Elle était d'ailleurs la raison pour laquelle ils avaient décidé en priorité d'empoisonner Tara. Afin de la contrôler et de s'assurer que la Reine Noire ne pourrait jamais revenir.

Gabriel, stupéfait, la main encore sur la télécommande qui ne fonctionnait pas, ne comprenait pas ce qui s'était passé. Il la laissa tomber.

Et ce fut lorsqu'il la lâcha qu'il se rendit compte qu'elle était bien plus lourde que la véritable télécommande. En touchant le sol, l'objet reprit sa véritable forme. Un mince poignard noir.

Ignorant la transformation de Tara parce qu'il ne quittait pas Gabriel des yeux, Cal sourit en brandissant un petit objet noir oblong.

— C'est ça que tu cherches, mon canard ?

Il plaça les deux mains de chaque côté de l'objet, le brisa en plusieurs morceaux, violemment, puis s'essuya les mains.

— On ne t'a jamais dit que j'étais le meilleur Voleur de l'univers ? railla Cal. Te piquer la télécommande et la remplacer par mon poignard un peu maquillé grâce à l'aide des objets démoniaques, c'était un vrai jeu d'enfant.

Ivre de rage, Gabriel se pencha et ramassa le poignard, puis, avec une violence inouïe, le lança sur Cal. Qui l'évita agilement.

Les deux poignards du Voleur s'envolèrent.

Et eux ne ratèrent pas leur cible.

Incrédule, Gabriel regarda le poignard qui dépassait de sa poitrine, sentit qu'il avait du mal à avaler, parce qu'il en avait aussi un planté dans la gorge… et très étrangement, alors que Cal n'avait envoyé que deux poignards, un troisième planté en haut à droite. Il jeta un regard stupéfait vers celle qui venait de le lancer… puis s'écroula.

D'un bond, Sanhexia, qui venait de le poignarder d'un lancer absolument parfait, fut près de lui. Cal s'approcha, prudent et un peu étonné.

— Nous avons placé notre cœur en haut à droite, mieux protégé par les côtes que nous avons resserrées, lui expliqua doctement Sanhexia. Donc, là où tu as planté ton poignard, ça ne sert pas à grand-chose. Dans la gorge, c'est bien, mais ce n'est pas assez.

— Sssss… ssshhannxxxiaa, murmura Gabriel.

— Oui, c'est moi, expliqua gaiement la jolie démone. Un peu améliorée, j'ai une copine avec moi maintenant. Elle m'a rendu les commandes pour que je m'occupe de toi… un peu avec son aide, parce qu'elle vise vachement mieux que moi. Désolée, frérot, mais tu étais en train de conduire notre peuple à la ruine, exactement comme notre père, il y a des milliers d'années, et les humains nous ont montré qu'il était possible de vivre sans tuer tout le monde pour ça. Et moi j'aime ça.

Et elle lui enfonça fermement le poignard qui l'avait foudroyé dans le cœur. Totalement incrédule, Gabriel mourut.

Malheureusement pour lui, il y avait un avaleur d'âmes dans la pièce, comme partout dans le Palais. Un rayon noir descendit du plafond voûté et son âme fut arrachée et amalgamée au fer noir.

Il venait de subir ce qu'il avait prévu pour des milliards d'âmes. Servir jusqu'à épuisement puis disparaître dans le néant. Bien que cela ne fasse aucun bruit, le magicgang eut l'impression d'entendre son âme hurler, encore et encore jusqu'à ce que tout s'éteigne.

Cal s'accroupit souplement et échangea un regard avec Sanhexia qui, paraissant très contente d'elle-même, recula pour lui laisser la place. Cal vérifia que Gabriel était bien mort. Puis, laissant celui de Sanhexia en place, il récupéra ses poignards, les essuya et se redressa.

Pour se retrouver nez à poitrine avec la Reine Noire qui le toisait de ses deux mètres vingt.

Il devint très pâle et réprima de justesse un mouvement de recul.

Elle se pencha vers lui et souffla, un sourire cruel sur son visage parfait :

— C'est bon, c'est un déguisement. C'est toujours moi, Tara. Mais je sais que ça leur flanque la trouille, alors j'ai décidé de me transformer. Tu vas bien ?

— Y a… y a pas qu'à eux que tu as flanqué la trouille, murmura Cal, en déglutissant. Tu… tu es effrayante.

— Ouais, je sais, fit Tara très satisfaite. Bon, soyons Reine Noire jusqu'au bout.

Elle se redressa et s'étira. Les démons se foutaient éperdument de la plastique humaine, mais les démons humanisés, eux, purent apprécier à quel point la Reine Noire était aussi terrifiante que magnifique. Et possédait une paire de… poumons, vraiment très… euh… développés.

— Je ne sais pas très bien ce que je vais faire de vous les chéris, fit-elle d'une voix traînante. Chaque fois que je viens sur cette planète, vous vous débrouillez pour me faire revenir. Vous m'aimez à ce point ?

Les démons n'osaient plus faire le moindre geste. Les dragons achevaient de réduire leur flotte en pièces, leur roi était mort et la Reine Noire avait l'air sur le point de les manger tout cru.

Puis un membre de la faction bleue se redressa et pointa un tentacule vengeur vers Vash qui était en train de s'éclipser discrètement par une porte sur le côté.

— C'EST SA FAUTE ! hurla le bleu. TOUT EST SA FAUTE ! NOUS AVIONS DIT QUE NOUS VOULIONS FAIRE LA PAIX AVEC VOUS ! MAIS IL NE NOUS A JAMAIS ÉCOUTÉS ! LUI, CE QU'IL VOULAIT, C'ÉTAIT MASSACRER TOUT LE MONDE ET SE SOÛLER À L'EAU DE TERRE !

La Reine Noire eut l'air crispé.

— Oui, c'est bon, pas la peine de hurler.

Elle lança un jet de magie qui cueillit Vash et le posa, furieux, au centre de l'estrade. Le dispositif l'afficha immédiatement en plus grand, mais la Reine Noire le détruisit nonchalamment. Il n'était pas question que qui que ce soit soit plus grand qu'elle dans cette pièce.

— Je crois me souvenir que vous avez une statue, un joli Juge, qui délivre des sentences intéressantes. Croyez-vous que nous pourrions le faire venir afin de décider ce que nous allons faire de ce vieux démon sénile ?

Vash se redressa… enfin, pour autant qu'une boule velue à tentacule puisse se redresser, et la foudroya de tous ses yeux. Puis il brandit quelque chose.

— Non ? ironisa la Reine Noire, encore une télécommande ? Dites donc, vous avez l'air d'aimer ça ici ? Et ça commande quoi ça ? La destruction du Palais ? de la planète ? Tu réalises que je m'en fous parce que j'ai le pouvoir de me protéger ?

Mais Vash souriait de toutes ses bouches.

— Pas du tout. Je ne suis pas stupide, je n'ai aucun goût pour le martyre. Mais j'aime beaucoup la vengeance. Et voilà.

Il appuya sur le bouton.

Et il ne se produisit rien du tout.

Mais à voir son expression satisfaite, il était clair qu'il avait fait quelque chose.

— Très bien, admit la Reine Noire, dédaigneuse, j'admets que je suis curieuse. Il était censé se passer quoi au juste ?

— Nous avons, grâce à des alliés, posé des bombes un peu partout dans les principales capitales d'AutreMonde, répondit obligeamment le vieux roi. Suffisamment pour les rayer des cartes. Vous pensez avoir gagné, mais en fait, vous avez perdu. Votre monde est à feu et à sang et vous n'avez plus de dirigeants à présent. Alors, je pense que nous avons tous intérêt à négocier… et comme je suppose que vous n'allez pas me croire sur parole, nous avons établi une liaison subspatiale avec votre planète grâce à nos vaisseaux qui servent de relais jusqu'ici. Voici donc, pauvres humains, ceux qui se sont vengés de siècles de persécution.

Et avec un geste grandiloquent des tentacules, Vash appuya sur un autre bouton de sa télécommande et un être étrange s'afficha devant eux.

Entièrement couvert d'une soyeuse fourrure rouge, à part son visage délicieusement féminin où pointaient deux petites cornes noires, la créature agitait paisiblement ses ailes, mi-cuir mi-plumes. Étonnant mélange de femme, d'animal poilu et d'oiseau, elle avait un œil plus bleu que le ciel et l'autre si noir qu'on avait l'impression d'un morceau de néant.

Une Yphane.

L'enfant hybride de deux races, normalement parfaitement incompatibles. Produit de la magie d'AutreMonde bien plus que de la génétique.

— Et voilà ! tonna joyeusement Vash. Nos enfants (il jeta des regards noirs vers ses démons qui s'agitèrent, gênés) créés par ceux d'entre nous qui n'ont pas bien compris la différence entre manger et s'accoupler. Pourtant, il m'avait semblé que ce n'était pas tout à fait la même chose. Bref.

Il sourit à la gracieuse créature qui resta impassible.

— Lorsque mon défunt fils, Gabriel, a contacté les Yphanes, afin de réparer les torts qui leur avaient été causés par les humains – qui les ont massacrés et poursuivis au point qu'ils ont dû se réfugier dans la Montagne Rouge, loin de tous et de tout le monde –, les Yphanes, qui sont nos enfants, ont accepté de nous aider, en échange de l'assurance qu'ils seraient épargnés. Vas-y, mon enfant, explique-leur ce que les tiens ont fait, sinon ils ne me croiront pas.

La ravissante créature regarda la Reine Noire.

Puis eut la plus étrange des phrases.

— Salut, Tara, fit-elle, je te préfère en blonde.

La Reine Noire sourit aussi.

— Salut, Céliphale, ça boume ?

Céliphale éclata de rire.

— Oui, c'est le cas de le dire. Ça boume même sacrément.

— Ôte-moi d'un doute, tu n'as pas fait ce que cet imbécile t'a demandé, j'espère. J'aime bien le Palais de Tingapour, moi.

Vash, stupéfait, regardait les deux jeunes filles.

— Vous... les interrompit-il. Vous... vous vous connaissez ?

— Ouais, répondit nonchalamment la Reine Noire. Céliphale m'a sauvé la vie alors que Tara explorait la Montagne Rouge. En échange, j'ai accepté de les laisser tranquilles et de cacher leur existence au reste du monde. Mais de temps en temps, Tara va sur la Montagne Rouge passer un peu de temps avec son peuple et elle, histoire de leur apporter des trucs qu'ils n'ont pas là-bas, puisqu'ils ne peuvent pas faire de magie.

Elle se tourna vers Céliphale.

— Tu as aimé la dernière cargaison de chocolats ?

Le visage rouge de Céliphale s'illumina de plaisir.

— Tu m'étonnes que j'ai aimé. Grâce à toi, j'ai pu soudoyer la moitié des anciens. Ils ne voulaient pas que je continue à parler avec toi de peur que tu ne dévoiles notre existence, mais depuis, ils demandent quand est-ce que tu nous livres une autre cargaison de chocolats !

Les deux se sourirent. Vash s'étranglait d'indignation.

— Donc, pour en revenir aux bombes ? reprit la Reine Noire.

— Nous les avons toutes mises dans le désert et profondément enfoncées. Après avoir débranché les localisateurs et les avoir relocalisés dans les capitales, histoire qu'ils ne sachent pas que les bombes étaient toujours chez nous. Heureusement, les localisateurs et les minuteurs n'étaient pas couplés. Et malheureusement, ils ne nous faisaient pas confiance, nous n'avions donc aucun moyen de les empêcher de fonctionner.

Elle eut un radieux sourire.

— Alors, nous les avons laissées exploser. C'est assez cool, grâce au démon, nous nous sommes débarrassés de pas mal de t'sils. Du coup, nous allons pouvoir étendre nos cultures. Et puis l'explosion a été contrôlée grâce aux pierres que nous avons mises sur les bombes afin de diriger le plus possible vers l'intérieur, ce qui nous a permis également de faire remonter les cours d'eau souterrains auxquels nous n'avions pas accès. Cela va également nous permettre d'irriguer le désert, regarde.

Et la scoop qui la filmait fit un zoom derrière elle. On voyait, effectivement, que le désert vert avait été bouleversé. Et à la place des dunes vertes, un grand lac bleu était lentement en train de se former.

— Génial, j'adore, roucoula la Reine Noire. Maintenant que vous avez sauvé tout le monde, vous allez pouvoir enfin prendre la place qui vous revient dans notre société. Beau boulot, Céliphale. On se revoit sur AutreMonde.

Céliphale la salua puis coupa la communication.

Vash laissa tomber la télécommande. Ses tentacules pendaient mollement.

— Vous, les humains, grinça-t-il, vous êtes... vous êtes...

Il n'arrivait pas à trouver les mots justes.

— Malins, répondit la Reine Noire pour lui. Rusés. Fourbes. Loyaux. Traîtres. Amicaux. Arrogants. Ils ont tous les défauts, mais ils ont aussi toutes les qualités. Dont celle de l'amour et de l'amitié. C'est pour cela que vous ne pourrez jamais les vaincre. Les dragons et vous, vous êtes très semblables. Vous ne voyez que le pouvoir et encore le pouvoir. Les humains sont plus complexes et ils attendent bien plus de l'univers. D'ailleurs, à propos de dragons, j'avoue que je ne m'attendais pas à les voir ici.

Comme pour répondre à sa question, l'écran s'illumina de nouveau et l'image de Charm s'afficha, immense.

Et à ses côtés se tenait Sylver.

Qui se raidit en voyant la Reine Noire.

Mais Charm, elle, se focalisa sur Vash.

— Vous êtes vaincus, dit-elle froidement à l'ex-roi. Nous avons détruit vos vaisseaux et ceux qui en ont réchappé se sont rendus. Nous allons délivrer vos peuples de votre joug odieux et vous confiner sur cette planète. Pour l'instant. Nous allons démanteler cette horrible magie que vous avez créée en tuant des millions d'innocents. Nous ne voulons pas détruire votre peuple, démon, mais si vous n'obéissez pas aux règles intergalactiques de cet univers, nous vous écraserons sans aucune pitié, est-ce clair ?

— Jamais, gronda Vash. Jamais. Et puisque tout est perdu, je préfère que mon peuple et mes enfants meurent plutôt que de vous obéir.

— Pas du tout, répondit une voix froide. Jusqu'à preuve du contraire, dame Dragon, ce n'est pas avec l'ex-roi que vous devez négocier, mais avec moi.

Archange s'avança, bravant l'immense dragonne qui le surplombait.

— Je suis le roi, de facto, puisque Gabriel est mort. Je reprends donc ma place. Et j'accepte votre proposition. Notre monde est grand et notre population n'est pas si importante. Nous pouvons très bien vivre ici et commercer paisiblement avec vous, comme le voulait la faction bleue. Nous ne sommes pas tous des va-t-en-guerre !

— TRAÎTRE ! hurla Vash en bondissant, tous ses tentacules dressés, sur Archange. TRAÎTRE ! VOUS ALLEZ TOUS MOURIR ! GALAVA...

Deux haches volèrent. Avec une parfaite symétrie, elles frappèrent l'énorme roi des démons.

Et le coupèrent proprement en deux.

Si Fafnir était restée petite, elle n'y serait pas parvenue. Mais ses haches étaient devenues aussi géantes qu'elle et les âmes démoniaques qu'elle portait avaient donné un petit coup de main afin que le tranchant tranche tellement que rien ne puisse les arrêter. D'ailleurs, les haches traversèrent l'ex-roi comme du beurre, puis le mur, les autres murs et un certain nombre d'arbres avant de s'arrêter... et de revenir docilement dans les mains de Fafnir, ravie de son effet.

La Reine Noire regarda les deux bouts du vieux démon sans émotion, même si, intérieurement, Tara était dégoûtée. L'âme de Vash fut arrachée avec la même indifférence que celle de son fils et alla rejoindre la collection des âmes démoniaques.

— Merci, fit la Reine Noire à Fafnir, j'aime bien le côté boomerang de tes haches, c'est cool. (Elle dirigea le faisceau de ses terribles yeux noirs sur Archange.) Ton père a dit que vous alliez tous mourir. Ça voulait dire quoi GALAVA ?

Archange était tout pâle. Il évitait soigneusement de regarder le corps de son père. Même s'il savait depuis longtemps que pour survivre dans cet univers, il devait se débarrasser de son père et de sa faction, c'était douloureux.

L'un des démons de la faction rouge s'avança et précisa :

— C'est le début d'un mot de destruction. Nous avons implanté ce mot dans tous les humanoïdes afin d'être sûrs qu'ils n'échapperaient pas à au contrôle de notre ex-roi. Nous ne le connaissions pas. Seul Vash possédait ce mot. Il n'a pas eu le temps de le prononcer en entier, sinon tous les humanoïdes seraient morts instantanément.

Archange se redressa, encore plus pâle.

— Quoi ?

Le vieux démon évita soigneusement son regard furieux.

— Je ne faisais qu'obéir aux ordres, Majesté. Cela a été fait à votre conception. Sous les ordres de notre roi. De l'époque.

Archange se calma. Le vieux démon n'y était effectivement pour rien. Mais lorsque son regard se posa sur le cadavre de son père, il n'y avait plus ni pitié ni compassion dans le vert de ses yeux.

— Emportez-moi cette charogne, ordonna-t-il aux gardes d'une voix glaciale, et enterrez-le dans la crypte royale, même s'il ne mérite en rien d'être traité en roi.

Il se tourna vers Charm et Sylver.

— Comment ? demanda-t-il. Nous pensions que votre flotte était en route pour la Terre ?

Charm montra Sylver

— Dès que nous avons appris que la Terre avait été attaquée, nous avons fait mouvement pour la protéger. Mais ce jeune mi-dragon, Sylver, connaît bien Tara Duncan. Il nous a appris qu'elle était partie sur Xephrodie. Et qu'il pensait qu'attaquer la planète principale des démons était bien plus productif pour l'aider que d'aller sur Terre. Il faut dire que notre faction guerrière, dirigée par Gravouterichivu, était parfaitement d'accord avec lui. Ainsi que sa grand-tante, qui a beaucoup de poids dans notre gouvernement.

Tara ne dit rien, mais elle imaginait très bien ce que ladite grand-tante avait dû dire : « Envoyons le fils d'Amava se faire tuer à la guerre et gardons notre or. »

— Cela n'a donc pas été si compliqué de nous convaincre de venir ici. Évidemment, nous pensions juste opérer une diversion pour repartir. Nous ne pensions pas du tout que les démons possédaient une flotte aussi importante et engageraient le combat sans nous laisser le temps de nous dégager. (Elle fit une petite grimace.) Ce n'est pas passé loin. Heureusement, le message de Mourmur est arrivé juste à temps. Lisbeth nous avait prévenus qu'elle était entrée en négociation avec les Zavoriens. Cela a fait basculer la bataille. Je dirais donc que cette victoire est surtout le résultat d'un incroyable coup de chance, bien plus que d'une campagne soigneusement préparée.

Les démons accueillirent cette étrange déclaration avec un murmure de dépit, surtout la faction rouge.

Robin se pencha vers Moineau et murmura :

— Ce n'est pas une guerrière. Jamais on n'avoue qu'on a évité un épouvantable massacre par un pur coup de bol !

Fafnir émit un petit ricanement.

— D'habitude, je n'aime pas trop les dragons. Mais celle-là, elle est franche. J'aime bien.

La Reine Noire se tourna vers Archange. Il lui manquait quelques réponses.

— Cette histoire de poison, comment je nous en débarrasse ?

Tara utilisait le phrasé de la Reine Noire comme si elles étaient deux.

— Ils vont s'éliminer tout seuls, répondit Archange. D'ici quelques semaines, et en attendant, seul Gabriel possédait une télécommande. Comme mon père, il partageait sa manie du secret. Je regrette qu'il soit mort avant d'avoir appris que notre père avait implanté une bombe dans tous les humanoïdes. Je pense qu'il aurait été encore plus furieux.

Celui qui s'était exprimé pour la faction bleue se releva de nouveau.

— Mais tout ceci ne règle pas le problème de la comète, s'exclama-t-il (ou elle, Tara n'était jamais sûre du genre de ces démons). Pour l'instant, elle nous cherche dans l'autre univers. Nous avons réussi à nous enfuir. Mais qui nous dit qu'elle ne peut pas nous pourchasser ? Surtout si, comme nous le pensons, elle est manipulée par une mystérieuse race ennemie qui veut notre perte ! À mon avis, ce n'est qu'une question de jours, voire d'heures, avant qu'elle ne vienne ici. Et si elle dévaste notre planète, elle ne s'arrêtera pas en chemin. Nous avons vu ce qu'elle a fait à Xephrodie, aspirant la vie sans pitié. Les âmes sont trop folles pour s'arrêter en si bon chemin. Cette comète, humains, dragons, est autant un problème pour vous que pour nous.

Il braqua un tentacule bleu sur Tara... enfin sur la Reine Noire.

— La puissance magique de l'Héritière l'attirera, c'est sûr. Si l'Héritière pense qu'elle peut parler avec les âmes, comme l'a proposé Archange, alors, nous aimerions vraiment tenter l'expérience, avec votre autorisation.

— C'est hors de question, gronda Cal, protecteur. Nous n'enverrons personne dans l'autre univers, nous ne...

— Elle a déjà frappé, fit Charm d'une voix grave. En venant, nous avons croisé une planète tout aussi grise que Xephrodie. Je ne sais pas si la comète est ici, si elle est revenue ou pas, si elle se cache pour une mystérieuse raison, mais elle a vidé une planète entière de toute vie.

À sa place, une vue d'une planète grise et morte s'afficha devant eux. C'était terrible, parce que les cadavres des animaux et des plantes n'étaient pas encore décomposés. Cela n'était pas arrivé très longtemps auparavant.

— Caliban, fit Tara d'une voix glaciale, rappelant au Voleur qu'elle jouait toujours le rôle de la Reine Noire, nous ne croyons pas avoir demandé ton avis. Et nous pensons que cette petite comète ne fera pas le poids face au pouvoir de la Reine Noire. Elle ne nous fait pas peur.

Cal se renfrogna. Cela dit, vu son air orageux, Tara savait qu'elle allait avoir droit à un sérieux savon dès qu'ils seraient seuls tous les deux. Elle soupira intérieurement.

Un tintement se fit entendre et l'image de Lisbeth, accompagnée de Various, se profila dans une nouvelle fenêtre de l'écran. L'Impératrice d'Omois venait de s'inviter à la fête. Tara voyait qu'elle se trouvait dans son bureau, avec Various et Xandiar.

Et Various faisait quelque chose de très bizarre.

Il était assis sur quelqu'un.

Une sorte de gros type blond, dont les yeux semblaient sur le point de sortir de leurs orbites. Apparemment, il avait été paralysé, sauf sa tête qui s'agitait alors qu'il semblait cramoisi, non seulement de fureur, mais aussi de peur.

— Par les entrailles de Bendruc le Hideux ! s'exclama Lisbeth en voyant la Reine Noire. Lorsque Galant s'est transformé en une espèce de pégase carnivore noir, nous en avons déduit que la Reine Noire était de retour !

— Salut, petite reinette, fit Tara d'un ton particulièrement insultant, ça boume toujours dans ta petite mare ?

Se faire traiter de reine des grenouilles fit grincer les dents de Lisbeth. Mais déjà la Reine Noire s'intéressait à Various.

— Dis donc, mon joli, fit Tara qui s'amusait un peu, histoire de décompresser après tout ce stress, j'aime bien ton nouveau siège, tu me le prêteras ?

— Ah, belle dame, répondit Various avec respect, cela aurait été avec plaisir, mais je crains que ce « siège » ne soit destiné à la casse.

La tête du gros homme blond s'agita de plus belle en entendant sa condamnation à mort.

— Chez nous, les mercenaires de Vilains, celui qui trahit les siens ne fait pas de vieux os, précisa Various le visage soudain dur. Pour quelques crédits-mut, celui-ci s'est vendu aux démons. Notre charte est pourtant très claire à ce sujet. Nous ne travaillons pas avec des gens qui veulent nous annihiler. Mauvais pour le futur business.

Il raconta comment Xandiar, grâce aux scoops disséminées un peu partout dans Tingapour, avait pu tracer le chemin du papillon espion jusqu'à la maison où Voris Guanal récoltait les informations. Ils avaient posé une souricière sur place et Voris était tombée dedans. Croyant que Various était au courant, car lorsqu'un contrat aussi important était conclu, les autres mercenaires étaient avertis, Voris n'avait pas fait de mystère de sa mission.

Empoisonner Tara Duncan pour la mettre à la merci des démons.

S'emparer de la machine anti-fantômes que les démons voulaient utiliser afin de tuer les âmes démoniaques de la comète et non pas, comme le pensaient Lisbeth et Tara, se défendre contre les fantômes. (À ce sujet, Archange confirma qu'ils allaient pouvoir rendre la machine aux humains, vu que cela ne fonctionnait pas du tout, contrairement à ce qu'ils espéraient, contre les âmes démoniaques, protégées par leur magie étrangère.)

Espionner pour les démons.

Bref, trahir AutreMonde.

Voris avait naïvement demandé si tout cela faisait partie d'un plan pour tromper les démons. Parce qu'elle trouvait fichtrement bizarre que les mercenaires de Vilains coopèrent ainsi avec les pires ennemis d'AutreMonde. Cela lui avait valu d'être épargnée, Various s'étant alors rendu compte qu'elle n'avait fait qu'obéir aux ordres, croyant que tout cela faisait partie d'un vaste piège contre les démons.

Grâce à elle, Various et Xandiar avaient pu remonter jusqu'au responsable, un certain Droug Vagris, virulent opposant à Various, qui comptait bien s'enrichir facilement et, surtout, se faire bien voir de ce qu'il considérait comme les futurs maîtres de l'univers.

Various ricana à ce moment du récit.

— Tu sais, Tara, je suis content de t'avoir comme nièce, parce que comme ennemie, tu es assez redoutable. Et tes amis, comme Sylver qui a eu l'intelligence d'amener la flotte des dragons ici, sont tout aussi dangereux que toi. J'espère que cela servira définitivement de leçon à ceux qui essayeraient encore de s'en prendre à nous.

Contrairement à Lisbeth, Various parlait à la Reine Noire comme si elle était toujours Tara. Celle-ci se contenta de lui sourire sans répondre.

Le démon de la faction bleue se releva encore de son fauteuil bleu et tendit de nouveau un tentacule bleu vers Tara, qui se dit que ça faisait vraiment beaucoup de bleu, tout ça.

— Nous sommes très heureux que vous soyez heureux et bla-bla-bla, insista-t-il. Nous sommes vaincus, OK, nous avons compris et vous êtes super super redoutables, genre on va vous utiliser pour faire peur aux petits démons qui ne veulent pas manger leur soupe « si tu ne manges pas ta soupe, la méchante Tara Duncan va venir et t'arracher les entrailles », mais tout ceci ne règle pas notre problème principal, la comète. Allez-vous, oui ou nous, nous aider ? À démasquer la race qui nous a obligés à vous envahir ? Et à détruire la comète ?

La Reine Noire activa sa magie bleu-noir.

— Assis ! ordonna-t-elle. Tu me fatigues. Pourquoi ce serait à nous de régler ton problème, petit démon ? Après tout, c'est vous qui avez créé ce monstre. C'est donc à vous de vous en débarrasser. Moi, je serai d'avis de demander aux Xephrodiennes de vous renvoyer dans votre univers et de vous laisser vous débrouiller avec votre création...

Un silence de mort tomba sur l'assemblée. Tout d'abord parce que les démons étaient sous le choc que Tara soit au courant pour la technologie des Xéphrodiennes. Ensuite parce qu'ils ne pensaient pas un instant qu'elle leur renverrait leur bouse de traduc dans la figure. Comme quoi les gens s'imaginent toujours que quelqu'un d'autre va nettoyer leur slurkier. Eh bien, là, ce n'était pas le cas.

Bien que Tara ne soit pas la Reine Noire à proprement parler, elle en avait cependant certaines des caractéristiques. Dont notamment une certaine implacabilité...

Archange s'éclaircit la gorge.

— En fait, Tara, nous avons essayé. Vraiment. Ce que je t'ai dit était la vérité, dans tout cet écheveau de mensonges. Rien ne peut l'arrêter. Ni les âmes démoniaques de tous les objets démoniaques, parce que nous avons essayé et que cela ne fonctionne pas, ni les armes, ni même les meilleures inventions des Xephrodiennes. Rien ne l'affecte, sa puissance est telle que son champ magique arrête tout. La machine antifantômes que nous avons testée n'a pas plus d'impact sur nos âmes démoniaques, donc je peux imaginer que sur elle cela n'aura aucun effet. Peut-être que la NA fonctionnerait, j'ai cru comprendre qu'elle annihilait toute vie. Peut-être, mais je n'en sais rien. Quoi qu'il en soit, et sans te menacer ni quoi que ce soit, je te le demande. Accepterais-tu, pour tout l'univers et non pas uniquement pour nous (il foudroya du regard le démon de la faction bleue qui se recroquevilla dans son fauteuil), accepterais-tu au moins d'essayer ? À bord d'un vaisseau qui replongerait immédiatement si la comète ne voulait pas vous écouter, toi et les âmes qui te sont alliées ?

Si cela ne fonctionne pas et que la comète revient dans notre univers, alors nous combattrons à vos côtés.

Il avait l'air fatigué, le bel Archange. Après tout, il venait d'être destitué, de voir son père et son frère tués et sa flotte annihilée. Mais il conclut fermement :

— Et nous mourrons à vos côtés.

La Reine Noire fit la grimace.

— Oh, ça va le côté mélodramatique, hein ! Nous allons le faire, petit roi démon. Tara et moi allons discuter avec cette comète. Je vais laisser la place à la blondinette, parce que je doute que la comète accepte de discuter avec moi.

Elle eut un sourire menaçant.

— Mais n'en doutez pas un instant. Je suis là et, au moindre écart, je reviendrai et ça saignera !

La Reine Noire souffla et, l'instant d'après, Tara réapparaissait. La jolie blonde aux yeux bleu marine sourit à tout le monde.

— OK, lâcha-t-elle. Maintenant, on fait comment ?

Chapitre 34

Celle qui hurlait...

Ou crier dans l'espace ne sert pas à grand-chose, vu qu'il n'y a pas d'oxygène pour propager le son...

Ce n'était pas un complot.

Pas la conspiration compliquée d'un ennemi invisible déterminé à anéantir les démons.

Juste une horrible et terrible coïncidence. La mauvaise personne au mauvais moment au mauvais endroit.

Enfin... personne. C'était un peu beaucoup pour désigner l'entité. Cela avait plutôt été une sorte de grosse... baleine ? vache ? Interstellaire.

Pas vraiment un esprit, mais l'équivalent spatial d'un animal placide qui se nourrirait de l'énergie des soleils, paissant dans les innombrables prairies des galaxies.

Elle avait été gigantesque, s'étendant sur des milliers de kilomètres. Un vaisseau aurait pu la traverser sans lui faire de mal, car sa densité n'était pas telle qu'elle puisse en souffrir. Elle faisait juste attention aux gros astéroïdes et aux grosses comètes qui, eux, pouvaient la blesser.

Parfois, elle absorbait bien trop de lumière, ce qui risquait de la faire exploser, et devait alors, très vite, se transporter dans un endroit où ni gravité, ni chaleur, ni quoi que ce soit ne risquait de lui apporter la moindre goutte d'énergie.

Elle était donc en train de dégorger tranquillement son trop-plein d'énergie lorsqu'il se produisit soudain comme une déchirure dans l'espace. Trop placide pour s'en inquiéter, la baleine-vache n'avait pas réagi.

Un objet de fer noir s'était matérialisé à l'intérieur de son corps. Une longue épée où se trouvaient emprisonnées des millions d'âmes torturées.

Cela avait fait un effet étrange à l'entité. Elle avait tenté d'éliminer la sensation, mais l'épée était solidement enfoncée dans son corps, comme si elle se nourrissait de ses molécules éparses. Puis l'espace s'était ouvert encore et un second objet, un anneau, était venu se joindre au premier, même si, du fait du déplacement de l'univers, il se trouvait beaucoup plus loin, bien que toujours dans son corps.

Pendant un certain temps, il ne s'était rien passé de plus, même si l'entité avait senti de plus en plus un étrange malaise la saisir. Elle s'était secouée comme si elle voulait expulser les objets étrangers qui la blessaient. Mais ils semblaient se rapprocher l'un de l'autre, comme des vers progressant dans le corps gigantesque.

Quelque part, à l'endroit où se trouvait son cerveau, bien plus petit que le reste de son corps, se trouvait un noyau plus solide, comme une grosse éponge spongieuse de plusieurs dizaines de mètres de diamètre.

Au terme d'une course qui avait duré l'équivalent de quelques jours, même si l'entité n'avait aucune idée du temps qui passait, les deux objets étaient enfin parvenus à leur but, et s'y étaient enfoncés brutalement.

Une terrible douleur avait terrassé l'entité qui s'était tordue dans les affres d'une presque mort. Les objets venus de nulle part venaient de fusionner avec elle.

Cela avait été une souffrance inimaginable pour cet organisme très simple.

En l'espace de quelques secondes, des milliers d'esprits furieux l'avaient envahie, empoisonnant son corps et son esprit.

Il s'était alors passé deux choses inouïes.

L'entité avait survécu.

Et elle avait accédé à la conscience.

La première chose qu'elle avait faite avait été de « regarder » autour d'elle. Elle était trop étendue, elle devait se concentrer. Mais ici, si loin de la lumière et de la chaleur, c'était difficile. Elle avait donc accompli ce qu'elle avait l'habitude de faire et que découvrirent les esprits, avec surprise.

Elle avait ouvert une brèche dans l'espace et le temps et avait filé vers les soleils qui assuraient sa pâture habituelle. Même si elle savait que ses cellules déjà gorgées d'énergie n'allaient pas pouvoir emmagasiner beaucoup plus sans la faire exploser.

Puis elle avait commencé à manger des rochers. Dès qu'ils passaient dans son corps, elle les transformait en un noyau de lave liquide, puis les amalgamait. Petit à petit, une sphère de magma brûlant avait commencé à prendre forme, de plus en plus grosse, de plus en plus chaude, au fur et à mesure que l'entité avait intensifié les réactions nucléaires dans son corps.

Encore et encore et encore, de plus en plus vite, de plus en plus chaud, jusqu'au moment où l'entité, soutenue par la magie noire des esprits qui l'empêchait d'exploser, s'était transformée en une sorte de soleil noir, brûlant et luisant.

Ils avaient utilisé de nouveau sa puissance afin de s'approcher d'une planète où ils pouvaient sentir de la vie.

Qu'ils avaient aspirée comme un enfant boit un milk-shake. Avec délectation et ne laissant pas une goutte de vie derrière eux.

Une fois repus, les esprits furieux s'étaient rendu compte qu'ils allaient enfin pouvoir faire ce qu'ils attendaient depuis si longtemps.

Retrouver, traquer et annihiler ceux qui les avaient massacrés des milliers d'années auparavant et avaient enfermé leurs esprits dans du fer empoisonné.

Sauf que l'entité ne se trouvait pas dans le bon univers. Et que les esprits n'avaient aucune idée de comment revenir dans leur univers original.

Mais certains d'entre eux se souvenaient. D'une faille qui se trouvait dans l'espace. Accessible, même si elle ne menait plus qu'à une planète détruite.

Comme un chien noir, gigantesque et enflammé, l'entité se mit en chasse. Elle était très loin de ce qu'elle cherchait, mais, au bout de quelques mois, elle parvint au bon endroit. Frémissante d'excitation, elle sentit comme une traction lorsqu'elle arriva à proximité. Oui, la faille existait toujours. Elle pouvait l'utiliser sans se désintégrer, grâce à la puissance combinée des esprits mortels et de la vache stellaire. Qui là, ressemblait plutôt à un taureau furieux prêt à tout dévaster sur son passage.

Elle arriva dans l'autre univers, l'univers étranger dont les âmes étaient issues et qu'elles retrouvèrent avec bonheur… pour autant que le bonheur soit un concept qu'elles puissent encore comprendre. Pourtant, cet univers avait changé. Les soleils autrefois noirs brillaient de jaune, de rouge ou de bleu, la déconcertant.

Mais elle ne se laissa pas distraire. Elle absorba encore de la matière, alourdissant sa masse de pierre et de lave, puis se mit en chasse, avec une seule idée en tête.

Vengeance !

Ce ne fut pas très long. Elle retrouva une planète où elle savait qu'il y avait de la vie. Certaines des âmes gémirent lorsqu'elle commença à aspirer la vie, lentement, parce que c'était difficile, bien plus que ce qu'elle avait fait avec les vies non conscientes qu'elle avait absorbées dans l'autre univers. C'était très lent, mais sous ses tentacules de magie noire la planète se flétrissait, petit à petit.

Soudain, il se produisit quelque chose d'incroyable. L'instant d'avant, elle était en train de se régaler, grossissant lentement des âmes qu'elle absorbait, démons et fourmis mêlés.

L'instant d'après, la planète avait disparu.

Hurlant de rage, elle se mit en chasse pendant des jours et des jours, recherchant les planètes dans cet univers, en vain.

Soudain, alors qu'elle essayait de comprendre, dans sa folie, ce qui s'était passé, comme un requin qui sent quelques gouttes de sang dans l'eau, loin, très loin, elle sentit que la vie était revenue dans cet univers froid et stérile.

Triomphante, elle fonça vers le petit point qui rayonnait devant elle, délicieuse perspective d'un festin, même si, à l'intérieur, au plus profond d'elle, restait cette interrogation : où étaient les autres planètes ?

Soudain, alors qu'elle allait refermer ses griffes sur la source du pouvoir qui la narguait, elle sentit quelque chose.

La petite boule de métal était propulsée par des moteurs, de la *technologie* devant elle avait tracé un sillon, qu'elle contempla avec stupéfaction. Les âmes venaient de comprendre.

Elle plongea.

Angelica avait raison. On avait l'impression d'être retourné comme un gant et c'était très désagréable.

Le petit vaisseau de Tara se matérialisa sans dommage, aux alentours de l'endroit où s'était trouvée la planète principale des démons.

Tara stabilisa son vaisseau et fit tout ce qu'on lui avait expliqué. Le scanspace se mit à sonder l'espace autour d'elle. Il matérialisa tous les objets célestes alentour et repérerait la comète dès qu'elle serait à proximité de ses senseurs.

Devant elle, comme une menace dorée, flottait la sphère NA. Sa tante la lui avait donnée avec beaucoup de précautions. Ils ignoraient si le savant avait mis une petite sauvegarde sur la sphère, permettant à celui ou celle qui l'activerait de s'échapper avant.

La jeune fille blonde savait qu'elle risquait de mourir. Mais autant, auparavant, elle savait qu'elle allait mourir pour retrouver ses parents, autant là, elle savait que la NA allait tout anéantir. Pas de paradis et de fin de vie heureuse pour elle.

Puisant dans la Pierre Vivante, elle activa son pouvoir. Ils ne savaient pas très bien comment la comète maléfique repérait la vie, mais si les calculs de Mourmur étaient exacts, la boule de feu noire serait capable de sentir la vie à des millions de tatrolls de là où elle se trouvait. Seule la jeune fille pouvait attirer la terrifiante entité afin qu'elle vienne la dévorer, car elle était l'unique source de vie dans cet univers stérilisé par les soleils défaillants.

Et le pouvoir de Tara serait irrésistible, comme un phare bleu dans la nuit.

Puis elle activa l'amplificateur. Le gadget que Mourmur, les ingénieurs fourmis et démons avaient mis au point permettait aux âmes alliées à Tara d'envoyer un message. « Nous sommes là. Nous sommes comme vous. Nous pouvons toutes nous libérer et vous aider, les humains sont nos alliés, nous avons trouvé un moyen. » Le tout en boucle.

Et si la comète n'écoutait pas, la mortelle petite sphère de métal doré était devant Tara. Dès qu'elle sentirait que la comète attaquait, que les senseurs de son vaisseau la détectaient, il suffirait qu'elle touche la NA pour que l'enfer se déclenche. Son vaisseau plongerait en même temps. Il ne lui resterait plus qu'à espérer qu'elle aurait le temps de revenir dans son univers avant que la NA ne s'active.

Elle n'était pas seule. Mourmur avait découvert ses égaux dans les incroyables Honorables Jaunes qui maniaient la physique, la chimie et les mathématiques avec autant d'aisance que lui. Ils avaient ensemble mis au point un ansible, capable grâce à Tara ne savait quelle particule de retransmettre sa voix d'un univers à un autre.

Dans son oreillette, elle entendait le souffle de Cal, étrangement silencieux. Elle le remercia sans un mot. S'il parlait, elle allait s'effondrer. Son sacrifice allait sauver des milliards de vies.

Ils s'étaient dit adieu. Cela avait été difficile. Ses amis avaient voulu venir avec elle, mais elle avait refusé. Inutile de sacrifier plus d'une seule personne. Et si elle échouait, ils auraient besoin de tous les sortceliers pour sauver la Terre et AutreMonde.

Sans compter qu'elle espérait que son pouvoir pourrait la protéger. Lui donner les quelques secondes dont elle avait besoin. Elle n'était donc pas résignée, juste déterminée.

Les sept objets démoniaques étaient calmes. Ses amis les lui avaient rendus afin qu'elle soit au maximum de sa puissance.

Les sept avaient accepté la potentialité du sacrifice tout autant qu'elle. Même mieux qu'elle, parce que, même s'ils savaient qu'ils n'iraient pas non plus dans leur paradis, la souffrance du fer empoisonné cesserait. Quel que soit le choix de la comète.

Sur son épaule, Galant frissonnait. Pas de peur. Il n'avait pas peur de mourir puisqu'il était avec Tara. Mais de regret. Elle entendait ses pensées et à quel point il regrettait de ne pas avoir fait des tas de choses. Elle serra les dents. Il avait raison, ils étaient bien trop jeunes pour mourir !

Une alarme se mit à sonner, les faisant sursauter tous les deux. Elle fit pivoter le vaisseau d'un quart de tour vers l'endroit que lui indiquait le senseur ultrasensible qui venait de repérer l'entité.

Elle était là. Même si Tara ne la voyait pas encore. Fonçant sans doute vers elle afin de la gober comme une araignée le ferait d'un papillon.

Et vu sa vitesse et sa féroce détermination, la comète n'avait pas l'air d'écouter du tout ce que disaient les âmes alliées.

Tara tendit la main, prête à toucher la sphère, à déchaîner les ondes mortelles en espérant que la comète allait s'arrêter, lorsque soudain Cal hurla dans son oreille, au point qu'elle faillit faire tomber la sphère dans un mouvement de surprise. Elle comprit que le point représentant la comète sur son scanspace avait disparu depuis quelques secondes.

— TARA ! hurlait Cal. TARA, ne déclenche pas la sphère, TARA !

La bouche sèche, le cœur battant, Tara activa sa com-console tandis que, soudain, les alarmes s'arrêtaient.

— Quoi ? Cal ? Que se passe-t-il ?

La voix de Cal s'emplit d'un soulagement infini.

— Tu es vivante ! Tu es vivante !

Tara faillit répliquer que les fantômes ne parlaient pas, avant de se souvenir que si, dans cet univers, cela pouvait arriver. Elle se contenta donc d'un simple :

— Je n'ai pas encore déclenché la sphère, mais l'alarme vient de m'avertir que l'entité s'approche !

Elle entendit Cal prendre une grande inspiration.

— Alors ça, ça m'étonnerait.

Tara crut que le chagrin avait fait perdre la tête à Cal. Jusqu'au moment où elle se rendit compte que l'alarme ne sonnait plus, que si le bip lumineux représentant la comète avait disparu de son scanspace, ce n'était pas parce que le scanspace était tombé en panne, mais pour une autre raison.

Parce que Cal prononça la phrase qui la figea sur place, terrifiée.

— Que les dieux d'AutreMonde nous aident, dit-il d'un ton lugubre. *Elle* est ici !

Fin

La suite et fin du cycle dans le prochain Tara Duncan :
PLANÈTES MAGIQUES

Lexique détaillé d'AutreMonde
(et d'ailleurs)

L'étonnante AutreMonde

AutreMonde est une planète sur laquelle la magie est très présente. D'une superficie d'environ une fois et demie celle de la Terre, AutreMonde effectue sa rotation autour de son soleil en 14 mois ; les jours y durent 26 heures et l'année compte 454 jours. Deux lunes satellites, Madix et Tadix, gravitent autour d'AutreMonde et provoquent d'importantes marées lors des équinoxes.

Les montagnes d'AutreMonde sont bien plus hautes que celles de la Terre, et les métaux qu'on y exploite sont parfois dangereux à extraire du fait des explosions magiques. Les mers sont moins importantes que sur Terre (il y a une proportion de 45 % de terre pour 55 % d'eau) et deux d'entre elles sont des mers d'eau douce.

La magie qui règne sur AutreMonde conditionne aussi bien la faune, la flore que le climat. Les saisons sont, de ce fait, très difficiles à prévoir (AutreMonde peut se retrouver en été sous un mètre de neige !). Pour une année dite « normale », il y a pas moins de sept saisons. Saisons d'AutreMonde : Kaillos saison 1 (temps très froid, pouvant aller jusqu'à – 30 à – 50 °C selon les régions d'AutreMonde), Botant saison 2 (début de la saison tempérée équivalant au printemps terrien), Trebo saison 3, Faitcho saison 4, Plucho saison 5, Moincho saison 6, Saltan (saison des pluies).

De nombreux peuples vivent sur AutreMonde, dont les principaux sont les humains, les nains, les géants, les trolls/ogres, les vampyrs, les gnomes, les lutins, les elfes, les licornes, les chimères, les tatris, les salterens et les dragons.

Les pays d'AutreMonde

Omois • Capitale : Tingapour. Emblème : le paon pourpre aux cent yeux d'or. Habitants : humains et divers. Omois est dirigé par l'Impératrice Lisbeth'tylanhnem T'al Barmi Ab Santa Ab Maru et son demi-frère l'Imperator Sandor T'al Barmi Ab March Ab Brevis. Il comporte environ 200 millions d'habitants. Il commerce avec les autres pays et entretient la plus grosse armée d'elfes à part celle de Selenda.

Lancovit • Capitale : Travia. Emblème : licorne blanche à corne dorée, dominée par le croissant de lune d'argent. Habitants : humains et divers. Le Lancovit est dirigé par le roi Bear et sa femme Titania. Il possède environ 80 millions d'habitants. Le Lancovit est l'un des rares pays à accepter les vampyrs, avec qui le pays a noué des liens ancestraux.

Gandis • Capitale : Géopole. Emblème : mur de pierres « masksorts », surmonté du soleil d'AutreMonde. Gandis est dirigé par la puissante famille des Groars. C'est à Gandis que se trouvent l'île des Roses Noires et les Marais de la Désolation.

Hymlia • Capitale : Minat. Emblème : enclume et marteau de guerre sur fond de mine ouverte. Habitants : nains. Hymlia est dirigé par le clan des Forgeafeux. Robustes, souvent aussi hauts que larges, les nains sont les mineurs et forgerons d'AutreMonde et ce sont également d'excellents métallurgistes et joailliers. Ils sont aussi connus pour leur très mauvais caractère, leur détestation de la magie et leur goût pour les chants longs et compliqués. Ils possèdent un don précieux, que curieusement ils ne considèrent pas comme de la magie, qui leur permet de passer à travers la pierre ou de la liquéfier à la main pour dégager leurs mines.

Krankar • Capitale : Kria. Emblème : arbre surmonté d'une massue. Habitants : trolls, ogres, orcs, gobelins. Les trolls sont énormes, poilus, verts avec d'énormes dents plates, et sont végétariens. Ils ont mauvaise réputation car, pour se nourrir, ils déciment les arbres (ce qui horripile les elfes), et ont tendance à perdre facilement patience, écrasant alors tout sur leur passage. Ceux des trolls qui avalent de la viande, par hasard ou volontairement, se transforment en ogres, à longues dents et gros appétit. Ils sont alors chassés du Krankar et doivent vivre parmi les autres peuples, qui les acceptent… tant qu'ils ne leur servent pas de dîner. Certains d'entre eux refusent de partir et forment des bandes composées d'ogres, d'orcs et de gobelins qui rendent le Krankar peu sûr.

La Krasalvie • Capitale : Urla. Emblème : astrolabe surmonté d'une étoile et du symbole de l'infini (un huit couché). Habitants : vampyrs. Les vampyrs sont des sages. Patients et cultivés, ils passent la majeure partie de leur très longue existence en méditation et se consacrent à des activités mathématiques et astronomiques. Ils recherchent le sens de la vie. Se nourrissant uniquement de sang, ils élèvent du bétail : des brrraaas, des mooouuus, des chevaux, des chèvres – importées de Terre –, des moutons, etc. Cependant, certains sangs leur sont interdits : le sang de licorne ou d'humain les rend fous, diminue leur espérance de vie de moitié et déclenche une allergie mortelle à la lumière solaire ; leur morsure devient alors empoisonnée et leur permet d'asservir les humains qu'ils mordent. De plus, il paraît que si leurs victimes sont contaminées par ce sang vicié, celles-ci deviennent à leur tour des vampyrs, mais des vampyrs corrompus et mauvais. Cela dit, les cas d'humains ou d'elfes transformés en vampyrs sont tellement rares qu'on pense que c'est juste une légende. Les vampyrs victimes de cette malédiction sont impitoyablement pourchassés par leurs congénères (les célèbres et redoutées Brigades Noires), ainsi que par tous les peuples d'AutreMonde. S'ils sont capturés, ils sont emprisonnés dans des prisons spéciales et meurent alors d'inanition.

Le Mentalir • Vastes plaines de l'Est sur le continent de Vou. Habitants : licornes et centaures. Pas d'emblème. Les vastes plaines de l'Est sont le pays des licornes et des centaures. Les licornes sont de petits chevaux à corne spiralée et unique (qui peut se dévisser), elles ont des sabots fendus et une robe blanche. Si certaines licornes n'ont pas d'intelligence, d'autres sont de véritables sages, dont l'intellect peut rivaliser avec celui des dragons. Cette particularité fait qu'il est difficile de les classifier dans la rubrique peuple ou dans la rubrique faune.

Les centaures sont des êtres moitié homme (ou moitié femme), moitié cheval ; il existe deux sortes de centaures : les centaures dont la partie supérieure est humaine et la partie inférieure cheval, et ceux dont la partie supérieure du corps est cheval et la partie inférieure humaine. On ignore de quelle manipulation magique résultent les centaures, mais c'est un peuple complexe qui ne veut pas se mêler aux autres, sinon pour obtenir les produits de première nécessité, comme le sel ou les onguents. Farouches et sauvages, ils n'hésitent pas à larder de flèches tout étranger désirant passer sur leurs terres.

On dit dans les plaines que les chamans des tribus des centaures attrapent les pllops, grenouilles blanc et bleu très venimeuses, et lèchent leur dos pour avoir des visions du futur. Le fait que les centaures aient été pratiquement exterminés par les elfes durant la Grande Guerre des Étourneaux peut faire penser que cette méthode n'est pas très efficace.

Selenda • Capitale : Seborn. Emblème : lune d'argent pleine au-dessus de deux arcs opposés, flèches d'or encochées. Habitants : elfes. Les elfes sont, comme les sortceliers, doués pour la magie. D'apparence humaine, ils ont les oreilles pointues et des yeux très clairs à la pupille verticale, comme celle des chats. Les elfes habitent les forêts et les plaines d'AutreMonde et sont de redoutables chasseurs. Ils adorent aussi les combats, les luttes et tous les jeux impliquant un adversaire, c'est pourquoi ils sont souvent employés dans la police ou les forces de surveillance, afin d'utiliser judicieusement leur énergie. Mais quand les elfes commencent à cultiver le maïs ou l'orge enchanté, les peuples d'AutreMonde s'inquiètent : cela signifie qu'ils vont partir en guerre. En effet, n'ayant plus le temps de chasser en temps de guerre, les elfes se mettent alors à cultiver et à élever du bétail ; ils reviennent à leur mode de vie ancestral une fois la guerre terminée.

Autres particularités des elfes : ce sont les elfes mâles qui portent les bébés dans de petites poches sur le ventre – comme les marsupiaux – jusqu'à ce que les petits sachent marcher. Enfin, une elfe n'a pas droit à plus de cinq maris !

Smallcountry • Capitale : Small. Emblème : globe stylisé entourant une fleur, un oiseau et une aragne. Habitants : gnomes, lutins P'abo, fées et gobelins. Petits, râblés, dotés d'une houppette orange, les gnomes se nourrissent de pierres et sont, comme les nains, des mineurs. Leur houppette est un détecteur de gaz très efficace : tant qu'elle est dressée, tout va bien, mais dès qu'elle s'affaisse, les gnomes savent qu'il y a du gaz dans la mine et s'enfuient. Ce sont également, pour une inexplicable raison, les seuls à pouvoir communiquer avec les Diseurs de Vérité.

Les P'abo, les petits lutins bruns très farceurs de Smallcountry, sont les créateurs des fameuses sucettes Kidikoi. Capables de projeter des illusions ou de se rendre provisoirement invisibles, ils adorent l'or qu'ils gardent dans une bourse cachée. Celui qui parvient à trouver la bourse peut faire deux vœux que le lutin aura l'obligation d'accomplir afin de récupérer son précieux or. Cependant, il est toujours dangereux de demander un vœu à un lutin car ils ont une grande faculté de « désinterprétation »… et les résultats peuvent être inattendus.

Les fées s'occupent des fleurs et lancent des sorts minuscules mais efficaces, les gobelins essayent de manger les fées et en général tout ce qui bouge.

Salterens • Capitale : Sala. Emblème : grand ver dressé tenant un cristal de sel bleu dans les dents. Habitants : salterens. Les salterens sont les esclavagistes d'AutreMonde. Terrés dans leur impénétrable désert, mélange bipède de lion et de guépard, ce sont des pillards et des brigands qui exploitent les mines de sel magique (à la fois condiment et ingrédient magique). Ils sont dirigés par le Grand Cacha et par son Grand Vizir, Ilpabon, et divisés en plusieurs puissantes tribus.

Tatran • Capitale : Cityville. Emblème : équerre, compas et boule de cristal sur fond de parchemin. Habitants : tatris, camhboums, tatzboums. Les tatris ont la particularité d'avoir deux têtes. Ce sont de très bons organisateurs (ils ont souvent des emplois d'administrateurs ou travaillent dans les plus hautes sphères des gouvernements, tant par goût que grâce à leur particularité physique). Ils n'ont aucune fantaisie, estimant que seul le travail est important.

Ils sont l'une des cibles préférées des P'abo, les lutins farceurs, qui n'arrivent pas à imaginer un peuple totalement dénué d'humour et tentent désespérément de faire rire les tatris depuis des siècles. D'ailleurs, les P'abo ont même créé un prix qui récompensera celui d'entre eux qui sera le premier à réussir cet exploit.

Les camhboums, sortes de grosses mottes jaunes aux yeux rouges et tentacules, sont également des administratifs, souvent bibliothécaires. Les tatzboums sont en général des musiciens et jouent des mélodies extraordinaires grâce à leurs tentacules.

Les autres planètes

Dranvouglispenchir • Planète des dragons. Énormes reptiles intelligents, les dragons sont doués de magie et capables de prendre n'importe quelle forme, le plus souvent humaine. Pour s'opposer aux démons qui leur disputent la domination des univers, ils ont conquis tous les mondes connus, jusqu'au moment où ils se sont heurtés aux sortceliers terriens. Après la bataille, ils ont décidé qu'il était plus intéressant de s'en faire des alliés que des ennemis, d'autant qu'ils devaient toujours lutter contre les démons. Abandonnant alors leur projet de dominer la Terre, les dragons ont cependant refusé que les sortceliers la dirigent mais les ont invités sur AutreMonde, pour les former et les éduquer. Après plusieurs années de méfiance, les sortceliers ont fini par accepter et se sont installés sur AutreMonde. Les dragons vivent sur de nombreuses planètes, sur Terre, sur AutreMonde, sur Madix et Tadix, sur leur planète bien sûr, le Dranvouglispenchir, et s'obstinent à fourrer leur museau dans toutes les affaires humaines qui les amusent beaucoup. Leurs plus terribles ennemis sont les habitants des Limbes, les démons. Ils n'ont pas d'emblème.

Les Limbes • Univers démoniaque, le domaine des démons. Les Limbes sont divisés en différents mondes, appelés cercles, et, selon le cercle, les démons sont plus ou moins puissants, plus ou moins civilisés. Les démons des cercles 1, 2 et 3 sont sauvages et très dangereux ; ceux des cercles 4, 5 et 6 sont souvent invoqués par les sortceliers dans le cadre d'échanges de services (les sortceliers pouvant obtenir des démons des choses dont ils ont besoin et vice versa). Le cercle 7 est le cercle où règne le roi des démons. Les démons vivant dans les Limbes se nourrissent de l'énergie démoniaque fournie par les soleils maléfiques. S'ils sortent des Limbes pour se rendre sur les autres mondes, ils doivent se nourrir de la chair et de l'esprit d'êtres intelligents pour survivre. Ils avaient commencé à envahir l'univers jusqu'au jour où les dragons sont apparus et les ont vaincus lors d'une mémorable bataille. Depuis, les démons sont prisonniers des Limbes et ne peuvent aller sur les autres planètes que sur invocation expresse d'un sortcelier ou de tout être doué de magie. Les démons supportent très mal cette restriction de leurs activités et cherchent un moyen de se libérer.

L'unique raison pour laquelle les démons voulaient envahir la Terre est qu'ils sont aqualics. L'eau de mer agit sur eux comme de l'alcool et il n'en existe nulle part dans leur univers. Ils adorent le goût de nos océans. Leur credo est « massacrer tout le monde en buvant de l'eau salée ».

Santivor • Planète glaciale des Diseurs de Vérité, végétaux intelligents et télépathes.

Faune, flore et proverbes d'AutreMonde

Aiglelong • Prédateur volant qui se nourrit des faucongyres.

Aragne • Originaires de Smallcountry, comme les spalendditals, les aragnes sont aussi utilisées comme montures par les gnomes et leur soie est réputée pour sa solidité. Dotées de huit pattes et de huit yeux, elles ont la particularité de posséder une queue, comme celle des scorpions, munie d'un dard empoisonné. Les aragnes sont extrêmement intelligentes et adorent poser des charades à leurs futures proies.

Arbres Déjangir • Ils sont couverts de fleurs de toutes les couleurs et de toutes les formes pendant toute l'année, qu'il fasse beau, mauvais, chaud ou qu'il gèle, un peu comme si l'arbre ne savait pas très bien comment se décider pour telle ou telle fleur ou telle ou telle saison. Lorsqu'un courtisan abuse et met trop de bijoux ou des vêtements trop ostentatoires et décalés, on dit de lui qu'il est un Déjangir.

Astophèle • Les astophèles sont des petites fleurs roses qui ont la propriété de neutraliser l'odorat pendant quelques jours. Les animaux évitent soigneusement les champs d'astophèles, ce qui convient parfaitement aux plantes, qui ont développé cette étrange faculté pour échapper aux brouteurs de toutes sortes. Les humains devant s'occuper des traducs, dont la chair est délicieuse mais la puanteur légendaire, utilisent le baume d'astophèle pour neutraliser leur odorat.

Balboune • Immenses baleines, les balbounes sont rouges et deux fois plus grandes que les baleines terrestres. Leur lait, extrêmement riche, fait l'objet d'un commerce entre les liquidiens, tritons et sirènes et les solidiens, habitants de terre ferme. Le beurre et la crème de balboune sont des aliments délicats et très recherchés. Les baleines d'AutreMonde chantent des mélodies inoubliables. « Chanter comme une balboune » est un compliment extraordinaire.

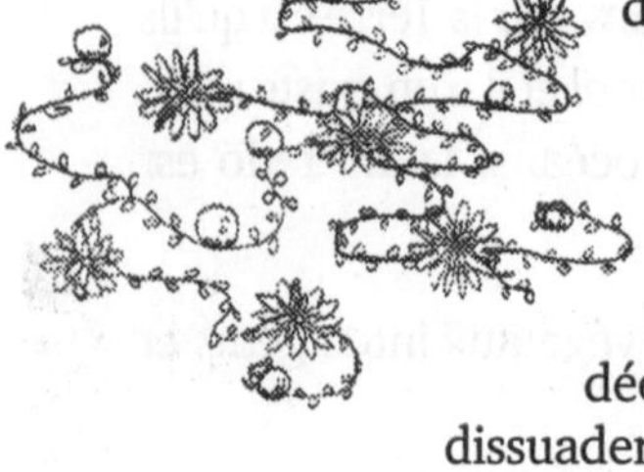

Ballorchidée • Magnifiques fleurs, les ballorchidées doivent leur nom aux boules jaunes et vertes qui les contiennent avant qu'elles n'éclosent. Plantes parasites, elles poussent extrêmement vite. Elles peuvent faire mourir un arbre en quelques saisons puis, en déplaçant leurs racines, s'attaquer à un autre arbre. Les arbres d'AutreMonde luttent contre les ballorchidées en sécrétant des substances corrosives afin de les dissuader de s'attacher à eux.

Bang-bang • Plantes rouges dont les extraits cristallins donnent une euphorie totale qui conduit à l'extase puis à la mort pour les humains. Les trolls, eux, s'en servent contre le mal de dents.

Béée • Moutons à la belle laine blanche, les bééés se sont adaptés aux saisons très variables de la planète magique et peuvent perdre leur toison ou la faire repousser en quelques heures. Les éleveurs utilisent d'ailleurs cette particularité au moment de la tonte : ils font croire aux bééés (sur AutreMonde, on dit « crédule comme un béée ») qu'il fait brutalement très chaud et ceux-ci se débarrassent alors immédiatement de leur toison.

Bendruc le Hideux • Divinité des Limbes démoniaques, Bendruc est si laid que même les autres dieux démons éprouvent un certain respect pour son aspect terrifiant. Ses entrailles ne sont pas dans son corps, mais en dehors, ce qui, lorsqu'il mange, permet à ses adorateurs de regarder avec intérêt le processus de digestion en direct.

Bizzz • Grosses abeilles rouge et jaune, les bizzz, contrairement aux abeilles terriennes, n'ont pas de dard. Leur unique moyen de défense, à part leur ressemblance avec les saccats, est de sécréter une substance toxique qui empoisonne tout prédateur voulant les manger. Le miel qu'elles produisent à partir des fleurs magiques d'AutreMonde a un goût incomparable. On dit souvent sur AutreMonde « doux comme du miel de bizzz ».

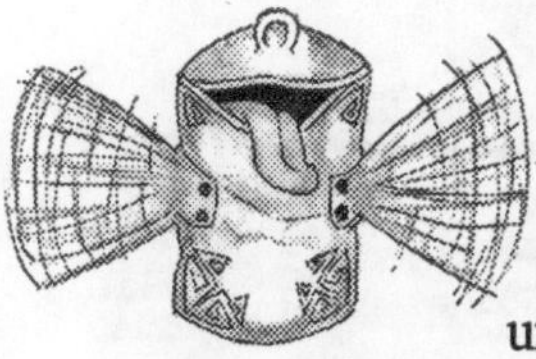

Blaz • Équivalent des pouf-pouf nettoyeurs, mais volants, les blaz sont la terreur des araignées d'AutreMonde qu'ils traquent sans pitié.

Blll • Les bllls sont des poissons ailés qui passent une partie de leur temps dans l'eau et l'autre, lorsqu'ils doivent se reproduire, en dehors. Très gracieux et magnifiques par leurs couleurs chatoyantes, ils sont souvent utilisés en décoration, dans de ravissantes piscines.

Blour • Petites fleurs très rouges qui ont un parfum si puissant qu'il pourrait déboucher le nez du plus enrhumé des nains. Elles sont beaucoup utilisées en hiver, car, comme beaucoup de fleurs sur AutreMonde, grâce à la magie, elles fleurissent toute l'année. De plus, elles attirent les papillons, si bien qu'il n'est pas rare de voir la barbe des nains recouverte de dizaines de papillons, ce qu'ils adorent. Un grand concours annuel a d'ailleurs été créé et le nain qui attire le plus grand nombre de papillons gagne le prix.

Blurps • Étonnante preuve de l'inventivité de la magie sur AutreMonde, les blurps sont des plantes insectoïdes. Dissimulées sous la terre, ressemblant à de gros sacs de cuir rougeâtre, une partie dans l'eau et l'autre sur terre, elles s'ouvrent pour avaler l'imprudent. Les petites blurps ressemblent à des termites, et s'occupent d'approvisionner la plante mère en victimes en les rabattant vers elle. Une fois grandes, elles s'éloignent du nid et plantent leurs racines, s'enfonçant dans la terre, et le processus se répète. On dit souvent sur AutreMonde « égaré dans un nid de blurps » pour désigner quelqu'un qui n'a aucune chance de s'en sortir.

Bobelle • Splendide oiseau d'AutreMonde un peu semblable à un perroquet. Les bobelles se nourrissent de magie pure et sont donc très attirés par les sortceliers.

Boudule filtreur • Gros organismes ressemblant à des sacs bleus qui se nourrissent des déchets dans les ports d'eau salée d'AutreMonde, gardant ainsi l'eau claire et pure.

Boulvis • Petits écureuils gris et violets d'AutreMonde, à la fourrure soyeuse, qui possèdent une membrane entre les membres, qu'ils utilisent afin de « voler » de branche en branche – enfin « planer » serait plus juste.

Bouvelgoul • Contrairement à nos cultures, où nous utilisons des punching-balls ou des sparring-partners que nous sommes censés ne pas trop abîmer, les démons, eux, utilisent des bouvelgouls, des corps de démons morts et conservés afin qu'on puisse leur taper dessus pour s'entraîner. Des partenaires zombies, quoi. Eh oui, je confirme, c'est vraiment yerk, parce qu'ils perdent forcément des bouts de trucs au bout d'un moment…

Breubière • Ainsi nommée parce qu'à la première gorgée on frissonne et on fait breuuu et qu'on se demande si on va avoir le courage de boire la seconde…

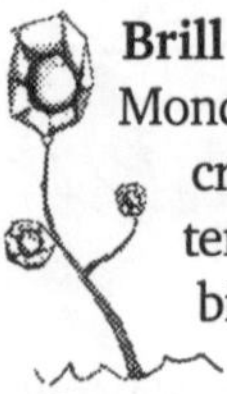

Brill • Mets très recherché sur AutreMonde, les pousses de brill se nichent au creux des montagnes magiques d'Hymlia et les nains, qui les récoltent, les vendent très cher aux commerçants d'AutreMonde. Ce qui fait bien rire les nains (qui n'en consomment pas) car à Hymlia, les brills sont considérés comme de la mauvaise herbe.

Brillante • Lointaines cousines des fées, les brillantes sont les luminaires d'AutreMonde. Elles peuvent adopter plusieurs formes, soit de jolies petites fées miniatures et lumineuses avec des ailes, soit des serpents ailés et lumineux eux aussi, selon les continents. Elles font leurs nids sur les réverbères et partout où les AutreMondiens les attirent. Très lumineuses, une seule brillante peut éclairer toute une pièce.

Brolk • Bordel. Soit **Brolk de slurk** • Bordel de merde.

Brolvure • Injure naine. Assez intraduisible en fait. Le plus proche serait « résidu glaireux/morveux du plus grand lâche de l'univers ». Les nains méprisent la lâcheté… et ont horreur d'être enrhumés, parce qu'éternuer au mauvais moment dans une mine peut avoir pour conséquence de se prendre des centaines de tonnes de rocs sur la tête. Ceci est donc leur plus mortelle insulte.

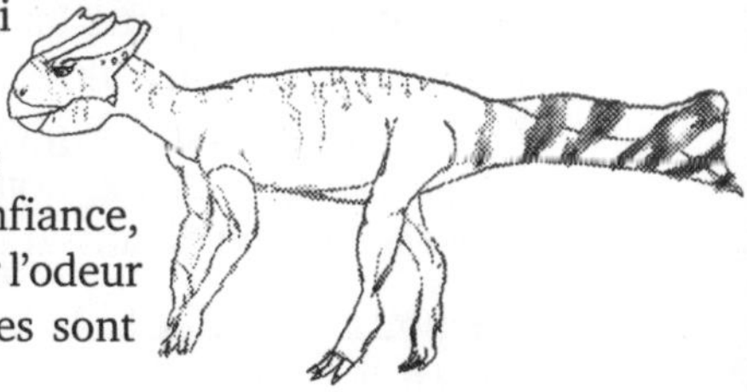

Broux • Lézard se nourrissant exclusivement de crottes de draco-tyrannosaure. Faites-moi confiance, vous ne voulez pas savoir à quoi peut ressembler l'odeur de ses entrailles… certaines armes biologiques sont moins dangereuses.

Brrraaa • Énorme bœuf au poil très fourni dont les géants utilisent la laine pour leurs vêtements. Les brrraaas sont très agressifs et chargent tout ce qui bouge, ce qui fait qu'on rencontre souvent des brrraaas épuisés d'avoir poursuivi leur ombre. On dit souvent « têtu comme un brrraaa ».

Brumm • Variété de gros navets à la chair rose et délicate très appréciés sur AutreMonde.

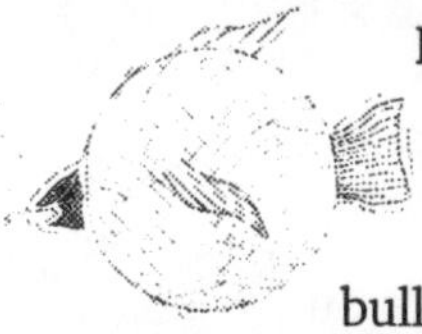

Bulle-sardine • La bulle-sardine est un poisson qui a la particularité de se dilater lorsqu'il est attaqué ; sa peau se tend au point qu'il est pratiquement impossible de la couper. Ne dit-on pas sur AutreMonde « indestructible comme une bulle-sardine » ?

Camélin • Le camélin, qui tient son nom de sa faculté à changer de couleur selon son environnement, est une plante assez rare. Dans les plaines du Mentalir, sa couleur dominante sera le bleu, dans le désert de Salterens, il deviendra blond ou blanc, etc. Il conserve cette faculté une fois cueilli et tissé. On en fait un tissu précieux qui, selon son environnement, change de couleur.

Camelle brune • Plante en forme de cœur, dont les feuilles sont comestibles. Beaucoup de voyageurs ont pu survivre sans aucune autre alimentation que des feuilles de camelle. La plante peut arborer différentes couleurs selon les saisons et les endroits. On l'appelle aussi « plante du voyageur ». Son goût ressemble un peu à celui d'un sandwich au fromage dont elle a d'ailleurs la consistance vaguement spongieuse.

Cantaloup • Plante carnivore, agressive et vorace, la cantaloup se nourrit d'insectes et de petits rongeurs. Ses pétales, aux couleurs variables mais toujours criardes, sont munis d'épines acérées qui « harponnent » leurs proies. De la taille d'un gros chien, les cantaloups sont difficiles à cueillir et constituent un mets de choix sur AutreMonde.

Chaman • Ce sont les guérisseurs, les médecins d'AutreMonde. Car si tous les sortceliers peuvent appliquer des Reparus, il est de nombreuses maladies qui ne peuvent pas être soignées grâce à ce sort si pratique. Les chamans sont également les maîtres des herbes et des potions.

Catcak • Mélasse, issue de la barkrave, extrêmement poisseuse et sucrée, à éviter impérativement lorsqu'on porte des fausses dents ou un dentier, sous peine de partir vite fait chez le chaman ou dentiste le plus proche… Lorsque quelqu'un est un peu trop mielleux, doucereux ou s'incruste dans une conversation, on dit aussi : il est trop catcaku ce type !

Chapotte • Sorte de biche aux grands yeux dont la principale caractéristique est d'attendrir tellement les chasseurs qu'ils n'osent pas lui tirer dessus, se mettent à pleurer pour un oui ou pour un non et en général renoncent définitivement à chasser. On dit d'une personne très charmeuse qu'elle est une chapotte.

Chatrix • Les chatrix sont des sortes de grosses hyènes noires, très agressives, aux dents empoisonnées, qui ne chassent que la nuit. On peut les apprivoiser et les dresser, et elles sont parfois utilisées comme gardiennes par l'Empire d'Omois.

Chimère • Souvent conseillère des souverains d'Autre-Monde, la chimère est composée d'une tête de lion, d'un corps de chèvre et d'une queue de dragon.

Clac-cacahuète • Les clac-cacahuètes tiennent leur nom du bruit très caractéristique qu'elles font quand on les ouvre. On en tire une huile parfumée, très utilisée en cuisine par les grands chefs d'AutreMonde… et les ménagères avisées.

Crochiens • Chacals verts du désert du Salterens, les crochiens chassent en meute.

Crogroseille • Le jus de crogroseille est désaltérant et rafraîchissant. Légèrement pétillant, il est l'une des boissons favorites des AutreMondiens.

Crouiccc • Gros mammifère omnivore bleu aux défenses rouges, les crouicccs, connus pour leur très mauvais caractère, sont élevés pour leur chair savoureuse. Une troupe de crouicccs sauvages peut dévaster un champ en quelques heures : c'est la raison pour laquelle les agriculteurs d'AutreMonde utilisent des sorts anticrouiccc pour protéger leurs cultures.

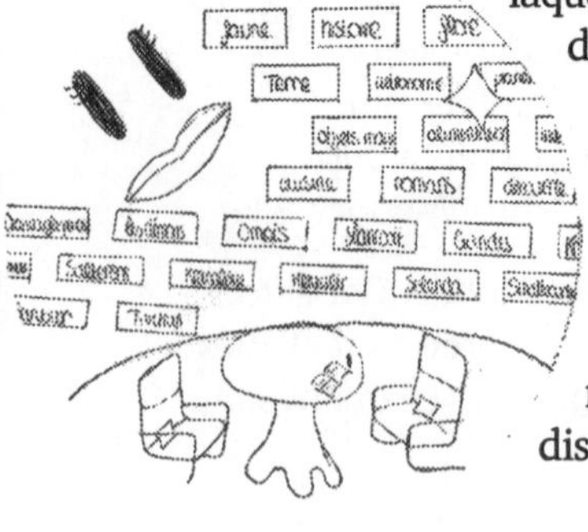

Discutarium / Devisatoire (en fonction du peuple qui l'emploie) • Entité intelligente recensant tous les livres, films et autres productions artistiques de la Terre, d'AutreMonde, du Dranvouglispenchir mais également des Limbes démoniaques. Il n'existe quasiment pas de question à laquelle la Voix, émanation du discutarium, n'ait la réponse.

Diseurs de Vérité • Végétaux intelligents, originaires de Santivor, glaciale planète située près d'AutreMonde. Les Diseurs sont télépathes et capables de déceler le moindre mensonge. Muets, ils communiquent grâce aux gnomes bleus, seuls capables d'entendre leurs pensées.

Draco-tyrannosaure • Cousins des dragons, mais n'ayant pas leur intelligence, les draco-tyrannosaures ont de petites ailes, mais ne peuvent pas voler. Redoutables prédateurs, ils mangent tout ce qui bouge et même tout ce qui ne bouge pas. Vivant dans les forêts humides et chaudes d'Omois, ils rendent cette partie de la planète particulièrement inappropriée au développement touristique.

Drots • Équivalents de cafards.

Droufs de Tranlkur • Ceci étant un livre familial, disons que les droufs sont un attribut spécifiquement masculin. Et que Tranlkur est un dieu particulièrement apprécié des déesses…

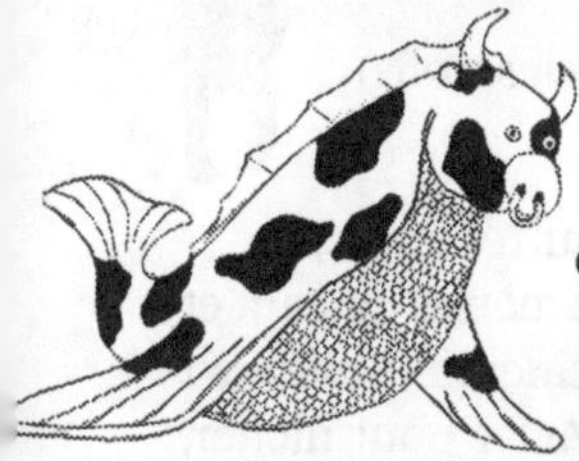

Drummm • Gros poisson ressemblant à une vache, paissant au fond des mers, dont les arêtes sont si épaisses qu'on dit des côtelettes de drummm. Son goût est délicat et sa saveur proche de celle du thon rouge.

Effrit • Race de démons qui s'est alliée aux humains contre les autres démons lors de la grande bataille de la Faille. Pour les remercier, ils ont reçu de la part de Demiderus l'autorisation de venir dans notre univers sur simple convocation d'un sortcelier. Ils ont décidé d'utiliser leurs pouvoirs pour aider les humains sur AutreMonde. Les moins puissants d'entre eux sont utilisés comme serviteurs, messagers, policiers, etc.

Élémentaire • Il existe plusieurs sortes d'Élémentaires : de feu, d'eau, de terre et d'air. Ils sont en général amicaux, sauf les Élémentaires de feu qui ont assez mauvais caractère, et aident volontiers les AutreMondiens dans leurs travaux ménagers quotidiens.

Faucongyre • Prédateur d'AutreMonde qui, du fait de son incroyable faculté de virer sur l'aile, semble comme monté sur un gyroscope, d'où son nom.

Fruir • Énorme taupe de toutes les couleurs qui passe son temps à perdre des bandes de très longs poils, dont le duvet en dessous forme une sorte de velours d'une incroyable douceur. Le seul problème, c'est que les poils du dessus sont terriblement durs et difficiles à raser, et de plus gorgés de magie, ce qui fait que si l'on utilise la magie pour les couper, ça les fait exploser. Il est donc compliqué d'obtenir du velours de fruir rasé et ça coûte une véritable fortune.

Gambole • La gambole est un animal couramment utilisé en sorcellerie. Petit rongeur aux dents bleues, il fouit très profondément le sol d'Autre-

Monde, au point que sa chair et son sang sont imprégnés de magie. Une fois séché, et donc « racorni », puis réduit en poudre, le « racorni de gambole » permet les opérations magiques les plus difficiles. Certains sortceliers utilisent également le racorni de gambole pour leur consommation personnelle car la poudre procure des visions hallucinatoires. Cette pratique est strictement interdite sur AutreMonde et les accros au racorni sont sévèrement punis.

Gammaglis • Verre transparent et ultra-solide qui équipe toutes les maisons des démons. Dans le cas des maisons, impossible donc de faire comme dans les films sur Terre ou sur AutreMonde, où le héros échappe à ses poursuivants en passant à travers la vitre. S'il essaye de faire ça sur l'une des planètes des démons, sa carrière de héros sera nettement plus courte que prévu... On l'utilise aussi pour équiper les vaisseaux des démons de grandes baies ouvrant sur les étoiles et l'espace, lorsque ceux-ci se sont rendu compte qu'ils étaient un tantinet claustrophobes, ancienne race chevaline habituée aux grands espaces.

Gandari • Plante proche de la rhubarbe, avec un léger goût de miel.

Gazz • Petit quadrupède au poil lisse et rouge (ou vert chez les trolls), couronné de bois.

Géant d'Acier • Arbre gigantesque d'AutreMonde, le Géant d'Acier peut atteindre deux cents mètres de haut et la circonférence de son tronc peut aller jusqu'à cinquante mètres ! Les pégases utilisent souvent les Géants d'Acier pour nicher, mettant ainsi leur progéniture à l'abri des prédateurs.

G'ele d'Arctique • Minuscule animal à fourrure très blanche, capable de survivre à des températures de - 80 °C grâce à un sang antigel. Sa fourrure est très recherchée, car les g'ele meurent au bout de deux printemps, le 1er de Plucho exactement. Les chasseurs de g'ele vont alors en Arctique où la température remonte à un confortable - 20 °C et cherchent les g'ele. Le seul problème étant que l'animal se cache dans un trou pour mourir et que, sa fourrure étant parfaitement blanche, elle est difficile à repérer. Et mettre la main dans tous les trous n'est pas une bonne idée, du fait des krokras, sortes de phoques qui se cachent sous la banquise et mangent tous ceux qui s'aventurent près de leurs trous.

Gélisor • Divinité mineure des Limbes démoniaques dont l'haleine est si violente que ses adorateurs ne peuvent entrer dans son temple que le museau/gueule/visage couvert par un linge aromatisé. Même les mouches ne peuvent survivre dans le temple de Gélisor. Et lors des réunions avec les autres dieux, il est prié de se laver les crocs avant de venir, histoire que la réunion soit un minimum supportable. Il est également interdit de fumer à proximité de Gélisor.

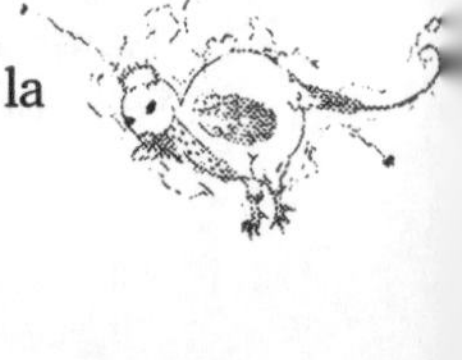

Gliir • Le gliir des marais puants est un oiseau incapable de voler qui, pour échapper à ses prédateurs, a adopté la même technique de survie que les traducs, puer autant qu'il le peut, en ingérant la yerk, une plante à l'odeur capable de repousser la plus coriace des mouches à sang.

Glouton étrangleur • Comme son nom l'indique, le glouton étrangleur est un animal velu et allongé qui utilise son corps comme une corde pour étrangler ses victimes.

Glurps • Sauriens à la tête fine, vert et brun, ils vivent dans les lacs et les marais. Très voraces, ils sont capables de passer plusieurs heures sous l'eau sans respirer pour attraper l'animal innocent venu se désaltérer. Ils construisent leurs nids dans des caches au bord de l'eau et dissimulent leurs proies dans des trous au fond des lacs.

Graox • Curieux animal d'AutreMonde, ressemblant à un gros cochon violet au groin aplati capable de se transformer en haut-parleur et possédant un énorme goitre qui lui sert de caisse de résonance. À la saison des amours, en Kaillos, le graox, pour attirer les femelles, pousse des hurlements assourdissants, tellement violents qu'ils rendent sourds tous ceux qui se trouvent autour de lui. Il est la cause de la migration d'une grande partie des animaux d'AutreMonde pendant cette période du mois. Tout le reste du temps, il est totalement muet, invisible et discret. Les scientifiques pensent que les femelles se précipitent vers eux non pas attirées par leurs cris, mais pour les faire taire…

Harpie • Femme-oiseau d'AutreMonde qui ne communique qu'avec des injures. Les harpies sont crasseuses. Ce sont des mercenaires qui vivent principalement dans les montagnes. Leurs griffes sont venimeuses et, comme il n'existe pas d'antidote, leur venin est très recherché. Elles en font commerce.

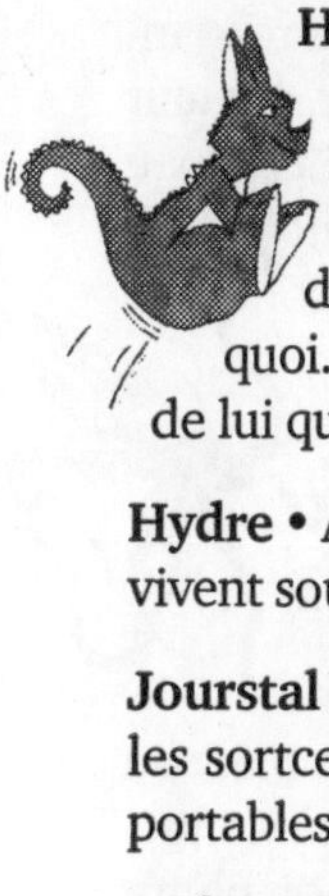

Hop-hop • Petit animal très curieux d'AutreMonde. Il ne progresse que par bonds, un peu comme les kangourous sur Terre, sauf que lui saute partout et sans cesse. De fait, il rend la tâche assez difficile à ses prédateurs (ce qui est le but) parce qu'il est impossible de savoir dans quelle direction il va bondir, quand et surtout pourquoi. Sur AutreMonde, lorsque quelqu'un est très agité, on dit de lui qu'il est « dérangé comme un hop-hop ».

Hydre • À trois, cinq ou sept têtes, les hydres d'AutreMonde vivent souvent dans les fleuves et dans les lacs.

Jourstal (pl. : jourstaux) • Journaux d'AutreMonde que les sortceliers et nonsos reçoivent sur leurs boules, écrans, portables de cristal (enfin, s'ils sont abonnés…).

Kalorna • Ravissantes fleurs des bois, les kalornas sont composées de pétales rose et blanc légèrement sucrés qui en font des mets de choix pour les herbivores et omnivores d'AutreMonde. Pour éviter l'extinction, les kalornas ont développé trois pétales capables de percevoir l'approche d'un prédateur. Ces pétales, en forme de gros yeux, leur permettent de se dissimuler très rapidement. Malheureusement, les kalornas sont

également extrêmement curieuses, et elles repointent le bout de leurs pétales souvent trop vite pour pouvoir échapper aux cueilleurs. Ne dit-on pas « curieux comme une kalorna » ?

Kax • Utilisée en tisane, cette herbe est connue pour ses vertus relaxantes. Si relaxantes d'ailleurs qu'il est conseillé de n'en consommer que dans son lit. Sur AutreMonde, on l'appelle aussi la molmol, en référence à son action sur les muscles. Et il existe une expression qui dit : « Toi t'es un vrai kax ! » ou : « Oh, le molmol ! », pour qualifier quelqu'un de très mou.

Keltril • Métal lumineux et argenté utilisé par les elfes pour leurs cuirasses et protections. À la fois léger et très résistant, le keltril est quasiment indestructible.

Kévilia • Pierres lumineuses et transparentes, proches du diamant mais bien plus étincelantes, de couleur si forte qu'elles peuvent illuminer une pièce, bleues, vertes, roses, jaunes ou rouges, les kévilias sont très rares et sont les pierres les plus précieuses d'AutreMonde. Pour préciser que quelque chose a une grande valeur, sur AutreMonde on dit : « Il pèse son poids de Kévilia. »

Kidikoi • Sucettes créées par les P'abo, les lutins farceurs. Une fois qu'on en a mangé l'enrobage, une prédiction apparaît en son cœur. Cette prédiction se réalise toujours, même si le plus souvent celui à qui elle est destinée ne la comprend pas. Des Hauts Mages de toutes les nations se sont penchés sur les mystérieuses kidikoi pour essayer d'en comprendre le fonctionnement, mais ils n'ont réussi qu'à récolter des caries et des kilos en trop. Le secret des P'abo reste bien gardé.

Krakdent • Animaux originaires du Krankar, les krakdents ressemblent à une peluche rose mais sont extrêmement dangereux, car leur bouche extensible peut quintupler de volume et leur permet d'avaler à peu près n'importe quoi. Beaucoup de touristes sur AutreMonde ont terminé leur vie en prononçant la phrase : « Regarde comme il est mign… »

Kraken • Gigantesque pieuvre aux tentacules noirs, on la retrouve, du fait de sa taille, dans les mers d'AutreMonde, mais elle peut également survivre en eau douce. Les krakens représentent un danger bien connu des navigateurs.

Kré-kré-kré • Petits rongeurs au pelage jaune citron ressemblant au lapin, les kré-kré-kré, du fait de l'environnement très coloré d'AutreMonde, échappent assez facilement à leurs prédateurs. Bien que leur chair soit plutôt fade, elle nourrit le voyageur affamé ou le chasseur patient. Sur AutreMonde, les kré-kré-kré sont également élevés en captivité.

Krel doré • Arbres sensitifs d'AutreMonde, ils reflètent en d'impressionnantes débauches de couleurs les sentiments des animaux ou des gens qui les frôlent ou les traversent.

Kri-kri • Sorte de sauterelles violet et jaune dont les centaures font une consommation effrénée mais dont le cri cri cri strident dans les hautes herbes peut aussi rendre fou celui qui tente de dormir.

Kroa ou croa • Grenouille bicolore, la kroa constitue le principal menu des glurps qui les repèrent aisément à cause de leur chant particulièrement agaçant.

Krok-requin • Le krok-requin est un prédateur des mers d'AutreMonde. Énorme animal aux dents acérées, il n'hésite pas à s'attaquer au célèbre kraken et, avec ce dernier, rend les mers d'AutreMonde peu sûres aux marins.

Krouse • Sorte de grosses roses sauvages de toutes les couleurs délicieusement parfumées.

Kroux • Sortes de poux violets qui ont la particularité curieuse de produire une petite musique joyeuse lorsqu'ils se reproduisent, ce qui est assez contestable comme technique de survie lorsqu'on a plutôt intérêt à être discret…

Krruc • Ressemble vaguement à un croisement entre un homard et un crabe, mais avec dix pinces. Ce qui en fait un mets très recherché sur AutreMonde.

Licorne • Petit cheval aux pieds fourchus et à la corne unique. Les licornes sont de sages penseurs grâce à l'herbe de la Connaissance du Mentalir.

Loup-garou • Peuple Anazasi, enlevé par le roi des dragons et placé sur le Continent Interdit, ses membres ont été transformés en loups-garous. Humains capables de se transformer en loups à volonté et dont la force, la rapidité et l'agilité sont extrêmes, même sous leur forme humaine. Un loup-garou peut contaminer un humain en le mordant, mais exclusivement sous sa forme lupine. Contrairement aux loups-garous terriens, les loups-garous d'AutreMonde ne dépendent pas de la pleine lune et peuvent se transformer à volonté. Délivrés par Tara Duncan, le peuple des loups inquiète beaucoup les AutreMondiens du fait de leur force et de leur agressivité, d'autant que le seul métal qui peut réellement les blesser est l'argent. La seule autre méthode pour tuer un loup-garou est la décapitation. Sachant que le loup-garou en question a de grandes chances d'être trois ou quatre fois plus fort que vous, cette dernière méthode est à déconseiller. Les loups sont dirigés par des Alphas.

Maddix • Une des lunes d'AutreMonde – le satellite austère.

Mangeur de Boue • Habitants des Marais de la Désolation à Gandis, les mangeurs de boue sont de grosses boules de poils qui se nourrissent des éléments nutritifs contenus dans la boue, d'insectes et de nénuphars. Les tribus primitives des mangeurs de boue ont peu de contact avec les autres habitants d'AutreMonde.

Manuril • Les pousses de manuril, blanches et juteuses, forment un accompagnement très prisé des habitants d'AutreMonde.

Miam • Sorte de grosse cerise rouge de la taille d'une pêche.

Mooouuu • Ce sont des élans sans corne à deux têtes. Quand une tête mange, l'autre reste vigilante pour surveiller les prédateurs. Pour se déplacer, les mooouuus font des bonds gigantesques de côté, comme des crabes.

Mouche à sang • C'est une mouche dont la piqûre est très douloureuse. Nombreux sont les animaux qui ont développé de longues queues pour tuer les mouches à sang.

Mouchtique • Plus grosses que les mouches à sang, les mouchtiques se posent discrètement sur les traducs et autres brrraaas et s'enfouissent dans leur chair, provoquant de petits nodules, qu'il faut entailler pour les en faire sortir, car elles sécrètent des toxines qui peuvent tuer le bétail.

Mrmoum • Fruits très difficiles à cueillir, car les mrmoumiers sont d'énormes plantes animées qui couvrent parfois la superficie d'une petite forêt. Dès qu'un prédateur s'approche, les mrmoumiers s'enfoncent dans le sol avec ce bruit caractéristique qui leur a donné leur nom. Ce qui fait qu'il peut être très surprenant de se promener sur AutreMonde et, tout à coup, de voir une forêt entière de mrmoumiers disparaître, ne laissant qu'une plaine nue.

Nonsos • Les nonsos (contraction de « non-sortceliers ») sont des humains ne possédant pas le pouvoir de sortcelier.

Œufs de splouf • Le splouf est un oiseau argenté à crête rouge des forêts de Selenda, patrie des elfes. La raison de son nom, c'est que ses œufs, délicieux au demeurant, sont si fragiles que dès qu'on les effleure, ils se brisent, souvent dans un grand « splouf ». Comme l'oiseau ne peut se domestiquer, il est difficile d'obtenir ses œufs, qui sont donc très prisés.

Oiseau de feu • Curieuse forme de vie sur AutreMonde dont les plumes flambent continuellement et se renouvellent. Les oiseaux de feu nichent sur les igniteurs, les seuls arbres ignifugés d'AutreMonde, qui peuvent supporter leurs nids. Totalement hydrophobes, la moindre goutte d'eau peut les tuer.

Oiseau Roc • L'oiseau Roc est un volatile géant. Bon, on vous dit « volatile géant », et vous vous imaginez une sorte de gros aigle, au pire un condor. Pas du tout. L'oiseau Roc fait la taille d'une fusée Ariane, d'ailleurs, l'animal magique est capable de vivre dans l'espace, et est utilisé par les sortceliers pour mettre les satellites en orbite. Fort heureusement, l'oiseau se nourrit de la lumière des deux soleils d'AutreMonde et n'a pas besoin d'éliminer. Sinon, vous imaginez la taille des fientes ?

Pégase • Chevaux ailés, leur intelligence est proche de celle du chien. Ils n'ont pas de sabots, mais des griffes pour pouvoir se percher facilement, et font souvent leur nid en haut des Géants d'Acier.

Pierre de Bonder • Pierre d'AutreMonde qui a la particularité de réverbérer les sons, au point qu'il est inutile d'utiliser un micro.

Piqqq • Comme leur nom l'indique, les piqqqs sont des insectes d'AutreMonde qui, comme les mouches à sang, se nourrissent du sang de leurs victimes. La différence, c'est qu'ils injectent un venin puissant pour fluidifier le sang de leurs proies et que de nombreux traducs, mooouuus ou bééés se sont littéralement vidés de leur sang après avoir été attaqués par des piqqqs. Heureusement, ils se tiennent surtout aux alentours des marais où ils pondent leurs œufs.

Pllop • Grenouille blanc et bleu très venimeuse, utilisée par les centaures qui lèchent son dos pour avoir des visions du futur.

Pouf-pouf • Petites boîtes sur pattes avec un gros couvercle qui avale tous les déchets qui tombent par terre. Il est conseillé sur AutreMonde de faire attention à ce qu'on lâche involontairement, sous peine de devoir aller le rechercher dans la gueule d'une pouf-pouf. Les chercheurs qui ont inventé les pouf-pouf (c'est un organisme mi-magique, mi-technologique) les ont programmées afin que les déchets qu'elles ne peuvent pas utiliser nutritionnellement soient transférés automatiquement par mini-portes de transfert intégrées dans un trou noir de la galaxie d'Andromède.

Pouic • Petite souris rouge capable de se téléporter physiquement d'un endroit à un autre et munie de deux queues. Son ennemi naturel est le mrrr, sorte de gros chat orange à oreilles vertes qui bénéficie de la même capacité.

Prroutt • Plante carnivore d'AutreMonde d'un jaune morveux, elle exhale un fort parfum de charogne pourrie pour attirer les charognards et les prédateurs ; qu'elle engloutit dès qu'ils s'approchent à portée de ses tentacules. Sur AutreMonde, l'insulte « puer comme une prroutt » rivalise avec « puer comme un traduc ».

Rominet • Animal le plus rapide d'AutreMonde. Tellement rapide, d'ailleurs, qu'on n'est même pas sûr qu'il existe réellement, vu que personne n'a jamais réussi à le photographier ou à le filmer… Dès qu'on voit filer du coin de l'œil une ombre vaguement poilue, on dit : « Oh, je crois bien que j'ai vu un rominet ! » (P.-S. : la légende dit que seule la race des titis, des canaris jaunes légèrement hystériques, peut voir les rominets…)

Rouge-banane • Équivalent de nos bananes, sauf pour la couleur et leur taille plus importante.

Rous • Sorte d'énorme rose au parfum délicat qui a la particularité de fleurir tout le temps, que ce soit en hiver ou en été. Lorsqu'elle est cueillie, elle peut rester fraîche pendant plusieurs mois, voire plusieurs années. On dit que la fameuse rous qui se trouve dans l'emblème personnel de la famille de la reine Titania vient de la rous qui fut donnée à son ancêtre, la fameuse Bête, à qui il fut prédit que s'il ne trouvait pas l'amour sous sa forme de Bête avant que la rous ne se fane, il resterait sous cette forme à jamais. Coup de bol pour lui, la sortcelière qui l'envoûta avait choisi une rous d'Omois, dont la variété est particulièrement résistante. Sinon, Moineau n'aurait jamais vu le jour…

Saccat • Gros insecte volant communautaire rouge et jaune, venimeux et très agressif, producteur d'un miel particulièrement apprécié sur AutreMonde. Seuls les nains peuvent consommer les larves de saccat dont ils sont très friands, tous les autres risquant de se retrouver bêtement avec un essaim dans le ventre, la carapace des larves ne pouvant pas être dissoute par le suc digestif des humains ou des elfes.

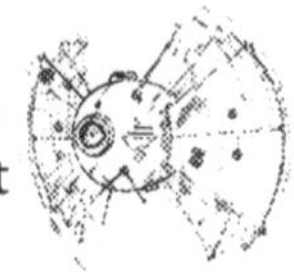

Scoop • Petite caméra ailée, produit de la technologie d'AutreMonde. Semi-intelligente, la scoop ne vit que pour filmer et transmettre ses images à son cristalliste.

Scrogneupluf • Petit animal particulièrement stupide dont l'espèce ne doit sa survie qu'au fait qu'il se reproduit rapidement. Ressemble à un croisement entre un ragondin et un lapin sous anxiolytiques. « Scrogneupluf » est un juron fréquent sur AutreMonde pour désigner quelqu'un ou quelque chose de vraiment stupide.

Sèche-corps • Entités immatérielles, sous-Élémentaires de vent, les sèche-corps sont utilisés dans les salles de bains, mais également en navigation sur AutreMonde où ils se nomment alors « souffle-vent ».

Sensitive • Arbre empathique aux magnifiques feuilles dorées et au tronc blanc qui reflète les sentiments profonds des gens, raison pour laquelle il n'y en avait habituellement pas dans les villes… Ils mouraient trop vite.

Serpent milière • Serpent des Marais de la Désolation, qui se déplace exclusivement dans la boue, grâce à des sortes de minuscules écailles aplaties sur les côtés. Mis dans l'eau, le milière coule.

Slice • Petit oignon vert très fort. Qui donne une haleine… remarquable… dans le sens qu'on ne peut pas éviter de la remarquer… à moins d'avoir le nez extrêmement bouché. (P.-S. : et encore…)

Slurp • Le jus de slurp, plante originaire des plaines du Mentalir, a étrangement le goût d'un fond de bœuf délicatement poivré. La plante a reproduit cette saveur carnée afin d'échapper aux troupeaux de licornes, farouchement herbivores. Cependant, les habitants d'AutreMonde, ayant découvert la caractéristique gustative du slurp, ont pris l'habitude d'accommoder leurs plats avec du jus de slurp. Ce qui n'est pas de chance pour les slurps…

Snuffy rôdeur • Ressemblant à un renard bipède, vêtu le plus souvent de haillons, un grand sac sur le côté, le snuffy rôdeur est un pilleur de poulailler et de spatchounier, ce qui fait qu'il n'est pas très aimé des fermiers d'AutreMonde. Il a la particularité, peu connue, de pouvoir se dédoubler, ce qui lui permet de se libérer lui-même des prisons où il est souvent enfermé.

Sopor • Plante pourvue de grosses fleurs odorantes, elle piège les insectes et les animaux avec son pollen soporifique. Une fois l'insecte ou l'animal

endormi, elle l'asperge de pollen afin qu'il joue le rôle d'agent fécondant. L'insecte ou l'animal se réveille au bout d'un moment et, en passant dans d'autres champs, féconde ainsi d'autres fleurs. Les sopors ne sont pas dangereuses, mais, en endormant leurs pollinisateurs, les exposent à d'autres prédateurs. Raison pour laquelle on voit souvent des carnivores aux alentours des champs de sopors, carnivores ayant appris à retenir leur souffle le temps d'attraper leur proie et de la sortir du champ. On dit sur AutreMonde : « Ce type est somnifère comme un champ de sopors. »

Sortcelier • Humain, elfe ou toute autre entité intelligente possédant l'art de la magie.

Soupilute • Équivalent AutreMondien de « salopard ». « Espèce de soupilute » est très souvent employé, les soupilutes étant une tribu de guerriers des montagnes d'Hymlia, réputée pour le caractère sournois de ses membres. Sournois et poilus, les soupilutes tirent une grande fierté des énormes masses de poils couvrant leur corps, mais curieusement laissant leur tête parfaitement chauve.

Spalendital • Sorte de scorpions, les spalendítals sont originaires de Smallcountry. Domestiqués, ils servent de montures aux gnomes qui utilisent également leur cuir très résistant. Les gnomes adorant les oiseaux (dans le sens gustatif du terme), ils ont littéralement dépeuplé leur pays, ouvrant ainsi une niche écologique aux insectes et autres bestioles. En effet, débarrassés de leurs ennemis naturels, ceux-ci ont pu grandir sans danger, chaque génération étant plus nombreuse que la précédente. Le résultat pour les gnomes est que leur pays est envahi de scorpions géants, d'araignées géantes, de mille-pattes géants.

Spatchoune • Les spatchounes sont des dindons géants et dorés qui gloussent constamment en se pavanant et qui sont très faciles à chasser. On dit souvent « bête comme un spatchoune », ou « vaniteux comme un spatchoune ». Un spatchounier est l'équivalent d'un poulailler sur AutreMonde.

Stridule • Équivalent de nos criquets. Les stridules peuvent être très destructeurs lorsqu'ils migrent en nuages, dévastant alors toutes les cultures se trouvant sur leur passage. Les stridules produisent une bave très fertile, couramment utilisée en magie.

Tadix • Une des lunes d'AutreMonde – la planète casino.

Tak • Sorte de petit rat vert ou gris, que l'on retrouve dans les ports. Les taks sont redoutés des marins car ils peuvent ronger un bateau en quelques jours. Ce qui prouve qu'ils n'ont pas un gros instinct de survie, parce qu'une fois le bateau rongé, les taks se noient.

Taludi • Les taludis sont de petits animaux à trois yeux en forme de casque blanc qui sont capables d'enregistrer n'importe quoi. Ils se nourrissent de pellicule ou d'électricité et voient à travers les illusions, ce qui en fait des témoins précieux et incorruptibles. Il suffit de les mettre sur sa tête pour voir ce qu'ils ont vu.

Taormi • Redoutables souris à tête de fourmis dont la piqûre est horriblement douloureuse, les taormis sont capables de décimer une forêt entière lorsque l'une des fourmilières/nids décide de migrer. Elles produisent également un miel très sucré, apprécié des animaux d'AutreMonde, mais particulièrement difficile à obtenir sans y laisser la vie.

Tatchoum • Petite fleur jaune dont le pollen, l'équivalent du poivre sur AutreMonde, est extrêmement irritant. Respirer une tatchoum permet de déboucher n'importe quel nez.

Tatroll • Pour la facilité de la traduction AutreMondien/Terrien, l'auteur a directement converti les tatrolls en kilomètres et les batrolls en mètres. Un troll faisant trois mètres de haut, un batroll fait donc un mètre et demi et un tatroll un kilomètre et demi.

Tchaouf • Le tchaouf est l'animal le plus maladroit d'AutreMonde. Gris sombre, hirsute, avec un étrange plumet jaune sur la tête, ressemblant à un mélange d'éléphant et d'hippopotame, avec une très courte trompe en forme de trompette rouge, le tchaouf passe son temps à s'emmêler ses six pattes et tombe à peu près tous les trois mètres. De nombreux prédateurs ont ainsi été écrasés alors qu'ils tentaient d'abattre un tchaouf…

Tchelf • Le tchelf est un animal des Limbes qui ressemble à un gros ballon rempli de liquide. Liquide qu'il largue sans états d'âme lorsqu'il veut s'envoler afin d'échapper à ses prédateurs ou qu'il a peur. L'inconvénient, c'est que ledit liquide pue horriblement. « Tu t'es parfumé au tchelf, ce matin » est un compliment dans les Limbes, signifiant que la puanteur du tchelf est appréciée par les démons.

Téodir • Sorte de champagne des dragons. Les humains trouvent que ça a un vague goût d'antigel.

T'hoculine • Fleur composée de pierres précieuses changeant de couleur régulièrement. La fleur de pierre est considérée comme l'un des plus beaux joyaux vivants d'AutreMonde et en acquérir une est extrêmement difficile, car elle n'est cultivée que sur la très dangereuse île de Patrok.

Tolis • L'équivalent des amandes sur AutreMonde.

Toye • Herbe rappelant un mélange détonant entre de l'ail très fort et un oignon trop fait. Le toye est une épice très prisée par les habitants d'AutreMonde.

Traduc • Ce sont de gros animaux élevés par les centaures pour leur viande et leur laine. Ils ont la particularité de sentir très mauvais, ce qui les protège des prédateurs, sauf des crrrèks, petits loups voraces capables d'obturer leurs narines pour ne pas sentir l'odeur des traducs. « Puer comme un traduc malade » est une insulte très répandue sur AutreMonde.

Treee • Petits oiseaux couleur rubis dans les forêts d'AutreMonde et verts dans celle des trolls. Leur nom est dû au cri très spécial (treeeeeeee) qu'ils poussent.

Tricroc • Arme enchantée trouvant immanquablement sa cible, composée de trois pointes mortelles, souvent enduites de poison ou d'anesthésique, selon que l'agresseur veut faire passer sa victime de vie à trépas ou juste l'endormir.

Trr rouge • Bois imputrescible, dont les rondins sont souvent utilisés pour les maisons et surtout pour les auberges, parce qu'il est difficile à briser et ne craint pas la bière.

T'sil • Vers du désert de Salterens, les t'sils s'enfouissent dans le sable et attendent qu'un animal passe. Ils s'y accrochent alors et percent la peau ou la carapace. Les œufs pénètrent le système sanguin et sont disséminés dans le corps de l'hôte. Une centaine d'heures plus tard, les œufs éclosent et les t'sils mangent le corps de leur victime pour sortir. Sur AutreMonde, la mort par t'sil est l'une des plus atroces. C'est la raison pour laquelle il n'y a pas beaucoup de touristes tentés par un trekking dans le désert de Salterens. S'il existe un antidote contre les t'sils ordinaires, il n'y en a pas contre les t'sils dorés dont l'attaque conduit immanquablement à la mort.

Tzinpaf • Délicieuse boisson à bulles à base de cola, de pomme et d'orange, le tzinpaf est rafraîchissant et dynamisant.

Velours (bois de) • Bois fort prisé sur AutreMonde pour sa solidité et sa magnifique couleur dorée, très utilisé en marqueterie et pour les sols. Sa texture particulière fait qu'à la vue il semble glacé et qu'au toucher il est comme une profonde moquette moelleuse.

Ver taraudeur • Le ver taraudeur se reproduit en insérant ses larves sous la peau des animaux pendant leur sommeil. Bien que non mortelle, sa morsure est douloureuse et il faut la désinfecter immédiatement avant que les larves ne se propagent dans l'organisme. « Quel ver taraudeur celui-là ! » est une insulte désignant quelqu'un qui s'incruste.

Vlir • Petite prune dorée d'AutreMonde, assez proche de la mirabelle, mais plus sucrée.

Vloutour • Oiseau charognard d'AutreMonde gris et jaune ayant beaucoup de mal à voler, le vloutour est capable de digérer à peu près n'importe quoi. Ses intestins peuvent survivre à sa mort et continuer à digérer des choses, des mois durant. Les tripes de vloutour sont souvent utilisées en magie, notamment pour conserver la fraîcheur des potions.

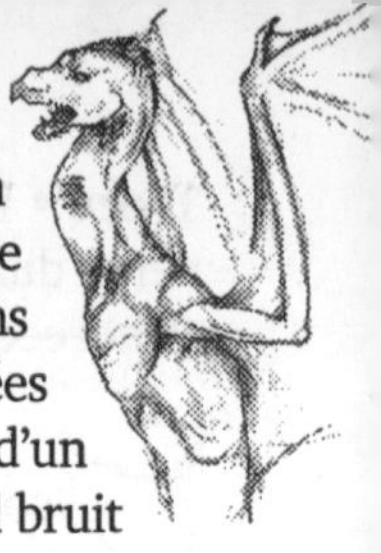

Vouivre • Lézard ailé volant surtout la nuit, pouvant mesurer jusqu'à trente mètres de long et piscivore. La vouivre possède une pierre précieuse enchâssée dans son front, qui neutralise les effets de certains poisons, et les différentes parties de son corps sont souvent utilisées pour des potions. On murmure que la première vouivre serait née d'un œuf de coq, impossibilité biologique qui à l'époque avait fait grand bruit dans le poulailler et déclenché une série de questions très embarrassantes pour le pauvre volatile.

Vrrir • Félins blanc et doré à six pattes, favoris de l'Impératrice. Celle-ci leur a jeté un sort afin qu'ils ne voient pas qu'ils sont prisonniers de son palais. Là où il y a des meubles et des divans, les vrrirs voient des arbres et des pierres confortables. Pour eux, les courtisans sont invisibles et, quand ils sont caressés, ils pensent que c'est le vent qui ébouriffe leur fourrure.

Vv'ols • Petits moineaux d'AutreMonde, capables d'agir comme un seul organisme devant un danger, en reproduisant la silhouette de redoutables prédateurs qui font fuir leurs attaquants. Exemple : si des vvols sont attaqués par des faucongyres, ils se massent et forment le corps d'un aiglelong, qui attaque les faucongyres. Ceux-ci, trompés, s'enfuient et le nuage de vv'ols se défait.

Xel • Ce sont des fleurs qui ne poussent qu'une seule fois par siècle sur AutreMonde et exclusivement dans les glaces des pôles. Peu de temps avant leur apparition, une race très spéciale de bizzz entièrement blanche naît dans les glaces, comme si les insectes savaient que les fleurs allaient fleurir. Nuit et jour, pendant les deux mois où les fleurs sèment leur pollen, elles passent de corolle en corolle et font leur travail de pollinisatrices, puis récoltent le pollen pour en faire le miel le plus précieux, le plus extraordinaire d'AutreMonde. On dit que manger du miel de xel, c'est comme monter tout droit au paradis.

Wyverne • Servantes des dragons, les wyvernes sont des sortes de lézards géants aux écailles dorées, capables de se tenir en position bipède grâce à des hanches pivotantes. Moins intelligentes que les dragons, elles composent une grosse partie de leurs forces armées et n'ont aucun sens de l'humour, surtout un fusil à neutron entre les pattes. Elles seraient issues des expériences biologiques des dragons sur leurs propres cellules et en seraient donc de très lointaines cousines.

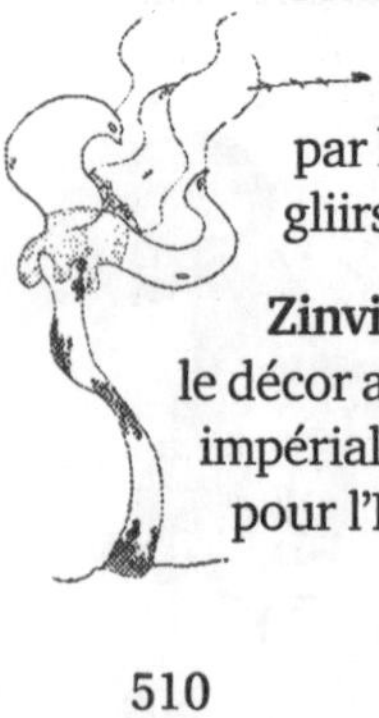

Yerk • Plante qui a trouvé le moyen de se rendre immangeable par les herbivores grâce à une odeur absolument dissuasive. Seuls les gliirs, qui n'ont aucun odorat, peuvent en manger les graines.

Zinvisible • Caméléon intelligent capable de se fondre totalement dans le décor au point de devenir invisible. Protecteur de la famille impériale d'Omois, il sert d'enregistreur vivant et espionne pour l'Impératrice.

Remerciements

À mon mari qui me soutient, inconditionnellement, même lorsque j'écris des trucs bizarres. À mes deux filles Diane et Marine et bravo à Diane qui passe analyste senior avec un an d'avance et à Marine qui passe les auditions pour The Voice, waouh, vous rockez les filles ! À ma maman, France, qui m'a aidée pour la bande-annonce du film *Tara Duncan Origines*, merci, tu as beaucoup de talent. À Cécile, la plus jolie des sœurs, qui gère à la SACEM les négociations avec les grands acteurs numériques et autres de ce monde, je suis très impressionnée, et à son mari Didier, à leur ravissante Anna et à leur merveilleux petit Paul. À la famille Audouin, Jean-Luc, Corinne, Lou, Thierry, Marylène, Léo, et bonjour au paradis à Papy Gérard et à la maman de Corinne, nous ne vous oublions pas.

À mes deux talentueux amis écrivains, Martine Mairal et Jacques Baudoin, à Thomas et Anne-Marie Seligman, amis fidèles dont l'humour vient égayer mon quotidien, quel bonheur, merci.

À Bernard Fixot, Édith Leblond, Caroline Sers qui stresse un peu parce que je rends mon texte quinze jours avant de partir en vacances lol ! À Valérie Taillefer, Gwenaëlle et Stéphanie et toute la bande de XO Éditions, merci de me soutenir inconditionnellement depuis déjà cinq ans, waouh, ça passe super vite !

À Benoît Di Sabatino, son frère Christophe et toute son équipe de Moonscoop, les gars, on fait la saison 2 quand vous voulez, et merci à la merveilleuse Tania, qui, année après année, dessine et colorie d'incroyables couvertures.

Au magnifique Alexandre Hellmann, qui est non seulement beau et intelligent mais en plus a cru suffisamment en moi pour me prêter la plus belle salle de cinéma de Paris, le Grand Rex, je n'ai pas assez de merci pour dire à quel point tu es génial.

À Estaban Perroy, pour avoir écrit avec moi un One Woman Show qui dépote, on va tout exploser le 21 septembre au Grand Rex pour la soirée la plus délirante de l'année !

À Brice Ohayon, ami toujours fidèle. À mes autres éditeurs, la jolie Elsa Lafon qui s'éclate avec *Indiana Teller* et Glenn Tavennec qui attend patiemment… hum en fait non, plutôt impatiemment… la suite de *La Couleur de l'Âme des anges*.

À Stéphane Legrand, toujours fidèle d'entre les fidèles depuis plus de dix ans, qu'est-ce que je ferais sans toi ! Et aussi à ta famille bien sûr.

À Alain Barsikian, le meilleur avocat de Paris. À Elisabeth Ane et Véronique Legendre, qui me sortent des pièges de la comptabilité, mon Dieu que c'est compliqué ! Merci !

À Thomas Mariani, bravo pour ton premier roman, je suis fière de toi. À Christophe Balency, le plus fidèle des amis et compositeur, autant de talents concentrés dans une seule personne, c'est injuste pour les autres ! Bisous à ta famille et bienvenu à ton nouveau poussin chanteur. À Fabrice Florent et à sa famille, bravo pour le développement de Mad'moizelle !

À tous mes fantastiques fanatiques taraddicts, et blogueurs acharnés :

Noémie, évidemment, la supergrandechef de Génération taraddicts et du bureau des taraddicts, Marie et Nina, Guillaume et Marion qui suivent, année après année, tous mes nouveaux délires. Vous êtes d'une infinie patience avec moi, merci.

Baptiste, Leila et Katerina de Montréal, Élodie, Isabelle et Paul, sarahhdc, Typhaine qui revit avec Tara, Caroline, Céline, Antoine, Pénélope, Marie, Morgane, Lélia, Eiluj fch, Dementia, Bret-h Rétro, Julie, Mallaury, Jonathan coincoin, Boboo, Mélusine, Charles et Cédric et leur magnifique Scoops AutreMondiens qui me fait hurler de rire. À Joris qui a écrit un Tara Duncan News absolument incroyable, et à Léo aussi Audrey, Joris, Nicolas aux beaux abdos, Theo, Azulia, Alexandra, Daphne qui a eu 16 sur 20, Louhab Duncan, Céla, Amarok, Lily, Dryss'tylanhenm, Pierre, Tatiana, Laure, Lucile, Éloïse, Patricia, Pascale, Mathilde, Camille, Catherine, Quentin, Marine, Léa, Vanessa, Charline, Athina, Alexandre, Luna, Amandine, Clara, Raven, Koumano l'américaine lol et Phoenix my new social media ambassador in USA and to Al Cadena, so great, Fabien le fidèle, Charlotte, Céla et le fan-club de Cal, Philippe, dit Taraphil, Pénélope, CSIdniev, Alice, Sophie, Louise, Julie, Inès, Marine, Pauline et Marie Émilie, Victoria, Aélys, Cédric, Eryn, Viu/Jeanne, Alexiane, Celia, Slanne, Lucille, Lucillelfe, Marie/Maureen, toujours joyeuse, Lucie et son fiancé Mael, Loeva-Mat, Cédric/Honyasama, Khalid, Sixtine la Fidèle, Patricia et sa super famille, Clément le vampyr, Gabin, Nathanaël, Amandine, Virginie, Thaïs, l'inénarrable Impératrice Divine Tata Nicole, Sébastien G.A. Le Maôut, toujours à la recherche de la magie, MaTouu' et son ange Tabatha, Julie et Farid, Shalyssa-Myrtille, Tristan, Elsa, Kelly, Luna, Anthony, Lily, Alexandra, Poline, Lucie, Clémence, Oriane Mallaury, Justine, Aurélie, Charlotte, Clara, Maria, Coraline, Juliette, Caroline, Guénaëlle, Elina, Liz, Laurie, Tracy Cherifa, Estelle, Hugo et tous les autres. Et bravo à Amandine et Adèle pour avoir gagné le concours d'écriture avec leur hilarant Brolk de slurk !

Évidemment, j'en oublie toujours beaucoup, d'un autre côté, impossible de tous vous mettre, cela ferait un autre livre !

Merci à tous et à toutes de m'accompagner, encore et toujours, sur les dangereux chemins d'AutreMonde, sans vous, je n'y arriverais jamais ! Je vous aime !

Il m'a été très difficile de choisir parmi vos textes, chers taraddicts, car comme chaque année ils étaient tous plus réussis, drôles et inventifs les uns que les autres.

Sur les centaines de textes que nous avons reçus, vous avez été onze dans la présélection : Agnès Beziz, Diane Grasser, Milena Hendriks, Eva Jauzion, Kenza Le Calvé, Julien Le Chanjour, Marie Linossi, Hortense Naas, Amandine Renaut et Adèle Williame, Brunehilde Richard, ainsi que Anna F. et Julia P.) : un grand merci à tous pour vos formidables textes.

Mais, malheureusement, il m'a fallu trancher. Et les grandes gagnantes sont (roulements de tambour)… Amandine Renaut et Adèle Williame !

Toutes mes félicitations à Amandine et Adèle, qui ont gagné le droit de voir leur nouvelle publiée dans ce livre. Bravo aussi à tous ceux d'entre vous qui ont été si imaginatifs et intelligents dans leurs intentions.

Et j'attends avec impatience vos nouvelles pour le tome 12 – le dernier ! – de l'année prochaine.

HACA fans de Tara !

Brolk de slurk !

Ou comment la future sixième guerre AutreMondienne aurait pu débuter.

par Amandine Renaut et Adèle Williame

Et slurk…

V'eerus se tourna vers Myrna. Comment est-ce qu'ils s'étaient trouvés dans une telle situation ? Leurs deux familles sur le point de s'entretuer, la paix entre Hymlia et Selenda sur le point d'être brisée, et tout cela à cause d'une simple confession.

Pour résumer, Myrna et V'eerus s'étaient rencontrés au cours d'une mission. Une mission où ils étaient censés collaborer, mais l'ignoraient. Forcément, une naine et un elfe, ça allait faire des étincelles (ou des explosions) et ils se retrouvèrent à plusieurs reprises sur le point de s'entretuer. Pourtant, à leur réveil, quelque chose avait changé. « À leur réveil », me demandez-vous ? L'histoire est l'une des plus surprenantes et vulgaires que je connaisse et vous voulez quand même que je vous la raconte en détail ? Vraiment ? Bon, c'est bien parce que vous me l'avez demandé ! N'allez pas geindre, n'allez surtout pas vous plaindre auprès d'un chaman après ! Parce que l'histoire n'a rien de ces romances que vous avez généralement l'air d'apprécier ! Bon, eh bien, commençons, mais dans des termes plus ordinaires.

V'eerus et Myrna avaient été contactés chacun de leur côté (de toute évidence, leur employeur n'était pas assez intelligent pour savoir que ce serait mieux qu'ils se voient… avant, au vu de leurs caractères respectifs) pour une mission-suicide : une semchanach avait volé un trésor de la famille Forgeafeux, roi et reine des nains. C'était à se demander qui était le plus suicidaire entre la semchanach et ceux qu'on envoyait pour la stopper…

En tout cas, s'était dit V'eerus, une mission-suicide, il n'y avait rien de mieux pour pouvoir briller aux yeux de sa mère, Erée, la terrible elfe violette.

La naine, de son côté, se fichait bien du fait que ce soit une mission suicide. Elle était de la famille des Forgeafeux et comptait trouver ce brolvure de trésor familial. On ne l'avait d'ailleurs, à vrai dire, pas contactée, mais elle était bien déterminée à s'imposer.

V'eerus prit une équipe d'elfes violets sous ses ordres en à peu près une demi-heure (il aurait pu être plus rapide si un de ses coéquipiers n'avait pas eu l'idée saugrenue de caresser une peluche inoffensive qui se trouvait être un krakdent). Enfin, une demi-heure pour ramasser les morceaux de ce coéquipier. Il se trouva donc dans la montagne du Tasdor, une colère profonde en lui, or il n'y avait rien de pire que de voir des elfes violets en colère (à part peut-être les nains, l'impératrice, Tar… enfin, la famille impériale en général).

Myrna, quant à elle, avait pris deux de ses amis, Vulric et Gryjak, pour l'accompagner. Elle se pensait assez forte pour la mission. De plus, comme pour les elfes violets, il n'y a rien de pire que d'énerver un nain (comme je l'avais précisé au préalable), surtout en sachant qu'ils peuvent vous chanter d'une voix… hum hum… mélodieuse.

Pause

Êtes-vous sûr de connaître la suite de l'histoire ? Sûr ? Bon, eh bien, continuons. Mais je vous préviens, la suite de l'histoire est moche. De la vulgarité d'une bouse de traduc, et encore… Vraiment ? Je vais donc devoir la censurer légèrement, je ne m'autoriserai pas à marquer à jamais les enfants susceptibles de lire ces pages.

Play

Ils arrivèrent chacun de leur côté (les montagnes du Tasdor sont comme les palais du Lancovit ou d'Omois : il y a plein de passages secrets). Les elfes violets étant ce qu'ils sont, ils étaient, ben, rapides. Ils arrivèrent donc les premiers. Les nains arrivèrent trente secondes après. Ils auraient pu arriver avant, mais Myrna avait tenté de ramener un troisième de ses amis, mais il n'avait pas encore cent cinquante ans et n'avait donc pas encore eu assez d'entraînement pour la mission. C'est donc avec une Myrna énervée au-delà du raisonnable qu'ils arrivèrent face à une scène qui les horrifia au plus profond de leur âme, les forçant à s'immobiliser : un elfe violet tenant au-dessus de lui, triomphalement, le coffre du trésor des Forgeafeux dans les mains.

Maiiiiis retournons voir avant ce qui s'est passé du côté des elfes violets, car sinon cela vous semblera à la fois précipité et inconcevable.

Les elfes violets étaient arrivés dans la cachette du trésor, après avoir arrêté la Semchanach qui semblait pouvoir se retrouver effrayée par sa propre ombre. Mais V'eerus ne fit pas cas de ce détail lorsqu'il combattit. C'est donc évidemment victorieux qu'il prit le coffre et… qu'il se retrouva assommé à trois reprises. Trois fois, oui, car la naine s'était reprise et avait chargé en chantant – si, si, je vous assure :

Pour le clan des Forgeafeuuuuuuuuuux
Moi j'arracherai les yeuuuuuuuuuuux
De ceux qui ont voléééééééééééééééééés
Les trésors qui sont sacréééééééééééés
Les dragons fuironnnnnnnnnnnnnnnt
Avec leurs foutus chaudronnnnnnnns
Nous auront alors la glooooooooiiiiiiiire
Et nous chanteront Victoooooooiiiiiiiiire

Cela l'assomma proprement un premier coup. Le chant de la naine faisait l'effet d'une corne de brume qui aurait avalé un mammouth, et d'un draco-tyrannosaure et un vrrrir qui hurleraient de joie ensemble en piétinant le pauvre elfe. La deuxième chose qui l'assomma fut le coup de la poignée de la hache sur la tête. Et la troisième chose qui l'assomma définitivement fut le coffre qui tomba sur sa tête. Son cerveau, pourtant solide, d'elfe violet s'était retrouvé débranché, lui permettant à peine de voir un instant trente-six chandelles. Sa dernière pensée, nous racontera-t-il plus tard, fut « maintenant je sais pourquoi c'était une mission-suicide, arggggghhh ».

De son côté Myrna s'était beaucoup amusée à assommer le snobinard d'elfe violet. Aussi fut-elle très étonnée d'entendre ses camarades hurler à pleins poumons :

— Non, ce sont des alliés ! Ils ont assommé la Semchanach et sont venus nous aider !

Cela arrêta promptement la naine de chanter (Slurk ! Elle adorait ça pourtant !). Elle se plaça devant ses compagnons et les elf... euh... non pas les elfes violets en fait, vu qu'ils s'étaient évanouis devant la puissance de la voix de la naine.

— De quoi un allié ? Le gars qui nous a employés ne nous a pas dit qu'on aurait des foutus elfes violets avec nous ! s'exclama la naine en fronçant les sourcils.

— Si tu ne t'étais pas imposée, répliqua Vulric avec un sourire qui montrait qu'il appréciait grandement le geste de sa coéquipière malgré ses réprimandes, et que tu avais attendu d'être convoquée normalement, tu l'aurais su.

Myrna soupira. L'humain avait oublié le caractère... heu... doux des nains lorsqu'il n'avait pas reprécisé ce détail après son arrivée fracassante (que vous ne voulez pas que je vous décrive). Elle aurait juré que Vulric avait fait exprès de ne pas lui en parler pour que quelqu'un d'autre s'en prenne aux elfes afin que lui-même ne soit pas réprimandé. Elle se retourna donc vers l'elfe violet et s'accroupit devant lui, puis le dévisagea. Il était violet (étant un elfe violet, cela aurait été étonnant de l'inv... euh... non, non, je n'ai rien dit), avait des pommettes hautes, des lèvres fines, des yeux, mouais, elle ne pouvait pas le savoir, vu qu'il les avait clos. Elle se dit qu'il était mignon vu la tronche des autres elfes qui étaient en train de sucrer les fraises (assommés, au cas où vous ne vous en souviendriez pas). Elle se pencha et lui flanqua une claque magistrale pour le réveiller. Celui-ci ouvrit les yeux violemment au contact brutal qui lui provoqua une intense douleur sur la joue droite, et rencontra le regard bleu azur de la naine. Encore groggy, celui-ci lui demanda :

— Puissant Demiderus... une démone des Limbes...

Pause

Êtes-vous sûr de vouloir connaître la suite ? Je vous en supplie dites-moi n… Si ? Oui ? Bon, eh bien, continuons, j'imagine…

Play

Myrna regarda V'eerus en se demandant d'où il pouvait débarquer. Elle sentit le rouge monter à ses joues. Par Bendruc le Hideux ! C'était quoi cette sensation ? Puis la remarque atteignit son cerveau. Quoi ? Elle une démone des Limbes ? Elle le frappa du plat de sa hache et se releva, puis vit que les elfes violets avaient ajouté la crème chantilly aux fraises (c'est-à-dire qu'ils étaient encore plus dans les vapes si c'était possible). Vulric s'approcha d'elle et lui dit étonné :

— Vous ne lui avez pas arraché la tête ? Mais pourquoi ?

Myrna vit à sa tête qu'il était assez étonné.

— Comme c'est un allié, je n'allais quand même pas le tuer, non, grogna-t-elle entre ses dents.

Vulric la regarda attentivement et, tout en fronçant les sourcils, la toisa, regarda l'elfe, regarda Myrna et lui dit :

— Myrna, tu rougis ! Je ne t'ai pas vue rougir depuis que tu es passée au-dessus de ton béguin pour moi, que dois-je comprendre par là ?

Myrna rougit encore plus et l'affronta du regard.

— Je ne vois pas de quoi tu parles, Vulric, et ce n'est pas parce que tu sors maintenant avec ma sœur que tu es en droit de me juger.

Son autre ami, Grygak, la regarda et éclata de rire.

— Mouahahahahaha, s'esclaffa-t-il. Tu es amoureuse et tu ne t'en rends même pas compte ! Mouhahaha !

— Même si c'était le cas, rétorqua-t-elle, lui ne m'aime certainement pas.

— Tu n'as qu'à le lui demander ! grogna Vulric.

— Mais il est évanoui, Vulric, il faut l'amener au chaman.

Aussitôt dit, elle le jeta comme un sac sur son épaule. Les nains ayant beaucoup de force, l'elfe ne pesait pas lourd. Les naines étant plus lour… denses que les nains, cela ne présenta pas beaucoup d'effort pour la naine, même s'il était beaucoup plus grand qu'elle. Elle jeta un coup d'œil aux autres elfes… qui avaient rajouté le chocolat avec le sucre et la chantilly pour les fraises. Elle fit un signe à Grygak qui appela des secours pour porter les snobin… les elfes violets.

Quelques minutes plus tard, ils arrivèrent à l'infirmerie naine et… Je vous en prie, dites-moi de ne pas continuer ou… bon, bon d'accord, je continue, mais bien parce que c'est vous. (Soupir.)

Quand V'eerus fut réveillé, il vit la naine, plutôt mignonne (pour une naine) dans sa tenue moulante et curieusement rouge. Il lui sourit, elle lui sourit et fit une chose étrange. Elle l'embrassa et s'évanouit. Étant rapide et assez frais pour la porter, il la cueillit dans ses bras avant qu'elle ne touche le sol. Et se demanda : pourquoi s'était-elle évanouie ? Il la regarda et quand il vit qu'elle était rouge comme le rouge emblématique d'Omois, il se demanda si elle n'était pas amoureuse. Pour une raison qu'il ignorait, il l'embrassa en retour : son corps lui soufflait de faire autre chose, une chose interdite à ceux qui avaient moins de cent ans, dans un sapin, avec elle, mais il repoussa cette idée pourtant tentante et assez déconcertante. D'un côté, il commençait à avoir des papillons dans son ventre en la regardant, et ne comprenait toujours pas pourquoi (ni même pourquoi il avait embrassé une naine).

Quand Myrna se réveilla, la première chose qu'il lui demanda fut :

— Pourquoi t'es-tu évanouie ?

— Oh noooon, gémit la naine, tu es vraiment mon âme sœur…

Quand Myrna lui expliqua en détail ce que ça signifiait, il eut l'envie subite de glousser comme un spatchoune, imaginant déjà les matelas en ville, puis comprit ce que ça signifiait pour eux deux, et l'amusement laissa place à l'horreur. Après s'être calmé (la censure que je me suis imposée ne me permet pas de divulguer la disp… discussion qui s'ensuivit et qui dura quelques heures, à la suite desquelles, ils parvinrent à un consensus), il soupira et la regarda : elle pensait à la même chose que lui. Ils réfléchirent et durent se rendre à l'évidence : ils devaient mettre au courant leurs parents. Ils les invitèrent donc. Après s'être beaucoup disputés (je vous passe une fois de plus les disputes mais, en résumé, il y eut beaucoup de « grosse spatchoune gloussante », « sale brolvure des Tasdor » et j'en passe, car ce sont les moins vulgaires).

Quand les parents de Myrna et V'eerus étaient arrivés, ils s'étaient immédiatement bombardés de regards noirs et d'insultes discrètes. Puis quand Myrna et V'eerus murmurèrent la phrase : « on s'aime et on va s'épouser » (même si « nous sommes âmes sœurs à notre plus grand regret » était plus réaliste), la sixième guerre AutreMondienne faillit débuter. C'est donc là que nous en sommes.

C'est alors qu'à la grande horreur de tous (oui, même des nains, Myrna ayant une voix que l'on a envie d'entendre de loin avec des bouchons dans les oreilles), Myrna commencer à chanter jusqu'à ce que le calme s'ensuive. Il y eut alors un silence et Myrna et V'eerus expliquèrent la situation. Oh, il y eut beaucoup de cris et beaucoup… d'animaux. Les elfes n'ayant pas la même haine que les nains envers la magie avaient transformé deux nains en traducs. Deux nains qui avaient répliqué en leur balançant une hache dans le cœur à peine après avoir repris leur forme habituelle. Heureusement, la vivacité des elfes leur avait permis d'esquiver, mais le carnage aurait bien pu vraiment commencer si V'eerus n'était pas intervenu à son tour.

Il hurla jusqu'à ce que le silence revienne :

— Il n'est pas question de provoquer la sixième guerre AutreMondienne ou de rompre un quelconque traité ! Nous ne sommes pas des cas isolés ! Bon, peut-être que oui pour un elfe et une naine, mais regardez : l'héritière d'Omois et le demi-elfe, Amavachirouchiva et Magister ! Nous ne sommes pas les seuls ! Il faut évoluer dans le nouveau système !

La famille de V'eerus, Erée et V'ala, sa sœur, le regardèrent comme s'il était une pouiic récalcitrante et s'en allèrent par Transmitus (étant en dehors dans la région du Mentalir, un coin… neutre, ils pouvaient donc utiliser les Transmitus sans « argh » ou « craccc »). Quant aux parents de Myrna, ils l'accueillirent dans la famille non sans une certaine froideur. Par ailleurs, ils ne prononcèrent jamais le nom de leur gendre autrement que d'une manière qui semblait terriblement insultante, comme s'il n'était qu'un vilain virus. Un virus qui se promenait dans leurs couloirs et que tout le monde traitait avec un certain respect, mais surtout beaucoup de distance. Oui, car vous n'imaginez pas que les elfes, eux, allaient laisser une naine vivre à Selenda, c'était donc V'eerus qui s'était rendu à Hymlia pour vivre avec sa belle, et c'est ici que leurs sentiments finirent par éclore, comme dans les plus belles histoires d'amour.

Et c'est là que vous vous dites : ah, bah, c'est une assez belle fin ! Eh bien, je vous dirais, peut-être pour Myrna et V'eerus. Pour moi, en tout cas, je ne pense pas. J'ai répondu à vos désirs, et vous la vouliez, cette satanée histoire ! Je vous remercie donc humblement, en effet, j'ai voulu fuir la brolvure d'elfe violette car je viens de vous dévoiler un secret de famille et d'État, donc, me voilà à sa merci ! Je vous remercie de tout mon… argh… crac !

Ce livre est une œuvre posthume. Actuellement, nous ne pouvons pas vous divulguer le nom de l'auteur. Selenda et Hymlia n'ayant pas voulu nous l'annoncer suite à une divulgation de secret d'État et de secret familial.

Concours de dessin

Liste des gagnantes et gagnants

2013

Camille Beaurain	Bobelle
Gryme Damana	Tzinpaf
Marine Desqubois	Chapotte
Éloïse Fournier	Aragne
Leila Gagnon	Krok-requin
Sophie Gobeaux	Broux
Shawnee Hébrard	Vloutour
Agathe Martocq	Meuh meuh drummm
Circée Novik	Brillante
Caroline Wiscart	Ballorchidée

et toujours les artistes des années précédentes

Erika B	Camelles brunes
Lucas Bianova	Bang-bang et mouche à sang
Audrey Boiteux	Spatchoune
Lauriane Boulanger	Géant d'acier
Audrey Coq	Glouton étrangleur
Lana Daude	Licorne
Marina Desbuquois	Boulvi et tchaouf
Océane Dubois	Discutarium et ver taraudeur
Cima Grande	Élémentaire
Denis Gressent	Boudule filtreur
Damana Gryme	Breubière
Fatima Kajoua	Blaz
Frédérique Ouellet-Boivin	Hop-hop et tak
Émilie Roux	Serpent milière
Marie Serrié	Faucongyre et graox
Sariella Shinzo	Rominet
Vérane Simon	Cantaloup
Maggie Singer	Diseur de Vérité
Clément Vaille	Clac-cacahuète et kidikoi
Mathilde Adant	Kax
Méline Artigala	Crouiccc et piqqq
Lise Bianciotto	Snuffy rôdeur
Sarah-Doria Bordji	Aiglelong
Marine Chatain	Gliir Scoop et t'hoculine

Ève Charrin	Kré-kré-kré
Tliphaine Charrondiere	Astophèle
Antonin Claudet	Bulle-sardine
Audrey Coq	Pouic et vrrir
Antoine Cousin	Blurps et Camélin
Aurélie Creton	Chimère et loup-garou
Margot Dehan	Gambole et kroa
Chloé Delacroix	Vv'ol
Cédric Derval	Mangeur de Boue et taludi
Mathieu Désilets	Saccat
Marie Eléna	Crochien
Laura Escoin	Taormi et scrogneupluf
Nolwenn Gangloff	Krouse
Alexandra Girard	Ballorchidée, pouf-pouf, tatchoum et traduc
Bérengère Guillemo	Brrraaa et pllop
Marine Hamard	Pégase
Lucile Hausser	Chatrix
Joel Herter	Krakdent et draco-tyrannosaure
Cindy Hontebeyrie	Treee et effrit
Julie Iuso	Mrmoum et brumm
Théo Jordano	Glurps
Justine Lacroze	Bééé
Anaïs Le	Mery Harpie
Floriane Limbourg	Blll
Lemière Loic de Ludres	Kraken
Sophie Lux	Oiseau de feu
Priscillia Macquart	Sopor
Valentine Maris	Krruc et Manuril
Félix Martin	Yerk
Lou-Anne Mathieu	Zinvisible
Claire Meredith dite Miss Turtle	Wyverne
Vaiana Meyer	Bendruc le Hideux
Inéa Morverand	Brill
Fanny Mousset	Mouchtique
Charline Pagnier	Kalorna
Mélanie Perdrix	Balboune
Laurine Picotin	Rouge-banane
Clotilde Plantureux	Vouivre et hydre
Céline Primault	Spalendital et stridule
Romane Queyras	Kri-kri
Clara Scelo	Gazz bizzz et tricroc
Vicky Stiegler	Mooouuu
Marylise Szulczewski	Krel doré
Laura Tomaszewski	T'sil
Aurélie Wiorm	Prroutt
Caroline Wiscart	Oiseau Roc

Table

Achevé d'imprimer
sur Roto-Page
par l'Imprimerie Floch
à Mayenne
en septembre 2013

N° d'édition : 2489/01 – N° d'impression : 85348
Dépôt légal : septembre 2013

Imprimé en France